# 태양은 날로 새롭다

■ 서정자(徐正子)

초당대학교 교양과 교수.

숙명여대, 한양대, 한국외국어대 강사, 동국대 대학원 국어국문학과 석 박사과정 강사 역임. 숙명여대 대학원 문학박사, 문학평론가, 현대소설 전공. 한국여성문학학회 고문, 한국현대소설학회 회원, 한국여성학회 회원. 한국문학평론가협회 회원, 한국 여성문학인회 회원, 국제펜클럽회원.

저　서: 『한국근대여성소설연구』『한국여성소설과 비평』
편　저: 『한국여성소설선』 1, 『정월 라혜석전집』, 『지하련전집』
박화성의 『북국의 여명』『박화성 문학전집』
수필집: 『여성을 중심에 놓고 보다』
공　저: 『한국근대여성연구』『한국문학에 나타난 노인의식』『한국현대소설연구』
『한국문학과 기독교』『한국문학과 여성』『한국노년문학연구』 II, III, IV.
논　문: 「김말봉의 페미니즘문학연구」「가사노동 담론을 통해서 본 여성 이미지」
「나혜석의 처녀작 <부부>에 대하여」「이광수 초기소설과 결혼 모티브」
「최초의 여성문학평론가 임순득론」「지하련의 페미니즘 소설과 '아내의 서사'」
등 50여 편.

---

**태양은 날로 새롭다** 박화성 장편소설 | 서정자 편

서정자 편저／1판 1쇄 인쇄 2004년 6월 5일／1판 1쇄 발행 2004년 6월 15일／발행처 · 푸른사상사／발행인 · 한봉숙／등록번호 제2-2876호／등록일자 1999년 8.7／주소 · 서울특별시 중구 을지로3가 296-10 장양빌딩 202호 우편번호 100-847／전화 · 마케팅부 02) 2268-8706, 편집부 02) 2268-8707, 팩시밀리 02) 2268-8798／편저자와의 협의에 의해 인지는 생략합니다.／이메일 prun21c@yahoo.co.kr／prun21c@hanmail.net／홈페이지 · http : //www.prun21c.com 편집 · 송경란／김윤경／심효정 · 기획 마케팅 · 김두천／한신규／지순이

값 25,000원

ISBN 89-5640-242-6-03810

( 박화성 문학전집 11 )

# 태양은 날로 새롭다

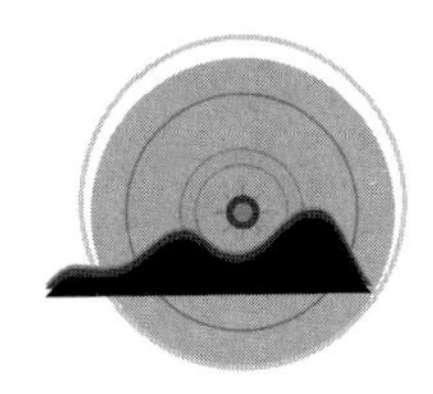

박화성 장편소설 | 서정자 편

푸른사상

1968년 서재에 좌정한 박화성(위암수술 1년 전)

## 다음連載小說

# 태양은 날로 새롭다

朴花城 作
李忠根 畵

朴花城氏

수많은 讀者의 물의를일으키며 人氣가 절정에올랐던 朴榮濬氏의 力作『오늘의神話』는오는十月三十一日字로 화려한막을 내리게되었읍니다。그뒤를 이어 十一月一日부터 우리文壇의 人氣作家로서 現代人의 純粹性을 描破하여 명성을 떨치고있는 朴花城女史의野心作을 얻게된것을 愛讀者여러분과 더불어 기쁘게생각합니다。揷畵에는 朴女史와 명「콘비」인 李忠根畵伯이 담당하게 되었읍니다。많은 期待裡에 愛讀해주시기를 바랍니다。

### 作者의 말

만물을 변화의 세계에서 보는 희랍의 철학자〈헤라크레이토스〉의學說中에서「태양은 날로새롭다」는 이한마디를나는 극히소중하게 기억하고있는것이다。

태양의 본질은 固定不變의것이나 그것은 그대로있지 않고 流轉變化한다는 그의主論에 科學的인 판단을내리기전에 나는 우선讚辭를올리고싶다。太古적부터 오늘에이르기까지 太陽은 수백세기에서 수백대의 인류를날마다 產出하고있다。이 새 생명에게 태양은 언제나 새 해가아니고 무엇이겠는가?우리의 百代祖도 十代祖도 三代祖도 저 태양아래서 살아왔고 나를비롯하여 나의子孫들도 또한 날마다 새날을맞으며 살아갈것이다。

世紀가 지나가고 歷史가흐르고 인류가 바뀌는동안 하나의偶像이면 太陽이오늘은 우리의 文明의 源泉이며 詩의 對象이며 希望의象徵으로서 날로 새로운 情熱을 햇볕과 함께 우리에게 쏟고있지 않는가?

그러기에 深奧하고도辛辣한 감각을주는 이言句는 자칫하면 不安과失望에서 벗어나지 못할 나에게 언제나 새로운 힘과 勇氣를북돋아 주었다。어찌 나에게만이랴。나의 여주인공 진향운(陳香雲)에게도、그와 마찬가지로막다른골목에서 헤매는 모든 젊은 生命에게도 肯定的이며建設的인 벅찬意慾을불어넣어 주리라고믿는것이다。

李忠根氏

11월 1일부터

1984년 큰아들과 함께 참석한 제 24회 삼일문화상 시상식에서. 박화성에게 메달을 걸어주고 있다.

1984년 제 24회 삼일문화상을 수상하고 수상자 및 관계자들과 기념촬영.

1969년 진도견 '로보'를 안고 있는 박화성.

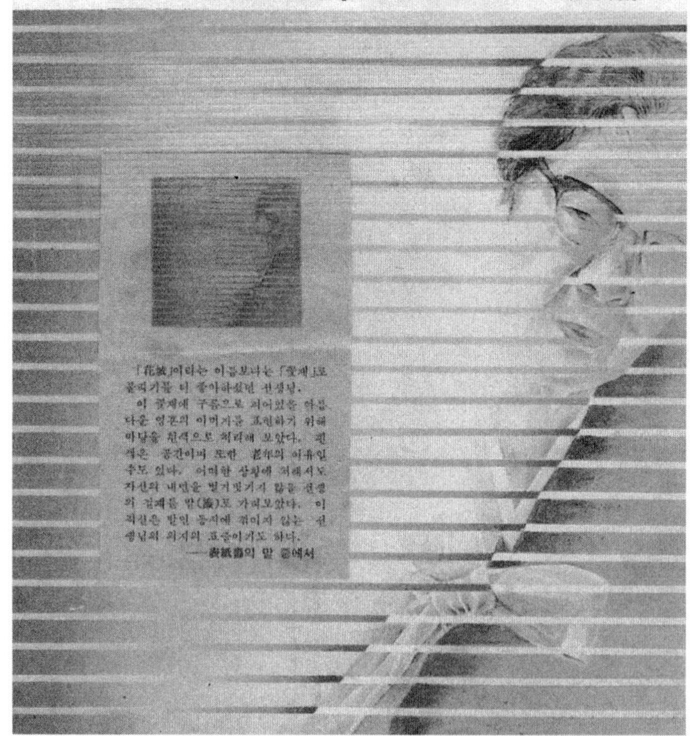


삼일문화상을 수상한 해인 1972년에 《문학사상》 3월호 표지에 그려진 박화성.

외국인웅변대회 심사 후 수상자와 악수하는 박화성. 조경희, 모윤숙 씨의 얼굴이 보인다.

1985년 팔순모임에 문인들을 초청하고. 김남조 시인과 악수하는 박화성.

■ 책머리에

# 박화성 문학전집 발간의 의의

작가 박화성 선생 탄생 100주년이 되는 해를 기해 전집을 발간하기로 하고 준비한지 3년입니다. 푸른사상사의 한봉숙 사장의 호의로 발간하게 된 박화성 전집은 20권의 방대한 분량으로, 발간을 앞둔 지금 편자 스스로도 놀라고 있습니다. 우선은 20권이나 되는 작품의 양이요, 둘째는 출간 약속을 지켜준 한 사장에 대한 감사입니다. 자칫 출혈 출판이 될 이 작업을 선집으로 줄이지 않고 끝끝내 명실상부한 전집으로 마치어준 데 대하여 감사의 말씀을 드리지 않을 수 없습니다.

우리 신문학사 여명기에 혜성과 같이 나타난 최초의 본격 여성작가 박화성 선생은 1903년 4월 16일(음력) 목포에서 출생, 1925년 1월 춘원 이광수 추천으로 ≪조선문단≫에 단편 「추석전야」가 발표됨으로써 문단에 등단을 하여 1988년 타계하기 3년 전 「달리는 아침에」(1985. 5)를 발표하기까지 60여 년 간 작품활동을 한 우리 신문학사의 거목입니다. 그가 남긴 작품은 장편 17편, 단편 62편, 중편 3편, 연작소설 2회분, 희곡 1편, 콩트 6편, 동화 1편, 두 권의 수필집과 평론 등을 제외하고도 모두 92편의 방대한 양입니다. 여성의 사회적 지위가 조선조의 그것에서 거의 한 발자국도 나아가지 못한 어두운 현실에서 여성으로서 당당한 작가로 우뚝 섰던 박화성 선생은 우리 근대문학사에 큰 발자취를 남기셨습니다.

일제 식민지 치하에서는 일제의 침략과 억압에 고통받는 민중의 삶을 주로 그려 우리 문단의 촉망받는 신예작가로 평가를 받았으며 여성작가 최초의 장편소설 『백화』를 ≪동아일보≫에 연재하여 장안의 지가를 올리기도 하였습니다. 특히 일제강점기간 친일을 하지 않은 몇 되지 않은 문학인이기도 한 박화성 선생은 해방 후에도 『고개를 넘으면』 『사랑』 등의 소설을 통해 일제 식민지 치하에서 보여주었던 민족의식을 바탕으로 새 조국의 젊은이들이 지녀야할 도덕과 윤리를 제시하는 등 인기 작가로서 수많은 장편을 썼습니다. 문학을 통해 우리 사회의 모순을 파헤치고 증언하며 지식인의 사명을 다하기 위해 고난을 두려워하지 않았던 지사적 여성작가입니다.

일제강점기 동반자작가로 작품활동을 시작하였던 박화성 선생은 일제강점으로부터 조국과 민족을 구원하는 방식으로 사회주의사상을 기저로 한 사회주의리얼리즘 문학을 지향하였습니다. 이러한 그의 사상은 민족애의 다른 이름이었으나 해방과 육이오 등 분단과 엄혹한 냉전 이데올로기의 시대를 거쳐오는 동안 선생으로선 격변기의 작가로서 적지 않은 갈

등과 수난을 겪기도 하였던 것으로 보입니다. 박화성 선생의 표현대로 '눈보라의 운하'를 거쳐 역사의 언덕에 이르기까지 문학을 통해 선생이 보여준 민족애와 투철한 작가정신은 우리 문학사에 길이 빛날 것을 의심치 않습니다. 박화성 선생의 탄생 100주년을 맞아 그의 문학을 기리는 기념사업의 일환으로 박화성 문학전집을 출간하고자 하는 그 필요와 의의는 다음과 같습니다.

첫째, 박화성의 문학이 우리 문학사에서 중요한 위치에 있음에도 불구하고 독자들이 그의 소설을 접하기 어려웠습니다. 그의 소설집이나 장편소설이 절판이 된 지 오래이기 때문에 독자들이 박화성의 소설을 읽을 수가 없어 그의 소설 출간을 간절히 요청하고 있는 점입니다.

둘째, 박화성의 60년 문학이 잘 정리되어 있지 못하여 그의 문학의 전모를 보기에 어려움이 많았습니다. 출간된 작품집도 구하기 어려운 희귀본이 되어 있는데다가 신문이나 잡지에 발표된 이후 아직 단행본으로 출간하지 못한 작품이 많아 이들을 발굴하여 한자리에 모아놓는 것은 박화성 문학의 진정한 모습을 파악하는데 반드시 필요한 작업이 아닐 수 없습니다. 기왕의 단행본과 문학전집에 수록되지 않은 작품들이나 새로 발굴된 작품은 다음과 같습니다.

해방전 :

단편「추석전야」1925년

동화「엿단지」1932년

단편「떠나려가는 유서」1932년

콩트「누가 옳은가」1933년

희곡「찾은 봄 · 잃은 봄」1934년

장편『북국의 여명』상, 하 1935년

기행문「경주기행」「부여기행」「해서기행」1934년

평론「연작소설 젊은 어머니에 대한 촌평」1933년

「소설 백화에 대하야」1932년

「내가 사숙하는 내외 작가 — 토마스 하디 옹과 샤롯 브론테 여사」1935년

「교육가에게 감히 무를 바 있다」1935년

「작가 교양의 의의」1935년

「박화성 가정 탐방기」1936년

해방공간 :

수필「시풍 형께」1946년

수필「유달산에서」1946년

수필「눈보라」1946년

콩트「검정 사포」1948년

콩트「거리의 교훈」1950년

6·25 이후 :

콩트「하늘이 보는 풍경」1958년

단편「버림받은 마을」1962년

단편「애인과 친구」1966년

1978년부터 1985년까지

단편「동해와 달맞이꽃」1978년

단편「삼십 사 년 전후」1979년

단편「명암」1980년

단편「여왕의 침실」1980년

단편「신나게 좋은 일」1981년

단편「아가야 너는 구름 속에」1981년

단편「미로」1982년
단편「이 포근한 달밤에」1983년
단편「마지막 편지」1984년
단편「달리는 아침에」1985년

박화성 선생의 절판된 작품의 재 간행도 의의가 있거니와 새로 발굴된 자료의 간행 역시 문학사적 의의가 있는, 매우 중요한 일입니다. 이번 처음 발굴 소개되는 장편소설 『북국의 여명』은 일제강점기 여성지식인의 항일 저항의식과 민족의식이 어떻게 싹트고 성장하여 민중과 호흡을 함께 하기 위해 일어서는가를 보여주는 성장소설로서 우리 문학사에 한 획을 그을 중요 저작입니다. 6백여 페이지에 달하는 이 소설의 발굴 소개는 박화성 문학전집 발간의 의의를 한결 더하여 주는 것입니다.

### 이 외에도 박화성 선생과 관련된 자료

팔봉 김기진의 「비오는 날 회관 앞에서—화성 여사에게 보내는 시」는 박화성의 「헐어진 청년회관」이 검열로 삭제되자 이 시로써 울분을 대신한 귀한 자료입니다. 이외에 김문집의 유명한 「여류작가의 성적 귀환론」과 안회남, 한효 등의 평론 기타 자료들을 망라하여 출간하는 박화성 문학전집은 우리 문학사상 큰 수확으로 기록될 것을 의심치 않습니다. 우리 나라 최초의 문학기념관인 박화성 문학기념관 개관을 축하하는 시화전의 시 등, 기타 박화성 선생을 추억하는 귀한 글들은 전집 발간 후 단행본으로 모아 엮기로 약속드림으로써 좋은 글들을 함께 묶지 못하는 아쉬움을 대신합니다.

박화성 문학전집은 전부 새로운 한글맞춤법(1989)에 따랐습니다. 그러나 작가의 특성을 드러낸다고 보는 표현은 그대로 살렸으며 박화성 문학기념관에 보관되어 있는 작품집에 작가가 펜으로 수정해 놓은 부분은 대조하여 수정하였습니다. 작가의 글을 꼼꼼히 찾아 읽지 않고 비평하는 풍토를 안타까워한 나머지 전집 발간에 나섰습니다만 행여 오자나 탈자 등 교정이 미비하여 선생의 작품에 누가 될까 걱정이 됩니다.

이 출판산업 불황기에 여성작가전집 발간에 적극 나서 주신 푸른사상사 한봉숙 사장님께 다시 한번 감사의 말씀을 드립니다. 방대한 전집을 선선히 응낙 출간하여 주신 것은 여성과 여성문학을 각별히 아끼고 사랑하는 마음이라고 생각합니다. 마음을 다하여 푸른사상사의 발전을 기원합니다. 또한 박화성 선생의 유족들께서 많은 격려를 주신 데 대하여 감사드립니다.

2004년 5월

편저자 서 정 자

# 태양은 날로 새롭다

박화성 장편소설

■ 작가의 말

# 태양은 날로 새롭다

만물을 변화의 세계에서 보는 희랍의 철학자 헤라클레이토스의 학설 중에서 "태양은 날로 새롭다."는 이 한 마디를 나는 극히 소중하게 기억하고 있는 것이다.

태양의 본질은 고정불변의 것이나 그것은 그대로 있지 않고 유전변화한다는 그의 주론에 과학적인 판단을 내리기 전에 나는 우선 찬사를 올리고 싶다. 태곳적부터 오늘에 이르기까지 태양은 수백 세기에서 수백 대의 인류를 날마다 산출하고 있다. 이 새 생명에게 태양은 언제나 새해가 아니고 무엇이겠는가? 우리의 백대 조(百代祖)도 십대 조(十代祖)도 삼대 조(三代祖)도 저 태양 아래서 살아왔고 나를 비롯하여 나의 자손들도 또한 날마다 새 날을 맞으며 살아갈 것이다.

세기가 지나가고 역사가 흐르고 인류가 바뀌는 동안 하나의 우상이던 태양이 오늘은 우리의 문명의 원천이며 시의 대상이며 희망의 상징으로서 날로 새로운 정열을 햇볕과 함께 우리에게 쏟고 있지 않는가?

그러기에 심오하고도 신속한 감각을 주는 이 언구(言句)는 자칫하면 불안과 실망에서 벗어나지 못할 나에게 언제나 새로운 힘과 용기를 북돋아 주었다. 어찌 나에게 만이랴. 나의 여주인공 진향운(陳香雲)에게도, 그와 마찬가지로 막다른 골목에서 헤매는 모든 젊은 생명에게도 긍정적이며 건설적인 벅찬 의욕을 불어넣어 주리라고 믿는 것이다.

《동아일보》 1960. 11

# 태양은 날로 새롭다

차 례

# 태양은 날로 새롭다

추석(秋夕)

"비잉 비이잉."

제법 연하고 부드러운 고동을 울리면서, 이마와 중턱이 주황으로 붉은 디젤이 달달거리고 홈으로 달려든다.

연기를 뿜는 기관차가 목청이 찢어져라고 발악하면서 숨이 가빠 칙칙거리는 데 비하여, 이 현대식의 미국 유물은 힘 하나 안 들이고 탄력 있고 여유만만한 소리로 미끄러지듯이 밀려드는 것이다.

사뭇 환하게, 그리고 홈이 부듯하게 들이닥치는 디젤은 그 멋진 모습에 어울리지도 않는 구지레한 곳간차만을 여덟 개나 노출시키면서 멀찌감치 가서 떠억 버티고 서 버렸다.

눈이 감기도록 고대하던 여덟 줄의 사람의 행렬이 활짝 개방한, 그러나 승객들이 빽빽하게 들이박힌 찻간으로 각각 몰렸다.

넷째 번 줄에 끼어서 발을 옮기던 진향운(陳香雲)은 좌우를 둘러보며 아미를 찌푸렸다.

'아유! 이 사람들이 다 어느 틈으로 끼어 든단 말야?'

발 디딜 데나, 손잡이 하나 없는 곳간차로 장정들은 펄떡펄떡 뛰어올랐다.

"아니, 이거 너무한데? 어디로 어떻게 타란 말야?"
"사람을 뭘로 보는 거야? 이래도 찻삯은 제대로 다 받는 건가?"
양쪽에서 불평이 풀풀 날아오면서도 그들은 되는 양, 다리를 길게 벌려 찻간으로 쑤시고 들어갔다.
그러나 아이를 업은 여인이나 보퉁이를 인 아낙네들은 이리저리 밀리면서
"아이그, 떠밀지 말아요. 이거 원, 올라갈 재주가 있어야지. 아이, 어쩌나!" 하고 문턱만을 잡은 채 비명을 올렸다.
"자, 어디들 재주껏 올라가 보슈."
향운의 앞에 섰던 청년이 아낙네들을 번쩍 안아다가 중간만큼 대주면 그들은 손발을 바둥거리면서, 그래도 어떻게 발을 딛고 올라서곤 했다.
그러자니 이삼십 명씩은 되는 여덟 곳에서 갖가지 소란이 다 일어났다. 누구 하나 빈 몸만은 아니었다. 모레 추석을 앞두고 고향에 돌아가는 귀중한 내용들이 여러 가지의 짐으로 나타났다.
반지레한 트렁크, 흰 끈으로 잡아 맨 가방, 석작들, 크고 작은 보퉁이들, 낡아빠진 륙색 하나씩은 다 들고 끼고 이고 지고 있노라니까 혼잡하고 붐비기란 이를 데 없었다.
"저거, 내 짐이 떨어져요. 아니, 어딜 뚫고 들어오는 거요?"
먼저 타고 있는 축들은, 눈을 바로 뜨고 텃세를 부렸다.
"이게 당신 전용차요? 원 별말을 다 듣겠구료."
이런 점잖은 항의도 있거니와, 대개는 눈알을 사납게 굴리며 으르렁댔다.
"햐, 이것 봐라! 여기서까지 욕심을 부리는구나, 여보! 당신 왜 여기 있는 거요? 부민관으로 나가면 될 게 아니야?"
"타기 싫다면 집어던져! 우리나 편히 가게. 원, 별 게 다 있군."
한쪽 구석에 자리잡고 앉은, 수염이 하얀 노인이 곰방대를 신바닥에 문

지르며 탄식한다.

“이거 모두가 수라장이란 말야. 새 정부가 섰대도 뭐 더 난 게 있어야지? 국회에서 쌈질만 하니까 어딘들 별수 있나?”

“글쎄요. 언제나 우리네 살림이 나아진대유?”

반백의 여인이 눈을 가늘게 뜨고 처량한 얼굴을 짓는 것을 바라보며 향운이 한숨을 삼키고 있는데

“올라오시겠으면 자!”

하고 아까의 청년이 위에서 불쑥 손을 내밀었다.

짙은 눈썹 아래서 검은 눈이 어서 잡으라고 재촉하는 성싶다. 향운은 잠깐 망설이다가 뒷사람을 생각하고 선뜻 그의 손바닥에 자기의 손을 놓았다.

“엣샤!”

무슨 짐이나 올리는 듯 그가 가볍게 구호를 하며 향운을 잡아끌었다. 올라와서 보니 과연 변변히 발을 넣을 곳이 없었다.

“이 색시가 내 발을 밟네.”

그의 발을 피하여서 잠깐 옆으로 비켰지만

“눈이 없소? 석작이 부서져요.”

이번에는 사내의 음성이 탈을 잡았다.

‘어머니 말씀대로 버스로 왔다면 이 꼴은 안 당할텐데.’

향운은 게으름 부리다가 가까운 역으로 온 것을 후회하였다.

“이거 정말 비극인데?”

이유를 들었다.

“시간 없어요. 빨리 주시오.”

“뭘 어물대요? 사내답게 척 내주지 못하고?”

1그들의 긴박한 재촉을 듣고도 젊은 매표원은 빤히 그들의 행색을 바라보다가 결심한 듯이 물었다.

"어디죠?"

"둘 다 수원까지."

정이 향운을 돌아보며 얼른 대답하라는 눈짓을 하였다.

"난 시흥이에요."

"하난 시흥!"

정이 되받아 소리치고 요구대로의 찻삯은 그들의 손에 쥐어졌다.

"괜찮은 친구야."

승리의 얼굴을 하며 륙색의 청년이 콧날을 실룩여 보이고 정은 향운에게 돈을 건네며

"가까운 여행이군요."

하였다.

그들이 행길로 나왔을 때 주렁주렁 사람이 맺힌 곳간차를 줄줄이 단 디젤은 한결같이 연연한 고동을 울리며 노량진 역을 떠났다.

"어떻게 우리 동행하시겠어요?"

정은 연분홍 보자기를 만지작이는 향운에게 물었다.

"전 곧 가야겠어요. 오늘은 여러 가지로 폐를 끼쳤습니다."

향운은 그들에게 정중하게 머리를 숙여 보이고 총총히 그 자리를 떠나 전차 정류장으로 갔다.

"진석이. 자네 전차표 있나? 우리도 시외 버스 있는 데까지 가세."

"흥. 자네가 첫눈에 홀린 모양일세 그려. 표야 있지."

진석은 어디선가 구겨진 전차표를 꺼내어 전차에 올랐다.

"봐! 저기 섰어."

단정하게 서서 밖을 내다보는 향운을 보고 진석이 정의 등을 꾹 질렀다.

"자식이 왜 이렇게 안달이냐?"

그러면서도 정의 시선은 향운에게로 끌렸다. 연보랏빛 저고리에 아래

가 부우하게 부풀어오른 곤색 치마를 입고 굽이 없는 자색 평화를 신은 향운의 옆모습은 수수하면서도 세련되었고 더구나 그의 정돈된 이목구비와 갸름한 윤곽이 선명하게 뛰어났다.

'어째서 낯이 익은가?'

정은 혼자 궁리에 잠겼다. 처음부터 어디에선가 본듯한 얼굴이라고 느꼈는데 찬찬히 뜯어보노라니 더욱 아리송하게 정신이 아물댔다.

'어디서 봤을까?'

향운은 유유히 흐르는 강물에만 시선을 펼친 채로 두 손으로 책보를 안고 맥맥히 서 있었다.

'그 맑은 눈에 왜 겁이 끼었을까? 저 고운 이마에 왜 우수가 서렸을까? 저 애띤 몸이 왜 피로해 보일까? 어디가 아픈 것인가?'

"이봐! 정신 놓지 말어. 다음에서 내려야 해."

진석은 정의 귀에 빨리 소곤대고 자기가 먼저 내렸다.

"그건 네 자신에게 이르는 말이냐?"

정은 빙그레 웃으며 진석의 뒤를 따라 울긋불긋한 버스들이 몰려 있는 데로 갔다.

"저기서도 자네게로 끌리는 모양이지? 영락없이 이리로 오는군."

"넌 중간 보고에 꽤 바쁘겠다."

정은 진석의 말을 받으며 향운에게로 가까이 갔다.

"어차피 동행이군요."

"아마 그렇게 되나 봐요."

"하루 예정이십니까?"

"네."

정과 향운이 대화하는 동안 진석은 먼저 차표를 샀다. 거의 만원이 되어 가는 자리에서 겨우 둘만을 얻었다는 것이다.

"자네하고 두 분이 앉게. 난 서서 가지."

진석은 향운에게도 표를 주었다. 향운은 보자기 틈에서 큰 지갑을 꺼내어 진석에게 찻삯을 가리며

"감사합니다. 두 분이 앉으셔야죠. 전 가까우니깐 서서 가도 되요."

하고 한쪽으로 비키려 하였다.

"아니 아냐. 진석이 네가 앉아라. 매양 약자가 보호를 받는 법이니까 말야."

정은 어른답게 말하면서 진석의 어깨를 다둑거렸다. 그리고 향운에게도

"안심하고 앉으십시오."

하였다.

"전 보호를 받을 만큼 한 약자가 아닌걸요."

"네? 하하, 그러심 곤란한데요."

주위의 사람들은 호기심이 어리는 눈으로 이들을 주목하였다.

"그냥 약자인 척하고 이 강자 곁에 앉아 가십시오."

진석은 향운에게 또 한 번 권했다. 어딘들 다르랴 싶어 크고 작은 짐들을 가진 사람들이 꾸역꾸역 모여들었다.

"제 염련 마시고 어서 두 분이 앉으세요."

처음에는 호기심으로 바라보던 눈들은 설자리도 없는 처지에 이 무슨 사치스러운 유희냐는 듯이 증오의 빛을 담고 이들을 노렸다.

"이래선 안 됩니다. 남의 이목도 있으니 어서 앉으세요. 아까 역에선 강자로서의 대우를 받으셨던가요?"

정은 나직하게 말하면서 향운을 자리에 밀었다. 그의 위압적인 언동이 모르는 결에 향운을 지배하는 듯 향운은 잠자코 한 자리를 차지하였다.

"진석이 앉어라. 나중에 나랑 바꾸면 되지 않아?"

진석도 더 버티지 않고 다소곳이 복종하였다. 결국 정이 향운의 자리 곁에 서서 가게 된 것이다.

돌아설 틈새도 없이 차곡차곡 사람들을 쟁여 놓고 나서야 버스는 떠났다. 떨어져서 죽는 염려만 없을 뿐이지 기차와 마찬가지의 고생이라고 진석은 납작한 륙색이 뒷사람에게 닿아서 불평을 들을 때마다 등을 추스르며 중얼거렸다.

"자식 언제나 철이 들어? 기차도 안 된다, 버스도 못 타겠다, 비행기나 타지, 그랬어?"

정이 핀잔을 주었다. 버스가 덜거덕거릴 때마다 정의 어깨에 걸친 가방이 향운의 볼을 쳤다. 향운은 손으로 뺨을 가리고 외면하자니 자연히 창밖으로 눈이 갔다.

영등포까지는 줄곧 시가지라 여느 때도 분잡한 거리가 명절을 앞두고 한결 더 복작대는 것 같았으나 멀리 눈을 보내면 남빛으로 푸른 하늘에는 하얀 구름덩이가 송이송이 한가롭게 떠 있었다.

누르러 가는 논과 단풍든 산이 얼마동안 열리다가 시흥에 닿고야 말았다.

"참말 너무나 짧은 여정이시군요."

향운이 바스스 일어나자 정이 한 마디를 던졌다.

"오늘은 정말 실례가 많았어요. 안녕히들 가세요."

향운은 그들에게 목례만으로 인사를 치렀다. 허리를 굽힐 공간의 여유도 없기 때문이었다.

버스가 가로수 속으로 아물아물 사라지는 것을 향운은 걸으면서도 놓치지 않았다.

'퍽 착해 보이는 청년들이었어.'

논두렁길로 접어들면서도 향운의 머리에는 아까의 장면이 계속되는 것이다.

'어머니 말씀대로 바로 버스장으로 나갔던들 저이들과는 생면부지일 텐데.'

'그런데 왜 낯이 익을까? 어디서 본 듯한 얼굴이야.'

향운은 짙은 눈썹과 넓은 이마의 정을 다시금 그려보았다. 눈도 꽤 검고 코도 높고 입도 넓죽했다. 털털한 음성이 인상적이었다.

'나 좀 봐! 어쩌자고 한 번 본 사람에게 호감을 갖는 거지?'

다시 어디서 만날 수도 없을 사내에게 집착을 가지는 자신이 얄미웠다.

"향운이 정신 차려! 네 가슴속에 누가 있는 거냐? 네 뱃속에서 무엇이 자라는 거냐?"

향운은 문득 입밖에 내어 부르짖은 자기의 목소리에 스스로 놀라 사방을 휘휘 둘러보았다.

저만큼 앞서서 너절한 짐꾸러미와 석작을 얹은 바지게를 지고 가는 짐꾼이 걸어가고 뒤에는 자루를 머리에 인 아낙네가 멀찌감치 따라올 뿐, 좌우에는 누런 벼이삭들이 나는 모르겠노라 는 듯이 무거운 고개를 숙이고 있었다.

향운은 안도의 큰 숨을 내쉬고 살그머니 가슴 아래를 쓸어 내렸다. 남의 눈에 띌까 봐 일부러 부수수한 치마를 골라서 입었건만 향운은 쉴새없이 자기의 아랫도리에 감시의 눈을 주는 것이다.

치마를 매만지는 양 가만히 배를 만져 보던 그의 손이 전보다 약간 두드러지는 것을 느끼는 순간 향운은 입술을 지그시 깨물었다. 오늘만이 아니라 수시로 행동하는 일이면서도 그럴 때마다 새로운 기우와 전율이 오는 것이다.

'사생아를 낳는다?'

향운은 가볍게 진저리를 치면서 바쁘게 발을 떼었다.

'어머니 말씀대로 타태를 할까?'

향운은 스스로 소스라쳐 놀라며 강하게 머리를 흔들었다. 호응이나처럼 뱃속에서도 바르르 떠는 동요가 있었다.

'될 말인가? 그 귀한…….'

며칠 전부터 꼬무락대기 시작하는 가엾은 생명에게 향운은 나날이 자라나는 색다른 애정을 느끼며 있지 않은가?

'낳아야지. 절대로 낳아야 해. 그의 생명체를 또 하나 창조하는 거야.'

향운은 발을 탁 굴렀다. 메뚜기가 펄쩍 뛰어 논으로 날아갔다. 오 리나 남짓 걸어와서 향운은 덩실한 기와집으로 들어갔다. 마당에서 나뭇단을 뒤적이던 이모가 향운을 보고 반색하며 마주 걸어왔다.

"아이 네가 어떻게 오니?"

"어머니가 오실려는 걸, 저가 오겠다고 나섰더니만 어떻게나 복잡한지 아주 혼이 났어요."

"오늘이 무슨 날인데 왜 안 그러겠니? 몸두 불편하다며 고생했겠다. 그래 언니랑 안녕하시지?"

이모는 향운의 손을 잡아 마루로 올라갔다. 사십이 될락말락한 나이이기도 하지만 촌에서 사는 여인으로는 지나치게 세련미가 있었다.

"어머니야 안녕하시지만 아주머니가 시골에서 혼자 쓸쓸하게 지나신다고 늘 그 걱정만 하시는 걸요 뭘."

"자긴 안 그런가? 가운이 불행해서 형제가 다 홀로 된 걸 이제야 별수 있나?"

이모는 고적이 깃들여 있는 쓸쓸한 미소를 보이며 기역자로 굽어진 기와 지붕을 바라보았다.

"그래도 너희 아저씨가 선견지명은 있었던 모양이야. 이 집에 기와를 올려놓고 돌아가셨으니 말이다."

"그리게 말예요. 안 그랬더람 아주머니가 혼나실 뻔했죠?"

"아, 그럼. 해마다 이 큰 집 이엉하기에 더 슬플 뻔했지."

아들이 없는 향운의 외가에 데릴사위로 들어왔던 이모부가 3년 전에 죽은 것을 말하는 것이었다.

"참, 어머니가 이거 아주머니 저고리라고. 최신 유행감이래요. 그런데 종진이가 어딜 갔게 눈에 안 봬요?"

"저희 아버지 산소에 간다고 나가더라. 제 손으로 벌초해 본다나?"

"어마 효자네요. 참 이건 고기래요. 실과는 무거워서."

"실관 해 뭘 해? 대추에 감에 밤에 다 있는걸. 아이 언닌 이걸 뭐라고."

이모는 화려한 무늬의 은빛 나는 저고리를 펼치며 눈을 빛냈다.

"그거 아주머니 맘에 드세요?"

"그럼 네겐 너무 과하지."

이모는 또 한 번 옷을 뒤쳐 보았다. 퍽 만족한 표정이었다.

"사실은 그거 제가 해 온 거예요."

"저런! 네가 무슨 돈이 있어서? 이젠 학교도 그만뒀다며."

"호호 그때 벌어 놓은 돈이죠 뭐."

"아이 고긴 또 왜 이렇게 많이 보내셨어?"

이모는 서너 근이 넘어 보이는 고기를 들어보며 또 잔 치사를 했다.

"아주머니."

향운은 은근하게 그리고 간절하게 이모를 불렀다.

"저 아주머니께 청이 하나 있는데요. 들어주시겠어요?"

"호호 갑자기 무슨 청이야? 너 그래서 이걸 해 왔구나."

이모는 고운 눈초리로 저고리를 흘겼다. 그 눈이 꼭 어머니와 같다고 다시 느끼며 향운은 방그레 웃었다.

"그럼요. 교환 조건인 걸요."

"그래? 차차 듣자구나. 점심 준비나 하고 나서 응?"

이모는 부엌 모퉁이에서 유기 그릇을 닦고 있는 식모에게 무엇인가를 차근차근 일렀다.

깨끗하게 씻어서 말리는 대소의 채반과 석작의 위아래 짝들이 장독대와 단 위에 가득히 널려 있었다.

담 길이대로 긴 화단에는 대문께로 코스모스와 달리아가 한껏 휘늘어졌고, 기역자 방 끝쯤으로 큰 파초가 한물 지나간 넓고 길다란 잎사귀들을 너울거리고 있었다.

그 이웃에는 아담스럽게 딱 바라진 월계화의 무성한 떨기가 방울방울 예쁜 꽃송이를 자랑하며 그림같이 아름답게 서 있고, 그 곁으로 국화가 금새 향기를 토할 듯 반개 중에 있었다.

화단가로 나지막하게 아직도 타고 있는 사루비아의 꽃이 쭈욱 행렬을 지어 피어 있어서 마당은 사뭇 환하고 색스러웠다.

"아주머니네 화단은 언제나 봐도 멋져!"

향운에게서는 모르는 결에 감탄사가 새어 나왔다. 그는 뒷문께로 다가앉으며 뒤뜰을 내다보았다.

두 개나 되는 감나무에는 붉어 가는 감이 드문드문 붙어 있고 대추나무에는 반 익은 대추가 먹음직스럽게 조랑조랑 달려 있었다.

'저거나 하나 따먹어 볼까?'

막 일어나려고 하는데 눈치나 챈 듯이 이모가 조그만 함지박에 감과 풋대추를 가지고 왔다.

"햇거니, 이거나 맛 봐라. 언니께 보내려고 좀 따 뒀다만 금년엔 많이 안 열렸어."

"단감이라고 약간 버티는 거 아녜요?"

향운은 재빨리 자줏빛의 풋대추 하나를 집어먹었다. 싱싱하고 단맛이 혀끝에서 녹아나는 것 같았다.

"그래 네 청이란 뭐지?"

이모는 감을 깎으며 물었다. 향운은 벌써 세 개째나 깨물던 입안의 것을 얼른 삼켰다.

"저 방 하나 빌려주세요."

"방을?"

이모는 머리를 들어 향운의 기색을 살피고 다시 눈을 깔았다.

"뭘 허게?"
"제가 여기 와 있으려구요."
"네가? 혼자서 말이냐?"
이모는 깎은 감을 향운에게 주며 말끄러미 조카딸의 눈을 바라보았다.
"네. 혼자 휴양 좀 하려구요."
향운은 이모의 시선을 피하여 꽃에 눈을 주었다.
"이 학기부터 학괄 쉬길래 그저 그런가 보다 했더니만 몸이 그렇게나 나빠졌니?"
"……."
"아닌게아니라 얼굴이 형편 아니로구나. 대관절 아픈 데가 어디냐?"
"신경 쇠약증인가 봐요."
향운은 무턱대고 대답했다. 손에 쥔 감이 아직 그대로였다.
"어서 감이나 먹으렴."
이모는 비어 있는 방에 일별을 보냈다. 건넌방과 부엌을 함께 쓰는 기역자 모서리 방이었다. 그 곁이 광이요 거기 딸려서 머슴 부부의 방이 있었다.
"방은 비어 있으니깐 맘대로 쓰려무나만 언니가 허락은 하셨니?"
"어머닌 아직 모르셔도 전 벌써부터 이 계획을 세웠어요. 그래서 오늘두 어머니가 오시겠단 걸 제가 온 거죠."
"아무려나 하렴. 집이 외따로 있어서 휴양하기도 좋을 거야. 그래 언제쯤 오게?"
"이래저래 이 달 그믐께쯤 오게 될 거예요."
향운은 어느 새 감을 다 먹고 부지런히 대추를 집고 있었다.
"난 외롭지 않아 좋지만 언니가 쓸쓸하시겠다."
"뭘요? 동운이랑 경운이가 있는데요."
"하기야 경운이만 있음 떠들썩할 테니깐."

"아주머니. 저 내내 여기서 살아두 되요?"

향운은 태연하게 말하는 척하면서도 날카롭게 이모를 관찰하였다. 이모는 대수롭지 않게 대꾸했다.

"맘대로 하렴. 시집도 안 가고 어디 언제까지 사나 볼까?"

향운은 말없이 이모를 마주보았다. 그의 맑은 눈에는 애수와 절망의 검은 그늘이 어린 듯하였다.

'얘에게 무슨 곡절이라도 있는 것일까?'

이모는 선뜻하게 가슴에 마치는 무엇인가를 느끼고

"얘, 너 왜 갑자기 따로 날려고 그러니?"

하고 정답게 물었다.

"갑자기가 아니라니깐요. 도회지가 싫어졌어요. 조용한 데서 묻혀 살고 싶어 그래요."

향운은 회피하려는 듯이 일어나 자리를 떴다. 뜰로 내려가는 향운의 뒷모습에 연민의 시선을 보내며

'너무나 얌전한 애라 신경과민증에나 걸린 모양이지.'

이모는 이쯤 짐작하는데 대문 쪽이 왁자했다.

"어이쿠, 귀빈이 오셨구료. 누나 언제 왔어?"

종진의 기탄 없이 떠드는 소리는 계속되었다.

"누나 오실 줄 알았더면 내가 안 나갔거나 저만큼 마중이라도 나갈텐데 말야. 누나 오신 지 오래요?"

"한 시간쯤 됐을까?"

"원 이런! 서울에서도 자주 못 뵙는 누나가 오셨는데 딴전만 쳤지."

"뭐가 딴전이야? 너 아저씨 산소에 벌초 갔드래면서?"

"벌초란 말뿐이지 애들이랑 뒹굴다 온 걸요. 자, 어서 올라갑시다."

종진은 향운의 손을 잡아끌었다. 고등학교 2학년으로는 퍽 숙성한 학생이었다.

향운의 집이 너무 멀다고 학교 근처에 하숙을 정하고 있는 까닭에 외아들인 종진은 향운을 무척 따랐다.

"누나 신색이 상하셨구려."

어머니를 닮아 도톰한 윤곽에 고운 눈을 가진 종진은 어른답게 말하면서 향운의 얼굴을 더듬었다.

"그러기에 휴양 차로 집에 와서 있기로 했단다."

"정말? 참말이야 누나?"

말은 어머니가 했는데 종진은 누나에게로 대들었다.

"아주머니 말씀대로야."

"아이, 좋아라!"

종진은 껑충 뛰면서 한 바퀴 빙 돌았다. 향운의 아우 동운이보다 한 살만 아래인데도 종진은 어린애처럼 천진난만하였다.

"애두. 넌 서울에 있을 텐데. 나 여기 있을 게, 뭐가 좋아?"

향운은 종진에게 끌려 마루로 다시 올라오고 이모는 부엌으로 나갔다.

"누나가 우리 집에 계신다고 생각하면 시흥 쪽이 환할걸요. 난 토요일 아니라도 가끔씩 오구요."

"김칫국 먼저 작작 마셔! 잰 언제나 철이 드나?"

이모는 부엌 속에서도 아들에게 농담을 걸었다. 마디마디 어머니의 정이 담뿍 엉겨 있었다.

향운은 종진에게 감과 대추를 먹인 후에 함께 빈방에 가 보았다. 이 간남짓한 방인데도 고색이 창연한 삼층 장과 머릿장이 한쪽을 차지했고 큰 광주리가 자줏빛의 윤이 자르르 흐르는 마른 고추를 담은 채 한가운데를 점령하여서 좁게만 보였다.

한참이나 비어 놓은 방이라 곰팡냄새 비슷한 탕내에 매운기가 섞여 후각을 자극했다.

"휫, 무슨 냄새야?"

종진은 코를 벌름거리며 재채기를 했다. 그러나 향운은 가슴이 싸늘하게 식어 오는 것을 느꼈다.

'이 방에서 나는 아버지 없는 아이를 낳아야 한다. 그리고 얼마간은 이 방에서 살아가야 할 것이다. 가엾은 생명들이 우접할 이 좁은 방안은 당분간은 나의 세계가 될 것이다. 그렇지만 누가 단언하랴? 새로운 생명이 출생하는 그 순간에 내가 끝내 무사할 수 있으리라는 것을…….'

향운의 눈에 뜨거운 눈물이 돌았다. 종진은 그러한 향운을 보고

"누나도 바보야. 고추가 메워서 눈물까지 다 짜내우? 엄마! 이 고추 그릇 옮기세요. 제가 소제해 놓을 테니 내일이라도 누나 오도록 하세요." 하고 수선을 떨었다.

"왜 엄마더러 옮기래? 우리가 해도 될 걸."

향운은 즉시 맘을 돌려서 웃는 낯으로 종진의 손을 잡았다.

"그럼 네 말대로 오늘 대강 치워 둘까?"

"그러자니깐요. 이왕 누님 계신 김에 말이죠."

이모는 이들의 대화를 들으며 이쪽으로 왔다.

"진작 빨아버릴텐데 좀 바빠서. 자, 여기 얹어라."

이모는 광의 선반을 가리켰다. 그들은 고추 광주리를 옮기고 대충 거미줄을 걷고 먼지를 떨었다. 방바닥을 쓸고 닦고 하는 데서 향운이 따를 수 없을 이만큼 종진의 동작은 빨랐다.

"내일 듬뿍 불을 한 번 때 놓을 테니 지내건 맘 내키는 대로 오려무나."

"네."

향운은 지극히 짤막한 대답을 하였으나 그 짧은 한 토막에는 일만 가지의 회포와 사려가, 그리고 형용할 수 없는 슬픔이 담겨 있는 것을 아무도 감득(感得)하지 못했다.

점심에는 닭고기 전골을, 이른 저녁으로는 새 녹두로 만든 빈대떡을 잔뜩 대접받고 향운은 이모의 집을 나섰다.

벌써 동녘에는 열 사흘 달이 덩실 솟아 있었다.

"너무 많이 먹었더니만 걸음이 다 안 걸리네요."

사실 향운은 색다른 여러 가지의 것을 맘껏 먹었다. 풋실과며 신선한 나물이며 햇녹두 지짐 따위의 남의 집 음식을 탐나는 대로 먹어 치웠던 것이다.

이모는 동네 밖까지 배웅 나와서 조심해 가라고 재삼 당부했다.

"종진이도 들어가. 이따가 너 혼자 올려면 적적할 테니 나 주고 그냥 아주머니랑 들어가라니깐."

향운은 종진의 손에서 보퉁이를 뺏으려 했다. 감이며 밤, 대추, 약간과 빈대떡을 넣은 자그마한 석작을 향운의 분홍 보자기에 싼 것이었다.

"누나 혼자도 잘 안 걸린다며 이걸 어떻게 들고 가요? 꽤 무거운데."

"그렇지만 이따가."

"이따가 반쪽이 온들 무서울까 봐서? 남자가 여성하고 다른 게 그런 점이거든요."

"장하군……."

"장하지 않구요. 언제나 약자란 강자의 보호를 받기 마련이거든요."

"어마. 너도 그런 소릴 하는구나."

"또 누가 그런 소릴 해요?"

향운은 방그레 웃기만 했다.

정이라는 청년의 털털한 말소리가 들리는 것 같았다.

'어떻게 재미라도 봤을까? 생명을 걸고 가는 낚시질이었는데.'

향운은 킥 웃음을 터뜨렸다. 하루의 오락에 생명을 걸 수는 없다고 곳간차에서 뛰어내리던 진석이 떠올랐다. 그는 분명히 아직도 재학 중인 학생 같았는데 정은 어딘지 성숙한 기가 풍겼던 것이다.

"누나, 왜 웃는 거요?"

"아냐. 괜시리 웃음이 나왔어."

"누나 혼자만 무슨 재미난 추억을 더듬고 있는 거 아니우?"

향운은 가슴이 뜨끔했다. 순진하면서도 무척 날카로운 감정을 가진 종진에게는 어쩌는 수 없다고 황망히 부인해 버렸다.

"애두. 추억이 다 뭐야? 남 숨이 가빠 죽겠는데."

아닌게아니라 이제는 식후의 행보가 퍽 고되기 시작하여서 지금도 불러오는 배를 가누기 힘들었던 것이다.

"그럼 더 천천히 갑시다."

종진은 걸음을 늦추고 하늘을 쳐다보았다. 달이 그들의 머리 위에 있었다.

"누나, 이 달은 골든먼트이니만큼 휴일이 참 많죠?"

"더 좋을 일 났지."

"나만요? 어른들은 어쩌고요? 낚시광들은 아주 야단들이던데요."

마치 증거나 보이려는 듯이 낚싯대를 걸머진 3, 4인의 태공망들이 주럭을 들고 지나갔다. 향운은 문득 생각했다.

'그들도 지금쯤은 돌아올까?'

어느 덧 큰길에 닿자 저쪽에서 두 개의 불덩이를 켠 버스가 달려왔다.

"마침 잘됐다. 그럼 종진이 조심해 가고 추석날 집에 와, 응?"

향운은 종진에게서 짐을 받아 총총히 버스에 올랐다. 그러나 평안하게 설자리조차 없어서 향운은 석작을 안고 이리 비틀 저리 비틀 중심을 잡지 못한 채로 흔들리고 있는데 뒤에서

"기어코 또 동행이 되는군요."

하는 정의 독특한 음성이 들렸다. 향운은 깜짝 놀라며 고개를 돌렸다. 뒷사람의 어깨 위에서 넓죽한 입이 빙그레 웃고 있었다.

"어쩜!"

경탄의 외침은 향운의 입안에서만 안타까웠다.

"좀 늦으셨군요."

진석도 가만히 있지 않고 인사를 닦았다. 그의 흰 얼굴이 약간 그을려서 철색이 되었다.

"여기 앉으세요."

진석은 자리를 내놓고 일어섰다. 우편의 두 번째 끝 좌석이었던 것이다.

"마침 잘됐군요. 진석이가 양보한다니 가서 앉으시죠."

정은 사람의 틈을 비집으며 향운의 짐을 받으려고 손을 내밀었다.

"전 잠깐 가면 될 테니깐 그냥 두겠어요."

"고집 부리지 말고 빨리 오세요."

정은 기어코 향운의 손에 들린 보자기를 잡아끌었다. 뭇 사람의 시선이 이들에게로 모였다.

향운은 마지못해 진석의 자리로 가서 짐을 무릎 위에 안으며 단정하게 앉았다.

"이렇게 밤낮 폐만 끼쳐서 어떻게 해요?"

향운은 누구에게 향해서인지 모르게 치사를 하고 진석은 그 말을 받았다.

"뭘요. 꼭 오실 것 같기에 하나 맡아 둔 것뿐인데요."

"자식."

정은 피식 웃으며 진석의 어깨를 쳤다. 멀리 달빛을 안은 산과 들이 잠깐 지나고 이어 영등포 시가의 불빛이 찬연하게 빛나는 동안 향운은 자기가 순간적이나마 아늑한 행복감에 잠겨 있었던 것을 깨닫고 머리를 털며 허리를 폈다.

'소갈머리 없는 계집애지. 어쩌자고 한눈을 파는 거야?'

향운은 짐짓 딴 생각을 끄집어냈다. 시흥에 가서 살 수 있도록 어머니가 승낙해 줄 만한 구체적인 방안이라도 꾸미는 것이 옳겠다고 정신을 모아 말 장만을 하려고 하였으나 갈 때처럼 정의 가방이 제 뺨을 건드릴 때마다 야릇한 촉감이 척추를 타고 흘러 애써 모은 구상은 이내 산산이 흩어지고 말았다.

영등포를 지나 노량진이 가까워오자 운전사 곁에서 어느 짐 많은 상인이 역 앞에서 정차해 달라는 교섭을 하다가 거절을 당했다.

"그렇게만 되면 참 좋겠는데."

정은 혼잣말로 중얼거렸다. 그것은 바로 향운이 바라고 있는 거이었다.

'저이의 집도 이 근처 어딘가?'

아침에 노량진 역에서 만났던 것으로 미루어 보면 그렇기도 십중의 팔구는 될 것 같았다.

상인의 수차의 교섭이 드디어 효과를 낸 모양으로 버스는 역 앞에서 멈추었다.

"더 가시나요? 진석이 내일 만나자."

정의 짙은 눈썹이 향운에게로 향하여 물으며 그는 걸어나갔다.

"전 여기서 내려야 해요."

향운은 황망히 정의 뒤를 따랐다. 진석이가 뒤에서 말했다.

"즐거운 시간을 갖게!"

버스가 떠나자 정과 향운은 마주보았다. 달빛에서 향운의 얼굴은 대리석의 조각처럼 단려하게 떠올랐다.

"댁이 여기 어디신가요?"

"네."

향운은 정에게 머리를 숙여 보이고 그의 앞을 질러 바쁘게 발을 옮겼다.

"상도동 길로 올라가시나요?"

"네."

"그럼 어차피 또 동행이 되는군요."

"……."

"그 짐은 내가 들어다 드리죠."

"괜찮아요."

"무거워 뵈는데요?"

"그렇지도 않아요."

"실례지만 어디 좀 들어 봅시다요."

정은 성큼성큼 다가와 향운의 손에서 짐을 빼앗았다.

"이렇게 무거운데 괜한 고집이시군."

정은 향운과 나란히 서며 걸음을 맞췄다. 향운은 더 사양하지 않고 그에게 짐을 맡긴 채 상도동의 큰길로 돌아들었다.

"이거 추석 선물인가요?"

"이를테면 그런가 봐요."

"일가 댁에 가셨댔군요."

"아주머니 댁에 갔었어요."

"늦으셨군요."

"네. 좀……."

무뚝뚝하게 생긴 품으로는 꽤 자상스럽게 파고들었다.

"선물 교환이셨군요."

"그랬나 봐요. 호호."

향운은 이모와 교환 조건을 내세운 것을 상기하고 모르는 결에 실소하였다. 그러고는 곧 후회하였다.

'헤픈 계집애. 처음 보는 남자 앞에서 웃긴 왜?'

"어느 쪽이 더 우세했나요?"

"네?"

"교환물의 내용을 말하는 것입니다."

"호호, 그건 잘 모르겠어요."

향운은 두 번째나 웃었다. 여섯달만에 처음으로 개방된 심정이었다.

"오전엔 가벼워 보였는데요."

"중량보다도 질(質)의 문제가 아닐까요?"

"참 그렇겠군요."

정은 향운을 힐끗 내려다보며 싱긋이 웃었다. 잠깐 쳐다보는 향운의 눈에 그의 흰 이가 눈부셨다.

"그럼 이건 헛무게인가요?"

"또 그 말씀이세요?"

"오늘같이 살인적인 복잡한 날에 영양께서 친히 출장을 해서 가져오신다면 그만큼 값비싼 선물이라야 하지 않을까요?"

"절 비꼬는 말씀이시군요."

"하하. 그렇다고 할 수 있죠."

정은 소리내어 웃었다. 털털한 음성인데도 웃음만은 맑았다. 그 맑은 웃음소리가 달빛과 잘 어울린다고 느꼈다.

어느 덧 초등학교 앞을 지났건만 그들은 끝없는 노정인 듯이 천천히 발을 떼었다.

"그런데 참 이상해요."

향운도 정을 골려 주고 싶은 마음에서 말을 꺼냈다.

"낚시 잘 가셨댔죠?"

"틀림없었죠."

"그런데 왜 빈손으로 오세요?"

"하하, 그걸 노리셨군요."

정은 어깨를 추슬러 가방과 케이스를 올리고 손바닥을 가볍게 마주 비볐다.

"강태공이가 아닌 댐에야 누가 빈손으로 와요"

"그럼 현물을 보여 주셔야죠."

"나 오늘 이어 다섯 마리하고 붕어는 이십여 수나 잡았어요. 그래서 모두 진석이 줘 버렸는 걸요."
"어마!"
향운은 곧이 들리지 않는다는 눈치로 정을 쳐다보았다.
"낚시질의 묘미란 낚는 데 있는 거지 먹는 데 있는 게 아니거든요."
"그렇긴 할 거예요. 그렇지만 기껏 잡으셨는데 아깝지 않아요?"
"천어 좋아하십니까?"
정은 뚱딴지같은 질문을 하였다.
"천어라뇨?"
"바닷물이 아닌 담수에서 잡는 고기 말입니다. 강이나 호수나 시내에서 낚는 그런 물고기를 좋아하시느냐구요."
"뭐 별로…… 왜 그러시죠?"
"좋아하신다면 낚아다 드릴려구요."
향운은 어처구니없다는 듯이 빤히 정을 올려다보았으나 그는 진실한 얼굴로 있었다.
"이래봬두 기술은 상당하거든요. 갈 때마다 다량의 노획물을 가져오지만 집에선 환영을 하지 않으니깐 진석이 좋은 일만 하게 되죠."
"왜 그러실까요? 더 대견하실 텐데요."
"일요일마다 교회엔 안 가고 낚시질만 다니니까 아마 미워서 그러시나 부죠."
"그럼 딴 날 가심되잖아요?"
"학교 결석하고요?"
'아마 졸업반이나 되는 모양이지?'
향운은 정이 아직 학생이라는 데서 좀더 친밀감을 가질 수 있었다.
"전 이리로 가야 해요."
향운은 바른편 쪽의 골목을 가리키며 오뚝 섰다. 그리고 어서 짐을 달라는 듯이 손을 내밀었다.

"그냥 더 걸읍시다요. 짐은 내가 댁에까지 가져다 드리죠."

"아녜요. 그냥 주세요. 여기까지도 너무나 감사한걸요."

"유종의 미를 거두기로 합시다. 자, 어서 걸으세요!"

정은 또 위압적인 어조로 향운을 재촉하며 휘적휘적 앞섰다. 하는 수 없이 향운은 그 뒤를 따랐다.

'꽤 끈덕진 성격이야. 내가 자기 집엘 가는 격이 됐잖아?'

성큼하게 큰 키에 어깨에는 가방과 낚싯대 케이스를 걸머진 떡 벌어진 등짝하며 등산모를 눌러쓴 갸름하고도 적지 않은 머리통이 정력적인 체질임을 알려주었다.

주객이 전도되어 걸어가는 것이 우스워서 향운은 미소를 머금고 뒤에서 말을 걸었다.

"학교는 어디 나가시죠?"

"참, 자기 소개가 늦었군요. 나 어느 학교 학생 같아요?"

정은 향운을 돌아보았다. 달빛이 없는 골목길이라 그의 표정은 보이지 않았다.

"글쎄요."

향운은 또 한 번 정의 뒷모습을 관찰하고 아침때와 저녁에 겪은 짧은 교제를 통하여서 그의 전공을 알아내려는 듯이 고개를 갸웃하고 잠깐 생각하다가

"공과 대학이신가요?"

하였다.

"아 참. 센스가 예민하시군요. 용케 맞추셨어요. 이왕이면 과까지 알아내시지."

"그거야 어떻게 아나요?"

"그러시겠죠. 나 건축과에 있어요. 내년엔 학사가 되고요."

정은 걸어가면서도 순순히 자기를 설명하였다.

"나 정찬영(燦英)이라고 불러요. 영양께선?"

정은 또 휘딱 향운을 돌아보았다. 향운도 솔직하게 대답했다.

"전 진향운이라고 해요."

"진향운 씨? 향기 향. 무슨 운?"

"구름 운."

"야 향기로운 구름이라! 참 사람에게 탁 어울리는 이름이군요."

"……."

"미스 진 그 실물을 잘 반영한 이름이란 말입니다."

"뭘 그럴라구요. 인제 다 왔어요."

아담한 기와집 앞에서 향운은 발을 멈췄다.

"아, 그러세요?"

찬영은 우뚝 서며 집 모양을 쓰윽 한 번 훑었다.

"저야 뭐 별난 게 있어야죠."

"그러신가요? 그럼 나중에 듣기로 하죠. 오늘은 좋은 길동무를 얻어서 유쾌했습니다."

집 앞은 훤히 트인 곳이라 달빛을 받아 정면으로 보는 찬영의 짙은 눈썹과 큰 눈이 더 검게 윤이 났다.

"댁이 이 근처신가요?"

향운은 짐을 받으며 감사를 담은 말투로 상냥스럽게 물었다.

"네. 큰길로 조금만 더 올라가다가 왼편 옆길로 올라갑니다. 가까우니까 자주 뵙게 되겠죠."

"그럼 안녕히 가세요."

"오늘은 고생을 많이 하셨죠."

"저 때문에 되려……."

"모레 추석엔 아까 내가 들고 오던 선물을 노나 주시겠습니까?"

향운이 미처 대답하지 못하고 있는데 찬영은 자기라서 껄껄 웃었다.

"모레 댁에 오면 환영하시겠느냔 말입니다."

"그야……."

그러는데 향운의 집 대문이 열렸다. 찬영의 웃음소리에 누가 나오는 모양이었다.

"그럼 굿 나이트, 미스 진!"

찬영은 손을 척 들어 보이고 골목길로 돌아나갔다.

"향운이냐? 인제야 오니?"

어머니 김난숙 여사였다. 우선 날씬한 몸매가 청초하였다.

"동운이가 시외 버스장으로 나갔는데. 넌 어디서 오는 거냐?"

김난숙 여사는 향운에게서 석작을 받아들었다.

"버스가 마침 역 앞에서 내려 줬어요."

모녀는 집안으로 들어갔다. 과히 넓지도 않은 뜰은 화초로 차서 길만이 빤히 열렸다. 삼십 미만의 식모가 김이 나는 부엌에서 나왔다.

"늦으셨군."

식모는 김 여사에게서 짐을 받아 마루에 놓고 향운을 바라보며 물었다.

"나 시흥에서 먹고 왔어요. 경운인 어디 갔나요?"

"개가 언제 일찍 오니? 때가 돼야 올걸."

"어머니가 너무 방임하시니깐 그러는 거 아녜요?"

어머니는 항의를 띤 눈으로 향운을 힐끗 쳐다보았다.

'넌 방임해서 그 모양이 됐느냐?'

그렇게 꾸짖는 듯하여서 향운은 입을 다물고 건넌방으로 들어갔다.

김난숙 여사는 분홍 보자기를 풀었다. 이제야 마흔 셋이라는 나이도 있거니와 고생을 겪은 푼수로는 아직도 섬섬한 고운 손길이었다.

"원 이거 뭘 이렇게 보냈어? 부모님의 향화를 제게 맡기고도 난 인사도 변변히 못 치르는걸. 이거 봐 아줌마! 채반 가지고 와서 빈대떡 담아요."

몸처럼 가늘고 연연한 목소리였다. 향운의 이모 난순 여사와는 세 살

차이이건만 거의 쌍둥이 마냥 젊었다.

"그래 난순이 몸은 성하지?"

"네. 지금도 아저씨 생각만 골똘히 하고 계시던데요."

"왜 안 그러겠니? 이제야 한창땐데."

김여사는 타는 듯이 안타까운 숨을 후루룩 길게 뿜았다.

어머니의 슬픔이 곧 자기에게로 번져 올 것을 막으려는 듯이 향운은 얼른 마루로 나갔다. 어느 새 긴치마로 갈아입고 있었다.

"어머니. 저녁진진 잡수셨어요?"

"그럼 여태 있을라구."

"동운이요?"

"걔두 먹었지. 어두워서도 안 오니깐 내보낸 거 아니냐?"

"괜시리 허탕치겠네요."

"좀 그럼 어떠냐?"

어머니는 실과를 딴 그릇에 적당히 옮기면서 고분고분 대답하였다. 일이 끝나기를 기다려서 향운은 조용한 때가 지금이라는 듯이 어머니를 불렀다.

"어머니. 얘기가 좀 있어요."

김난숙 여사는 머리를 돌려 딸의 얼굴을 살피다가 안방으로 들어갔다. 향운은 방문을 닫고 어머니의 곁에 앉았다.

"아주머니께 방을 하나 달랬어요."

"……."

"아무래도 서울에선 못 살 테니깐 아주머니 곁으로 갈려구요."

"거기 있음 소문 안 나냐?"

어머니는 외면한 채로 달갑지 않게 대꾸하였다.

"외딴 집에다가 출입이 잦은 데가 아니고. 또 그 수박에 더 있어요?"

"아이구! 하늘두 무심하시지."

김여사는 아까보다도 더 쓰디쓴 한숨을 내쉬었다.
"너무 비관하지 마세요. 사는 데까지 살아 보는 게죠."
향운은 입술을 깨물면서도 어머니를 위로하였다. 김여사는 딸의 심정을 헤아려서 강인하게 태연을 가장하였다.
"그야 당연한 말이지만 그럴라니 오죽이나 구구하냔 말이다."
"저질러 놓은 운명인 걸 거역할 수야 있어요?"
씩씩하게 나오는 딸의 언동에서 어머니는 얼굴빛을 고쳤다.
"그래야지. 하늘이 무너져도 솟아날 구멍이 있다더라고. 너처럼 강하게 살아가노라면 하늘이 돕는 수도 있을 테지."
김여사는 한숨을 삼키고 탄식을 감추면서 맞장구를 쳤다.
"그래 난순이가 뭐래?"
"제가 휴양하겠다니깐 대번에 그러라고 빈방을 내주셨어요. 그래서 종진이랑 오늘 대강 소젠 했어요. 인제 불이랑 지피겠다고 추석 지나거들랑 아무 때라두 오라구요."
"그래, 넌 어쩔 셈이지?"
술술 나오던 향운의 말이 갑자기 탁 막혔다. 그는 고개를 떨어뜨리고 저고리고름을 돌돌 말았다가 폈다가 하다가 살며시 머리를 들었다.
"책이나 두둑이 가지고 가서 공불 하면서 때를 기다릴 밖에 더 있어요?"
"그러고 나선 어떡헌다?"
"눌러 거기 좀 있어야죠. 그러노라면 살 길이 열리지 않을까요?"
말끝이 애처롭게 떨렸다.
어머니의 심장은 칼로 도려내는 듯이 아팠다.
"너 아주머니껜 다 말했니?"
"천만에요."
"희준네 집에도 영 비밀로 할 작정이냐?"

"알릴 필요가 없는걸요."

"그렇지만 이런 큰 일을 너 혼자 어떻게 처리한단 말이냐? 자식은 없어두 종자는 남을 텐데."

"어머니. 전 어머니랑 저 외엔 아무에게도 비밀이길 바랄 뿐예요. 알게 되는 날이 있음 그건 그때 일이죠."

향운의 눈에 이슬이 어리는 것을 본 김여사는 이내 화제를 돌렸다.

"참, 아까 그 청년은 누구냐?"

어머니의 말이 너무나 은근하게 나오는 데서 향운의 기는 질렸다.

"너랑 정답게 얘길 하던데 그게 누구지?"

"기차에서 만난 사람인데."

"아니, 네가 기차로 갔더냐?"

김여사는 눈을 크게 떴다. 가느다란 쌍꺼풀이 또렷하게 그려졌다.

"그렇지도 않았어요."

향운은 역에서 일어난 일부터 시작해서 요령 있게 전말을 보고하였다.

"꽤 친절한 청년이긴 하다만 남성들의 친절이란 독소가 있어서 걱정이지."

"그렇지도 않아 봬요. 부모가 신자들인가 분데 낚시질을 반대한다나요?"

"그런 얘기가 다 나왔어?"

"얘기하는 시간이 기니깐 아무런 말이 다 나올 거 아니에요?"

"공과 대학이라고?"

"네."

"또 하난 어느 대학생이고?"

"그건 안 물어 봤어요."

"모레 온댔다며?"

"말이 그렇지 정말 오겠어요?"

"그야 모르지."

김난숙 여사는 눈짐작으로 희준보다는 더 실팍하게 생겼던 그 청년을 잠깐 회상해 보았다.

"집이 저 건너 동네래요."

"그래? 참 우연한 일두 있다."

향운은 진정 우연이란 기인한 동기를 맺어주는 것이라고 생각했다. 하필이면 오늘 시흥에 가겠다고 떨떨거리고 나섰던 것과 버스를 버리고 기차로 가려고 제 발로 역까지 걸어갔었는데, 우연히 그 청년들을 만나서 동행이 되었고, 또한 우연의 우연으로 돌아오는 길에서까지 끝내 길동무가 되었다니 참으로 신기한 우연이라고 할 수밖에 없었다.

"그러기에 세상이 넓고도 좁고, 지척이면서도 천리처럼 멀기도 하단다."

김여사는 자기만이 알 듯한 설명을 붙였다. 향운도 꿈꾸는 듯한 눈으로 멀거니 화단의 한 끝을 주목하였다.

"향운이 일찍 자렴. 십 리나 걸었으니 몸인들 오죽이나 고되겠니?"

그러는데 대문이 부서져라고 요란스럽게 열렸다.

"누나 뭐야? 남 기다리게 하고선 먼저 와 있다니!"

동운이 굵다란 소리로 떠들었다. 종진보다는 서너 살이나 더 위인 듯이 몸이며 키며 모두 숙성했다. 고등학교의 3학년으로는 지나치게 조숙한 편이었다.

"동운이 미안해. 버스가 내려 준 탓이지 나야 뭘 알았어?"

"그만둬요. 아침에 나 몰래 살짝 빠져나간 거부터가 비위에 거슬린단 말야. 나도 아주머니 댁에 가고 싶었거든. 그래 종진이 녀석 집에 있습디까?"

"산소에 가고 없던데. 나중엔 왔지만. 모레 집에 온댔어."

"누나 그래 뭘 가지고 왔수? 어서 먹을 거 내놔요!"

동운은 교모를 벗어 던지고 마루로 올라왔다.

"넌 밤낮 먹는 타령이냐? 옜다 실컷 먹으렴……."

김여사는 차례 지낼 만큼 내다 덜어 놓고 나머지 과실을 전부 내놨다.

"헤헤 요까짓 거?"

동운은 껍질 째로 감을 베어먹었다. 야성적인 일면을 그의 아버지에게서라도 받았는지 어머니와는 딴판이었다.

"넌 고까짓 거지만 남은 들고 오느라고 땀을 뺐단다. 종진이서껀……."

바로 집 앞에까지 정찬영이가 손수 들어다 주지 않았던가. 그 진실해 보이는 사내다운 청년이…….

하나도 남기지 않고 다 먹을 듯이 덤비던 동운은 얼마 안 가서 그릇을 밀어 놓고 제 방으로 갔다.

향운은 얼른 과실을 소중하게 간직했다. 찬영의 말대로 추석날 집에 온다면 그에게 꼭 먹여야 할 것 같았다.

'나 좀 봐! 어느 새…….'

사람의 마음이란 이렇게 얄팍한 것일까? 인정은 홍모처럼 가볍게만 움직이는 것이 아니련만.

향운은 스스로를 꾸짖어 가며 방에 들어와 고달픈 팔다리를 가만히 뉘었다.

어머니와 식모가 부엌에서 도란거리는 소리가 꿈결에 듣는 듯이 이몽가몽하는데 미닫이가 요란스럽게 열렸다.

"언니 왔구료!"

경운이가 돌아온 것이다. 향운은 못할 일을 하다가 들킨 듯이 발딱 일어났다.

"인제 오니?"

잠에 취한 음성조차 허탈하게 들렸다. 경운은 툇마루에 걸터앉은 채로

"그래 오늘 재미 봤수?"

하고 향운을 말끄러미 바라보았다. 불빛을 받은 발그레한 뺨이 어린애 마냥 보송보송하다고 경운은 언니의 아름다움에 새삼 질투를 느꼈다.

"큰누난 작은누나처럼 재미 보러 다니는 여성은 아니니까."

부엌머리 방에서 굵다란 목소리가 향운의 대답을 가로챘다.

"뭐라구?"

경운은 그쪽에다 대고 날카롭게 일탄(一彈)을 쏘았다.

"큰누나가 어머니 심부름 갔지 재미 보러 간 건 아니잖아?"

동운은 얄사한 연막을 펴며 유들유들하게 응전하였다.

"무슨 챙견야? 남이야 재미를 보건 말건."

"밤마다 통금 시간이 임박해서야 돌아와선 남의 공부 방해를 하는데 왜 챙견을 안 해?"

"어이구, 굉장한 독학가 나셨군!"

쌍방은 기탄 없이 기총 소사를 퍼부으며 대전(對戰)하였다.

"정작 정신을 집중할 때야말로 옆에서 난리가 나도 끄떡 않는 법이란 말야. 남 챙견 다하는 게 무슨 독학이야?"

"염려 놓으시죠. 누구처럼 미술대학엔 가지 않을 테니요."

"어디 두고 봐! 법대에 든댔겠다?"

"들고 말고. 손 짚고라도 들 걸. 누가 저 따위 미술학교 미학과엘 갈까 봐?"

"뭐가 미술 학교야? 당당한 서울 문리대 미학관 줄 몰라?"

"어렵쇼. 이번엔 어쩌다가 편입된 게 그리 장해서 단박에 문리대 배지야?"

"뭐가 어째? 못된 녀석 같으니라구."

경운은 우르르 쫓아가서 동운의 방문을 드르륵 열었다.

"어디 더 말해 봐!"

파랗게 질린 입술이 바르르 떨렸다.

동운은 책을 손에 든 채 머리만을 돌렸다. 그는 조금도 흥분하여 있지 않았다.

"저리 가요! 프로페서 이가 그런 몰골 보다간 재미도 끝장일 거야."
"뭐라구?"
경운은 더 참을 수 없다는 듯이 구두를 내동댕이치고 방으로 막 들어가려는데 김여사가 나와서 딸을 잡았다.
"너흰 만남 이 모양이니 이거 원 남부끄러워 살수가 있어야지. 하나가 참으면 될 걸 가지고 그저 둘이 꼭 맞서니깐 밤낮 요 모양 아냐?"
"내가 왜 참아요?"
"그럼 네가 져야지 꼭 같을 테야?"
"이 집에선 나만 가지고들 야단이야."
경운은 푸념을 마치고 비로소 울음을 터뜨렸다.
"지금은 여름이 아닌걸요. 매미 울음도 이미 때가 지나지 않았어요?"
동운은 경운이 열어젖뜨린 미닫이를 닫으며 오금을 박았다. 경운의 울음소리가 좀더 높아졌다.
"너 나이가 몇 살인데 이 모양이냐? 어서 저리루 가!"
김여사는 경운의 어깨를 팔로 밀었다.
향운도 신발을 끌고 뜰로 내려왔다.
"괜시리 나 때문에 언쟁을 하게 됐지 않아? 미안하다. 자, 어서 가!"
향운은 경운의 손을 잡아끌었다. 경운은 야멸치게 손을 뿌리치고 제 발로 걸어 방안으로 들어갔다.
"헛말 좀 작작 해요. 동운이 말에 언니도 고소했을걸 뭐."
"너 괜히 신경과민이야."
향운은 씁쓰레하게 웃으며 어머니와 마주보았다. 이만한 야료쯤은 항다반이라는 듯이 김난숙 여사도 콧날을 싱긋거리며 머리를 설설 저었다.
경운은 저 혼자 토라져서 건넌방에 건너가 제 옷을 가져다가 외출복과 바꿔 입었다. 풍요한 몸집이었다. 향운은 어머니를 닮아 가냘프고 경운은 동운과 비슷하게 체격이 당당하고 혈색이 좋았다.

"저녁 어떡허셨어요?"

젊은 식모는 마루 끝에서 경운에게 물었다.

"언젠 집에서 저녁 먹었어?"

경운은 식모에게도 쏘아붙였다.

"흥, 장하신데?"

동운의 비꼬는 소리가 나직하여서 경운은 알아듣지 못했다. 김여사는 들릴 듯 말 듯한 한숨을 살긋이 내뿜었다. 향운은 찌르르 울리는 가슴을 안고 건넌방으로 들어갔다.

"어머니, 저 먼저 눕겠어요."

향운은 어머니께 소리치고 전등을 껐다. 가끔씩 변덕을 떨고 안방으로 가는 경운에게 향운은 무관심하였다.

'가엾으신 어머니!'

차렵이불을 후북이 뒤집어쓰며 향운은 몸을 떨며 울음을 삼켰다.

변호사이던 아버지 진종태(宗泰) 씨가 납치된 것은 어머니가 서른 세 살 되던 6·25 동란 때였다.

향운은 열 세 살, 경운이 열 한 살, 동운이 여덟 살.

꽃도 부끄러워할 만큼 한창때의 아름다움을 지닌 난숙은 어린 세 남매를 데리고 우선 시흥으로 갔다.

아들이 없어서 난순의 남편인 농대 출신인 수재를 데릴사위로 맞았기 때문에 그들의 네 식구가 보호받기에는 그 이상 더 좋은 낙원이 없었다.

종진의 아버지는 그때 농대 교수로 있었고 박 교수는 학교를 사수하여서 동란을 겪은 덕으로 후에 부역자라는 낙인을 받았었지만 당시에는 처형의 일가를 평안하게 지내게 하려고 갖은 모험을 다 하던 은인이기도 하였다.

어쨌거나 불지옥 속의 생활이던 난리를 부산 등지로 피난가지 않고도 시흥 촌구석에서나마 무난히 치러 낸 것은 오로지 이모부의 덕분이었다.

수복 이후 십 년의 긴 세월을 향운의 어머니 김난숙은 삼 남매의 양육으로 쓰라린 고초를 겪었다. 남편의 유산으로 혜화동의 큰 저택이 하나 있었던 것을 줄여서 안국동으로 옮겼다가 다시 작년에 이 노량진 작은 집으로 이사하면서 그 동안의 부채를 정리한 것이었다.

그러한 어머니의 유일의 희망인 자녀가 경운은 저 꼴이요 향운 자신이 이 모양으로 되어 있으니 남달리 모성애가 강한 어머니로서 얼마나 지극한 절망에서 흐느끼고 있을까?

'아아, 가엾으신 내 어머니!'

향운은 손수건을 찾아서 눈물이며 콧물을 닦았다. 달빛이 창끝에 맞물려 있었다.

'어떻게 하면 어머니를 기쁘게 해드릴 수 있을까?'

'지금이라도 타태를 하고 깨끗한 척 처녀로 돌아가 다시 봉직하면 어머닌 안심하시겠지만.'

어머니와 난순 이모는 C여중 출신이었다. 그래서 향운과 경운도 C여고를 나왔고 향운은 금년 봄에 E여대 가사과를 졸업하자 모교인 C여고에 취직이 되었던 것이다.

그때에 어머니는 천하를 얻은 듯이 만족하여 했다. 첫번으로 등교하던 날 아침에 딸을 대문 밖까지 배웅하면서

"이 재밀 나 혼자 보는구나."

하고 남편마저 추억하였다. 저녁에 학교에서 돌아오는 향운을 맞으며

"모교라 든든하지?"

하고는 대견스럽다는 듯이 딸의 앞뒤를 훑어보고 흡족한 미소로 얼굴을 빛냈다.

경운이가 말썽을 부려도 가볍게 꾸짖고

"원 한 어미 자식이 저렇게도 달라서야 저건 언제나 철이 들어?"

할 뿐 심각하게 탓하지 않았다.

어머니는 향운의 점심을 꼭 손수 쌌다. 종류를 가리고 영양가를 따져서 화려하게 꾸몄다.

"얘, 동운아. 우리 어서 졸업하자. 그래야 저런 호화판 도시락을 차고 다닐 거 아냐?"

경운은 가끔씩 빈정대가며 부러워했다. 향운은 날마다 그러한 어머니의 알뜰한 사랑 속에서 다채롭고 맛있는 점심시간을 즐겼다.

그런데 두 달이 채 못 가서 식욕이 줄어지고 음식에서 역한 내음이 나기 시작하였다.

"향운아, 왜 점심을 남겼니? 뭐가 입에 안 맞더냐?"

어머니는 자주 이런 걱정을 하였다. 향운은 동료에게 어머니의 정성어린 반찬을 아낌없이 나눠주고 빈 그릇을 가지고 다녔다.

그러나 조석 식탁에서는 숨길 수 없었다. 두어 번 뜨다가는 이내 변소에 가기가 일쑤였다.

"위궤양인가? 너 요새 얼굴이 까칠하구나. 내일은 꼭 병원에 가 보자."

품행이 방정하고 실수가 없는 딸을 거의 절대로 믿고 있는 어머니는 향운의 이상한 징조에도 손톱 끝 만한 의심을 품지 않고 주야로 근심만 하다가 어느 일요일에는 기어코 앞장세워 단골 의사에게 나선 것이다.

신체에 변화가 생긴 것을 이미 알고 있는 향운은 의사에게 가기 직전에 어머니를 종국 음식점으로 모시고 가서 거기서야 비로소 자신의 비밀을 고백하였다.

"어머니, 저 임신했나 봐요."

단도직입적인 이 선언을 어머니는 대번에 알아듣지 못했다.

"뭐?"

"지가 임신했나 봐요."

"뭐라구?"

얘가 돌지는 않았나 하는 눈으로 어머니는 날카롭게 쏘았다. 그러나 다음 순간 귀 뒤가 새빨개지면서 고개를 탁 숙이는 딸을 바라보는 어머니의 눈은 당장에 절망과 노기가 뒤범벅이 되어서 이글이글 타올랐다.

"어머니!"

향운이 머리를 들어 다시 한 번 어머니를 불렀을 때 그는 이미 눈을 감고 입술을 꼭 문 채 꽉 쥔 주먹을 바르르 떨고 있었다. 그리고는 두 줄기 눈물이 하염없이 뺨으로 흘러내렸다.

전율과 격앙의 절정에서 어머니는 극도로 혼란해지는 머리와 가슴을 주체하지 못하는 채로 가빠지는 숨결이 금새 끊어질 것만 같았다.

'절망이다! 파멸이다!'

거듭거듭 외일수록 확대해지는 절망과 파멸! 그의 눈앞에는 사랑하는 딸도 없었다. 오직 시꺼먼 암흑이 자기를 삼키고 있는 것이다.

암흑이 절망이 지금 자기의 살을 도려내고 뼈를 깎아 내리고 있을 뿐이다. 조심조심 쌓아올리던 생명의 탑이 최고봉에서 와르르 무너져 버린 것이다.

"파멸이다! 아아, 파멸이다!"

이유를 물을 것도 없었다. 원인을 캘 필요도 없었다. 자기의 생애는 이 순간 끝난 것이며 갖가지의 희망도 이 순간에 사라진 것이다. 모든 것은 그만이다. 끝이다. 모두가 파멸일 뿐이다.

어머니의 척추가 부러진 듯 상위에 털썩 머리가 떨어졌다.

"어머니!"

향운은 얼른 어머니의 곁으로 가서 그의 등에 손을 얹었다. 바람에 떠는 문풍지를 만지는 때와 같은 급한 격류가 손바닥에 마쳤다.

"어머니!"

향운은 어머니의 등에 낯을 묻었다. 뜨거운 눈물이 흥건하게 괴어졌다.

이윽고 어머니는 머리를 일으켰다. 향운도 얼굴을 들었다. 어머니의 겹저고리에 둥그렇게 얼룩이 졌다.

어머니에게 정적이 왔다. 거센 폭풍이 지난 뒤의 고요! 바로 그것이었다.

그러다가 찬 재와 같이 퇴색한 입술이 겨우 열렸다.

"누구냐?"

잠꼬대 같으면서도 대쪽 마냥 곧은 힘이 맺혀 있었다.

"희준이……."

들릴 듯 말 듯한 딸의 음향을 어머니는 미리 예측하고 있었으나 그러기에 놀라움은 더욱 컸다.

"아유! 하늘도 무심하시지."

어머니는 탄식하였다. 김희준(金熙俊)! 그는 독재정권 타도의 최전선(最前線)에서 용감하게 사라진 하나의 꽃다운 넋이었기에…….

무거운 침묵이, 그러면서도 얼음장처럼 싸늘하고도 날카로운 침묵이 모녀에게 가로막혔다. 한동안 그것이 계속된 뒤

"곧 유산을 하도록."

어머니는 냉혹한 한 마디를 뱉었다. 고운 눈이 그 찰나에서는 시퍼런 섬광을 번득였다.

"어머니! 그건 안 돼요!"

어머니는 매섭게 입을 다물었다. 가느다란 쌍꺼풀의 눈이 치떠서 딸을 노렸다.

"희준의 최후의 기념인 걸요. 전 간직할 의무가 있어요."

향운은 더듬거리지도 않았다. 할 말을 해서 시원하다는 입모습이었다.

"네 신셀 생각해야지. 애비만 있다면야 결혼식만 올림 되지만."

"그러니깐 더욱이나……."

"안 된다. 이건 내 명령이야."

어머니는 몸을 일으키려고 했다. 향운은 그의 치마를 잡았다.

"어머니. 딸의 평생의 소원이에요. 그의 생명을 연장시키도록 해주세

요.”

“…….”

“귀중한 그의 피에 보답하는 것 뿐예요. 그의 죽음을 값나가게 하려는 작은 정성인 걸요.”

“그건 이상이야. 현실은 달라.”

“어머니. 절대의 제 기원이에요.”

“가자. 집에 가서 냉정하게 생각해서 처리해야지 까딱하다간…….”

너와 어미의 평생을 망친다는 말을 삼키고 어머니는 딸을 일으켰다.

그 후로 어머니는 딴사람처럼 변하였다. 무슨 모녀의 정리에서가 아니라 그의 성격에서였다.

본래 수다스런 편은 아니나 무척 명랑했는데 우울한 얼굴로 있는 때가 더 많아서 가장 무심한 편인 동운이까지도

“어머니, 왜 요샌 저기압이세요?”

하고 어머니의 기색을 살피기도 하였다.

“향운아, 깊이 생각해라. 이건 인정 문제만이 아니야. 만리 같은 네 전정을 위해서니깐 잔인할 정도로 냉정해야 한다.”

조용한 시간이 있을 때마다 어머니는 반드시 이 사건을 끄집어내서 딸의 맘을 돌리려 하였다.

“희준이가 독신만 아니라도 달리 생각을 해 보겠지만…….”

향운은 희준이가 딸도 없는 오직 외아들이라는 것을 내세웠다.

“이 생명 하나 소멸되면 그 혈육은 영원히 끊어질 거 아니겠어요?”

“그럼 넌 어떡허겠단 말야? 아들 없는 며느리로 그 집에 들어가 살겠단 말이냐?”

어머니는 짜증을 냈다.

“희준이도 없는데 기집애가 네 입으로다가 내가 이러이러해서 앨 뱄으니 낳게 해 주. 하겠단 말야?”

"그런단 말이 아녜요."

"그럼?"

"저 혼자 낳아서 키우겠단 말이죠."

"처녀로다 아일 낳겠단 말이지?"

"……."

"그럴려거든 차라리 희준네 부모께 알리란 말야. 그게 당당하지 않아?"

"그러긴 싫어요."

"얘! 지금이 어느 때라고 이것두 저것두 다 싫다니? 아무거나 한 길을 잡아야지 어름어름하는 새에 배는 불러지는데 어쩔려고 그래?"

향운이 말문이 막혀서 가만히 앉아 있노라면 어머니는 또 달랬다.

"향운아. 어머니가 오죽이나 깊은 궁량을 했겠니? 요샌 밤낮 없이 네 일만이 머리에 가득해서 잠도 못 자는 형편이거든. 백계무책이니라. 그저 수술해 버리는 게 제일 간단 명료한 해결책이야."

"……."

"눈 딱 감고 수술대에 한 번만 올라감 그만이거든. 마치 여름방학이겠다 나하고 너만 합의하면 감쪽같이 해치우지 않니?"

"어머니, 그것만은 용서해 주세요."

향운은 말을 더듬거리며 어머니의 간절한 소회를 물리쳤다.

"무슨 일이 있더라도 건 기어코……."

어머니는 치마를 털고 밖으로 나갔다. 화가 머리끝까지 치받쳐 올라온 것이다. 일편단심 딸의 화려하고 행복스러운 장래를 마련하기에 청춘을 바쳐 왔거늘 이제 그 소중한 딸은 천인 절벽의 구렁으로 떨어지려고 하지 않느냐?

아무리 바둥바둥 구원의 손길을 뻗쳐 주려고 하여도 그가 이것을 거절하는 데야 어떻게 하리오.

"난 모르겠다. 네 맘대로 하렴……."

입으로는 비록 큰 소리를 했으나 어머니의 눈앞은 캄캄하였다. 그 천길 구렁텅으로 빠져 가는 것은 딸이 아니라 바로 자기 자신이었다.

"아아, 암흑이다. 파멸이다!"

어머니는 피 섞인 원한을 내뱉으며 기둥을 안았다.

향운을 잃는다고 체념하려니 경운은 너무나 말괄량이요 동운은 아직도 어렸다.

"아아, 하늘도 무심하시지."

김난숙 여사의 입에서는 무시로 이러한 탄식이 새어나오기 시작하였다.

한 줄기 어머니의 소망은 완전히 끊어지고 만 셈이었다. 향운은 병을 청탁하고 1학기만으로 C여고의 교직을 사퇴한 것이다.

"남들은 몇 년씩이나 두고 취직 운동을 해도 막무가내로 안 되던 자릴 제 발로 차고 나오다니."

어머니는 안타까워서 발을 동동 구르다시피 하였으나 향운 본인이 고집하는 데야 어찌 할 수 없는 노릇이었다.

향운은 학교를 그만두고 집에서 여름을 났다. 두어 번 시흥에 갔다와서는 그 더운 여름날에도 곧잘 방안에 들어앉아 있었다.

가끔 한 마디씩 어머니는 희준네 집에 알리라는 둥, 아직도 늦지 않았다는 둥, 충동질을 해 보았으나 한결같이 잔잔하고 끈기 있는 향운의 대답에서 그만 지치고 말았다.

"인제야 별수 있나? 모두가 다 이 어미의 죄인걸. 제 말마따나 저질러 놓은 운명을 어떻게 거역하랴."

김난숙 여사는 딸의 형벌이 자기가 어려서 저지른 그 어느 죄과(罪過)의 업보(業報)라고 모든 허물을 자신에게로 돌렸다.

'닥치는 대로 당하라지. 제 말마따나 살아가는 대로 사노라면 행여나 길이 열릴 수도 있지 않을까?'

요새로 들어서 어머니는 얼마큼 초조를 끈 듯하였다. 딸의 몸집이 두꺼워가는 것에 불안을 느끼면서도 이 사실을 처음 알게 된 때보다는 현저하게 침착하여진 것이다.

'그러자니 어머니의 가슴에는 남 모르는 불더미가 타고 있을 게 아닌가.'

향운은 벌떡증이 나는 듯 이불을 박차고 창을 바라보았다. 달빛이 완전히 가신 창은 어두웠다.

조금 전까지도 두런대는 소리가 들렸는데 사방이 괴괴한 것을 보면 어머니도 식모도 각각 방에 든 것이요, 경운은 그대로 내쳐 어머니 곁에서 자는 모양이었다.

'어머니는 아직도 결론을 얻지 못하는 궁리에 잠겨 계실 거야.'

다만 동운의 가벼운 기침 소리가 뜰을 건너왔다.

'너무 저렇게 열을 내다가 병이라도 나게 되면?'

그야말로 눈동자 마냥 귀중한 동생이었다. 어머니에게 동운이가, 난순이모에게는 종진이가 있어서 형제분은 쌍지팡이를 가진 듯이 대견해 하시는데…….

'그래도 경운에게 큰 소릴 했으니 사내자식이 그 값을 해얄 게 아냐?'

향운은 어둠 속에서 피식 웃었다. 남매의 싸우던 소리가 다시금 살아났기 때문이었다.

'프로페서 이? 아까 동운이가 프로페서라고 하던데 이 교수가 누굴까? 언젠가 명동에서 함께 걸어가던 그 중년 신사일까? 그런데 동운인 또 그런걸 어떻게 아누?'

남의 일은 상관 말라는 듯이 향운의 옆구리에서 희준의 생명이 꼬무락댔다.

'아아, 희준 씨!'

향운은 손으로 옆구리를 쓸면서 희준의 이름을 불렀다. 그러나 갸름한 희준의 얼굴에 정찬영의 번뜻한 이마가 겹쳐 올라왔다.

'나 좀 봐! 어쩌자고?'

향운은 베개에서 머리를 흔들었으나 뒷사람의 어깨 위에서 싱긋이 웃던 찬영의 넙죽한 입이 맴돌 뿐이었다.

'낯은 또 왜 익을까?'

자기 말대로 그 날 온다면 그 이유를 알아내야겠다고 향운은 맘먹었다.

추석날은 날이 맑았다. 오후 세 시쯤 되었을까 경운과 동운은 외출하고 없는데 과연 찬영이 대문 밖에서 찾았다.

"계십니까?"

털털한 찬영의 음성을 듣고도 향운은 식모에게 눈짓하였다. 식모는 재빠르게 나갔다.

"어디서 오셨어요?"

"윗동리서 사는 사람인데요."

"네, 잠깐만 기세요."

식모는 향운에게 그대로 전했다. 김여사는 어느 새 마루 끝에 서 있다가

"얘, 그 청년이 왔니?"

하고 소리 죽여 물었다.

"네. 그런데 어디로 들어오랠까요?"

희준이야 향운의 방으로 출입하였지만 지금은 형편이 달랐다.

"글쎄. 동운이 방으로나 안내하렴."

향운은 어머니의 말대로 찬영을 맞아 부엌머리 방으로 데리고 들어갔다. 짙은 밤색의 춘추복에 적색 계통의 넥타이를 매고 등산모를 벗은 머리칼이 부수수하여 낚시꾼 차림을 하였을 때보다 훨씬 더 의젓해 보였다.

김난숙 여사는 한쪽 구석에서 서서 찬영의 걸음걸이까지도 놓치지 않았다.

찬영은 우선 방안을 한 번 둘러보았다. 대학 입시 준비에 필요한 참고

서가 잔뜩 쌓여 있는 것을 보고

"누가 이 방의 주인입니까?"

하였다.

"제 남동생이 지금 고등학교 졸업반이 돼서요."

이들은 이렇게 하여서 두 번째 해후(邂逅)의 말끝을 풀었다.

"그 날 피곤하셨죠?"

자기의 몸 걱정을 아직도 품고 있었다면 이분도 희준이 만큼이나 인정이 두터운 남성이라고 향운은 생각하였다.

"정말 그 날은 저 때문에 고생이 많으셨어요."

"천만에."

그들의 대화는 또 끊어졌다. 찬영이 포켓에 손을 넣더니 시가 하나를 꺼냈다.

"담배 피어도 됩니까?"

짙은 눈썹이 움직이며 성냥을 찾는 듯하여서 향운은 얼른 밖으로 나와 성냥갑과 재떨이를 가지고 들어왔다.

"미안합니다."

그는 불을 덴 담배를 빨아서 조용히 연기를 불어냈다. 그러면서 향운을 정면으로 보았다. 그리운 사람을 만난 때와 같은 정을 담은 짙은 눈이 자기를 지키는 것을 알아차린 향운은 시선을 방바닥에 떨구었다.

"난 그 동안에 숙제를 하나 풀었는데요."

찬영이 재를 떨면서 하는 말이었다. 향운은 눈을 들어 그를 보았다.

"미스 진을 처음 만났을 때 퍽 낯이 익었어요. 웬일인가 했었는데 이제야 그 까닭을 알아냈단 말입니다."

"어쩜!"

향운은 신기하다는 듯이 눈동자를 빛냈다.

"사실은 저두 그랬어요. 그랬지만, 전 아직도 모르겠는 걸요."

"하하, 그럼 그만큼 그 일엔 머리를 쓰시지 않았단 증거가 나오는군요."
"그랬나 봐요."
향운의 입모습에 보일 듯 말 듯한 미소가 어렸다. 그러는데 식모가 조심스럽게 차반을 밀어 넣었다. 차와 시흥에서 가져온 과실들이 놓여 있었다.
'어머닌 어쩜 내 뜻을 꼭 알아주실까?'
향운은 어머니에게 감사하면서 과실들을 권했다.
"이게 그 날 교환했다는 내용이에요."
"아, 그래요? 즐겁게 먹겠습니다."
찬영은 담배를 비벼 끄고 먼저 풋대추를 집었다.
향운은 감과 밤을 깎아서 접시에 놓았다. 그러면서도 찬영이가 말한 숙제라는 것에만 관심이 가서
"아까 푸셨다는 그 숙제 얘길 좀 들려주세요."
하였다.
찬영은 의외로 먹는 일에만 열중하다가 나중에야
"작년 이맘때 덕수궁에 가신 일 있으시죠?"
하고 손을 털며 손수건으로 입 언저리를 훔쳤다.
"네."
"그때 누구랑 동행하셨나요?"
향운은 반짝 눈을 들었다. 국화를 보러 희준과 함께 간 적이 있었기 때문이었다.
"왜 그러시죠?"
"그때 분수기 옆으로 돌아 나오실 때 누구 만난 기억이 없어요?"
향운은 다시 눈을 아래로 깔며 아스라한 추억을 더듬었다. 인제 생각하니까 통나무 아래 의자에 칠팔 명이나 되는 학생들이 앉아 있었는데 거기서 희준이를 보고 소리치고 나오던 사람이 이 삼인 있었던 것 같았다.

그때 희준은 그들과 담소하다가 앞서 온 향운을 따라오며

"고등학교 동창생들이야, 꽤 친한 녀석들이었는데 오래 못 만났었어요."

하였던 것만이 생각났다.

"그땐 여러 사람을 만난 거 같은데요."

"그 중에 한 사람이 나였었다면?"

"네?"

향운은 눈을 크게 떴다. 어머니나 이모처럼 가느다랗게 진 쌍꺼풀이었다.

"그럼 낯이 익더라는 말도 헛말이시군요."

곰곰이 따져 보니 소리치고 나오던 이, 삼인 중에 찬영의 모습이 분명코 섞여 있었다.

"이제 생각나요. 동창이시라구요?"

삐치려니까 희준이가 그냥 덧붙이던 말도 되살아났다.

"향운 씨께 소갤 시켜야 할 친구였어요. 그런데 향운 씨가 멀리 와 버리니까 그만뒀죠."

향운에게 옛 기억이 새로워지자 가슴이 싸아하게 쓰라린 슬픔이 왔다.

"희준 군과는 제일 친했었죠. 고등학교 때 말입니다. 그런데 대학교가 갈라지니까 자연히 서로 뜨게 되더군요."

찬영의 말이 멀리서 들리는 양 귓속이 멍해지면서 눈물이 핑 돌았다.

"희준 군은 참 장엄하게 갔습니다. 흰 가운 입은 채로 순직한 하나의 용감한 의학도였으니까요."

찬영의 목도 잠기는 듯 나직한 음성이 여러 갈래로 갈렸다.

저 저주의 경무대 앞에서 총탄에 넘어진 학생들을 구호하러 나섰다가 거듭 쏘아진 탄알에 맞아 쓰러진 김희준!

"나중에 알고 얼마나 통탄했는지 몰라요. 더구나 김군은 외아들이거든

요. 그 대열에 전적으로 참가하지 못한 우리 학교 학생들은 어떻게 속죄를 해야 할는지 정말 면목이 없어요."

비통한 표정으로 찬영은 엄숙하게 말을 이어갔다.

"김군의 부모님도 가서 뵈었지만 참말 목불인견이더군요. 난 그때부터 줄곧 죄의식 같은 것을 느끼고 속죄의 길을 찾고 있는 중입니다."

찬영은 뜨거운 숨을 푸욱 내뿜었다. 절실한 우정이 향운에게까지 스며드는 것 같았다.

"그런 동기로 만났던 미스 진을 우연히 다시 알게 되다니 우연으로는 좀 지나친 감이 있습니다."

찬영에게 깊은 감회가 있다면 더더구나 향운에게야 긴박하고 절절한 회포가 들끓을 것이다.

꿈결처럼 잃어버린 애인! 다시 어느 곳에서 비슷한 그림자나마 얻지 못할 희준! 그의 절친한 옛 벗이 향운의 새로운 남성으로 나타나다니. 그리운 고인을 다시 만난 듯 반가움과 놀라움이 한데 얽혀 향운은 잠시 동안 입을 열지 못하고 있는데

"미스 진은 가끔 희준 군 댁에 들르십니까?"

하고 찬영이 먼저 말문을 열었다.

"아뇨."

사실 향운은 김씨 댁에 발을 끊은 지 오래였다. 그 직후에야 사흘에 한 번씩은 가서 부모를 위로하는 한편 희준의 방을 정리하고 책상을 정돈하고 서적들의 목록을 만들어서 수효를 맞추는 등, 오후 학교에서 나오는 길이면 곧장 발길이 자연스럽게 그리로 향하였다.

그러노라니 희준의 친구들도 더러 만나게 될 뿐 아니라 그 중에서도 동급생이었다는 몇 사람은 전부터 친지가 되어 왔기에 희준의 참변 이후에도 교우를 계속하기도 하였다.

그러나 향운의 몸에 변동이 생기면서 향운은 일체로 모든 것을 끊었다.

희준의 집에 가는 것부터 번화가나 영화관에 출입도 중지하였다. 혹시 학교로 희준의 친구에게서 전화가 오면 만나자는 것을 번번이 거절하였던 것이다.

그러다가 1학기말에 사표를 낸 후에는 여름 방학 이래로 집과 시흥에나 왕래할 뿐, 거의 외계(外界)와는 접촉이 없었다.

본래 향운은 교우의 범위가 좁았다. 동창이나 동료라도 학교거나 다방에서 만날 뿐, 자기가 누구의 집을 방문한다거나 친구에게 자기의 집을 알려서 찾아오게 한다거나 이러한 일은 없었다. 이를테면 극히 담담한 성격이랄까 그러고도 향운은 외로움과 적막을 느끼지 못하고 살아왔던 것이다.

요새로 들어서 향운이 안심하고 지낼 수 있는 것은 어머니가 유산(流産)을 강요하지 않는 것이다. 달이 거듭할수록 어머니는 심각하고 비통한 낯으로 침묵을 지킬지언정 자주 달래면서 향운의 변심을 바라지는 않았다.

'어머니도 이제는 체념하고 말으신 모양인가?'

오히려 이쪽에서 의심할 만큼 어머니는 침착하게 사태를 관망하려는 태도를 유지해 오는 것이다.

"왜 그러시죠? 외롭게 계시는 분들이니까 미스 진이라도 자주 들르셔야 할 게 아닙니까?"

찬영은 차디찬 차를 후루룩 마시면서 굳어져 가는 향운의 표정을 살폈다.

"처음에야 그랬지만……."

향운은 잠시 중단했다가 이마를 떨어뜨리고

"지가 그런다고 무슨 도움이 돼야 말이죠. 요샌 몇 달째 못 갔어요."

중얼거리다시피 나직하게 말하는 향운의 귓바퀴가 연분홍으로 붉었다.

"난 참 통쾌하다고 생각했습니다. 내 가슴에 어떤 못 같은 것을 박았다고 할 수 있는 희준 군의 유일의 여성을 만났다는 요행이랄까에 아주 황홀해졌으니까요."

"……."

"미스 진이 희준 군의 애인이었거나 아내의 입장에 계셨다면 그럴수록 난 얼마든지 미스 진을 도와드릴 의무가 있으니까요. 그렇지 않겠습니까?"

찬영은 긴장한 얼굴과 음성으로 향운에게 다짐하듯이 물었다.

"물론 그러시겠죠. 저두 그런 심정이니깐요."

향운도 솔직하게 고백하였다. 찬영은 부스럭거리면서 담배를 또 한 대 피웠다. 교차하는 감회를 연기로나 뿜어내는 듯이 자욱하게 될 때에야 문득 깨달은 양담배를 껐다.

"그럼 오늘은 이만 실례합니다. 나중에 또 방문해도 괜찮겠죠?"

찬영을 더 만류할 이유가 없어서 향운이 망설이고 있는데 밖에서 어머니의 가벼운 기침 소리가 나고

"애, 이거 받아라."

하는 연연한 목소리가 들렸다. 향운은 반가워서도 발딱 일어나 미닫이를 열었다.

"아이, 어머니가 손수 이렇게……."

감지덕지 향운이 상을 받는데 찬영이가 몸을 일으켰다.

"자당이십니까?"

"네, 참 어머니 잠깐 들어오세요."

"좀 들어오시죠."

굵고 가느다란 두 음성이 한꺼번에 간청하여서 김여사는 못 이기는 척 방안에 들어섰다.

"인사 여쭙겠습니다."

찬영은 넌지시 엎드려서 절을 하였다. 김여사는 황망하게 마주 예를 하고

"앉으세요."

싹싹하고 부드럽게 말을 걸며 자리를 정하여 앉았다.

찬영은 김여사가 앉은 후에야 천천히 발을 모으고 단정하게 앉았다. 김여사의 눈이 자기의 이마와 눈과 코를 더듬는 것을 느끼며 찬영은 천연스럽게 몸을 가누고 시선을 동운의 책상으로 보냈다.

'신자의 가정이라더니 외아들인 희준이보다는 몇 갑절이나 더 예의가 바르구먼. 생김새도 사내답고. 남자란 저렇게 생겨야만 수명이 긴 법인데.'

김여사는 잠깐 자기가 어느 청년의 선을 보고 있다는 착각을 하였다. 웬일인지 늠름한 외풍에 먼저 맘이 끌려 자기라서 자진하여 상을 가져온 것이기에 맘놓고 찬영을 여러모로 관찰하는 것이다.

향운은 그러한 어머니가 우스우면서도 애처로운 맘이 들었다.

'저렇게라도 해야만 아비 없는 자식을 가질 딸 때문에 할퀴우고 뜯긴 상처와 마음의 공백(空白)을 메꿀 수 있는 것이 아닐까?'

"변변치 않지만 집에서 만든 거니깐 좀 들어보세요. 향운이 너두 먹으렴. 그래야 손님이 집으실 거 아니냐?"

어머니의 가슴을 헤아려서 향운은 송편을 집으며 찬영에게 권하였다.

"틈 있거든 우리 애나 가끔 지도해 주세요. 내년에 대학에 든다니까 수학이니 영어 같은 걸 좀……."

그러는데 밖이 떠들썩하며 동운의 기탄 없는 말소리가 났다.

"나 이 녀석 길에서 만났어요."

동운은 종진의 팔을 잡으며 제 방문을 여는 어머니의 앞으로 대들다가 낯선 손님을 보고 입을 다물고 코를 실쭉했다.

"재가 우리 집 애구요. 잰 내 조카."

김여사의 소개를 들으며 찬영은 동운과 종진의 교표와 이름까지를 다 읽고 머리를 끄덕이며 일어섰다.

"네. 알았습니다. 자주 오도록 하죠. 그럼 방 주인이 왔으니까 그만 가 볼까요?"

찬영은 밖으로 나오며 추석이 맺어 준 기이한 인연이라고 생각하였다.

# 푸른 상처

2, 3일 간을 밤늦게 잔 탓인지 초저녁부터 눈이 슬슬 감겨서 김난숙 여사는 단잠을 한숨 돌렸다.

늘어지게 잤다고 선 하품을 하면서 기지개를 켰다. 뼈마디가 뚝뚝 소리를 내며 늘어나는 것 같았다.

'몇 시나 됐을까?'

번쩍 눈을 떴다. 아직 불이 그대로 있는 것을 보면 밤이 그리 깊지는 않은 모양이다. 그의 눈은 시계로 갔다.

"열 한 시! 인제야 겨우 고거야?"

김여사는 혀를 찼다. 향운의 일을 알게 된 후로는 밤에 내쳐 잠을 이루어 본 일이 없었다. 개미 쳇바퀴 돌 듯이 풀지도 못하는 해결책을 얻으려고 이 궁리 저 궁리하노라면 눈을 말똥말똥 잠을 쫓기가 일쑤였다.

"오늘밤도 다 잤군."

어쩌다가 한잠 들고나면 두 번 다시 이을 수 없는 수면이기에 김여사는 잠이 깬다는 것을 두려워하였다.

김여사는 귀를 쫑그렸다. 건넌방이 조용한 것으로 향운과 경운은 잠든 모양이요, 동운의 방에서는 요새의 유행가를 나직하게 불러보는 휘파람 소리가 들렸다. 아마 영어 자전을 뒤적이면서 잠시의 권태를 푸는 듯하였다.

김여사는 이불깃을 올리며 천장을 올려다보았다. 머리로는 자연히 낮의 장면을 되풀이하게 되는 것이다. 정찬영이가 막 대문 밖으로 사라지자 동운은

"누구에요? 제 가정 교사로 정하신 거예요?"
하고 빤히 어머니를 바라보았다.

"가정교산? 큰누나 손님인데 공과 대학생이라기에 네 수학 좀 부탁했지."

"어렵쇼. 어머니 남 망신시키지 마세요. 누굴 바보 만드시는 거예요?"

"바본 왜? 아는 길도 물어 가랬다고 좀 배우면 어때서?"

"몰라야 배우지 다 아는 걸 가지고 괜시리 이 사람 저 사람 괴롭힐 게 뭐죠?"

"넌 그래서 탈이야."

향운이가 중간에 끼었다. 방안의 것을 챙겨서 나오다가 아우에게 하는 말이었다.

"뭐가 탈이란 말유?"

"너무 체 하는 게 탈이란 말야. 그저께도 괜시리 할 말 아니 할 말 다 하다가 경운일 울렸지 않아?"

"얄미운 걸 좀 그럼 어때요?"

"너두 내년에 대학생인데 밤낮 국민학교 적의 심술만 가지고 되니? 경운이가 없으니깐 말이지만 너 경운에겐 너무 버릇없어."

"어렵쇼. 큰누나두 제법 설교구료. 작은누나가 얼마나 나를 무시하는데 그래요? 무시 정도가 아니라 바로 멸시만 하는걸. 뭐 나 잘 했다는 거 들어 봤어요? 축구 선수라고 얼마나 비웃는 거 큰누나 알지 않아? 오죽이나 천치 바보가 운동 선술까 보냐고."

"넌 안 그러니?"

"그럼 자기가 나를 막 까는데 난 뭐 부처님이든가? 골려 주지도 못하게."

"잘한다 잘해. 그러니깐 둘이 만남 그저 쌈 아니냐?"

이번에는 어머니마저 동운을 공격했다. 동운은

"어렵쇼. 삼 대 일이야. 어머니두 여성인 바에야 하는 수 없지. 얘, 종진아, 넌 가만히 있을 테야?"

하고 종진의 팔을 낚아챘다.

"아이쿠. 이러니깐 작은누나에게 운동 선수라는 비난을 듣게 되는 거야. 아이, 아파!"

종진은 팔꿈치를 만지며 엄살을 떨다가 동떨어진 질문을 하였다.

"그거보다도 그 공과 대학생 가짜 아니유?"

"가짜라니?"

향운이 정색하며 되물었다.

"학생이면 학생 티가 나야 하는데요."

"그래 어디가 가짜 같더냐?"

향운은 안색마저 변했다.

"어렵쇼. 큰누나가 너무 열심이신데?"

동운은 곁에서 부채질하는 격이 되었다.

"졸업반이란대도 기껏해야 22, 3세쯤일 텐데 말야. 이건 근 삼십이나 돼 보이는 걸요. 안 그래? 동운 형."

"왜 안 그래? 이십 칠, 팔은 꼭 되겠어."

동운과 종진은 서로 주고받으며 다녀간 손님의 나이를 저울질했다.

"애 녀석들도야 참! 요새 애들은 입이 막 뚫어진 창구멍처럼 왜 그 모양이냐?"

듣다 못하여서 어머니가 말을 가로막으며 향운의 눈치를 살폈다. 향운은 마땅치 못하다는 듯 아미를 살짝 찌푸리고 동운의 방을 걸레로 닦아냈다.

“가짜건 진짜건 애들이 그런 말 함부로 하는 거 아냐. 어서들 종진이서건 방으로 돌아가려무나.”

김여사는 아이들을 방으로 몰아넣고 문을 닫았다. 향운은 종진을 위하여서 여러 가지로 음식을 마련하여 먹이기는 하였지만 끝내 침울한 기색을 버리지 못한 채로 종진은 하숙에 돌아간 것이었다.

‘요샌 계집애건 사내건 애들이 어찌나 극성스러운지 고삐 풀어놓은 망아지 같거든.’

말이 났으니 말이지 김여사의 눈에도 찬영은 스물 대여섯 살이나 되어 보였고 풍도로 보아서는 틀이 잡힌 신사라고 하여도 손색이 없었다.

‘희준인 거기다 대면 풋내기야.’

어쨌거나 첫눈에 든 것만은 틀림없으니 그대로 사귀어 가노라면 혹시 경운의 신랑감으로라도 무방하지 않으려고 김여사는 눈을 스르르 감으며 잠을 청하다가

“아이, 나 좀 봐!”

하고 깜짝 놀라 일어났다.

그는 마루로 나가서 계란 두 개를 컵에 담아 동운에게로 가지고 갔다.

“입대 안 주무셨어요?”

동운은 힐끗 어머니를 쳐다보며 등을 의자에 기대고 하품을 하였다.

“불 가건 그냥 자렴. 요샌 연습에 골탕도 먹었으니 말야.”

“그러니깐 더 해야죠. 공부 시간을 많이 뺏기지 않았어요?”

“그러긴 하지만. 어여 하나 먹어라.”

“두고 가세요. 좀 이따 먹을 테니요.”

이런 때는 얼마나 어른스러우냐고 김여사는 흐뭇해서 방으로 돌아왔다. 매일 밤에 손수 가지고 가는 계란 두 개를 하나는 밤에 또 한 개는 이튿날 새벽에 아들에게 먹이는 것이었다.

막 자리에 들자 깜박 불이 갔다. 그와 함께 향운의 잠결의 한숨인 듯 가느다란, 그리고 타는 듯이 괴로운 숨결이 들려왔다.

“꿈엔들 무슨 시원한 꼴이 있겠니? 가엾게도 쯧쯧 하늘도 무심하시지.”

김여사의 가슴이 찌르르 저렸다. 그는 딸의 오늘의 업보가 자기의 얼릴 적의 겪은 어떤 사실과의 인과 관계일 것이라고 또 한 번 과거를 회상하였다.

난숙이 열 네 살 되던 십일월 말경이었다. 그 해에는 추위가 일찍 와서 눈도 두어 번 날렸고 매섭게 추운 날이 계속되었다.

그때 난숙은 6학년이라 칠 마장씩이나 걸어다니며 입학 시험 준비를 할 수가 없어서 여선생의 집에 기숙하게 되었었다.

여선생의 이름은 고연경(高妍卿)이라 하였는데 퍽 상냥하고 복성스럽게 생긴 처녀이었다.

난숙도 1학기에는 머나먼 자기 집에서 통학하였고 고 선생도 학교 가까운 학생의 집에 하숙하고 있었다.

그러나 2학기초, 즉 팔월 중순에 와서는 산중턱에 외따로 있는 자그마한 집 한 채를 사서 자기의 언니와 자취를 한다고 난숙더러 함께 있자고 하였다.

난숙은 부모에게 이 뜻을 말하고 거의 조르다시피 하여서 승낙을 얻고 쌀이며 간장, 된장, 야채 등 하다 못해 나무까지 잔뜩 싣고 고선생의 집으로 왔다.

안방에는 고선생의 언니인 고연희가 있고 건넌방에는 고선생과 난숙이가 함께 거처하면서 난숙은 맘껏 지도를 받았다.

고연희는 동생과는 달리 얼굴도 갸름하고 키도 날씬하게 컸으나 몸집만은 부유하고, 바탕은 예쁜데도 뺨에는 검은 기미가 끼어 있었다.

고선생은 원예에 취미가 있다 하여서 집 앞 뒤 마당을 다 채마밭으로 만들었다. 일요일이면 손수 땅을 파서 채소와 파를 심었다. 그러기에 연장도 삽, 괭이, 호미, 이런 것이 다 구비되어 있었다.

난숙은 손위의 어른들을 모시고 있는 처지이어서 아침저녁의 부엌일을 집에서보다 더 드세게 하였으나 조금도 괴로움을 느끼지 않고 즐거운 하루하루를 보냈다.

고선생의 언니는 이사 오면서 재봉틀을 가지고 왔는데 날마다 들어앉아서 무엇인가를 열심히 만들었다. 솜씨도 유명하여서 자연히 소문이 났다.

자기와 고선생의 원피스는 말할 것도 없고 와이셔츠니 아동복이니를 척척 해내어서 속내를 아는 사람들은 다투어 고연희의 손에서 만들어지는 옷들을 입으려고 하였다.

그는 방에 떠억 버티고 앉아서 일어나는 일이 없었다. 언제나 밖에 나와서 용변 같은 것을 하는지는 모르나 난숙이가 보는 데서도 걸어다니는 일이 없고, 누구 앞에서나 앉아서 문답할 뿐 달달달달 재봉틀만 돌리고 있었다.

그러기에 용돈도 푼푼하게 썼다. 맛난 과자나 실과 따위는 물론, 반찬도 갖가지의 종류를 맘대로 사서 요리했다. 고선생은 음식을 잘 만들기 때문에 난숙은 참으로 유쾌하고 포만한 생활에서 세월이 가는 줄을 몰랐던 것이다.

김장철이 가까워오면서는 고선생의 언니가 자주 누워서 앓고 있었다. 그래서 남의 일거리는 오는 쪽쪽 돌려보내고, 이제부터는 가져오지 말라는 당부를 하였다.

십일월 중순이 되자 고선생은 현저하게 초조해하는 빛을 드러냈다.

"난숙아. 언니 아무 소리 없더냐?"

난숙보다 늦게 돌아오는 고연경은 매일같이 그렇게 묻고 어느 때는 책보가 불룩하게 무엇인가를 잔뜩 사 가지고 와서 안방 벽장에 넣었다.

하루는 고선생이 난숙에게 언니가 몹시 앓으니 오늘만은 결근하겠다고 하였다.

"선생님, 그럼 저두 안 가겠어요."

난숙은 의리로라도 저 혼자 갈 수 없다고 생각하였다.

"너야 안 가서 되니? 빨리만 오려무나."

난숙은 학교에서도 안절부절못하다가 학교가 파하자 허둥지둥 달려왔으나 아무 일도 없었는데 그 날 밤중에

"얘, 난숙아, 난숙아!"

하고 고선생이 은근하게 흔들어 깨웠다.

"네?"

난숙은 눈을 감은 채로 대답 먼저 앞세우며 벌떡 일어났다. 언제나 선생이 부를 때면 경황없이 덤비던 버릇이었다.

"이리 좀 와!"

고선생은 그야말로 모기 소리만큼이나 가느다랗게 난숙에게 속삭이고 난숙의 손을 끌고 마루로 나갔다.

"저 말야."

불이 빤하게 켜 있는 안방에 들어가기 전에 고선생은 마루의 어둠 속에서 또 한 번 속삭였다.

"언니가 해산을 했어."

"네? 절 어째?"

난숙은 깜짝 놀라 부르짖었다. 아직도 덜 깬 잠이 번쩍 깼다. 아이는 언제 뱄기에 해산을 했을까?

'아무래도 몸이 굵었어. 그리고 방에만 박혀서 사는 게 좀 수상했지만.'

그렇지만 그런 큰 일을 어린 처녀인 선생님이 혼자 당하시다니! 왜 나를 깨우지 않고 말았을까?

'선생님은 언니가 혼인했다는 말을 입밖에 낸 적도 없었는데 어느새 아

일 낳았을까?'

난숙의 머리에서는 여러 가지의 의문이 번갯불 마냥 반짝거리면서 왔다갔다하였다.

"그런데 말이다."

난숙이가 멍청하게 서서 무엇인가를 골똘하게 생각하고 있는 눈치를 본 고선생의 입은 좀 더 무디어졌다.

"그래서요?"

난숙은 그제야 제 정신으로 돌아와서 고선생의 얼굴을 바라보며 대꾸했다.

어둡기는 했으나 아가 울음소리나 들리지 않을까 해서 귀를 그 쪽으로 쫑그렸다. 잠잠하였다.

"그런데 말야. 아가가 그만 죽어 버렸어."

"네?"

난숙은 질겁을 하여서 고연경의 앞으로 바싹 대들며 그의 옷자락을 잡았다. 인제 보니까 고선생은 그의 외투를 입고 있었다.

"왜 그랬어요?"

어둔 밤에 홍두깨 내미는 격으로 별안간에 해산했다는 말도 놀랍기 그지없는데 또 그 어린애가 죽었다니 더더구나 무섭기까지 하였다.

"낳다가 실수를 했나 봐."

고선생의 음성은 더 기어 들어가서 자세히 들리지도 않았다.

"실수요? 선생님. 실수가 뭐예요?"

난숙은 그의 외투자락을 잡고 흔들었다. 말소리와 손이 함께 달달 떨렸다.

"언니가 초산이거든. 그래 경험이 없었던가 봐. 낳는데 벌써 죽었어, 일테면 말이다. 죽은 앨 낳았단 말야."

"그랬어요? 아이, 절 어째요?"

난숙은 그만 울상이 되었다. 고선생은 질려 있으면서도 태연하게 말하는데 난숙은 너무나 창황망조하게 들떠 있었다.

"그러니깐 말이다. 내가 지금 그걸 묻으러 가야 하거든. 그러니 내가 어떻게 혼자 가겠니? 그래서 널 깨운 거야. 미안하지만 네가 같이 가야겠어. 알았지?"

고연경은 아까보다 훨씬 냉정해져서 차근차근 말했다. 나중에는 선생으로서의 어떤 위엄마저 비쳤다.

"어때? 같이 가지. 응?"

난숙은 입과 몸이 얼어붙은 것처럼 꼼짝할 수가 없었다. 낳고, 죽고, 이런 일도 놀라운데 또 그것을 묻으러 간다니! 이 밤중에!

"네네."

엉겁결에 대답은 했으나 진정 맘은 내키지 않았다.

난숙은 이때까지 출산이란 것을 겪어 본 일이 없었다. 어머니가 젊으시지만 딸 둘만 낳고 단산했다. 난순이는 난숙이가 아가 때 낳았을 테니 문제 아니고 오라범댁이나 언니가 없어서 그런 일에는 참석해 본 적이 없었던 것이다.

그런데 아무런 예비 지식도 없이—고 연희가 임신 중이란 말을 들었다거나 그가 미구에 해산할 것이라는 예측을 하였다거나—갑자기 아이를 낳았다 하더니 동시에 죽었다 하고 또 그 시체를 함께 매장하러 가자는 사실은 십 사 세의 소녀의 감정과 실력이 도저히 당해내지 못할 벅찬 시련임에 틀림없었기에…….

"안 가겠니?"

고선생의 말끝이 약간 날카로워졌다. 평소에 자기에게는 도무지 안 쓰던 말투였다.

"안 가겠담 하는 수 없지. 그럼 그만둬라. 나 혼자 갈 테니."

찬물 마냥 냉랭하게 끼얹고 고선생은 홱 몸을 돌렸다.

"아녜요, 선생님!"

난숙은 또 그의 옷자락을 잡았다. 그러면서도 컴컴한 마당을 내다보며 몸을 떨었다.

"그럼 어서 몸을 놀려야지 않니? 시간은 자꾸 가는데 빨리빨리 해치워야 할 게 아니야?"

고선생은 약간 부드럽게 타이르면서 난숙의 등을 밀었다. 난숙은 공포와 호기심으로 뛰는 가슴을 안고 안방으로 들어갔다.

언제 그런 일이 있었더냐 싶게 방안은 말끔히 치워져 있고 고연희는 눈을 감고 누워 있다가 살그머니 눈을 열었다. 매섭도록 빛이 나던 그의 눈이건만 안개 속의 물체처럼 희미하게 보였다.

"난숙이가 고생 좀 해 줘야겠어."

워낙 싹싹한 성미라 그는 난숙에게 애원하는 얼굴로 간청했다.

"염려 마세요."

약자에게는 매양 동정심을 갖는 난숙이라 연연한 그의 태도에서 선뜻 큰 소리를 하였다.

고연경은 잠잠히 한쪽에 밀어 놓았던 것을 끌어 당겼다. 난숙은 얼른 그 쪽으로 갔다. 하얀 보단에 말려 있는 아가의 얼굴은 쌕쌕 잠들어 있는 듯하였다.

새까만 머리칼, 둥그스름한 윤곽 높직한 코! 감긴 눈을 뜨면 눈도 클 것 같았다.

고연희는 갸름하고 여윈 편인데 아가는 둥글고 살이 많았다.

'아아, 어쩌다가 죽었나?'

아우가 없어서 그것만을 간절히 바라던 난숙은 아가를 보며 아까워하였다.

"선생님, 아가가 아들이죠?"

아가의 모습에서 느낀 대로 난숙은 고선생에게 물었다. 고연경은 그렇다고 고개를 까딱거렸다.

"어쩜!"

진정 아까웠다. 더구나 사내라니, 자기네 부모가 밤낮으로 그리는 목표가 아닌가.

난숙은 빨려 들어가는 듯이 아가의 얼굴에서 눈을 떼지 못하고 있는데 고선생은 사무적으로 난숙을 밀쳤다.

그는 명주 수건으로 아기의 낯을 덮고 담요로 또 한 번 몸을 쌌다.

"그럼 갔다오겠어요."

고연경은 아가를 안고 일어섰다. 난숙은 고선생을 따라 안방에서 나왔다.

난숙은 방문을 닫을 때 고연희의 눈이 이미 감겨 있는 것을 보고 웬일인지 서운한 생각이 들었다.

'저분은 자식이 귀엽지 않을까? 자기 뱃속에서 나왔는데 살지도 못하고 허망하게 죽었으니 원통하고 분해서 울고불고 하는 것이 당연하지 않을까?'

처녀인 동생이 자기의 자식을 묻는다고 안고 나가는 마당에 최후의 시선마저 그에게 보내지 않고 평화스러운 얼굴을 하고 있다니 난숙에게는 너무나 상상 이외의 일이었다.

고연희가 그러하거늘 고선생이야 더 말할 필요가 있을까? 조카의 시체라기보다는 무슨 나무토막이나 들고 가는 양 무표정하고 무감각하게 뜰을 지나 건넌방 부엌에 달린 헛간 앞에서 우뚝 섰다.

"난숙아. 거기 삽 있지? 그거 들고, 나 따라와!"

고연경은 사무적인 명령을 하고 캄캄한 대문 밖으로 나갔다.

난숙은 가슴이 선뜻하면서도 눈에 익은 대로 삽 있는 쪽을 더듬어 삽자루를 쥐었다.

'나더러 땅을 파라면 어쩌나?'

난숙은 겁을 잔뜩 머금고 선생의 뒤를 따랐다.

고연경은 예측대로 인가로 내려가지 않고 산길에 접어들었다. 어디선가 닭이 우는 것을 보면 새로 두 시쯤은 된 모양인데 이 오밤중에 이러고 가다가 누구에게나 들키면 어쩌나 싶어 난숙의 가슴은 통통 소리가 나도록 두근거렸다.

고선생은 잦은걸음으로 뽀르르 전진했다. 난숙은 몇 번이나 돌부리에 걸려서 고꾸라질 뻔했건마는 고연경은 길에 익숙한 듯이 척척 방향을 잡았다.

'선생님은 용하시기도 하지 어딜 미리 잡아 놓으셨나? 잘도 가시네.'

난숙은 삽 자루를 꼭 쥐고 부지런히 따라갔다. 키도 꽤 큰 편이건만 삽이 땅에 끌려서 높직이 들고 가자니 팔이 아팠다.

김장철이 가까워서 그런지 밤바람이 여간 차지 않았다. 더구나 솔이 총총하게 들어선 산비탈을 올라서면서는 우웅하게 울리는 솔바람 소리에 머리끝이 쭈뼛하면서 오싹 몸에 소름이 끼쳤다.

'그 상냥스러운 선생님이 저렇게도 쌀쌀해지다니! 말 한 마디 건네지 않고 혼자만 달아나다시피 하지 않나?'

한 번쯤은 뒤를 돌아보면서 조심하라고도 함직하건만, 누구 때문에 귀신이 뛰쳐나올 듯한 이 산중에 왔을 것이라고 저렇듯 모른 체한단 말인가. 난숙은 생각할수록 야속하기만 해서 눈물이 다 쏟아지려고 하였다.

가끔씩 머리 위에서 후드득거리며 이상스럽게 부르짖는 산새 소리가 날 때는 그만 땅바닥에 주저앉고 싶도록 무섬기가 들었다.

그러나 어려서도 중심이 깊었던 난숙은

"선생님 어디까지 가야 해요?"

하고 묻고 싶은 것을 입술을 깨물면서 참았다.

사람이란 당하면 저렇게 담대해지는 것일까. 그 복성스럽고 야실야실하던 선생님이 무슨 요술할머니가 된 듯이 앞에다가 그들먹하게 죽은 아가를 안고 첩첩산중으로 들어가는 몰골은 아무래도 꿈만 같은 광경이었다.

고연경은 어느 움푹하게 들어간 곳에 와서 담요에 싼 것을 내려놓고 난숙에게서 삽을 받아들었다.

고연경은 암흑 속에서도 사방을 휘휘 둘러보더니 잠잠하게 삽질을 시작했다. 워낙 밭을 손수 파던 솜씨인지라 삽 머리를 발로 꽉꽉 밟아가며 땅을 팠다.

"선생님, 지가 할까요?"

모처럼 한 마디를 조심스럽게 하였는데도 고선생은

"쉿."

하고 막았다.

난숙은 무안해서 더 말을 못 걸고 우두커니 서 있노라니 맞은편에 있는 담요 속에서 꼭 아가 울음소리가 나는 성만 싶었다.

'꼭 자고 있는 것 같던데 정말 죽었을까?'

조금 전에 안방에서 들여다보던 그때의 아가의 모습이 환하게 떠올랐다. 새까만 머리칼, 둥그스름한 윤곽. 갓 낳았는데도 제법 토실토실하던 뺨!

'그 아가를 저 구덩에다가 묻는다.'

고 생각하니 아무래도 고선생은 귀신할머니로만 보였다.

이윽고 파기를 마친 고선생은 꽃 포기 한 떨기 심는 것보다도 더 조심성 없이 아가를 들어 구덩에 넣고 흙으로 덮기 시작하였다.

난숙은 얼른 대들어서 함께 흙으로 구덩을 메웠다. 그러나 자꾸만 손이 떨렸다.

'만일 아가가 죽지 않았다면 숨이 막혀서 어떻게 하나? 이제야말로 정작 죽고 말겠다.'

이런 의구에서 자기 손으로 아가를 죽이는 듯싶은 착각을 일으켰다.

"아유머니나 선생님!"

갑자기 달려드는 난숙을 고연경은 매정스럽게 훌 뿌리쳤다.

"쉿."

난숙이가 저만큼 나둥그러지자 고선생은 재빨리 그 자리를 밟았다. 구보로 하는 것처럼 발을 놀려서 과히 넓지 않은 무덤을 평토로 만들었다.

난숙은 등골에 찬기가 지나가는 무서움을 느끼면서도 치마를 털고 일어났다. 어두워서 보이지만 않을 뿐 난숙은 분명히 고연경에게 눈을 흘기며 입을 비죽거렸다.

'흥, 나더런 왜 같이 가자고 했을까? 그까짓 삽이나 들고 가자고 이 무서운 델 데리고 왔나?'

내가 뭣 때문에 이런 곤욕을 당하나 생각하니 고선생과 한집에 있게 된 일이 새삼 후회되고 억울했다.

고연경은 난숙의 소매를 잡아끌었다. 소리나는 것이 두려움인지 그는 입을 함봉하고 벙어리 놀음을 하고 있었다. 난숙이 끌려간 곳은 크나큰 바위가 있는 소나무 아래이었다.

고선생은 그 바위에 손을 대며 함께 밀라는 동작을 보였다. 난숙도 그대로 난작 등을 휘어서 두 손으로 바위를 굴렸다.

그 둘은 아까의 평토장(平土葬) 무덤 위에 돌을 앉혔다. 그리고 나서야 고선생은 손을 털며 삽을 집었다.

고연경은 또 묵묵히 앞장섰다. 난숙은 뒤에서 무엇이, 아니 적어도 아가의 손이 제 치마 끝을 잡아당기는 것만 같아 기겁을 해서 고선생의 옆으로 달라붙었다.

이번에는 다행히 그가 난숙을 훌뿌리지 않고 내버려두었으나 입은 여전히 봉한 채로였다.

돌아올 때에도 고선생의 발은 이 길에 익을 대로 익어 있었다.

'아하, 새벽마다 선생님이 산보 가신다고 나 몰래 혼자 다니던 데가 여

기던가?'

난숙은 그 경황없는 중에서도 이런 추측을 하며 고연경을 훔쳐보았다.

물론 표정은 보이지 않지만 그에게서 풍기는 감각은 서운하다는 것보다는 시원하다는 것이라고 난숙은 느꼈다.

'그럼 그 아가는 선생님이나 그 언니가 원하지 않는 아가던가?'

아가가 있는 것으로 보아서 아가 아버지도 반드시 살아 있을 텐데, 석 달이나 넘어 되었어도 고연희의 남편이라는 사내는 한 번도 찾아오지 않았다.

'어린애 아버지도 애길 원치 않는가? 아가가 죽어버렸다고 알리면 며칠 후에 뛰어올는지도 모를 거야.'

난숙이 함부로 이것저것을 상상하는 동안 어느 덧 그들은 집에 이르렀다.

"난숙아, 꽤 무서웠지?"

마당에 들어서면서야 고연경의 붙었던 입이 떨어졌다.

"춥기도 했을 거야."

얼었던 혀가 녹았는지 고선생은 소곤소곤 재잘댔다. 그는 안방 부엌에 들어가더니 김이 나는 더운물을 한 대야 가득히 담아 왔다.

"애, 손 씻자. 여기 비누도 있다."

고선생은 안방에서 비쳐 나오는 희미한 불빛에서 웃음 지어 보였다. 둘이는 전처럼 의좋게 한 물래에서 손을 말갛게 씻고 헹구는 물은 난숙이가 떠 왔다.

큰솥에 더운물이 하나 가득 있었다. 아궁이에는 아직도 불기가 있었다.

'그러니깐 선생님은 초저녁부터 혼자 일을 하셨군. 난 까마득히 모르고 잠만 잤는데…….'

"내가 미리 불을 지펴 놓고 갔더니만 아직두 물이 뜨겁구나."

고선생은 안방에 들어갈 의사가 없는지 유쾌한 얼굴로 입을 쉬지 않았다.

'선생님에겐 그 일이 유쾌한 사건일까?'

"난숙아, 어서 방에 들어가자 응?"

고연경은 난숙의 등을 다독거리며 정답게 속삭였다.

"오늘밤의 일은 영원히 너랑 나만 알아야 해 응? 무슨 일이 있더라도 우린 이 비밀을 지켜야 한단 말이다. 알았지?"

난숙이가 창졸간에 대답을 하지 못하고 서 있노라니까 그는

"사람들에겐 얼마든지 비밀이라는 게 있는 법이란다. 너도 인제 커 봐. 남이 몰라야만 하는 사건이 생길 테니 말야. 알았지? 어디 확실한 대답을 해봐!"

하고 거듭 다짐하였다.

"네."

"정말이다. 꼭 약속하지?"

"네. 선생님 꼭 그러겠어요."

난숙은 이것쯤 못 지키랴 싶어 똑똑하게 약속하였다.

"너 먼저 들어가자. 얼마 안 있음 날도 샐 거야."

"선생님도 주무셔야죠."

"그래 나도 곧 들어갈게."

난숙은 방에 들어왔다. 몇 시나 되었나 하고 사발시계를 안방 불빛에서 자세히 보니 인제야 새로 두 시였다.

'어쩜! 그러니깐 우리가 한 자정에 산엘 갔었나 봐.'

과히 멀지는 않은 곳이지만 밤중에 허덕지덕 떨면서 왕래해 그런지 이불 속에 들어가니 온 몸이 녹작지근하게 풀어지면서 다리가 팍팍하게 아팠다.

안방에서 도란거리는 자매의 말소리를 들으면서 잠을 청한 것이 무서운 꿈을 꾸었다.

꿈에는 아기가 발딱 일어나서 난숙의 치마를 잡고 큰 바위 때문에 갑갑해서 살 수 없으니 빨리 그 돌을 치워 달라고 울며 떼를 쓰는데 그 눈물이 온통 피가 되어서 흘렀다.

난숙은 무서워서 악을 썼다. 곁에서 고연경이 흔들었다. 깨고 나니 얼굴과 등이 땀에 축축하게 젖어 있었다.

"무슨 꿈을 꾸었기에 그래?"

"선생님, 아주 무서운 꿈을……"

난숙은 고선생의 품으로 파고들었다. 고연경은 한결같이 그 부드럽고 탄력 있는 팔로 난숙을 안아 주었으나 웬일인지 난숙의 편에서 전처럼 따뜻한 무엇인가가 고선생에게로 가지 않았다.

"맘을 든든하게 먹어라. 어젯밤 그런 일은 아무 것도 아냐. 바보 같으니."

고선생의 소곤대는 그 말이 더욱 선뜻하게 난숙의 정을 가로막았다.

'어젯밤의 그런 일이 아무 것도 아니라니 그보다 더 무섭고 기괴한 일이 또 있다면 어른들이 사는 세상에서 무서워 어떻게 사나?'

다음 날부터 난숙의 가슴에는 복잡한 의문이 안개 마냥 피어올랐다.

'사람에겐 비밀이 많다? 너도 커 보면 알 것이다?'

학교에 가서 여러 선생님들의 얼굴을 바라보면서

'저 선생님들에게도 그런 비밀이 있을까?'

하는 괴상한 생각들을 하자니 자연히 머릿속이 번잡해졌다.

김장철이 지나서야 고연희는 자리를 털고 일어났다. 전에는 외출이란 전혀 없었고 방안에서만 대장 노릇을 했었는데 몸을 풀고 나서부터는 아무 데도 활발하게 돌아다녔다.

"어딜 그렇게 오래 앓으셨어요?"

"인젠 몸이 쾌차하셔요?"

"어서 우리 일 좀 해 주세요. 바느질할 게 얼마나 밀렸는지 몰라요."

집에 와서나 밖에서나 고연희를 만나는 아낙네들은 다 그런 인사들만 하였을 뿐, 누구 하나 그가 해산한 것을 아는 사람은 없었다.

하기야 서너 달 동안이나 한 집에서 뒹굴었던 난숙 자기가 몰랐는데 남이 어떻게 짐작이나 할 것이냐고 난숙은 맘속으로 혼자 웃고 있었다.

고선생은 3학기 때부터 다시 하숙을 시작했다. 그의 언니가 크리스마스 전에 서울에 갔다오더니 겨울방학에는 아주 서울에 가 버린다고 하였기 때문이었다.

과연 그들은 동기 휴가 동안에 이 외딴 집을 정리하고 함께 상경하더니만 삼 학기에 고선생 혼자 와서 전에 있던 하숙집에 되 있게 되었던 것이다.

난숙은 그 추운 삼 학기간을 먼 자기 집에서 통학하느라고 무척 고생하였으나 그들과 떨어진 일이 웬일인지 홀가분하게 느껴지고, 그 무섬기가 들던 집에서 벗어난 것이 후련해지기까지 하였다.

고선생은 삼 학기를 마치고 서울에 올라간 이후 오늘까지 소식을 모르고 지내 오는 것이다.

김여사는 꺼림칙하게 가슴에 걸려 있는 회상을 끝내고 긴 숨을 몰아쉬었다.

'고선생의 말대로 내게도 이렇게 기막힌 딸의 비밀이 있게 되었지 않느냐?'

고연경이 서울에 가 버린 후에도 난숙은 아가가 묻혀 있는 그 쪽의 산을 보기만 하면 언제나 죄의식에 잡혀 있었다. 아니 사십이 넘은 지금까지도 시흥에만 가면 망연히 그 쪽의 하늘을 바라보며 어릴 때의 추억에서 신경을 학대하는 것이다.

난숙 여사가 결혼하고 아이를 낳게 되면서 열 네 살 때에 겪은 그 수수께끼를 완전히 해명하게 되었다.

그 무서운 밤의 역사 이전에는 고연희의 얼굴에 검은 기미와 함께 어두운 그늘이 걷힐 때가 없었고, 고선생도 건성으로 명랑한 척만 했었는데 그 일이 있은 후로는 폭풍우가 지난 날씨처럼 활짝 갠 표정들로 진정 기뻐서 어쩔 줄 모르는 듯이 희희낙락하는 것을 보면 분명히 여기에는 어떤 내막이 끼여 있는 것이라는 확신을 갖게 되었던 것이다.

김여사는 고연경과 약속대로 거기 대한 발설을 삼십 년 동안에 입밖에 낸 적이 없었다.

그러나 지금도 어제런 듯이 떠 올라오는 아가의 그 새까만 머리칼과 둥그스름한 윤곽과 토실토실한 뺨이 눈에 선하여서 가끔씩

'그런 일에 협조한 이 어미의 죄로 향운에게까지 야릇한 일이 생기는 것이라.'

고 자책하는 시간을 갖게 되었다.

십여 년 전에 부모님 산소에 성묘 갔다가 거기에 들러 봤더니만 아직까지 그 자리에 고연경과 둘이서 굴려 놓았던 바윗덩이가 그대로 있었다.

'인심은 변했건만 산천은 그대로 있구나.'

하는 탄식을 흘리고 돌아왔던 것이다.

김여사가 굳이 향운에게 타태를 권하지 않는 까닭은 이렁저렁 세월을 보내다가 오 개월 이상에 이른 탓도 있거니와 남모르게 지니고 있는 어린 적의 이 상처 때문에—즉 무시로 자기를 괴롭히는, 잠자는 듯이 죽어 있던 그 아가의 환상 때문에—자기의 고집과 명령을 관철하지 못하는 것이었다.

'하기야 나중에라도 얼마든지 처리할 수는 있지 않는가?'

향운의 소원대로 난순네 집에 가서 있다고 하자. 거기 역시 외따로 떨어져 있고 외인의 출입도 많은 집안이 아니니 달이 차서 몸을 풀면 그 후의 문제야 주위의 사람들만 합심하면 감쪽같이 덮어 버릴 것이 아니겠느냐고 김여사의 가슴 한구석에서 소곤소곤 유혹하는 속삭임이 들려오는 것 같았다.

그러나 자기 스스로의 죄과는 아니었고 자발적인 의사는 아니었더라도 어미가 한번 저질렀던 실수를 딸로 하여금 다시 되풀이하게 할만큼 몰지각한 여인은 아니며, 또한 난숙 스스로가 가담하여서까지 두 번이나 비인도적인 행동을 감행할 만큼 악한 인간은 아닌 모양으로 김여사는 언제나 양심의 승리를 가졌던 것이다.

그러자니 어떻게 하면 좋을지, 또한 어떠한 결과가 나타날는지 실로 아득하고 망연하여서, 밤이면 단잠을 이루지 못하고 낮이면 낮대로 엷은 얼음 위를 걸어가는 듯 전전긍긍하는 초조와 불안을 이겨낼 수가 없었다.

'희준이만 죽지 않았으면야…….'

희생된 학생이 많기도 하지만 하필이면 희준이가 그 억울하고 안타깝게 사라진 혼백 중에 끼었으랴. 물론 장하고 숭고한 거사이기에 향운은 그 존귀한 피 값을 하겠다고 저렇듯 버티는 것이니 한편 생각하면 기특하기도 했다.

'시속 못된 계집애들 같으면 죽자살자, 마냥 좋아하다가도 돌아서면 언제 그랬더냐 싶게 시침을 따건만.'

마루에 걸린 시계가 땡땡 네 번을 쳤다.

'벌써 네 시야. 오늘밤도 고스란히 밝히겠구나.'

김여사는 다시 잠을 청하려고 몸을 한 줌이나 되게 오그리고 돌아누웠다.

그 날부터 향운은 시흥에 갈 준비를 하였다. 일요일에도 종일 재봉틀을 놀리고 있는데 어둑해서 찬영의 음성이 대문 밖에서 났다.

## 오솔길

"미스 진 계십니까?"

첫날처럼 무작정 계십니까가 아니라 오늘은 또렷하게 미스 진을 지적하였다.

"어머니, 오늘은 어디루 들어오랠까요?"

향운은 황망하게 건넌방에서 나오며 어지러워진 제 방을 돌아보았다.

"글쎄. 그냥 안방으로 오래지 뭐."

김여사는 동운이가 들어앉아 있는 부엌 머리방을 힐끗 바라보며 소곤댔다.

향운은 대문을 열었다. 아직 달이 올라오지 않아서 밖은 컴컴한데 낚시꾼 차림의 찬영이 저만큼 서 있었다.

"어마! 오늘도 낚시질 가셨군요."

"어김없었죠."

"혼자셨어요?"

"저번 날 그 이군하구요."

"재미 보셨나요?"

찬영은 대답 대신으로 향운을 물끄러미 내려다보았다. 어둠 속에서나마 찬찬히 그리고 힘있는 눈으로 향운을 더듬었다.

"무엇을 의미하시는 말씀인지."

찬영은 떨떠름하게 반문하였다. 향운은 방그레 웃으며 또 물었다.

"기술대로 낚으셨느냐 말씀예요."

"오, 그 공격이시군. 자, 이거 보세요! 여기 증거물이 있지 않아요?"

찬영은 바른손에 들고 있던 주럭(고기가 든 바구니)을 번쩍 들어 보였다. 눈짐작으로도 꽤 묵직해 보이기는 하였다.

"오늘은 손수 가져오시는군요."

"그럴 계획으로 내걸 가지고 갔었거든요."

"이진석 씨 섭섭하셨겠어요."

"조금은 그랬겠죠."

"좀 들어가실 걸."

"아닙니다. 이 모양으로 어딜 들어갑니까? 다만 약속 이행으로 온 거니까."

찬영은 석상처럼 끄떡하지 않고 그 자리에 서 있었다.

'저분이 오늘 오겠다고 약속한걸 내가 잊었던 모양이지?'

향운은 그가 말하는 약속이란 것을 알아내려고 잠깐 생각했다.

"자요. 이거 받으세요. 저번에 약속하지 않았어요?"

찬영은 주럭을 향운에게로 내밀었다. 향운은 그제야 시흥에서 돌아오는 길에 그가 천어를 좋아하느냐고 묻고, 좋아하면 낚아다 주겠노라고 하던 찬영의 말을 깨달아 내고

"아이 그걸 안 잊으셨네요."

하며 두 손을 내밀다가 멈칫했다.

"그렇지만 댁에 가져 가셔야지 이걸 지가 받아시 돼요?"

"안식일을 범하면서까지 얻은 것은 우리 집에선 환영하지 않는다니까요."

찬영은 일변 말하면서 아직도 두 손을 합장하듯이 주춤거리고 있는 향

운의 손에 주럭을 들려주었다.

"어마 무거워라! 꽤 많이 들었나 보군요."

"지금 곧 손보셔서 요리하십시오. 그럼 난 가겠어요."

"이 바구닌요?"

"그냥 두세요. 나중에 또 들르죠. 굿 나이트, 미스 진!"

찬영은 돌아서서 뚜벅뚜벅 골목으로 빠져나갔다.

향운은 그의 발소리가 완전히 사라진 후에야 주럭을 들고 집안으로 들어왔다.

"어머나! 그게 뭐예요?"

식모는 달려와서 바구미를 받았다. 향운은 식모와 함께 큰 자백이에 쏟았다. 자그마한 붕어들이 펄떡펄떡 뛰었다.

"얘, 그거 꽤 많구나! 한 사십 마리 되겠지?"

어느 샌지 김여사까지 나와서 들여다보며 참견하였다.

"사십 마리가 뭡니까? 육십 마린 착실하겠는 뎁쇼."

식모는 신이 났다. 마루와 부엌에서 비쳐 나오는 불빛에 붕어들의 살아보려는 힘이 강하게 날뛰면서 꾸물댔다. 팔딱팔딱 뒤집는 그들의 배때기가 애처롭게 희었다.

동운의 방 미닫이가 드르륵 열리고 동운은 문에 막아서서 밖을 내다보며

"하하 사람은 붕어를 낚아내고, 붕어는 여성을 낚아챈다? 하하하하."

하고 기탄 없이 웃어댔다.

"잰 무슨 소릴 하는지 모르겠네."

향운은 붕어를 세어 보기에 골몰하여서 동운의 말뜻을 알아듣지 못했다.

"아까 그 진짜 대학생인가 누군가가 붕어를 낚긴 했지만 말야, 그 붕어는 즉시 큰누날 낚고 있단 그 말인데 아직두 몰라요?"

향운은 못들은 척 하고 김여사가 동운을 돌아보며 나무랐다.

"넌 입 좀 덮어두지 못하니? 어여 공부나 해!"

"어머닌 남을 벙어리 만들 작정이신가 봐. 지금이 어느 땐데 바른말을 못 해요? 아줌마! 어서 밥 줘요. 모두 거기만 붙어서 이건 뭐야?"

그러는데 대문이 삐꺽 열리면서 경운이가 들어왔다.

"아이 배고파! 저녁들 먹었수?"

"어렵쇼. 작은누나가 식전이라니?"

이번에는 동운의 겨냥이 경운에게로 향했다.

"왜? 난 항상 포만 상탠 줄 아니?"

"작은누난 밤낮 내게 화풀이야. 아 자기 입으로 내가 언젠 집에서 저녁 먹었어? 해 놓군. 뭐 내 조작말인 줄 알우?"

"호오, 기억력이 대단하신데? 그 기억력 잘 간수했다가 필요할 때나 쓰란 말야."

"염려 놓으시란 말예요."

"아니 왜들이래? 머리통은 굵어 가지고 그 속에 심술들만 들었나? 언제나 철들이 들어?"

김여사는 전에 없이 높은 소리로 남매를 꾸짖고

"아줌마. 그건 그냥 두고 어여 저녁상 가져와요!"

하며 방으로 들어갔다. 경운은 향운이 세고 있는 붕어를 발견하자

"어마! 이거 어디서 났수? 아주 펄펄 뛰네. 아유 이뻐라!"

경운은 자배기 곁에 쪼그리고 앉으며 붕어 한 마리를 손바닥에 놓았다. 윤이 흐르는 붕어는 발딱발딱 재주 넘었다.

"이거 산 거유? 누가 이런 걸 팔러 왔었수?"

경운은 두 손으로 붕어들을 움켜보며 대견해 하였다.

"낚시꾼이 가지고 온 거야."

향운은 미소하는데 동운이가 대신 대답하였다.

"낚시꾼이 가져오다니?"

"큰누나랑 작은누나랑 낚아챌려고 우리게다 그냥 준거란 말야"

"그런 낚시꾼이 어디 있었게?"

"하하, 진작 좀 오지 그랬어? 조금 전에 왔다갔는걸. 하하하하."

동운은 아까처럼 또 떠들썩하게 웃어 젖혔다.

"참말이우 언니?"

경운은 눈을 동그랗게 떠서 향운을 들여다보며 물었다. 그럴 때는 천진스런 소녀 그대로였다.

"바른말만 한다는 동운이가 거짓말하겠니? 참말이니깐 그럴 테지!"

향운은 동운을 빗대놓고 시큰둥하게 대답하였다.

"작은누나! 그러기에 집을 비지 말아요. 난 두 번이나 봤는데."

"정말?"

경운은 발딱 일어나서 동운에게로 갔다.

"너 정말 그 낚시꾼 봤어? 왜 집엘 두 번씩이나 오니?"

"내가 알우? 큰누나께 물어 보구료."

동운은 턱으로 향운을 가리키며 코를 실룩했다.

"어서들 저녁 잡수세요."

식모가 상을 가지고 안방으로 들어가고 동운은 부리나케 밥상을 따라갔다. 경운은 향운을 힐끗 내려다보다가 이내 동운의 뒤를 따랐다. 낚시꾼의 정체를 알아보려는 심산인지 막 들어가자 경운의 소곤대는 소리와

"나두 내막은 몰라. 얼굴만 봤지. 큰누나께 물어 보라니까 그러우?"

하는 동운의 거침없는 음성이 들렸다.

"어서 저녁 드세요. 모두 몇 마리나 되죠?"

식모가 향운에게로 와서 바구미를 털었다.

"쉰 여섯 마리야."

"그렇다니깐요. 어서 들어가세요. 이거 손 보잠 한참이겠네."

"풋고추 많이 넣어서 푸욱 조려야 해요."

향운은 세숫대야를 들고 일어섰다. 제일 크고 싱싱한 세 마리를 따로 물 속에 넣어 두었던 것이다.

향운은 금붕어 두 마리가 한가롭게 노닐고 있는 어항에다가 붕어를 함께 넣었다. 이단자가 왔다는 듯이 금붕어들은 놀라서 헤어졌다가 그래도 동족인 것에 안심하였는지 스르르 곁으로 몰려왔다.

향운은 제 테이블 한구석을 차지하고 있는 어항에 이윽이 눈을 주고 있었다.

'저 많은 수효 한 마리 한 마리를 낚을 때마다 얼마나 기뻐했을까? 아무리 기술이 능하단들 하루에 그걸 혼자서 다 잡았을까? 혹 이진석 씨 몫마저 가져온 게나 아닌지.'

어쨌거나 그의 정성에만은 감사하지 않을 수 없었다.

'남의 것을 받아만 먹는 건 염치없고 어떻게 사례해야 옳아?'

향운은 그의 손으로 낚은 붕어에게 친밀감이 가는 자기의 얄팍한 감정이 새삼 부끄러웠다.

"언닌 저녁 안 먹우?"

경운의 목소리가 쨍하고 울려 왔다. 이어 어머니의 나직한 음성도 들렸다.

"그건 내일 아침에나 먹게 될 텐데 향운인 그걸 기다리나 부지?"

"아녜요, 어머니!"

향운인 황망히 부인하면서 안방으로 건너왔다.

"언니 덕분에 별미를 먹겠구료. 그 낚시꾼은 언제 알았수? 몇 살이나 된 사내야?"

"으하하하."

동운은 입에 하나 가득 들어 있는 밥을 손바닥으로 막으면서 또 웃었다.

"내 나중에 얘기해 줄께."

향운은 경운에게 가만히 이르면서 얼굴이 새빨개졌다. 경운이나 동운이가 자기를 놀리고 조소하는 것만 같았다.

'희준 씨를 그 새 잊어먹고 딴 남자와 이 경우에까지 이르렀는가?'

적어도 그들은 그 속종으로 자기를 비웃는 모양이라고 향운은 입술을 꼭 물면서 숟갈을 놀리는데

"작은누나. 내 알려 줄까? 그 낚시꾼이 한 오십은 되는 사내야."

하고 동운은 딴청을 댔다.

"그래? 그렇담 홍미 없군."

경운은 솔직하게 곧이듣고 향운을 빤히 바라보며

"난 언니께 새로운 자극이나 생긴 줄 알았지."

하고 긴장을 푸는 눈치였다.

"체념은 너무 이른걸. 만일 그 낚시꾼이 이십여 세의 진짜 대학생이라면 어쩔 테요?"

"그렇담 문젠 다르지 않아?"

"그럼 작은누나가 프로페서하고 다닐 땐 도무지 흥밀 느끼지 않겠군."

"그이가 청년이 아니래서 말이지?"

"작은누나의 말 대로면 그렇지 뭐."

"흥미 이상의 신뢰와 존경과."

"사랑과 정열과."

"예끼! 존경하는 스승인데 무슨 사랑이야?"

경운의 얼굴이 물들면서 동운의 팔을 탁 때렸다.

"그만들 떠들고 일어나! 어린것들이 걸핏하면 사랑이니 뭐니 아니꼽게."

김여사가 향운의 어두워 가는 표정을 살피고 남매에게 핀잔을 주었다.

"어머닌 시대 착오야. 당당한 권리를 요구하며 행사하는 게 뭐가 아니

꼽단 말씀요?"

동운은 최후의 화살을 어머니께 던지고 후딱 방을 나갔다.

향운도 일어나 건넌방으로 왔다. 자기를 그들의 화제로 삼아서 찧고 까부는 꼴이 마땅치 않았던 것이다. 전에야 희준이와의 일을 아무리 치까스린다더라도 유쾌할지언정 불쾌하지는 않았는데 지금은 입장이 달랐다.

자기는 남 모르는 어마어마한 비밀을 지니고 있는데다가 희준은 영원히 없어지고 말아서 심장이 떨어져 나간 듯이 허전하고 힘이 빠져 버린 자신이었다. 조금만 누가 건드려도 이내 흔들리고 자격지심이 앞서는데 아무리 형제지간이라 한들 찬영의 출현에 대한 그들의 조롱은 도저히 감당해 내기 어려운 모욕이라고 느꼈던 것이다.

향운은 방에 들어오자 재봉틀 앞에 풀썩 주저앉았다. 속치마의 허리 나부랭이가 흩어져 있는 것이 을씨년스러웠다.

'아아, 도망꾼이 되려는 수단으로……'

향운의 눈이 한쪽에 밀어 놓은 흰 융 뭉치에 갔을 때는 한숨이 절로 나왔다. 시흥에 가면 만들 수 없는 까닭에 여기서 대충 아가의 의복을 눈속여가며 하려고 마련했던 것이다.

'아하, 아비 없는 자식을……'

향운의 눈에서 눈물이 폭 솟았다. 갑자기 펄떡거리는 소리에 향운은 물기 어린 눈으로 어항을 보았다. 거기서는 무슨 알력이 있었든지 검정 붕어가 물 밖으로 솟았다가 떨어졌다.

'그인 이런 속종도 모르고 괜시리 얘깃거릴 장만해 주었지 않아?'

찬영의 씩씩하고 늠름한 모습이 떠오르자 향운의 가슴이 화안하게 밝아지려 하였다.

'희준 씨의 유일의 친우! 나의 유일의 협조자!'

향운은 겨우 힘을 얻어 방안을 치우기 시작했다. 경운의 밥상 치다꺼리하는 소리가 부산하게 들렸다.

"아줌마! 이거 받아요. 이게 빨아 놓은 걸레요?"

흔히 저녁을 집에서 들지 않지만 오늘처럼 일찍 돌아와 먹는 날에는 반드시 손수 일을 하는 버릇이 있었다.

'경운에게는 분명히 적극적이요 활동적인 데가 있어. 오늘밤엔 기어코 낚시꾼의 정체를 밝히려 들겠지.'

문득 향운은 코를 벌름거렸다. 알큰하고 달큰한 붕어조림의 냄새가 풍겨 오기 때문이었다.

아니나 다를까 경운은 방에 들어와서 향운에게로 붙어 앉으며

"언닌 밤낮 일야. 결혼 준비나 하는 거유?"

하고 재봉틀과 일감들을 둘러보았다.

"결혼? 누구하고 말야?"

향운은 재봉틀을 들어서 윗목 구석에 놓으며 시들하게 반문하였다.

"여기 있는 미지의 남성하고 말야."

경운은 향운의 가슴께를 찾아 꾹 질렀다.

"뭐가 있어야 말이지. 텅 비어 있는 털터린걸."

"그러지 말래두."

경운은 향운의 치마를 잡아끌었다.

"바른 대루 말해요. 내 정말 진실한 후원자가 될 테니 말야."

"없는 걸 어떡허니? 너나 정당하게 꼴인 하두룩 해."

"나야 어리지 않우? 언닌 당면했고 말이지."

경운은 말끄러미 향운을 올려다보며 무엇인가를 더듬다가

"참말야. 날 언제까지나 말괄량이루만 알아선 안 되우."

하고 입을 꼭 다물어 보였다. 향운은 가슴이 뜨끔하였다. 남달리 예민한 경운에게 무엇이 새어 나갔을까.

"난 언니가 말야. 모처럼 얻은 교육자의 자격을 일 학기만으로 상실하지 않으면 안 될 언니의 건강을 근심하고 있는 거야. 오죽이나 긴박한 사

태면 그 귀한 자릴 자퇴하고 말았겠느냔 말유."

경운은 점점 더 어려운 말을 내세우려 들었다. 동운과 맞서서 싸울 때는 철부지의 소녀건만 한번 안색을 정돈하면 어른다운 데가 있는 경운이었다.

"난 언니의 오직 하나인 동생이거든요. 난 더구나 언니의 심경이 어떤 위치에 있다는 걸 짐작해요. 그러니깐 언니에게 사소한 변동이 있을 때 그것이 언니에게 어떠한 전면적인 영향을 끼치겠는가를 생각하지 않을 수 없어요."

경운은 심각하게 이론을 전개하려 하였다. 경운의 이러한 태도를 향운은 처음으로 보는 것이다.

"언니가 시흥에 가서 있기루 했다면서? 난 이 사실이 역시 언니의 장래의 행동과 관련이 있다고 봐요. 물론 휴양을 목적으로 한다겠지만 단순한 섭양이라면 집에서두 넉넉히 할 수 있지 않을까?"

'애가 무슨 눈치를 챘길래 이토록 깊이 파고드는 걸까?'

"난 언니의 모든 걸 다 알고 싶거든. 그러니 우선 그 낚시꾼의 정체부터 알려 줘요."

'그러면 그렇지. 경운이가 누구라구?'

향운은 경운의 정확한 논조에서 받은 충동으로 가슴이 설렜다. 바로 무엇이나 알고 있는 듯한 유도심문 같았기에……

"정말 오십객이우?"

"호호, 넌 너무 과장된 추측을 하고 있어."

향운은 어느 샌가 실소하였다. 경운의 차이가 심한 양면(兩面)의 성격이 귀여웠던 것이다.

"지나가는 길손이라고 생각하면 그만 아니냐?"

"지나가는 사람이 온 종일 정성스럽게 잡아 모은 결정체를 송두리째 바치고 가겠수? 그건 말이 안 되거든."

"넌 굳이 그걸 캐서 뭘 하려고?"

"그럼 그만둬요! 아까두 일껀 말했는데. 그렇담 난 포기해요."

경운은 향운에게 눈을 흘기며 토라지는 시늉을 했다.

"아냐, 내가 왜 네 진심을 모르겠니? 아무것두 아닌 걸 가지고 괜시리 네가 신경을 쓰니깐 그랬지."

향운은 경운을 달래면서 경운에게로 다가앉았다.

"내 바로 가르쳐 주마. 희준 씨 고등학교 동기 동창생인데 퍽 친했더래요. 웃동리서 산다고 우연히 만났어."

노량진 역에서 처음 알았다는 말은 일부러 뺐다.

"그럼 대학생이란 말이 옳게?"

경운은 눈을 동그랗게 떴다. 향운은 어머니의 눈을 닮고 경운은 아버지를 닮아서 어글어글하였다.

"그래. 공과 대학 건축과 사 학년. 인제야 속이 후련하니?"

"아직은 멀었어요. 성명은?"

"정찬영이라고."

"애정의 밀도는?"

"기집애두. 애정은 또 다 뭐야?"

대수롭지 않게 응대하면서도 향운의 뺨이 향긋하게 피는 듯하였다.

"왜요? 애정이란 고착된 게 아니거든요. 싹이 트며 성장하며 무한히 흐르는 것이 정이란 말예요."

"그건 네 애정관이냐?"

"그렇게 말할 수도 있겠지만 정이란 유동체라는 걸 알아야 해요. 웅덩이에 고였던 물이 길을 터주면 흐르듯이 언니의 저장된 애정이 미스터 정이라는 물길 따라 얼마든지 흘러갈 수 있지 않느냐 말예요."

"몇 갈래의 분류가 돼두 좋단 말야?"

"아유. 인제야 스물 세 살 된 처녀가 왜 그렇게 딱딱하우? 누가 분류를 말해요? 물의 성질을 말하는 거지, 즉 애정의 성격을 말하는 거란 말야."
아닌게아니라 이런 면에서는 이십 일 세의 경운이가 향운 자기보다도 선구자라는 것을 시인하지 않을 수 없었던 것이다.
"언제 또 온댔수?"
"그릇을 두고 갔으니깐 일간 오게 될 거야."
"그땐 나두 선을 봐야겠어."
"기집애두. 선은 또 뭐야?"
"선이 별건 줄 아우? 어떻게 생겼나 하고 탐색하는 게 선이지 뭐. 선생의 선이나 친구의 선이나 식모의 선이나 마찬가지란 말야."
"편리한 논법두 있구나."
"궤변은 아니니깐 안심해요."
경운에게는 도저히 말로 감당할 수 없다고 향운은 입을 다물었다. 매양 향운을 압도하는 경운의 입심이 동운에게는 가끔씩 눌려서 눈물을 찔끔거리는 양을 볼 때 남녀가 저렇게 다른가 하고 향운은 고소를 금하지 못했던 것이다.
"시흥엔 언제쯤이나 갈래요?"
"십오 일 이내로, 그러니깐 금주(今週)내론 가야지."
"휴양차로 간다며 아무 때나 감 돼지 왜 시간 제한이 있수?"
경운은 꼬치꼬치 캐며 물었다. 아무래도 수상하다는 눈치였다.
"서울이 싫어졌어. 도시가 맘에 들지 않으니깐 하루바삐 시굴루 가는 게지 다른 이유가 있나?"
"그렇기두 하지만."
향운은 경운을 등지고 앉아서 큰 책보에 일감이며 융 뭉치를 쌌다.
"이거 봐 주세요. 어떻게 잡숫게나 됐는지 모르겠어요."
"응. 아주 자알 됐어. 맛난데?"
밖에서는 김여사와 식모의 붕어조림에 대한 대화가 한창이었다.

이튿날 경운은 학교에 가면서도 향운에게 당부했다.
"내 오늘은 일찍 오는 거요. 미스터 정도 학생인 이상엔 오후에나 올 테니깐 부디 잡아 둬야 해요. 알았지? 언니."
동운이나 어머니가 들었으면 얼마나 비난할 소리냐고 향운은
"너 그런 말 함부루 해두 되니?"
하고 씁쓰레하게 웃었다.
"왜 내가 못할 말 허우? 다만 내 자신을 위함은 아니라는 것만 알고 있음 돼요."
경운은 진실한 표정으로 향운을 한번 노려보고 가방을 들고 나갔다.
'나도 이렇게 되기 전에까지야 저만 못지 않게 당당했건만 도둑이 제발 저린다더니 비굴이 천성인 것처럼 바보가 되어 가지 않나?'
향운은 가만히 한숨을 내뿜고 방으로 들어왔다. 경운이가 없을 때 얼른 옷을 해치워야겠다고 책보를 풀다가 그대로 두고 책장을 열었다.
제일 아래층 가운데 끼어 있는 자기의 책을 꺼내서 그 속에 감춰 둔 일기장을 빼냈다. 대학 노트 한 권이었다.
향운은 삼분의 이쯤이나 기록해 나간 페이지를 들추고 멀거니 내려다 보았다.
'무척 바빴던 모양이지? 그 날부터 쓰지 못했으니 말야.'
깨알처럼 들이박힌 글씨는 어떤 날은 두어 줄, 어떤 날은 대여섯 줄, 또 어떤 날은 여남은 줄씩 적혀 있었다.
향운은 테이블로 가져갔다. 의자에 앉으며 언뜻 어항을 바라보았다. 여전히 한가로운 부침(浮沈)을 계속 하고 있는 그들은 평화스럽게 보였다.
향운은 앞 페이지를 들추었다. 사월 십구 일은 한 페이지를 다 차지했다. 그것도 이삼 일 후에 기록한 것이지만 구구절절에 피가 맺혀 있었다.
그는 가슴이 터지도록 숨을 들이마셨다. 다음날부터는 호소와 넋두리가 계속되었다가 유월로 접어들면서 갑자기 행수가 줄어졌다.

'이게 뭐야? 이상하지. 아니 당연한지도 몰라. 종일 굶었다.'

'어머니께 미안하다. 도시락만 봐도 구역이 난다. 병인가? 의무인가?'

'요술이라면 정확하고 과학적인 솜씨다. 그러나 잔인하다. 너무나 가혹하다. 하늘이여. 신이여. 동정녀 마리아는 그대들의 자랑의 여성이 아니던가?'

'뭐가 뭔지 모르겠다. 삶? 죽음? 아니 아니 형벌이다. 천벌이다. 님이여! 대답하라. 오오, 나의 님이시여! 아니면 그대가 최후로 남긴 상급이오리까?'

짤막짤막한 일기가 자학과 저주와 호소로 엮어 내려간 것뿐이었다.

'기어코 어머니께 고백하고야 말았다. 아아, 그 순간 나는 어머니를 죽였더니라. 어머니는 숨이 끊어지려고 하는 것을 그의 강한 의지로 소생하셨을 것이다. 그러나 아아, 그러나 그가 토할 수 있는 말이란? ×××××××××××. 어머니로서야 당연한 말씀이었다. 그러나 나는 반대할 수밖에 없었다. 누구를 위하여? 누구 때문일까?'

구월 말쯤에는 글씨조차도 갈겨 써 있었다.

'광란의 하루다. 이래서 될까? 약한 자여! 너의 이름은 진향운이다. 왜 굳세지 못할까? 어머니 앞에서는 언제나 대담하고 씩씩한 대답을 하면서도…….'

'생명이다. 생명이 싹튼다. 아아, 그는 살아 있는 것이다. 오늘 처음으로 동요를 느꼈다. 눈물이 났다. 희열? 희한? 아니야. 아니 아니 결의야, 결의!'

향운은 또 한 번 큰 숨을 내쉬었다. 방황과 초조에서 비로소 발견한 안도의 신호인지도 모른다. 시흥에 가던 전날의 마지막 일기이었다.

'피난처를 찾을 수밖에 없다. 가엾은 생명들이 호흡할 수 있는 곳은 어디일까? 우선은 아주머니의 인격과 인정에 매달려야겠다. 구수한 흙 냄새! 신선한 풀 향기! 옳아! 시들어가는 내게도 또한 새로운 생명에게도 싱싱

한 청량제가 될 거야. 마침 또 어머니의 심부름도 있다지 않아? 이 괴로운 밤이 지나면 동경의 내일이다!'

향운의 눈에 광채가 서렸다. 다음날 삼일에 일어난 모든 장면이 생생하게 되살아났다. 향운은 펜을 들고 눈을 감았다. 감정을 정리하려는 듯 몇 순간이 지난 후에 눈을 뜨고 구일까지의 일기를 쓰노라니 어느 덧 열 시가 가까웠다.

"자니?"

어머니가 문을 열었다.

책상에 붙어 있는 딸을 보고 김여사는 대견한 듯이 웃었다.

"하두 조용하길래 자나 했더니 공부하는군. 공분 나중 하고 바람둥이들 없을 때 일이나 좀 시작하지 그래?"

김여사는 방에 들어와서 손수 책보를 풀고 융을 꺼냈다. 식모의 눈이라도 피하려는 듯이 등 돌아앉아서 마름질을 시작했다.

향운은 일기장을 다시 책 속에 끼려다가 문득

'혹시 경운이가 이걸 읽지나 않았는가? 걔 눈치가 아무래도 이상하던데.'

하는 의심을 품었다.

'차라리 잘 됐지. 아무래도 알고야 말 걸.'

향운은 어머니의 곁에 앉아서 다소곳이 가르침을 받았다.

"이건 겹이야. 이 긴건 홑이고. 여기 가제가 있지? 그건 내의니깐."

"알아요."

"가사과 출신인데 오죽할까봐? 그렇지만 실용적으로 하는 게 좋아! 식모는 안 들어오겠지만 그거부터 치워버려."

김여사는 담담하게 이르고 나갔다. 어머니가 이만큼 타협적으로 나오는 것만이 황공하고 감사하여서 눈물이 다 나왔다.

'가엾으신 어머니. 고마우신 어머니. 어떻게 하면 어머닐 기쁘게 해드

릴 수 있을까?'

그러나 지금 같아서는 영원히 그 도리를 찾아낼 수 없을 것만 같이 아득하고 막막하였다.

향운은 눈물과 호기심으로 손을 번개처럼 놀렸다. 알지 못할 흥분이 솟았다.

인형에게나 입힐 만큼 앙증스런 내의를 만들어 놓고는 까닭 모르는 미소마저 흘렸다.

어쨌거나 경운이 돌아오기 전에까지 만들어 버려야겠다고 점심도 뜨는 척 마는 척하고 일에만 골몰하였다.

'정말 일찍 올까? 워낙 극성스런 애니깐 그럴지도 모르지. 그렇지만 그이가 오지 않는다면야 싱겁지 않아? 난 모르겠다. 될 대로 되라지.'

천만 가지의 사려가 뒤끓는 중에서도 향운은 어머니가 말려 놓은 두 벌씩의 영아복을 해치웠다.

'아주머니께 고백하고 나서 아가 이불은 만들라고 하셨지.'

어느 새 오랜 시간의 작업이 몸에 맞지 않는지 아랫배가 당기고 허리가 이상하면서 뱃속의 동요가 불쾌하게 느껴졌다. 오후 다섯 시쯤에 일은 끝났다.

향운이 영아복의 보퉁이를 들어다가 어머니의 의장 속에 감추고 나오려니까 대문 밖에서 찬영의 음성이 들려왔다.

"미스 진."

부드럽고 조용하게 말끝을 살짝 추켜서 한 번만 불렀다. '계십니까'마저 생략한 셈이었다.

향운은 도로 안방으로 가서 어머니께 물었다.

"어디로 들어오랠까오?"

"너희 방 어지럽니?"

"아뇨. 말갛게 치워놓긴 했어요."

"인제 자주 올 모양인데 번번이 다른 방으로 갈 수 있니?"

또다시 가만한 노크 소리가 들렸다.

향운은 신을 끌고 나가 빗장을 뺐다.

한 손에 가방을 든 찬영이 빙그레 웃으며 서 있었다.

"학교에서 오시는 길인가요?"

"네."

"좀 들어오세요."

찬영은 기다렸다는 듯이 얼른 마당으로 들어서서 향운을 따라 건넌방으로 들어갔다.

"어제 주신 거 참 맛나게 먹었어요."

"다행입니다."

"너무 염치가 없어 어떻게 하죠?"

"강요한 건 아니시니까 괜찮겠죠."

오늘 아침에 제일 일찍 먹는 동운이가 맛을 보더니

"참 진미구료. 이러다간 나까지 낚이겠는데?"

하고 익살을 부렸고 경운도

"언니 덕에 희귀한 반찬을 다 먹는구료."

하고 한쪽 눈을 감아 보였던 것을 생각하고 향운은 미소를 띠었다.

김여사가 건너와서 또 어제의 치사를 하였다.

"이거 되려 부끄럽군요."

찬영이 반 고수의 머리칼을 득득 긁으며 겸사하는 모양이 귀엽다고 느꼈다.

'볼수록 신뢰와 정이 가는 사내다.'

김여사는 그쯤 평가하고 안방으로 갔다. 찬영은 서서히 방안을 둘러보았다. 윗목으로 가지런히 놓인 데 이불 그 한 개 위의 어항을 거쳐서 한편 벽에 세워진 큰 책상에 눈이 멈췄다.

향운과 경운의 책이 반반씩으로 가득히 채워진 화사한 책장이었다. 아버지의 유물로서 어쩌다가 하나 남은 것이었다.

"부지런하시군요."

한쪽에 밀어 놓은 재봉틀을 보면서 찬영은 무심히 말했으나 향운의 뺨은 금새 빨개졌다.

그러한 향운에게 찬영은 강렬한 애정과 매력을 느꼈다.

'당신을 만난 이래로 나는 한이 없을 듯이 솟아나는 그리움이란 것을 알았습니다.'

그렇게 내뱉고 싶은 말을 삼키며 찬영은 담배로 손이 갔다.

"숙녀의 방인데 담배 피워도 좋을까요?"

"네. 맘대루 피세요."

찬영은 몽몽한 연기 속에서도 다소곳이 눈을 깔고 앉아있는 향운을 맘껏 더듬었다. 반듯한 이맛전에서 그린 듯이 긴 속눈썹을 지나 조각처럼 선이 고운 코와 한 점의 꽃잎인 듯 꼭 다물어진 입이며 둥그스름하고 매끈하게 돌아간 턱에서 뱅뱅 돌다가 다시 입, 코, 눈으로 거슬러서 푸르도록 검은 머리칼을 넘어 어항에서 노니는 붕어를 보았다.

"저게 여태 살았군요."

"일부러 남긴 걸요."

"고맙습니다."

무엇이 고맙다고 대답한 것인지 찬영은 그만큼 향운에게 정신이 빠져있는 자신이 우스웠다.

"언니! 나 왔수."

언제 들어왔는지 마루 끝에서 경운의 큰 말소리가 났다.

'심한 기집애가 영락없이 왔군.'

향운은 혼자 혀를 차다가도 웃는 낯으로

"어서 들어와!"

하였다.

마루에 오르는 소리가 쿵 하고 들리고 미닫이가 과히 조심스럽지 않게 드르륵 열렸다.

경운은 책가방을 자기의 책상에 놓으며 바쁘게 찬영을 관찰하였다. 크림색의 원피스가 풍만한 몸에서 녹아난 듯한 조화를 보이는 멋진 체격이었다.

찬영은 그러한 경운을 일별하고 형제의 모습이 다르다고 생각했다. 아니 잠시의 언행에서 성격에도 큰 차이가 있으리라고 짐작했다.

"경운이 인사드려. 접때 내가 말하던 정찬영 선생이야. 제 동생이에요."

향운의 소개로 찬영과 경운은 인사를 주고받았다.

"정찬영입니다. 미스의 방에 와서 이렇게 실례합니다."

"저 진경운이에요. 말씀만은 소란할 정도로 많이 들은 걸요."

'이 기집애가 무슨 말을 하려고 이런 허두를 내나?'

향운은 가슴을 조리고 찬영은 소란할 정도라는 말이 재미있다고 느꼈다.

경운은 옆에서 보기가 민망할 만큼 찬영을 뜯어보았다. 그도 그럴 것이 경운은 찬영의 이목구비에서 희준과 비교하면서 하나씩 보아 가기에…….

'이 처녀가 내 선을 보나? 꽤 대담한 시선이다.'

찬영은 하는 수 없이 두 번째의 담배를 피우면서 슬쩍 외면하였다.

"참, 붕어찜 맛나게 먹었어요."

"그러세요? 다행입니다."

"대학생 낚시꾼 치군 퍽 훌륭하세요."

"……."

"하마터면 낙심할 뻔했는데요."

"무슨 말씀인지?"

찬영은 어리둥절해서 담배를 든 채 경운을 보고 향운은

"애두 참."
하고 가볍게 눈을 흘겼다.
"호호호호."
경운은 과히 천착하지 않게 한바탕 웃고 나서
"제가 자세히 설명해 드리죠."
하고 앉음새를 고쳐 앉았다.
"전 어제까지 아무것두 몰랐어요. 저녁 때 집에 오니깐 펄펄 뛰는 붕어가 많이 있지 않겠어요? 어디서 났느냐니깐 내 아우의 말이 낚시꾼이 가져왔는데 목적은 언니를 낚는 데 있다나요?"
"하하하하."
찬영은 머리를 젖히며 시원스럽게 웃었다.
"그래서 내가 몇 살이나 된 낚시꾼이더냐니깐 한 오십은 됐다지 않아요."
"허허허허. 그래서 낙심할 뻔하셨군요?"
"그렇잖구요. 그래서 내가 흥미 없다니깐 나중에 진짜 대학생이면 어떡허겠느냐는군요."
"진짜라뇨?"
"요샌 가짜가 많지 않아요?"
"하하, 참 재미있는 남매 분들이군요. 부럽습니다."
"그렇담 언니께 새로운 자극이 됨직 하다고 했더니 언니가 바로 가르쳐 주더군요."
"애두 참."
향운은 탄식처럼 가볍게 말하면서 얼굴을 붉혔다.
"목적은 어디 있건 결과만은 우리 집 전체가 이로웠으니깐요."
"목적이란 것도 잘 맞췄는걸요?"
찬영의 너무나도 담담한 태도에서 경운이 오히려 당황하였다.

"목적을요?"

"그렇지 않습니까? 동운 군이 노리는 목적의 방향이 나와 꼭 맞았다는 그 말입니다"

"언닐 낚으려다는 그거 말이죠?"

"하하, 이를테면 그렇죠."

찬영은 향운을 힐끗 거쳐서 경운을 똑바로 보며

"표현이 유치할 뿐이지 진심이야 마찬가지겠죠. 내가 미스 진을 원하고 있는 것이나 또한 나의 소득물을 미스 진에게 먹이고 싶다는 것이나 다 진정에서 나온 것이니까요."

하고 차근차근 말했다.

"그렇게나 언닐 좋아하시나요?"

향운은 낯이 뜨거워 더 앉아 있지 못하고 밖으로 나왔다. 그러나 그들의 음성에는 정신을 모았다.

"네. 무한히……."

"그러시면서 왜 진작 나서지 못하셨나요?"

"만날 기회를 놓쳤던가 부죠."

"지금부터라도 늦지 않으셔요."

갑자기 경운의 말소리가 작아졌다. 찬영의 귀에나 속삭이는 모양이었다.

"대담하게 프로포즈하세요. 그만큼이나 무한히 좋아하신다면야 조금두 유예할 건 없지 않아요?"

'저 기집애가 어쩔려고 저런 말을 함부루 하나? 더구나 처음 만난 사람에게.'

향운은 기가 막혔으나 말이 얼어붙은 듯 그 자리에서 떼어지지 않았다.

"그렇지만 내 경우는 좀 다르니까요."

찬영의 대답 소리도 은근하게 낮아졌다.

"오희준 씨의 친구라는 그 조건 때문이에요?"

"그게 무시하지 못할 큰 조건이거든요."

"왜요?"

"향운 씬 희준 군의 애인이 아닙니까? 그렇다면 김군의 친우인 나로서는 향운 씰 보호해 드릴 의무는 있을지언정 가로채야 하는 배신은 있어서 안 되거든요."

향운은 얼굴빛을 고치고 깊이 머리를 조아렸다.

'역시 사내다운 사람이야.'

"호호호호."

경운의 자지러지게 웃는 소리가 들렸다.

"역시 낚시꾼다운 데가 있군요."

"네?"

"낚시꾼이라면 이내 강태공을 연상하게 되지 않아요? 낚시꾼들을 태공망이라고 하데요."

"그렇죠."

"강태공은 세월을 기다리노라고 빼드러진 낚시를 가지군 시간만 보냈다며요?"

"그래서요?"

"언제나 그때가 돌아오나 하고 종일 물만 들여다보다가 돌아오군 했다면서요?"

"글쎄 그랬어요."

"호호, 그러니깐 강태공과 일맥 상통한 점이 있지 않아요?"

"하하하하."

찬영의 컬컬한 웃음소리가 바로 곁에서 나는 것 같아 향운은 차나 가져와야겠다고 얼른 그 자리를 떴으나 찬영과 경운과의 대화는 그대로 계속되었다.

"경운 양이 꽤 신랄하시군요."

"제가 한 마디 질문해두 좋아요?"

경운은 웃음기를 걷고 찬영의 짙은 눈썹을 쳐다보았다.

"네. 기쁘게 받겠습니다."

찬영도 웃음을 거두었다. 시꺼먼 눈이 빛을 내며 경운의 얼굴을 주목하였다.

"아까 말씀하신 거요. 희준 씨의 친구라는 장애 때문에."

"장애보단 조건이죠."

"장애지 뭐예요? 목적을 막는 게 장애가 아니고 뭐란 말예요?"

"어쨌거나 말씀하세요."

"희준 씨의 친우가 되시기 때문에 방관할 수밖에 없다는 그 의미였지 않아요?"

"이를테면 그렇죠."

"그럼 묻겠어요. 현재 희준 씨가 언닐 소유하고 있나요?"

"소유하나 마찬가지죠."

"희준 씬 생존해 있지 않는대두요?"

"김군은 없지만 그의 사랑이 향운 씰 점령하고 있지 않습니까?"

"형이상학적인 견해시군요. 우린 인간이기 때문에 형이상학적인 해석만으로는 통할 수 없다고 생각해요. 방금 사랑을 말씀하셨는데요. 사랑이란 실제의 사랑·꿈의 사랑 두 가지로 볼 수 있어요. 영혼과 육체가 합치되는 데서 완전한 사랑을 이룰 수 있을 텐데. 희준 씬 현재 존재하지 않거든요. 언닌 이제야 이십 삼 세의 처녀로서 얼마라도 성장하고 변화해 갈 게 아니겠어요? 이 험악한 생존 경쟁의 현실에서 꿈의 사랑이 통할 수 있을까요?"

찬영은 야불야불 나불거리는 경운의 입을 바라보다가 말 중간을 끊었다.

"잠깐. 말씀 도중에 실렙니다만 경운 양은 어느 학교시던가요?"

"호호, 왜요?"

"참고로 알아둘려구요."

"저 미학과에요."

"미학과! 내 어쩐지 착안점이 다르다고 했더니. 어쨌건 좋은 과를 선택하셨군요."

"뭘요? 동운인 밤낮 미학과를 가지고 치까스리기만 하는데요."

"허허, 동운 군에게 걸리면야 누구나 다 그 모양이 되겠죠. 지금 한창 그럴 때죠. 그들의 선망이나 동경은 곧잘 반대의 방향으로 터져 나가니까요. 어쨌거나 경운 양의 이론에는 머리를 숙입니다."

"그러실 거까진 없을 거예요. 전 미완성학도이기 때문에 억설두 많이 나오겠지만 착안만은 확실하다고 자부하고 있어요."

마침 향운이 향기와 빛깔이 우아한 홍차를 가지고 들어왔다. 찬영은 그립던 사람을 이제야 만나는 듯한 눈으로 향운의 거동을 하나도 놓치지 않고 눈여겨보았다.

'미스터 정은 언닐 못 견디게 사랑하고 있다.'

경운은 그것을 탐색하고, 그보다는 정찬영이라는 인간이 녹녹치 않다는 것을 확인하였다.

그들이 차를 드는 동안에도 향운은 얼굴을 들지 못하였다. 경운은 차마 향운의 앞에서 당자의 얘기를 다시 끄집어 내지 못하고 찻물만 훌훌 마시다가

"어떻게 하시겠어요? 제 질문은 아직 끝이 나지 않았는데요."

하고 찬영을 보았다. 그의 입술은 액체로 인하여 새삼 윤이 났다.

"나 역시 마찬가진데요."

전등이 켜지고 밖에는 황혼이 짙어 갔다.

"그럼 언닌 또 나갈 테니깐 오신 김에 얘길 끝내기로 하죠."

경운은 거의 독단적으로 결정해 버렸다.

향운은 하는 수 없이 차반을 들고 도로 나가며

'아무래도 쟤가 오늘 무슨 일을 저지르고 말 거야.'

하고 닫혀진 미닫이를 불안스럽다는 눈으로 힐끗 돌아보았다.

경운은 언니의 발소리가 없어지기를 기다려서 또 말을 꺼냈다.

"아까의 질문 대답해 주세요."

"경운 양은 이런 말을 하셨죠? 꿈의 사랑은 현실에 통하지 않는다고요."

"네."

"어째 꿈입니까? 향운 씨 자신이 엄연히 김군에 대한 사랑을 간직하고 있는데요."

"그렇지만 상대자인 김씨가 존재하지 않거든요. 일방적인 사랑만으로 완전히 성립될 수 있을까요?"

"그야 향운 씨께 달렸죠. 김군의 사랑만으로 자신이 만족하다면 영원히 그의 소유가 될 수 있지 않을까요?"

"호호, 영원히란 거기엔 적용되지 않을 거예요. 애정은 언제나 유동체니까요. 때따라 곳따라 흐를 수 있는 성격을 가지고 있는 게 정이거든요. 그렇지 않아요?"

"그야 그렇죠."

"사랑의 추억만으로는 세월의 흐름에서 견디어나지 못할 거예요. 시간이 지날 때 추억도 함께 사라지지 않을까요?"

"그야 그렇겠죠."

"그러니깐 말입니다. 이제야 스물 세 살인 언니가 과거의 로맨스만을 규율로써 지켜야 할 아무것도 없거든요. 언젠가는 반드시 새로운 상대자를 향하여서 그의 정열이 움직이고 말 거란 말예요. 그땐 어떡허시겠어요? 가만히 방관만 하고 계시겠어요?"

"안 되죠. 거야 될 말입니까?"

"왜 안 되요?"

"정찬영이가 이렇게 살아 있는데 다른 남성이 당키나 합니까?"

찬영은 무릎 위에서 두 주먹을 불끈 쥐어 보였다.

"만일 언니가 거부하면요?"

"노력해야죠. 향운 씨가 내게 오지 않고는 안 될 만큼 노력해야죠."

찬영의 얼굴은 진실과 결의로 엄숙하였다.

"그렇게나 언니가 좋으세요?"

"네. 무한히……."

찬영은 두 번째나 무한히 라는 부사어를 되뇌었다.

"실례지만 경험이 있으세요?"

"네? 경험요?"

"호호, 사랑의 경력이 있으신가구요?"

"네, 그 말입니까?"

찬영은 씁쓰레하게 픽 웃고 입을 다물었다. 그러고는 잠시 눈을 아래로 떨구었다. 어떤 추억을 더듬는 모양으로 눈을 가느스름 감는 듯하다가 번쩍 머리를 들었다.

"없다고 봐야죠."

"호호, 그런 모호한 표현이 어디 있어요? 있으면 있고 없음 없는 거죠."

경운의 웃음 속에는 날카로운 힐책이 들어 있었다.

"엄밀하게 따지면 없습니다. 단연 없다고 봐야죠."

찬영은 검고 큰 눈을 꾸욱 박아서 맞은편 벽을 바라보며 입마저 맺혀지도록 꽉 다물었다.

"그러니깐 백지는 아니시란 말이군요? 아리숭한 과거가 있긴 하신 모양이죠?"

경운은 스스로 지나치다고 느끼면서도 내친걸음에 그렇게 물었다.

찬영은 잠깐 말이 막혔다. 집에서나 학교에서나 자기의 위치는 폭이 넓은 것이요, 발언도 꽤 강한 편이었고, 어디서나 구김살 없이 당당하였는데 지금 이 애송이 처녀 앞에서 자신이 위축되는 것을 느끼며 찬영은 잔기침을 두어 번 하였다.

"사실은 좀 그럴싸한 일이 있었지만 이 거대한 진실 앞에선 하나의 모래알처럼 미미한 행동에 지나지 않다고 생각하는데요."

"네. 그러세요?"

경운은 말꼬리를 길게 뺐다. 그러면서 바른손으로 턱을 괴며 그쪽 무릎을 세웠다.

"내가 군대에 있을 때."

"어머나? 군에 계셨어요?"

경운은 괴었던 턱을 금새 내리며 눈을 동그랗게 떴다.

"네. 삼 학년 이 학기 때 갔다왔죠."

"일년 반을 채우시구요?"

"그럼요. 꾸준하게 그 기한을 넘겼죠. 그리군 다시 삼 학년 이 학길 마쳤어요."

"정말 시원하시겠네요."

경운은 동급생인 청년학생들이 얼마나 그 입영 문제를 일생 일대의 큰 난관으로 여기는가를 생가하며

"복무 기한을 마치셔서 인제 아무 걱정 없으시겠어요."

하고 다시금 눈을 빛내며 감탄했다.

"네. 비교적 안정이 됩니다. 치를 건 일찍 치러 버려야지 않아요?"

"그럼요."

경운은 자기의 외도는 잊어버리고 찬영의 자유로운 앞길에 뜻모를 감격만 하고 있었다.

"그땐 스물두 살이니까 지금보다야 어릴 게 아니겠어요. 삼 년 전이니

까요."

경운은 찬영이 너무나 어른다워 보이는 까닭을 알았다. 어제 동운이도

"대학생치군 늙었는데."

하고 경운에게 귀띔을 하였던 것이다.

"그래서요?"

경운은 이제야 자기가 알고 싶어하는 갈래를 바로잡아 귀를 기울였다.

"자세한 얘길 할 필요도 없지만 뭐 그만한 말거리도 되지 않아요. 다만 그때 막연하게 호감이 가던 여성이 있었어요. 물론 환경이 그러니 만큼 그때야 꽤 열을 올렸었죠. 상대방은 더 적극적이었구요. 그런데 그만 결과가 흐지부지하게 돼 버렸어요."

"……."

"지금 생각하면 그게 하나의 파문에 불과했어요. 깊이를 모를 만큼 심심한 내 정열의 바다를 스쳐 가던 한 줄기의 미풍이라 할까요?"

"퍽 섬세한 표현이시군요."

"글쎄요. 그건 잘 모르겠습니다마는 어쨌거나 현재의 심경은 향운 씨가 내 가슴 밑바닥에까지 침투해 온 그런 감각입니다. 미구에 벌떡 뒤집히는 그런 큰 파도가 일 것 같은 전야(前夜)에 있는 게 솔직한 내 심정이니까, 결론은 내게 사랑에 대한 아무런 경력이 없다는 것으로 돌아갈 수밖에 없지 않아요?"

"그렇기도 하겠군요."

경운은 심각한 시선으로 찬영의 표정을 살피면서 고개를 까딱거렸다.

"경운 양은 그 길에 선배이신 거 같은데, 어떻게 좀 협조해 주시겠어요?"

찬영은 비로소 긴장을 풀고 어설픈 웃음을 띠었다.

"네. 약속하죠. 그 대신 저하고 조용히 만날 시간을 내주셔야 해요."

"그야 얼마든지."

"그럼 모레 어떠세요?"
경운은 미리 생각했던 것이나 같이 냉큼 날을 잡았다.
"난 아무 때라도."
"모레 오후 다섯 시쯤 시내 어디서 만나기루 할까요?"
"곳을 지적하시죠."
"아무래도 다방이 되겠군요."
경운은 머리를 갸웃하고 잠시 생각하다가
"우리가 돌아오기 편리한 장소라면 종로 H다방이 제일이에요. 어떠세요? 괜찮겠죠?"
하고 찬영을 힐끗 쳐다보았다. 그 태도가 퍽 귀엽다고 생각하였다.
"그럼 모레 다섯 시에 거기서 만나기로 하고 난 가봐야겠어요."
찬영은 가방에 손을 대며 일어날 자세를 보였다.
"잠깐만. 언닐 강제로 추방시켜서 미안해요."
경운은 쪼르르 마루로 나갔다. 찬영은 담배를 피워 물고 다시금 방안을 둘러보는데 향운이 들어왔다.
"참 똑똑한 누이를 두셨군요."
찬영은 향운이 앉기도 전에 경운의 칭찬부터 하였다.
'똑똑이야 하지, 뭐.'
방금도 부리나케 나오더니만 두말없이 자기를 끌어서 이 방으로 보내고 저는 변소에 가는 척 모퉁이로 돌아가지 않던가.
"정신 연령이 꽤 높더군요."
"그래두 어머닌 철이 덜 들었다고 밤낮 야단이신 걸요."
"표면만이 그렇지 내면은 아주 성숙해서 미스 진보다 한 수 윕니다."
"그럼 그래야지 저 같아서야……."
향운은 맘으로 긍정하였다. 지금도 무슨 엉뚱한 수작을 꾸미려고 이러는지 경운의 일이기 때문에 안심할 수 없었던 것이다.

"난 가보겠습니다. 우리 집에도 한번 모실려는데요."

"아이, 지가 어딜 가요?"

"난 세 번씩이나 오지 않아야죠. 넌 그만 오너라, 나두 안 가는데 그러시는 셈이니까요"

"……"

"난 아주 오게 하실려거든 우리 집에 오셔야 합니다. 자, 그럼 안녕히."

찬영은 불끈 일어나서 열려 있는 문으로 쏜살같이 나갔다.

"그냥 가세요? 좀더 계시지 않고."

경운이 부엌에서 툭 튀어나왔다. 식모가 머리를 내밀고 기웃이 내다보았다.

"저 가겠습니다."

찬영이 안방 영창에 대고 말하자 얼른 김여사가 나와서 마루 끝에 섰다.

"또 오세요."

"말씀 낮추셔야죠."

"호호, 그거야 차차라두 되죠 뭐."

김여사는 예쁘게 웃었다. 웃음을 잊은 지 오랜 그에게는 신기한 변화라고 경운도 함께 웃으며

"언제쯤이나 오시겠어요?"

하고 한쪽 눈을 살짝 감았다. 모레의 언약은 우리만의 비밀이라는 암시였다. 찬영은 알아차리고 김여사를 보며

"미스들도 우리 집에 보내 주시겠습니까? 그럼 저도 쉬 오겠어요."

하였다.

"차차 가게 되겠죠."

김여사의 상냥한 대답을 듣고 향운에게 따뜻한 일별을 보낸 다음 찬영은 뚜벅뚜벅 걸어나갔다.

방에 들어온 경운은 갑자기 향운을 얼싸안고 왈츠 하듯이 빙빙 돌았다.
"라라라, 라라라, 라라라, 라라라, 아이 재미있어!"
"얘가 왜 이래?"
두어 번 돌리고 나니까 몸이 몸인 만큼 숨이 차고 머리가 아찔했다.
"라라라, 라라라, 라라라."
"아이, 그만 두라니깐. 넌 뭐가 그렇게 재미나니?"
"콜럼버스 이상의 대발견인걸? 아이, 재미나! 라라라, 라라라."
"아이 어지러워! 얘, 정말야 그만둬."
향운은 애원하였다. 방이 소란한 기색을 살피고 어머니가 미닫이를 열었다.
"재가 미쳤나? 언닌 왜 가지고 지랄이야? 어디서 하던 버르장이니?"
"어머닌 속도 모르고."
"무슨 춤 출 일이나 생겼어?"
"나중에 절이나 백 번하세요."
경운은 향운을 놓고 토라지는 시늉을 했다.
"흥, 왕후나 되려나 부지."
김여사도 비쭉했다. 경운은 머리를 돌려 어머니를 빤히 바라보았다.
"어쩜 머리가 저렇게 썩으셨을까? 절은 왕후에게나 하는 줄 알았으니…… 기껏 높은 게 왕후로군요? 절이란 예의의 표시, 존경의 표시, 감사의 표시란 말예요."
"이이구나!"
"어머니가 제게야 감사의 표시밖에 더 하시겠어요? 그런 의미에서 ……."
"그만둬. 너하고 입씨름하다간 기운이 다 빠져 버릴 테니깐."
그러는데 밥상을 들여다 놓은 식모가 소리쳤다.
"저녁을 잡수셔야죠."

"아이 배고파. 한참이나 열심히 지껄였더니만 과연 기운이 빠지는걸."

경운은 뛰다시피 안방으로 건너갔다. 김여사는 혀를 찼다.

"참, 그분이 그릇을 잊고 그냥 가셨네요."

식모가 나직하게 김여사와 향운을 보고 말했다.

"걱정 말아요! 그래야 구실이 남을 거 아냐?"

경운이 안방에서 큰 소리를 쳤다. 어느 새 밥을 먹는지 볼이 메어 있었다.

"저건 언제나 철이 들어?"

"그렇지두 않아요. 저게 얼마나 엉뚱한데 그러세요?"

모녀는 가만히 소곤대며 안방으로 왔다.

찬영은 큰길을 곧장 올라오며 합승이 곁을 스쳐가도 깨닫지 못할 만큼 생각에 빠져 있었다.

'형제가 그처럼 모든 면에서 판이할 수 있을까? 형은 너무나 침착한데 아우는 퍽이나 발랄하고…….'

향운은 나이에 비하여서 지나치게 어른답지 않았던가.

'아마 어디 교원이라도 하는 걸까? 그렇다면 오늘처럼 한가하진 못할 텐데.'

그의 우수가 낀 듯한 눈이 매혹적이요 조용한 몸가짐이 인상적이었다.

'내가 갈망하던 여성형이었건만……희준인 더 살았어야 할 게 아닌가?'

뒤에서 비키라는 차 소리를 듣고야 찬영은 또 한쪽으로 걸어갔다.

'경운 양이 자진해서 협조하겠다니 두고 볼 일이다. 꽤 달관하고 있는 처녀야. 비교적 진실성도 있어 보이고.'

찬영은 지루해서 못 견딜 정도로 이틀 밤을 지냈다. 세월이 이처럼 깐깐하게 넘어간다는 것도 처음으로 감각하였다.

십이 일, 수요일 오후 다섯 시에 찬영은 H다방에 들어서서 광대한 홀 안을 두리번거리는데 왼편 구석에서 하얀 손이 올라오고 경운이 오뚝 서 보였다. 거의 빈자리가 없도록 사람이 차고 자연(紫煙)도 자욱하였다.

찬영이 경운에게 가까이 갔을 때에야 경운이 딴 남성과 마주 앉아 있는 것을 알고 주저하였다.

"여기 앉으세요."

경운은 자기 옆에 비어 있는 의자를 가리켰다. 찬영은 엉거주춤 걸어 앉으며 가방을 등뒤에 끼었다.

"인사드리시죠. 프로페서. 제 은사세요.

사십이 넘어 보이는 중후한 모습의 신사가 허리를 약간 들고 꾸뻑했다.

"나 이헌수예요."

"저 정찬영입니다. 진작 뵈올 걸 늦어서 죄송합니다."

찬영은 일어나서 공손하고 자상하게 자기 소개를 하였다.

"앉으시오. 방금 경운 양에게서 들었죠. 전도가 양양하시다고."

"원, 별 말씀을."

찬영은 자리에 앉으며 겸사하였다. 여성에게는 무뚝뚝하게 대하면서도 윗사람에게 깍듯이 예의를 지키는 버릇은 종교인의 가정에서 오랫동안 익혀 온 찬영의 장점인지도 모른다.

"자, 그럼 난 가지."

이 교수는 경운을 내려다보며 그렇게 말하고 일어났다. 키가 훨씬 컸다.

'저분의 낯도 익은데?'

찬영이 생각하는 동안 그는 벌써 걸음을 옮기고 경운은 그 뒤를 졸졸 따라나갔다.

'내가 저분을 어디서 봤을까? 내 정신이 이렇게 흐려졌을까? 향운 씰 볼 때도 그랬더니 나중에 기어이 깨닫긴 했지만…….'

재떨이에 많이 남겨진 꽁초를 보아서 그와 경운은 꽤 오랜 시간을 여기 있었던 모양이라고 짐작하며 찬영도 한 개를 피워 물었다.

찬영이 유유히 담배 한 대를 다 피우고 나서도 경운은 돌아오지 않았다.

'또 다른 다방엘 갔나? 아주 가 버리진 않았을 텐데…….'

경운의 자리 한쪽에 그의 책가방이 있는 것을 보면 오기는 꼭 올 모양인데 무슨 여담이 이렇게 길단 말인가.

"무슨 차 드시겠어요?"

귀걸이를 달랑거린 레지가 와서 조심스럽게 물었다.

"커필……."

레지가 커피를 가져온 다음에야 경운이 총총하게 걸어왔다. 하이힐이 위태롭지 않은 활발한 걸음새였다.

"아니, 너무나 오래 기다렸죠? 내친걸음에 토일럿에 다녀오느라구요."

바쁘게 걸은 탓인지 경운의 뺨이 빨갛게 달았다. 그제는 크림색의 원피스였는데 오늘은 제비색의 투피스였으나 그 어느 것이고 척 어울리는 체격이었다.

경운은 이 교수가 앉았던 자리에 앉고 자기의 자리였던 데로 찬영을 앉으라고 하였다.

"어서 차 드세요, 우린 다 들었으니깐요."

경운은 우리라는 복수를 익숙하게 썼다. 찬영은 서서히 방안을 둘러보았다. 아늑한 분위기가 과연 다방다웠다.

"경운 양은 자주 여기 오시나요?"

"네, 가끔씩. 학생의 신분으론 좀 과하지만 높은 분을 모실 땐 여길 이용하지 않을 수 없어요."

"그래요?"

나도 높은 분이냐고 반문하는 뜻을 알아채고 경운은 냉큼 대답했다.

"호호, 이를테면 높은 분이거나 밀담을 할 경우엔 일루 와야 편리해요."

"밀담을요?"

"호호, 프로페서 이하고도 벌써 밀담이 끝났는걸요."

센스가 빠르고 솔직한 여성이라고 찬영은 경운을 재인식하였다.

"차 하나 더 드시지. 내가 드리는 걸루요."

"그럴까요? 그럼 나 홍차 하나!"

마침 지나가는 소녀 레지에게 차를 주문하고 경운은 티테이블 위에 깍지낀 손을 올려놓으며,

"아까 그분의 인상이 어때요?"

하고 샐쭉 웃었다.

찬영은 당황하였다. 퍽 친숙한 사이인 모양인데 이제야 새삼 자기에게 인상을 묻는 이 처녀에게 무슨 대답을 할까 하고 주저하였으나

'바른 대로밖에 말할 줄 모르는 내가 유예할 까닭이 뭐야?'

하는 배짱에서

"교수시라구요?"

하고 반문하였다.

"네."

"아무런 표현이라도 괜찮겠죠?"

"그야 물론, 인상 정도니깐요."

"내게 오는 감각은 교수라기보다는 은행의 중역 같은데요."

"그래요?"

경운은 눈을 치뜨고 입을 오므려서 과장한 표정을 지었다. 그때만은 성숙한 여인을 대하는 것 같았다.

"사실은 심리학자시니깐 더 침울해 보여야 할 텐데요. 건축가이신 미스터 정께서 저렇듯 건실하게 보이시는 것처럼요."

"아무려면 어떱니까? 오늘의 우리의 화제는 아닌 걸요."

"호호, 참 그렇군요. 탈선해서 미안합니다."

경운이 이마를 까딱 숙이는데 레지가 시중을 끝내고 가기를 기다려서

"어떻게. 여기서 시간을 보내시겠어요?"

속삭이듯이 물었다.

"난 경운 양이 하자는 대로 하기로 작정하고 왔으니까 오늘은 경운양이 주인이 되시죠."

"그럼 이렇게 하죠. 여기서 좀 쉬셨다가 제가 저녁을 낼 테니."

"원, 천만에."

찬영은 경운의 말을 막았다. 경운은 말이 끊긴 대로 찬영을 말끄러미 바라보았다.

"미스가 저녁을 사는 법이 어디 있습니까?"

"왜 없어요?"

"난 흔히 못 봤습니다."

"그러니깐 인제부터 보심 되잖아요? 오늘은 제가 발설한 거니깐 제가 내야죠."

"협조를 바라겠다는 건 이쪽이었죠."

"오, 인제 보니깐 그저께 우리 집 건넌방의 연장이군요?"

"허허, 그렇다고 볼 수 있죠."

경운은 발그레한 차를 훌훌 마시며 어글어글한 눈을 깜박깜박하면서 생각에 잠겨 있었다.

찬영은 아까보다도 더 밀려드는 손님들을 살펴보았다. 저쪽 으슥한 좌석에는 자기 아버지의 친구인 목사 두 분이 자리잡고 있고, 그 뒤로는 찬영의 지면 있는 교수들이 앉아 있었다.

"정말 각계 각층의 인사들의 집합장이로군."

"정말 미스터 정 빈틈없으신 분예요."

"그럴까요?"

찬영은 제 정신으로 돌아와서 경운의 말을 받았다.

"자, 그럼 일어서세요."

경운이 발딱 서며 책가방을 찾아 들었다.

"난 오늘의 계획을 바꾸었어요."

다방을 나와서 나란히 층계를 내려오며 경운이 말했다.

"왜요?"

"난 오늘은 실컷 놀려고 했는데."

혼잣말처럼 중얼거리고 나서

"미스터 정이 비즈니스로만 나가시니깐 흥이 깨졌어요."

하고 책가방을 앞뒤로 길게 뺐다. 정말 김이 빠진 모습이었다.

"죄송합니다. 그럼 내 비즈니스는 다음으로 미루고 오늘밤은 경운 양의 맘 내키시는 대로 하면 되지 않아요?"

"관두세요!"

경운은 정문을 나오며 가방을 옆에 끼었다.

"어서 앞장서세요. 어디서 만찬을 내시겠다는 건지."

"……."

"어디가 좋겠습니까?"

찬영은 우뚝 걸음을 멈추고 경운을 보았다. 황혼이 깔려드는 거리에는 전등이 기운을 내며 번쩍였다.

"아무 데나요."

찬영은 더 우기지 않고 전에 친구들과 와 본 일이 있는 어느 중국 음식점의 이층으로 올라갔다.

'기껏해야 이런 델…….'

이 교수를 따라 좀더 급이 높은 곳을 자주 가 본 경운은 초라한 이층 방의 좌석을 돌아보며 웃음이 나왔다.

이 한 가지로 볼지라도 찬영의 대인(對人)관계가 얼마나 순진하고 소박하였던가를 알 수 있었다.

"조용한 방 있어?"

찬영은 심부름하는 소년에게 물었다. 이런 데에서 그래도 조용한 방을 찾고 있는 찬영의 언동이 귀여울 만큼 맘에 들었다.

"네. 여기 아주 좋은 방이 있어요."

찬영과 경운의 옷차림이며 책가방이며 대학 뺏지를 고루 훑어 본 소년은 무릎이 맞닿게 좁은 방을 열어 보였다.

'어째서 이 방이 아주 좋은 방이란 말야?'

경운은 소년의 심정을 엿보고 맘속으로 탓하고 있는데 찬영은 이렇게 좁은 방이 있는 것만으로 천만 다행이라는 듯이

"응, 좋아."

하고 선뜻 때가 줄줄이 맺힌 다다미방으로 들어섰다.

"그래도 마침 조용한 방이 있군요."

"덕분에."

"어서 들어오십시오."

찬영은 경운이 들어오기를 기다려서 문을 닫고 문간 쪽으로 앉았다. 좁으나마 전등불이 켜져 있어서 아늑하기는 하였다.

"얘, 물수건 가지고 와!"

"물수건요?"

소년은 찬영의 명령에 한 번 반문하고 한참 있다가 거무스레한, 그러면서도 큼직한 타월 두 개를 물에 짜서 가지고 왔다.

"어마나!"

경운의 입에서는 곧 무슨 말이 튀어나오려고 하였으나 킥킥 하는 웃음으로 대신하였다.

"그 물수건 커서 좋군!"

찬영은 수건을 펴서 얼굴과 목이며 손바닥들을 말끔히 닦아냈다.

'아침에 세술 하지 않은 모양이지.'

경운은 웃음을 참느라고 혀를 깨물면서 색책으로 타월을 들었다가 놓

았다.

소년이 수건을 가져가며 무엇을 주문하겠느냐고 말하여서 찬영은 경운에게

"무얼 잡숫겠어요?"

하고 물었다.

"자장면을 먹을까 봐요."

경운은 일부러 그런 것을 내세워 보았다.

"그것만 잡숫겠어요?"

찬영이 그 짙은 눈썹을 치키며 곧이듣는 것을 보고 경운은 가볍게 웃음을 터뜨렸다.

"후후훗. 그럼 어떡해요?"

"왜 그거 말고 더 맛있는 요리가 있잖아요?"

"그야 얼마든지 있겠죠, 뭐."

"제일 좋아하는 걸 잡수셔야죠."

경운은 그 이상 더 곯려 주는 것도 가엾다고 생각하였다.

"그럼 말씀대로 하겠어요."

경운은 소년에게 두어 가지의 요리를 부탁했다.

"미스터 정의 단골이신가요? 여기가 말예요."

"뭐 그렇지도 않아요. 친구들과 가끔 오는 거 뿐이죠."

찬영은 상위에 있는 재떨이를 자기의 곁에 내려다가 놓고 연기를 조심스럽게 뿜으며 담배를 피웠다.

'어쨌거나 단정하고 착실한 청년이냐.'

경운은 감탄할 만큼 찬영에게 호감을 가지게 되었다.

음식이 와서 그들은 잠잠히 젓갈을 들었다. 식사 중에서도 찬영은 예의가 발랐다. 부지런히 집어먹기는 하면서도 소리를 요란스럽게 내는 법도 없이 접시의 한쪽 귀퉁이에서 굴려 갔다.

경운은 동급생들을 연상했다. 어쩌다가 식탁을 함께 하게 되면 떠들고 수선을 피우고 과장해 자만을 하는 것이 예사인데 혼자라 그런지는 모르나 찬영은 너무나 말이 적고 점잖았다.

'저만한 인간이라면.'

경운은 자기의 의중을 털어도 무방하리라고 맘을 정하였다.

"왜 그만 잡숫나요?"

"아주 많이 먹었는걸요."

"괜한 말씀을……."

"그거보다도 비즈니스로 들어가야지 않아요?"

경운은 손수건으로 입 언저리를 닦고 상에서 조금 물러앉았다.

"오늘은 자유로 행동하십시오."

"호호, 언젠 누구에게 구속받았나요? 그렇지만 이방에선 웬일인지 일이 시작될 것 같지 않네요."

"일이라뇨?"

"아이 우리의 비즈니스 말예요."

"하하, 그 말이군요? 그럼 어떻게 할까요? 다른 데로 갈까요?"

"어쨌거나 여기선 나가세요."

이리하여서 그들은 다시 거리로 나왔다. 경운은 책가방을 들어 보이며

"이걸 어디다 처리하기 전엔 기분이 나지 않는 걸요."

하고 몸마저 보일 듯 말 듯 한들거렸다.

"이게 곁에서 감시하는 거 같아서요."

"……."

"교실의 연장 같지 않아요? 우리 집 건넌방의 연장이라야만 그런 종류의 말이 술술 나올 텐데요."

"그럼 이렇게 하면 어때요? 우리가 일단 상도동으로 가다가 경운 양은 댁에다 책가방을 두고 나와서 우리 집으로 가면 되지 않을까요?"

"댁에두 아까 그 중국 집 방처럼 조용한 방이 있나요?"

"그야……."

찬영은 어이없다는 듯이 턱을 쳐들고 실소하였다.

"정말 경운 양에겐 못 당하겠는데요."

"후훗, 그러기에 처음부터 질 각오를 단단히 하셔야 해요. 그럼 댁으로 가기루 하죠."

경운은 쾌쾌히 응낙하고 광화문 우체국 쪽으로 걸음을 옮겼다. 합승 시발점에는 검은 그림자가 장사진을 이루고 있었다.

찬영과 경운은 행렬 끝에 나란히 섰다. 눈 깜짝할 새에 그들의 꼬리에 이삼 인이 와서 붙더니만 줄줄이 마구 붙어가서 골목 끝까지 연연히 뻗어 갔다.

"이러다간 언제 갈지 모르겠네요.

경운은 머리를 내밀어서 앞을 바라보았다. 합승은 도무지 오는 기색이 없고 시발 택시만 감질나게 휙휙 지나갔다.

그 중에서는 불러 달라는 듯이 서서히 행렬의 앞을 통과하는 차도 있었다. 그럴 때마다 몇 사람씩 달려가서 흥정을 하는 모양이나 채산이 안 되는지 도로 제자리에 돌아오곤 하였다.

"이땐 러시 아워라 안 돼요. 그러기에 전 아주 늦게 귀가하는 걸요."

"난 되도록 이면 네 시 반쯤 해서 그냥 집에 가 버립니다. 경운 양은 몇 시쯤에나?"

"전 대개 열 시 반쯤 이후에."

"호오! 그때까진 대개 무슨 일을 하시나요?"

"그냥 잡무죠 뭐. 누굴 만난다거나 혹은 영화나 음악의 감상 또는 담화 등등으로 시간을 보내죠."

"퍽 유쾌한 매일을 가지시는군요."

"그렇지두 않아요. 때로는 따분한 노트 정리에 동무 집에서 혼날 때가 많거든요."

그러는데 저쪽에서 누구나 합승할 분이 있으면 나오라고 소리치는 외침이 들렸다. 보통은 백 환인데 이 백 환으로 다섯이 탈 수 있는 것이었다.

"자, 얼른 가 봅시다."

찬영은 경운을 끌다시피 달려갔으나 자리는 하나밖에 없었다.

"한 분만 타세요."

운전사는 경운을 보고 어서 타라는 얼굴을 하였다.

"우린 둘이 타야 해요."

굵다란 찬영의 목소리가 막아서 경운도 한마디하였다.

"우린 둘이니깐요."

찬영과 경운은 마주보고 있었다.

"우린 둘."

이라는 표시에 은연중에 합쳐진다는 느낌이 강하게 든 까닭이었다.

두 번째로 구성되는 멤버에 그들은 끼었다. 뒷좌석에 나란히 앉아서 차가 달리는 방향에 따라 그들은 이리 저리 기울고 밀리고 눌리고 하면서 한강 다리에 이르렀다.

"어느 새 추워 보이죠?"

경운은 한강 상류 쪽을 자욱히 덮고 있는 밤 야기 속으로 멀리 눈을 주며 소곤댔다.

"어디엔가 멀리 여행하고 싶은 심경예요."

"그러세요? 경운 양에게 어울리지 않게 센티해지셨군요. 저길 보십시오!"

찬영은 영등포 가로의 전등이 큰 불구슬인 양 번쩍번쩍 찬란하게 빛나고 있는 쪽을 가리켰다.

"거긴 인간의 따뜻한 피와 숨결이 흐르고 있을 거 같죠? 적어도 생명이 약동하고 있다는 증좌로 보이지 않습니까?"

그들의 곁에 앉았던 신사가 찬영의 옆모습을 훔쳐보았다.

"그렇기도 하군요."

경운은 이내 밝은 표정으로 돌아왔다. 합승을 삼거리 못 미쳐서 내린 찬영은 경운을 따라 그 집 문밖에까지 왔다.

"여기 서 계세요. 내 얼른 가방 두고 나올게요."

경운은 찬영의 귀에 속삭이고 대문을 흔들었다.

"문 열어요!"

경운의 목소리를 알아듣고 식모가 달려 나왔다.

"저녁 어떡허셨어요?"

"아줌만 밤낮 저녁타령만 한다니깐."

경운은 톡 쏘아 버리고 안으로 들어갔다.

"행차가 이르신데?"

동운의 방에서 빈정대는 소리가 들려 나왔다. 찬영은 피식 웃었다.

"경운이 어서 들어와!"

방울처럼 맑게 구르는 향운의 목소리가 이처럼 정다울까?

"언니 이거 좀 받우!"

"왜 어딜 갈려고?"

"밖에서 동무가 기둘리니깐 내 얼른 좀 갔다올게. 엄마 어디 가셨수?"

"뒷집에서 오시라니깐 잠깐 가셨지. 네 동무가 언제 이 동네서 살았었니?"

"영등포 방면엔 내 동창생이 더러 있지 않았나베."

"영등포엘 가게?"

"가는 길목이야. 그럼 언니 나 갔다 오우. 어머니께 말씀드려요."

"너무 늦지 말어!"

"오우케이."

경운이가 나오는 기색이어서 찬영은 두어 걸음이나 물러섰다.

"기다리시게 해서 죄송해요."

경운은 속삭이듯이 영어로 사과하고 앞으로 나갔다.

큰길로 나와서야 경운은 찬영과 나란히 서서 걸었다.

"언니껜 미안하지만 오늘만은 비밀루 하고 싶어서 거짓말을 하고 왔죠."

"덕분에 내가 여학교 졸업생이 되지 않았어요?"

"호호, 다 들으셨군요."

"허허."

얼마 오지 않아서 왼편으로 들어섰다. 평탄한 골목을 한참 올라가니까 하얀 양옥이 막아섰다.

"이게 우리 집입니다."

"어마! 이렇게나 가까워요?"

"더 먼 줄 아셨나요?"

"전 장승백일 지나는 줄 알았는데요. 이렇담 아주 지척이 아니에요?"

"지척이지만 천리나처럼 먼 걸요."

찬영은 말하면서 일변 자기 손으로 대문을 만졌다. 어디를 어떻게 했는지 작은 문이 소리 없이 열렸다.

'건축 기사라 다르군.'

"자, 들어오시죠."

찬영은 큰 키를 구부리고 들어가더니 문짝을 잡고 경운을 청했다.

"문이 얕아서 괴로우시죠?"

경운은 대답도 없이 문턱을 넘어 먼저 좌우를 둘러보았다.

자그마한 안채가 뜰을 건너서 서 있고 담에 붙어서 별관이 있었다. 꽤 넓은 정원에는 우묵하게 나무 그림자가 깊고 잘 보이지는 않으나 갖가지 화초도 많이 피어 있는 것 같았다.

방 두 개와 대청인지에 불이 켜져 있어서 불빛으로 칸나와 달리아의 꽃송이들이 보였다.

찬영은 안채 가까이 가서 기침 소리를 내며 소리를 높였다.

"저 돌아왔습니다."

아무 기척도 없다가 한참 만에야 머리를 양쪽으로 땋아 늘인 처녀가 나왔다.

"교회에서 아직 들어오시지 않았어요."

자다가 나왔는지 음성이 맑지 못했다.

찬영은 말없이 별채로 나와서 유리창을 열고 마루를 지나 방으로 들어가 불을 켰다. 권하는 대로 따라 들어선 경운은 우선 놀라는 표정으로 눈과 입을 동그랗게 열었다.

표정만이 아니라 경운은 참으로 놀랐다. 방안이 가득하게 무엇인가가 너무나 많이 벌려져 있는 까닭이었다.

"이리 앉으시죠."

찬영은 저쪽 테이블 쪽의 의자를 가리키며 앉으라고 하였으나 경운은 요지경 속이나 구경하는 듯이 하나 하나씩 보아갔다.

왼쪽으로는 테이블만큼이나 한 네모 번듯한 제도판이 자리잡았는데 그 위에는 일을 하다가 말았는지 T자 모양으로 된 큰 자와 삼각형의 작은 자가 놓여 있고, 이상스러운 연필이니 고무니 큰 삼각자와 깡통까지가 널려 있었다.

그 제도판에 딸려서는 이동식 형광등이 달려 있고, 제도판 위의 벽에는 석고상을 그린 목탄화가 걸렸으며 자칫 낮게 캘린더와 야릇하게 기호가 적힌 시간표가 붙어 있었다.

저 큰 몸뚱이가 어떻게 앉나 싶게 작고 동그란 나무의자가 제도판 앞에 동그랗게 놓여 있었다.

"또 무슨 흠을 잡으시려고 그렇게 둘러보십니까?"

털털한 찬영의 깨우침에서 경운은 자기가 처음으로 온 남성의 방에 있다는 것을 깨닫고 찬영이 지적하는 의자로 갔다.

거기에도 큰 테이블 위에 서너 권의 두꺼운 책이 첩 놓여 있었다.

경운은 찬영이 앉아 있는 곁에 살풋이 걸어 앉았으나 그의 눈은 맞은편 벽에서 쉬고 있었다.

거기에는 높직하게 주런히 박힌 못에 기역자로 된 곡선자는 삼각자니 또 목수들이 가지고 다니는 접혀진 절척(折尺)이 반쯤 펼쳐진 채로 걸려 있었다.

'웬 자가 이렇게 많나? 밤이면 자 도깨비 나겠네.'

경운이 킥 웃음을 터뜨렸다. 그러나 스스로 놀라 정색하고 바른쪽으로 머리를 돌리니 거기에는 큰 책상이 있고 층층이 책이 가득하였다.

건축과를 전공하느니 만큼 「건축자료 집성」이니 「건축사」니 「현대 도시 계획」 「시간·공간·건축」 「타임 세이버 스탠더드」니 또 무슨 스탠더드니 뭐니 하는 원서로 써진 크고 두꺼운 책들이 눈에 띄었다.

맨 위층에는 세계 미술사 등 미학과 철학에 대한 서적이었으며 문학 서적도 끼어 있었다.

"책을 참 많이 가지고 계시네요."

경운은 비로소 입을 열었다. 그리고는 다시 제도판에 깔린 트렌싱 페이퍼에 눈을 주며

"참 바쁘시겠어요. 하실 일이 너무 많아서요."

하고 뒤쪽 벽에 붙여진 청사진 지적도를 마저 훑었다.

"너절하죠?"

"다채로워서 보기만 해두 황홀해요."

"그러기에 이 방은 숙녀가 오실 자리가 아니지만 미학을 전공하신다니까 모셔온 겁니다. 지저분해서요."

"천만에. 얼마나 재미나요?"

경운은 건성 아닌 진정의 감탄을 하였다.

“무한한 재미를 느끼지 않고야 복잡해서 어떻게 견디어 내나요?”

찬영은 골방 미닫이를 열었다. 위층에서 무엇을 내는 모양인데 아래층에는 낚시 도구들이 잔뜩 처 쟁여 있었다.

찬영은 코카콜라와 컵을 내어서 두 잔을 철철 넘도록 부었다.

“들어 보실까요?”

찬영은 경운에게 권하며 먼저 컵을 들어 반쯤 마시는데 대문 소리가 나고 찬영의 부모가 돌아왔다.

찬영은 컵을 놓고 바쁘게 일어나서 나갔다.

“잠깐만 기다려 주세요.”

경운에게 말을 남기고 마루방으로 나간 찬영은 유리창을 열고

“인제야 오십니까?”

하고 부모에게 인사를 드렸다.

‘신통한 데가 있는 청년이야. 이 방을 둘러봐도 그의 정력적인 근면과 노력을 알 수 있어.’

경운은 혼자 콜라를 마시며 새삼 방안을 살폈다.

“누구 왔니?”

여자의 구두가 신방돌에 있음을 보았는지 어머니의 은근하게 묻는 말소리가 들렸다.

“네.”

“누구야?”

“제 친구예요.”

“친구?”

“참 좀 가만히 계세요.”

찬영은 방으로 들어오려다가 무엇을 생각하였음인지

“아니 먼저 올라가 계시면 나중에 데리고 가서 인사 여쭙겠어요.”

하고 어머니를 안으로 보냈다. 경운은 방에서 혀를 날름했다.

'어마! 선을 뵈나? 날 데리고 가겠다네.'

찬영은 안으로 들어와서 덜퍽 의자에 앉으며

"오늘 야단 맞는 걸, 경운 양 덕택에 모면했군요."

하고 남은 액체를 훌쩍 마셨다.

"걸 프렌드가 더러 왔었나요?"

"네버."

"그럼 절 이상하게 보시겠네요."

"더욱 정답게 여기시겠죠."

"호오, 영광인데요?"

경운은 콧날을 쫑긋거리며 힐끔 눈을 치떴다. 천천한 가운데서도 짙은 교태가 풍겼다.

찬영은 또 하나의 깡통을 뜯어 검붉은 물을 따르며 생각에 잠긴 얼굴을 하였다.

'슬슬 얘길 시작해 볼까? 오늘은 그만두고 다음에 할까? 아냐. 이런 조용한 기회가 언제 또 있을라구? 그리고 때도 긴박해 있지 않아? 그런데 어떻게 허두를 내나?'

경운의 대담성으로도 종시 처녀라 말머리를 찾지 못하고 주저하고 있는데

"경운 양께선 어떤 방법으로 협조해 주시겠어요?"

하고 찬영의 편에서 채근하였다.

"방법이야 얼마든지 있죠."

경운은 냉큼 말을 받으며 의자마저 앞으로다가 끌었다.

"그렇지만 방법보다는 먼저 미스터 정의 언니에게 대한 애정의 성격을 알아야 하겠지요."

"애정의 성격을?"

"그럼요. 이를테면 그 애정이 호감인지 동경인지 사랑인지."

"그야 더 말할 거 없이 사랑이죠. 난 향운 씰 사랑하고 있으니까요."

"사랑에도 정도가 있지 않아요?"

"하하, 경운 양이 시험관이시군요?"

찬영은 어설프게 웃었다. 목덜미에서 붉은 기가 올라와 뺨까지 발그레하였다.

"그냥 사랑하시는 것과 목적을 향하여서 나가는 것과 다르지 않아요?"

"글쎄요. 그 길에는 경운 양이 선배신 거 같은데 좀 지적해 주시죠. 난 향운 씨만 좋으시다면 결혼에까지 이르고 싶은데 그게 목적이 있는 사랑일까요?"

찬영은 선생의 말을 기다리는 듯이 경운의 입을 바라보았다.

"그러니깐 미스터 정께선 언닐 일생의 반려자로서 꼭 결혼까지 하시고 싶다는 그 말씀이시죠?"

"그렇죠. 그렇고말고요?"

"그런데요. 전 이런 사람을 봤어요. 이 문제와는 딴 것이지만요."

"뭔데요?"

"사랑에두 퍽 조건을 따지드군요."

"그야 전연 무시할 순 없지 않습니까?"

"미스터 정께선 어떤 조건을 추리시는지?"

경운은 컵을 들어서 몇 모금을 마셨다. 꽤 목이 타는 모양이었다.

"첫째로 인상이 좋아야죠. 여기엔 그의 성격과 인품이 나타나니까요. 다음엔 두뇌가 좋아야 합니다. 그건 잠깐만 담화해 봐두 알거든요. 머리가 나빠서야 평생의 원수죠."

"어머나! 저 같은 건 큰일나겠네요."

"하하, 경운 양이야 재기 발랄하고 총명이 지나친 편인 걸요. 그 점에선 향운 씨 이상인지도 모르죠."

"호호, 막 치켜 세우시는군요. 또 그 다음엔요?"

"다음엔 취미가 고상해야 합니다. 요새 여성들은 몸치장에 막대한 비용을 드리고도 결과가 저속해서 자신들의 격을 떨어뜨리는 편이 허다하지 않아요?"

"호호, 그렇기두 해요. 또 그 다음엔요?"

"다음엔 부지런해야죠. 남녀간에 게을러선 자기의 앞을 꾸려나가지 못하드군요. 학업도 사업도 크나 작으나 모든 일에 성공하려면 그저 부지런한 인간이라야 합니다. 대략 이만한 조건에 합격하면 이상적일 수 있겠죠."

"그럼 언닌 다 패스한 셈인가요?"

경운은 다방에서 하듯이 깍지낀 손을 테이블에 올려놓고 갸웃이 고개를 틀어 찬영을 보며 물었다.

"그렇죠. 향운 씬 훌륭하게 패스했습니다.

"그 네 가지 조건에 다요?"

"그럼요. 증거를 댈까요?"

말이 많아진 찬영은 신이 나서 음성마저 커졌다.

"인상이야 넘버원이었으니깐 더 말할 필요가 없구요. 두뇌도 나보다는 위라는 것을 여러 면에서 잡았죠. 그리고 그의 의복 차림에서 그가 얼마나 검소하면서도 고상한가를 알았습니다."

"언니가 부지런한다는 건 어떻게 아셨죠?"

"향운 씬 쉴 새 없이 일만 하시더군요. 그제도 재봉하시던 모양이던데요. 그리고 시흥에서 올 땐 꽤 큰 석작이랑 들고 오더군요. 그게 다 부지런하다는 표시가 아닙니까?"

"후훗. 자상스럽게도 아셨군요."

경운은 가느다랗게 소리내어 웃었다.

향운 언니가 시흥에 갈 목적으로 갑자기 열을 올린 것이 마침 그에게 띄었다고 경운은 다행하게 생각하였다.

"요새 여성에게서 한 가지나 두 가질 찾아내기도 어려운데 네 가지를 다 구비하다니 얼마나 귀합니까."

"축하합니다. 콜럼버스 이상의 대발견이신 것을……."

경운은 또 가만히 웃었다. 정찬영의 출현을 콜럼부스 이상의 발견이라고 향운을 얼싸안고 돌아가던 그저께의 일을 연상하여서였다.

"언닌 정말 칭찬 받을 만해요."

경운은 웃음을 거두고 고개를 까닥거리며 정색하였다.

"미스터 정의 여성관은 잘 알았어요. 그런데 아까 말씀한 그 네 가지 조건은 어떤 후보자에게 적용되죠? 미스에게 한해서만 인가요?"

"특수한 경우를 제외하고는 대개 미혼자에게 적용되는 게 정칙이겠죠."

"그런데 언닌 기혼잔가요? 미혼잔가요?"

"네?"

찬영의 검고 큰 눈이 번쩍 크게 떠졌다.

"미스터 정의 말을 빌린다면 언닌 희준 씨의 소유가 되어 있으니깐 말예요."

"그야…… 어쨌거나 향운 씬 김군의 애인임을 틀림없으니까요."

"만일 정신적인 소유만이 아니고 육체적으로까지 정복을 당했다면 미스터 정의 사랑의 목표는 어긋나겠죠?"

"글쎄요. 좀더 생각해 봐야 알겠지만 난 향운 씨가 희준 군의 아내가 되었더라도, 그를 보호하고 도와 줄 의무가 있다고 향운 씨께 말한 일이 있습니다."

경운은 입을 다물고 손가락으로 테이블 위에다가 영자를 그려보며 한동안 잠잠히 앉아 있었다.

찬영은 그 동안에 담배 한 개를 피웠다. 그도 눈을 가느스름하게 떠서 연기를 바라보며 명상에 잠긴 듯하였다.

이따금씩 정원을 불어오는 바람에 휩쓸려 안채의 애기 소리가 들려 왔다.

찬영은 담배를 끝내고 고요한 경운의 태도를 눈여겨보다가 손으로 턱을 쓸며 스르르 눈을 감았다.

"제가 미스터 정께 엄숙하게 한 마디 묻겠어요."

분명한 경운의 말소리가 또랑또랑 울렸다.

그러지 않아도 명확한 경운의 발음이 화살처럼 한 알씩 콕콕 박혀 왔다. 찬영은 감았던 눈을 뜨고 몸을 도사려 바로잡았다.

"네, 말씀하시죠."

"미스터 정께선 후보자의 건강엔 일체 관심이 없으시군요. 요새 청년들의 제일 조건은 건강이에요. 이건 남녀가 다 각각 요구하는 큰 문젠데요."

"건강을 도외시하다니 말이 되나요? 그건 인상에서 어느 정도 나타나니까요. 그러나 소처럼 건강만 하고 네 가지를 갖지 못한다면야 아예 결혼을 단념하는 게 옳겠죠."

"호호, 그건 극단론이죠. 좋은 조건을 가지고두 불건강해 보세요. 거기에 진정한 평화는 없을 거 아녜요?"

"그렇지만 몸이란 섭양에서 오는 거니까 얼마든지 좋아질 수 있겠죠."

"불치의 병이라두요?"

"네? 향운 씨가 그렇단 말은 아닐 테죠. 우리 탈선은 하지 말기루 하고……."

"그렇지만 이건 중요한 문젠 걸요. 언닌 현재 병자니깐요."

경운은 또렷하게 선언하면서 재빨리 찬영의 기색을 훔쳐보았다.

"무슨 병을 갖고 계시는 진 모르지만 그건 얼마든지 고칠 수 있지 않아요? 현대의 의술에는 불치의 병이 없습니다. 의약과 정성으로 단박에 날 수 있으니까요."

"……."

"보기엔 퍽 건강하시던데요. 다만 피로해 보이는 것뿐이죠."

"그게 병이거든요."

경운은 갑자기 심각한 표정을 지었다. 찬영은 그것이 우스웠다.

"하하하, 피로가 병이란 말은 경운 양에게서 처음 듣는 걸요. 그건 충분히 휴양만 하면 그만 아닙니까? 하기야 피로만 없다면 인류는 늙지 않을 것이라는 의학설도 있다군 합니다만 그까짓 걸 가지고 과장스레 불치의 병 운운하시는 경운 양이 오히려 귀엽군요. 하하하."

찬영은 장황한 해설을 덧붙이며 유쾌한 듯이 웃어댔다. 사랑하는 사람이 불치의 병자가 아니었다는 요행과 통쾌감에서 오는 웃음이라고 경운은 단정하였다.

"단순하게만 생각하심 안 됩니다. 그 피로의 원인이 어디 있는가를 아셔야 되거든요. 당연한 건강체가 왜 자주 피로를 보이겠어요? 중대한 병이 있기 때문이죠."

"여길 앓으시나요?"

찬영은 굵고 넓적한 손가락을 좌악 펴서 자기의 가슴을 가리켰다.

"그렇담 어쩌시겠어요?"

"단박에 고쳐 드리죠. 두고 보시죠. 몇 달 이내로 완쾌시킬 테니까요."

"어떠한 두려운 병이라도 완전히 퇴치시켜서 건강체로 만드실 자신이 꼭 있으세요?"

"있고말고요. 꼭 있습니다."

찬영은 거침없이 그리고 결연히 대답하면서 경운을 정시하였다.

"하기야 미스터 정의 결심이, 그리고 각오만 확고하시다면야 언니의 문제는 아주 깨끗하게 해결될 거예요."

"그러니까 분명하게 말해 주시면 되지 않아요? 향운 씨에게 무슨 질병이 있다는 겁니까?"

찬영은 초조하게 대들었다. 그의 눈이 불그레 충혈되는 성싶었다.

"그럼 말씀드리겠어요. 언닌 지금."

경운은 갑자기 말을 끊었다가 안면의 근육이 얼어붙은 것처럼 뻣뻣하게 긴장된 채로 다시 이었다.

"언닌 지금 임신 중이에요."

그의 말 마디 마디가 수은 알인 양 무겁게 똑똑 떨어졌다.

"희준 씨의 생명이 언니에게서 자라나고 있다는 사실을 안다면 낙망하시겠죠?"

찬영의 짙은 눈썹이 약간 움칫 했을 뿐 놀라는 기색도 실망하는 빛도 없이 눈을 내리고 있다가

"극히 당연한 일이 아닙니까?"

하고 경운을 보았다. 재판장의 선고나 기다리듯이 찬영의 꼭 맺혀진 입을 주목하던 경운은 찬영의 무심한 양 흘리는 대답에서 오히려 맥이 풀렸다.

'이인 벌써 체념하는 것일까?'

"사랑하는 사람의 표적을 갖는 사실에서 낙망하다니 말이 되나요? 그래서 경운 양이 불치의 병이라고 위협을 하셨군요?"

찬영은 팔짱을 끼고 허리를 폈다. 태연한 안색이었다.

"희준 씨가 없는 경우 그건 일종의 두려운 병이 아닐까요?"

경운은 자기답지 않게 풀이 죽은 반문을 하였다.

"난 막연하나마 그와 비슷한 추상을 하고 있었어요. 향운 씨의 지나치게 침착한 언동이라든지 젊음에 반항하는 피로한 모습이라든지에서요."

찬영은 비로소 담배를 꺼냈다. 조금도 당황하지 않는 여유 있는 자세로 반쯤 태우고 나서

"그럼 최하 육 개월 이상은 되었겠군요?"

하고 테이블 위에 무엇인가를 쓰고 있는 경운의 은어 같은 손가락을 보았다.

"아마 그쯤 된 모양이에요."

"자신이 경운 양에게 고백하던가요?"

"천만에요."

경운은 머리를 반짝 들고 좌우로 살살 흔들었다.

"언니가 누군데 그런 걸 입밖에 내겠어요? 제가 혼자 알아냈죠."

"눈치로요?"

"아녜요. 언니의 일기를 훔쳐봤어요."

"저런!"

찬영은 꼬투리를 재떨이에 비벼 끄며 빙그레 웃기까지 하였다. 자기와 전혀 무관한 사람들의 얘기를 하고 있는 것처럼 무심한 태도이었다.

'흥미를 잃었단 말인가?'

경운은 다시금 찬영을 관찰하였다. 그의 검은 눈이며 불그레한 뺨이며 널찍한 이마와 높직한 콧대에 허탈한 기운은 조금도 보이지 않고 여전히 늠름하기만 하였다.

"용케 알아내셨군요."

찬영은 다시 팔짱을 끼고 경운은 도로 기를 회복하였다.

"언니가 시흥에 가던 날이었어요. 언닌 일찍 떠나고 전 리포트를 쓰느라고 참고서를 뒤졌거든요."

"그래서요?"

"꼭 언니의 책이 필요했어요. 그래 무심코 폈더니만 그 속에 끼어 둔 일기장이 나오지 않겠어요?"

"호오?"

"언닌 언제 이런 걸 다 썼나 하면서 페이지를 들추니깐 언뜻 이상한 문구가 띄길래 읽어 봤어요."

"……"

"처음엔 도무지 몰랐나 봐요. 그러다가 몸에 이상한 변화가 생기니깐 의심한 모양인데 언닌 퍽 고민했나봐요."

"그렇겠죠."

찬영의 대답은 탄식처럼 나왔다. 연민의 그늘이 미간을 스쳐 갔다.

"어머니껜 고백을 했는데 어머닌 막 처리하라 고만 야단치셨나 봐요. 그런데 언닌."

"언닌요?"

찬영은 모르는 결에 경운에게로 몸이 쏠렸다.

"언니야 물론 반대했어요. 천벌이 아니면 상급이라나요? 그런데 거기 나열된 문구가 도무지 눈물이 없이는 읽을 수 없었어요."

경운의 목이 메이고 그의 머리는 숙여졌다. 감정을 억제하는 듯 잠시 사이를 두었다가 머리를 숙인 채 말을 계속했다.

"희준 씨가 살아만 있다면야 무슨 번민이 있겠어요? 이왕 결혼할 처지니깐 예식만 올림 될 텐데 상대자가 없으니깐 문제가 되는 거거든요."

"그야……."

경운의 표정을 따라 처음으로 찬영의 얼굴빛에도 변화가 왔다. 미간을 사르르 주름잡으며 너부죽한 입을 작아지도록 꽉 모았다.

"인젠 어머니도 단념하셨나 봐요. 언니가 시흥에 간 목적이 피난처를 찾는 데 있나 봐요.—가엾은 생명들이 호흡할 수 있는 곳은 어디일까? 아아, 피난처를 찾을 수밖에 없다—그렇게 씌어 있었어요."

경운은 코를 훌쩍했다. 음성도 애처롭도록 연연하게 나왔다.

'경운 양에게도 이런 면이 있을까?'

사내처럼 당당하고 양성적인 경운의 소녀다운 이 처량한 모습에서 찬영은 적지 않은 충격을 받았다.

'꽤 언닐 사랑하고 이해하고 있다.'

"언닌 일 학기만으로 직장을 그만두었어요. 금년 봄에 E여대 가사과를 나와서 모교인 C여고에 봉직하고 있었거든요."

"그랬군요?"

향운의 바느질에만 골몰하던 한가(閑暇)를 이제야 깨닫고 찬영은 고개를 끄덕였다.

"그러자니 오죽이나 심정이 뒤틀렸겠어요? 그렇지만 언닌 참 장해요. 곁에 있는 아무에게도 그 기색을 안 보이거든요. 어머닌 현저하게 초조하고 실망해 하시는데."

"어머니로선 또 그러시게 되겠죠."

"그럼요. 아버지께서 납치되신 후에."

"아하, 그러셨나요?"

"변호사로 계실 땐 퍽 잘 살았어요. 그렇지만 십 년이나 삼 남매를 교육하시느라 어머니의 고생이."

"아하, 정말 몹시 신고하셨군요."

"그러자니 언니에게 온갖 희망을 다 쏟고 있었죠. 그런데 그 언니가 저 꼴이 됐으니 어떡해요?"

"꼴이 어떻단 말입니까? 당연한 일을……."

"뭐가 당연해요? 이런 기구한 일이 어디 또 있겠어요?"

경운은 맞은편 벽에 주런히 걸린 자들을 바라보며 한숨을 쉬었다.

"저두 요샌 잠이 안 오는 걸요. 말괄량인 척 떠들긴 해두 언니 일이 어떻게 될까 하는 생각이 들 땐."

"그러기도 하시겠죠."

"언니가 어머니 권고대로만 했으면야 뒤가 깨끗하고 언닌 아무렇지두 않게 살아갈 수 있었는데."

"말이 됩니까? 그 귀중한 생명을."

찬영은 경운의 말을 탁 끊으며 책망처럼 강한 어조로 말했다.

"그렇지만 아버지 없는 사생아를 낳는 거 보단 낫지 않아요?"

"사생아라뇨? 경운 양! 그런 명칭 붙이지 마세요. 너무나 잔인합니다."

찬영은 긴장한 얼굴로 엄숙하게 나무랐다. 그리고 잠깐 띄었다가

"아버진 여기 있지 않아요?"
하고 자기의 가슴을 가리켰다.

찬영의 좌악 펴진 큰손이 그의 펑퍼짐하게 넓은 가슴을 자신 있게 누르는 것을 바라보던 경운은 찬영의 얼굴빛을 더듬었다. 진지하고 경건한 사나이의 거짓 없는 눈이 경운을 강하게 쏘았다.

"미더웁지 않다는 말입니까?"

경운의 입은 이내 열리지 않았다. 벅차오르는 감격이 목에서 꽉 막히는 것 같았다.

"경운 양의 유도 심문을 받으면서 나는 이미 각오한 바가 있습니다. 향운 씨의 경우가 나를 요구할 때 나는 당연히 나서야 한다는 것을요."

"정 선생님!"

경운은 두 손을 모으며 찬영을 불렀다. 가늘게 떨리는 음성이 간절하였다.

"참으로 위대한 어른께 감사하듯이 전 이렇게 머리를 숙일 수밖에 없어요."

단정하게 모은 손위에 경운은 머리를 얹으며 깊숙이 숙였다.

"아가를, 언니를, 우리 어머닐 구하실 분은 정 선생님밖에 없어요. 정 선생님의 이 비장한 결단이 없었으면, 아아, 언니의 가엾은 생명들이 어떻게 됐을까요?"

경운의 말이 눈물로 흐려졌다. 그는 흐느낌을 겨우 막으며 머리를 들었다. 수정 방울이 어글어글한 눈에 가득히 어렸다.

"전 인제 죽어두 한이 없겠어요. 참말이지 평화를 가장한 이 열흘 동안 전 언니의 장래를 위해서 얼마나 혼자 머릴 썩였는지 몰라요."

경운은 손수건을 꺼내어서 두 눈을 지그시 눌렀다.

찬영은 눈을 감고 있었다.

"우연하게도 정 선생님의 출현이 제게 서광을 보였어요. 전 기를 쓰고

선생님을 만나야 했고, 전 선생님의 인격을 비싸게 산 거예요."

"……."

"전 제 추측이 어긋나지 않은 걸 기뻐해요. 그리고 희준 씨의 친우에 정 선생님 같은 분이 계신 것을 신의 도우심이라고 감사해요."

"경운 양!"

찬영은 눈을 번쩍 떴다. 눈물처럼 어린 정열이 빛났다.

"감사는 이쪽의 것이라야죠. 솔직하게 말해 주신 것 정말 고맙습니다. 진실한 상대자가 된 것을 진정 기뻐합니다."

경운은 찬영을 쳐다보다가 얼른 눈을 깔았다. 너무나 눈이 부시기 때문이었다.

"이제부터의 긴급하고 절실한 문제는 어떻게 일을 재빨리 진전시키느냐에 있습니다. 이 점에서 경운 양과 나는 역시 부단의 협의를 계속해야겠죠."

찬영은 부스럭부스럭 담배를 찾았다. 연기가 새삼 향긋하게 코에 맡히었다.

"난 부모님을 설득해야 하고 경운 양은 향운 씰 설복해야 합니다. 시일이 촉박하니까요."

"정말예요 제일 큰 걱정이 그 촉박한 시일이거든요."

경운은 찬영의 말을 얼른 받았다. 자기의 가슴을 들여다보는 듯이 꼭꼭 속말을 집어내 주는 것이 통쾌하였다.

'희준 씨보다도 얼마나 더 사내다운가? 불행 중의 다행이란 언닐 두고 이른 말이다.'

"그럼 전 가 보겠어요. 정 선생님이나 저나 오늘밤부터라도 일 시작을 해야 하니깐요."

경운은 비로소 얼굴의 표정을 풀며 방긋이 입을 열었다.

"자, 굳은 악수로."

경운은 찬영에게 손을 내밀며 의자에서 일어섰다.

찬영은 경운의 손을 덥석 잡았다. 야들야들한 경운의 손이 찬영의 강한 손아귀에서 더욱 힘을 얻었다.

"현대 여성의 가장 좋은 점을 갖고 계시는 경운 양을 존경합니다."

찬영도 일어났다. 둘의 손은 한참 후에야 떨어졌다. 경운은 올 때와는 다른 가벼운 마음으로 마루로 나섰다. 환한 전등 불빛에 크고 작은 건축 모형이 더욱 하얗게 돋보였다.

둘이는 뜰에 내려왔다. 스무날께의 하현달이 떠 있었다.

"어마나. 꽤 오래 됐나 보죠?"

경운은 나무 사이로 보이는 달을 바라보며 소곤댔다. 방에서 흥분하였던 탓인지 꽃송이처럼 고왔다.

"무슨 걱정입니까? 집이 가깝겠다 바래다도 드릴 텐데요."

"저기서 꾸중하시겠네요."

경운은 턱으로 안채를 가리키며 해죽 웃었다. 하얀 이가 반짝였다.

"참 나중에 인사 여쭌댔으니깐 절 데리고 가셔야지 않아요?"

"아닙니다. 계획이 달라졌으니까 그냥 가십시다.'

찬영은 경운을 대문께로 보내고 자기만 안채로 갔다.

"저 잠깐 나갔다 오겠습니다."

찬영은 안에서 큰소리로 뭐라고 하는 것도 모른 체 하고 대문 밖으로 나왔다.

"그냥 들어가세요. 혼자두 넉넉하니깐요."

"천만에. 영양을 혼자 보낼 수 있나요?"

찬영은 경운과 나란히 걸어서 향운의 집까지 왔다. 그리운 사람을 집안에 두고 두 번씩이나 문 밖에만 왔다가 돌아가는 찬영의 심정은 서글펐다.

"자, 그럼 경운양의 건투를……."

"저야말로 선생님의 승리를……."

둘이는 다시 굳센 악수로 헤어졌다.

경운의 발소리를 듣고 향운의 건넌방의 미닫이를 열었다.

"인제야 오니?"

"응, 언니. 엄만 주무시우?"

"누가 자? 어딜 밤낮 쏴 다니는 거냐?

안방에서 김여사의 퉁명스러운 대답이 들렸다. 동운의 방에서도 과장스런 기침 소리가 새어나왔다.

'흥, 남의 속도 모르고.'

경운은 혼자 입을 비죽이며 건넌방으로 들어왔다. 이때까지 바느질을 했는지 향운의 눈이 부숭부숭 부은 것 같았다.

경운은 김여사가 듣지 않도록 이불 속에서 말을 꺼냈다.

"언니. 나 오늘밤에 어디 갔다왔는지 알우?"

"여고 동창생 집에 갔다며."

"아냐. 나 찬영 씨 댁에 갔다왔다우.

"뭘 허러?"

"아주 중대한 임무로 갔었어요."

경운은 향운의 비위를 거슬리지 않게 말을 추려서 경과를 알렸다. 듣는 도중에서 몇 번씩이나 놀라며 혀를 찬다. 어떤 때는 벌떡 일어나기도 했다.

"너 왜 내 말을 듣지도 않고 네 맘대루 했어?"

경운은 향운을 끌어 눕히고 조용히 타일렀다.

"언니. 그 길밖에는 우릴 구할 딴 도리가 어디 있단 말유? 그 오솔길이야말로 언니와 아가와 어머니와 찬영 씨 자신마저 살리는 유일의 생명줄인 걸 어떡해요?

향운은 한숨을 삼키며 경운의 손을 가만히 쥐었다.

# 첫서리

찬영의 발은 향운의 집에서 떨어지지 않았다. 경운이 들어간 후에도 김 여사의 꾸지람이며 향운의 말소리를 정신차려서 다 들었다.

'가엾은 여인!'

만나고 싶고 그립기만 하던 향운! 이제는 연연하고 애틋한 정이 그를 향하여서 자욱하게 피어오르는 것이다.

'왜 내가 진작 몰랐던가?'

집안이 조용하여진 다음에야 찬영은 발길을 돌렸다. 경운과 나란히 걸어오던 길에 자기의 그림자가 외롭게 움직였다.

'끝내 그 녀석하군 인연이 맺어지는 거야.'

K고등학교 시절에 찬영의 집은 삼청동에 있었고 희준의 집은 안국동이어서 그들은 자주 왕래하였으나 흔히는 희준이가 삼청동 집에 와 있었다.

'어머니도 퍽 사랑하셨건만…….'

여름에는 목욕한다고, 봄가을에는 산책하느라고 희준은 거의 날마다 찬영에게 들렀던 것이다.

그들은 운동 선수가 아니었으나 칠팔 인의 그룹이 수영만은 열심으로 하였다.

여름이면 한강에, 뚝섬에, 광나루에 천막을 치고 한 덩이가 져서 뒹굴었다.

한번은 찬영이 죽을 고비를 겪었던 것이다. 학질을 두어 번이나 앓고 난 찬영은 결단코 물에 들어가지 말라는 부모의 명령을 어기고 자기의 건강만을 믿어 동무들과 휩쓸려 중류에까지 흘러갔다.

그러나 거짓말처럼 수족은 말을 듣지 않았다. 처음에는 마비된 것도 깨닫지 못하고 허우적거렸으나 자기의 몸이 가라앉으려는 것에 비로소 정신이 들었다.

"희준아!"

찬영은 희준을 불렀다. 꽤 먼 거리에 있던 희준은 찬영의 부름에서 불길한 예감이 들었다는 것이다. 나중에 안 말이지만 그것은 비명처럼 들렸다고 하였다.

희준은 쏜살같이 되돌아왔다. 새파랗게 질린 얼굴로 물에 떠 있는 찬영을 잡았다. 사르르 침전하려는 직전이었던 것이다.

희준은 찬영을 뒤로 안고 배영(背泳)으로 언덕을 향하였다. 희준보다도 더 중량이 센 찬영을 띄우고 발로만 헤어 온다는 것은 지극한 우정이 아니면 도저히 될 수 없는 노릇이라고, 더구나 뛰어난 선수도 아닌 희준이가 찬영을 살려냈다는 것은 살리겠다는 일편 단심의 결과라고 사람들의 칭찬이 자자하였던 것이다.

희준은 너무나 창황하여서 동무들에게 알리지도 못하고 혼자 애를 썼지만 나중에야 알고 그들은 몰려왔다.

"희준이 넌 뭐냐? 너마저 하마터면 돌이 될 뻔하지 않았어?"

지쳐 버린 희준을 밀치고 친우들이 찬영을 끌고 백사장에 올라와서 그들은 찬영의 손발을 주무르고 꿀물과 포도주를 먹이며 법석을 떨었던 것이다. 지금 생각하여도 얼마나 아슬아슬한 생사의 경계선이었는지…….

그러한 희준과도 대학에 와서는 집이 멀어지고 학교가 다르고 군대에 가 있고 하느라고 자주 접촉이 없이 지내 온 것이다.

'부모님은 지금도 김군을 은인이라고 하시지만 이런 내용이야 말할 수 있나?'

찬영의 눈앞에 희준의 모습이 떠올랐다. 고등 학교시절의 그 제복 차림이었다.

'희준아! 이젠 내 차례야. 넌 비록 사라지고 없지만 네가 남긴 생명은 내가 맡아서 키워 주마.'

찬영은 달을 쳐다보며 주먹을 쥐어 올렸다.

찬영은 대문에 들어서며 오늘밤부터 부모님께 도전(挑戰)하려고 맘을 정하였다.

찬영이 대청의 분합 문을 열고 마루로 막 올라서려는데 안방 미닫이가 열리고 어머니 최 여사가 머리를 내밀었다.

"어딜 갔다가 오는 거냐?"

찬영은 잠잠히 방으로 들어갔다. 아버지 정 목사는 아랫목에 앉아서 책을 읽고 있었다.

"교회엔 안 오고……."

예배당에는 오지 않고 웬 여자를 데리고 왔다갔다하느냐는 어머니의 함축이 있는 말이었다.

"참 아깐 데리고 와서 뵙게 할려고 했는데."

정 목사의 이마가 잠깐 돌리고 돋보기의 안경이 번쩍 빛났다.

"네게두 여자 교제가 있긴 하구나."

최 여사는 아들의 앉을 자리를 보아주며 조롱보다는 칭찬에 가까운 말투였다.

오십 세로는 지나치게 살결이 부드럽고 육덕이 좋았다. 새카맣게 윤이 나는 머리를 곱게 틀어 올렸다. 두 살 위인 남편에게는 흰 머리칼이 섞여 있어서 칠팔 세나 차이가 있게 보였다.

"진작 말씀을 올려야 할 텐데 이래저래 미루어 왔더니."

찬영은 무릎을 꿇고 앉으며 조심조심 허두를 냈다.

"편히 앉으려무나. 아까 왔던 여자냐?"

최 여사를 한쪽 무릎을 세워 깍지끼어 안으며 상냥스럽게 물었다.

"네."

"늘 집에 다녔니?

"아뇨. 늘 제가 처녀 댁엘 갔었고 오긴 오늘밤에 처음 왔어요."

"어떤 집 처녀야?"

비로소 정 목사가 말을 끼며 책을 덮었다.

"편히 앉아서 자세한 얘길 해 봐."

정 목사는 안경을 벗어 책 위에 놓으며 손바닥으로 두 눈을 비비면서 아들에게 말했다.

찬영은 아버지의 말을 받아 다리를 펴서 앉음새를 고쳤다.

"여기도 싫다 저기도 싫다 다 거절하더니 네 딴엔 속종이 있었던 게지?

정 목사는 아내에게 흘깃 눈을 주었다. 최 여사는 남편의 시선을 받으며 눈을 실처럼 가늘게 떴다.

맏아들은 지방 대학교의 교수로 있으며 자녀까지 가지고 있으나, 둘째인 찬영은 나이 이십오 세가 되도록 여성에게 너무나 관심이 없는 것에 은근히 걱정을 하던 터이라 정 목사 내외는 찬영의 혼담에 흥미를 가졌다.

"여자들에게 너무 친절만 해두 못 쓰지만 우리 찬영인 좀 지나쳐."

집안과 당자가 좋다고 명문에서 약혼하자는 청이 풀풀 들어왔으나 찬영은 모조리 딱 잡아뗴었다. 그럴 때마다 정 목사 부처는 이성(異性)을 초월한 아들이 자랑스러우면서도 두어 마디씩 불평을 늘어놓았던 것이다.

"변호사인 아버지가 동란 때 납치되고 어머니가 혼자 애를 쓰셨죠. 삼남매의 맏딸이랍니다."

"학교는 어디고?"

"E대 가사과 출신인데요."

"처녀의 범절은 어떤데?"

이번에는 정 목사가 물었다.

"제 눈에는 모두가 만족하지만."

"아니 왜 아깐 그대루 보냈어?"

"울어서 눈이 이렇게나 부은 걸요."

찬영은 어머니를 보며 제 눈이 부어오른 시늉을 했다.

"울긴 왜?"

어머니는 어느 샌지 깍지를 풀고 팔짱을 끼고 있었다.

"천연스럽진 못한가 보군. 어느 새 울구 불구야?"

"여자에게 있어서 요사스러운 성질은 대금물이야."

정 목사도 엄격한 한 마디를 덧붙였다. 그것만으로 부모님의 호기심이 가시려는 눈치였다.

"아닙니다. 오히려 너무 음전해서 걱정인 걸요. 오늘밤엔 특별한 일이 생겨서 그렇게 된 거죠."

거짓말이라고는 즐겨 입에 발리지 않는 근엄한 성질이건만 향운을 위하여서 이렇게까지 대담하게 거짓말을 할 수 있는 것에 찬영은 스스로 놀라지 않을 수 없었다.

"무슨 일이 생겼기에?"

최 여사는 어머니답게 자상스러웠다. 정 목사도 눈으로는 찬영을 지켰다.

"돌연히 이런 말씀 여쭙긴 죄송합니다마는 사실은 지가 여태껏 덮어두고 있었다는 점에 모든 책임이 있는 것이니까요."

찬영은 방바닥을 내려다보면서 띄엄띄엄 말을 이어 갔다.

"서로 알고 지내긴 꽤 오래 됐었지만 정작 사랑이라든가 그런 걸 약속하긴 일 년 남짓할까요?"

"그렇게나 됐어?"

"여러 번 집에 데리고 오려고도 했었는데 저쪽에서 영 듣지 않으니까 그냥 뒀던 게 아마 실책인가 봅니다."

"왜 안 올려고?"

최 여사는 친절하게도 고분고분 대꾸하였다.

"그렇게 부끄럼을 잘 타요. 어떻게 부모님께 뵙느냐고."

"요새 처녀 아닐세."

"그런 면이 좀 있긴 해요."

정 목사는 큰기침 한 번에 목을 틔우고 찬영에게 물었다.

"대학 출신이라면서 집에서 놀고 있나?"

"아닙니다. 자기 모교에서 봉직하고 있었는데 여름에 그만뒀죠."

"왜 그만둬?"

"아버지. 지금에 문제되는 것이 그 점입니다."

찬영은 정 목사를 똑바로 보면서 말에 힘을 주었다.

"직장을 그만둬야 할 이유가 있었습니다. 이런 말씀을 부모님께선 어떻게 이해하실는지 모르겠습니다마는."

찬영이 잠깐 쉬는 동안 정 목사와 최 여사는 넌지시 눈을 맞추었다.

"사랑하는 남녀가 오랜 시일 접촉하노라면 불가피의 발전의 형태로써 나타나는."

"아니 무슨 일이 생겼단 말이냐?"

차마 입을 못 떼고 있는 아들의 심정을 헤아리고 최 여사는 말문을 열어 주었다.

"네."

"임신이란 말이지?"

"네."

갑자기 방안의 공기가 굳어졌다. 정 목사의 표정은 차디차게 얼어붙고 최 여사는 아연한 채로 입을 다물지 못하였다.

"죄송합니다."

찬영의 무거운 한 마디는 결코 방안의 험악한 분위기에 조화되지 못하고 찬물의 기름인 양 떠돌았다.

차고 강강한 침묵이 얼마간 계속된 후에

"찬영이 너는."

하고 정 목사가 입을 열다가 도로 닫으며 눈만으로 아들을 노렸다.

아버지의 눈총을 맞으며 찬영은 고요히 머리를 숙이고 있었다. 어떤 질책이라도 어떠한 타매 라도 달게 받겠다는 태도이었다.

그 태연한 자세가 한층 더 정 목사의 화를 돋구었다.

'저 어이가 어느 새 저렇게 타락했단 말인가? 큰 과오를 범하고도 후회와 수치를 모르다니!'

"너는 교역자의 아들이라는 것을 잊고 청신한 가문에 오점을 남길 작정이냐?"

큰 소리는 아니나마 서릿발이 치는 호령이었다.

"네가 그런 큰 죄를 범한 원인이 교회를 등한시하고 신앙을 배반한 데에 있다는 것쯤이야 알고 있겠지?"

"아버지!"

찬영이 머리를 들고 무슨 말을 하려는 것을 최 여사가 막고 나섰다.

"가만있어. 내가 몇 마디 묻겠다."

찬영은 어머니에게로 낯을 돌렸다. 공포와 주저가 없는 침착하고 잔잔한 아들의 눈을 바라보며 최 여사의 음성은 부드러웠다.

"지금 몇 개월이나 됐다고?"

"당신은 별걸 다 묻는구료."

정 목사는 소리를 버럭 질렀다. 죄가 있다고 단정하는 아들보다도 무죄한 아내가 더 만만한 모양이었다.

"좀 가만히 계세요. 법정에서도 심문이 필요하지 않습디까? 물을 건 묻고 정죄(定罪)할 건 정죄해야죠."

"소견 없는 짓이야."

정 목사는 아내에게서 외면하였다. 갸름한 윤곽에 날카로운 콧대가 신경질적으로 되었으나 그가 종교인이기 때문에 최 여사는 남편의 괴벽을 느끼지 못하였던 것이다.

"오늘밤에 울고 간 이유랑 다 말해 봐!"

찬영은 어머니가 재근해서 말 시작을 하였다.

"사실은 저도 깜깜히 몰랐어요. 일 학기 중에 아주 몸이 쇠약해지길래 그냥 몸이 약해서 그런 줄만 알았습니다. 그랬더니 아주 학괄 그만뒀다지 않아요. 그래 그런가 부다만 했습니다.

찬영은 아버지를 일별하였다. 몸은 틀고 있으나 귀만은 이쪽에 대고 있는 성싶었다.

"여름 내내 아무런 눈치를 보이지 않았어요. 그런 징조가 보일 때는 먼저 남자에게 알리는 것이 일반 여성들의 심리인데 이 사람은 그렇지가 못한 모양이죠."

찬영은 어머니의 표정도 살폈다. 그의 온화한 입모습에는 증오의 그림자가 없었다.

"그러다가 얼마 전에야 그 사람의 일기장을 읽고 제가 알아냈습니다. 그래서 오늘밤엔 함께 부모님께 뵙고 사연을 아뢰자고 데리고 왔는데 부득부득 싫다기에."

"왜 싫대?"

"빠언하지 않습니까? 부끄럽다는 거죠. 어떻게 차마 부모님을 뵙겠느냐구요. 그래서 지가 막 억설을 좀 퍼부었더니만 울고 가 버린 겁니다."

창졸간의 조각이지만 어쩌면 이렇게 참말처럼 술술 나올까 보냐고 찬영은 스스로 감탄하였다.

"그래도 찬영이보다는 좀 나은 인간인 게지. 자기의 죄를 알고 있으니."

정 목사는 내뱉듯이 말참견을 하였다. 이때라고 찬영은 얼른 그의 말꼬리를 잡았다.

"아버지! 그런 일을 어떻게 죄라고만 단정하십니까?"

"뭐야?"

정 목사의 얼굴이 이편으로 향하여 눈을 크게 떴다.

"죄가 아니고 무엇인고? 제가 지은 죄를 깨닫지 못하는 것이 더욱 큰 죄인 증거야."

"인류 발전에 피치 못할 과정이 어떻게 죄만 될 수 있을까요?"

찬영의 말소리는 조용하고 은근하였다. 그와 반대로 정 목사의 어조는 더 거칠어 갔다.

"그야 정당한 순서를 밟았다면야 죄이기는 커녕 차라리 하나의 과정이겠지만 네 경우는 그와 천양의 차가 있단 말야. 첫째 부모의 승낙이 없이 자유로 상대를 택했고 설사 그 점은 용서할 수 있달지라도 먼저 동물적인 과오를 범하여서 신성한 예의를 모독한 것이며, 교회인이 아닌 여성을 배우자로."

"아버지! 그는 세례교인입니다."

찬영은 황망히 거짓말을 끼었다. 향운이 정작 교인인지 아닌지는 나중에 알아봐야 알겠지만 설혹 이방인일지라도 이것만은 철저히 고집해야 되겠다고 작정하였다. 아버지는 임신 중인 여성을 용납할 수는 있으나 세례인이 아닌 여성을 가족으로 들이지 못하는 교칙을 어길 분이 아닌 것을 잘 알고 있는 까닭이었다.

"세례인이라면 더구나 용서할 수 없지. 이런 비행은 혼자서 저지를 수 없는 거니까."

"아버지께서 비행이라고 하시는 데에도 일리야 있겠죠만 인간에겐 불가항력의 순간이 있기 때문에."

"듣기 싫다! 여기엔 아무런 변명이 필요 없어. 동물적인 남녀가 갖는 결과가 나타난 이상, 네가 아무리 합리화시키려고 궤변을 늘어놓은들 누가 곧이들을 줄 아느냐?"

"……."

"교회의 수치요, 집안의 망신이야. 네가 이런 큰 실수를 하리라고 누가 예상이나 했겠느냐?"

"그럼 저더러 어떻게 하라시는 말씀입니까? 현재에서 가장 정당한 방법이 있으시다면 전 그대로 시행하겠습니다.

찬영은 결연히 말을 맺었다. 어떤 결의의 빛마저 움직였다.

"난 너하고 길게 말하기 싫으니 빨리 네 방으로 가라!"

정 목사도 할 말을 다 했다는 듯이 다시 외면하며 책을 집어들었다.

"찬영아. 오늘은 그만 네 방으로 가렴."

최 여사는 아들에게 눈짓하였다. 찬영도 이상 더 논전하는 것이 오히려 불리할 것을 깨닫고 몸을 일으켰다.

"안녕히 주무십시오."

찬영은 부모에게 인사를 여쭙고 안방에서 나갔다.

아래채 마루의 유리문 소리가 끝나기를 기다려서 최 여사는 남편에게로 다가앉았다.

"여보. 그렇게만 나가심 어떡해요?"

"……."

"이왕 이렇게 된 걸 그 애만 나무라면 별수가 생겨요?"

"그럼 어떡허란 말요? 부랴부랴 성례를 시켜서 서너 달 만에 떠억 아가를 낳게 하란 말요?"

"생각해 보세요. 그럼 낳지 않고 어떻게 할 도리가 있나. 우리가 교인인 이상에 타태를 시켜서 생명을 죽일 수는 없죠? 그런다고 자식을 버릴 수도 없지 않아요? 찬영이가 골라낸 여성이라면 과히 파철도 아닐 게고."

"듣기 싫어요!"

정 목사는 아내에게로 홱 돌아앉으며 차디차게 내 뱉었다. 최 여사로서는 드물게 보는 남편의 성낸 얼굴이었다.

"그렇게 화만 내실 게 아니라."

"당신 말이 화 안 나게 됐소? 찬영이가 선택한 만큼 죄하발은 아니라니. 그래 정숙하고 깔끔한 여자가 이런 행동을 할 수 있을까?"

"……."

"남자의 요구를 다 들어주자면 한이 없을 텐데 말야. 어디까지나 여성편에서 끝내 거부하면 될 게 아니오? 결혼 전에 남성을 알게 된 게 그래 인간 파철이 아니고 무엇이란 말이요?"

"어떻게 그렇게만 속단을 내릴 수 있나요?"

"그 결과만으로 충분하지 뭐요? 처녀가 아일 가졌다면 그 자격은 벌써 알아본 게 아니냔 말요."

"요새 애들이 어디 그래요?"

"요새 애들은 그래 아무렇게 돼먹어도 괜찮단 말요? 당신의 심보가 그러니까 찬영이가 당신을 닮아서."

"어머나! 별소릴 다 듣겠네."

최 여사는 남편에게 곱게 눈을 흘겼다. 찬영의 눈처럼 선선하고 검은 눈이 아직도 매력을 담뿍 담고 있었다.

"내가 헤펐으면 당신인들 별수 있었을라구요."

최 여사의 나직한 말에 정 목사의 흥분이 약간 풀렸다.

"흥, 이건 역습인가? 내가 엄정했으니까 당신이 무사한 줄이나 알아요. 당신이 얼마나 홍청거렸는데 그래?"

"아이 나중엔 못할 소리가 없구료."

아들의 비행을 가지고 논란하던 정 목사는 자기들의 젊을 때의 사실로 돌아가자 훨씬 부드럽고 따뜻한 감정으로 변해 갔다.

"하기야 우리처럼 신성한 약혼자도 없었지."

정 목사는 그때를 회상하는 듯이 눈을 반쯤 감으며 가만히 몸을 흔들었다.

"시대가 달라지는 것두 참작해야죠."

부인은 이때를 타서 한 마디를 강하게 말했다. 자기네야 집안끼리 친한 세도가의 자녀이기 때문에 학생시절부터 약혼의 기간이 너무나 길었던 탓도 있었던 것이다.

"우리처럼 오륙 년씩이나 끄는 땐 지나지 않았어요? 지금들은 그저 부딪치면 불이 일어나는 전기 같던데요 뭘."

"우주 시대라 그렇단 말이요?"

"그럼요. 말씀 잘 하셨구료. 우리두 어렸으니 그랬지 애들처럼 성숙했어 봐요! 큰 소리 못 치실 걸요."

"흥, 감언 이설인가?"

정 목사는 씁쓸하게 실소하였다. 자기가 열일곱 살, 아내 될 처녀는 십오 세. 고등 보통 학교 시절부터 내약이 되었던 그들이 처녀가 학교를 졸업하자 즉시 결혼식을 올렸었다.

"신학을 전공하는 당신에겐 차라리 조혼이 적절했다고 늘 입버릇처럼 하시던 당신 말의 뜻을 새겨 보면 얼마나 당신의 말이 흔들리고 있었다는 것두 알 수 있거든요.

"쓸데없는 소리."

"맘에 짚이시는 데가 있긴 하실 걸요? 당신두 딴 학문을 전공했더라면 누가 알아요?"

"허, 이거 왜 이래요?"

"정 목사는 아내를 돌아보며 빙긋이 웃었다. 최 여사는 기회를 놓치지 않고

"그러니 찬영의 입장도 좀……."

하고 간절한 눈으로 남편을 보았다.

"당신말마따나 현대가 우주 시대인데다가 찬영인 지금까지 곱다랗게 정열을 저장하고만 있었으니 터지는 날엔 무서울 게 아니겠어요?"

정 목사의 미간이 다시 사르르 주름잡혔다.

"처녀만 나무랄 수도 없죠. 오늘밤만 해두 처녀 부끄럽다는데 부득부득 우릴 만나라고 하니 나부터라도 싫다지 대번에 따라나서겠어요? 그런 걸 찬영이 마구 억설을 퍼부어서 울려보냈다는 것만 보세요."

정 목사는 이맛살을 찌푸린 채로 방바닥만 내려다보았다.

"걔 성질이 한번 말을 냈다가 그만둘 애예요? 철저하게 대들고 말 테니 소위 사랑한다는 처녀가 무슨 재주로 이겨내나요?"

"여보! 그 얘긴 그만둡시다."

정 목사는 머리를 돌리며 아내의 말을 막았다.

"당신은 끝내 찬영이 편만 들고나설 테니 아무리 얘기해도 결과는 나지 않을 거 아니오? 오늘은 그만 자기나 합시다."

정 목사는 일어나 밖으로 나가고 최 여사는 자리 펼 준비를 하는데 정 목사가 다시 들어왔다.

"당신이 그만두자니 그러긴 하지만 일이 말랑해서 오래 끌진 못할 거예요. 깊이 생각하셔서 빨리 끝장을 내야 합니다."

최 여사는 잠잠히 이불을 펴고 남편이 자리에 들기를 기다려서

"처녀나 한 번 오래서 보기루 하면 어때요?"

하고 넌지시 뜻을 떠보았다.

"그건 내일 다시. 어서 불이나 꺼요!"

정 목사는 이내 기도할 자세로 몸을 잡았다. 최 여사는 스위치를 돌리고 자기의 자리로 들어가 그 역시 잠잠히 기도를 올렸다.

최 여사는 남편이 자기보다도 더 오랜 시간을 엎드려 있었고, 기도가 끝난 후에도 언제까지나 부스럭거리며 잠을 못 이루는 것을 지키다가 자

기가 먼저 잠들어 버렸다.

이튿날 찬영은 학교에서 오는 길에 향운에게 들렀다. 경운과 동운은 아직 돌아오지 않았고 향운이 혼자 있다가 건넌방으로 맞아들였다.

향운은 찬영의 시선을 피하였다. 시종 다소곳이 머리를 숙인 채 이였다.

"인제 일은 끝나셨나요?"

찬영은 재봉틀까지 들어낸 깨끗한 방을 둘러보며 쑥스러운 말 시작을 하였다.

"그저 그렇죠."

향운의 뺨이 붉어지며 들릴락말락하게 대답하였다. 찬영은 어설픈 분위기에서 어쩔 수 없이 담배를 피웠다. 향운은 그 동안에 고요히 어항만을 바라보았다.

"경운 양에게서 들으셨겠죠. 그것이 향운 씰 위하는 길이라면……"

찬영은 담배를 끄면서 기어코 말을 냈다.

"전 반대했는걸요."

태도에 비하여서는 분명한 말소리였다. 머리도 꼿꼿하게 세우고 있었다.

"경운 양은 철저했습니다. 또한 정당한 처리법을 알고 있었습니다. 난 충심으로 찬동하고 나섰으니까요. 향운 씨께 혹 다른 이유라도 있으면 들어보기로 하겠습니다."

안방이 조용하여서 찬영은 작지 않은 음성에 힘을 들였다.

"아무리 생각해두 그럴 순 없겠어요."

향운도 아까처럼 정확한 말투로 딱 잘라서 말하였다.

찬영은 그러한 향운을 물끄러미 바라보다가

"그러니까 이유를 듣자는 게 아닙니까?"

하고 머리를 쳐들며 눈을 감았다. 착잡하게 얽히는 소회를 억누르려는 노력인 듯이 보였다.

아무리 말괄량이처럼 행동은 하지마는 속셈은 어른보다 더 들어찬 경운이 제딴은 오래 경륜하고 계획하여서 큰 용기를 내었던 것이다. 처녀로서 언니의 임신을 알리고 상대방의 협조를 요청한다는 것이 얼마나 힘들고 딱한 일이겠는가.

그것을 경운은 그의 총명과 지혜와 수단으로 적절하고 긴박하게, 또한 자연스럽고 비굴하지 않게 당당히 설파(說破)하지 않았던가.

찬영 자신으로 볼지라도 어젯밤에 그 엄격한 아버지에게 용감하게 항거하였다. 얼마나 긴장하고 정신을 들였던지 제 방에 돌아왔을 때는 이나마 등에 땀이 솟아 있었고 눈앞이 다 아물아물하였던 것이다.

그도 그럴 것이 경운과의 오랜 대화에서 피를 조렸고 이어 부모님과의 첫번 대항에서 기름을 말리고 돌아온 탓이기도 하였다.

더구나 어젯밤에 여러 가지의 궁량으로 날을 밝히다시피 하여서 지금도 머릿속이 텅 빈 것같이 어질어질 하건만 향운은 두 사람의 그런 고충(苦衷)을 무시하고 한 마디로 딱 잘라 버리다니 어떻게 생각하면 야속하고 원망스럽기도 하였다.

"이유가 너무나 많지 않아요?"

향운의 가느다란 말소리가 금속성인 양 찬영의 귓바퀴에 쟁그랑 울려서 찬영은 눈을 번쩍 떴다.

"그러시겠죠. 그렇지만 그 첫째로 큰 이유는 찬영이 싫으신 것, 둘째는 찬영의 일생의 반려자가 되시기 역겨웁다는 것 그것이겠죠?

"천만에 그건 아니에요."

향운은 재빨리 부인하였다. 머리를 강하게 저어서 얼굴마저 붉어졌다.

"모두가 다 저로서 감당할 수 없는 무거운 짐이기 때문에."

향운은 낯을 똑바로 들고 또랑또랑 말을 이어 갔다.

"댁의 부모님께서 반대하실 건 정한 이치일 텐데 거기에 반항하셔서까지 일을 성취하시려면."

"내 입장을 살피신단 말씀이군요?"

"네."

"그 점은 안심하십시오. 난 하나의 즐거운 보람으로 알고 있으니까요. 향운 씨에겐 손톱 끝 만한 욕이 돌아가지 않도록 난 이미 부모님과 대결하고 나섰어요."

"그게 더 괴로워요. 저 때문에 불효를 감행하시면서."

"불효란 그런 것만이 아닐 테죠. 향운 씨 같은 가족을 하나 늘리는 데에 의의가 있기도 하니까요."

"절 그처럼 위하시는 건 평생에 잊지 못할 은혜로 간직하겠어요. 그렇지만 그냥 전 저대로 버려 두시는 게 더 절 평안하게 해 주시는 거라고 생각해요."

찬영은 말을 끊기로 하였다. 향운으로서는 어디까지나 거절하는 것이 예의라고 믿고 있는 모양이었다.

"그럼 오늘은 이대로 가겠어요."

찬영은 선뜻 일어났다. 부모님의 승낙을 받는 것이 무엇보다도 선결 문제라고 바쁘게 집에 돌아오니 최 여사가 손짓하여 안방으로 불러들였다.

찬영은 어머니의 앞에 단정하게 앉았다. 정 목사는 외출하였는지 방에 없었다.

"너 내게라두 미리 말했음 좋았을 텐데, 왜 꼬옥 묻어 놓고 있었느냔 말이다. 얘가 왜 그 모양이야?"

"어젯밤에 말씀한 대로에요. 진작 여쭙는다는 게 그만 늦었죠."

"아버지 말씀두 일리가 있지. 왜 헤픈 짓을 해 버려?"

"어머니도 참."

찬영은 잠깐 얼굴을 붉히고 빙긋 웃었다.

"인간에겐 불가항력의 순간이 있는 까닭이라고 어제도 말씀했잖아요?"

"그 불가항력의 순간을 이겨내는 데에 신념이 있는 게 아니냔 말이다."

"부득부득 이겨낼 필요가 없지 않을까요?"

"애가 무슨 말을 이렇게 함부로 하니? 그걸 못 이긴다고 가정해 봐! 세상엔 사생아가 수두룩할 게 아니냐? 풍기는 문란하고 도의는 타락할 게 아니냔 말야."

"반드시 그렇지도 않겠죠. 그런데요. 어머니, 그건 일반론이구요. 급선무는 어머니의 아들 문젠데요."

"그러니깐 말야."

미닫이가 열리고 머리를 양쪽으로 땋아 늘인 소녀가 홍차를 들고 왔다. 모자간의 담화는 중단되고 그들은 차를 마셨다. 소녀는 한쪽에 손을 마주 잡고 서 있다가 잔이 비기를 기다려서 차반을 들고 나갔다.

"아버지께서 맘을 좀 돌리셨나요?"

"돌리시긴?"

"그럼 저더러 어떻게 하라시는 말씀인가요."

"널 쫓아내시겠다고.

"후후 굉장하시군요."

"아버지로서야 당연하시지."

"저로서도 당연히 추방당하겠어요."

순간 최 여사의 미간을 스치는 실망과 적막의 그림자가 있었다.

'애는 그렇게나 그 여자를 사랑하는 걸까? 부모를 버리고까지라도?'

"제 생각엔 아버지가 너무나 완고하신 거 같아요."

"부모치고 누가 잘했달 사람 있겠니? 그야 나부터라도 괘씸한걸. 그런데 애!"

최 여사는 은근하게 아들을 불렀다. 찬영은 어머니를 다시금 보았다.

"요샌 맘대루 피임한다던데. 그리고 얼마든지 수술을 한다면서 그 색씬 그런 걸 몰랐나?"

"자기 어머니가 눈치채고 타태를 강요했는데 처녀가 불응한 모양이죠."

"글쎄, 신통한 생각이긴 하지만 그것 때매 말썽이니깐 말야. 그 일만 없었음 아버지가 반대하실 필요가 없거든."

최 여사는 가느다랗게 한숨을 뿜었다. 아들의 사건에 퍽이나 맘이 씌는 모양이었다.

"아무래두 망신은 할 각오를 해야지. 시집온 지 몇 달 못 되어서 아일 떠억 낳으면 목사의 집안에서 조옴 창피하냔 말야."

"어머니, 좋은 수가 있어요. 친정에 두었다가 이 년 후에나 데려오면 되지 않아요? 아이의 성장쯤이야 누가 자로 재고 있는 거 아니니까요."

"글쎄."

최 여사는 팔짱을 끼고 눈을 꺼벅꺼벅하다가

"어쨌거나 색시나 한 번 데려오너라. 내일이라두 좋으니 함께 와 보려무나."

하고 말끝을 맺었다.

그러나 찬영이 이튿날 향운에게 갔을 때 김여사는 향운이 시골에 가고 없다는 것을 알았다.

"어느 시골인가요?"

"시흥 제 이모에게 갔죠."

찬영은 적적히 닫혀진 건넌방의 미닫이를 바라보며 우두커니 서 있다가

"몇 시쯤에나 떠났나요?"

하고 힘없이 물었다.

"열 시쯤이나 되지?"

김여사는 부엌문 앞에 서 있는 식모를 보며 다짐했다.

"열 시가 뭡니까? 버스가 떠나길 열 시 십오 분이었는데요. 집에서 나가긴 아홉 시 반이 넘어서였어요. 우리가 막 닿자마자 차가 떠나 버렸는

걸요.”

식모는 길다란 설명을 늘어놓았다. 찬영에게 후회가 덮쳐 왔다.

‘학교에 가기 전에 들렀더라면 꼭 만났을 게 아닌가. 어쩐지 발길이 이쪽으로 끌렸던 것을…….’

오늘은 한 시간뿐이기에 얼른 끝내고 차분히 와서 얘기하다가 집에 데리고 가려 했었는데 그 동안에 향운은 가고 말았는가.

“언제나 오겠대요?”

“이번엔 꽤 좀 있을 걸요.”

찬영의 안색이 어두워지는 것을 내려다보고 있던 김여사는

“어제 오셨더라면 걔가 아무 말도 안 했어요?”

하고 딱한 듯이 눈가의 주름을 모았다.

“네. 별로…….”

찬영은 갑자기 자기의 존재가 무시당하는 듯이 느껴졌다. 만일 향운이가 자기를 소중히 여긴다면 한 마디의 귀띔이 없이 가 버리지는 않았으련만.

“그럼, 가보겠습니다.

찬영은 강인하여서 말소리를 태연하게 내었으나 돌아서서 나오는 뒤통수를 그들에게 보이는 것이 부끄러웠다.

‘역시 향운 씬 나를 사랑하지 않는 것이다.’

그가 있지 않다는 향운의 집 동네는 찬영에게 무의미하였다.

‘나를 싫어하는 눈치는 전혀 없던데. 그보다도 오히려…….’

향운의 표정으로 보아서는 자기를 좋아하는 증거가 확실하였던 것이다.

‘내가 그것쯤이야 알 수 있지.’

찬영은 걸음걸음에서 여러 가지의 생각을 뒤섞으며 집에까지 왔다.

그가 가방을 테이블 위에 휙 던질 때 문득 그저께 경운이 앉았던 자리가 보이며 그의 간절하던 얼굴이 떠올랐다.

'그렇다. 향운 씬 나를 피하여 간 것이다. 자기의 입장이 괴로우니까 스스로 물러서는 태도를 취한 모양이지만 지금은 그렇게 평온한 세월을 보낼 때가 아니지 않는가.'

찬영은 점심을 재촉하여 먹고 집을 나섰다. 이제야 열두 시가 넘었으니 먼저 경운을 찾아서 의논한 후에 함께 시흥에 가 보려니 하는 심산에서였다.

찬영은 합승을 둘씩이나 갈아서 타고 경운의 학교로 갔으나 경운은 거기에 없었다. 오후 두 시부터 강의가 있다는 것이었다.

찬영은 더 기다릴 수가 없었다. 시간은 자꾸 달아나는데 어떻게 한자리에 박혀 있을 것인가.

찬영은 거기서 택시를 잡아타고 K고등학교로 달렸다. 추석날 향운의 집에서 본 박종진의 이름표를 기억한 까닭이었다.

이 학년 몇 반인지를 몰라 교무실로 갔더니 친절하게 가르쳐 주어서 다행히 종진을 만날 수 있었다.

종진은 대번에 찬영을 알아보고 절을 꾸벅하였다. 그리고는 의아스럽다는 눈초리로 찬영의 얼굴을 살폈다. 자세히 보니 종진의 모습에도 향운의 그림자가 깃들여 있어 찬영은 정답게 그의 손을 잡았다.

"오늘은 종진 군의 수고를 빌려야겠는데. 시흥엔 언제 가지?"

"내일이 토요일이니까 내일 가게 되는데요."

"그럼 내게 집에까지 가는 노정을 알려 줘요."

"향운누나가 집에 가 있나요?"

민감한 종진은 눈을 빛내면서 찬영에게 물었다.

"그런가 분데. 자, 여기다가 좀."

찬영은 수첩과 만년필을 꺼내어 종진에게 주었다. 종진은 수첩을 들고 서서 한참이나 쓰더니 찬영의 곁으로 바싹 다가왔다.

"이거 보세요. 여기서 버스를 내리거든요. 그럼 바로 남쪽을 향하고 선

채로 왼편쪽의 소로로 접어들어요.”

종진은 일일이 길목을 가리키며 소상하게 길 순서를 가르쳐 주었다.

찬영은 종진과 헤어져서 서울역으로 왔다. 그는 수원까지의 합승을 타고 떠났다. 시계는 오후 두 시 십 오 분을 가리키고 있었다.

열흘 전엔가 진석과 낚시질 가던 길에 향운을 만나서 버스에 흔들리며 함께 지나오던 신작로를 달리며 찬영은 자못 감회가 깊었다.

‘내가 지금 이렇게 쫓아가서 어쩌겠다는 말인가? 오히려 더 귀찮게나 생각하지 않을까?’

나중에야 어떻게 되든지 당장에는 향운을 만나지 않고는 호흡이 계속될 것 같지 않기 때문에 전후 사려를 불구하고 뒤쫓아가는 자신이 우습기도 하고 용감스럽게도 여겨졌다.

향운은 향운대로 이 길을 지나가며 가슴이 저려 왔다. 바로 열 하루 전인 시월 삼일에 노량진 역에서 그를 만난 것이 이런 줄기찬 인연이 맺어질 줄이야 어찌 상상하였겠는가.

비록 그와는 초대면이었지만 피차에 일 면식(一面識)이 있었고 희준으로 인하여서 서로가 느끼는 정의는 바로 죽마고우의 친밀감 그것이었다.

첫 번의 인상부터가 위압적이면서도 소탈하고 사내다워서 향운의 맘을 송두리째 끌어갔다.

‘이 찬영이가 싫으신 까닭이겠죠?’

그야말로 천만 의외의 말이었다. 싫기는커녕 현재의 자기의 가슴은 찬영으로 가득 차 있어서 때로는 이 그림자를 몰아내기에 스스로를 꾸짖는 순간이 많아진 것이다.

‘희준 씨에게 미안하다. 그의 사랑의 씨를 안은 여성이 딴 남성을 그리고 있다니. 사람의 맘이란 이렇게도 변할 수 있는 것일까?’

그러나 희준에 대한 애정이나 연민의 정이 엷어진 것은 절실히 아니었다. 다만 새로이 싹트는 사랑이, 새롭게 솟아오르는 정열이, 찬영을 향하여서 무한히 솟구치고 있는 것이다.

'아아, 그렇건만 왜 나는 그의 그 깊이를 헤아릴 수 없는 큰사랑을 받아들이지 못하는 것일까?'

경운의 노력으로, 그리고 찬영의 폭넓은 궁량으로, 자기를 모든 곤경에서 구원해 내겠다는데 자기는 그것을 피하여서 달아나지 않으면 안 되다니!

'오로지 뱃속에서 자라나는 희준 씨의 생명 때문이다. 나의 십자가로 어찌 찬영 씨까지 괴롭힐까 부냐.'

향운은 눈을 지그시 감고 사월의 추억을 더듬었다.

그 날은 4월 10일 일요일이었다. 삼월 내내 가끔씩 비가 찔끔거리더니 그 날도 오전에 비가 왔던 것이다.

향운과 희준은 광화문 네거리에 있는 K다방에서 만나기로 하였다. 시험이니 임상 실습이니 등으로 눈이 돌아가게 바빴던 희준이 우선 한 고비를 넘겼다고 이날은 특별히 고궁을 산책하자는 요청을 하였다.

희준은 순례하는 취미가 있어서 가을이면 으레 덕수궁을, 여름이면 늦은 봄에는 비원을, 그리고 이른봄과 겨울에는 창경원을 자주 소요하였다.

향운은 C여고에 다닐 때부터 희준을 알았다. 집이 함께 안국동에 있었던 관계로 등교나 하학 후에 흔히 길에서 만난 것이 인연이 되었던 것이다. 그들이 서로 사랑을 느끼게 된 것은 향운이 E여대 삼 학년 때였다. 지

그들은 어떻게든 기회를 만들어서 둘만의 시간을 가졌다. 야외로, 강으로 혹은 영화관이나 음악실로, 시내나 시외의 각 고적지에는 그들의 발길이 이르지 않은 곳이 없을 만큼 그림자처럼 따라다녔다.

희준은 외과이어서 언제나 틈이 없는 것을 무리하게 시간을 내느라고 찬영이 같은 고등 학교 시절의 친우를 찾을 여유가 없었으나 향운과는 하루라도 만나지 않은 날이 없었다.

그러나 향운이 작년에 노량진동으로 이사한 후로는 자연히 접촉이 어

렵게 되었을 뿐 아니라 희준의 과제로 복잡하여져서 일주일에 두세 번씩 밖에 사랑을 속삭일 수가 없는 반면에 희준의 향운에게 대한 정열은 급속도로 뜨거워가고만 있었다.

외아들로 귀엽게만 자라났건만 영국 신사 마냥 점잖고 예의가 바른 희준은 육칠 년의 교제와 삼 년간의 연애 과정에서 한 번도 실수를 저지른 적이 없었다.

얼굴이 갸름하고 몸이 가날프면서도 키가 날씬한 희준은 분명 미남이었다. 귀족적이요 냉정하게 보이기만 하였지 내용은 소탈하고도 싹싹한 남성이었다.

그 날도 향운의 편리를 위하여서 K다방으로 장소를 약속한 것이나 정각이 넘어도 희준은 나타나지 않았다.

'혹 몸이 아팠을까? 죽을 만큼이 아니라면 위약할 사람이 아닌데.'

십오 분쯤 기다리다가 향운은 희준에게 가 보려고 K다방을 나왔다. 향운도 이미 직업 여성이라 막 나오면서 택시를 잡으려고 하였다. 그만큼 마음이 급하였던 것이다.

향운이 막 택시에 오르려고 하는데 시발 한 대가 앞을 막으며 희준이 황망히 내렸다.

"어마, 웬일이세요?"

향운은 곁의 사람이 놀랄 만큼 그 맑은 목소리를 힘껏 높였다.

"오, 마침 잘 됐어요."

희준은 향운의 차에 척 들어앉으며 향운의 손을 끌었다.

"집으로 갑시다."

"고궁엔 안 가구요?"

"비가 오지 않아요?"

"비에 젖은 청기와가 얼마나 고울까!"

향운은 높은 지붕에 바슬바슬 거리는 은 실비를 바라보며 소녀처럼 뇌였다.

“어젯밤을 꼬박 새웠어요.”

“왜요?”

“갑자기 열이 나서.”

“어쩌나! 그럼 빨리 집으로 가세요.”

둘이 희준의 집에 왔을 때 집안은 고요하였다. 희준은 자리가 깔려 있는 자기의 방에 들어가자마자 털썩 누워 버렸다.

향운은 깜짝 놀라서 희준의 얼굴 가까이 눈을 대고 기색을 살폈다. 눈언덕이 좀 꺼진 듯하기는 하였으나 두 빰은 오히려 불그레하였다.

“어떠세요? 많이 아프세요?”

“아니. 좀 있으면 괜찮을 거야.”

희준은 어린애처럼 머리를 살살 저으며 눈을 감은 채로 속삭였다.

“편히 누우세요. 이 양복 벗구요.”

향운은 희준의 양복 윗저고리를 벗겼으나 바지만은 그대로 두었다.

“어머닌 어디 가셨어요?”

“상점에 나가신 모양인데.”

희준이 아버지는 인사동에 큰 가구점을 차리고 있었다.

“차라도 가져 오랄까요? 뜨끈하게 마시면 한결 나으실 거예요.”

부엌에서인지 그릇 소리가 들릴 뿐 식모의 그림자도 없었다.

“아니. 난 향운 씨만 있으면 그만이니까 아무소리 말고 이리 와요.”

희준인 눈을 가늘게 뜨며 향운에게 두 팔을 벌렸다.

향운은 가만히 그의 팔에 몸이 실렸다. 희준은 병인답지 않게 향운을 강하게 안았다.

“너무 힘쓰지 마세요.”

“이러다가 죽어도 좋아요.”

희준은 점점 더 팔에 힘을 주었다. 향운의 몸이 으스러질 듯 싶었다. 그의 입술도 다른 때보다는 뜨겁다고 느끼며 향운은 몸을 빼치려고 하였다.

"그대로 있어요. 난 어젯밤에 이런 생각을 했는데."

그는 가쁜 숨결을 진정시키면서 소곤댔다.

"내가 만일 죽으면 향운 씬 어떻게 될까 하는."

"싫여요. 그런 말!"

향운은 그의 가슴에서 머리를 흔들었다.

"사람의 일을 어떻게 아나요?"

"아이, 참. 싫다니까요."

향운은 희준의 등허리를 꼬집었다. 눈물이 나오려고까지 하였다.

"괜한 소리지. 난 향운 씰 위해서 오래오래 살 텐데. 그렇죠?"

"그럼요. 자, 편히 누우세요."

"실례지만 나 파자마로 갈아입겠어요."

희준은 향운을 놓고 일어나서 푸른 줄이 가로세로 진 나이트 가운을 입었다. 향운은 희준의 그런 모습을 처음으로 보는 만큼 그는 언제나 단정하기만 하였던 것이다.

희준은 자리 속으로 들어가 반듯이 누웠다. 향운은 그에게 이불을 조심스럽게 당겨 씌웠다.

"향운 씨도 그 스커트 좀 벗고 여기 누워요."

"어머나! 무슨 소리세요?"

"왜 내가 못할 말 했나요? 어차피 향운 씬 내 아내가 될 사람! 향운 씨가 졸업했으니까 인제 약혼식을 올려도 되지 않아요? 부모님께도 여쭈웠는데 이 달 그믐께나 오월 초에는 피로를 하시겠대요. 어머니께서 곧 아주머니께 말씀하신댔어. 결혼식은 가을에 하자구요.

"꽤 바쁘겠네요."

"이거 봐요. 향운!"

희준은 향운을 와락 끌어당겼다. 전에는 이와 비슷한 행동도 없었던 것이다.

"나의 사랑! 나의 아내!"

희준은 폭풍처럼 향운을 휩쓸었다. 향운은 회오리바람에 말려드는 낙엽처럼 희준에게 감겨들었다. 향운은 저항할 기력을 잃었다. 다만 안타깝게 할딱이는 불안이 계속될 뿐이었다.

'아아, 그 순간만 끝내 이겨냈더라면…… 한 찰나의 실책이 이러한 큰 불행을 빚어낼 줄이야…….'

향운은 괴로운 숨을 뿜으며 눈을 떴다. 아직도 희준의 손길이 몸에서 서물거리는 듯 향운의 온몸이 간지러운 것같이 조여들었다.

'희준 씨만 살았다면야.'

진정이지 온갖 불행의 원인이 희준 한 사람의 희생에 있는 것이 아닌가.

불안의 순간이 지난 후에 향운은 희준의 가슴에 파고들며 가늘게 몸을 떨었다.

"향운! 진정해요. 이런다면 난 뭐가 되지?"

희준은 향운을 폭 싸안으며 턱을 향운의 부드럽고 향긋한 머리칼을 비벼댔다.

"무서워요. 두려워요."

향운의 속삭임이 먼 곳에서 들리는 것 같았다.

"두렵다니? 우린 곧 부부가 될 남녀가 아니야?"

"그렇지만 이렇게……."

"향운 씨가 저엉 불안하다면 내월에라도 빨리 식을 올릴까?"

"그러는 게 좋겠어요."

그러나 아아, 그러나 그런 내약이 있은 지 아흐레 뒤인 십구 일에 그는 부상자의 몸을 안은 채 그 자리에서 고귀한 피를 흘리고 쓰러지지 않았던가?

그는 친우들의 손으로 의대 부속 병원에 옮겨졌으나 그 밤이 깊기 전에 숨을 걷고 말았던 것이다.

'침착하고 조용한 성격이지만 불의만 보면 범처럼 사나와지던 그였다.'

사월 십 삼 일에 마산에서 제 이차로 정의의 데모가 감행되었다는 소식에 그는 극도로 흥분하여서

"마산에만 애국자들이 사는 것이냐? 우리 대학생들이 솔선하여서 국민의 선봉이 되어야 한다."

고 주먹을 흔들며 부르짖던 사실로 미루어 그 날부터 암암리에 무슨 일을 모의하여 가던 것만은 틀림없었을 것이다.

그러기에 향운 자신은 그 귀중한 생명의 최후의 흔적을 소중히 간직하기 위하여서 어머니의 권유를 물리치고 끝내 버티어 오지 않았던가?

이제 희준의 유일의 친우인 찬영이 구세주인 양 나타나서 정정당당히 희준의 후계자를 맡겠다고 하거늘 어찌하여 자기는 그를 피하여야만 하는 것일까?

'사랑하는 까닭에…… 희준 씨와 마찬가지로 찬영 씰 사랑하는 까닭에…….'

어느 덧 버스가 시흥에 와 닿았다. 향운은 바르르 떨리는 다리를 가누어 한 개의 가방과 책보 하나를 들고 한길에 내렸다.

마침 한 마을로 들어가는 인편이 있어서 향운은 그에게 가방을 부탁하여 책보만을 들고 오 리를 걸어 난순 이모네 집으로 갔다.

"아니 왜 소문도 없이 오니?"

이모는 가방과 책보를 받으며 반가워하였다.

"소문을 어떻게 내고 와요?"

향운은 쓸쓸하게 웃으며 자기가 있을 방을 돌아보았다.

"그저께 또 불을 땠다. 이봐 아줌마! 어서 재 방에 불지펴요."

향운은 마루로 올라가서 이모에게 절을 하였다. 이모는 절을 받으며

"우리 향운인 요새 애가 아니야."

하는 칭찬을 아끼지 않았다. 향운은 제가 있을 방의 문을 열다가

"어마, 이게 웬일이에요?"

하고 눈과 입을 동그랗게 열었다.

"그때는 곰팡내가 나고 고색이 창연한 옛날 장롱들이 컴컴하게 서 있었는데 무늬도 고상한 벽지와 천장지로 새롭게 도배를 하여서 방안에 꽃이 핀 듯 환하였다.

"종진이가 지난 공일에 식모 데리고 종일 밤에까지 했단다."

"어쩜! 이렇게까지!"

"종이꺼정 서울에서 사왔지. 아주 열심이야. 우리 향운 누나가 있을 방인데 누추해서 되느냐고. 꼭 신방 같지?"

이모는 신이 나서 자랑하였다. 신방이란 과연 이렇게 깨끗한 방일까?

"저기 봐라. 저 장롱 장식 말야, 그 약이랑 사 가지고 와서 식모더러 닦으라구. 봐? 조옴 깨끗해?"

파리똥이 닥지닥지 붙었던 장식이 새것처럼 번쩍번쩍 빛났다.

"그렇게 해 놓으라니깐 영락없는 신방이로군 그래, 그래서 너두 어서 커서 장갈 들어야 이런 신방을 갖지 하니깐 전 아직 멀었으니 어서 향운 누나 시집보낼 궁리들이나 하라고 한단 말이다. 녀석이 속은 아주 노오래!"

"아이 애두 참!"

"정말 너두 인제 차차 결혼해야지 않니?"

멀리 떨어져 있기에 깊은 속종을 모르는 이모는 무심코 지껄였다.

"우리 향운이 신랑이야말로 대복이지. 인물 잘나. 맘씨 좋아. 품행이 방정해."

"아이, 아주머니 그만 그만."

향운은 품행이 방정하다는 이모의 말에서 얼굴의 화끈 달았다. 향운은

얼른 방문을 활짝 열어 제쳤다.

"지가 소제를 하겠어요."

"그래라. 그러고 나서 점심 먹음 되겠다."

향운은 책보에서 긴치마와 옥색 저고리를 꺼냈다. 치마는 분홍색이었다.

"그렇게 입으니깐 정말 신부 같네."

이모는 감탄하는 눈으로 향운을 훑어보다가

"병은 났어두 몸집은 더 불은 것 같구나."

하였다. 향운은 더구나 몸둘 바를 몰라서 빠른 동작으로 방의 청소를 끝냈다.

늦은 점심을 먹으면서 이모는 이 일 저 일을 번갈아 물었다.

"올 때 종진이 못 봤니?"

"네."

"꽤 공불 하는 모양인가? 이모 댁에두 자주 못 가게."

"그럼요. 걔가 누군데요?"

"제 아버지 닮아서 학구적인 데가 있어. 동운인 요새 굉장하겠군. 그 좋은 축구랑 못 하면서."

"죽을 지경이군."

"경운인 여전히 말괄량이고?"

"걘 맹랑해요. 그래뵈두 아주 적극적이고 활동적이면서 여간 총명한 게 아니에요."

"어려서부터 워낙이 그렇게 된 앤 걸. 고게 여간내기가 아닐 거야. 어쨌거나 언니야 팔자가 좋으시지."

향운은 입을 다물었다. 그 어머니를 가장 괴롭게 하는 존재가 자기 자신이기에…….

향운은 짐을 가지고 제 방으로 왔다. 기둥에 걸린 좁다란 거울에 비친 자기의 얼굴이 발그레하게 상기되어서 상반신의 자태가 제 눈에도 아름다웠다.

향운을 짐을 정리한 후에 잠깐 눕는다는 게 잠이 들었던지 이모가 깨우는 바람에 일어났다.

“얘! 손님이 왔다.”

“손님이라뇨? 제게 말여요?

“그래 서울에서 왔다던데.”

향운은 눈을 비비면서 고개를 갸웃하였다.

“절 찾아요?”

“나가 보렴! 아주 잘 생긴 청년이더라.

문득 향운의 심장이 덜커덕 소리가 나도록 띄었다.

‘혹시?’

“저 여기 있다고 하셨어요?”

“그럼 오전에 도착했을 거라고. 미리 알고 왔던데.”

“그래 불러다가 주마하셨어요?”

“그렇다니깐 그러니? 어여 나가 봐!”

이모는 짜증 섞인 명령을 하였다. 향운은 머리를 쓰다듬고 저고리의 앞뒤 도련을 잡아당겨서 단정한 맵시로 뜰로 내려섰다.

빤히 열린 대문으로 저쪽을 향하여서 이마의 땀을 씻고 있는 찬영이 보였다.

‘얼마나 애썼음 땀을 뻘뻘 흘렸을까?’

향운의 신발 소리에 찬영의 얼굴이 여기를 보았다. 그의 몸은 오로지 크고 시커먼 눈으로만 된 듯이 향운은 그의 눈에 빨려갔다. 지글지글 타는 듯이 뜨겁다는 것은 향운이 바로 그의 앞에 가서야 느꼈지만.

“어떻게 여길…….”

향운이 몸을 한편으로 비키며 눈을 찬영의 허리께에 흘렸다.

"찾으시노라고 고생은 안 하셨어요? 길이 퍽이나 소삽한데."

찬영은 입을 꼭 다문 채로 눈으로만 향운의 말에 응대하는 냥 복잡한 표정을 담고 있었다.

"어서 들어가십시오."

찬영은 장승처럼 버티고 서서 향운의 몸만을 훑었다. 옥색 저고리의 분홍치마가 연연하게 아름다웠다. 자다가 나온 탓으로 두 뺨이 발그레하게 고왔다.

"누추하지만 좀 들어오시죠."

난순 여사가 대문 안에서 찬영에게 말하여서야 찬영의 발이 떨어졌다.

"네 방으로 모시렴."

여기까지 찾아온 정성과 또한 그들의 태도로 보아서 심상한 사이가 아니라는 것을 직감한 이모는 향운에게 넌지시 일렀다.

향운은 앞장서서 자기의 방으로 들어갔다.

"들어오세요."

찬영은 문턱을 넘어 들어와 말없이 방안을 살폈다.

"앉으시죠."

향운은 책상 아래 있는 왕골방석을 찬영에게로 밀었다.

"향운 씨의 도피소를 침범해서 죄송합니다."

비로소 찬영의 입이 열리고 그는 방석 위에 털썩 주저앉았다.

"여기 오셔서 맘의 평안을 얻으셨나요?"

짙은 눈썹이 치켜 오르며 찬영의 눈이 다시금 새로운 빛을 냈다. 원망과 그리움이 뒤섞인 정열의 빛이었다.

"보기 싫은 인간이 뒤쫓아와서 놀라셨죠?"

"아이참."

"찬영이 오늘 해를 무사히 넘기리라는 짐작을 하셨던가요?"

"별수가 없었어요."

향운은 고개를 깊숙이 떨어뜨렸다. 하얀 목덜미가 애처롭게 눈에 들어왔다.

"향운 씨!"

찬영은 향운에게로 다가앉으며 그의 손을 쥐었다.

"원망스러웠어요."

찬영은 지그시 힘을 주었다. 향운의 손이 비단처럼 손아귀에 들었다.

"찬영이 가만히 있으리라고 추측하셨다면 아직도 어린애의 지각이죠."

찬영은 두 손으로 향운의 한 손을 싸서 자기의 뺨에 댔다.

"귀여운 애들의 숨바꼭질이라고 생각했어요. 어른이 잡아 주기를 바라는 아이들의 도망 떼라고나 할까요?"

"전 그렇게 호강스러운 위치가 아닌 걸요. 이렇게 오지 않고는 견디어 낼 수가 없었어요."

향운은 잡힌 손을 빼려고 하였다. 찬영은 왼손으로 향운을 끌어당기며 바른손을 향운의 등뒤로 돌려서 그의 몸을 완전히 안으려 하였다.

"이러시지 마세요. 전 버려 두셔야 해요."

향운은 반항할 자세였다. 찬영은 여유를 걷고 강하게 그를 잡았다.

"아무런 이유가 당치 않아요. 난 오직 향운 씰 사랑할 뿐이니까요."

"……."

"향운 씬 말하겠죠. 난 딴 사나이의 아일 갖지 않았느냐구요. 그렇죠? 향운 씨가 나를 피하는 까닭의 전부가 오로지 그 점 하나거든요. 안 그래요?"

찬영은 향운의 몸을 흔들면서 그의 얼굴을 들여다보았다. 아이를 달래는 그런 모습이었다.

"향운 씨. 우리 자리를 바꾸어 생각해 봅시다요. 내가 희준 군보다 향운 씰 늦게야 알았다는 것뿐입니다. 그렇죠?"

향운은 찬영의 말의 뜻을 알지 못하여서 다소곳이 잠잠하였다.

"내가 만일 김군처럼 향운 씰 먼저 점령했더라면 나도 반드시 나의 생명체를 남기고야 말겠거든요. 아시겠어요?"

"……."

"내가 김군과 마찬가지로 4월 혁명의 꽃이 되어서 사라졌다고 가정해 보십시오. 그래 김군이 나의 생명체를 무시할 수 있겠어요? 지금의 나보다도 더 야단스럽게 맡아서 키우겠다고 덤빌 거란 말입니다. 그 녀석이 꼭 그렇게하고야 말 사내거든요."

향운은 속으로 긍정하였다. 찬영의 말에는 일리가 있는 것이었다.

"그러니 지금의 나로서도 얼마나 당연한 주장이냔 말입니다. 만일 이런 주장을 못할 녀석들이라면 아예 남자라는 긍지를 버려야죠. 더구나 희준 군은 외아들이거든요. 그의 귀중한 혈육을 언젠가는 맡겨 주어야 하지 않겠어요?"

향운은 자기의 귀를 의심하였다. 자기로서도 이런 궁리는 일찍 하여 본 일이 없었기에…….

'이이는 그런 데까지에 지성을 부리고 있었던 것일까?'

"향운 씨는 나보다도 더 용감하게 나서야 해요. 자기를 위하여서 새로운 생명을 보호하고 양육하기 위하여서 누구보다도 굳세게 살아가야 할 텐데 말입니다."

찬영은 스스로의 흥분을 가라앉히고 잠깐 숨을 돌렸다. 그에게서 뜨거운 호흡이 풍긴다고 맡아졌다.

"그런데 향운 씬 우리보다 더 약하고 소극적인 옛날 사람들의 본을 따서 오히려 현실에서 도피하려고만 들고 있으니 김군의 혼백이 있다면 탄식하고 환멸을 느끼지 않을까요? 안 그래요? 향운 씨!"

"정말예요."

향운은 가늘게 외치며 자기라서 몸을 찬영의 가슴에 던졌다.

가슴이 터지고야 말 것 같은 감격에서 자제(自制)의 힘을 잃은 향운은

찬영의 가슴에 뺨을 대고

"아아."

하는 소리를 신음처럼 아프게 짜냈다. 찬영은 한 팔로 향운을 안고 향운의 턱을 조심스럽게 걷어 올렸다. 향운의 감은 눈에서는 눈물이 흘러내렸다.

"향운 씨!"

찬영은 애처로운 그 낯을 자기의 얼굴로 가만히 눌렀다.

"전 어떻게 하면 좋아요?"

향기로운 입김이 따뜻하게 풍기며 향운의 탄식이 문풍지처럼 찬영의 코 아래서 바르르 떨렸다.

찬영은 두 팔에 힘을 주었다. 청년의 흥분과 긴장이 힘껏 향운의 몸을 조였다.

향운은 자지러질 듯한 행복감에서 순간과 순간을 잊었다.

"향운 씨!"

찬영은 뜨겁게 부르며 향운의 입술을 찾았다. 고요히 기다리는 향운의 꽃잎 같은 입술을 찬영은 이 날까지 간직하였던 정열로 맘껏 유린하였다.

"향운 씨도 나를 좀."

죽은 듯한 반응에서 찬영은 불만을 느꼈는지 향운을 흔들며 졸랐다.

"어서요!"

향운은 찬영의 두꺼운 몸을 안으려고 두 팔에 힘을 들였으나 사지는 무력하였다.

"전 행복에 지쳤나 봐요."

"고마와요. 향운!"

찬영은 그렇게 무력한 향운을 다시금 강하게 안으며 무섭도록 횡포한 키스를 퍼부었다.

폭풍의 일순이 지나자 향운은 아까의 탄식을 또 한 번 되뇌었다.

"전 어떻게 하면 좋아요?"

"이렇게 내 품에서 영원히 내 품에서……."

찬영은 향운을 안은 채로 아가를 달래듯이 몸을 흔들었다.

"영원한 내 아가로 이렇게……"

찬영은 아가에게 하듯 향운의 입에 쪽쪽 입을 맞췄다.

"꿈은 아닌데요."

향운은 한숨과 섞어서 소르르 내뿜었다.

"꿈이라니? 우리가 창조하는 엄숙한 현실인데요."

향운의 눈 위에서 찬영의 검은 눈이 이글거렸다.

"얘, 이거 받아라."

발소리도 없었던지 난순 여사의 조용한 음성이 남녀의 꿈과 현실을 깨우쳤다.

"네."

얼결에 대답을 하였으나 향운은 미처 찬영에게서 몸을 빼치지 못하였다.

방안이 괴괴하고 향운이 냉큼 나오지 않는 것으로 무엇을 짐작하였는지

"이거 여기 놓고 간다."

난순 여사는 툇마루에 쟁반을 놓고 자박자박 저쪽으로 가는 모양이었다.

올 때도 저만큼만 발자취는 있었으련만 그렇게도 까맣게 몰랐을까 하는 생각을 하며 향운은 비로소 찬영의 팔에서 풀려 나왔다.

향운은 머리를 쓰다듬고 저고리의 도련을 내리면서 찬영을 힐끗 보았다. 찬영은 빙그레 웃었다. 향운은 수줍은 듯 생긋이 웃으며 미닫이를 열었다.

김이 모락모락 이는 노란 인삼차와 새빨간 감이었다. 향운은 쟁반을 들

여왔다.

"퍽 알뜰하신 분이군요."

자기네의 행복한 장면을 고스란히 지켜 준 이모에게 찬영은 치사를 하였다.

"관대하시면서도 여간 상냥스럽지가 않으셔요."

어머니는 얌전하기만 하지만 이모는 너그럽고 서글서글하여서 사람들에게 더 붙임성이 좋았다.

"참 다행하군요."

찬영은 뜻 있는 칭찬을 하면서 혼자 머리를 끄덕였다. 향운은 무심히 듣고 찻잔을 찬영의 앞에 놓았다.

"왜 그렇게 멀리 가시죠?"

자기의 맞은편에 오뚝하니 앉는 향운을 찬영은 탐나는 눈으로 바라보았다.

"여기 있는 걸요."

향운은 멀지 않다는 증거로 제자리를 고갯짓으로 지적하다가 맘대로 구겨진 옥색 저고리의 소매를 내려다보며 얼굴이 붉어졌다.

찬영은 향운의 손목을 잡아당겼다. 향운은 힘없이 끌려왔다. 찬영은 무릎이 첩 놓이도록 향운을 가까이 앉히고 그의 찻잔을 자기의 것과 바꾸었다.

"어마. 지가 마시던 거예요."

"나도 마셨지 않아요? 자, 이렇게."

찬영은 제 컵을 향운의 입에 대 주었다.

"아이."

향운은 컵을 받아 스스로 마시고 찬영은 빙긋이 웃으며 향운의 컵을 들어 단숨에 마셔 버렸다.

"속이 후련한 게 참 별미군요."

"더 가져올까요?"

"염치없지만."

향운은 거울에 잠깐 제 맵시를 비쳐 보고 소매를 쓸어 내리며 밖으로 나갔다.

난순 여사는 향운의 상기된 발그레한 뺨이며 구겨진 옷을 슬쩍 훑었다.

"아주머니. 차 하나만 더 주세요."

향운은 열없게 웃으며 응석하듯이 말했다. 향운의 그 웃음이 티없이 맑고 즐거워 보이는 것이라고 느낀 난순 여사는

"그러려므나. 몇 잔이라도 주지."

하고 쾌쾌하게 대답하다가 갑자기 목소리를 낮추며 은근하게 물었다.

"애, 뉘 집 자제냐? 퍽 점잖던데."

"목사님 자제래요."

"그래? 사귄 지 오래됐니?"

오래된 그리고 애인 관계가 아닌 다음에야 수상한 행동이 있을 까닭이 없는 것이라고 단정한 난순 여사는

"너야 얌전하니깐 별일이야 있겠니? 언니랑 다 알고 계시겠지?"

"그럼요."

"어서 들어가라. 식모 시켜 보낼 테니, 혼자 두고 와서 오래 있음 되나?"

향운은 낯이 뜨뜻하다가 이모의 권유에 얼른 등을 보이며 몸을 돌렸다.

"아주머니. 죄송해요."

향운은 한 마디를 남기고 방으로 돌아왔다. 그 동안에 찬영은 담배를 피우고 있었다.

"잠깐만 기다리세요. 곧 가져온대요."

찬영은 잠잠히 담배만 빨다가 식모가 하얀 사기 주전자 채로 차를 가져온 다음에야 담뱃불을 껐다.

향운은 전의 차반을 식모에게 보내고 새로운 찻잔에 노릿한 차를 따라 찬영에게로 밀었다.

찬영은 훌훌 소리를 내면서 한 잔을 다 비우고 또 반쯤이나 더 마신 후에

"향운 씨!"

를 부르며 새삼 향운을 힘들여 보았다.

"나 향운 씰 데릴러 왔어요. 어머니가 한 번 만나시겠답니다. 물론 응낙하시겠죠?"

찬영은 위압적이면서도 애원이 섞인 어조로 물었다.

향운은 이내 대답할 수 없었다. 몇 시간 전에 왔는데 금새 되돌아가다니.

"아주 가자는 건 아닙니다. 당분간 향운 씨의 거처로는 이상 더 적당한 데가 없을 것 같으니까 나도 안심은 합니다. 잠깐 가서 어머님께 뵙고 오시라는 거죠."

"지가 어떻게 어머님 앞에 나서겠어요?"

"왜 못 나서요?"

"아무리 철면핀들……."

향운은 숙이고 있던 고개마저 외로 틀었다.

"향운 씬 이때까지 내 말을 모두 흘리시기만 했군요."

찬영은 딱하다는 듯이 이맛살을 잠깐 주름잡았다.

"하기야 자세한 내용을 잘 모르시니까 그런 생각이 들기도 하겠죠만."

찬영은 아직 경운이나 향운에게 토설하지 않은 자기의 절차를 얘기했다.

경운과 약정이 있던 날 밤에 부모님께 자기와 향운과의 관계가 이미 깊게 들어갔던 것이며 다만 그 사실을 미리 알려드리지 않은 것만이 실책이란 것을 강조하였다고 차근차근 설명한 후에

"부모님께선 결혼식 얼마 후에 해산하게 되리란 남의 이목만을 거리끼시는 거지 향운 씨 당자에게서는 아무런 불만을 느끼시지 않는 모양입니다."

하는 위안을 말도 덧붙였다.

"부모님들은 다 그러시겠죠. 누가 잘했달 어른 계시겠어요?"

"그러니까 말입니다. 그 점은 각오하고 용감하게 만나셔야죠."

"……."

"그리고 한 가지 더 알아두실 것은 곧 결혼식을 가져야 한다는 겁니다. 가령 우리 부모님이 허락하시지 않는 경우 난 단연코 집을 뛰쳐나올 결심이거든요."

"그래서야 되나요?"

"그 이외의 길이 있으면 말해 보십시오. 비교적 난 이때까지 부모님께 거역이라곤 해 본 일이 없었어요. 다 유유하게 복종해 왔을 따름이었죠."

"그러신 걸 저 때문에."

"아니 말씀 들어보세요. 이때까진 내 직접 문제가 아니었던가 부죠. 이거야말로 내 생애를 좌우하는 일생 최대의 중요한 문제이기 때문에 어떤 방해거나 어떤 장애거나 이겨야만 하지 않겠어요?"

"……."

"끝내 부모님이 반대하신다면 난 그대로 향운 씨와 여기 와서 살겠어요."

찬영의 입가에서 여유 있는 미소가 가물댔다. 그 반대로 향운은 후딱 머리를 들었다. 찬영의 검은 눈이 잔잔한 정열의 물결을 치며 거기에도 미소를 담고 있었다.

"왜 놀라시죠? 폐가 될까 봐요?"

향운은 또렷하게 눈을 떠서 찬영을 말끄러미 주목하였다. 얼마만한 진실성이 있는가를 탐색하려는 눈이었다.

"꼭 여기 와서 산다는 것만큼 각오가 서 있다는 얘깁니다. 나만이 아니라 향운 씨께는 더구나 여러 가지의 각오가 필요하거든요. 지금에 있어서 체면이나 수치를 말하는 건 하나의 사치가 될 뿐입니다. 그렇지 않아요?"

찬영은 웃음기를 걷고 다시 뜨거운 눈이 되었다.

"향운 씨!"

찬영은 향운의 손을 잡아끌었다. 무릎에 탁 실리는 향운을 찬영은 부듯이 안고 그의 뺨에 자기의 턱을 댔다.

"아까 어떻게 하면 좋겠느냐고 하셨지? 그저 나 하자는 대로만 하면 되니까. 자, 어서 어머니께 뵈러 가요. 응?"

어린애에게 하듯이 찬영은 향운의 등을 다독이며 턱을 향운의 연한 뺨에 비벼댔다. 까칠까칠한 촉감이 향운의 전신에 짜릿하게 흘렀다.

"향운 씨만 보시면 어머닌 단번에 좋아하실 거야."

찬영은 혼잣말처럼 중얼거리고 향운의 이마에 가벼운 키스를 하였다.

"오늘 하루에 왔다갔다 하자는 건 좀 안 됐지만 어서 준비하셔야지. 나랑 가게요."

찬영은 향운을 놓고 금세 떠날 듯이 몸을 추석였다. 그러나 향운은 가만히 앉은 채로

"한 가지 물어봐야겠어요."

하고 찬영을 쳐다보았다. 찬영은 짙은 눈썹을 내리며 뭐냐는 듯이 향운의 시선을 받았다.

"여길 어떻게 아셨어요? 오실 때 경운일 만나셨나요?"

"종진 군을 찾아갔죠."

찬영은 경운을 찾아 헤매다가 종진에게로 간 경로를 과장스러울 만큼 열심히 얘기하였다.

"오늘처럼 내 기억력에 감격한 때가 없었어요. 추석날 한 번 훑은 게 요옹케 머리에 떠오르더군요."

"정말 장하셔요."

향운은 눈을 깜박이며 칭찬했다. 그 모습이 귀여워서 찬영은 또 한번 반듯하고 하얀 향운의 이마에 자기의 입술을 가져다 댔다.

"종진 군은 내일 온다구요."

"저 종진이랑 모레 가면 안 될까요?"

"모레가 일요일인데."

찬영은 부모님이 주일은 오로지 교회 일에만 바치는 것을 잠깐 생각하였다.

"하기야 그 먼 길을 걸어온 향운 씰 또 걷자는 건 무리군요."

"그런 건 아니지만."

"그럼 그렇게 할까요? 모렌 틀림없어야 합니다. 하루라도 허비해선 안 되니까요."

"모레 저녁엔 꼭 가야죠. 제 일인 걸요."

향운이 그만큼 나오는 것만이라도 다행하여서 찬영은

"그렇지. 우리 일이고말고요."

하고 얼른 말꼬리를 눌렀다.

"그럼 난 가겠어요."

"조금만 더 계시다가 가세요."

향운은 진정으로 찬영을 붙잡았다. 떠나오기는 하였으나 서울의 하늘이 그렇게도 아쉽던 것은 누구를 위해서였을까? 어디다가 몸 둘 곳을 모르는 자신의 이 기구한 운명을 손수 타개하겠다고 나선 저 젊은 사나이의 그 무한한 정열을 벅차 버리고 오는 자기의 가련한 정상이 꿈인지 생시인지 분간 못할 정도로 아득하고 막막하였던 것이다.

그러나 지금 그 미더운 남성이, 그립고 정다운 그 사나이가 자기의 남편으로 결정되어 있지 않는가?

'끝내 부모님이 반대하신다면 난 그대로 향운 씨와 여기 와서 살겠어

요.'

비록 미소를 담고 한 말이지만 피를 기울인 맹세보다도 더 강하게 향운의 가슴을 쳤던 것이다.

부모가 반대한다더라도 그의 뜻을 굽힐 남성이 아니란 것은 이미 향운이 잘 알고 있었다.

'정찬영! 나의 남편. 나를 죽음에서 구해 낸 사나이!'

"나를 보내기 싫으신가요?"

향운은 담담하게 찬영의 눈을 지키다가 가볍게 고개를 끄덕이며 낯을 붉혔다.

"향운 씨!"

찬영은 새삼 향운을 엄숙하게 부르고 향운을 엄숙하게 부르고 향운은 아까의 눈길 그대로 찬영을 강하게 보았다.

"나를 진정 좋아하세요?"

향운은 또 한 번 머리를 깊숙이 끄덕였다. 홍훈이 더 짙게 올랐다.

"둘이만 굳세게 합치면 우리의 운명은 얼마든지 자유로 개척할 수 있으니까요. 그럼 모레 버스 정류장으로 나갈 테니 너무 늦지 마십시오."

찬영은 언제 아기자기한 애무를 했더냐 싶게 엄정한 모습이 되어서 일어섰다.

"그냥 가시겠어요?"

향운은 황망히 따라 일어섰다. 아쉽다는 표정이 역력하였다.

"늦어지면 그럴수록 여기서 떠나기 싫어지니까요. 앞으로의 즐거운 날들을 기약하고 오늘은 가기로 하는 거죠."

찬영은 향운에게 손을 주는 것과 동시에 향운은 찬영의 품으로 빨려들었다.

잠시동안이나마 석별의 정이 두 사람을 서글프게 하였다.

"몸조심해요!"

"처음 길인데 주의하셔요."

찬영이 앞뜰로 나오자 난순 여사가 부엌에서 나오며 질겁하였다.

"아니 왜 가세요? 저녁이 다 됐는데요. 얘 향운아, 찬은 없지만 그냥 가시게 해서 되니?"

"그러세요. 아주머니가 붙드시는데요."

향운은 찬영의 얼굴을 들여다보며 만류하였으나

"아닙니다. 오늘은 그만 갔다가 나중에 또 오겠습니다. 참 종진 군은 내일 오겠다구요."

찬영은 벌써 대문으로 나가고 있었다. 난순 여사도 하는 수 없이 그를 따랐다.

"걜 만나셨나요?"

"네. 말씀 낮추시죠."

"이렇게 섭섭하게 떠나서 어떡허나."

난순 여사는 찬영이 맘에 들었는지 정말 섭섭하다는 태도였다.

"그럼 안녕히들 계십시오."

찬영은 공손하게 허리를 굽혀 인사하고 향운이 뒤쫓으려는 것을

"어서 들어가세요."

하고 막으며 다리를 길게 띠어서 뚜벅뚜벅 걸어나갔다.

"얘."

"네?"

둘이는 찬영이 보이지 않을 때까지 서 있다가 집으로 들어왔다.

"언제부터 알게 됐니?"

"꽤 오랬어요."

"그런데 내가 몰랐어?"

"멀리 계시니깐."

"참 사람 잘 골랐다."

"언뜻 보셨는데 어떻게 아세요?"

"다 아는 방법이 있지. 그런데 네가 말없이 온 모양인가?"

"……."

"결혼이나 얼른 하지 그래?"

"차차 아시게 될 거예요."

향운은 제 방으로 돌아왔다. 그의 음성이 그의 체취가 방안에 가득하였다.

"희준 씨! 용서하세요."

향운은 가만히 부르짖었다. 뱃속에서 희준의 생명이 팔딱거리며

'용서는 이쪽의 일인 걸요.'

하고 반항하는 듯하였다.

찬영은 오 리를 걸어오며 발길이 가벼웠다. 갈 때는 천만사려가 뒤끓었는데 향운을 완전히 정복하였다는 승리감으로 길이 마구 불었다.

찬영은 집에 돌아오는 도중에 향운의 집에 들렀다.

마침 경운이 있었다.

경운은 손수 대문을 열어 문짝을 잡고 서서 찬영이 들어오기를 기다렸다.

"어서 들어오세요. 학교에 오셨더라구요?"

"네."

"무슨 좋은 뉴우스나 있어요?"

경운은 동운의 방을 힐끗 바라보며 찬영에게 속삭였다.

찬영은 경운을 따라 건넌방에 들어갔다. 향운이 있지 않은 방에서는 싸늘한 바람이 이는 것 같았다.

"어머닌 안 계셔요?"

조용한 안방을 머리로 가리키며 찬영은 물었다.

"엄마가 이 집의 가장인 걸요. 우릴 먹여 살리자니 한가할 때가 있겠어

요? 늘 분주하시죠.”

“참 그러시겠군요.”

찬영은 고개를 깊숙이 끄덕이며 응대하였다.

“오전엔 집에도 오셨더라구. 언니가 없어서 놀라셨죠? 저도 감쪽같이 몰랐어요. 언니 비겁해요. 졸렬해요!”

“……”

“그러기만 하면 해결되는 건가? 눈감고 아웅하기지. 전 지금 분개하는 중이에요.”

경운은 정말로 화가 난 듯이 입을 뾰로통하게 내밀면서 종알댔다.

“가만 둬 보세요. 어떻게 되나 자기의 일인데 도망만 감 돼요? 비현대적인 방법이거든요.”

“자긴들 오죽해야 그러겠어요? 다 성격에서 오는 차이겠죠.”

“그렇담 절망에서 허덕이기 똑 알맞죠. 자기의 운명을 제 손으로 개척해야지 지금이 어느 땐데 도피를 해요? 난 미워 죽겠어요.”

“향운 씨의 심경도 좀 이해하셔야 유종의 미를 거둘게 아닙니까? 언닐 위해 모험까지 하신 경운 양이 좀더 관대해야.”

“끝내 두둔이시군요. 그런데 학교엔 왜 오셔서 남 망신만 시키셨어요?”

경운은 비로소 사르르 눈썹을 펴며 입술에 미소를 띠었다.

“망신이라뇨?”

찬영의 눈이 크게 떠졌다. 번듯한 이마에서 땀방울이 비쳤다.

“어마 더우셔요? 어디서 오시기에 땀을 다 흘리셨어요?”

경운은 미닫이를 방긋이 퉁겼다. 동운의 방에서는 휘파람이 새어 나왔다.

“망신시킨 얘기나 하시죠. 난 그냥 가서 물어 보고만 왔는데요.”

“딴과에 있는 애들이 봤는가 부죠. ‘리베’가 찾아다니던데 어딜 까질르다가 왔느냐구요.”

"그게 망신인가요?"

"남자 동급생들은 마구 놀리구요."

"난 줄 어떻게 아셨나요?"

"모습을 설명하길래 짐작했죠 뭐. 그래 무슨 시급한 일이 생겼나 부다 하군 기다리던 중이에요."

"급하기야 했죠."

"부모님껜? 퍽 알고 싶었는데요."

"사실은 일이 이렇게 된 겁니다."

찬영은 경운이 다녀간 그 날 밤에 부모님께 뵙고 자기와 향운과의 사이에서 벌써 생명의 연장체가 생겼다는 것을 노골적으로 알렸다고 말했다.

"역시 정 선생님다우셔요."

경운은 얼굴빛을 고치면서 감탄하였다. 눈물까지 머금은 듯하였다.

"물론 반대야 하셨지만 난 굳은 각오가 섰기 때문에."

찬영이 말하는 중에서 대문이 열리고 종진이가 왔다. 종진은 미닫이로 보이는 찬영을 보고 놀랐다.

"아니 벌써 다녀오셨나요?"

종진은 한 걸음 문턱으로 다가섰다. 동운은 제 방에서 내다보고 서 있었다.

"전 모두가 궁금해서 쫓아왔죠."

종진은 찬영을 바라보며 대답을 채근하는 눈치였다.

"길은 꽤 복잡하던데 워낙 종진 군이 요령 있게 그려서 자알 갔다왔어."

"아니, 어떻게 된 셈이죠?"

경운은 찬영과 종진을 번갈아 보았다. 동운도 슬그머니 툇마루에 나섰다.

"차차 얘기하죠. 참 종진 군을 만나서 다행하군. 종진 군이 내일 간댔지? 모렌 향운 누나랑 함께 와요. 오늘 어머니께도 그렇게 여쭈웠으니까."

"그러죠."

종진은 한 마디를 던지고 동운에게로 가서 함께 방으로 들어가더니 무슨 얘기인가를 수군댔다. 아마도 오후에 일어났던 일을 알리는 모양이었다. 찬영은 궁금하게 여기는 경운에게 그 동안의 경과를 자세히 보고하였다.

"어쨌건 장하셔요. 그만큼이라도 우선 성공으로 봐야죠."

경운은 아까처럼 진지한 얼굴로 감탄하다가 방그레 웃었다.

"그 날 댁에선 지가 언니가 되었군요. 그리고 오늘은 또."

"오늘은 또 나 때문에 망신을 하시구요."

찬영도 빙글거리며 말을 받았다. 동운의 방에서는 큰 웃음소리가 들려왔다.

"이럭저럭 우리 쪽에선 신랑 선이 끝난 셈이죠? 호호."

"여기 어머니껜 말씀드렸나요?"

"아뇨. 아직은 보류했어요. 댁의 결과를 알아야지 미리 알렸다가 실패하는 날엔 어머니마저 큰 타격을 받으시게 되니깐요."

"그야 그렇다고도 하겠지만 오늘밤엔 아주 얘길 해 버리세요. 이러거나 저러거나 향운 씨와는 결혼해야 하니까요. 시일이 없지 않습니까?"

"그렇기도 하겠군요. 그럼 오늘밤엔 아주 털어 버리죠. 엄만 아주 깜짝 놀라실 거야."

"그럼 난 가겠어요."

찬영은 부시시 일어났다. 이제야 공복인 것이 느껴졌다.

"아직 저녁 전이신가요?"

경운은 따라 일어섰다.

테이블 위의 어항에서 붕어가 펄떡 솟으며 철썩 물소리가 났다.

"거기서 막 먹고 가라시는 걸 그냥 왔죠."

찬영이가 마당에 나서는 것을 기다려서 식모가 낚시바구니를 내밀었다.

"오늘은 가지고 가셔야 다음에 또 얻어먹게 되지 않아요? 하하."

식모는 자기라서 깔깔 웃었다. 찬영은 주럭을 받아 들었다.

"아줌만 배짱이야. 붕어찜에 단단히 맛을 들인 모양이지? 다음 일요일엔 저두 따라갈까요?"

경운은 찬영의 등에 붙은 무엇인가를 털어 주며 대문께로 함께 걸어왔다.

"정말 가 보시겠어요?"

"그럼요. 아주 소원인 걸요."

"대강 일이 끝나거든 꼭 동행하시죠."

동운의 방문이 열리고 동운과 종진이 나와서 찬영에게 꾸벅 허리를 굽혔다.

"안녕히 가십시오."

"공부를 잘 해요."

찬영은 부드럽게 말하며 그들에게 손을 들어 보였다.

찬영이 자기 집에 대문을 스스로 열고 안채 가까이 갔을 때 안방에서는 정 목사와 최 여사의 다투는 소리가 들려 왔다.

"당신도 이제야 오시구선 개만 나무라시면 되나요?"

"난 회의가 있어서 늦었단 말요?"

"찬영인들 무슨 중요한 모임에서 못 오는지 어떻게 아세요?"

"중요한 모임? 흥, 그 계집애하고 노닥거리는 게 그래 중요한 모임이란 말요?"

찬영은 어깨를 쓱 올리며 피식 웃었다. 집어내는 듯이 알아맞히는 아버지의 감각도 무던하다고 어둠 속에서 혼자 머리를 끄덕였다.

"이거 보세요. 너무 그러지만 마시고 한 번 생각을 돌려보심 어때요?"

"뭐라구요?"

"찬영인 얼마나 귀한 자식입니까? 그 귀한 자식이 제 아내라고 택한 여성을 무시한다는 게 부모의 자애는 아닐 테죠. 더구나 그 여성이 찬영이가 감탄할 만큼 모든 점에서 뛰어나게 얌전하다는데."

"아니, 그래 당신이 직접 보기나 했다는 거요?"

정 목사의 음성이 약간 부드러워졌다.

찬영은 침을 꿀꺽 삼켰다.

"보나마나죠. 찬영이가 어떤 앤데 아무 여자에게나 맘을 뺏겨요? 더구나……."

어머니는 다음 말을 이어가지 못하였다. 어린애의 말을 차마 입밖에 내지 못하는 모양이었다.

"여보, 그 말일랑 아예 내게 비치지도 말아요. 그 점만은 용납 못해요."

"당신두 참. 어쩜 그렇게 곡하게만 오핼 하시나요?"

"오해? 아니 뭐가 오해란 말요?"

"찬영이와 그 여성은 용납할지언정 걔들의 사랑의 결정인 새로운 생명을 용납하지 못하시겠다니 말예요."

"……."

"당신은 모든 죄 많은 사람들을 구원하는 신성한 사명을 띠신 분이죠? 죄악에서 방황하고 목자 잃은 양떼를 여호와의 동산으로 인도하시는 그런 선량한 박애를 목표로 하시는 분이거든요. 정신의 양식을 베풀어주시는 당신이, 고달픈 영혼을 구원하시는 당신이 죄 없는 어린 생명을 모른 체하시다니."

찬영의 가슴이 왈칵 더워 왔다. 가슴만이 아니라 눈까지도 화끈 뜨거워졌다.

"난 정말 이해 못하겠어요."

목이 메이는지 어머니의 말소리가 잠깐 끊겼다가 다시 이어졌다.

한동안 방안은 잠잠하였다. 찬영이 제 방으로 오려고 발을 옮기려는데 또 정 목사의 굵은 목소리가 나왔다.

"난들 왜 그만 생각이 없겠소? 그러나 목사의 집안에서 예식 전에 생긴 아이를 낳다니 그게 말이 안되거든요."

"그거야 얼마든지 방도가 있지 않을까요? 남의 일을 무슨 자기네 일처럼 외우고 있을 거 아니고."

"그래, 당신은 그 여잘 보았소?"

"아직은 못 봤는데 찬영이더러 데리고 오랬으니깐 무슨 소식이 있겠죠."

"우선 당신이 한 번 보구료."

"도무지 우릴 기피한다는데 자꾸만 오랠 게 아니라 우리 한 번 함께 봅시다요. 이왕 받아 놓은 밥상이 아니에요."

"찬영이 뜻은 절대 불변일 테고."

"그야말로 절대죠. 걘 추방당할 각오꺼정 하고 있던데요."

찬영은 차마 더 서 있지 못하고 방으로 돌아왔다. 방에는 머리를 양쪽으로 땋아 늘인 처녀 순애가 자리를 펴고 있었다.

"내 자린 내가 펴겠다는데 넌 왜 번번이 이러니?"

찬영은 힐책이 섞인 말투로 부드럽지 않게 쏘았다.

방년 이십 세의 순애는 왈칵 뺨을 붉혔다. 베개를 넣는 손이 무안해서 떨리는 듯하였다.

"다 큰 사람이 제 자린 제가 펴야지 늘 네 손을 빌려서야 되겠느냔 말이다."

찬영은 순애가 무색하여지는 것을 보고 약간 어조를 고쳤다.

"그리고 오늘은 또 왜 이렇게 늦었나?"

찬영이 외출에서 돌아오면 반드시 침구가 다 깔려 있었고 찬영이 밤늦도록 일을 할 때는 손수 하였던 것이나 순애는 그냥 모른 척 하지는 않았

다. 더운 차를 가지고 와서

"그럼 자린 그만 두겠어요."

하고 분명하게 말하고 돌아갔다.

"지가 오늘 퍽 바빴어요."

아까 물음의 대답인 것이라고 찬영은 잠잠히 듣고만 있었다.

"커버를 모두 갈아야 했어요. 그런데 낮에는 틈이 없었고. 그래 저녁 후에야 부랴부랴 저 마루에서 바꾸어 낀 걸요."

"그럴 땐 식모 아줌마더러 하라면 되지 않니?"

"그래두."

순애는 눈을 내리깔았다. 언제는 식모가 했더냐고 항의하고 싶은 심정이었다.

"얘, 난 아직 밥 안 먹었다."

"어마!"

순애는 눈을 치뜨고 깜짝 놀라는 시늉을 하였다. 그 눈이 동글동글했다.

"여태꺼정 진질 안 잡수셨어요?"

"그렇다니까 그래."

"그럼 저 빨랑 가져올게요."

순애는 치마를 휩쓸며 몸을 비틀어 의자들을 피하면서 마루로 나갔다. 그 뒤 자태가 완연히 성숙해 가는 처녀이기는 하나, 키가 낮고 몸집이 작아서 십 칠, 팔 세의 소녀로밖에 보이지 않았다.

'순애에게도 좋은 신랑감을 구해 줘야 할 텐데.'

어머니의 먼 촌 손녀 뻘이 된다는 순애는 열세 살 때에 이 집으로 왔다.

부모를 동란에 잃었다는 순애를 최 여사는 교회 경영의 여자중학교에 입학을 시켰고, 순애는 작년에 여고를 나온 후 가사를 배우고 있는 중이었다.

식구는 많지 않으나, 손님이 자주 드나드는 집안이라 식모가 없을 때는 순애가 조석 밥을 지어먹고 학교에 다녔다.

이를테면, 중고등학교를 마치게 한 것도 정 목사 내외의 큰 자선심의 영향이었다.

순애는 착실하게 공부하면서 일도 부지런히 하였다. 앙칼진 성미도 없이 항상 음전하게 사람에게 대하였다. 순애의 직계 친척이 와서 식모가 아닌 훌륭한 영양의 순애를 보고 감탄할 만큼 순애는 아담스러운 처녀가 된 것이다.

순애는 무슨 크림을 바르는 것일까, 은은한 향내를 남기고 갔다. 찬영은 시흥 방에서의 향운의 체취를 연상하였다.

'가엾은 내 사랑! 귀여운 내 아내!'

그는 가슴이 부듯하게 차 오르는 희열을 느끼며 담배를 꺼내려다가 순애의 유리창 여닫는 소리를 듣고 그만두었다.

"얼마나 시장하셨어요?"

순애는 밥상을 높직이 들고 왔다. 찬영이 벌떡 일어나서 그것을 받았다.

"미안하다."

찬영은 테이블 아래로 상을 놓고 그 앞에 앉았다.

"굉장한 성찬이로군."

"어딜 갔다 오셨길래 여태껏……."

"응, 나 먼 데 좀 갔다왔어."

찬영은 국물을 후루룩 맛보고 연거푸 몇 모금 마신 후에

"아버지랑 어머니께선 무슨 얘길 하시더냐?"

하고 밥을 뜨기 시작했다.

"자세힌 못 들었지만 물론 아저씨께 대한 말씀일 거예요."

순애는 생선토막의 가시를 바르면서 뜻 있는 미소를 지었다.

"물론 아저씨라니, 요샌 내 말이 많이 나는 모양이군."

"그럼요. 틈만 있음 할머니께서 할아버질 조르시던 데요."

"뭘 조르셔?"

찬영은 생선의 살덩이를 한 입에 넣으며 짐짓 물었다.

"괜시리 그러셔. 다 아시면서두."

"내가 뭘 안단 말야."

"새 아주머니 모셔올 궁리에 할머닌 입맛을 다 잃으셨는데요."

"응?"

"혼자 분주하시거든요."

순애는 혼자라는 발음에 억양을 붙였다. 찬영은 더 묻지 않았다. 혼자서 애쓰시는 어머니가 고마우면서도 안쓰러웠다.

"아저씨!"

순애는 새삼스럽게 찬영을 불렀다. 찬영은 순애에게 머리를 돌렸다.

"저번 날 밤에 오셨던 분이 새 아주머니 되실 분인가요?"

"너 그때 봤었니?"

"얼굴은 못 뵈었지만 여성이 오신 것만은 알았죠."

순애는 어색한 웃음을 지었다. 그러면서 가만히 일어났다.

"왜?"

"숭늉을 가져 와야죠."

"가만있음 아줌마가 가져올 테지. 거기 앉어!"

"아녜요. 갔다오겠어요."

순애는 또 나갔다. 하나에서부터 찬영의 심부름은 저 혼자 도맡았다. 누이가 없는 찬영도 순애를 무척 사랑하였던 것이다.

찬영은 상을 밀고 순애를 기다려서 숭늉을 마셨다. 혀가 탈만큼 펄펄 끓었다.

"더 잡숫지 않고."

순애는 어디가 곁들였는지 신물의 배를 깎아와서 찬영에게 주었다.

"우리 순애처럼 알뜰한 신부를 얻는 사낸 행복할 거야. 그렇지?"

"아저씬, 참!"

순애는 금새 뾰로통해서 찬영에게 눈을 흘겼다.

"넌 어떤 타입의 남성이 좋으냐?"

좀처럼 농을 걸지 않는 찬영이지만, 오는 밤에는 시흥에서 올 때부터 유쾌하였고 느지막이 순애에게 폐를 끼친 터이라 전에 없이 말이 많았다.

"어린애더러 물으면 아나요?"

"벌써 스무 살인데 너도 차차 눈을 떠야지 않어?"

"눈떴는데 더 떠요? 이렇게요?"

순애는 동그란 눈을 부릅떠 보였다. 그 모양이 귀여워서 찬영은 순애의 볼을 탁 튀기며 소리내어 웃었다.

"물론 부모님께서 정하시겠지만 네 자신이 어떤 주견을 가져야 한단 말이다."

"전 아저씨 같은 분이 제일 좋아요."

순애는 상위의 그릇을 다시금 만지며 그렇게 말했다.

"어떤 데가 좋단 말이냐?"

"어디냐구요?"

순애는 손을 쉬고 말끄러미 찬영의 얼굴을 더듬었다.

"이마 · 눈 · 코 · 입 · 가슴 · 어깨."

순애의 동그란 눈이 차차 아래로 내려오면서 지적하다가

"아저씨의 성격이랑 모두 모두가 다 좋아요."

하고 발그레 뺨을 붉혔다. 오늘밤에는 분홍색의 리본을 양쪽 머리에 나비처럼 매어서인지 복성스러운 그의 얼굴이 장미처럼 더 곱게 보였다.

찬영은 선뜻하게 가슴에 마치는 무엇인가를 느끼며 일부러 큰소리로 웃었다.

"하하하하, 난 순애의 안목이 꽤 높은 줄 알았더니 너도 별수 없구나. 마도로스 같은 내가 좋다니 말이다."

"그럼 새 아주머니 되실 분도 안목이 낮으셨게요?"

"그럴는지도 모르지. 자, 인제 이걸 치워버려라. 오늘은 좀 일찍 누워 봐야지."

찬영은 일어나 웃옷을 벗으며 누울 차비를 차렸다. 순애는 하는 수 없이 상을 정돈하여서 가지고 나갔다.

'순애도 어서 시집을 보내야겠군. 하나 몫의 여성이 되어 있다니.'

아직까지 어린애로만 여겼던 순애의 말끄러미 쳐다보며 더듬던 그 대담한 눈초리가 눈에 선했다.

'그게 워낙 나를 몹시 따랐지만…….'

찬영은 잡념을 털으려는 듯이 이불을 푹 올려 썼다. 그러나 끝내 가슴에 안기는 환영은 그 맵시가 자르르 흐르는 한복 차림의 향운이었다.

'주여! 당신의 뜻이시라면…….'

찬영은 처음으로 진정에서 우러나오는 기도를 드렸다.

다음 날 찬영은 어머니께 향운을 모레나 데려오겠다고 하였다.

"왜 하필이면 모레냐? 넌 한가스럽기두 하다. 일각이 여삼추일 텐에 그러네."

"내일이 주일이기 때문에 그래요."

"그럼 오늘 데려오려무나."

"제 이모 댁에 가서 있거든요."

"그래? 아니 서울에 있지 않고?"

최 여사는 호들갑스럽게 눈을 뜨며 억양을 붙였다.

'그런데두 아버진 아들더러 밤낮 거기만 처박혔다고 무정지책을 하지.'

"이모님 댁이 어딘데?"

"시홍 아주 두메예요."

"늘 거기 있었나?"

"학교 그만두고는 가을부터 있나본데 아주 썩 조용해요."

"너두 가 봤구나. 어련하겠니?"

찬영은 대답대신 피식 웃었다. 최 여사도 미소를 가물거리며

"네가 그렇게까지 철저할 줄은 몰랐다. 이왕 이런 바에야 하루라두 속히 끝장을 내야지."

하고 오히려 더 바쁘게 서둘렀다.

"내일 온댔지만 주일이길래 모레나 집에 데려올까 했는데요."

"선쯤 보는 거야 주일이면 어때? 외려 더 나을는지 모르지."

"……."

"모든 잡념을 다 물리치고 성스러운 자비심만 가득하게 넘칠 주일 밤에야 아버지께서두 설마 야단치시진 않을 테지."

"아버지가 보시려고 하실까요?"

찬영은 근심스러운 낯으로 물었다.

"어쨌든 내일 밤 아홉 시쯤 해서 데려오려무나."

"그럼 그렇게 하겠어요."

찬영은 어머니의 승낙을 받고 발걸음도 가볍게 학교에 갔다. 자기에게는 오늘 필수 과목의 강의시간이 없으나 이진석을 만나서 결혼의 예고를 하자는 것이었다.

마침 진석도 두 시간만 하면 자유라고 하여서 둘은 오랜만에 창경원으로 갔다.

동물들을 대충대충 구경한 후에 식물원으로 가는 길에 있는 고궁 문턱에 걸터앉아서 한낮의 햇볕을 담뿍이 받으며 산영은

"애, 진석아."

하고 정답게 부르면서 그의 손을 잡았다.

"너 내가 결혼한다면 놀라겠지?"

"뭐?"

"내가 말이다 머지 않아서 결혼한다면 넌 어떻겠느냔 말이다."

"그야말로 어둔 밤에 홍두깨 격이로군."

"그렇게 됐다."

"그렇담 난 절망인걸."

"왜?"

"소위 친우란다면야 감쪽같이 속일 수는 없었을 테지."

"너 비꼬는구나."

"대관절 상대자가 누구야?"

진석은 예쁘장하게 흰 얼굴을 찬영에게로 돌렸다.

"상대자를 알면 네가 또 한 번 놀랄 테지."

"유령이나 되나 보군."

"너도 잘 아는 처녀다."

"내가 말야?"

진석은 엄지손가락으로 자기의 가슴을 가리키며 눈을 크게 떴다.

"내가 아는 여성으로 내 제수가 될 만한 인물이 없지 없어."

"예끼 녀석. 네 형수 감이 왜 없어? 착실히 생각해 봐!"

"하나 있긴 하지만 어느 새 그렇게 될 이치는 없으니 말야."

"어디 말해 보렴!"

"공연한 소릴 해서 뭘 하나? 어디 얼른 이름을 대봐!"

진석은 찬영의 무릎을 아프도록 탁 때렸다.

"진향운!"

"진향운?"

진석은 앵무새처럼 이름을 되받으며 머리를 기울였다.

"모르겠는데?"

"이 주일쯤 전에 낚시질 가다가 만난……."

"알았어! 야 이거 로케트 식이로군! 언제 어떻게 그렇게까지 될 수 있나?"

"다 그런 내용이 있지."

찬영은 김희준과의 붕우관계를 설명하고, 향운은 그 집에서 만난 적이 있는 구면이라 빨리 친할 수 있었던 까닭을 말하였다.

"김희준 군의 얘기야 진작부터 많이 들었지만, 그런 고로 그렇게 혼인을 서두를 필요야 없지 않나?"

진석은 아직도 석연치 않다는 표정으로 앞뜰에 서 있는 나무 끝을 쳐다보았다.

"너 내 성격 알지? 한 번 맘이 내키면 단박에 실행으로 옮겨야만 하거든. 어쨌거나 난 널 친우로 알기 때문에 미리 얘기하는 거야. 곧 가까운 시일에 식을 올릴 테니 그쯤 알아둬!"

"그런가? 그렇담 진심으로 축하하네."

진석은 찬영의 손을 잡아 흔들며 새삼스러운 경의를 보였다.

찬영은 일요일 오후에 버스정류장으로 나갔다.

종진이가 항상 그 시간이면 도착한다는 말을 듣고 오후 여섯 시쯤에 동운과 함께 마중 나간 것이다.

찬영이 막 숨을 돌리려니까 어디에선지 경운이가 깡충거리며 달려왔다.

"넘어지겠어! 조심조심!"

동운은 경운의 힐이 높은 구두를 내려다보며 놀리고 찬영은 반색하였다.

"어디서 오십니까?"

"시내서 들어오는 길예요. 안 잊어먹노라고 혼났어요."

"용케 맞춰 오셨군요. 그런데."

찬영은 경운에게로 다가서며 갑자기 소리를 낮추었다.

"어머니께 여쭈셨나요?"

"그럼요."

"뭐라셔요."

"그런 기적이 있을 수 있을까구요."

"기적이라구요?"

"절망의 밑바닥에 있던 엄마로선 당연한 의구죠."

"기적도 얼마든지 만들어낼 수 있는 것이 인간이니까요."

"옳습니다. 제가 엄마께 역설한 게 그 점이거든요. 유능한 인간은 어떤 기적이라도 창조할 수 있다고요. 엄만 지금 황홀한 꿈이거니 하고 계세요."

"하루바삐 그 꿈을 실현해드려야 하겠군요."

"그래서 모두 노력하는 게 아닌가요? 난 오늘 아침에 우스워 죽을 뻔했어요."

"왜요?"

경운은 동운을 힐끗 돌아보았다. 동운은 휘파람을 불면서 먼 길 쪽을 바라보고 서 있었다.

"재가 이러지 않아요? 큰누난 언제부터 정 선생님과 깊은 관계에 이르렀느냐구요. 호호."

"그래서요?"

"아주 오래 전부터라고 그랬죠 머."

"잘 하셨군요."

"종진이더러두 그러겠어요. 가능한 한 꼭 알아야할 사람만 아는 게 좋지 않아요?"

"그야 물론이죠."

찬영은 입으로 말하면서도 속으로는 진석이가 향운과 초대면인 것을 알고 있다는 생각을 하였다.

한강 쪽의 길을 보고 있던 동운은 경운에게로 돌아서며 손을 들어서 버스가 온다는 신호를 하였다.

찬영과 경운은 동운에게로 갔다. 과연 오색의 불구슬로 머리를 장식한 버스가 서서히 굴러 들어왔다.

꾸역꾸역 밀려나오는 사람들 틈에서 종진이가 앞서고 향운이 뒤따라 내렸다.

"종진아!"

동운은 종진에게로 달려가서 그의 손에 들린 큰 보퉁이를 빼앗았다. 양쪽 귀퉁이에서 야채가 비죽비죽 보였다.

"언니!"

경운은 향운의 손을 끌어서 찬영에게 가까이 세우고 그의 팔을 툭 쳤다.

"언니, 깍쟁이! 오늘은 왜 왔어?"

말없이 도망친 향운에게 경운은 오금을 박았다.

"미안하다. 어쨌든 도로 왔으니 그만 아니냐?"

향운은 신기가 좋은지 방그레 웃으며 찬영을 쳐다보았다. 어둠 속에서도 향운의 눈이 그리움으로 반짝이었다.

"다들 오셨으니 전 바로 가겠어요."

종진은 거기서 바로 하숙으로 가고 그들은 택시로 향운의 집까지 왔다.

아홉 시가 지나서 찬영이 향운을 데리고 자기의 집에 온즉 부모는 벌써 돌아와 있었다.

"어머니, 저 돌아왔습니다."

찬영은 안뜰에 서서 방에다 대고 품하였다.

"교회엔 오지 않고 어딜 허둥대고 다니는 거냐?"

거칠게 튀어나오는 정 목사의 호령에 향운은 몸을 움찔했다.

'아버진 아직까지 우리가 온다는 것을 모르시는 모양이군.'

"낮 예배엔 오지 않았어요? 밤엔 불가피의 일이 생겼던 모양이죠."

부드럽게 타이르는 부인의 잔잔한 음성에서 향운의 굳은 몸은 비로소 풀리려고 하였다.

"어머니!"

찬영은 새삼 은근하게 어머니를 불렀다. 어머니도 알아차리고

"왜 무슨 일 있니?"

하며 대청으로 나왔다. 최 여사는 꽃 그림자와 섞여있는 두 사람을 보고

"응, 그래? 들어오려무나."

하더니 방으로 도로 들어가서 남편에게 소곤댔다.

"걜 데리고 왔구료."

"뭐야?"

"아이, 여보! 큰소리 말아요!"

최 여사는 남편을 제지하며 그들의 앉을 자리를 마련하느라고 방바닥에 널려있는 신문지를 접어 치웠다.

"아무 때건 내 자식이 될 아이니 아예 딴 눈친 뵈지 말고 흔연스럽게 선이나 잘 보세요."

최 여사는 방의 미닫이를 열어 놓고 한쪽으로 비켜 앉았다.

향운은 찬영이가 권하는 대로 섬돌에서 굽이 없는 평화를 벗고 마루로 올라섰다. 언제 어디서 나왔는지 순애가 한쪽에 서서 이들을 지키고 있었다.

"어서 들어와요!"

찬영이 먼저 방에 들어가서 향운을 불러들였다. 향운은 천연스럽게 정 목사에게 먼저 절을 하고 다시 일어난 자세를 정돈하여서 최 여사에게 절했다.

"거기 앉지."

최 여사의 분부가 있은 후에야 향운은 윗목으로 살풋이 내려앉으며 한

쪽 무릎을 세웠다. 그 모든 행동이 너무나도 음전하고 자연스러워서 단박에 최 여사의 맘에 들었다.

정 목사는 졸지에 당하는 일이라 눈살을 찌푸리고 꼬락서니나 보겠다는 얼굴로 있었으나, 조용하고 진실한 향운의 태도에서 스르르 미간이 풀렸다.

정 목사 내외는 약속이나 한 듯이 향운을 뜯어보기 시작하였다.

윤나는 검은 머리칼이 몇 오라기 나부끼는 희고 반듯한 이맛전은 마음이 너그러움을 표시하고, 가늘지 않은 눈썹과 맑은 눈동자는 그의 심성이 고움을 나타냈다.

'그 잘 생긴 코며, 꼭 맺혀진 입이며, 동그스름한 턱이며, 깨끗한 살갗이며, 모두 모두가 다 흠잡을 데 없는 인물이로군.'

최 여사는 잠깐 황홀경에서 주인의 의무마저 잃고 있었다.

곁눈으로 슬슬 부모의 눈치를 살피던 찬영은 그들에게서 만족하고 있는 기색을 찾아내자 맘을 턱 놓았다.

'그러면 그렇지 향운이가 누구길래?'

정 목사 부부의 날카로운 시선을 받으면서도 태연하게 앉았던 향운은

"진작 뵈었어야 할 텐데 지가 소홀해서……"

하는 분명한 인사를 드리고 앉음새를 고쳤다.

시키지도 않았을 텐데 방긋이 미닫이가 열리고 순애가 큰 차반에 차를 가지고 들어왔다.

"음, 마침 잘 됐다."

최 여사는 다행하게 여기며 순애를 맞았다. 순애는 차례로 찻잔을 앞에 놓고 나서 향운의 모습이 잘 보일 구석에 서서 향운을 관찰하였다.

"차를 들어라."

최 여사는 그들에게 명령하고 먼저 차를 마셨다. 정 목사는 말없이 한 잔을 비우고 일어나 건넌방 자기의 서재로 돌아갔다.

"거긴 차지. 이만큼 내려오렴."

최 여사는 향운에게 말했다. 정이 드는 말투였다.

"괜찮아요."

향운의 맑은 음성이 한층 더 최 여사를 움직였다. 순애는 찻잔을 거두어 밖으로 나갔다.

"어머니 말씀 들어요."

찬영이 아랫목으로 다가앉으며 향운을 권하여서 향운도 두어 걸음 내려왔다.

"너희가 다 못나서 이렇게 된 거야. 요새 애들은 똑똑한 게 특징인데."

향운은 다소곳이 머리를 숙이고, 찬영은 고갯짓으로 향운을 가리키며

"제 탓은 아니에요. 이 사람이 고집을 부려서 그런 거거든요."

하고 능청을 부렸다.

"다 자업자득이니 별수 있니? 어서 준비나 만다케 해놓고 아버지 승낙이나 기다려야지."

최 여사는 남녀를 번갈아 보며 분부하고 나서

"어지간히 일이 어울리면 댁의 어머니두 만나 뵈야 하니깐."

하며 무심결에 터지려는 한숨을 얼른 삼켰다.

향운의 가슴이 찌르르 울렸다. 집의 어머니에게서 듣던 그 안타까운 한숨 그대로였기에.

'모두가 내 죄다. 양쪽의 어머니를 괴롭히고 시끄러운 문제를 일으킨 것이 이 못된 계집애가 아닌가?'

갑자기 바늘방석에 앉은 것 같은 괴로움이 향운을 엄습했다. 향운은 터져 나오려는 고통스러운 숨결을 억제하며

"그럼 가보겠어요."

하고 무릎을 세우면서 몸을 움직였다.

"찬영이가 바래다줘라!"

최 여사는 아들에게 이르고 천천히 일어났다. 향운은 건넌방 앞에서

"저 가겠습니다. 안녕히 주무십시오."

하는 인사를 공손하게 드렸다. 방문이 열리고 정 목사는 문을 막고 서서 두어 번 크게 고개를 끄덕였다.

향운은 두 어른의 긴장한 시선을 받으며 조심스럽게 몸을 빼쳐 나와서야 안도의 숨을 내쉬었다.

"훌륭하게 패스한 셈입니다."

찬영은 뜰을 걸어나오면서 향운의 등을 따독거리며 기뻐하였다.

찬영은 향운에게 당분간은 시흥에 가지 말고 하회를 기다리자고 하였으나, 정 목사에게는 쉽사리 허락이 떨어지지 않고 숨막히는 초조가 날마다 계속되다가, 십여 일이 지난 후에야 밤늦게 찬영은 안방으로 불려갔다.

"내가 그 동안에 처녀에게 대한 전부를 자세히 내사한 결과 네 배필로서 가합하다는 결론을 얻었다. 그러나, 한 가지 엄명할 것은 신부를 이 년 동안 친정에 두었다가 데려올 일이다. 예식은 십일월, 즉 이 달 말경에 거행할 터이니 신부 댁에 알려라."

정 목사는 판결언도나 내리듯이 무겁게 선언하였다.

이튿날 새벽 향운에게로 뛰어가는 찬영의 발길에는 하얀 첫서리가 깨어지고 있었다.

# 물과 불

김난숙 여사는 그야말로 눈코 뜰 새가 없이 바빴다. 딸의 혼사란 일 년을 앞두고도 다급한 법인데, 겨우 한 달 미만의 여유로 시집을 보내다니 어이없는 일이었다.

그러나, 지금은 그런 일반적인 논법을 말할 때가 아니었다. 영원히 사생아라는 낙인을 찍을 생명이며, 언제까지나 비행의 여인이라는 손가락질을 당할 딸이, 함께 구원의 세계에서 살아갈 수 있다는 황홀하기만 하던 꿈이 당장에 실현되려고 하지 않는가.

즐거운 비명이라더니, 요사이의 김여사에게서는 무시로 이 절규가 새어나왔다.

"아이그, 어쩌면 좋아? 밤이 그저 백 번만 더 남았대두 좋겠네!"

"에구, 벌써 전등이 들어왔군! 팔이 열 개나 된담 오죽 좋아?"

그럴 때마다 향운은 어머니를 달랬다. 이 년씩이나 친정에 자빠라졌을 텐데 뭐가 시급해서 그러시느냐고.

"얘! 그렇지만 시댁의 예물쯤은 빠쳐서야 되니? 다행히 식구가 많지 않고 친척도 얼마 안 되든구나."

김여사는 시부모의 의복이며, 신랑의 관대 벗김과 친척들의 예물을 먼저 다 마련했다. 향운이 맏딸이라서 얼마쯤 미리 준비한 것은 있으나, 모두가 돈을 필요로 하는 것들이었다.

그런데 경운이까지 새 양복을 해달라고 졸랐다.

"흥, 이게 다 뉘 공인데 그래요?"

김여사는 그럴싸하게 여겨서 하루는 경운을 데리고 명동에 있는 경운의 단골이라는 양장점에 들어가다가 문득 걸음을 멈추고 우뚝 서 버렸다.

김여사는 눈을 감았다가 다시 한 번 뜨고 눈을 비비며 똑똑히 앞을 보았다.

색색의 양복감이 좌우로 축축 늘어져 걸려있는 그 한가운데에 자그마한 난로가 있고, 그 가로 푸른색의 소파가 두 개 놓여 있는데, 그 한쪽에 오똑 앉아있는 중년의 부인은 분명히 고연경의 언니인 고연희이었다.

'아무리 보아도 삽십 년 전의 모습 그대로인 고연희 씨야.'

김난숙 여사는 꽂은 듯이 그 자리에 서 있고 경운은 앞으로 나갔다. 다른 여인들과 얘기하고 있던 부인은,

"어서 오십시오. 오늘은 왜 혼자신가요?"

하고 앉은 채로 경운을 반갑게 맞으며 상냥스럽게 웃었다.

그 웃음이며 그 교태를 머금은 음성마저가 영락없는 고연희의 것이었다. 다만, 다른 점이 있다면 홍색과 회색의 줄이 가로 세로 얽혀진 화려한 원피스를 입고 있는 것뿐이었다.

"동무들은 며칠 후에 온댔어요. 난 엄마랑 온걸요."

"그러세요? 어서 일루 오시죠."

그는 목을 뽑아 이쪽을 바라보며 김여사에게 말을 걸었다.

"엄마. 얼른 오세요. 이분이 여기 마담이세요."

경운은 김여사를 돌아보며 손짓하였다. 김여사는 비로소 가운데를 향하여 걸어갔다.

"우리 엄마세요. 이만함 미인이죠?"

경운은 마담을 쳐다보며 자랑스럽게 소개하였다.

"애두 원!"

김여사는 경운을 나무라고 가볍게 머리를 숙였다.

"얘가 늘 폐를 끼쳐서 미안합니다."

"천마예요. 이쪽이 되려 은혜를 입는답니다."

여자의 키로는 꽤 큰 키의 자기가 쳐다보아야 하는 마담의 뛰어나게 높은 신장도 역시 고연희의 것이 아닐 수 없었다.

"뭘루 하실까? 자, 얼마든지 맘대루 골라 보시지."

마담은 경운을 앞세우고 쇼 윈도우 쪽으로 걸어가며 김여사에게

"거기 앉아 계세요."

하였다. 딸각딸각 발소리를 내며 걷는 하이힐의 걸음새가 멋지고 따뜻할 듯이 보이는 양장이 몸에 착 어울려 길죽한 허리가 끊어질 듯이 간들거렸다.

'혹시, 고연희가 아닌지도 모르지. 저렇게 젊을 수도 없으려니와, 몸집이 저만큼 호리호리할 턱이 없으니까.'

고연희라면 지금쯤 오십은 확실하게 되었을 텐데 얼핏 보아서는 삼십대의 여성으로밖에 보이지 않으며, 또한 오십대 여인의 양장맵시가 저렇게 멋들어질 수는 없는 것이라고 김여사는 스스로 의심을 지우려 하였다.

그러나 아무리 이모저모로 뜯어보아도 마담은 고연희임에 틀림없었다.

'실수할 셈치고 물어봐야겠다. 제일 알고 싶은 게 고연경선생의 일이니까…….'

김여사는 자기의 어릴 적으로 돌아가서 그들과 생활할 때의 추억을 가지가지 들춰보았다.

그때는 고연희가 몸집이 두리두리하였었고 밤낮으로 안방에 처박혀서 재봉틀만 돌리지 않았던가.

'옳거니. 아일 배서 만삭이 되어 가는 몸이었지. 지금이야말로 온갖 사치를 다 할 수 있는 처지가 아니냐.'

천을 작정하였는지 그들은 이쪽으로 돌아왔다. 김여사는 맘을 정했다.

"여보세요. 말씀 좀 여쭙겠는데요. 마담께서 혹 고연희 씨가 아니 신가요?"

그는 나직하고 조용하게 물었다.

마담은 깜짝 놀라는 시늉으로 어깨를 치키며 두 손을 맞잡고 눈을 크게 떴다. 꼭 서양인들의 표정과 흡사하였다.

"아니, 날 어떻게 아실까?"

탄식처럼 나오는 말소리도 세련의 극치였다.

"틀림없으시군요? 절 모르시겠어요?"

김여사는 한 걸음 다가서며 자기의 낯을 쳐들었다. 그러나 고연희는 깜깜한 얼굴로

"누구시든가?"

하고 김난숙 여사의 이목을 더듬었다. 김여사는 무안해졌다. 고연희는 그때 한창 피어났을 적이요, 성숙하였던 그대로의 윤곽이라 얼른 알아보기는 하지만 그런다고 저렇듯 아득하게 몰라볼까.

"삼십 년 전의 일이니깐 그러시기두 하겠죠. 지금 고연경 선생님은 어디 계세요?"

"네? 삼십 년 전이라구요?"

말끄러미 내려다보는 고연희의 눈에 잠깐 흐린 물결이 지나치며 입을 동그랗게 열었다.

"오! 혹시?"

"시흥에서 사실 때 함께 있던."

"오라, 그 여학생이군요."

고연희는 김여사의 손을 덥석 잡았다.

경운은 호기심이 가득한 눈으로 이들의 거동을 살폈다.

"원 내가 이렇게 무딜까? 아이 참, 그때 학생의 이름이 뭐였죠?"

아무리 삼십 년이 지났던들 자기의 핏덩이를 오밤중에 묻어준 은인의 이름을 잊어 먹다니. 자기에게 깊은 상처를 남겨 오늘까지 괴로움에서 살게 하여 준 장본인은 그 중대한 사실마저 까마득히 잊고 있는 것일까?

"저 김난숙이 아니에요?"

김여사의 어투에 약간 날이 섰다. 고연희는 왈칵 김여사를 안아 소파에 앉히며

"오라. 인제 생각나는군. 그래그래 난숙이었어. 얼마나 예쁜 소녀였다구요?"

하고 고연희는 어색하게 수선을 피웠으나, 그것은 김여사만이 감득하였을 뿐이고 경운에게는 지극히 당연한 제스처로 보였다.

"어마! 내가 엄말 모셔오기 잘했군요. 마담하고 구면이시라니 이런 신기한 일이 어딨어요?"

경운은 덩달아 호들갑을 떨면서도 자기의 양복감만을 재삼 감상하고 있었다.

"워낙 미인타입이라 지금두 여전하시지만, 어릴 때의 모습은 많이 없어졌군요."

깎듯이 해라를 붙이던 사이였으나, 장성한 딸을 곁에 두고 있는 김여사에게는 자연히 경어가 쓰여지는 모양이었다.

"고선생님 어디 계세요? 늘 뵙고 싶은 맘이 간절한 데요."

고연경의 말이 나오자 고연희는 갑자기 어두운 얼굴이 되었다.

'이제야 그날 밤의 일이 생각나는 게로군. 고선생님처럼 대담한 처녀도 없었어. 그때가 어느 때라고 어린 색시가 아이의 시체를 안고 깊은 밤중에 산 속에 가서…….'

다음의 계속은 고연희의 서글프게 중얼대는 독백에서 끊어졌다.

"정이란 역시 어릴 적의 것이라야만 진국인 모양이지. 난숙 씨가 우리 연경일 간절히 사모하고 있다니 말야."

"소학교 때 선생님이 진짠 걸요."

경운은 곁에서 거들었다. 고연희의 표정에는 심각한 번뇌와 우수와 비애가 섞여 있었다.

"우리 연경인 죽었답니다."

실오라기처럼 가늘게 내뿜는 고연희의 한숨 섞인 보고에 김난숙 여사는

"어마! 그게 웬일이에요?"

하고 모르는 결에 부르짖었다.

"선생님이 돌아가시다뇨?"

"글쎄나 말예요. 하나님도 무정하시지. 우리 연경일 왜 뺏어 가셨는지."

고연희의 눈에는 금새 눈물이 고였다. 진정으로 슬퍼서 못 견디는 모양이었다.

"언제 무슨 병환으로 작고하셨나요?"

"아유, 말을 하자면 더 기막히죠."

고연희는 입을 열려다가 손님들의 주의가 이곳으로 모이는 것을 깨닫고 도로 입을 닫았다.

"얘기가 어떻게 슬픈 방향으로 흘러가네요."

경운도 처연한 낯빛을 하면서 두 여인을 바라보았다.

"여기서 이럴 게 아니라, 우리 잠깐 다방으로 나갑시다."

고연희는 문득 일어서며 난숙 여사의 손을 끌어 올렸다. 이런 데서는 부당한 화제임을 느끼고 김여사도 따라 나섰다.

"미스 진은 저기 가서 몸을 재구요, 윗다방으로 와요. 알지? 저 다방 말야."

고연희는 유리문을 나서서 다방을 지적하고 다시 안으로 들어가 조수에게

"정확하게 기록해요. 나중에 내가 검열할 테니깐."

하는 분부를 하고 나왔다.

두 여인은 다방에 들어갔다. 자리는 마침 한가하였다. 으슥한 구석의 탁자를 차지한 고연희는 레지에게 홍차를 주문하였다.

"오후니까 티로 합시다. 응?"

"그럼요."

차를 기다리는 동안에 고연희는 말 시작을 하였다.

"우리 연경이가 얼마나 난숙 씰 사랑했어요. 게다가 이 못난 언니라면 제 몸을 돌보지 않고 얼마나 애를 썼기에?"

과연 옳다고 생각하였다. 고연경은 무척 난숙을 좋아하였고, 더구나 그의 언니를 위하여서는 전후를 분별 못하지 않았던가?

"오늘밤의 일은 영원히 너랑 나만 알아야 해. 응? 무슨 일이 있더라도 우린 이 비밀을 지켜야 한단 말이다. 알았지?"

그 밤의 그가 하던 말이었다. 그는 그야말로 영원히 비밀을 안고 가버리지 않았는가? 그는 또 이런 말을 하였다.

"사람들에겐 얼마든지 비밀이란 게 있는 법이란다. 너도 인제 커 봐. 남이 몰라야만 하는 사건이 생길 테니 말야. 알았지?"

참으로 그는 예언자였던 것이다. 난숙 자신 역시 향운과 자기와 경운과 찬영 네 사람 외에는 아무도 몰라야만 하는 비밀을 가지고 있지 않는가?

"우린 그 즉시 서울로 갔지만 난 결혼에 실패했고."

고연희는 레지가 가져다 놓은 차를 홀짝 마셨다.

"아이라군 그때 한 번 생산해 보고 그만이었으니깐."

고연희의 귀밑이 발그레하게 붉더니 차차 뺨으로 훈훈히 번져갔다.

"그래두 우리 연경인 행복스런 결혼생활을 했지. 좋은 남편을 만나서 끔찍이두 귀염을 받더니만."

"그런데 왜 돌아가셨어요?"

"글쎄 아이 낳다가 죽었구료."

"어마! 절 어째요?"

김여사는 찻잔을 들었다가 덜컥 내려놓으며 놀란 소리를 쳤다.

"아이 저런! 어쩌다가요?"

"결혼한 지 오 년이 됐는데두 아이가 없더니만, 천행으로 하나가 생기지 않았겠수? 원 집안이 금이야 옥이야 떠받들고 야단들인데 그만 낳다가 그렇게 됐지 뭐야?"

"아이, 어쩜!"

"낳긴 아들을 낳았는데, 출혈이 심해서 속수무책이었지. 아이 원통해!"

고연희는 당시의 일을 연상하는지 맞은편의 벽을 노리며 가늘게 몸을 흔들었다.

"아간 어떻게 잘 커요?"

"아가도 이내 죽었다우."

"절 어째!"

김여사의 낯빛이 변했다. 그는 저절로 몸서리가 쳐졌다. 가슴이 서늘하게 내려앉았다.

'고선생이 아가를 낳다가 아가와 함께 죽다니. 두려운 업보가 아니고 무엇인가? 고연희도 그 이후로는 생산을 못했다지 않는가.'

"모두가 다 내 죄야."

고연희는 주문처럼 내뱉으며 손으로 이마를 짚었다.

"내 죄로 연경이두 죽은 거야. 그리고 또, 또, 아아."

고연희는 눈을 감고 이마를 손바닥에 비벼댔다.

'그 중에서 그래도 내가 난 셈이군. 삼 남매를 가지고 있으니. 그렇지만 향운이가 저렇게 된 것도 우연한 일이 아닌가 봐.'

"너무 상심하지 마세요. 천명이 재천이라니 다 각각 자기의 수명대로 사는 게 아니겠어요?"

김여사는 고연희의 손을 끌어내리면서 위로하였다. 고연희의 뺨에는 눈물이 흘러 내렸다.

그날 밤의 일을 회상하면 피눈물인들 흐르지 않을까 보냐고 김여사의 가슴도 아릿하게 아팠다. 십 팔 세의 처녀가 언니의 행복을 위하여서 계획적이요, 조직적으로 두려운 일을 알차고 당돌하게 치러냈는데도 자기는 죽고 말았으니…….

"나 너무 늦었죠?"

경운은 부리나케 이쪽으로 걸어왔다. 어머니의 저상(沮喪) 된 안색과 고연희의 눈물흔적을 보고 경운은 깔깔 웃었다.

"호호, 참 무던들 하시네요. 지나간 슬픔을 오래오래 음미하는 게 이른바 부덕인가 부죠? 과거에 사로잡혀서 헤어나지 못하는 게 어머니들의 미덕이라면 전 그런 소극적이요, 답보(踏步)적인 미덕은 아예 싫어요."

경운은 한바탕 공격인지 비평인지를 늘어놓더니

"우린 언제나 미래에 살아야해요. 과거란 현재의 거울이면서 현재는 또한 미래의 준비거든요. 지지리 슬펐던 과거의 일을 뭣 허러 오래도록 애껴 두시는 거예요? 벅찬 새로운 일이 밀려드는데 왜 자꾸만 찌꺼기를 들고 쩔쩔들 매시느냔 말예요? 인간이란 언제나 앞을 보고 새 일을 꾸미면서 살아가야 하는 거예요."

하고 결국은 교훈으로 끝마쳤다.

"정말야! 미스 진의 말을 들으니깐 가슴이 다 후련하네. 이봐요, 레지! 우리 선생님께 어서 차 드려요!"

기분적인 고연희는 단박에 명랑한 표정이 되었다.

'향운이 말이 맞군. 경운일 그렇게만 알지 말라더니만 여간 맹랑한 게 아닌데?'

김여사는 경운의 교훈을 반추하며 맘으로 감탄하였다.

"그럼 우리 현실로 돌아 오자요."

고연희는 손을 늘이어 난숙 여사의 손을 폭 싸 덮으며

"난숙 씬 퍽 행복해 뵈는데요. 그렇죠?"
하고 김여사의 눈을 갸웃이 들여다보았다.

"천만에 행복하긴요?"

"아이, 우리 엄마가 행복하지 않음 누가?"

경운은 어머니의 말꼬리를 다면서 과장스런 눈짓을 하였다.

"그렇고말고. 이런 총명하고 아름다운 따님을 가지셨는데."

고연희는 맞장구를 치며 김여사의 손을 쌌던 자기의 손으로 곁에 앉은 경운의 등을 어루만졌다.

"나 같은 건 호박이죠. 엄마의 재현인 우리 언니야말로 넘버원의 미스 코리아 감인데요."

"애가 왜 저 모양일까?"

"게다가, 내 아운 축구선수에, 우등생에, 미남자에. 다만, 심술이 뛰어나서 걱정이지만."

"호호호호. 정말 재밌어요. 밤낮 웃음 속에서 사시겠군요."

고연희는 깔깔대면서 식지(食指)를 앞으로 구부려 까딱하면서 레지를 불렀다.

'이분에게서 양풍(洋風)이 풍기는 건 웬일일까?'

레지는 고연희의 분부를 듣고 살렘과 라이터를 가지고 왔다.

"하나 피우실까?"

고연희는 김여사에게 하얀 시가 한 개를 뽑아서 디밀었다.

"전 못해요."

"그러시겠지. 그럼 나 혼자만."

고연희는 익숙한 솜씨로 불을 붙여 한 모금의 연기를 동그랗게 뿜어낸 후에 식지와 장지 사이에 파란 연기가 이는 담배를 끼어 들었다. 새빨간 매니큐어의 손톱이 은어 같은 손가락 끝에 물려 있었다.

'오십 세 여인의 손길이 저렇게 고울 수 있을까? 모진 일에서 힘줄만

튀어나는 주부의 손은 아니거든.'

"그럼 삼 남매를 두신 모양인가?"

"네."

"그러니 인간 대복은 다 갖추셨군."

"흥."

김여사에게서 가벼운 콧소리가 터졌다. 천부당하다는 항의였다.

"엄마에겐 한 가지만 없으세요."

경운이가 또 참견하고 나섰다. 고연희는 그것이 무엇이냐는 듯이 경운을 보며 눈웃음쳤다.

"아버지가 납치되셨거던요."

"어마! 절 어째!"

고연희는 행동을 정지하고 멀거니 김여사를 바라보았다.

"그래서 잠깐 엄마에게 고초와 적막이 깃들었을 뿐이죠."

"그 외엔 행복하시단 말씀인데 그건 따님의 견해시고, 엄마에겐 가장 크면서도 중대한 시련임에 틀림없었군요. 난 그런 줄은 몰랐어요. 너무나 젊고 예쁘시기에……."

고연희는 담배를 재떨이에 비벼 껐다.

"정말 자신의 말씀을 하시는군요. 처음에 전 몰라 뵐 뻔했어요. 도무지 삼십 대로밖에 안 뵈는 걸요, 뭐."

김여사는 엽차를 마시면서 눈을 치떠서 새삼 고연희를 관찰하였다.

"저 눈씨는 어릴 때 그대로군요."

"어디, 엄마 나 좀 봐요!"

경운은 김여사의 어깨를 잡아 돌렸다. 그 바람에 찻물이 김여사의 저고리 소매에 튀었다.

"기집애가 왜 이렇게 수선이야?"

김여사는 손수건으로 얼른 물을 닦으며 경운에게 눈을 흘겼다.

"그 눈이야말로 매혹적이야 엄마!"

"큰따님이 엄말 닮았다며요?"

"네, 아주 눈만은 더……."

"그럼 썩 아름답겠군요. 왜 함께 안 나오셨나?"

"언닌 이거예요."

경운은 마담에게 너울 쓰는 시늉을 해 보였다. 순간 김여사는 집안에 일이 많은 것을 상기하고 맘이 바빠졌다. 그리고 향운의 결혼을 이 여인에게 알려서는 안 된다는 생각이 막연하게 떠올랐다.

"넌 언제 철이 드니?"

고연희는 아직 못 깨달은 듯이 의아스럽다는 눈으로 모녀를 번갈아 보았다.

"참 기껏 우리 얘기만 했지, 댁의 소식은 모르잖아요?"

그러나, 김여사의 입은 열려지지 않았다. 무슨 말을 물을 것인가? 그때의 해산을 한 처녀(김여사는 분명 그렇게 생각하고 있는 것이다)에게 남편이 어떤 분이냐고 어떻게 발설할 것인가.

'결혼에 실패하고 이때까지 아이도 없었다면서 어떻게 생활은 유지했을까?'

"알릴 만한 건덕지가 있어야 말이지."

고연희는 갑자기 쓸쓸한 표정이 되었다.

"갖은 파란곡절을 겪었다고만 알아두세요."

"그렇지만 그렇게 성공하셨는데요."

"성공요?"

"그럼요. 결국 좋아하시던 양재가 아닌가요? 그때부터도 밤낮 양복만 만드셨지 않아요?"

"그랬던가?"

연희는 먼일을 회상하는 듯 의자에 등을 기대고 천장을 쳐다보았다. 그의 뺨이 모르는 결에 붉어졌다.

"손님들이 어서 오시래요!"

샛노란 스웨터를 입은 점원이 고연희를 데리러 왔다.

"참, 어서 가보세요. 바쁘실 텐데."

김여사는 먼저 일어났다. 고연희는 재빨리 찻값을 치르고 나서

"정말 반가웠어요. 연경일 본 거 같애요. 다음엔 큰따님을 데리고 오세요. 꼭요."

하고 모녀를 안다시피 하여서 양장점으로 돌아왔다.

"엄마! 이 색깔 괜찮지?"

경운은 자기의 양복감으로 정한 천을 김여사에게 다시 보였다.

"마담이랑 고르셨는데 어련하겠니?"

"조금 비싼 거예요."

"뭘 그렇게."

모녀의 문답을 듣고 있던 고연희는 재단대에 적혀진 경운의 기록을 뒤져보며

"특별염가로 해드리죠. 그저 실비 정도로나……."

하고 경운에게 윙크하였다.

"땡큐 마담!"

경운도 한 눈을 감으며 마주 애교를 피웠다.

'저러니 말괄량이가 아닐 수 있나?'

김여사는 경운이 향운보다도 훨씬 더 처세와 사교에 능란한 것을 보고 놀랐다.

돌아오는 길에 김여사는 향운에게 필요한 이 것 저 것을 샀다.

"엄마. 미안하지만 혼자 가세요, 네? 나 얼른 어디 좀 다녀갈게요."

"이걸 다 나 혼자 가지고 말이냐?"

"해해. 그럼 어떡해요? 엄마, 안녕!"

경운은 시청 앞에서 김여사를 합승에 태워 보내고 다시 돌아섰다.

경운은 큰길을 건너 광화문으로 가는 합승에 올랐다. 어머니와 다닐 때는 극히 여유 있게 담소하던 그가 차안에서는 부쩍 시계에 신경을 썼다.

'어쩐다지? 십 오 분이나 경과했는데.'

경운은 우체국 앞에서 내렸다. 오후 네 시 오십 분. 다섯 시로 접어드는 거리는 어렴풋이 황혼을 맞이하고 있었다.

경운은 달리다시피 하여서 T다방으로 갔다. 대학교수들이 많이 드나든다는 다방인 만큼 분위기가 차분하게 가라앉아 있었다.

저쪽 구석 의자에서 이헌수 씨가 경운을 알아보고 잠깐 손을 올렸다. 경운은 만면에 웃음을 띠고 그에게로 갔다.

"죄송해요 선생님. 오래 기다리셨어요?"

비어 있는 맞은편 의자에 앉으며 경운은 먼저 사과하였다.

"오늘은 어떻게 된 거야? 항상 선착이던 경운이가 지각을 하니."

이 교수는 반드르르하게 땀이 배어있는 경운의 흰 이마를 바라보며 나무라듯이 물었다.

"좀 그런 일이 있어서요. 언니가 결혼을 해요."

"참, 무슨 차를?"

이 교수는 서성거리는 레지를 불렀다. 경운은 그에게

"나 밀크."

하고 부탁한 후에

"지금두 간신히 빼쳐 나왔어요."

하고 포켓에서 분홍 손수건을 꺼내어 이맛전을 찍어냈다.

"언니 결혼에 미스가 바쁠 턱이 있을까?"

"선생님두. 아버지가 안 계시단 걸 아셔야죠."

"그럼 경운이가 아버지 대역을 한단 말이지?"

"때로는요."

"허허, 어떻게?"

"방법은 얼마든지 있죠 뭐."

경운은 순간 한 달 전에 찬영의 방에서 열심으로 그에게 향운과의 결혼을 요구하던 일을 생각하였다.

"결혼의 추진 같은 거라든지, 진행에 대한 절차 같은 것두 다 제가 챙견해야 하니깐요."

"허허, 그래?"

이 교수는 새삼스럽게 고개를 크게 조아리며 감탄하였다.

"난 경운일 어린 축으로 알았는데, 인제부터 재인식해야 되겠군. 그래 오늘은 왜 늦었다구?"

"제 양복을 새로 맞추느라구요."

"결혼은 언니가 한다면서?"

"호호. 그러니깐 덕을 입는 게 아니에요?"

경운은 레지가 가져온 밀크를 반 컵이나 마셨다. 붉은 입술이 새로운 윤택으로 더 고왔다.

"흐음. 어디서나 실속은 잊지 않는 게 경운의 처세술이니까."

이 교수는 의자에 등을 기대며 귀여운 듯이 경운을 내려다보았다.

"반드시 그렇지도 않아요. 봉사정신은 얼마나 강하게요? 지금도 양쪽 팔이 휘어져라고 심부름하다가 온 걸요."

"학교엔 결석하고 말인가?"

"오전엔 갔다왔죠. 점심 후에 엄마랑 양장점에 갔다가 오는 길에 물건을 잔뜩 사서 들긴 제가 했지만, 여기 오느라고 결국 엄마에게 실려보냈죠."

"장한 봉사정신이군."

"참, 선생님!"

경운은 갑자기 은근한 소리를 냈다.

이헌수 씨는 대답 대신으로 몸을 일으켰다.
“아직 우리 엄마 못 보셨죠?”
“그럴 기회가 없었지.”
“우리 언니두 안 보셨고. 그러니 자랑거리가 있어야 말이지.”
“건 또 무슨 소리야? 참, 아우는 봤지 않아? 언젠가 명동에서 말야.”
“그까짓 심술꾸러기.”
“아주 썩 잘 생겼던데 그래?”
“언닌 그야말로 이거예요.”
경운은 엄지손가락을 척 들어 보이고 한 눈을 샐쭉 감았다.
“엄만 또 언니 이상인걸요.”
“허어. 대단한 집안이시군.”
“저만 빼놓는다면요.”
“천만에. 경운이야말로 이거지.”
이 교수도 경운이처럼 굵다란 엄지를 쳐들며 빙긋이 웃었다.
“언닌 안 봤으니까 모르지만 난 경운의 음성이나 이목이 썩 맘에 들었지. 물론, 정신적인 매력이야 말할 나위도 없지만.”
이 교수는 아까처럼 다시 의자에 몸을 비기며 천장을 쳐다보았다. 먼일을 회상하는 듯이 스르르 눈을 감았다.
“선생님 무슨 명상을 하셔요?”
경운은 남은 밀크를 홀짝거리며 빤히 이 교수를 건너다보았다.
“옛날의 애인이나 추억하시는 거예요?”
이 교수는 씁쓰레한 미소를 입 언저리에 지으며 잠잠하였으나 가슴에는 선뜻 마치는 것이 있었다.
과연 그는 지금 이십여 년 전의 과거를 더듬고 있는 중이었다. 그에게는 못 견디게 그리운 여성이 있었다.
내자동에서 하숙할 때의 일이었다.

안채에는 여학생들이 있고, 사랑채에는 남학생들이 기거하였다. 경성제대에 다니는 대학생이 둘 있었는데, 함께 한 사람의 여학생을 싸고돌았다.

그 여성은 너무나 새침하여서 아무에게나 호의 같은 것을 보이지 않았으나 분명히 헌수 자기에게는 따뜻한 눈길을 부어준다고 느꼈다. 그래서 편지를 열 번도 넘어 보냈다.

한집에 있으면서도 꼭 우편으로 성명을 갈아서 보냈던 것이나, 상대편은 그 뜻을 아는지 모르는지 한결같이 담담하기만 하였다.

졸업을 이틀 앞두고 헌수의 맘은 견딜 수 없이 초조하였다. 그런데 우연히도 돌아오는 길에서 만났다. 무슨 말을 할 듯 할 듯하다가 그냥 하숙 대문으로 들어가려는 처녀를 헌수는 뒤쫓았다. 중문을 막아서며 맘에 맺혔던 한마디를 쏘았던 것이다.

'아무개는 황해도 갑부니까 가난한 난 안중에 없는 거요?'

그때에 처음으로 들어 본 그 맑고 매몰차던 음성이 아직도 귀에 쨍하였다.

'재물로 인간을 저울질 한다구요? 그렇게 유치하신 분인 줄 몰랐어요.'

그 유치하다는 문구가 너무나 억울하여서 헌수는 분개하였다.

'흥, 건방진 계집애. 지가 뭐라구?'

헌수는 그를 단념하고 외국유학의 길에 올랐던 것이나, 아직까지도 가슴에, 머리에, 선하게 새겨져 있는 환영은 K라는 그 처녀였다.

'내가 경운을 좋아하는 것도 어디엔가 그의 모습과 그의 음성이 깃들여 있는 까닭이 아닌가?'

"선생님, 뭐예요? 절 앉혀 놓고 애인의 추억에만 시간을 보내시다뇨? 그럼 전 가겠어요."

경운은 발딱 일어났다. 그 서슬에 컵이 굴러 떨어졌다.

"쟁그랑!"

유리그릇이 깨어지는 날카로운 음향이 싸늘하게 이교수의 귀를 때렸다.

마침 불안한 회상을 하던 그의 신경은 까칠하게 곤두섰다.

"아니 왜?"

이 교수는 벌떡 일어나며 경운을 쳐다보았다.

"흥미 없어요. 혼자 실컷 잠기세요."

경운은 뭇시선을 받으며 발을 떼려고 하였다.

"그럼 함께 나가지."

고집쟁이의 경운을 도로 앉히려 하다가는 주위의 호기심만 일으킬 것을 깨닫고 이헌수 씨는 일어났다.

경운은 문으로 나오고 이 교수는 카운터로 갔다.

"아이, 별말씀을 다 하시네요. 단골선생님께 그런 법이 있어요?"

마담의 간드러진 말소리가 들렸다. 유리컵을 보상하겠다는 이 교수에의 대답인 듯하였다.

'후훗, 싸지 싸!'

멍하니 눈을 감고 앉았던 이교수의 모습을 생각하며 경운은 층계를 빨리 내려왔다.

"경운!"

뒤도 돌아보지 않고 바른편 길로 발을 내딛는 경운을 위엄이 서리는 이 교수의 음성이 따랐다.

"거기 서요! 자, 인제 날 따라와! 그리고 다음엔 좀더 참을성을 가져야 해."

이 교수는 경운을 데리고 거기서 가까운 W다방으로 왔다. 띄엄띄엄 아는 얼굴들이 보였다.

그들은 기역자로 꺾여진 쪽의 구석 의자로 가서 마주 앉았다.

"총명한 여성이 왜 그 모양일까?"

경운의 입모습에서 가물거리던 장난스러운 웃음기가 드디어 폭발하였다.

"큭 큭."

경운은 머리를 숙이고 웃음을 깨물며 킥킥거렸다. 어깨가 들썩거리며 뺨이 새빨개졌다. 이 교수는 그러한 경운을 멀거니 바라보면서 담배를 꺼내어 불을 붙였다.

"웃긴 또 왜?"

후련하게 한입의 연기를 내뿜은 이 교수는 눈가에 주름을 잡으며 실눈이 되어 물었다.

"전 그 다방이 싫어서 선생님을 이리로 모시려는 트릭이었어요."

"흥, 잘하는군."

이헌수 씨는 대수롭지 않게 묵살하였다. 바다처럼 넓은 그의 흉금에 자기를 몰아들고 싶은 갈망을 경운은 언제나 품고 있는 것이다.

"아버지도 계시지 않은데 언니가 결혼한다니 어머니께서 꽤 괴로우시겠군. 아버지 대역이라는 따님이 저런 철부지니, 더구나……."

이 교수는 진실한 말투로 스승다운 걱정을 하였다.

"아닌게아니라, 요샌 엄마의 비명이 이만저만이 아닌 걸요."

"신랑 되실 분은?"

"공대 건축과 재학중인 수재래요. 오, 참 선생님도 보시구선."

"응? 언제?"

"한 달 전엔가 저기 H다방에서 왜 안 보셨어요? 저랑 그때……."

"아아, 알았어. 그 청년 참 훌륭하던데? 신랑 잘 고르셨군."

"언니가 고른 걸요."

"허허 그래? 식은 언제고?"

"이 달 29일, 화요일. 보름밖에 안 남았어요. 선생님, 그때 오시죠?"

"어떻게? 내가 가면 좋겠나?"

"그걸 말씀이라고 하세요?"

"그렇담 가지. 오라는 데야 안 갈 수 있나?"

"나중에 지가 청첩장 올릴게요."

그러는데 예쁘게 화장한 레지가 차를 물으러 왔다.

"홍차 둘!"

이 교수는 그에게 이르고 레지가 간 후에 경운에게 중얼댔다.

"덕분에 자꾸 물만 마시게 되는데, 이게 또 고역이란 말야."

"죄송해요."

경운은 까딱 이마를 숙이고 혀를 날름하다가

"참 선생님, 예수 믿으세요?"

하고 딴청을 했다.

"아니, 왜?"

"그럼 부디 그때 오세요. 우린 교회에서 하니깐 구경 겸 꼭 오셔야죠."

"경운이가 신자라니 금시초문인 걸."

"저흰 종교인이 아닌데 신랑이 목사님 자제거든요."

"허어, 그렇다? 거 참 좋은 일이야."

"교인이면 다 좋은가요?"

"신앙이 있는 것과 없는 것을 비교하면, 아무래도 굳은 신념에서 살아가는 인간이 더 정화될 게 아니겠어?"

"그야 그렇겠죠."

"아무래도 그날 내가 가야겠군. 교회식이라니 더 의의가 있고 말야."

"아이 좋아. 엄마랑 언니께두 선생님이 오신다는 얘기 알려두겠어요."

"그게 무슨 별일이라고, 떠들 건 없지 않나?"

"그래두요."

경운은 앞에 놓은 차를 이 교수보다 먼저 손보아 마셨다.

"전 세 번째나 티룸을 갈았는데두 못 마실 것만 같더니만 오는 쪽쪽 마시게 되는 거 보면 참 이상해요."

"그러기에, 어느 땐 대여섯 잔씩 마시게 되는데, 그게 탈이거든. 모처럼 아는 사람을 만나면 이쪽 저쪽에서 다 그냥 헤어져 버릴 순 없으니까 애꿎은 차 대접만 하게 마련이란 말야."

이 교수도 천천히 차를 저어 한 모금 마셨다.

"인생이란 참 기묘한 곡절 속에서 살아가는 모양이죠?"

"새삼스럽게 느끼게 된 동기라도 있는 모양이군."

"정말예요."

경운은 차를 훌훌 마시며 심각한 얼굴이 되었다.

"요새 지가 당해 가는 모든 일이 다 그런 걸요."

"그래? 거 축하할 일이군."

이 교수는 물끄러미 경운을 바라보았다. 아닌게 아니라, 이 한 달 동안에 갑자기 어른이 되어간다는 언동을 더러 보았던 것이다.

"어디 좀 들어볼까? 그 기묘한 곡절이란 것을."

이 교수도 무심결에 찻잔을 비웠다. 그의 손은 다시 엽차로 갔다.

"뭐 신통한 건 별루 없어요."

경운은 향운의 결혼 건을 생각하면서도 입으로는 그렇게 말했다. 일평생 간직해야 할 그 중대한 비밀만큼이야, 어느 누구에게 알릴 수 있으리요. 아무리 맘껏 사모하고 존경하는 이 교수에게인들…….

"오늘 엄마가요 삼십 년 전의 사람을 만나서 울구 불구 야단했거든요."

"응? 재미있는 뉴스로군."

이 교수는 호기심이 어리는 눈으로 경운을 건너다보았다. 로맨스의 실마리라도 풀릴 것을 기대하는 눈치였다.

"여자들이란 너무나 정에 예민한 모양이죠? 몇 시간이고 붙잡고선 눈물만 짜는군요."

"허어, 비장한 장면이었군!"

"남성들은 안 그러겠죠?"

경운은 어린애 같은 질문을 하였다. 이 교수는 흥미가 깨진다고 생각하

면서도

"그야 경우에 따라서겠지……."

하고, 대수롭지 않게 대꾸하였다.

"선생님은 삼십 년 전의 애인을 만나신담 어떡허시겠어요?"

"허어, 이거 곤란한데?"

이 교수는 슬쩍 머리칼을 넘겼다. 그 머릿속에서 조금 전에 회상하던 K라는 여학생의 환영이 되살아났다.

"어떡허긴? 이제야 틀린 궤도를 걷는 사람들끼린데 뭘?"

그는 열없게 피식 웃었다. 그 웃음이 가을 저녁에 낙엽을 스쳐가는 바람결처럼 쓸쓸하다고 경운은 느꼈다.

"그건 그렇고. 아까의 보고나 계속해 보시지."

이 교수는 조용하게 채근하였다. 솔깃하게 얘기에 말려들던 그의 시선이 문득 맞은편에 박혔다. 경운은 모르는 결에 머리를 돌렸다. 얼굴이 희고 예쁘장하게 생긴 미남자가 뒷좌석에 서서 이헌수 씨에게 허리를 굽혔다.

"응, 너 웬일이냐?"

"친구들이랑 왔어요."

"그래? 거기 앉으렴."

청년은 이 교수의 명령에 비로소 앉는 모양인지 의자의 덜그럭거리는 소리가 들렸다.

"내 조카애야."

이 교수는 간단하게 알리고 잠깐 앉았다가

"어디 가서 저녁이나 먹지."

하고 일어났다. 이 교수가 찻값을 치르는 동안 경운은 학생들의 앞을 통과하여 밖으로 나왔다. 이 교수의 조카라는 청년의 간지러운 눈총을 느끼면서…….

"내가 자릴 떠야 개들이 활발하게 놀꺼 아니야?"

이 교수는 층계를 내려오면서 나직하게 말했다.

"알뜰하시군요. 그렇지만, 요새 사람들이야 어른이 있건 없건 멋대로들 아녜요?"

"그야 사람 나름이겠지만 잰 아이가 착실해서."

과연 첫인상은 착실하게 보인다고 경운은 생각하였다.

그들은 가까운 그릴에 가서 단출한 양식을 먹었다.

"선생님은 지독하셨을 거예요."

경운은 불쑥 그렇게 말하면서 빵 조각에 잼을 발랐다.

"응?"

"퍽 지독하게 상댈 사랑하셨을 거예요. 지금두 연연하게 못 잊어 하시니 말예요."

"꽤 거기 대한 관심이 깊군."

"당연하죠, 뭐."

경운은 눈을 치떠서 힐끗이 이 교수를 흘겼다. 동시에 발그레 빰이 물들면서 빵 조각을 오물거리는 입술이 부자연하게 샐룩거렸다.

이 교수는 경운에게서 처음으로 이성다운 여성을 느꼈다.

'경운도 성숙해 가는구나.'

상처한 지 오 년이 넘도록 독신을 지켜오는 이 교수에게 뭇 여성들의 흠망은 지극한 것이었다.

이제야 사십여 세의 장년이요, 학벌과 지위가 높은 데다가 전처의 소생이 하나밖에 없는 이헌수 씨는 결혼상대자의 최상급일 수밖에 없었다.

"선생님의 과거에만 관심이 깊은 줄 아세요?"

경운은 입 속의 것을 넘기느라고 냉수를 홀짝 마셨다. 또 한 번으로 목을 가다듬은 후에 컵을 내리고 냅킨 끝으로 잠깐 입술을 눌렀다.

"현재에도 대단히 집착이 강한 걸요."

"흐음, 고맙군."

"선생님의 주위에 들끓는 모든 여성들의 성분을 검토하기에도 퍽 피곤해요."

이 교수는 경운의 대담한 말에 가슴이 선뜻하였다.

T다방에서 유리컵을 깨칠 만큼 거친 동작으로 일어선 것이 질투의 발로가 아니고 무엇일까.

'경운이가 질투를 한다?'

그렇다면, 단순한 사제지간의 우의만도 아닌, 애정으로 이처럼 따르는 경운을 어떻게 감당할 것이라고 이 교수는 고깃점을 굴리면서 생각하는 것이다.

'어린 척 하여도 정신연령은 상당한 수준에 오른 이 처녀의 적극성이 강한 정열을 누가 감히 당해낼 수 있을까?'

이 교수는 자기에게 호의와 정의를 품고 있는 오륙 인의 여성을 경운과 비교하였다.

"또 생각에 잠기시는군요."

초롱초롱한 눈이 푸른 광채를 담고 말끄러미 이 교수를 쏘았다.

'그들을 꽃이라면 경운은 별일까?'

"경운은 어떻게 남의 심리를 그렇게도 잘 아누?"

이 교수는 어설프게 웃으며 나이프와 포크를 놓았다.

"이심전심이라는데 것두 몰라요?"

"경운에겐 당할 재간이 없군."

"선생님!"

"응?"

"제 청 하나 들어주시겠어요?"

경운은 냅킨을 착착 접어서 한쪽으로 올려놓았다. 그들의 앞에는 황옥덩이와 같은 복숭아의 입가심이 나와 있었다.

"뭔데?"

"절 집에까지 데려다 주세요."

"오늘은 웬일이야?"

이 교수는 빤히 경운의 물결치는 눈을 바라보았다.

"전엔 더 늦어서도 혼자만 가겠다더니."

"갑자기 외로워졌어요."

경운은 말소리에도 표정을 넣었다. 구슬픈 새소리를 듣는 것 같았다.

"언니의 결혼 때문인가?"

"노처녀도 아닌 걸요."

"그런데 왜 갑자기? 도무지 경운답지 않은데?"

"아마 제 본연의 자세가 이 모양인가 부죠?"

경운은 쓸쓸하게 웃었다. 가을 저녁에 살랑거리는 바람결 같다고 느꼈다.

"염려 말어. 택시로 바래다 줄 테니까. 어서 그거나 들지."

"아이, 좋아. 지금 몇 시죠?"

"여덟 시 반."

"마침 시간두 꼭 됐군요, 땡큐 써."

경운은 함빡 웃음을 피우며 얼굴을 붉혔다. 봄날의 꽃이 향내를 풍기는 듯하였다.

'현란한 광채와 무궁한 변화를 자유자재로 부리는 이 처녀!'

노련한 이 교수도 경운의 번롱(飜弄)하는 매력에는 잠시 어리둥절할 수밖에 없었다.

그들은 그릴을 나와서 거리에 섰다. 끊임없이 밀려드는 불의 흐름이 동서로 분류하기에 바빴다.

이 교수는 아담한 색채의 시발을 잡아서 경운과 뒷자리에 나란히 앉았다.

"선생님!"

"왜?"

운전사가 어디로 가라는 지시를 받으려고 귀를 기울였다.

"저 호강 좀 시켜 주시겠어요?"

경운은 이 교수의 귀에다 대고 소곤댔다.

"오늘 저녁만의 사치라구요, 네?"

이 교수는 대답할 말을 잃었다. 경운의 다음의 속삭임을 기다리는 수밖에 없었다.

"어디루 가세요?"

기다리다 못하여서 운전사가 퉁명스럽게 물었다.

"중앙청 앞길로!"

물론 경운이가 일렀다. 차는 서쪽으로 가다가 광화문 네거리에서 돌았다.

"집엔 안 가나?"

"오늘 코스만은 제게 맡기세요. 네?"

"아무러나."

"저, 롱 드라이브가 하고 싶어요."

천진하면서도 깔끔한 경운은 한 번도 이 교수에게 필요 이상의 부담을 지우지 않았던 것이다.

'오늘은 경운이가 이상하다.'

이 교수는 귀여운 어린 제자의 청이라면 얼마든지, 무엇이나 들어줄 성의가 있었다.

"맘대루 하지. 장안을 몇 바퀴나 돌면 돼?"

"피, 누가 개미 쳇바퀴 돌 듯이 장안만 돌아요? 안국동으로 꺾으세요!"

경운은 운전사를 조종하면서도 입은 쉬지 않았다.

"더 먼 덴 싫으세요? 인천 가도나 광나루 같은."

"오늘은 너무 늦었지 않아? 다음 일요일에나 가기로 하지. 집에서도 기다리실 테고."

"도학자님이라 다르시군요. 그럼 그만 두세요."

경운은 날카롭지 않은 말투로 혼자 말하면서, 그래도 자세하게 방향을 가리켰다.

그들은 한적한 돈화문 앞길을 지나 원남동에서 창경원 쪽으로 꺾었다.

"좋은 코스로군!"

이 교수가 조용하게 칭찬하였다. 차는 혜화동의 로터리에서 대학가의 길을 잡았다. 이 교수와 경운은 감격의 눈으로 어둠 속에서도 위용을 자랑하는 자기들의 학교를 돌아보며 지났다.

을지로 오가의 넓은 도로를 달리던 차는 대한극장의 앞을 지나 필동을 거쳐서 남산으로 올라갔다. 하계(下界)는 그저 불이었다. 흐르는 불, 박힌 불, 오색의 깜박이는 불, 크고 작게 번쩍이는 불!

"선생님!"

"음?"

"저 불만큼 인간의 비밀도 많을까요?"

"건 또 무슨 소리지?"

"누구나 다 비밀 하나씩은 가지고 있을 거예요. 선생님두 물론."

"그럼 경운이도 가졌겠군."

"저라고 없을 리가 없죠."

이 교수는 운전사를 꺼려서 입을 다물었다. 무슨 말이 뛰쳐나올지 겁이 났다.

경운도 잠잠하게 시선만 보내면서 남산을 내려왔다. 차는 삼각지를 지났다.

"제가 선생님을 모시고 온 목적이 어디 있는지 아시겠어요?"

한강 다리목에 들면서 경운은 이 교수에게로 머리를 돌렸다.

"어느 이성하고 밤에 여길 지난 적이 있었어요. 그때 간절하게도 선생님만 생각했거든요?"

"어느 먼 곳으로 여행하고 싶은 욕망이 무럭무럭 피어올랐어요."

경운은 한 달 전에 찬영과 합승을 함께 타고 지나치며 담화하던 일을 생각하였다.

그 여행의 반려자로서 이 교수를 못 견디게 그리워하던 그 감정을 지금 맛보고 싶은 것이다.

"차 좀 천천히 몰아주세요."

철교에 걸리면서 경운은 운전사에게 청했다.

이헌수 씨는 좌우를 살폈다. 정면으로 흑석동으로 통하는 길에는 간격을 맞춰서 서 있는 가로등이 큰 불덩이의 난간을 뻗친 듯이 아득히 보이는데 왼편 강의 상류에서는 검은 안개와 신비가 뒤섞여 이는 듯하였다.

창조 전의 침묵이 서려있는 듯한, 그 냉랭하고 엄숙한 기운은 이내 이 교수를 속세 아닌 딴 세계의 길손으로 착각하게 하였다.

"과연 그러한 맘이 일게 됐군."

이 교수의 나직하고 굵은 음성이 축축하게 젖어 있었다.

"선생님께 보이고 싶은 정경이었어요."

경운은 머리를 이 교수의 어깨에 가만히 실렸다. 그리고 속삭였다.

"꼭 선생님을 뫼시고 저런 신비의 지역으로 가고 싶어요."

경운의 체중까지 팔에 무겁다고 느끼는 순간 경운의 손이 이 교수의 무릎으로 왔다.

"선생님은 절 동반자로 생각 안 하실는지 모르지만……."

"그럴 수가 있나. 내가 여행에 오른다면 먼저 경운일 찾을 텐데 그래?"

이 교수는 자기 무릎 위에서 체온을 내고 있는 경운의 손을 자기의 손으로 덮었다.

"선생님, 진정이시죠?"

경운은 이 교수의 손을 받아 쥐며 머리를 들었다.

"거짓을 말할 필요가 있을까?"

"선생님!"

"응?"

"저 좀 보세요!"

이 교수는 경운을 마주보았다. 경운의 눈은 희망과 기쁨으로 반짝였다.

"약속하시겠어요?"

바른편 영등포 가도에서 번쩍대는 무수한 불들을 바라보며 이 교수는 두어 번 고개를 끄덕였다.

"싫어요. 말씀으로 하세요!"

이 교수의 손에 경운의 새로운 힘이 전해 왔다.

"내가 신비의 지역에 여행할 때는 진경운 양을 대동할 것."

"됐어요. 전 그때만 기다리겠어요."

경운은 이 교수의 손을 놓고 몸을 바로 했다. 차는 파출소의 앞을 지나서 거리를 통과하였다.

둘은 한동안 잠잠하였다. 경운은 새삼스럽게 심각한 얼굴로 정면만을 쏘아보고 앉았고, 이헌수 씨는 경운의 그런 요구가 무엇을 내포하고 있는가를 분석하며 있었다.

"경운인 매일 꽤 먼델 왕래하는군."

잠시의 침묵을 이 교수가 깨뜨렸다. 경운은 움찔 놀라는 듯이 허리를 폈으나 대답은 하지 않았다. 그는 이 교수의 말을 듣지 못하였던 것이다.

국민학교를 지나서 경운은 차를 세웠다. 이 교수가 집에까지 데려다주마는 것을 한사코 거절하고 돌려보냈다.

경운이 집에 돌아오니 향운은 찬영과 희준네 집에 가고 없었다.

"웬일예요? 언니가 그 댁엘 다 가고."

"안 가게 됐니? 인제 막다른 골목인 걸. 희준인 찬영이 허고 특별한 관계까지 있던데 그래?"

김난숙 여사는 일손을 놓지 않고도 찬영에게 들은 해수욕장의 광경을 자세하게 얘기하였다.

"어쩜! 다 그런 인과가 있었군요? 그러니 엄마. 세상엔 공짜가 없나 부죠? 찬영 씨의 의리만을 탄복했더니만, 희준 씬 언제 또 그렇게 씨까지 뿌렸으니 말예요."

"그러기에 말이다. 세상일이란 돌고 돌게 마련이야."

김여사는 갑자기 재봉틀을 돌리던 손과 눈을 쉬고 경운을 말끄러미 보았다.

"넌 대체 어디서 인제 오니? 작작 쏴 다녀! 나 혼자만 보내고 꽁무닐 싹 빼더니만. 너두 밤낮 어린애만은 아닐 테니깐."

오늘밤 따라 유달리도 처녀다운 매력이 넘치는 딸을 바라보며 김여사는 계속 나무랐다.

"너두 생각을 해봐!"

김여사는 소리를 쑥 낮추었다. 그리고 잠깐 부엌 쪽을 돌아보았다.

"너만은 당당한 결혼을 해야지 않아? 십 년 공부 나무아미타불로 언닌 어쩌다가 저렇게 됐지만, 너만큼은 당당하게 보내고 싶단 말이다."

"왜 당당하지 않아요? 언니가 뭐 어때서요?"

"재 좀 보게. 표면이야 그렇게 보이지만 양심은 밤낮 이거거든."

김여사는 두 주먹으로 가슴 치는 시늉을 하였다. 그만큼 가슴이 벌렁댄다는 뜻이라고 짐작하면서도 경운은 짐짓 태연하게 말했다.

"그건 엄마의 자격지심이죠. 지금 말 들으니깐, 찬영 씨가 희준 씨의 아일 맡는다는 게 조금도 우연한 일이 아닌, 신의 섭리란 말예요. 아예 신이 정한 운명의 코스를 언니가 밟아 가는 것뿐일 걸요. 오죽이나 당당해요?"

"네 말이 옳다고 해두자, 그럼."

김여사는 누그러진 음성으로 가느다란 미소를 얼른 비쳤다가 지웠다.

"그건 그렇다 치고, 난 인제 너나 바랄 수밖에 없지 않니? 제발 얌전스럽게 돼 달라는 거야."

"언닌 뭐 말괄량이라 그랬수?"

"그러니깐 더 염려가 되지 않니?"

"호호. 지가 말괄량이라서 더 걱정이 되신단 말이죠?"

"이를테면 그렇지."

"전 언니처럼 맹추는 아니거든요."

경운은 이 교수를 생각했다. 사제지간이라고 부부가 못 된다는 법이야 있을까? 그만한 후보자도 쉽지는 않지만, 오직 연령이 문제였다.

'엄마보다도 나이가 더 위라면 좀 망발이겠지?'

경운의 석연치 않은 표정을 보고 김여사는

"너 내말 명심해야 한다. 결혼 상대자가 못될 경우에는 교제를 깊이 하지 말아야 해!"

하고 엄격하게 뒤를 눌렀다.

"엄마!"

경운은 재봉틀에 달라붙으며 어머니를 들여다보았다.

"그 날 우리 선생님 한 분이 오신 댔어요."

"한 분만이야? 많이들 와 주시래라. 어느 학교? 중학? 대학?"

"대학 교수님이신데 이분은 특별한 분예요."

"나이가 어떻게 된 분인데?"

"엄만 나이부터 물우 왜? 어쨌거나 그날 잘 눈여겨 봐두세요. 네?"

경운은 눈을 빛내면서 은근한 소리로 신이 나서 졸랐다.

"그거야 어려울 거 있니? 맘껏 봐두자꾸나."

김여사는 힘을 들여서 손잡이를 돌리며 쾌락하였다.

'이 계집애가 어떤 사람을 가지고 이러나? 그렇지만, 제 말마따나 맹추는 아니니깐. 어디 두고 봐야지.'

김여사는 은근히 결혼 날짜를 기다리게 되었다. 경운 모녀가 이러한 대화를 하고 있을 때 찬영과 향운은 아직도 희준네 안방에 앉아 있었다.

찬영과 약혼한 후에 향운은 세 번째 그와 동반한 것이다. 처음으로 함께 영화관에 갔을 적에는 향운이 너무나 수줍어하였다.

어느 좌석에서 희준의 현재의 친우들이 자기를 보고

'흥, 어느새 저렇게 됐나?'

하면서 조소할 것도 같고, 자기의 동무들이나 만나면 소갈머리 없이 재잘댈 듯하여서 좌우라고는 돌아보는 일이 없었다.

새색시 마냥 앞만 보거나 발끝만 내려다보았다.

"왜? 우울하세요?"

보다 못하여서 찬영은 향운에게 말을 걸었다.

"아뇨."

짤막하게 대답하는 향운도 영사가 시작되어 실내가 컴컴해지면 기를 펴고 앞뒤를 곧잘 물러보며 찬영의 말에도 이내 소곤소곤 응하였다.

'아직까지 자격지심에서 이러는 모양일까?'

찬영은 가슴이 메어지는 듯하여서 향운의 손을 찾아 힘껏 쥐어주었다. 향운은 가만히 있다가도 때로는 찬영의 큰손을 마주잡으며 바르르 떨었다.

영화관에서 나와 저녁을 함께 먹자고 하여도

"다음에 실컷 먹죠. 오늘은 그냥 가세요."

하고 찬영의 의사를 어기었다. '다음'이라는 부사(副詞)가 결혼 후를 뜻하는 것이라고 짐작하는 찬영은 순순히 향운을 따랐던 것이다.

두 번째는 달빛을 받으며 영등포 가도를 따르는 둑 아래를 거닐었다. 스무날께 달이 느지막이 떠올라 행인의 종적도 드문드문했기에 사랑하는 남녀는 맘껏 그 밤을 즐겼던 것이다.

오늘도 일부러 저녁 후를 택하여서 희준의 집으로 향하였다. 향운은 끝내 가지 않겠다고 버티었으나, 찬영과 어머니의 간곡한 권유로 찬영을 따라 나선 것이다.

예나 지금에나 변함이 없는 안국동 희준의 집에 이르렀을 대 향운의 가슴은 평온할 수가 없었다.

"어머니!"

식모에게서 희준의 모친이 계시다는 말을 듣고 섬돌 아래서 찬영은 그렇게 불렀다.

따뜻하고 정답게 부르는 소리에 희준의 어머니 송씨는 안방 영창을 화닥닥 열었다.

'이 누구의 부르는 음성일까?'

희준의 목소리는 정녕 아니건만, 오매에 그리는 아들의 그것과 방불하다니! 송씨는 눈을 휑뎅그렁하게 뜨고 뜰을 주목하였다.

"접니다."

불빛으로 나서는 찬영을 보고 반색하며 일어서던 송 여사는 찬영의 곁에서 소르르 나타나는 향운을 보고 소스라쳐 놀았다.

"아니, 향운이 아니라고?"

송 여사는 영창을 열어 놓은 채로 윗목을 돌아 대청으로 나왔다.

"죽지 않음 만나는 거로군!"

그는 이런 중얼거림을 덧붙이며 다소곳이 서 있는 향운을 내려다보다가

"어서들 올라오렴!"

하고, 약간 풀이 죽은 말소리로 이들을 불렀다. 가슴속의 동요를 누르는 눈치였다.

"자, 어서들!"

그는 앞에서 안방으로 들어갔다. 향운은 마루로 올라서며 건넌방에 눈을 주었다. 희준의 방! 그와의 역사가 서리서리 얽혀 있는 곳! 가슴이 탁

막혔다.

발이 어떻게 안방으로 옮겨졌는지 의식하지 못하고, 향운은 송 여사의 앞에서 기계적으로 공손하게 엎드렸다. 아마, 찬영의 흉내를 내는 것이리라.

"용케 둘이 만나서 왔구나. 집이 한 동네라 자주들 왕래하는 모양이로군."

송씨는 찬영과 향운을 번갈아 보았다. 향운의 눈에 윗목 벽에 높직이 걸린 희준의 사진이 박혀왔다. 금세 음성이라도 들릴 성싶게 미소를 머금은 입이 벙싯거리는 것 같았다. 향운의 가슴이 찢어지는 듯 목구멍에 무엇인가가 콱 치밀어 걸렸다.

"향운일 반 년 만에야 보나 부다. 원 그럴 수가 있을까? 매일 오다시피 하던 집에 갑자기 발을 뚝 끊다니."

야속하다는 듯 송 여사의 푸념은 조용하였으나, 멍울은 오랫동안 맺히고 맺혀 있었음에 틀림없었다.

"어떡허다가 그렇게 됐어요."

향운은 입안의 말로 얼버무렸다. 혀마저 굳어지려고 하였다. 희준의 눈길이 똑바로 부어지는 것 같아서 향운은 슬쩍 몸을 틀었다. 찬영의 감싸는 듯한 큰 눈이 향운의 표정을 읽다가

"어머니께서 모든 점을 잘 이해해 주실 줄 믿습니다."

하고 말의 허두를 냈다.

"사실은 일이 이렇게 된 겁니다."

찬영은 양복주머니에서 흰 사각봉투를 꺼내어 그 속에 들어있는 알맹이를 끄집어냈다.

"이걸 읽어보십시오."

찬영은 봉투 위에 그만하게 겹쳐진 청첩장을 펼쳐놓아 송 여사의 앞으로 밀었다.

의아해하는 얼굴로 송씨는 그것을 집었다. 그는 한참이나 강한 시선으로 몇 줄의 글자를 주목하였다.

깜짝하지도 않던 눈은 차차 눈물로 흐려졌다. 가득히 고였던 물이 주르르 흘렀다. 찬영의 어머니보다 두어 살이나 아래인 송 여사의 토실토실한 뺨은 쉴 새 없이 눈물로 젖어 있었다.

"잘 됐어. 그래야지."

송 여사는 청첩장을 봉투 속에 넣으며 나직이 중얼댔다.

"연분이란 따로 있는 걸. 쯧쯧."

가엾게도 사라진 아들을 위해서인가, 송씨는 한숨을 섞어가며 연신 혀를 찼다. 이윽고 그는

"찬영일 아들로 생각하면 되겠지."

하고 그들에게 낯을 향했다.

"그 점입니다. 저희도 어머니께 그것만을 요구하려는 거니까요."

찬영의 말을 따라 향운도 동의하는 듯이 잠깐 눈을 들어 송 여사를 보았다.

"우리에게 있어서야 향운이가 찬영이 색시 되는 게 고소원이니깐 더 바랄 나위도 없지만……."

송씨의 목이 다시금 메이려는데 희준의 아버지 김윤식 씨가 돌아왔다.

몸집이 굵고 기골이 장대한 김씨는 아직도 윤기가 흐르는 정력적인 피부를 가지고 있었다.

외아들을 잃고 애통 중에서 식음을 전폐할 때에도 축지지 않은 육덕이었다.

남들이 부자지간에 저렇게 다를 수 있을까고 말하면 송 여사는

"우리 희준이 어릴 때는 어떻게나 탐스럽든지 안 안아 본 사람이 없었지요. 얼굴이 둥글넓적하고 살이 통통 쪘었는데, 커가니깐 얼굴이 개름해지면서 몸이 가늘어 가대요. 반대로 재 아버진 늙어가며 비대해지시고

요."

하는 길다란 설명을 붙였던 것이다.

방안이 그득하게 들어서는 김씨를 찬영과 향운은 일어나서 맞았다.

"어허, 참 귀빈들이 오셨군!"

그는 자녀들이나 본 듯이 자애가 넘치는 얼굴로 아랫목으로 왔다. 그는 둘의 인사를 받는 후에

"응, 오늘은 어떻게 반가운 사람들만 모이게 됐니?"

하고, 찬영과 향운의 얼굴을 하나씩 뜯어보았다.

"이거나 보시구료."

송 여사는 남편의 앞으로 흰 사각봉투를 밀었다.

"애들 뭐나 좀 먹이지 그래요?"

김씨는 못내 두 사람에게서 눈을 떼지 않았다.

"너무 반가워서 그런 생각을 미처 못했군요."

송씨는 흰 사각봉투에 눈길을 쏟은 채로 건성 대답하였다.

"저녁을 잔뜩 먹고 왔어요. 아무 걱정 마세요."

향운이 송씨를 향하여서 말하는데 찬영이도 거들었다.

"어린애처럼 뭘 먹어요? 두 분 모시고 말씀이나 듣다가 가겠어요."

"이건 또 뭔가?"

무심코 봉투를 집어 내용을 읽던 김윤식 씨의 표정이 굳어졌다. 종이에 구멍이 날 만큼 몇 번이나 정독하던 김씨는 후루루 내뿜는 한숨에 섞어

"자알 됐다. 인연이란 이런 것을 이르는 것일 게다."

하고 봉투를 놓은 후에

"너희 부모님께서도 만족해하시겠지."

하며 비로소 담배를 꺼내어 물었다.

"네."

찬영은 한 마디의 긍정을 하였다. 어쩐지 그 대답이 불안하게 들렸다.

"향운인 왜 얼굴이 안 나니? 무척이나 까칠해졌구나."

부인은 향운의 턱이며 목덜미를 훑어보다가 부하게 부풀은 허리께에서 잠깐 눈이 멎었다. 향운은 빰이 따가워서 슬쩍 외면하며 앉음새를 고쳤다.

"찬영이가 향운의 신랑이라면 걔의 혼백도 서러원 않겠지."

송 여사의 말꼬리는 떨려 나왔다. 향운은 머리를 숙이고 찬영은 방바닥에 시선을 박고 있었다.

"괜한 소리를 해서 심회를 어지럽히는 구료."

김윤식 씨는 담배를 재떨이에 비비며 부인을 나무랐다. 그리고는 이쪽을 향하여서 엄숙하게 말했다.

"너희가 부부가 되다니, 다 하늘이 유의하신 거여. 어련하겠느냐마는 부디 천리에 순종하여라."

"네."

"천리를 어기고야 죄를 안 받을 수 없지. 언제나 인과란 무서운 결과를 가져오고야 마는 거니까."

김윤식 씨는 절절히 실감이 우러나는 독백을 하였다.

"죄를 은폐하는 당시에야 무사한 것 같지만, 인과란 몇 십 년 후에라도 기어코 나타나고야 마는 것. 공도(公道)는 인력으로 좌우하지 못하는 거니까."

참회사를 읊는 듯이 심각하게 언명하는 남편의 안색을 송 여사는 힐끔힐끔 살폈다.

향운은 그의 말 마디마디가 바늘이 되어 양심을 쑤시는 것 같아 앉아 뱃길 수 없었으나, 아랫입술을 지그시 깨물면서 참았다.

찬영은 곁 눈길로 향운의 동정을 슬금슬금 보았다.

"인제 보름밖에 안 남았구나. 예식날이 말이다."

부인은 말머리를 돌렸다. 그제야 김윤식 씨도

"중앙교회면 가깝기도 하니까 그 날 꼭 가지. 당신은 일간 저 댁에 가

봐야지 않우?"
하고, 향운을 턱으로 가리키며 부인의 화제에 말려들었다.
"그럼 가보고 말구요."
송 여사의 기색이 약간 명랑해진 것을 보고 찬영은 두 분을 바라보며
"그렇게 알고 저흰 물러가겠습니다."
하였다.
"뭐가 그리 급하누? 대사전엔 또 오지두 못할 텐데."
"좀더 있다가 가려무나."
부부가 함께 만류하였으나, 찬영은 향운을 건너다보며 일어났다. 향운도 말없이 몸을 일으켰다.
대청에 나와서도 송 여사는 구두를 신고 있는 향운의 허리 아래에서 눈을 떼지 않았다.
'재가 분명코 홀몸이 아닌 모양인데…….'
송 여사의 머릿속이 잠깐 아찔하게 흐렸으나, 그는 다시 자기를 눌렀다.
'어련이들 할까 봐서. 만일 그렇게 됐다면 지금쯤은?'
김윤식 씨는 마루 끝에 섰다가 안방으로 들어가고, 송 여사는 대문 밖까지 따라오며 향운의 뒷모습을 관찰하였다.
'그 버들가지처럼 희캉거리던 허리가 저렇게 두리두리할 수가 있나?'
'집에 발을 딱 끊은 것도 그런 이유가 있었던 것이로군.'
'목사님이 나중에 알면?'
갖은 궁리를 하면서도 송 여사는 향운에게 자기의 방문할 날짜를 알렸다.
송 여사를 하직하고 돌아오는 길에서 찬영은 향운의 손을 잡았다.
"시험대에 올라갔던 기분이죠?"
"정말 혼났어요. 인제 숨이 다 쉬어지네요."

향운은 참았던 숨을 길게 내쉬었다. 그러나, 송 여사의 무엇인가를 더듬던 그 날카로운 눈초리가 망막에서 떠나지 않았다.

사흘이 지나서 송 여사는 과연 향운의 집에 왔다. 그는 십만 환의 보증수표를 봉투에 넣어 김여사에게 주었다.

"아이그, 너무 맘을 쓰셨군요. 이러지 마세요. 되려 미안한 걸요."

김난숙 여사는 질색을 하였다. 사실 맘이 괴로웠던 것이다.

"말씀 마세요. 이까짓 게 무슨 정표나 돼요? 맘은 가득하지만서두. 향운에게 꼭 필요한 거나 하나 사주시라구."

"이건 정말 미안해서 안 되겠어요."

"아예 그 말씀은 집어치우시라요."

송 여사는 마루에 가득하게 두 줄로 쌓아올린 금침을 바라보며 가만히 물었다.

"저 댁에서 향운이가 희준이랑 가까웠던 건 모르나요?"

"네, 그 사실은 아주 깜깜하게들 모르나 봐요."

"찬영인 알고 있겠죠?"

"그럼요. 찬영이야 모조리 다 알죠."

김난숙 여사는 속으로 아차 하였다.

"모조리."

라는 말이 얼결에 튀어나왔던 것이다.

그러지 않아도 가슴에 의혹이 가득히 쌓여있는 송 여사는 김씨의 그 '모조리'를 결코 놓치지 않았다.

송 여사는 곰곰이 무엇인가를 생각하는 눈치였다. 그것들을 알아차린 김여사는

"찬영인 희준이의 절친한 친구니깐, 아마 제 쪽에서 향운이 하고의 결혼을 서둘렀나 봐요."

하고 어물쩍하게 넘겼다.

"어쨌거나 혼인이 일찍 결정되어서 퍽이나 다행이군요."

송 여사는 무심하게 그의 말을 받았다. 건넌방에서는 향운의 재봉틀 돌리는 소리가 달달달 건너왔다.

"향운인 그냥 시댁으로 들어가겠죠?"

조금 있다가 송씨는 또 그렇게 물었다. 머리에서 맴돌고 있는 것은 향운에 대한 여러 가지의 일이었다.

"그게 좀."

김여사는 창졸간에 대답을 못 하다가 결심한 듯이 분명하게 말했다.

"좀 그런 사정이 있어서요. 걔가 몸이 약해요. 그래서 학교두 그만둔 건데 갑자기 시댁에 가서 배길 수 있어요? 그래서 한 일 년쯤 시굴에 가서 있으라고 했죠."

"시굴엘요?"

"네. 제 이모 댁에 가서 약이나 먹고 있으라고 했어요."

"시댁에서 좋다고 할까요?"

"그건 미리 말했죠."

"그래요?"

송 여사는 눈알을 살짝 위로 굴리면서 머리를 깊이 끄덕였다.

"그저 모든 게 희준이가 없어진 까닭이죠. 이래저래 요샌 심사가 산란해서 죽겠어요."

김여사의 말은 옳다고 생각하였다. 남편도 없이 인륜의 대사를 혼자 도맡은 데다가, 그의 언동으로 보아서 단순한 혼사는 아닌 것이라고 송 여사는 절절히 동감하였다.

"그러시고 말고요. 향운이가 다녀간 후엔 나두 맘이 올적해서 견대기 어려운 걸요."

"왜 안 그러시겠어요? 인제부턴 찬영일 아들로 여기시고 안심하셔야죠."

두 여인은 끝없는 위로의 말을 주고받다가 저녁 대접을 받고야 송 여사는 돌아갔다.

11월 29일은 화요일이었다. 시간은 오전 열한 시. 하늘은 맑아서 조춘이라는 의미가 적절하게 느껴지는 온화한 날씨였다.

장소는 서울의 한복판인 중앙교회. 정각 전인 열 시 반부터 손님들은 모이기 시작하였다.

대개가 교인으로 보이는 남녀 신도들이 자리에 앉자마자 경건한 모습으로 기도를 올렸다.

단을 좌우로 화려한 장치가 눈이 부시고, 신인들이 밟을 백포의 길이 마련되어 있었다.

정 목사의 편으로 모여드는 많은 신사 숙녀들 중에 간간이 신부측의 손님들도 끼었다.

그러나, 이날의 특징은 남녀 대학생들이 많은 것이었다.

찬영의 친우들은 물론이요, 경운의 동창생들이 몰려와서 어느 새 의자는 빈자리가 드물었다.

경운은 그 바쁜 중에서도 신부측의 좌석에서 잘 보일 만한 곳에 이 교수를 위한 특별석을 정하여서 그를 안내하였다.

흔히는 아버지가 신부인 딸을 식장으로 데려가는 것이 상례이나 아버지가 없는 향운이기에 양쪽에 한 사람씩 들러리를 세우자고 하여서 향운은 C여고 동창생 중의 가장 친하던 벗을, 찬영은 이진석을 택하였다.

향운과 동갑인 향운의 들러리는 기혼자이어서 익숙하게 향운을 돌보았다.

정각에 벌써 그 넓은 실내가 만원이 되었다. 신랑 신부의 연고자가 각각 착석한 후에 신랑인 정찬영은 뒤에 이진석을 따르게 하여서 당당하게 걸어왔다.

"신랑이 썩 잘 생겼군. 체격두 좀 좋아?"

여인들은 서로 수군댔다. 처녀들의 시선은 두 남성에게서 떠날 줄을 몰랐다. 다음은 신부의 입장이었다. 요란한 웨딩 마치가 전주곡을 아뢰는 중에서 향운은 입구에 나타났다.

단상의 촛불은 은은하게 타오르는데 한 쌍의 아동이 꽃을 뿌리면서 앞장섰다. 향운은 설백의 한복으로 너울에 잠겨서 밀리는 듯이 걸어왔다.

달이 엷은 안개에 가리운 듯, 물 속에 잠긴 꽃 그림자인 듯, 향운은 신선하고 아름다웠다.

"어쩜 저렇게 이쁠까?"

거침없이 들려오는 손님들의 찬사에 정 목사까지도 흡족했다.

황홀하도록 예쁜 신부의 걸어오는 자태를 망연히 바라보고 서있는 신랑의 곁을 자칫 비켜서 서있는 이진석을 보고 놀란 것은 경운이었다.

'저분은 분명히 이 선생님의 조카라는 청년이었는데……'

경운은 얼른 이 교수를 건너다보았다. 그는 보이지도 않는 신부를 넘겨다보려고 목을 뽑거나 그럴 신사는 아니었기에 입가에 웃음을 띠고 미목(眉目)이 청수한 자기의 조카를 만족한 듯이 바라보고 있었다.

'언젯적 찬영 씨의 친구였던가? 그런데두 나는 감쪽같이 몰랐구나.'

문득 이 교수가 이쪽을 보았다. 경운은 눈으로 이진석을 가리키며 방긋이 웃어 보였다.

신랑과 신부가 나란히 돌아서서 손님에게 절을 할 때, 희준의 아버지 김윤식 씨는 침통한 기침소리를 가볍게 냈고, 어머니 송 여사는 목이 타는 슬픔으로 눈물을 머금었다.

신랑과 신부의 입장으로 바빴던 시선들은 식이 진행하는 동안에는 한가롭게 좌우나 정면을 살폈다.

이헌수 씨의 눈이 등 돌아 서있는 신랑 신부의 뒷모습을 잠깐 훑었다.

'썩 어울리는 한 쌍이로군!'

그는 눈을 천장에 보내며 요새 들어 갑자기 집요하게 머리에 엉겨붙는 환상을 더듬었다.

'신부의 모습은 어쩌면 그렇게도 옛날의 그 처녀와도 같을까?'

날씬한 자태임에 틀림없으리라. 다만 옷이 부수수하여서 아랫도리가 굵었을 뿐이다. 그 키 꼴하며, 윤곽하며, 내빈들에게 절하고 살풋이 치켜 뜨는 그 눈매하며, 남남끼리 그렇게도 닮을 수가 있을까.

'그러고 보면 경운에게도 그의 그림자가 아른거리지 않았던가?'

이 교수의 시선이 천장에서 떨어졌다. 그는 경운의 뒤에 꼿꼿하게 머리를 들고 있는 김난숙 여사에게로 눈을 보냈다.

성스러운 서약을 하느라고 주례 앞에 경건한 자세로 서있는 딸과 사위의 늠름하고 우아한 뒤 태도를 열심히 보고 있는 여인의 옆모습은 멀리서 보아도 엄숙하게 긴장하여 있었다.

딸의 결혼날이라고 하여서 미장원에나 갔었던 모양으로, 굵은 웨이브가 굼틀거리는 구름 같은 머리 쪽은 중년부인다운 아름다움을 느끼게 하였다.

갸름한 윤곽에 둥그스름한 턱이 오뚝한 코와 함께 눈에 띄었다. 뺨이 홍분으로 상기된 듯이 발그레하였다.

이헌수 씨의 시선은 김난숙 여사의 얼굴에서 맴돌았다.

문득 김여사가 이쪽을 정면으로 바라보았다.

이 교수의 눈이 빛을 내며 점점 더 강하게 김여사를 쏘았다.

'아, 김난숙이다!'

하마터면, 입으로 뛰쳐나올 뻔한 경악의 외침이 그 가슴에서만 폭발되려 하였다.

'저 눈! 저 입!'

"재물로 인간을 저울질 한다구요? 그렇게 유치하신 분인 줄 몰랐어요."

저 예쁜 눈을 새침하게 흘겨 뜨고 매몰차게 쏘아붙이던 그 입이었다.

'난숙을 여기서 이렇게 만나다니!'

나이에 어울리지 않게 이현수 씨의 가슴은 울렁거렸다. 두근두근 소리마저 들리는 듯하였다.

날카롭고 쨍하게 울려오면서도 시냇물처럼 맑고 서늘한 그 음성이 곧 저기서 흘러올 것만 같았다.

그러나, 자기 혼자서 애를 태울 뿐, 김여사의 눈길은 좀체로 잡혀지지 않았다.

'난숙도 나를 알아볼까?'

예나 지금에나 얌전하기만 한 여성인지, 유리창을 보거나 맞은 편의 벽을 바라볼지언정 손님들의 안면을 살피려들지 않았다.

시선이 그 쪽에만 붙어 있는 이 교수를 경운은 자기를 보는 것이라고 오인(誤認)하였는지, 미소가 담뿍 서린 입술을 오물거리며 나긋이 눈웃음을 지었다.

이 교수는 그 모양을 보며 가슴이 뜨끔하였다.

'경운이가 가엾지 않으냐?'

그러나, 그가 사랑하던 유일의 여성은 경운의 모친인 김난숙이 아니던가.

'아아, 다 부질없는 망상이다. 이제 와서 어쩌자고 이렇게…….'

이 교수는 가만히 머리를 흔들며 눈을 감았다.

찬송가도 기도도 무슨 말이었는지 도무지 귀에 들어오지 않았다.

신랑과 신부는 한 쌍이 되어 어깨를 끼고 퇴장했다. 콩이 튀고 팥이 날고 꽃 안개가 어지러이 흩어졌다.

"어떻게 오시었어요?"

이진석이 가슴에 흰 꽃을 달고 이 교수에게로 왔다.

"나야 신부측으로 왔지만, 넌 신랑하고 친한 사이드냐?"

"네 무척 의좋게 지냅니다."

"흐음, 그래?"

이 교수가 애써 침착하게 조카와 대화하는데 경운이 바쁘게 걸어왔다.
"선생님! 저기 잠깐. 어머니가 인사드리겠대요."
"우선 경운이가 먼저 하지. 진석 군. 왜 저번 날 만나지 않았어?"
"처음, 아니 두 번째 뵙습니다. 나 이진석입니다."
"전 진경운이에요."
진석과 경운은 꾸벅 까딱하면서 서로의 인사를 바꿨다.
"선생님. 여기 어머니가 오시는군요. 인사들 하시지요."
그러나, 그것은 경운의 말뿐, 김여사는 희준의 어머니와 손을 마주잡고 무엇인가를 은근히 속삭이고 있었다.
경운은 또 쪼르르 어머니에게로 건너갔다. 그 뒷모양을 바라보며
"언니와는 판이한 성격인 모양이군요?"
하고 진석이 이 교수에게 물었다.
"언니라니?"
"신부 말씀입니다."
"아니, 넌 또 어떻게 신부까지 아느냐?"
"자알 알고 있어요."
"원 세상이란 과연 좁구나."
이 교수는 진정으로 탄복하였다. 언제 어느 하늘 아래서 어떤 몰골로 서로 만날 때가 있으리라고, 체념에 가까운 환상만을 품고 있던 그 여성을 우연히 여기서 만나다니, 그의 가슴은 아직도 그 감격으로 차 있는 것이다.
친구들에게 에워싸였던 신랑 신부는 포위망을 헤치고 희준의 부모에게 인사를 드리고 나서 진석을 따라 이 교수에게로 왔다.
"인사드리게. 우리 숙부님이셔."
"아, 그러십니까?"
찬영은 깜짝 놀랐다. 경운의 소개로 H다방에서 만난 적은 있으나 이군

의 숙부라고는 몰랐기 때문이었다.

'오라. 어쩐지 낯이 익더라니.'

찬영은 다시금 간곡한 예를 드렸다.

이 교수는 찬영의 손을 잡았다.

"우린 구면이죠? 경운 양과 다방에서."

"네네."

"좌우간 축하합니다."

이 교수는 진심으로 그들을 축복하고 싶었다. 찬영은 향운을 소개하였다. 향운은 공손하게 허리를 굽혔다.

'이분이 바로 프로페서 이씨로군.'

향운은 진석의 작은아버지라는 것도 신기하다는 듯이 이 교수를 차근차근 훔쳐보았다.

한편에서는 촬영을 시작한다고 신랑과 신부를 불렀다. 그들이 자리를 뜬 후에 이 교수도 막 발을 옮기려는데 경운이가 기어코 김난숙을 데리고 왔다.

"엄마, 우리 선생님이세요."

김여사는 자칫 머리를 드는 척하다가 그대로 상반신을 숙였다.

"진작 뵈었어야 할 텐데 늦었습니다. 나 이헌수라고 합니다."

이 교수도 정중하게 머리를 숙이며 일부러 분명하게 자기의 성명을 댔다. 아무리 소녀의 이름들을 빌려서 수많은 편지들을 그에게 보냈다손 치더라도, 만일 그 여자에게 자기에 대한 적은 관심이라도 있었으면 이름쯤이야 기억에 남기지 않았으리라는 심산에서였다.

김여사는 이헌수라는 삼자를 듣더니 잠깐 눈을 치떴다. 그의 날카로운 시선이 빠르게 이 교수의 이목을 더듬었다.

지글거리는 정열을 담뿍이 담은 이 교수의 눈과 마주쳤을 때 김여사는 얼른 눈을 깔고 담담하게 중얼댔다.

"경운일 많이 사랑해 주셔서 감사합니다."

여전히 맑고 고운 목소리였으나, 태연을 가장하려는 말투는 숨길 수 없었다.

"우리 엄마 자랑할 만하죠?"

속종을 모르는 경운은 한 수를 더 떴다.

"얘. 실례의 말씀은 삼가야지."

김여사는 나직이 경운을 꾸짖고 이 교수의 위 양복단추께를 보면서

"바쁘신데 일부러 와주셔서 감사합니다."

하고 몸을 돌리려 하였다.

"잠깐만."

이 교수의 입에서는 모르는 결에 이런 말이 튀어나왔다.

그러나 그것은 입술까지의 소리이었고, 발음으로는 나오지 않았기 때문에 김난숙 여사는 동그스름한 등허리와 날씬한 허리를 보이면서 저 쪽으로 갔다. 거기에는 동운과 종진의 모자가 서 있었다.

정 목사 내외는 희준의 부모와 만나서 그 동안의 막혔던 회포를 푸느라고 떠날 줄을 몰랐다. 그들은 희준의 부모가 꼭 자기네만을 위하여서 참례한 것으로 믿고 있었다.

"정말 죄송합니다. 찬영인 희준이가 준 목숨인데 저만 이렇게……."

"무슨 말씀을? 다 타고난 수명이요, 복지장단인 걸요."

정 목사와 김윤식 씨는 서로의 겸양과 사례를 주고받다가 헤어졌다. 한편에서는 가족사진을 찍겠다고 양가의 친척들을 불렀다.

"경운 누난 아주 가버린 건가?"

동운은 경운이 눈에 보이지 않아서 혼자 투덜거렸다. 프로페서 이하고 문께로 나가는 것을 보기는 했지, 이렇게 오랫동안 돌아오지 않을 리는 없다고 생각하였다.

경운은 이 교수를 큰길까지 배웅하였다. 웬일인지 그의 기색이 침울한

것 같아서 맘이 놓이지 않았던 것이다.

"선생님. 오후 네 시까지 T다방으로 갈게요. 네?"

"바쁠 텐데 그래?"

"뭐가 바빠요? 일은 끝난 걸요."

"아무려나."

이 교수가 택시에 올라 떠나는 것을 보고야 경운은 식장으로 돌아왔다.

"누나 뭐야? 누나 한 사람 때문에 시간이 얼마나 낭비된 줄 알아?"

동운은 경운에게 핀잔을 주면서도 그 곁에서 포즈를 잡았다.

그들은 거기서 가까운 ××관으로 갔다. 일반 손님들에게는 고급 타월 세 개씩을 봉한 정표를 주었기 때문에, 두 집의 친목을 위하여서 친척만의 회식을 가졌던 것이다.

향운의 일가라고는 찬영네의 절반도 못 되었으나, 향운과 찬영의 들러리까지 참석하여서 자리는 어색하지 않게 째어 있었다.

정 목사 내외는 선연하고 청초하게 아름다운 새 며느리에 만족하여서 김여사의 자매와도 줄곧 정중하고 상냥한 대화를 계속하였다.

일부러 그런 것도 아닐 텐데, 이렇게 하여서인지 경운과 진석이 나란히 앉게 되었다.

"작은아버진 학교로 가셨나요?"

진석이 먼저 경운에게 말을 던졌다. 그는 찬영이가 눈으로 재촉하는 것을 보았던 까닭이었다.

"아마, 그러셨을 거예요."

경운은 먹기에 바빴다. 동운과 종진은 저희끼리 소곤거리며 킥킥거렸다.

'옳지. 저 녀석들이 짜고 이렇게 몰려 앉혔군.'

경운은 아우들에게 눈을 부릅떠 보였다. 그러나, 입은 웃고 있었다.

"아까 큰길까지 나가셨죠?"

경운의 모호한 대답을 반격하는 것이라고 알아차린 경운은

"선생님 맘속까지야 알 수 있나요?"

하고 얼른 받아넘겼다.

"퍽 친숙하신 모양이신데요?"

경운은 대답 대신으로 머리를 돌려 진석의 얼굴을 말끄러미 보다가

"정말 제가 한마디 묻겠어요."

하고 손수건으로 입가를 살짝 훔쳤다.

물을 테면 무엇이나 물어보라는 듯이 진석도 경운을 똑바로 보았다. 향운의 모습이 어디엔가 숨어 있는, 그러나 개성이 강한 이목이라고 생각하였다.

"우리 언니하고 꽤 친하신 것 같은데, 약혼 후에 더러 만나셨나요?"

"아뇨. 약혼 이전의 구면입니다."

"그러셨어요?"

경운은 노랑 반회장 저고리와 다홍치마로 갈아입고 앉아있는 향운을 언뜻 건너다보며 고개를 갸웃거렸다.

"굳이 따지실 필욘 없지 않아요?"

진석이 턱을 숙이며 나직이 말하자 경운도 소리를 낮추어

"그럼 선생님하고의 친소관곈 왜 따지시는 거죠?"

하고 반문하였다.

"알고 싶어서요."

"나두 알고 싶어서요."

"허허."

진석은 빙그레 웃었다.

동운과 종진은 볼이 메어져라 하고 음식들을 집어먹으면서도 경운과 진석의 대화에 귀를 쫑그리고 있다가 진석이 웃자 그들도 따라서 주먹으로 입을 가리며 웃었다.

비교적 화기애애한 가운데서 먹기를 마치고 그들은 집을 향하여 떠났다.

"그럼 난 이 길로 학교로 가야겠어. 잘 잘 잘 다녀오게."

진석은 찬영의 손을 끊어지라고 흔들어댔다.

"재미 많이 보십시오."

진석은 향운에게도 뜻 있는 인사말을 남기고 경운에게는

"언제든지 얘기할 기회가 있기를 바랍니다."

하였다.

김여사와 동운, 종진에게도 각별한 목례를 뿌리며 나가는 진석의 등뒤에서

"언니 퍽 귀엽고두 잘 났죠?"

하고 난숙 여사가 소곤댔다.

그들은 일단 자기 집으로 돌아갔다가 신랑과 신부는 오후에 밀월여행으로 떠나는 것이다.

다섯 대의 차는 꽃술을 펄럭이며 한강의 다리를 건넜다. 싸늘하게 찬 물결이 이는 강 위에는 오늘도 두어 척의 유흥선이 떠 있었다.

"피곤하죠?"

찬영은 향운의 장갑 낀 흰 손을 지그시 힘들여 잡았다. 그리고 천천히 머리를 돌렸다.

"몸이 괜찮아요?"

"아이, 별말을 다……."

향운은 빰을 붉히며 찬영을 힐끗 보았다. 어제까지도 보여주지 않던 교태가 전면에 남실댔다. 찬영은 속삭였다.

"내 오늘밤에 실컷 애무해 드리죠."

"아이 참."

향운은 고개를 폭 숙였다. 그의 하얀 목덜미가 장미꽃 색으로 물들었

다. 찬영은 빨리듯이 거기에 입술을 댔다. 그리고는 재빨리 좌우를 보았으나 강물만 푸르게 흐를 뿐 아무도 이들을 엿보는 이가 없었다.

향운은 자기의 바른손에 덮여진 찬영의 손을 왼손으로 소중하게 들어서 제 뺨에 가져갔다.

'나의 은인인 이 사나이가 오늘 내 남편이 되는 것이다.'

차가 거리를 통과하여서 찬영과 향운은 오가는 행인들의 시선을 받으며 몸을 바로잡았다.

노량진 역을 지날 때 두 사람은 함께 한 달 남짓한 해후의 장면을 회상하였다.

"우리야말로 우주시대의 신혼이죠?"

찬영은 또 한 번 향운의 손을 쥐며 감회 깊은 듯이 말했다.

오후 네 시. 경운이 T다방에 갔을 때 이 교수는 와 있지 않았다.

'연구실에서 바로 오시느라고 늦는 게지, 아마?'

그러나, 오 분이 지나도 나타나지 않았다. 언제나 선참은 경운의 편이었지만, 일 분이나 이 분 정도이요, 그 이상을 늦은 적은 없었던 것이다.

'기색이 좋지 못하더니 어디가 아프신 모양인가?'

칠 분쯤 기다렸을 때 이 교수는 평소보다도 바쁜 걸음으로 나타났다.

"미안해. 기다리게 해서……."

이 교수는 이마에 번뜩이는 땀을 손수건으로 닦아냈다.

"어디서 오시길래 땀을 다 흘리셨어요?"

"경운이가 기다릴까봐 급하게 왔거든. 자, 어서 차를 시키지. 나도 목이 마르군."

"학교에서 오셨나요?"

"아니."

"그럼 어딜 그렇게 분주하게 갔다오셨어요?"

경운은 이 교수의 얼굴을 찬찬히 살펴보았다. 레지에게 홍차를 주문한

후에도
"안 가르쳐 주심 전 성낼래요."
하고 끈덕지게 졸랐다.
"그거보다도 새 사람들 어떻게 됐어? 용케 빠져나왔군."
"선생님이 먼저 대답하셔야지 저두 말할래요."
"그러지 그럼. 뭐 별일인 줄 아나?"
이 교수는 가져온 차를 단숨에 다 마셨다.
"내가 오늘 시간이 남았어. 학교에 잠깐 갔다가 사직공원엘 갔었지."
"어마, 거긴 왜요?"
"네 시까진 시간이 남길래. 거기가 또 제일 가깝고."
"울적하셨군요?"
"숲 속을 좀 걸어보고 싶었어."
"그렇담 왜 해필 사직공원엘요? 비원에 가심 될 걸."
"글쎄, 거긴 너무 거치장스러서."
"죄송해요. 더 오래 계실 걸, 저 때문에 땀을 뻘뻘 흘리시면서 쫓아 오셨으니요. 호호."
경운은 고개를 까딱하면서 유쾌한 듯이 웃었다. 이 교수는 엽차 잔마저 깨끗이 비웠다.
"꽤 조갈 하셨군요?"
과연 이 교수는 목이 말라 있었다. 예식장에서 난숙을 만나면서부터는 머리와 가슴이 함께 뒤설레고 있는 것이다.
아득한 세월에 실려 흘러갔으리라고 체념하였던 그에 대한 애착이 요새 들어 바싹 생생하게 되살아났다. 그러다가, 그의 실제의 그림자를 잡은 오늘에는 아무리 꺾으려고 하여도 휘지 않고 무럭무럭 일기만 하는 정감에 이 교수는 자신을 어찌할 수가 없었다.
'쳇! 나이 먹은 보람도 없이…….'

성명 삼자에 상큼 고개를 들고 또렷하게 관찰하던 그 여인의 몸에는 아직도 젊음의 향기가 무르익어 있었다.

그는 점심도 뜨는 둥 만 둥하고 사직공원의 솔숲 길을 걸었다. 대학생 시절에도 난숙을 그리워하는 정열을 이곳에서 겨우 처리하였던 것이다.

'이 처지에 어쩌자는 것이냐?'

그는 내자동 하숙집 앞길을 걸었다. 근방의 집은 헐렸는데도 워낙 큰집이어서 그런지 그 집만은 옛 모습 그대로 있었다.

이 교수는 시계를 보았다. 네 시 오 분! 경운의 총명한 눈이 떠올랐다. 그는 바쁘게 택시를 몰아 달려온 것이다.

경운은 레지에게 엽차 하나를 더 부탁하였다. 이 교수는 그것도 반쯤이나 마셨다.

"인제 좀 해갈이 되는군."

이 교수는 그제야 담배에 불을 붙여서 유유히 몇 모금을 빨았다.

"모두들 다 분주하시겠군."

김난숙의 그 후 동정을 듣고 싶어서 이 교수는 또 말머리를 돌렸다.

"한가하진 않겠지만 분주할 것두 없어요. 일행은 벌써 떠난 걸요."

"일행이라니?"

"신랑과 신부 말씀예요. 오후 세 시 허니문 카로 밀월여행의 길에……."

"온양에 갔군."

"네."

"썩 어울리는 한 쌍이더군."

"우리 언니 그럴듯하죠?"

"음, 경운이가 자랑할 만해."

"우리 엄만요?"

이 교수는 담배를 비벼 끄며 얼른 대답하지 않았다. 다시금 미간에 스치는 고뇌의 그림자를 경운은 놓치고 말았다.

"아무튼 인물 집안이야."
이 교수는 짤막한 찬사를 보내고 팔짱을 끼었다.
"선생님 조카씨가 언니네들 하고 친하다는 것두 오늘이야 알았어요. 세상은 참 넓고두 좁더군요."
바로 이 교수 자신이 하고 싶은 말을 경운이 재잘대고 있었다.
"집안이 텅 빈 것 같겠군."
어쨌거나 이 교수의 화제는 난숙만을 싸고돌려고 하였다.
"엄마 말을 선생님이 하시는군요. 차가 막 떠나고 나니깐, 눈물이 글썽하시면서 집안이 빈 것 같을 테니 일찌감치 들어오라고."
"모쪼록 빨리 돌아가요."
"그리구요 선생님!"
경운은 의자를 앞으로 끌면서 상반신을 이 교수에게 기울였다.
"오늘 엄마가 저더러 뭐랬는지 아세요?"
"뭐라셨는데?"
이 교수의 몸도 어느 덧 경운에게로 다가갔다.
"지가요 엄마께 오늘 제 선생님 한 분이 오시니깐 자알 봐두라고 의미심장한 말을 했거든요. 그래서 엄마가 은연중에 오늘을 기다리셨어요."
"……."
"그런데, 오전에 엄마가 선생님을 뵙고 나서 집에 오는 길에 자동차 속에서 하는 말이……."
"그래서?"
"네가 꼭 오시랬다는 선생님이 그 이헌수 씨냐구요."
"그래서?"
"그렇다구요. 지가 제일 존경하고 사랑하는, 헤헤. 선생님 용서하세요."
"말이나 해봐요."
"사랑하는 분이 그분이라니깐 엄마가 그냥 실망하는 눈치거든요. 아마 연령 때문에 그러시나봐요.”

“반드시 그렇지도 않을 테지.”

이 교수는 황망히 담배를 더듬어서 또 불을 댕겼다.

“그러면서요.”

이 교수는 연기를 내뿜으면서 다음 말을 어서 하라는 듯이 경운을 보았다.

“결혼상대자가 못 될 경우엔 교제를 깊이 하지 말아야 한다고 전에 하시던 말을 되풀이하지 않아요?”

“지당한 말씀이지.”

“뭘요? 그래서 지가 오늘밤엔 물과 불의 예를 들어서 어머닐 설복시킬 작정이에요.”

“물과 불을?”

“네. 물과 불의 실례를 들겠어요.”

“어떻게.”

이 교수는 흥미 있다는 얼굴로 빤히 경운을 보았다. 담배가 저 혼자 타고 있었다.

“선생님은 물이고 저는 불이거든요. 그러니깐 물과 불은 상합해야 하는 거라구요.”

“잘못 알았군. 수화가 상극이지 어째서 상합이람?”

이 교수는 서너 모금 연달아 들이켰던 연기를 한꺼번에 휘몰아냈다. 경운의 상기된 뺨이 연기 속에 아련하게 잠겼다가 떴다.

“그건 선생님의 인식이 부족하신 거예요.”

“허허. 다 물어 봐! 내가 그른가?”

“심리학자가 어쩜 저러실까?”

경운은 이 교수를 힐끗 흘겼다. 이 교수는 담배를 끄고

“어디 해설을 들자고.”

하며 두 손을 깍지끼어 테이블에 놓았다.

"우린 흔히 물과 불은 상극이라고 알았지만, 그건 성격에서 오는 차이를 상식적으로 안 것뿐이에요. 물론, 성격이야 정반대죠. 그렇지만, 그들은 서로 떨어져선 존재할 수 없잖아요? 불이 벌벌 타오를 때 물이 아니면 어떻게 꺼요? 또, 물을 끓일 땐 불 없인 절대로 안되거든요. 가령, 태양이나 전열을 이용한다더라도 그건 엄연히 불의 열도가 아니겠어요?"

"……"

"전요 인간의 성격을 크게 보아서 두 가지로 잡아요. 물처럼 담담하고 냉랭한 사람, 불처럼 따뜻하고 정열적인 사람. 그런데 선생님은 전자, 전 후자거든요."

"허허, 그건 독단적인데?"

이 교수는 손을 풀어 팔짱을 끼며 엷은 미소를 지었다. 경운은 그에게 갑자기 팔짱끼는 버릇이 생겼다고 느끼면서도 말은 이어갔다.

"우린 한자로 반대어를 쓸 때는 물수의 반대로 으레이 불화를 쓰지 않아요? 그래서 수화 상극이라지만, 사내 남(男)의 반대로는 반드시 기집 녀(女)구요. 지아비 부의 반대는 며느리 부래서, 그래 남녀와 부부(夫婦)가 상극이 될 수 있어요? 그야말로 서로 서로에 있어서 불가결의 존재가 아니에요?"

"흐흠, 그래서?"

"또 아비 부의 반대가 어미 모잔데, 그래 어떻게 부모가 원수끼리란 말예요? 유치한 것같이 생각하실 지 모르지만, 이 글자의 풀이로 보아서 수화는 상극이 아니라 상합일 수밖에 없다고 봐요."

"성격의 조화를 이룰 수 있단 말이로군."

"물론이죠. 우리 주위엔 두 부류에 속하는 분들이 얼마든지 있거든요. 이를테면, 우리 언닌 물, 정찬영 씬 불이란 말예요. 지금쯤 온양온천 몇 호실에선 물과 불이 혼신일체로 융합이 되어 있을 거예요."

"허허, 이거 너무 신랄한데?"

이 교수는 쓴웃음을 지으며 팔을 풀고 레지가 특별로 가져온 더운 차를 후루룩 마셨다.

"그리고 우리 어머닌 물, 우리 아버진 불이었어요. 그러니깐, 서로 얼마나 아기자기하게 사랑하셨는지 몰라요."

"흐흠."

이 교수는 부지중에 실소하였다. 그러면서 넌지시 물었다.

"그 논법으로 한다면 물과 물은?"

"상극도 상합도 아닌 공존(共存)일 거예요."

경운은 눈을 빛내며 자신 있게 말했다.

# 양지

"어때요? 과히 불편하진 않겠어요?"

찬영은 보료 위에 다리를 펴고 몸을 실으며 향운을 쳐다보고 물었다.

향운은 핸드백을 책상에 놓고 방안의 장치를 둘러보고 있었다.

"이만함 최상급인 걸요."

"이리 와서 좀 쉬어요."

찬영은 향운에게 팔을 내밀어서 그의 손을 잡아끌었다.

"종일 참느라고 혼났어."

찬영은 향운의 허리를 안아 바싹 품안으로 당겼다. 서로가 갈망하였던 포옹과 키스로 그들은 한 덩이가 되었다. 훈훈한 방안의 온도와 그들의 뜨거운 정열로 둘의 몸은 녹아나는 듯하였다.

한참 후에야 그들은 자기네로 돌아왔다. 향운은 찬영의 춘추 코트를 받아 행거에 끼고 자기의 것도 옷걸이에 걸었다. 소탁자에 놓인 화병에서 국화향기가 은은하게 풍겨 왔다.

"꽤 아늑하군요."

찬영은 넥타이를 풀며 만족한 표시를 하였다.

"제게 감사하셔야죠."

향운은 찬영의 넥타이를 손보면서 생긋이 웃었다.

찬영은 처음부터 호텔에 숙소를 정하자고 우겼으나 향운이 듣지 않았던 것이다.

신혼부부라면 굳이 눈여겨보기 마련인데, 몸집이 이상스럽게 남의 눈에 띈다면 오히려 창피할까봐 신혼 아닌 젊은 부부처럼 조용한 한식(韓式) 여관에 들자고 향운이 제의하였고, 찬영도 그럴싸하게 여겨서 친구에게서 들은 적이 있는 이 감로장(甘露莊)을 택한 것이다.

서울에서 미리 예약을 했기에 가장 한적하게 구석진 방을 얻을 수 있었다. 창마다 바탕과 색깔이 탈속하게 화려한 커튼이 드리워 있고 이중창인 미닫이를 열면 유리창 밖으로 잘 다듬어진 상록수가 몇 그루 서 있는 정원이 보였다.

남색의 보료와 안석이 자리잡아 있고, 쌍촉 대에는 굵다란 황촉이 끼어 있었다. 적갈색의 윤이 흐르는 책상과 흰 국화가 가득히 꽂힌 푸른 화병을 인 소탁자가 사간도 넘을 듯한 방안을 돋보이게 하였다.

벽에는 산수화의 액자와 인물화의 족자며, 정물의 양화 등이 적당하게 걸려 있어서 저속하지 않은 주인의 취미를 한 눈에 알 수 있었다. 향운은 트렁크에서 찬영의 실내복을 꺼냈다. 향운의 특별 고안의 가운이었다.

"이것으로 갈아입으세요."

짙은 하늘색의 고급 융에다 같은 색의 깁 안을 받친 실내복은 산뜻하고도 무게가 있었다.

"이를테면, 이게 관디벗김이라는 건가요?"

찬영은 가운을 걸치며 빙그레 웃었다. 향운은 일어나 등뒤를 매만져 주었다.

가무잡잡한 찬영의 얼굴빛이 우아한 옷으로 해사하게 보이고 당당한 체격이 자르르 태가 났다.

"참 멋지시군요!"

향운의 고운 눈이 빛을 냈다. 남성미의 압박감에 도취한 듯한 그런 눈빛이었다.

"향운!"

찬영은 향운을 끌어서 잠깐 품에 안았다. 향긋한 머리털이 턱에 부드러웠다. 그는 향운의 등을 또닥거렸다.

"먼저 탕에 들어갑시다. 우리 함께 들까?"

"아이, 별말을 다……."

향운은 깜짝 놀라며 얼른 그의 품에서 살짝 빠져 나왔다.

"아직도 간격을 두려고만 하는군요."

"간격이 아니라 예뭔 걸요. 남의 이목두 있구요. 어서 먼저 가세요!"

"우린 부부야."

찬영은 버티고 서서 졸랐다. 향운은 타월과 비눗갑을 찬영의 손에 들려주었다.

"어서 갔다오세요."

"우린 이신 동체란 말요."

"누가 아니래요?"

"그런데, 왜 나 혼자만 가라구?"

"호호, 참 어린애처럼."

갑자기 떼를 쓰기 시작하는 찬영이 향운에게는 우습게 보였다.

"그래요. 난 어린애야."

"오늘 어른 되신 거 아녜요?"

"아직 멀었어요. 향운 씨랑 탕에 갔다와야 어른이 되는 거지."

"아이, 참."

향운은 딱한 듯이 찬영을 바라보다가 좋은 꾀나 얻은 듯이 말했다.

"그럼, 그만두시고 밤에나 가세요."

"그땐 함께 하겠단 말이죠?"

"생각해 봐서요."

"그럼 그러기로 하지."

찬영은 손에 들었던 것을 책상에 던지고 보료 위에 벌렁 누웠다. 향운은 제물에 달린 이불장을 열었다.

이 방의 전용인 듯 조촐한 무늬의 양단금침과 흰 커버의 베개가 있었다.

향운은 베개를 한 개 집어들고 와서 찬영의 머리 밑으로 넣었다. 찬영은 또 향운을 끌었다.

"여기 누워요."

"짐 좀 정리해야겠어요."

"잠깐만."

"밤에 실컷 누울 걸요."

"이렇게 고집만 부리다간 이거 몰라요?"

찬영은 주먹을 들어 때리는 시늉을 하였다. 향운은 싱그레 웃으며

"이런 건 선량한 고집이니깐 되려 장려해 주셔야 할 거예요."

하고 일어나 윗목으로 왔다. 향운은 우선 옷을 갈아입어야 했다.

정오에 ××관에서 회식을 하기 전에 향운은 이모 난순 여사의 부축으로 별실에서 시부모께 폐백을 드렸다. 그때에 입었던 활옷과 족두리를 벗고 그대로 연석에 앉았다가 스프링만 걸치고 왔던 터이라, 아직도 신부의 태가 그대로 나는 녹의홍상이어서 이것을 벗는 것이었다.

"그대로 있지 왜 벗어요? 꼭두각시처럼 참 앙증스럽고 이쁘던데?"

찬영은 족두리 때의 향운을 말하는 것이다.

"너무 난해서요."

향운은 모쪼록이면 신부가 아닌 것을 표명하기 위하여서라도 남치마에 분홍저고리로 조촐하게 갈아입었다.

"그것도 좋군요. 이래도 내 사랑 저래도 내 사랑인가? 하하."

찬영은 행복스럽게 웃었다. 그는 모로 누우며 담배를 찾는 눈치였다.

향운은 얼른 책상 위에 놓인 담뱃갑과 재떨이와 성냥을 그의 앞으로 가만히 놓아주었다.

'희준아, 고맙다. 이렇게도 아름답고 착하고 알뜰한 신부를 골라서 내게 맡겨주다니!'

찬영은 연기 속으로 조심스럽게 행장을 정돈하고 있는 향운을 지키다가 담배를 끄고 눈을 감았다. 향운은 바스스 일어났다.

향운은 소리나지 않게 트렁크를 장 속에 넣고 긴히 쓸 물품들은 손이 얼른 닿을 곳에 정리한 후에 찬영에게로 갔다.

향운은 그의 발치에 이윽이 서 있었다. 그가 잠이 들었는지를 알려는 것이었다.

'저이도 긴장이 풀렸을 거야. 인제야 스물다섯 살인 걸 어른도 못할 일을 한 달 남짓한 시일에 해결짓느라고 얼마나 노심초사했길래?'

훤칠한 이마가, 너부죽한 턱이, 옛 위인의 초상을 보는 듯한 압박감을 풍겼다. 짙은 눈썹에는 사려와 평화가 함께 깃들인 듯, 오뚝한 콧날은 그의 예지(叡智)를 나타내는 듯하였다.

향운은 황홀과 만족감으로 방그레 웃었다. 끝내 찬영은 그의 서늘한 눈으로 사랑하는 여인을 잡으려 하지 않았다.

'잠드셨군!'

향운은 장에서 이불을 꺼내어 조심스럽게 덮어주었다. 노크소리가 들렸다. 향운은 문을 열었다. 아까 시중을 들던 소녀이었다.

"저녁 진지 어떡허시겠어요?"

"지금 주무시니깐 한 시간 후에쯤 와 봐요."

향운은 소곤대듯이 소리를 죽여서 일러 보내고, 그가 잠자는 동안에 혼자서 탕에 들어가려니 맘먹었다.

욕실은 그들의 바로 방 가까이 있었다. 숙녀 전용실에는 아무도 없이 자욱한 김을 올리며 물만 넘치고 있었다.

향운은 뜨겁다고 느끼면서도 물 속에 잠겼다. 숨이 헉 막힐 듯하였다.

온도에 익은 향운은 다리를 쭉 뻗고 두 팔을 벌렸다. 따갑고 부드러운 물의 촉감이 몸을 녹이는 듯했다. 향운은 사르르 눈을 감았다.

문득 강한 동요가 있었다. 향운은 눈을 반짝 떴다.

투명하게 보이는 아랫배를 응시하였다. 연분홍색의 허리·배·다리!

'희준 씨! 용서하세요!'

그는 다시 눈을 감고 깊은숨을 내쉬었다.

'오늘의 이 길만이 당신과 아가와 나와 당신의 친우를 함께 살리는 길이기에…….'

희준네 안방 윗목 벽에 걸린 희준의 사진이 떠올랐다. 그렇다고 빙그레 웃는 듯하였다. 향운은 머리를 흔들어 그의 환상을 지우려 하였다.

향운은 물밖에 나왔다. 눈앞이 아찔하면서 맥이 탁 풀렸다.

'이러니까 그이가 일루 오자고 우긴 거야.'

동래니 해운대니 경주니 하고 곁에서들 신혼여행지에 대한 참견이 많았으나, 찬영은 향운의 몸을 위하여서 먼길의 여행을 피하고 가까운 온양을 택하였던 것이다.

예식장에서도, 차안에서도, 피로연에서도, 택시 속에서도 그의 정다운 눈은 틈틈이 향운의 기색을 살피기에 바빴던 것이다.

'첫인상은 그처럼 무뚝뚝했는데, 지내면 지낼수록 어쩜 그렇게도 살뜰할까?'

'희준 씨 고마와요! 진정 사내답고 진실한 친우를 골라서 나와 짝지어 주신 것…….'

향운은 누워 있는 찬영을 생각하고 기운을 내어 부지런히 타월을 썼다. 임신부의 생리적인 변화가 그대로 나타난 몸이 서글퍼서 호루루 한숨을 내쉬는데 똑똑 문소리가 나고 이어

"거짓말쟁이!"

하는 찬영의 가만한 속삭임이 들렸다.

"어마."

향운은 깜짝 놀라 문께를 쳐다보았다. 안팎 문이 있어서 염려는 없으나마 향운은 수건으로 길게 앞을 가리고 탈의실로 올라갔다.

"웬일이세요? 점잖지 않게."

평소의 진중한 편으로 본다면 참으로 점잖지 않은 행세였다.

"거짓말쟁인 누군데?"

"여기가 어디라고?"

"아무도 없는걸."

"어서 가 계세요. 저 곧 갈 테니요."

소리를 죽여서 소곤대던 대화가 뚝 그쳤다. 그러나 발소리는 들리지 않았다.

향운은 한참이나 그 자리에 서 있다가 다시 욕탕으로 들어갔다. 발소리도 없이 방으로 돌아가는 찬영의 몰골을 그려보며 실소하였다.

'남자들은 다 저렇게 어린애 같은 데가 있는 모양이지?'

애정을 요구할 때만은 철없는 듯이 보채던 희준을 연상하며 향운은 또 한 번 생긋이 웃었다.

향운이 방으로 돌아왔을 때 찬영은 방에 없고 새파란 형광불빛이 방에 가득하였다.

'어딜 가셨을까?'

이불과 베개마저 눈에 띄지 않고 푸른 화병을 덮은 흰 국화송이 송이가 새삼 탐스럽게 보였다.

'뜰을 거니는가?'

향운은 가벼운 화장을 마치고 앞뜰에 나가 보았으나 낯선 신사가 둘이 서서 담화할 뿐이었다.

향운이 다시 방에 와보니 찬영의 얼굴은 벌겋게 익어 있었다.

"어마, 목욕하셨나요?"
"그럴 수 밖에요."
"비누도 없이?"
"전용품이 있더군요."
"죄송해요."
향운은 방그레 웃으며 사과하였다. 찬영은 입을 꾹 다물면서 성난 표정을 하였다.
"첫날부터 거짓말, 고집 다 부리긴가요?"
"덕분에 시간이 절약되지 않았어요?"
"어떠케요?"
"이따가 저 혼자 기다려야 할 시간이 없어진 걸요."
"흠흠. 핑계가 좋군요."
찬영은 끝내 앙앙불락하였다. 가족탕을 경험하기는 틀렸다고 체념하는 모양이었다.
"후일이 많지 않아요?"
향운은 찬영과 자기의 타월을 수건 걸이에 걸면서 상냥스럽게 말을 붙였다.
"향운 씬 언제나 다음에 다음에죠?"
"그게 여운과 희망이 있어서 좋지 않을까요?"
"미래보다도 내겐 현실이 더욱 중한 걸요."
"아이, 욕심두 많으셔."
향운은 예쁘게 눈을 흘겼다. 혈액 순환의 탓인지 향운의 얼굴은 피어오르는 꽃처럼 찬연하게 아름다웠다.
"그래요. 난 욕심쟁이야. 오늘만은 실컷 욕심을 부릴래요."
찬영은 와락 향운을 낚아챘다. 향운은 쓰러지듯 찬영의 품에 걸렸다. 도시의 피로를 풀어버린 그들은 새로운 정열의 전율로 한동안 석상인 양서 있었다.

그들은 정갈하고도 다채로운 저녁밥을 겸상으로 받아먹으며 다시금 자기네가 부부라는 것을 느꼈다.

전례대로 전기가 가서 쌍촛대에 황촉을 밝히니 완연히 신방의 분위기가 되었다.

찬영은 향운을 건너다보았다. 책상 저쪽에서 고즈넉이 이쪽을 마주보는 향운은 잠기는 듯 조는 듯 고요한 시선들이 한동안 엉기었다가 누가 먼저인지 그들은 함께 미소를 지었다.

아늑한 촛불 빛에 아련하게 떠오르는 향운은 어둠 속에서 하얗게 웃는 백합일까 수선화일까.

'그 자체에서 풍기는 높은 향기를 지닌 나의 향운. 사랑과 정서를 간직한 꽃보다도 아름다운 내 반려자!'

찬영은 향운에게로 가서 그의 손을 잡아 일으켰다.

"밖엔 달이 밝을 거야."

"이대로 나가심 감기 드실 텐데."

"그럼 여기서 볼까?"

찬영은 향운의 허리를 감아 안고 동창의 커튼과 미닫이를 밀었다. 아직은 만월이 아닌 열 하루 사월 달이 수줍은 듯이 떠 있었다. 달빛을 받은 정원은 아지랑이를 머금은 듯 꿈속같이 아득하였다.

"불을 끕시다."

찬영은 촛불을 불어 껐다. 푸른 달빛이 정답게 그들을 감쌌다.

"여기 앉아요."

찬영은 향운을 안아서 난간 마루에 앉히고 자기도 첩 놓이듯이 그 곁에 걸터앉았다. 그들은 함께 머리를 돌려 달을 쳐다보았다.

잠깐 그들에게서 말이 끊어졌다. 향운은 달이 꼭 어머니의 웃는 얼굴 같다고, 아니 어쩌면 눈물이 어린 홈에서의 눈동자 같다고 느꼈다.

남편을 잃고 혼자의 힘으로 삼 남매에게 고등교육까지 넣어주느라고 갖은 고초를 다 겪으셨다. 그의 염원이 거의 달성하였다고 맘을 놓았을 때 청천의 벽력보다도 더 무서운 딸의 임신을 알지 않았던가.

절망과 암흑에서 저주의 나날을 보내던 어머니에게 오늘의 요행이 부어지다니. 어젯밤에 어머니는

“인젠 내가 급사를 한데두 걱정이 없겠다.”

하시며 트렁크에 의복을 착착 챙겨주셨다.

‘가엾은 내 어머니!’

향운의 콧속이 메워지며 눈에는 수정이 어렸다.

‘이모님도 가엾으시고’

오늘 식장에 들기 전, 자매는 넌지시 신부를 돌아보며 나갔다. 그들은 방금 신혼이라고 할 만큼 젊고 싱싱하였다.

‘어떻게 형제분이 다 일찍 홀로 되셨을까? 미인박명이란 말이 허언은 아닌가 봐.’

지금쯤 어머니는 저 달을 바라보시며 딸의 초야를 축복하시리라.

‘고 깜찍하고 맹랑한 경운이도 어머니를 모시고 저 달을 보며 무엇인가 지껄일 테지.’

오늘의 행복은 경운과 찬영 씨의 지극한 선물일 수밖에 없다. 아아, 고마운 사람!

향운이 찬영에게로 시선을 돌렸을 때, 그는 심각한 표정과 빛나는 눈으로 달만을 주시하였다.

찬영은 찬영대로 어젯밤 순애가 하던 말을 생각했다.

“전 아저씨 자리 마지막 깔아요. 인제 제 의무는 끝났으니깐요.”

초연하게 떠나가던 뒷모습이 지나갔다. 그리고 며느리를 시댁에 들지 말라면서도 못내 만족해하시던 아버지의 흥겹던 모습도……전등이 반짝 켜졌다.

"자, 우리 인제 자리 펼까?"

찬영은 향운을 보았다. 눈이 마주쳤다.

향운은 말없이 일어나서 금침장을 열었다. 찬영은 미닫이를 닫고 커튼을 도로 겹쳤다.

향운은 보료를 두루 말아서 구석으로 밀고 두 자리를 만들었다.

"왜 이렇게?"

아랫목에 포설(鋪設)된 두 개의 화려한 침석을 보고 찬영은 의아한 눈을 향운에게로 보냈다.

"혼자서 편히 주무시라고……."

향운은 입 속의 말로 중얼거렸다. 찬영의 표정이 굳어졌다.

'향운은 진실로 나를 사랑하는 것일까?'

대개의 신혼부부도 첫날을 각 자리에서 보내는 것인지? 탕도 각각이요, 잠자리도 각각이어야 하다니. 그렇다면 밀월의 여행은 무엇 때문에 하는 것이냐?

'향운 씨가 나를 이용한 것만은 아닐 테지. 어디 두고 보리라.'

찬영은 눈썹을 팽팽하게 가누고 담배를 들었다. 향운은 자색의 선이 가늘게 그어진 찬영의 자리옷을 내어 그의 이불 속에 넣었다. 그리고 자기도 갈아입는지 바스락대는 소리에 찬영의 등이 간지러웠다.

찬영의 긴장하는 안색을 훔쳐보며 향운의 가슴은 아팠다.

'저인 나를 의심하는 것일까? 내 이 깊은 속종도 모르고……'

그는 분명코 동정(童貞)임에 틀림없으리라. 그렇다면 이 거룩한 초야를 어찌 이 무거운 몸으로 함께 맞이할까 보리오.

향운의 진초록색 나이트 가운이 찬영의 뺨을 스쳐갔다. 찬영은 눈을 들어 푸른 요정인 양 눈앞에서 아물거리는 향운의 뒤 자태를 보았다.

"어서 갈아입으세요."

향운은 자기의 것이라고 지목되는 베갯머리에 쪼그리고 앉아서 조용히 재촉하였다.

찬영은 묵묵히 잠옷으로 바꾸어 입었다. 향운은 얼른 일어나 실내복을 벽에 걸었다.

찬영은 다시 그 자리에 쪼그리고 앉는 향운을 형형한 눈빛으로 내려다보았다. 이윽고 향운은 살그머니 눈을 치떴다가 찬영의 강렬한 시선을 받자 이내 아래로 내렸다. 긴 속눈썹이 그린 듯이 깔렸다.

"진정 향운 씨의 소원인가요?"

부드럽던 그의 음성이 토막토막 끊기는 듯이 들렸다.

"……."

"그렇게 하는 것이 오늘밤의 예의라면."

찬영은 휙 돌아서며 자기의 이불 가닥을 잡아챘다.

"평안히 주무십시오."

그는 던지듯이 거칠게 말하고 빨리 이불을 뒤집어썼다.

"용서하세요."

미풍에 흔들리는 갈대처럼 향운의 말소리는 사락댔다.

"안녕히!"

외마디나마 가늘게 떨렸다. 향운은 짤깍 스위치를 돌리고 소리나지 않게 이불을 끌어 올렸다.

찬영의 목에 무엇이 칵 걸리는 것 같았다. 그것은 불에 단 납덩인 냥도 하고, 뾰족한 대 꼬치인 듯도 하였다. 가슴에서도 울컥 뜨거운 무엇이 복받쳐 오르는 것 같았다.

"우후후."

모르는 결에 한숨처럼 탄식이 터졌다. 그는 스스로 놀라 입을 막고 귀를 쫑그렸다. 향운에게서 흐느낌이 새어나왔다. 삼 분, 오 분, 칠 분. 찬영은 일어나서 향운을 더듬었다.

"향운 씨!"

찬영은 그의 어깨에 손을 올리며 어둠 속에서 가만히 불렀다. 심한 오열의 파동으로 찬영의 손은 가벼운 진동을 느꼈다.

"무슨 곡절이라도 있단 말인가요?"

찬영은 번쩍 지나가는 상념을 잡았다. 혹시, 희준을 추모하여서 터지는 슬픔이 아닐까 하는…….

"후회하시는 거죠?"

향운의 머리가 베개 위에서 강하게 흔들렸다. 아니라는 표시로 도리도리를 하였다.

찬영의 입이 향운의 귀로 바싹 다가갔다. 그의 부드러운 머리칼이 입술을 간질렀다.

"그럼 왜? 응."

"너무나 행복해서요."

흐느낌과 섞여서도 발음은 또렷하였다.

"그렇다고 울어요?"

찬영은 달래는 듯이 그의 뺨을 만지며 속삭였다. 이슬인 양 눈물이 손바닥에 스몄다.

"그리고 너무나 죄스러워서요."

향운의 소곤대는 소리가 찬영의 귀에서 향기로웠다.

"죄스럽다니?"

찬영의 등허리에 짜르르 전류가 통하는 것과 함께 가슴도 찌르르 아프게 울렸다.

'향운은 향운은 아아, 향운은 자학(自虐)하고 있다.'

"향운!"

찬영은 향운의 베개에 자기의 머리를 얹으며 향운을 그의 팔로 감아내렸다. 그리고 소르르 향운의 곁으로 빠져 들어갔다.

"동침을 거부하는 이유가 그것이었나요?"

향운은 대답대신 얼굴을 찬영의 가슴에 묻었다.

"못난이!"

찬영은 향운을 두 팔로 깊숙이 안았다.

어린애처럼 향운의 몸은 찬영의 품에 착 안겨들었다.

"하마터면 오해할 뻔했지. 지극한 사랑은 또한 지극히 예민하거든."

찬영은 이 날을 위하여 간직한 힘을 다 하여서 으스러지라고 향운을 조였다.

향운의 숨결은 끊어질 듯 막힐 듯하다가 뜨거운 입김으로 호르르 뿜어졌다. 건강하고 싱그러운 남성의 체취를 폐부껏 마시며 향운의 정신은 몽롱하여졌다.

찬영은 다시금 향운을 고쳐 안았다.

보옥인 듯 기향인 듯 새삼 진귀하고 소중한 아내였다.

"단수가 높아."

향운은 수괴하고 의미를 몰라서도 얼른 대답하지 못했다.

"나를 기어코 이 자리로 불러냈으니 말야."

"아이, 난 또 무슨 말이라고."

향운은 몸을 비틀면서 부끄러워했다.

찬영은 향운의 머리를 쓰다듬었다.

"향운!"

"네?"

"행복해요?"

"무한히."

"진정?"

향운은 찬영의 입을 이마로 덮었다. 그리고 살풋이 비벼댔다.

"더 묻지 마세요. 가슴이 터질 듯만 한 걸요."

찬영은 향운의 턱을 쳐들고 그런 말을 하는 꽃다운 입술을 자기의 입으로 막았다.

'네 가슴만이랴. 우린 이미 한 몸인 것을…….'

다음날 새벽, 향운이 눈을 떴을 때 자기는 여전히 찬영의 팔베개로 그에게 안겨 있었다. 행여나 놓칠세라 잠결에서도 팔을 늦추지 않았던 모양이었다.

'내 소중한 남편!'

향운은 그의 건장한 가슴팍에 입술을 댔다. 따뜻하고 향긋한 체온이 아찔하도록 황홀했다.

향운은 조심스럽게 몸을 돌리며 그의 팔을 풀었다. 자기의 하체에 걸쳐진 그의 다리를 살그머니 내릴 때 그는 눈을 떴으나 스르르 다시 감았다.

'무척 피로도 했을 거야.'

찬영은 향운에게서 풀린 팔과 다리를 척 늘어뜨리고 새로운 잠에 혼곤히 취해갔다.

향운은 가만히 몸을 빼쳐 나왔다. 그리고 찬영에게 바람이 들지 않도록 이불 귀를 눌렀다. 커튼 사이로 희부연 아침빛이 새어들었다.

아랫목에는 찬영이가 누웠다가 일어난 흔적만 보인 채로 또 하나의 잠자리가 참하게 남겨져 있었다.

향운은 체경에 비쳐진 자기의 몰골을 보고 놀랐다.

'아이, 저 꼴이 뭐야?'

산발된 머리며, 젖가슴이 드러나 있도록 헤쳐진 가운의 앞자락과 구겨진 아랫도리가 행복된 유린을 맘껏 즐긴 양으로 보였다.

'아이 참!'

그러나 꽃잎처럼 발그레한 자기의 두 뺨을 사르르 쓸어보며 향운은 흐뭇하게 미소하였다.

향운은 머리를 매만지고 앞가슴을 여민 뒤에 세수도구를 들고 소리 없이 밖으로 나갔다. 산뜻한 공기의 촉감이 상기된 얼굴에 차가웠다.

느긋한 만족감에서 아침의 목욕을 건성으로 끝내고 나왔을 때 찬영은 아직도 숙면 중에 있었다.

향운은 화장과 옷 입기를 마치고 초인종을 눌렀다. 통통통 긴 복도를 건너오는 발소리를 들으며 향운은 돈을 들고 방에서 나갔다. 인기척에 남편의 잠이 설칠까 봐서 였다.

"안녕히 주무셨어요?"

어제 그 소녀는 뜻을 담은 눈으로 향운을 쳐다보며 머리를 까딱 숙였다.

"춥진 않았죠?"

소녀는 빛나게 아름다운 향운의 얼굴을 말끄러미 바라보며 주인으로서의 치레를 하였다.

"아주 따뜻했지. 그런데 부탁이 있어. 좀 수고해 줘야겠군."

향운은 소녀에게 사과와 계란을 사오라고 하였다. 그래서 매일 아침 사과즙과 계란의 노란 자위를 가져오라고 일렀다. 향운이 방에 들어와서 아랫목에 금침을 개켰다. 소란스러울까봐 장에는 나중 넣기로 하고 그쪽의 커튼을 살긋이 밀었다.

동쪽과 달리 남창이라 앙상한 나뭇가지에서 참새 떼가 오르락내리락 요란스럽게 짹짹댔다. 장항에서 오는 첫 차가 디젤의 연연한 고동을 불며 달려오고 있었다.

"어느 새 일어났소?"

부드러운 찬영의 음성이 등에 업혔다. 고동소리에 깬 모양이라고 짐작하며 향운은 돌아섰다.

"자, 아침 인사!"

찬영은 이불을 차버리고 두 팔을 쩍 벌렸다. 향운은 고분고분 그의 팔에 감겨들었다. 몇 시간의 휴양을 가진 그들의 정력은 샘물처럼 새롭게 솟았다.

"어느 새 갔다왔군."

이윽고 찬영은 중얼거렸다. 불만을 품은 말투였다.

"꼭 혼자 다니기야? 그래 봐요!"

"주무시는 걸요."

"오늘밤엔 납치할 테야."

찬영은 향운의 매끈하고 탄력 있는 볼을 쥐며 위협했다.

"똑똑."

문소리에 찬영은 향운을 놓았다. 향운은 문을 열고 소녀에게서 쟁반을 받았다.

"일어나세요."

"뭐요?"

"사과즙."

"아."

찬영은 반듯이 누운 채 입을 짝 열었다.

"액첸데요. 어서 일어나세요."

향운은 앙탈 비슷이 재촉했으나, 찬영은 또 두 팔만 쑥 올렸다.

"자!"

일으키라는 것이다. 향운은 생긋이 웃고 엉거주춤 허리를 굽히며 찬영을 번쩍 치켜들었다.

"어이쿠. 굉장하군."

찬영은 눈을 크게 뜨면서 놀라는 시늉을 했다.

"기운이 그렇게 세다니! 재인식해야겠어."

"이래봬두 여고 시절에 정구선수라는 걸 알으셔야죠."

"호호! 알았어. 그래서 팔심이 세군. 시흥에서 무거운 석작을 들고 올 때부터 이상했거든. 하하."

"아이, 뵈기 싫어!"

향운은 곱게 눈을 흘겼다. 무엇이 이렇게 자기에게서 스스럼을 앗아갔나 하고 스스로도 놀랐다.

"자요!"

향운은 유리컵에 찰랑거리는 노르스름한 액체를 찬영에게로 밀었다.

"당신도 들어야지."

찬영은 또 하나의 컵을 집어서 향운에게 주었다.

"자, 우리의 스위트 홈을 위하여!"

찬영은 향운의 컵에 자기의 것을 부딪치고 나서 입으로 가져갔다.

"목이 컬컬했는데, 시원해 참 좋군."

"이것두."

샛노란 자위가 두 개나 담긴 종지를 들어서 향운은 남편의 턱 아래로 댔다.

"당신은 왜?"

"전 싫어요."

"하나씩 먹자니까."

"저야 뭘요?"

"그러렷다."

찬영은 고개를 끄덕이며 후루룩 마셨다. 향운의 낯이 와락 붉어졌다.

향운은 얼른 등을 돌리며 타올과 비누를 들었다.

"인제 탕에 들어가세요."

"가만있어요. 시거나 한 대 피우고 나서."

찬영은 굳이 발그레한 향운의 뺨을 눈여겨보며 담배를 물었다.

'언제 그처럼 다 배웠을까?'

가려운 데를 긁는 듯이 그리도 알심 있게 시중들어주는 아내가 볼수록 신기했다.

'우리 어머니도 이러셨을까?'

가사과 출신이라 그러는 것이라고 찬영은 자문자답하면서 연기를 뿜었다.

또 디젤이 연연하게 소리치며 북으로 치달았다.

"무슨 차가 이렇게 자주 다닐까?"

찬영은 담배를 끄며 혼잣말로 중얼대다가 문득 생각난 듯이 머리를 들었다.

"우리 여기 얼마나 있음 될까?"

"당신."

향운의 입에서는 모르는 결에 당신이라는 대명사가 새어 나왔다. 향운은 말을 잠깐 끊었다. 놀랄 까닭이 있을까? 정정당당한 나의 남편이거늘…….

"결석을 너무 하심 안 되지 않아요?"

"그야, 과가 과이니 만큼 결강을 하면 영향이야 크지만."

"그러니깐 이삼 일만 있다가 가기루 하죠 뭘."

"어떻게 그러는 수가 있소?"

찬영은 향운을 건너다보며 서글픈 어조가 되었다.

'여기서 떠나면 당분간은 헤어지는 것이 아니냐?'

아버지는 이 년간 친정에 있다가 오라는 선언을 내리지 않았던가. 결혼을 빨리 해야만 한다는 목적 하나 때문에 다른 부수 조건쯤은 묵살했는데, 예식을 마친 지금에 있어서는 향운과 별거해야 한다는 문제가 크나큰 번민이 되어 있는 것이다.

바른 대로 말하면, 온양에 오는 기차에서부터, 아니 예식 이전부터이리라. 가슴 한복판에 무섭게 도사리고 있는 불안과 괴로움은 오직 이것이었다.

향운도 그 고민을 끌어냈음인지, 미간에 어리는 암영을 지우지 못한 채로

"그렇지만 학교가 제일 중하죠."
하고 쓸쓸하게 말했다.
"난 이런 생각을 해 봤어요."
찬영에게로 향운은 눈을 보냈다. 무슨 도리나 있을까하고 바라는 눈치였다.
"내년에 졸업하면 그냥 부산으로 갈까 하는데."
"부산엘요?"
"우선 취직이 문제니까."
"……."
"건설회사에서 말이 있어요. 서울에 있는. 그렇지만, 난 부산으로 지원을 했지."
'내년 사월이면 해산 후 삼 개월밖에 되지 않는데.'
향운은 그렇게 헤아리며 찬영의 다음 말을 기다렸다.
"당신은 시흥에 있어야 하죠?"
"그래야죠."
향운의 대답에는 김이 빠져 있었다. 찬영은 그 기미를 알아채고
"난 당신과 떨어져선 안 되거든. 정말야. 인제 살 수 없을 것 같애."
하고 언뜻 화제를 바꾸었다.
"그야 피차 일반인 걸요. 말씀이나 마저 하세요."
"당신의 처가에 허허, 인제 처가지. 거기만 있다면야 난들 무슨 걱정이 있을까만, 시흥에 가야만 할 계제니까 그게 오뇌란 말요."
'자기보다야 내가 더 하지. 희준 씨의 아가를 낳으려고 사람들의 안계(眼界)에서 사라져야만 하는…….'
향운은 이러한 생각을 하며 벌써 눈물이 돌았으나, 얼른 고개를 돌려서 빈 컵들의 자리를 바꾸어 놓았다.
"그렇게 단장(斷腸)의 매일을 보내느니, 차라리 당신을 데리고 부산으로

훌쩍 떠나버리게 말야."
"……."
"그땐 당신은 옥동자를 안고 있을 테니, 우리 세 식구만 살게 되지 않겠소?"
"아이 참."
비로소 향운이 방그레 웃었다. 찬영의 빈틈없는 계획이 고마웠으나, 옥동자라고 단정하는 것에는 쓴웃음이 절로 나왔다.
"어떻게 그렇게?"
향운은 웃음을 머금은 입으로 들릴락 말락 하게 물었다.
"어떻게 미리 아느냐 말이지?"
"……."
"반드시 옥동잘 거야. 그 녀석의 분신인데 아들이 아닐 수 없지."
찬영은 무엇인가 말을 좀더 하려다가 심각해지는 향운의 표정을 보고 일어났다.
"그럼 나 들어갔다 오리다."
찬영은 아내가 주는 것들을 받아들고 욕실로 갔다. 향운은 종을 눌러 소녀를 불렀다.
"얼른 방 좀 치우도록, 응?"
향운은 둘이서 이불들을 장에 넣고 말끔히 방안을 치웠다. 화병의 물도 갈고 광선도 공기도 넉넉히 받도록 창들도 열어 제쳤다.
"진지 곧 가져와요?"
"응, 한 삼십 분 후에."
"손수 소제하시는 아주머닌 처음 봤네요."
하기야, 여관방인데 소녀에게만 미룬들 어떠랴마는, 향운은 사랑하는 남편이 자고 난, 그리고 또 그가 종일 거처해야 할 방이기에 정성을 들이는 것이라고 속으로 말하고 있었다.

소녀가 간 후에 향운은 방의 온도가 너무 냉각할 것을 헤아려 창을 닫고 찬영의 실내복을 챙겨 보료 위에 놓았다.

'어쩜 그런 세밀한 궁리를 하고 있었을까? 아직은 어린 가장인데.'

향운은 찬영이 안쓰러워졌다. 지금쯤 단순한 행복감에만 취하여 있을 신랑이 복잡한 생계를 걱정하고 있다니 모두가 다 자기의 탓이라고 돌렸다.

"아참, 사과즙을 탕 후에 드릴 걸."

향운은 다시 소녀들 불러 즉시 즙을 만들어 오라고 하였다.

찬영이 막 돌아오자 소녀도 거품이 이는 사과즙을 가지고 왔다.

"이거 마시세요."

찬영은 향운에게서 컵을 받아 단숨에 마셨다.

"어 참, 시원하다. 날아갈 것 같군."

찬영은 자기에게 이렇게도 신경을 쓰는 아내에게 또 한 번 감격하였다.

그들은 신선한 굴회와 혀끝에서 녹아나는 닭구이며, 향긋한 산채 따위의 반찬으로 늦은 조반을 먹었다.

"어제 이맘땐 당신이나 나나 정신이 건공에 떠 있었지?"

"그러게 말예요."

"향운은 정말 아름다웠어."

"당신이야말로."

향운은 처음으로 불러보는 당신이란 발음에서 얼굴을 붉혔다.

정오가 가까워서 찬영은 양복으로 갈아입고 향운의 스프링을 떼어들었다.

"자, 이걸 걸쳐요. 우리 좀 나가 걸읍시다. 시가 구경도 할 겸."

그는 손수 향운에게 코트를 입히고 그의 손을 잡아끌었다.

"오늘부터 우리의 새날이 시작되는 거야."

그들이 복도를 돌아 현관으로 향하는데 소녀가 불쑥 나타났다.

"여기 전보 왔어요."

찬영은 황급히 전보를 받아 펼쳤다. 향운도 남편의 턱 아래서 글자를 읽었다.

"양지에 깃들인 한 쌍의 메추리. 복 되소서. 번영하소서. 경운."

"하하하하."

"호호. 기집애두."

향운은 얼굴을 붉히며 방그레 웃었다. 소녀도 덩달아 해죽 웃었다.

# 어머니들

달고도 재미나던 밀월여행의 닷새가 꿈결엔 듯이 흘러가고 그들 부부는 일요일 오후에 서울 집으로 돌아왔다.

우선 여장을 친가에서 풀고 저녁을 먹었다.

"소문도 없이 들이닥치니?"

김난숙 여사는 신부 티가 몸에 밴 딸과 헌헌하게 장부다운 사위를 맞으며 당황했다.

"반찬이나 좀 장만할 텐데 그랬지."

조촐한 밥상을 훑어보면서도 그는 장모다운 잔걱정을 잊지 않았던 것이다.

"그 동안 김장을 하셨군요?"

향운은 뜰 한구석에 쌓아놓은 시래기를 보고 혼잣말처럼 뇌었다.

"무슨 정신에 김장까지 하셨을까? 푸욱 쉬시기나 하시지."

대사를 치른다고 밤을 새워가며 동동치던 어머니가 딸의 여행간 새에 김장마저 하시다니 향운의 눈 속이 뜨끈하게 젖어왔다.

"그럼 어떡허니? 모두 얼어빠져서 그나마두 혼났다. 아무 때고 내가 할 일인데, 그럼 널 기다리고 있겠니?"

"집에선 벌써 끝내신 모양이던데요."

찬영은 동운이가 벗겨주는 사과를 집으며 말참례를 했다.

"그러기에 신랑 댁이 아냐? 그 댁이야 뭐가 바빠서 이 때까지 있을라고."

예식이란 형식은 무시할 수 없는 모양으로, 김여사는 찬영에게도 스스럼이 없어졌다.

"경운이가 없으니깐 싱겁네."

"갠 너희가 내일이나 올 거라고 그러더라."

"깍쟁이가 이번엔 잘못 짚었군."

"이가 없음 입념이 대신 한다더니, 네가 없으니깐 일을 곧잘 하겠지."

"소랑 넣구요?"

"그럼. 소뿐인가, 깍두기두 비볐단다."

"어마, 손 따갑다고 소동이 났겠군."

"어지간히 야료를 부렸다우."

모녀의 담화에 동운이가 양념을 치고 나섰다.

"일을 오 분의 이쯤 하면 나머지는 다 수선인걸."

"허허, 동운 군은 누나하고 왜 못 사귀었나? 언제나 충돌이더군 그래."

찬영이마저 얘기에 휩쓸려서 오순도순 이들은 오붓하게 식후를 보냈다.

"자, 인제 어서 저 댁에 가야지. 인사드리고 이리들 와야지 않어?"

김여사는 새로 도배한 건넌방에, 애를 태워가며 만든 비단 이부자리를 펴고 딸의 내외를 재우고 싶었다.

찬영과 향운은 온양에서의 선물을 들고 상도동 길로 나섰다.

"시댁이 가깝기에 망정이지 멀었다간 야단나겠네."

김여사와 동운은 골목 밖까지 나와서 한 쌍의 남녀를 대견한 듯이 바라보았다.

정 목사 내외도 갑자기 돌아온 아들과 며느리를 반갑게 맞았다.

"동래온천엔 안 가길 잘했다."

정 목사는 며느리의 부요한 몸집을 위하여서 진정의 말을 하였고

"어머니께서 너무 맘을 쓰셨더라. 혼자 계신데 뭐라고 그다지 염려를 하셔?"

최 여사는 정성스럽게 보내온 예물을 두고 진심에서 우러나는 사례를 하는 것이다.

손님에게 하듯이 최 여사는 이들에게 식혜와 수정과를 내왔다.

그들이 향운의 집으로 돌아왔을 때 경운은 찬영과 향운에게 손을 내밀었다.

"정찬영 씨의 부처를 환영합니다."

"전보 고마웠습니다."

찬영은 경운의 손을 잡은 자기의 손에 지그시 힘을 주며 흔들었다.

향운도 경운의 두 번째로 내미는 손을 가볍게 잡으며

"넌 왜 하필이면 메추리냐?"

하고 웃었으나 경운은 정색하여서

"알 많이 낳으라구요."

하였다. 모두들 와 웃음보를 터뜨렸다. 동운도 이 밤만은 공부를 쉬고 이들과 어울려 트럼프를 하였다.

"참 종진 군은?"

찬영은 동운에게 종진의 소식을 물었다.

"자기 집에 갔으니까 내일 하학 후엔 올 거예요."

"참, 이모가 너더러 언제 올 테냐고 편질 하라던데."

김여사가 딸의 부부를 바라보았다. 향운은

"모레쯤이나 갈까 하는데요."

하고 찬영의 기색을 살폈다.

"하긴 그래. 이왕이면 일찍 가야지."

김여사는 이내 찬동하였다. 새달 하순이 산월이 아닌가.

"금요일에 갑시다. 그 날은 내가 쉴 수도 있으니까."

찬영은 입맛이 쓴지 트럼프를 차르르 섞어 한쪽으로 밀었다.

"그럼 닷새밖에 안 남았군."

"닷새예요? 나흘이지. 가는 날은 빼야지 않아요?"

"빼나마나."

김여사는 시들하게 경운에게 대꾸하고 부엌으로 나갔다. 그는 밤참으로 아까부터 식모에게 분별하였던 국수를 들여왔다. 뽀얀 닭고기 국물에 배추고갱이 나물을 얹어 먹은 온면 맛은 희한하다고 찬영은 그릇 반이나 먹었다.

김여사는 실로 오랜만에 집안에 감도는 화기 속에서 밤을 지냈다.

암초에 걸려서 파선만을 기다리고 있던 향운의 혼사를 순조롭게 치렀고, 발등에 닿았던 불을 끄듯이 때늦은 김장도 완전히 끝났다.

원앙의 쌍인 듯 딸과 사위는 건넌방에서 단꿈에 잠겼고, 경운은 자기의 곁에서 꽃다운 숨결을 쌔근거렸다.

'시원하게 모든 것이 지나갔다.'

홀가분한 마음에서 김여사는 길게 하품을 하며 기지개를 켰다.

한 달 동안을 곁눈질 할 틈도 없이 복작거리고 난 뒤라 그런지 쉽사리 잠도 오지 않았다.

문득 식장에서 본 중년의 신사가 나타났다.

'분명코 이헌수라고 했어. 그리고 영락없는 그이의 모습이야.'

향운을 온양에 보내고 그 길로 시장에 들러 김장거리를 샀다. 그 이튿날부터 다듬고 저리고 하느라고, 과연 머리칼만큼 한 정신의 여유가 없었던 것이다.

'한가하니깐 사념이 생기는군.'

김여사는 머리를 저으며 눈을 떴다. 그러나 서창으로 새어드는 달빛에 천장의 무늬가 희미하게 보이고, 거기에 덮쳐서 갸름하고 두툼한 이헌수의 얼굴이 아련하게 떠돌았다.

'경운은 그이에게 맘이 있는 모양이지?'

알맹이가 있는 말을 비교적 진실하게 부탁하던 경운이었다.

'그이도 경운일 사랑하는 건가?'

구구절절이 뜨거운 정을 담아 애끓는 사랑을 하소연하던 이헌수의 수많은 편지들! 자세히 뜯어서 익히진 못했으나마, 길에서나 대문간에서 마주칠 때 언뜻 보면 확실히 이목구비가 반듯한 미남자이었다.

'아이, 바보! 답장 한 번두 못 냈지.'

김여사는 피식 웃었다. 지금 같으면 계집애 하나에 보이 프렌드라는 사내녀석들이 대여섯 명씩도 달려있는 게 예사인데, 그토록 갑갑하게 글씨 한 줄을 안 보낼 까닭이 있을까?

'남의 정성어린 편지만 다 잘라먹었지. 그이도 그이야. 몇 번만 하다가 말 일이지 그렇게도 무작정 보낼 게 뭐람.'

사실 바른 대로 말하자면, 자기도 그 남학생에게 연모심을 가졌었다. 경성제국대학이란 뛰어난 수재라야만 들어가는 대학인 것을 잘 알고 있었다.

그와 함께 있던 안악 부자의 아들도 헌수와 함께 사랑을 요구해 왔었다.

그러나 난숙의 맘은 늘씬하게 사내다운 헌수에게 있었던 것이다.

'내가 고분고분 답장을 했더람 지금쯤 어떻게 되었을까?'

김여사의 뺨이 화끈 뜨거워지며 가슴이 두근거렸다. 성숙할 대로 틀이 잡힌 이헌수의 늠름한 풍채가 자기를 중압하는 것이다.

'철없이 이게 무슨 짓이야?'

갑자기 더워지는 체온을 느끼며 김여사는 스스로 혀를 찼다.

'생각만의 자유쯤이야…….'

졸업 날인가 그 전후하여서 이 학생은 (그 때는 그렇게 불렀다)자기의 길을 막고, 안악 갑부에게 뜻이 있고 나는 안중에도 없는 거냐고 호령조로 대들었다. 그 목소리도 저력 있는 좋은 가락이었다.

차라리 자기의 사랑을 호소해 왔더라면 어떤 결과가 되었을지 모른다. 그야말로 손톱 끝만큼도 눈에 들지 않는 사람과 견주어 자기를 비교할 때 난숙은 의협심이 불끈 솟았다.

'재물로 사람을 저울질 한다구요?'

분명코 자기는 그렇게 쏘아댔다. 그리고 너무나 억울하고 분해서

'그렇게 유치한 분인 줄 몰랐어요.'

하고 덧붙였던 것이다. 그만한 용기도 어디서 나왔는지 나중에 생각하면 어이가 없었다.

그러고 나서 난숙은 은연중 다음의 반향을 기다렸다.

"나의 안목이 낮은 까닭이니 용서하여 주십시오. 난숙 씨의 뜻이 그러시다면 왜 새로운 정열로 용감하게 나를 사랑해 주시지 않습니까"

이러한 편지나 날아올 줄 믿었었다. 그렇다면, 그때는 자기도 한 번쯤 답장을 하리라고 맘먹었었는데, 의외에도 그 후로는 감감히 소식이 없다가 하숙집 주인에게 들으니, 고향에 다녀서 외국에 간다고 떠났다는 것이다.

그가 없어진 하숙집은 빈집 같이 쓸쓸하였고, 그가 떠났다는 서울의 거리는 찬바람만 감돌았다.

'그가 그만큼이나 나를 잡고 있었다는 것은 그가 없어진 후에야 알았었다.'

지극한 남편의 사랑 속에서도 이따금씩 그때의 추억이 가슴에 싸하게 밀려 왔던 것이나, 남편이 납치되고 괴로운 인간살이를 계속하면서는 사치스러운 잡념이란 얼씬도 못 하였던 것이다.

그런데 우연히도 딸의 결혼식장에서 그를 만나다니. 이씨는 처음부터 자기를 알아보았던 모양으로, 가기를 소개하는 음성에도 간곡한 의미가 포함되어 있었다.

'진작 뵈었어야 할 텐데 늦었습니다.'

그리고, 잠깐 마주쳤던 그의 눈에는 지글거리는 정열이 넘칠 듯하지 않았던가?

'아아, 부질없다. 모두가 부질어워!'

김여사는 홱 돌아누웠다. 공연한 짜증 비슷한 감정이 우욱 치밀었다.

"이제야 와서 어쩌자는 거야?"

그는 이헌수 씨에게 인지 자기에게 인지도 모르게 입밖에 까지 말소리를 냈다.

그러다가 깜짝 놀라서 경운을 보았다. 경운은 조용히 잠들어 있었다.

'놓쳐버린 청춘인데……. 그렇지만 통일만 되면 향운 아버진 돌아오실 것이 아닌가?'

만일, 이때까지 살아만 있다면 반드시 다시 모일 때가 있으리라. 난순이처럼 사별이 아니오, 생이별이니 만큼 희망이 없는 바도 아니나, 난숙이야말로 어쩔 수 없이 잃어버린 청춘이었다.

'그렇지만, 그 통일이라는 국민의 염원이 언제나 이루어질 것인가? 그 귀한 피 값을 치르고도, 위정자들은 사리사권에 눈이 어두워 당파싸움과 감투 노리기에만 정신을 쏟고 있으니.'

김여사는 가슴 가득한 울분을 한숨으로 내뿜었다. 일신의 작은 일이 국가를 위한 큰 소망으로 번져 갔다.

'반 조각 나라만 가지고 그 야단들일 게 뭐람? 온갖 힘을 다 합해서 통일을 얻어야할 게 아니야? 완전한 국토에서 정략정책을 펴야 더 값어치가 있고 보람이 나지, 달팽이 뿔처럼 좁은 데서 호강들이나 할 꿈만 꾸구들 있으니 한심스럽기두 해라.'

남편을 만날 수 없다는 실망과 울화가 결국 한탄으로 변하였다.

'언제나 내게도 서광이 비치려는가?'

향운은 인제 끝장이 났으니, 다음에는 동운의 입학이요, 최후가 경운의 결혼이다.

'경운이야말로 평탄한 혼인을 해야 할 텐데. 거리낌없고 당당한 절차를 밟아서…….'

만약에 이 교수와의 어떤 내약이라도 있었다면? 그가 이때까지 독신일 수는 없고 상처라도 하였단 말인가?

'경운이가 내 딸인 줄 알았으니 무슨 변동이라도 생길 테지. 어머니를 노리다가 딸과?'

그러나 이 세상에는 흔히 있음직한 일이기도 하였다. 별별 파렴치의 행위가 범람하는 세대에서 깨끗하게 일방적인 사랑을 요구하다가 말아버린 이 교수야말로 경운에게 청혼한들 앞이 꿇릴 아무 일도 없을 것이다.

"아이, 선생님 난 몰라요."

경운에게서 소소한 잠꼬대가 들려왔다. 김여사는 경운을 들여다보았다. 아슴푸레한 빛을 받은 경운의 입가에는 미소마저 어리고 있지 않는가.

'아이, 난 모르겠다. 운명에 맡기는 수밖에.'

김여사는 또 한 번 몸을 뒤쳐 서창 쪽으로 향해 누우며 간절히 잠을 청했다.

꿈에서도 사위의 아침 반찬거리를 궁리하다가, 새벽에 눈을 번쩍 뜬 김여사는 말똥말똥 눈알을 굴리고 누워 있는 경운을 보았다.

"엄마!"

경운은 은근하게 불렀다. 이 날카로운 눈을 가진 딸에게 가슴의 비밀이나 들킨 듯이 그는 외면하여 머리를 매만지며,

"왜 그래?"

하고 무심한 양 대꾸하였다.

"우리 선생님이 말예요."

"선생님이 누군데?"

"아이, 엄마두 저번 날 식장에 오셨던 선생님 말야."

"그래 어쨌단 말인고?"

"선생님이 우릴 초대하시겠대요."

"초대는 왜?"

"거기두 무슨 까닭이 있수?"

"초면인데."

"엄마하군 초면이지만 우린 몇 년짼지 알아요?"

"대관절 그인 처자가 있나 없나?"

"독신. 상처하심. 아들 하나."

경운은 토막토막 잘라서 알렸다. 그러면서도 어디엔지 빈틈이 보였다.

경운은 지금 이 교수에게 불만을 품고 있는 것이다. 언제라고 필요 이상의 친절을 베풀어주는 일은 없었다. 담담하면서도 인정미가 풍기는 담화라거나, 경운의 청탁을 대개는 다 들어주는 관대함에는 변함이 없으나, 웬일인지 바싹 간격을 두는 것처럼 느껴졌다.

어제도 함께 저녁을 먹었다. 그는 귀여운 딸에게 하듯이 노골적인 자애를 보였던 것이다.

"우리 경운인 누가 데려가누?"

"걱정 마세요!"

경운은 샐쭉해서 톡 쏘았다. 이 교수는 빙긋이 웃으며

"인젠 경운이 차례니까 차차 궤도를 밟아야지."

하였다.

"궤도라뇨?"

"주부 노선의 궤도 말야."

"피, 그런 것쯤."

"어머니도 언니도 숙녀시든데."

"숙녀 아니래두 좋아요."

"그래서야."

"아무두 안 데려감 선생님께 얹혀 살래요."

"허허허허."

이 교수는 허탈하게 한바탕 웃었다. 전에는 없던 웃음이었다.

"나야 무방하지만 어머니에겐 귀여운 딸일 텐데?"

"귀여운 딸과 그 문제와 무슨 관계예요?"

"그거야 말이 안 되지."

이 교수는 정색하여서 경운을 물끄러미 보았다.

"참, 일행은 언제나 오누?"

"아마 내일쯤 올 거예요."

"오거든 내가 한 번 축하연을 베풀지. 신인들과 어머니를 초대하겠어."

"언닌 그대로 시굴에 가요."

경운은 언니의 몸을 이 교수에게 내어놓기 싫어서 딱 잘랐다.

"그래? 그렇담 두 분만 할까?"

"정말 한턱 하실래요?"

"그런다니까."

"그럼 지가 엄말 유인하겠어요."

"유인이라니?"

"그냥 오자면 그 맺힌 부인네가 싫다거든요. 그러니깐, 우연하게 만나는 척하겠단 말씀예요."

"그래서야 되나? 그건 정도가 아냐."

"그럼 말하죠 뭐."

경운에게서 장난꾸러기의 웃음기가 걷혔다. 이 교수는 경운의 그런 솔직함과 천진성을 사랑하는 것이다.

"언니가 시굴에 가고 한가해지거든 한 번 모시고 나오도록 해요, 응?"

"네."

대답은 하였으나마, 경운은 그 분위기에서 불안을 감득하였던 것이다.

"선생님이요. 언니네랑 떠난 댐에 한가해지거든 초대하신 댔어요."

경운은 어머니에게 이 교수의 말을 그대로 외어 들렸다.

"인제 엄마두 더러 사교를 하셔야 해요. 인제야 한창땐데 지레 늙을 게 뭐예요?"

경운이 어른답게 타이르는 말이 이날 아침에는 그리 귀에 거슬리지 않았다.

"사교를 하면 젊어지나?"

"그럼요. 첫째 나들이를 자주 하면 외모가 달라지고, 후훗, 멋을 부리게 되니깐 말예요."

"말 좀 삼가라."

"그리고 기분이 밝아져요. 집에 박혀서 앙글앙글 끓다가 척 인파가 휩쓰는 거리로 나가보세요. 저마다 살겠다고 눈을 뒤집고 활동하는 틈에서 생에 대한 의욕이 강해지거든요."

"……."

"가끔씩 우리 선생님 같으신 분이랑 담화를 교환하면 심기 변환두 되죠? 견문도 정서도 플러스란 말예요. 그러니 자연히 젊어지지 않겠어요?"

"애, 말소리 좀 낮춰라. 저 방에 들릴라."

김여사는 대수롭지 않게 내지르면서도 속으로는 일리가 있다고 수긍하였다.

'이씨와 경운의 교제 정도가 얼만큼이나 되는지 볼 겸두 해서 한 번 만나 볼까?'

"그런 건 나중 문제니깐, 우선 너두 일어나서 집안이랑 좀 치고 그래."

김여사는 사위의 첫날을 유쾌하게 해주려고 세심 정성을 들였다. 색다른 반찬을 골고루 준비하는 한편, 경운은 뜰과 마루를 깨끗하게 소제하였다.

조반은 안방이 그들먹하게 모여서들 먹었다. 남편이 없는 후에 처음으로 느끼는 신뢰감과 만족감이었다.

'볼수록 사내답고 잘났지.'

얼렁뚱땅 한 달 남짓 덤벼 얻은 서랑(壻郎)이 일평생 좁쌀자루 차고 다니면서 골라온 사람처럼 흠이라고는 한 가지도 잡을 데가 없었다.

'우리 향운의 복이야.'

자기 집에 들려서 학교에 가겠다는 사위의 뒷모습을 김여사는 흡족한 미소로써 바라보았다.

예정대로 금요일 아침 일찍 찬영은 향운을 데리고 떠났다. 이불 한 채와 트렁크 두 개만이 그들의 짐이었다.

향운은 눈물이 글썽하였다. 적어도 서너 달은 집에 올 수 없었다. 설혹 아이를 두고 하루에 잠깐 왔다가 가는 일은 있을지언정, 그전처럼 어머니나 아우들과 밤낮 머리를 마주 대고 사는 일은 앞으로 없을 것이 아니겠는가.

떠나기 전전날에는 향운이 시댁에서 한 밤을 지내고 왔다. 그때 시부모님의 사랑이 극진하더라고 향운은 자랑 비슷이 말했었다.

어젯밤에도 향운이 인사를 갔을 때, 정 목사가 두둑하게 용돈이랑 주더라고 향운은 못내 흐뭇하게 부풀어 있었던 것이다.

그러나 이제부터는 어머니와 한집에서 살 수 없다는 허무감이 피어날 때 향운은 손수건으로 눈을 누르며 말을 잇지 못했다.

"어머닌 언제 오시죠?"

"나야 뭐. 정 서방이랑 애들이나 왕래함 되지."

"어머니도 오셔야죠."

"흐흥. 언닌 욕심꾸러기야. 뭐나 다 혼자 가지고 싶단 말이지?"

경운이가 입을 모으는 척 눈을 힐끗 흘겼다.

"경운 씨 말이 옳아요."

찬영은 빙그레 웃으며 눈물기가 있는 향운을 귀여운 듯이 보다가

"어머니. 그럼 다녀오겠어요."
하고 향운의 팔을 잡아 버스로 올라갔다.

찬영의 어머니라는 칭호에, 향운의 뒤에서 따르던 아낙네가 김여사를 다시금 보았다. 너무나 젊은 어머니였다.

"우리 엄만 언니랑 꼭 형제 같은 걸. 지금 연애라두 하시게 됐어."

경운은 어머니의 귀에 그렇게 속삭였다.

"기집애두. 무슨 주둥이가 그래?"

김여사는 경운을 나무라면서 창으로는 좌석을 찾아드는 딸만을 지켰다. 버스가 움직일 때부터 괴던 눈물은 버스가 사라질 때까지도 멎지 않고 그의 뺨으로 방울져 내렸다.

'향운은 갔다. 여섯 달 동안을 나락에서 함께 신음하던 향운은 생의 동아줄을 붙들고 에덴의 문턱을 밟은 것이다. 딸아! 부디 행복해 다우.'

"엄마, 어서 가세요. 나 오늘은 얼른 돌아올게요, 응?"

경운은 책가방을 들고 버스 정류장으로 달렸다.

이튿날도 경운은 늦지 않게 귀가하였다.

"작은누나가 인젠 심리작용에 변화를 일으킨 게지? 어쨌거나 환영해요."

동운은 경운에게 눈을 감고 웃어 보이며 뜻 있는 소리를 하였다.

"흥, 너 감독하려고 그러는 줄 모르니? 너무 지금부턴 최고 마력을 내야 해."

향운의 결혼식 이후로는 눈에 띌 만큼 남매의 사이가 가까워졌다고 어머니는 은근히 기뻐하였다.

경운은 안방에 와서 김여사의 앞에 쪼그리고 앉았다.

"엄마. 내일 선생님이 우릴 초대하신 댔어."

"내일?"

"응. 사실은 오늘이 좋지만 토요일이니깐 말예요. 언니네가 떠나서 경황이 없으실 테니 내일루 했대요."
"이편의 얘기두 안 들어보고 결정해 버림 어떻게 해?"
"접때 지가 말했지 않아요? 그래 엄마가 잠잠하길래 허락하는 줄 알고 선생님께."
"걘, 무슨 일을 그렇게 경솔하게 하니?"
김여사는 부드러우나 날카롭게 책망하였다. 공연히 얼굴이 붉어졌다.
"내일 오후 네 시까지 다방으로 나와 주십사구요."
"또 왜 오후야?"
"아유. 엄만 무슨 까탈이 그리 많아요? 오후면 뭐가 어때서요?"
"자연히 밤이 될 거 아니냔 말야."
"호호. 밤이면 납치당할까 봐요?"
"……."
"안심하세요. 우리 선생님은 신사시니깐요. 그리고 지가 곁에 있는 걸요."
경운은 무심코 되는 양 지껄였으나, 김여사에게는 마디마디가 다 가슴에 마쳤다.
"그래 간다고 그랬어?"
"그럼요. 엄마께 여쭐 말씀두 있다던데요."
경운은 필경, 경운 자신에 관한 일이겠거니 지레짐작하는 모양이었다.
"아이참, 넌 왜 말썽을 부리고 다닌단 말이냐? 가만있지 못하고."
"말썽은 선생님 쪽이죠. 내가 언제 초청해 달랬나요?"
경운은 건넌방으로 건너갔다가 다시 왔다.
"엄마, 내일 멋지게 하고 가요, 네?"
경운은 어머니에게 가만한 소리로 당부하였다. 순간 김여사는 내일에 입을 옷가지들을 생각해 보았다.
오후가 되면서부터 경운은 수선스럽게 김여사를 채근했다. 미장원에를 가라느니, 옷을 다리라느니, 어머니의 선이나 보이려는 듯이 서둘렀다.

그들은 오후 네 시 정각에 H다방에 이르렀다.

"선생님 벌써 오셨을 거야."

의기양양하게 종알대며 층계를 올라가는 경운의 뒤를 따르며, 김여사의 가슴은 새삼 뛰었다.

'따라오는 게 아니었어. 무슨 주책이야.'

걸음걸음 심장의 고동이 높아갔다. 이렇듯 동요가 심할 줄 알았더라면 아예 거절하고 마는 것을…….

심심히 감춰 두었던 비밀 연인이나 만나러 오는 듯, 좌우가 두리번거려지고 천연스레 머리를 가눌 수가 없었다.

경운은 아랑곳없이 육중한 조각의 도어를 열고 차곡차곡 발소리를 쌓아 갔다.

"여기 계시군."

후딱 눈을 든 김여사의 시선에 맞은편 벽을 등으로 하고 장신의 이 교수가 이쪽을 향하여서 올연히 서 있었다. 손가락 하나만 올려서 경운을 부르던 때와 달리 신중하게 기립하여 있는 이 교수에게 경운은

"신부를 맞이하려는 신랑처럼 그렇게 서 계시군요?"

하는 풍자를 잊지 않았다.

'철없는 계집애가 입을 함부로…….'

이 교수와 김여사는 함께 속으로 혀를 찼으나, 이헌수 씨에게만은 화끈하게 뜨거운 충격이 왔다.

"일루 앉으시죠."

미리 잡아 놓은 의자를 가리키는 손끝이나 말소리가 다 들뜬 것처럼 김난숙 여사에게는 들렸다.

김여사는 다소곳이 등허리를 굽힌 채로 이 교수와 마주앉을 자리로 가고, 경운은 그 곁에 찰칵 엉덩이를 붙였다.

"와 주셔서 감사합니다."

이 교수는 정중하게 머리를 숙이고 서서히 허리를 내렸다.

"접땐 바쁘신데 일부러 참석해 주셔서 영광이었어요."

미리 준비한 말인 듯 김여사에게서는 어색하지 않은 언사가 스르르 나왔다.

"뭘요? 귀한 자리를 더럽혀서 오히려 죄송했습니다."

"아이, 천만에요."

'중년들의 허식이란 굉장하군!'

"후훗."

경운은 이들의 주고받는 대화가 얼마나 건공에 떠있는가를 느끼며 웃음이 터졌다.

"언제까지나 계속되실 건가요?"

이 교수는 뭐가 말이냐는 눈으로 경운을 보았다.

"인사말씀들이 끝이 안 나니깐 말예요. 훗훗."

"난 또 무슨 소리라고."

이 교수는 싱긋이 입을 모으며 레지를 불렀다.

"무슨 차를 드실까?"

이 교수는 정면으로 김여사에게 물었다. 베이지 색의 양복천 두루마기가 소박한 듯도 하고 화사하게도 보였다. 엷은 계통의 빛깔은 김여사의 붉어진 얼굴을 환하게 드러냈다.

"엄만 홍차실 거야. 신생활 규조에 따르셔야 하니깐. 그렇죠, 엄마?"

경운은 신부인 양 도사리고 앉은 어머니를 돌아보았다.

"홍차 셋!"

이 교수는 레지에게 명령하고 '팔말'의 붉은 갑을 내어 담배 한 개에 불을 붙여 물었다.

이 교수는 몽몽한 연기를 옆으로 훅 불었으나, 흩어진 가닥은 실오라기처럼 김여사의 얼굴을 아물아물 가렸다.

'저렇게 젊을 수 있을까? 사위를 본 여인이 풋실과 마냥 싱싱하기까지?'

그는 모르는 결에 천장을 향하여서 연기 섞인 한숨을 길게 뿜었다. 순간 잃어진 청춘이 밀물처럼 가슴에 부딪쳤다.

이헌수 씨의 감정은 되는 양 술렁댔다. 아득한 먼 포구로 흘러갔던 추억의 물결은 이제야 밀물처럼 밀려들어 한 뼘의 심장에 강하게 부딪칠 것이다.

쏴하게 부서지는 포말이 물 연기로 자욱하게 가슴을 덮었다. 질식할 듯한 숨가쁨이 이 교수를 사로잡았다.

"으흐흐음."

불규칙한 호흡이 안타까운 헛기침으로 터졌다. 후끈하고 찌릿한 전율이 전신에 퍼졌다.

심각하게 변해 가는 이 교수의 표정에 경운은 의아하였다. 무엇엔가 잦아들어 있는 그의 모습이 안쓰러울 정도로 심절하였다.

'무엇에 잠겨있는가? 무엇이 그를 사로잡았는가?'

그 대범하고 담담하고 진중한 선생님이 무슨 일로 저렇게 괴로워해야 하는 것이냐.

경운은 후딱 어머니에게로 시선을 돌렸다. 어머니는 태연하게 눈을 감고 있었으나, 하얗게 빼어난 귀밑 목덜미에 홍훈이 감도는 것으로 그의 심정이 불안 중에 있는 것을 알 수 있었다.

"어서 차를 드세요."

경운의 또렷한 음성에 이 교수는 언뜻 자기를 찾았다. 거의 꽁초가 되어 있는 담배를 버리고 찻잔을 잡았다.

"차 드시죠."

목소리가 갈라진 듯했다. 김여사는 머리를 들어 상대편을 보았다. 얽히는 시선이 잠깐 강하게 얼렸다가 풀어졌다.

'흐흠, 이분들에게 과거가 있는 게 아닌가?'

경운은 발그레한 액체로 입술을 축이며 보일 듯 말 듯 고개를 갸우뚱했다.

그러한 경운을 이 교수는 재빨리 포착했다. 이래서는 안 된다고 거듭 다졌다.

"참 좋은 따님들을 두셨어요."

딴 사람에게서 나오는 듯한 명랑한 말씨였다.

"글쎄요."

김여사는 차를 훌훌 마셨다. 경운에게 눈치 채이면 어쩌려고 저이가 저러는가 하고 딱했던 만큼 손색이 없는 무심한 대답이었다.

"자제나 서랑도 다 사내답구요."

"그럴까요?"

김여사는 상긋이 미소지었다. 눈매와 입모습이 순진하면서도 매혹적이라고 이 교수는 황홀한 심경이 되었다.

"선생님께서 그렇게 봐주시니깐 그렇겠죠. 모두 다 미거해요."

"훌륭한 인재들입니다. 국가를 위하여서도 기쁜 일입니다."

칭찬하고 겸사하는 어른들의 담화에 경운은 슬쩍 끼어 들었다.

"아무렴요. 그렇고 말굽쇼. 호호."

이렇게 하여서 이들의 첫 번 좌석은 겨우 파흥이 되지 않게 끝났다.

"자, 나가 보실까요?"

이 교수는 경운에게 어머니를 모시라는 눈짓을 하고 투벅투벅 카운터로 갔다.

밖으로 나온 모녀는 각각 안도의 숨을 내쉬며 층계를 내렸다.

이 교수는 예산이 있었던 듯 택시로 김여사를 어느 아담한 한식 여염집으로 안내하였다.

간판이 없었으나마 들어앉은 고급 음식점인 것을 알 수 있었다. 귀티가 나는 중년 부인들이 시중을 드는 품이 어느 대가에 초대를 받은 성싶었다.

조용한 방에 자리를 정한 이들은 물수건과 찻잔을 받았다. 경운은 토일렛에 갔다 오겠노라고 나갔다가, 오는 길에 윗방으로 들어갔다. 황송하지만 그들의 비밀을 탐하려는 배짱이었다.

다행히 장지를 사이로 하여서 윗방에는 장롱 따위의 세간만이 있었다.

경운은 그 방의 문턱을 넘어설 때 마루에서 서성대는 여인에게 속옷을 좀 고치겠다는 눈짓을 하면서 들어갔던 것이다.

경운은 바짝 장지에 귀를 대고 쪼그리고 앉아서 스커트의 밑자락으로 손을 넣어 매무시를 고치는 척하였다.

자기 일에 바쁜 여인은 경운에게 호말의 관심도 주지 않고 어디론가 가버렸다.

경운은 얼른 눈을 문 틈새로 끼려 하였으나, 무겁게 닫힌 미닫이에는 머리칼 들어갈 여유도 없었다. 경운은 손을 쉬지 않으며 귀를 쫑그렸다.

잠잠하던 방안에 이 교수의 은은한 음성이 두런댔다.

"정말 꿈 같습니다. 이렇게 다시 난숙 씰 만나다니."

경운인 움찔했다. 눈이 동그랬다. 몸은 장지를 뚫을 듯이 그 쪽으로만 쏠렸다.

"더구나 경운 양의 어머니로서……."

감회에 잠긴 모양으로 그의 말은 토막이 났다.

"저두 그런 심정이에요."

꺼질 듯한 어머니의 속삭임. 인제 무엇을 의심하랴.

경운은 냉큼 윗방에서 나왔다. 표면으로는 스커트의 자락을 터는 척하였으나 발이 후들거릴 만큼 가슴이 퉁퉁거렸다.

'이분들에겐 반드시 쓰라린 과거가 있었으리라. 그들의 침울한 기색들이 그것을 증명하지 않느냐.'

경운은 심호흡을 하고 천연스럽게 그들의 방으로 들어가려는데 마침 두 여인이 맞든 밥상이 오고 있었다.

상이 그들의 앞에 놓이고 어수선한 분위기가 가라앉았던 방안의 공기를 들뜨게 하였다.

"어마! 참 굉장하군요."

경운이 눈알을 굴려 상위를 훑으면서 호들갑을 떨었다.

"선생님 참 멋쟁이셔! 이런 델 다 점찍어 두시고."

경운은 슬쩍 이 교수를 스쳤다. 난숙 씨에게 미진한 사연을 머금은 그의 두툼한 입술이 가볍게 실룩였다.

"엄마! 더 다가앉으셔요."

경운은 무거운 듯이 자꾸만 고개가 숙여지는 어머니의 치마를 끌다가

"참 두루마기 벗으시지. 자, 어서요."

하고 김여사의 소매를 잡아 다렸다. 마지 못하는 듯 그는 두루마기를 벗었다. 하늘색 저고리가 푸른 형광등의 불빛을 받아 그의 곱다란 얼굴을 요정처럼 돋보이게 하였다.

경운은 어머니의 주의를 받아 걸고 사뿐히 내려앉았다.

"어서 드시죠. 구미에나 맞으실지."

이 교수의 언뜻 건너다보는 눈길이 경운에게는 간지럽도록 정겨운 것으로 보였다.

'엄만 아직두 행복이야!'

경운의 가슴이 알큰하게 울렸다. 반석처럼 믿었던 이헌수 씨는 결국 어머니의 애인이었던 것이다.

'좋아! 경운인 엄마를 위하여 사랑을 포기하겠어!'

뭉클한 것이 치받치며 목이 맵싸했다.

"경운, 많이 먹어요."

이 교수의 말소리가 윙하게 귓전을 울렸다. 눈물이 어리고 코가 킥 막

혔다. 경운은 얼른 수저를 들며 중얼댔다.

"네. 선생님두 많이 잡수세요."

향운은 따뜻한 아랫목에 반듯이 누워서 분홍색 뉴똥 처네로 몸을 감았다.

무한히 행복했다. 마음이 평안한 게 태평세월이란 이런가 싶었다.

'요새처럼 밥맛이 신기해서야 살이 안 찔 수 없지.'

향운은 토실토실 살이 오른 뺨을 쓸어 보았다. 오늘이 꼭 이 주일 째인데 눈에 띄게 볼이 볼록해졌다. 혈색도 좋고 머릿속도 개운했다.

'모체가 이러니깐 태아두 건강한 모양이야.'

옆구리가 찢어질 듯이 발을 뻗대 지르고, 쿵쿵 뱃속을 퉁기는 태아의 요동이 전해질 때마다 향운은 미소짓기를 잊지 않았다.

다만, 지나친 무게 때문인가, 환도뼈가 어긋날 듯이 땅기는 때가 많아서 가끔씩 얼굴을 찡그리게 되는 것이다.

"아아, 아이쿠!"

갑자기 배창이 미어지는 듯이 아팠다. 향운은 배를 움켜쥐며 몸을 일으켰다. 진초록색의 처네 안이 뒤집혀지면서 청홍의 원색이 산뜻하게 고왔다.

"얘! 자니?"

이모가 인기척을 내면서 들어오다가 향운의 꼴을 보고

"얘, 왜 그래? 배가 이상하니?"

하고 황황한 말소리를 냈다.

"아녜요. 요동이 심해서 가끔씩……."

"아이그, 새끼두 참. 꼭 사낼 거야."

난순 여사는 눈을 가름게 뜨고 내려다보다가 그 앞에 쪼그리고 앉았다.

"얘, 정 서방이 오늘 올까? 동지죽은 여기 와서 먹겠다고 그랬지?"

"말이 그렇겠죠. 엊그제 왔다 간 걸요? 날씨도 이렇게 추운데요."

"그 사람에게야 춘 게 무슨 대수냐? 허위단심 너 보는 게 목적인걸."

"인제 열 시 반이군요. 죽은 거진 됐어요?"

"점심으로 먹일까 해서 지금 팥물을 앉혔어."

"그럼 저도 일어날래요."

향운은 엉덩이를 들먹였다. 이모는 향운을 제지하였다.

"뭘 하러? 알심이두 다 만들어 놨겠다. 나무새도 다 무쳐 놨는데, 그저 넌 가만히 놨기만 해라."

"호호, 정말 상팔자군요."

"아암, 상팔자지."

숙질이 마주보며 흐뭇하게 웃는데 밖에서 떠들썩하는 소리가 들렸다.

"벌써 오진 않을 텐데."

이모는 밖으로 나가고 향운은 일어났다. 소제는 했고 화장도 끝났었다. 남편이 왔대도 치마만 입으면 그만이라고 향운은 벽에 걸린 다홍치마를 허리에 두르며 문께로 귀를 보냈다.

그러나 밖은 다시 조용해졌다. 향운이 막 미닫이에 손을 대려는데 이모가 먼저 열었다.

"웬일이죠?"

"아이, 못된 것들. 하마터면 큰일날 뻔했어."

"왜요?"

"아랫마을 여인이 와서 거들어 준다고 팥물을 젓다가 치마에 불이 댕겼드래."

"저런!"

"놀라지 마라. 네게 알리지 않을랬는데 말이 불쑥 나왔다."

"그래 어쨌어요?"

"어쩌긴? 덤벙꾼들이라 소란을 떤 게지. 그러니깐 잠시두 저의 끼린 못

맡긴단 말야."

"지가 나가 보겠어요."

"그만둬. 추운데 문닫아라. 네가 궁금해 할까봐 왔어. 정 서방은 오정 가까워서나 올 테니깐 그 동안 좀더 눠 있으렴."

이모는 말을 남기고 안채로 가버렸다. 향운은 숨을 후 내쉬었다.

'정말 큰일날 뻔했군.'

어머니보다도 더 상냥하고 부드러운 성격이어서 이모의 사랑은 어머니에 못지 않게 향운을 감동시켰다.

시흥에 오던 날은 일기가 변덕스러웠다. 집에서 떠날 때는 꾸무럭하기만 했는데, 시흥 노변에 내릴 적에는 빗방울이 들었다.

그런데 이모는 짐꾼을 두 명이나 데리고 오리 밖까지 나왔다.

"뭘 하러 여기까지 나오셨어요?"

하니까 그는

"첫 길인 걸 안 나와서 되니?"

하였고, 집에 돌아와서도 신인들을 위한 정성이란 신경에 겨울만큼 지극하였다.

저녁때는 제법 비가 가락 있게 흩뿌렸다. 찬영은 촌가의 비오는 황혼이 뼈저리게 고맙다고 하였다.

"향운, 아주머니가 여기 계신다는 것이 우리에겐 큰 구원이었어. 이렇게 고요한 사랑의 도피처가 어디 또 있겠소?"

찬영은 향운의 허리를 감아 아랫목에 뉘이고 맘껏 애무하였다.

"이렇게 누워있는 것두 아주머니께 죄송해요."

향운은 찬영의 품에서 속삭였다. 남편은 감이 빨랐다.

"아주머니가 너무 젊으셔서 조심스럽기도 하지. 하기야 댁의 어머닌 얼마나 고우신데?"

"미인박명인가 부죠?"

"그래도 향운만은 행복할 거야."

"당신이 계시기 때문이겠죠."

향운은 남편의 완강한 팔과 가슴팍을 지금도 느끼면서 얼굴을 붉혔다.

찬영은 두 밤을 지내고 가서, 그 동안에 두 번이나 다녀갔다. 그리고 경운이 한 번 왔었고, 어머니와 동운이만 아직 못 만난 것이다. 물론 종진은 토요일마다 왔었지만…….

경운은 토요일을 피하여 다른 날을 잡아서 하룻밤 자고 갔다. 토요일은 형부의 날이니까 양보한다고 하였다.

경운은 까칠하고 핼쑥해져 있었다. 향운이가 이유를 물은즉,

"언니 나 실연했수."

하고 씁쓸하게 웃었다.

"기집애두. 네가 실연당할 여자래야 말이지."

"그래두 사실인걸 어쩌우?"

경운에게는 장난기가 없이 진실한 데가 있었다.

"어디 말이나 해 봐!"

"내가 좋아하는 남성이 하나 있었어. 그런데 그 쪽에 옛 애인이 나타났어요."

"그쪽에서두 물론 널 사랑했겠지?"

"글쎄. 난 언니처럼 사랑만 받는 팔자가 못 되나봐."

"기집애두. 농담은 집어치고 진담이나 해."

향운은 경운의 다리를 주먹으로 때리며 재촉했다.

"옛 애인만 나오지 않았드람 혹 결혼까지 했을는지 몰라요. 그런데 이젠 다 틀려먹었거든."

경운은 방바닥에 데구루루 누워버렸다. 그리고는 멀거니 천장을 올려다보았다.

'저게 정말일까?'

향운은 정색하여서 경운에게로 다가앉았다.

"얘, 그래 넌 아주 그일 포기한 셈이냐?"

향운은 경운의 얼굴을 들여다보았다. 경운은 그 눈이 부신 듯이 스르르 눈을 감았다.

"형편이 포기하지 아니치 못하게 된 거거든."

"형편이야 타개할 수도 있잖아?"

향운은 자기의 경우를 생각하였다. 경운의 노력과 찬영의 양해로 절망에서 완전히 헤어나지 않았던가?

경운은 몸을 뒤쳐 배를 깔고 턱을 두 손으로 고였다.

"다 글러먹었어요. 인제부턴 생각을 말아야지."

향운은 풀기 없는 경운의 말 억양에서 눈 속이 화끈했다.

'이 어린 처녀는 진정으로 사랑을 잃었단 말인가?'

"얘, 상대가 누구야?"

"……."

"프로페서 이?"

경운은 손위에서 턱을 까딱였다. 향운은 자기의 짐작이 맞은 것에 자신이 생겨서 재우쳐 물었다.

"옛 애인이 미인이드냐?"

"아주 하이클래스야."

"그래? 너버덤두 더?"

"나 같은 건 호박야."

향운은 잠시 말을 끊었다. 혹 외국에라도 있다가 이제야 돌아왔단 말인가.

"나인 많겠군."

"응."

"몇 살쯤이나?"

"마흔 셋."

"뭐?"

향운은 소리를 버럭 지르고 눈을 휘둥그렇게 떴다.

"아유머니나! 정말 올드미스로구나."

"미스두 아냐."

"그럼 미세스란 말야?"

"응. 납치 미망인."

"어마!"

향운은 질렸다는 듯이 입을 반쯤 벌리고 멍하게 눈을 치떴다. 그러다가 언뜻 입을 다물고 경운의 팔을 잡았다.

"얘, 네가 지레 실망했구나. 옛 애인이었다는 것과 너와 무슨 상관이냐? 납치 미망인이라면 결혼은 못할 거 아니냐고? 그렇다면 벌써 자격 상실자지 뭐야?"

"언니, 그렇지가 못하니깐 걱정 아니우?"

경운은 천천히 일어나서 향운을 바라보았다.

향운도 경운을 멀거니 마주보았다. 경운의 눈에는 짙은 오뇌의 그림자가 아른댔다. 이때까지 그에게 없었던 우울의 그늘이었던 것이다.

"올드미세스가 나타났대서 네가 단념할 필욘 없단 말야. 프로페서 이가 어느 만큼 미세스에게 빠져 있는 진 모르지만, 신랄하고 청신한 네 매력을 감당 못할 게 아니냔 말이다."

향운이 역설하자, 경운의 입모습에는 엷은 미소가 가물거렸다.

"언니, 그런데 그 미세스란 여인이 문제란 말야."

"왜?"

"그분이 누군 줄이나 아우?"

"내가 어떻게 알아?"

"그분이 바로 김난숙 여사란 말예요. 알겠수?"

"뭐? 누구라고?"

"우리의 엄마인 김난숙 씨라니깐."

"뭐야?"

향운은 이제야말로 질겁해서 소리쳤다. 그리고 경운의 정신을 감정하려는 듯이 눈에 힘을 들여서 경운의 표정을 살폈다.

"언니두 놀랐을 거야. 내 얘길 들어봐요."

경운은 향운의 손을 잡아끌며 오히려 침착하게 말을 꺼냈다.

평소부터 이 교수는 가끔씩 사랑의 추억 비슷한 명상에 잠긴다는 것과, 어머니와의 해후에서 쌍방의 이상한 동정을 눈치채고 엿들었다는 것이며, 그후 그들이 서로 사랑하던 사이였다는 것을 완전히 파악하였다는 전말을 보고하였다.

"내가 기어코 선생님의 입에서 그 고백을 들은걸. 아주 굉장하던데?"

경운은 아직도 잠잠하게 앉아 있는 향운의 심정을 건드렸다.

"어머닌 아무 말씀두 안 하셨지?"

"엄마에겐 내가 비밀로 하는 걸요."

"잘했어."

향운은 이윽이 무엇인가를 생각하다가 눈을 들었다.

"이 선생의 앞으로의 태도는 어떨 것 같애?"

"그저 막연하게 엄마를 그리면서 우정이나 계속했음 하는 거 같드군요."

"그럼 됐지 뭐냐?"

"언니두. 뭐가 됐단 말예요?"

경운은 발끈 짜증을 냈다. 얼굴마저 빨개졌다.

"난 찌꺼기 사랑은 싫어요!"

경운은 머리를 폭삭 무릎에 묻었다.

등이 불쑥 솟았다가 가라앉았다.

그리고는 죽은 듯이 숨소리도 없었다.

'원, 또 별일이 다 있었군.'

향운은 엉클어진 경운의 검은 머리칼을 내려다보며 측은한 맘이 앞섰다.

'제 딴엔 이 교수를 퍽 사모했던 모양인데, 그이가 어머니의 과거의 남성인 줄을 알고야…….'

경운은 번쩍 머리를 올렸다. 울지 않은 것만도 다행이라고 향운은 신통하게 여기면서 경운의 등을 쓸었다.

"경운아, 네 일이니깐 염련 없지만."

"언니, 난 이미 결심한 걸요."

경운은 향운의 말 중턱을 끊고 제 말을 계속했다.

"첫짼 이 교수가 엄마보다두 나이가 많은 게 틀리구요, 둘짼 꺼림해서 전처럼 그일 맹목적으로 따를 수가 없을 거예요. 그러니깐 이제부턴 남성 아닌, 오직 은사로서만 대하기루 작정했어요."

"어쨌건 우리 경운인 잘 났어."

향운은 경운의 머리를 매만져 주며 칭찬하였던 것이다.

향운이 밖에 나가려고 막 일어서는데 정작 찬영의 말소리가 들려왔다.

향운은 후닥닥 미닫이를 열다가 깜짝 놀랐다. 찬영의 뒤에는 시어머니인 최 여사가 따라오고 있지 않는가.

"아이, 어머니께서 어떻게 여길……."

향운은 뒹구는 듯이 빨리 내려가서 신을 꿰었다.

"다칠려고 왜 이렇게 덤비니?"

최 여사는 달려오는 향운을 붙들며 자애가 묻는 음성으로 가볍게 나무랐다.

"어서 들어가세요."

향운은 최 여사를 모셔다가 아랫목에 앉게 하고 절을 하였다.

"사부인께서 별걸 다 사오셨구나, 글쎄."

이모가 향운의 뒤에서 안타까운 듯한 기쁨은 토로하였다.

"한사코 어머니가 가지고 가시겠다구만 하시니까."

찬영은 절을 끝내고 일어나는 향운의 시선을 잡으며 정다운 눈길을 건넸다.

"며느리만 알으셨지, 팔뚝이 끊어지려는 아들 생각은 아예 없으신 걸. 하하하하."

찬영의 호탕한 웃음에 끌려서 모두들 웃었다.

향운은 이모와 함께 부엌으로 나왔다.

"이거 봐라. 미역을 이렇게 많이 사 오시고, 또 이건 마른 새우, 이건 생 전복, 이건 소고기, 이건 사과, 이건 저육, 이건 사탕가루."

이모는 현물을 보이면서 이름을 주워 대기에 신이 났다.

"저육이랑 식혜를 많이 먹어야 순산한다고 사오신 모양이야."

"아이머니나, 뭘 허러 이렇게 많이……."

"그러기에 부모의 마음이시지."

순간 향운의 가슴에서 무엇인가가 뭉클하게 굼틀거렸다. 그리고 그 멍울이는 통증을 남기며 목으로 치달았다.

'어머닌 꼭 자기의 손자인 줄만 아시는데……. 아하, 나는 몇 겹의 죄인이냐?'

아무 속종을 모르고 좋아만 하는 이모에게도, 손톱 끝만 한 의심도 없이 며느리의 해산을 위하여서 갖은 정성을 베푸는 최 여사에게도 향운은 낯을 들 수가 없었다.

향운의 얼굴을 가리는 암영을 보고 찬영은 얼른 향운의 손을 잡아 건넌방으로 들어갔다.

"자!"

찬영은 팔을 벌려서 향운을 불렀다. 그는 가슴에 안기는 향운의 등을 또닥이며 볼에 볼을 비볐다.

"보고 싶었어 향운. 언제까지 떨어져야 할까? 난 괴로워."

소년들의 하소연처럼 찬영의 호소는 언제나 한결 같았다.

"난 오늘은 어머니 모시고 돌아가야 해. 모레가 크리스마스 이브니까 낮 예배에만 참석하고 그냥 올게, 응. 무슨 선물을 가져올까?"

"다른 선물은 필요 없어요. 당신 외엔요."

"그래그래. 내 꼭 오고 말고. 이번엔 방학이니까 한 열흘쯤 있을 거야. 새해도 함께 맞을 테니까 재미있는 프로 생각해 둬요. 경운양도 그때 온댔어."

"몰론 오겠죠. 참 이진석 씨 말예요. 이헌수 선생이 숙부시란 말 옳아요?"

"그럼. 왜 그래요?"

"그때 꼭 놀러 오라고 부탁하세요. 그리고 빨리 어머니께 가보세요."

향운은 찬영을 방으로 보내고 생 전복을 따서 회로 썰기에 바빴다.

안방에 식탁을 차리고 그들은 오붓하게 둘러앉았다.

"오십 평생에 이렇게 맛있는 팥죽 처음 먹는 걸요."

최 여사는 수저를 놀리며 연신 칭찬하였다.

"너무나 과하신 말씀이시지. 댁에선 더 잘하실 텐데."

"우린 차례를 지내지 않으니깐 해마다 관심이 없어요. 오늘두 댁에서야 동질 쇠는 걸요."

"그러니까 어머니가 제 덕을 톡톡히 보시는 거 아녜요?"

찬영은 두 그릇째에 손을 대며 벙글거렸다.

"그렇지. 모두가 다 네 덕이지. 좋은 며느리나, 얌전한 사돈댁 마님들이나, 너 아니면야 어떻게."

"아이, 별말씀을 다 하시네요."

김난순 여사는 황망히 막으며 향운을 힐끗 보았다. 다소곳이 알심이를 오물거리며 향운은 겸연쩍은 듯이 외면하였다.

"사실 와서 보기 전엔 모두가 다 걱정이었어요. 번연히 집에서 당해야 할 일인데, 재 아버님의 고집으루다가 괜시리 사부인께 폐만 끼치고."

"원 천만에. 당연한 처사시죠."

김여사는 맞장구를 쳤다. 예식 바로 전에 언니에게서 향운이 현재 임신 중이란 것과, 달이 차게 되어서야 시댁에 알렸기 때문에 목사의 집안에서 탈선한 아이를 날 수 없다는 말을 들었던 것이다.

'사람의 일이란, 더구나 남녀의 정사(情事)란 알 수 없는 일이야. 그 새침한 향운이가 그렇게까지 됐으니. 그러니깐 부득부득 방을 빌려 달랬던가 봐. 아무러나 제 남편, 제 아일 테니깐 어디서든 순산만 하면 그만이지.'

그쯤 짐작하고 김여사는 향운의 출산을 위한 만반의 준비를 솔선하여 갖추고 있는 것이었다.

"사부인께서 어련히 잘하실 테지만, 임부에게 행여나 불편한 점이 있을까 봐 무한히 염렬 했어요. 재 아버님두 어서 가보라고 은연중 재촉을 하시구요."

향운은 차차 불안해졌다. 시부모의 극진한 배려가 차라리 방임하는 것보다 더욱 괴로운 것이다.

"그랬드니, 와보니깐 집에선들, 제 친가에선들, 예서 더 호강스러울 수 있어요? 거처가 좋아, 공기가 맑아, 주위가 조용해, 음식 범절에 흠이 없어, 정말 우린 면목이 없군요."

"아이, 너무 그러심 되려 송구해요."

"인제 난 맘 턱 놓고 가겠어요."

"그만들 하시고 어머닌 어서 죽이나 잡수세요."

찬영은 두 그릇의 죽을 거뜬히 치우고 상에서 물러앉으며 화제를 돌리려 하였다.

"전복이 참 싱싱하군요."

"물이 좋던데. 아주 잘 사셨어."

"영등포 시장에서 샀죠."

이리하여서 향운은 겨우 불안감에서 해탈되어 밖으로 나왔다.

향운이 나가자 최 여사는 묵직한 봉투를 김여사의 손에 쥐어 주었다.

"양식을 보태자니 농가시기에 그냥 약소하나마 조금 싸왔어요."

"아니, 이래서야 됩니까? 제 딸인 걸요. 안 됩니다. 안 돼요."

김여사는 굳이 거절하였다. 찬영이 중간에 나섰다.

"아주머니껜 귀여운 딸이지만, 어머니께도 소중한 며느리거든요."

"그렇고말고요. 산파는 그때 데려올 테니깐 우선 소용되는 대루 써 주세요."

모자는 김여사에게 억지로 떠맡기고 오후 네 시쯤에 떠나갔다.

새해가 되면서 김난숙 여사는 밤마다 향운이가 아가를 낳는 꿈을 꾸었다.

'하루바삐 내가 시흥엘 가야 할 텐데 이러고 있어서 어쩌나?'

열흘이 넘으면서는 매일 조바심이 났으나 훌쩍 떠날 수 없는 처지가 안타까웠다.

많지도 않은 돈을 서너 군데나 되게 흩어 놓고 그 이자 받으러 다니는 것도 번다한 일이려니와, 동사하는 형식으로 자그마한 피복점을 경영한다는 것도 무척 거추장스러운 사무이어서 언제나 동분서주로 바쁜 김여사이었던 것이다.

'난순이가 있긴 하지만 경험도 썩 많지 않은데 혼자서 될 말인가?'

정 목사 부인은 서울에서 산파를 내려보내겠다고 하였다. 그러나 이래저래 남의 이목만 시끄러울 뿐 아니라, 산부에게 있어서도 안도감을 주는 일은 아니겠기에 이쪽에서는 한사코 거절하였던 것이나, 이렇게 자신이 늦어질 줄 알았더라면 차라리 우기지나 말 것을 그랬다고 가벼운 후회마저 해보는 김여사이었다.

저번 날 경운이가 갔다 와서는 이모가 그러는데 태아가 아래로 축 처져 있어서 해산은 시간문제라고 한다 하였다.

'내일은 꼭 가야지.'

벌써 두 번째나 그렇게 벼르다가만 것도 한 번 가면 적어도 이 주일은 걸릴 것이기에, 여기의 일들을 대강 추려놓고 가려는 계획이 자꾸만 어긋나는 것이었다.

'여자 혼자서 벌어먹고 살려니 어쩌는 수가 없지 뭐야?'

스스로 한탄을 할 때마다 삼삼하게 떠오르는 환영은 이헌수 씨였다. 그는 크리스마스 카드며 선물을 공공연하게 우송하였던 것이다.

"영원한 우정을 희망하는 사람으로부터."

카드 한 귀퉁이에 먹으로 써진 몇 개의 글자가 다정을 품고 또렷하게 눈떠 있는 듯하였고, 그가 보내준 앙고라의 털목도리에서는 유별나게 따뜻한 체온이 솟아나는 것만 같았다.

'내 한탄과 그의 환영과 무슨 관계가 있단 말이냐.'

하기야, 지금이 어느 세대라고 떳떳하게 한 남자와의 우정을 지속하지 못할까 보랴.

'그렇지만, 자주 접촉하다가 피차에 맘이 약해나진다면?'

이런 저런 공상마저 겹쳐서 마음은 한층 더 복잡하고 우울하였다.

'내일만은 만사를 제치고 떠나리라.'

다행히 경운이 방학이어서 집안만은 염려를 놓을 수가 있었다. 김여사는 십 오 일 하루동안에 대충 일을 끝내고 다음 날 월요일 아침부터 출발의 차비를 차렸다.

"엄마 고생하시겠어. 산길에나 논두렁엔 눈이 그저 안 녹고 있을 거야."

"글쎄, 어제 하루에 안 녹았을까?"

"어림두 없어요. 내일이나 가세요."

그러는데 눈발이 푸르르 날리더니 너붓너붓한 송이가 되어 갔다.

"어마 또 눈이야!"

"정말 어떡허지?"

모녀가 말하는 새에 눈송이는 자욱하게 하늘을 가렸다. 이웃집도, 지척도 보이지 않게 너벅너벅한 눈발은 뜰마저 하얗게 덮어버렸다.

"큰일이구먼."

김여사가 흰 공간을 바라보며 안타깝게 혀만 차고 있는데 대문이 흔들렸다.

"누구실까? 아줌마. 어서 대문 열어."

열린 대문으로 눈사람인 양 뛰어드는 부인은 희준의 어머니 송 여사였다.

"아니, 웬일이세요?"

사람 윤곽의 눈덩이가 들이닥쳐서 처음에는 누구인지도 모르다가, 수북하게 눈이 앉은 머릿수건을 벗어서야 송씨인 것을 알고 김난숙 여사는 반색한 것이다.

"아유, 이 눈 좀 봐! 어서 두루마기 벗으세요."

경운도 송씨의 등 뒤로 돌아가서 송씨가 벗는 모직의 주의를 받아 눈을 털었다.

"아이, 이 눈 속에 어떻게 여길?"

김여사는 송씨의 손목을 잡고 안방으로 들어갔다.

"집에서 떠날 때야 멀쩡했죠. 한강 건너서부터 마구 펑펑 쏟아지지 않아요? 합승에서 내려 가지고 여기까지 오는데 그 꼴이었어요. 내 원 생전에 그런 숨가쁜 눈은 첨 봤어요."

"정말예요. 나두 어딜 좀 갈까 하다가 폭설 통에 그만둔걸요. 자 여기다가 발 넣으세요. 버선이 젖었을 텐데."

김여사는 아랫목에 깔린 처네를 들고 송 여사의 발을 밀어 넣었다.

"향운인 없나요?"

송 여사는 쓸쓸한 방안을 둘러보며 물었다.

"네."

"기어코 제 이모 댁에 갔군요?"

"네."

"몸이 그렇게나 나빠요?"

"네. 좀……."

"거 봐요. 그러니깐 또 꿈에 뵌 게지."

송 여사는 혼잣말처럼 중얼거리며 처연한 낯빛이 되었다.

"어제 꿈에두 난데없이 걔가 뵈지 않아요? 흔연스럽게 향운이 좀 어서 가 보라는군요."

"저런."

김여사의 안색이 돌변하였다. 겁에 질린 듯한 얼굴이기도 하였다.

'정말 향운이가 어떻게 된 거나 아닌가?'

"꿈이 아니래두 언제버텀 벼르기만 하다가 못 왔었는데, 막상 꿈까지 보고 나니깐 견딜 수가 있어야죠. 그래 꼭두아침부터 서둘러 온 거예요."

"그래서나 뵙지 언제 봬요?"

김여사는 일변 말을 받으면서도 속으로는 향운의 일이 걱정이 되어 조바심이 났다.

"저두 한이 무궁한 모양이죠? 간간이 꿈에 뵈는데, 꼭 향운이허고 관계만 되는군요. 언젠가두 갑자기 뵈더니만, 그 다음날 영락없이 찬영이랑 와서 결혼한다지 않아요?"

"저런! 쯧쯧."

"향운이 예식날은 또 어쩌구요? 그날 밤 꿈엔 신랑이 떠억 희준이가 돼 있군요."

"어쩌나! 쯧쯧. 오매에 그리시구만 있으시니깐 그러시나 부죠."

김여사는 송 여사의 한숨에 따라서 쓰라린 숨을 내뿜었다. 그의 심경을 헤아리면 너무나도 당연한 환상이요, 동경일 것이기에.

송 여사는 목이 잠기는지 잔기침으로 목을 트이면서 눈을 껌벅댔다. 눈물을 삼키는 모양이었다.

"그래 요샌 좀 낫나요?"

"그렇지도 않은가 봐요. 사실은 거길 가 볼까고 나섰는데, 눈이 오는군요."

김여사는 방문을 열고 밖을 내다보았다. 여전히 함박눈이 소담스럽게 내리고 있었다.

"오늘은 못 가실 게고, 내일이라두 가실 테면 나랑 거치 가십시다요."

"아이, 뭘요?"

김여사는 황망히 손을 저으며 호의를 막았다.

"거기가 어디라고 이 눈 속에 가세요? 길두 좋지 않은데요."

"그렇지만 현몽이 하두 선하니깐."

송씨는 경운이가 가져다가 놓은 찻잔을 들어 목을 축이면서 더듬거렸다.

"이제야 남이 된 아이지만, 그래두 맘 한구석엔 옛날의 정분이 남았는지……자꾸만……."

송씨는 눈을 껌벅이며 말을 끊었다. 김여사도 바듯이 조여드는 가슴을 느끼며

"왜 안 그러시겠어요? 백 번이나 지당하신 말씀이죠. 어서 차나 드세요."

하고 말 받이를 하였다.

'아닌게 아니라, 억울하기가 이만저만이 아니겠지. 차라리 바른 대로 알려줄까 부다.'

이쪽에서 비밀을 지킨다고 저쪽마저 갑갑하게 모르리라는 법은 없을 것이다. 송 부인은 이미 어떤 기미를 알아채고 있을는지도 모르지 않는가.

'아주 딴판의 남이라면 생년월일을 외고 있을 턱이 없으니깐 속일 수도 있지만, 저분이야 빤히 달수를 짚고 있을 뿐 아니라, 기어코 나중에는 알게 되고야 말텐데…….'

김여사는 여러 가지 사려에서 복잡하여진 이마를 손으로 짚었다. 눈살도 자연히 가늘게 모아졌다.

"왜, 어디가 아프세요?"

송 부인은 파리하기 때문에 더 청초하게 보이는 김여사를 바라보며

"조심하셔야죠. 남자를 겸하신 몸인데요."

하는, 진정의 위로를 하였다.

'너무나 일찍 홀로 돼서…….'

송씨는 안쓰러운 정을 담은 눈으로 김여사의 가냘픈 어깨며 몸을 훑다가

"참, 찬영이 잘 있어요? 요샌 시흥에 가 있겠군요."

하고, 새로운 화제로 옮아갔다.

"웬걸요. 그 사람은 워낙 바쁘더군요. 공부가 많아서 틈이란 게 없는 처지에 시흥엘 왔다 갔다 하면서 흠뻑 일을 밀려 놨다나요. 그젠가 부산에 갔죠."

"부산엘 왜요?"

"글쎄요. 연말부터 가야 할 텐데 이번에야 갔답니다. 이삼일 있음 오긴 하지만."

김여사는 찬영이 서울에 없다는 실감이 들자, 더구나 향운의 일이 긴박하게 느껴졌다.

'하기야, 종진이가 집에 있으니깐 급한 일이 있담 쫓아오겠지만……'

그가 다시 드르륵 미닫이를 열었을 때는 희뜩희뜩 하나 둘씩 눈발이 번뜩이면서 해가 반짝 났다.

"날이 들었으니 난 가 봐야겠어요. 그럼 잘 다녀오세요. 내 또 한 번 들

르죠."

송 여사는 무엇인가 가득한 회포를 못다 털고 가는 듯한 미진한 정을 잔뜩 남기고 일어섰다.

"점심이나 잡숫고 가세요."

"하세월에요? 상점에두 가 봐야죠."

쓸쓸하게 떠나가는 송 여사의 뒷모습을 말없이 지키던 경운은, 그를 배우하고 돌아오는 어머니를 붙잡고 안방으로 가서 소리를 낮추었다.

"엄마, 그분은 죄다 알고 있는 거예요. 속일 게 뭐가 있어요? 바른 대루 말해버림 될 걸 가지고."

"너두 참. 지금이야 형편이 되니?"

"그럼 언제 알릴래요? 아가를 그분들에게 들이밀면서, 옛수 이 앤 당신네 손자니 받우. 그럴 때 알릴래요?"

"애 좀 봐! 그걸 말이라고 해?"

"글쎄, 그러지두 못 할래면서 넌지시 알려나 주지, 왜 숨기느냔 말예요?"

"굳이 알릴 필요야 없지 않아?"

"그런다고 모를 줄 알아요? 먼저 알고 나설 걸요. 난 지금 딴 배짱 하나를 정하고 있는 중이에요."

"무슨 배짱을?"

"호호. 아직은 비공개야."

"또 무슨 일을 저지를려고 그래?"

"엄마두. 또는 왜 붙여요? 언제 지가 일을 저질렀기에 또 자를 붙여요?"

경운은 샐쭉해서 뾰로통하게 입술을 내밀었다.

"난 성사만 시켰지, 남의 일에 훼방은 놓지 않았어요."

경운은 훼방이란 발음에 억양을 강하게 넣었다. 김여사의 가슴에 뜨끔하게 마치는 것이 있었다.

분명코 경운은 이 교수를 사모하였다. 향운의 결혼식에도 언니의 일보다는 이 교수를 자랑하기에 더 신이 났었는데 함께 초대를 받은 후로는 한결 뜨음해졌다. 그뿐인가. 외출하는 도수가 줄어지고 밤에도 늦어지는 날이 없었다.

'확실히 저 약아빠진 기집애가 무슨 눈치를 챈 모양이야. 입버릇처럼 들먹이던 이 교수의 말이 끊어지고 만나기를 꺼려하는 걸 보면…….'

지금도 그 훼방이라는 단어가 풍기는 농도는 꽤 짙은 것이라고 김여사는 쓴웃음을 지었다.

'어차피 잘 됐지. 아버지 나이나 되는 남성을 결혼의 상대자로 고를 만큼 경운인 절박해 있지 않으니깐.'

"일을 저지른다는 의미를 악의루만 해석할 게 뭐람? 너야말로 건설적인 타개능력을 가지고 있는 현대여성이 아니냔 말야."

"어렵쇼. 우리 엄마 제법야. 거 보세요. 사교의 효과 백퍼센트 아녜요?"

"호호. 넌 못 할 소리가 없구나."

김여사는 실소하였다. 경운은 붉어지는 어머니의 귀뿌리를 훔쳐보았다.

"외곬으로만 파던 엄마가 눙칠 줄두, 구슬릴 줄두 아니깐 말예요. 그게 다 이 선생님의 수법이거든요. 엄마? 그 동안 선생님 몇 번이나 만나셨어요?"

"기집애두. 필요도 없는데 뭘 허러 만나니?"

김여사는 딱 잡아떼었다. 경운은 자지러지게 웃어댔다.

"호호. 엄만 날 바보루 안다니깐. 호호. 난 엄마 머리 꼭대기에 앉어 있는데 말야. 하하, 웃어 죽겠네."

김여사는 삼 분의 진정과 칠 분의 가장으로 웃어대는 딸을 멀거니 바라보았다.

"난 말예요, 엄마께 영원한 비밀로 해 둘려고 했지만, 워낙 비밀을 참지 못하는 성미라 터치는 거예요. 이 선생님이 죄다 말해 주신 걸요. 내자동

하숙생활의 내면을요.”

“…….”

“호호. 엄마 놀라셨지?”

잠깐 움찔했던 김여사는 이내 태연스러워졌다.

“하숙생활의 내면이라니, 듣기엔 꽤 그럴싸하다만 정말 싱거웠어. 너두 들었다니 알겠구나. 그거뿐야.”

김여사는 애써 담담한 표정을 지어 보였다.

“엄만 싱거웠지만, 문젠 선생님께 있는 거야. 선생님은 이날까지 엄마만 그리면서 살아오셨거든요. 가엾지 않아요?”

“자기 아낸 어따 뒀기에?”

“상처한 지가 벌써 옛날예요. 엄만 능청야. 다 알고 기시면서. 엄마!”

“왜 그래?”

“난 이 선생님 같은 아버지 한 번만 가져 봤음 좋겠어요.”

‘애가 미쳤나?’

버럭 내지르고 싶은 것을 김여사는 독약이나 되는 것처럼 겨우 삼켰다.

“그런 거 인제야 말함 뭘 해?”

무심상하게 흘리는 척 하다가 또 한 마디를 곁들였다.

“왜, 너희 아버진 좀 좋아서?”

“우리 아버진 잘나셨지만 멋이 좀 부족했거든요.”

“기집애두.”

“이 선생님, 오죽이나 멋져요? 정말야. 난 그런 아버지 갖고 싶어요.”

경운에게는 이때까지에 없었던 진지한 표정이 서렸다. 김여사는 경운이 안쓰러워졌다. 다만, 아버지라는 탈을 씌워서 절실하게 한 남성을 갈망하는 그런 몸부림이었다.

‘경운은 틀림없이 우리의 관계를 알고 스스로 체념하였으리라. 그러나 결과는 무방하지 않는가?’

"이왕 못 된 걸 어떡허니? 꼭 그분과 방불하게 멋진 청년을 골라서 네 배필로 정하는 길밖에 없지 않느냔 말야."

"누가 배필을 말했어요? 아버질 요구했을 뿐예요."

"불가능한 일을 바란다면 어리석지 뭐냐? 내가 그 분에게 재가를 못 할 바에야. 그렇지 않니?"

경운은 놀랐다. 어머니에게 이렇게 대담하고 밝은 일면이 있으리라고는 상상하지 못했던 것이다.

"난 그렇게 생각하지 않아요. 세상에 불가능한 일이 어디 있담?"

"그럼, 넌 나더러 그분에게 재혼하란 말이냐? 그렇지, 응?"

경운은 어린애 모양 고개를 끄덕였다. 김여사는 방그레 웃었다. 요염하리만큼 무척 고혹적이라고 느꼈다.

"내가 말야, 너희 아버지랑 사별을 했다면야, 네 소원쯤 풀 수 있을지 몰라. 지금이 어느 때라고 수절만 내세우겠니? 경제적인 능력두 없는 나니깐 말이다. 그런데 우린 생이별이거든. 아직 생사를 모르는데 어떻게 딴 남성과 합할 수 있겠느냔 말이지."

"……."

"너두 그렇지 뭐냐? 사부일체란다. 스승이나 아버진 다 한가지로 어른이시란 말야. 네가 맘껏 존경하는 분을 스승 겸 부친 겸 모시고 따르면 되잖아?"

경운은 뺨이 빨개져서 가만히 듣고 있었다.

"그러노라면 또 선생님 방불한 후보자두 생길 거고 말야. 알았어? 맘을 딱 정하고 정신을 바싹 차리란 말이다. 그리고, 어디 네 딴 배짱이란 거 말해 봐!"

김여사는 경운의 손을 잡아 흔들면서 그의 기분을 돌리려 하였다.

"그것두 별거 아니지만, 지금은 공개하지 못한단 말예요."

"그렇담 그만두자. 매사는 다 시일이 해결하니깐. 그런 거보다두 급선무가 시흥에 가는 거야. 오후라도 떠나야 할까 부다."
김여사는 마루 끝에 나서서 하늘을 쳐다보았다.
"눈길에 가방서껀 혼잔 못 가셔요. 동운이가 내일부터 아마 며칠 쉴 거예요. 내일 일찍 가서 동운이만 보내심 되잖아요?"
경운의 말을 옳게 생각하고 김여사는 십 칠 일 오전 열 시에 동운을 데리고, 미끄러우면서도 발이 빠지는 논두렁과 등성이의 소로를 걸어 시흥에 갔다.
향운은 달포가 넘어서야 만나는 어머니와 아우를 붙들고 눈물이 글썽했다.
"아유, 언니 왜 인제야 와요?"
난순 여사도 이내 원망조로 나왔다. 그럴싸해서 그런지 향운보다도 더 까칠하게 보였다.
"얼마나 맘을 조렸는지 알아요? 아이, 인젠 나두 숨을 좀 내쉬어야지."
난순 여사는 가슴을 내리쓰는 척하면서 언니에게 눈마저 흘겼다.
"자신두 없는 주제에 남의 집 귀한 손자를 혼자 도맡아야 하니 말예요."
"누군 자신 있나?"
"언니야 전문인 걸 뭐."
"아유 그게 언제 적 얘긴데?"
김여사가 남편의 납치 바로 이후에, 독립생활의 한 방편으로 조산부 강습을 받은 일이 있었던 것을 난순 여사가 말하는 것이다.
"이랬거나 저랬거나 눈길을 고생하셨수. 동운이두 배고프겠다."
난순 여사는 한쪽에서 종진이와 얘기에 빠진 동운을 건너다보며 밖으로 나갔다.
김여사가 향운을 따라 아래채로 간 후에 동운은
"애, 인제 보니까 큰누나가 만돌린이지? 바로 이렇구나."

하고, 배를 불룩하게 그려 보였다.

"하하, 나도 처음엔 몰랐어. 일요일마다 다니면서 보니까 차차 이렇게 되지 않아?"

종진도 동운이가 하듯이 손으로 배가 부른 흉내를 냈다.

"얘, 정말 로케트 식이다. 결혼 이 개월만에 발사(發射)니 말야."

"우주시대의 인간인가? 후훗."

"하하하하."

형제는 터놓고 한바탕 웃었다. 그러나 동운의 머리에는 안개가 피어나듯이 의혹이 번져갔다.

'매형과 그만큼이나 교제가 깊었던가? 그러고도 난 눈치를 채지 못했으니, ……난 분명히 희준 씨와 우정 이상의 관계가 있는 줄 알았었는데.'

종진의 말소리가 거진 귓전에서 흩어졌다.

'임신할 만큼의 정도였는데도, 처음 매형을 만나던 날 보니까 어머니도 서먹서먹하게 대하시지 않던가? 워낙 누나야 얌전하니까 그러겠지만 육체를 섞은 남자에게 그처럼 조심성 있게 대할 수 있는 것인가?'

추리력이 강하고 감정이 치밀한 동운은 지난날의 일을 뒤집어가며 분석하다가

'나도 어리석지. 엄연한 산 증거가 있는데 의심하다니 될 말인가.'

이쯤에서 탐색을 끝내고 종진과 팔씨름을 하는 동안 향운의 모녀는 조용조용히 그간의 정회를 폈다.

"저 댁에두 다 안녕하시죠?"

향운의 시댁을 지적하는 말이다. 김여사는 나들이옷을 벗고 활동복으로 갈아입으면서 대답했다.

"너희 시모님이 여간 아니시다. 산파두 꼭 데려가라는 걸, 딸의 첫아인 친정어미가 받는 법이니깐 안심하시라고 간신히 말렸다. 그거보다두 희준 어머니가 오셨드랬어."

김여사는 송 부인이 내방한 뜻을 알리고 난처한 기색으로

"아무래두 끝내 속이진 못할 텐데 어떡허지?"

하며, 향운의 눈치를 살폈다.

"그건 또 나중 일이죠. 다 되는 수가 있겠죠 뭐."

"그야 그렇지. 어서 정 서방이나 오면 좋겠다."

김여사의 기다리는 보람도 없이 향운은 그날 밤부터 배가 아프다고 했다.

김여사는 심사가 산란했다. 동운을 막 보내고 나니 또 눈이 펑펑 쏟아져서 지척을 분별하지 못하는 데다가, 난생 처음을 집을 비우는 밤이란 공허하기 이를 데 없었다.

'어떻게 동운이가 잘 들어갔을까?'

귀하고 중한 아들이었다. 밤을 새워가며 공부한다는 아들에게 충분한 영양제도 못 먹이는 심정은 안타까운 것이다.

'그나마, 내가 없으니 며칠은 더 고생이 될 거야. 그렇지만 경운이가…….'

아침 햇볕을 받은 이슬처럼 영롱한 경운의 눈망울이 선하게 떠올랐다.

'경운이가 깜찍스러워서 내 대신 잘 돌볼 게고…….'

"아이구, 어머니! 아이 배야!"

향운은 몸을 뒤틀며 눈살을 아드득 찌푸렸다.

"이왕이면 밝은 날 낳았음 좋을 텐데. 얘야! 몸을 반듯이 하고 편안하게 누워라!"

김여사는 향운을 안아 방바닥에 눕히고 속옷 위로 배를 슬슬 어루만졌다.

난순 여사는 주인답게 더운물을 끓이고 미역을 담갔다. 특별히 돌을 고르고 뉘를 추려서 겨를 까불어 버린 백옥 같은 쌀을 말갛게 씻어서 일어도 놓았다.

김여사의 자매가 번갈아 지키는 동안 향운은 가끔씩 신음을 하면서도 혼곤하게 잠이 들었다.

'무슨 진통이 이래? 난 진통이 시작한 지 오륙 시간이면 끝장이 나는데.'

잠깐 잠을 부치다가 번쩍 눈을 뜨면 향운은 여전히 쌕쌕 자고 있었다.

"아유, 이 땀 좀 봐!"

하얀 이마에는 송알송알 식은땀이 배어 나왔다. 김여사는 향운의 땀을 닦으며

"애가 고생을 좀 하려나? 기구한 운명의 아가라 산조도 시원치 않으려나 부다."

하고 가만히 한숨을 내뿜었다.

'어쩌다가 네가 이렇게 되었단 말이냐?'

향인 듯 옥인 듯 소중하게 키워 낸 딸이다. 모든 점에서 뛰어난 내 딸이 희준이가 죽은 탓으로써 단박에 천덕궁이가 되고 부정한 여인이 되고 만 것이다.

"쯧쯧, 떳떳하고 버젓하게 제 방에서 떠억 해산을 못하고 남의 집에 얹혀서……."

아무리 이모네 집이기는 하지만, 내 집처럼 만만하고 자유스러운 안식처가 어디 또 있을까.

'눈은 길 되게 쌓인 이 외딴 촌에서 산파도 없이 의사도 없이…….'

만의 일이라도 순조롭지 못한 일이 생긴다면 두말없이 죽고야 말지 않겠는가?

김여사의 가슴이 깊은 상처처럼 쓰리고 아팠다.

눈물이 핑그르 돌면서 억장이 콱 막혔다.

'향운의 시댁에선 지금쯤 기도 드리고 있을까? 이런 오밤중인데두? 정서방이나 곁에 있었드람, 아니, 아니 차라리 없는 게 더 속편하지.'

천사만려가 뒤끓으면서 꼬박이 밤을 새웠다.

'향운인 착해. 내 원대루 낮에 낳으려나 부지?'

새벽 다섯 시가 되자, 향운은 본격적인 진통을 개시하였다. 어젯밤부터 동요가 도움이 되었음인지 급속도로 고통의 속도가 잦더니만 아침 햇볕이 동창에 환한 아홉 시 반에 드디어 향운은 득남하였다. 태(胎)도 이내 나왔다.

정성을 들여 목욕을 시키고 흰 융의 영아복을 입혀서 한 번 안아보던 김여사는 갑자기 얼굴빛을 잃었다.

아가가 죽어 있다는 순간적인 착각에 그는 아찔하도록 놀란 것이다.

아까 볼기짝을 철썩 때렸을 적에 분명코

"응아, 응아, 응아."

서너 번 야무진 울음소리를 들었건만, 지금은 완전히 숨기가 걷혀 있는 듯하였고, 동시에 까마득하게 잊었던 —아니, 어쩌면 망각의 그늘 아래서 언제나 적당한 기회에 뛰쳐나오려고 생생하게 도사리고 있었던—기억이 되살아났기 때문이었다.

기억이라기보다는 하나의 공포이기도 하였다.

아가를 받으면서 자연히 관습적으로 던져지는 시선이 고추이란 것을 잡은 것과 힘찬 울음소리에서 김여사는 흐뭇하게 만족할 수 있었다.

"언니, 뭐유?"

"고추야."

"어머나! 향운이 장하다!"

"그러고 말고."

자매의 대화를 듣는 향운도 거의 죽도록 아프던 고통에서 해탈된 기쁨과 아울러 전신에 감도는 행복감에 젖어 있었다.

김여사는 우선 탯줄을 잘라서 아가를 융에 말아놓고 산모를 손보기에 바빴다. 쉽사리 태도 나와서 고요하게 눈만으로 감사를 보내는 딸에게 등을 돌렸다.

아가는 비교적 컸다. 무게도 상당했다. 머리칼이 새까맣게 길었다. 목욕시켜 옷을 입히고 다시 한 번 안아 들었을 때 김여사는 질식하도록 놀랐던 것이다.

'아아, 그, 그 아가다!'

이십 년 전 그 어느 날 밤 자다가 일어난 그가 고선생의 방에서 보던 바로 그 아가가 아닌가?

둥그스름한 윤곽, 토실토실 살찐 뺨! 새까만 머리칼, 하얀 얼굴!

'아아, 이 무슨 조화냐? 고연희의 죽은 아들이 어떻게?'

김여사는 바르르 몸을 떨면서 아가의 코 아래에 입을 대보았다.

"언니! 왜 그러우?"

곁에서 방안을 정돈하던 난순 여사가 목을 빼서 아가를 보았다. 향운도 어머니의 거동이 수상쩍다고 느끼며

"어머니."

하고 꺼질 듯이 불렀다.

'이 아가는 죽지 않았다. 정녕코 숨을 쉬고 있는 것이다.'

"아냐, 아무 것도 아냐."

김여사는 강잉히 소리를 바로잡아 혼연스럽게 말하며 아가를 향운의 곁에 뉘었다.

"난 또 깜짝 놀랬지."

난순 여사는 혼자 중얼거리면서 유지 뭉치며 대야를 들어 방문 밖으로 내어놓았다.

김여사는 병풍으로 문께를 가리면서도 손발이 떨렸다. 손발보다도 전율하는 가슴이 더 팔딱였다.

'이십 년 전의 죄악이 지금까지 나를 괴롭힐 줄이야…….'

똑바로 말하여서 자기의 죄과는 하나도 없었다. 삽을 들고 밤길을 따라

산에 갔던 것과, 땅은 고선생이 혼자 팠지만 흙을 덮기는 함께 하였으니, 즉 아가를 묻는 일에는 협조하였던 그뿐이었다.

다만, 어릴 때에 돌연히 밤중에 일어난 무서운 사건이 그의 머릿속에 깊은 상처를 만들었고, 또한 그 상처는 이십 년이 지난 지금에도 너무나 아프게 자극하는 것뿐이라고 김여사는 스스로 맘을 진정시키면서 밖으로 나왔다.

'호사다마라더니만, 왜 하필이면 이 기쁜 일에 그 기억이 끼어 드는가?'

김여사는 먼 하늘로 눈을 보냈다. 읍내서 동쪽 외딴 산이었으니까 여기서는 북쪽에 해당한다.

'저기 저 산일 꺼야.'

만일 밤이었으면 얼마나 섬뜩하였으랴고 김여사는 눈이 하얗게 덮인 나지막한 산을 바라보았다.

'어두운 과거란 그대로 매몰하는 게 아닌 모양이야.'

자기는 그만한 일에도 이날까지 신경을 쓰게 되는데, 희준의 아들을 찬영에게서 낳은 딸 향운은 어미보다도 더 큰 암영을 평생에 지니고 살 것이 아니겠는가.

'아아, 모두가 다 불행한 소치지.'

김여사는 머리를 흔들어 잡념을 지우면서 부엌으로 들어갔다.

부엌에는 이미 난순 여사가 나와 있었다. 식모는 방에서 나온 옷이며 수건들을 큰 통으로 가득히 담아 놓고 더운물을 붓고 있었다.

"언닌 들어가세요. 뭐 할 게 있어야지. 밥만 지으면 될걸."

"어떡허나? 서울에 알리긴 해얄 텐데."

"종진일 보낼까요?"

"이 눈 속에 어떻게? 발목까지 빠질 텐데. 내일이나 보내두룩 하지 뭐."

"그렇지만 시댁에서들 오죽이나 기다리시겠어요?"

"하루쯤 어떨라고."

그러는데 안방에서 책을 읽고 있던 종진이가 마루로 나왔다.

"아주머니, 저 오늘 갈게요. 이 히트 뉴스를 하루나마 묵힐 수 있어요?"

"그래 점심 먹고 가아."

"오케이. 그 대신 내일 옵니다."

종진은 도로 방으로 들어갔다. 재미나는 소설이라도 읽는 모양이었다.

김여사는 아가를 정면으로 볼 수 없는 것이 슬펐다. 그린 듯이 감고 있는 눈까지가 흡사 고연희의 아가 같아서 문득 소름이 끼치는 까닭이었다.

'내가 너무 심약한 탓일까?'

김여사는 또 한편으로 아가에게 미안하기도 하였다. 향운에게 부득부득 타태시키라고 강요한 것은 자기가 아니던가.

'그때 핏덩일 없앴더라면, 찬영이와의 결혼을 이다지 벼락으로 끝내지도 않았을 것이며, 희준의 생명체란 영원히 말살되고 마는 것을……'

희준의 핏줄이 엄연히 여기 존재하여 있다는 사실은 맘 속 깊이 깔려 있는 즐거운 비밀이기는 하나, 찬영의 어머니에게나 희준의 어머니에게는 낯이 간지러운 연극을 보이는 것 같이 면구스럽기만 하였다.

'원, 아무리 소란한 세상이라고 당하는 일마다 왜 이렇게 어수선할까?'

모자가 잠이 들어 있는 곁에 앉아서 김여사는 새록새록 솟아나는 상념에 잠겨 있는데 종진이가 밖에서

"저 들어가도 괜찮아요?"

하고 문설주를 똑똑 쳤다.

"그럼 어서 들어와."

김여사도 가만히 대답했다. 종진은 우뚱 아가의 발치에 서서 기웃이 들여다보았다.

"누굴 닮았을까? 아버지? 어머니?"

"아직은 몰라. 물이 빠져봐야지."

"그래도 아버지 편이 많군. 참 아주머니 저 지금 갑니다. 부탁 말 있으

세요?"

"점심은?"

"아직 생각 없어요. 그럼 다녀오겠습니다."

김여사도 종진을 따라 대문 밖까지 나갔다가 들어와서 반시간쯤 지났을까 하는데 종진은 다시 돌아왔다. 중도에서 찬영을 만났다는 것이다.

종진과 찬영은 둘이 다 눈 속에 빠져 있었다. 그들의 구두는 눈흙투성이가 되어서 양말 목까지가 젖어 있었다.

"저런 변 좀 봐!"

"그럴 거야. 내왕한다는 게 무리지. 어떤 눈이었다고."

자매는 각각 두 사람에게서 올망졸망한 짐들을 받았다.

"아니, 이걸 다 혼자 어떻게 가지고 오더람?"

난순 여사는 눈동자를 굴리면서 혀를 내둘렀다.

"글쎄 형님이 오시는 걸 보니까 짐 속에 묻혀서 오는 것 같더라니까요."

"어디쯤에서 만났니?"

"물터께서요."

"원 저런! 넌 얼마 못 갔구나. 그래두 거기서나마 만나길 잘 했다. 팔이 얼마나 아팠을까?"

모자가 주고받는 말틈을 타서 찬영이 조용하게 끼었다.

"종진 군에게서 들었습니다만 얼마나들 수고하셨습니까?"

찬영은 어머니들을 바라보면서 진정으로 노고를 치사하였다.

"어젯밤에야 도착했어요. 조바심이 나서 견딜 수 없기에 첫차로 떠난다는 게 이래저래 다음 차로 왔습니다. 서울 댁에서들은 다 안녕하십니다."

찬영은 그들이 묻기도 전에 혼자 술술 말해버리고 향운의 방으로 걸어갔다.

향운은 깜박 잠이 들었다가 조심스럽게 열리는 문소리에나마 반짝 눈을 떴다.

"어마!"

향운은 외마디를 치며 일어나려고 몸을 비틀었다.

"가만히! 그대로 있어요."

찬영은 외투를 벗어버리고 향운에게로 갔다. 그는 향운의 얼굴을 두 손으로 감싸고 먼저 이마에 입을 댔다.

"얼마나 고생했소?"

그는 뺨에서 차차 입으로 내려왔다. 따스한 향운의 입술에서 온기가 오를 만큼 긴 키스를 끝낸 찬영은 향운의 손목을 다시금 잡았다.

"벅찬 시련을 혼자서 겪었구료. 그러고도 이세를 낳았으니 참 장해요."

향운은 잠잠히 발그레한 뺨에 행복된 미소를 띠고 있었다.

찬영은 서서히 몸을 돌려서 아가의 이불을 내리고 신기하다는 듯이 한동안 주목하다가 웃음 대신으로 침통한 한숨을 내뿜었다. 표정도 심각하였다.

"고맙소, 향운! 끝내……."

찬영은 다음 말을 삼키고 말았으나 향운은 이내 알아챘다.

'당신의 영예만을 위하여 이 생명을 죽이지 않고 치욕을 무릅쓰고라도 끝내 희준의 연장체를 출생하였으니…….'

"그건 제가 당신께 드릴 말인데요."

향운은 또렷하게 부르짖었다. 아가를 앞에 놓고 찬영의 언동은 엄숙하고도 진지하였고, 경건하면서도 지극히 친절한 것이었기에…….

향운은 복잡하고 벅찬 감정을 누르면서 찬영의 손위에 자기의 손을 얹고 지그시 힘을 들였고, 찬영은 또 하나의 손으로 부드러운 그 손을 덮었다.

밖이 떠들썩하면서 김여사의 자매가 들어와서야 그들의 손과 손은 떨어졌다.

찬영의 선물은 향운의 머리맡에 수북히 쌓였다.

"부산에서 좀 색다른 것이 있기에 이것저것 샀는데, 어머니께서 또 뭘 잔뜩 주시잖아요? 참, 서울에 알려야 할 텐데요."

찬영은 그들에게 자리를 양보하고 한쪽으로 물러앉았다.

"이왕 내친걸음이니 종진이더러 가라지 뭐."

"아닙니다."

찬영이 이모의 말을 가로막았다. 그는 수건으로 이마의 땀을 훔쳤다.

"어젯밤에 와서 바로 이리로 왔으니까 제가 가겠습니다. 회사에 연락도 있고 잔무가 남았어요. 무사히 득남한 거 봤으니까 뒤는 어머님들께 부탁하고 오후에 떠나야죠."

"어머니 저거."

향운은 귤이니, 사과니, 통조림통이니, 무슨 상자들 따위의 뭉치를 턱으로 가리켰다.

"골고루 노나서 서울로 좀 보내주세요."

"염려 말아요. 거기 들러서 약간씩 남기고 왔으니까. 다들 잘 있드군요."

"원, 어느 새."

김여사는 사위의 알뜰한 맘씨에 감복하며

"그렇지만 길도 험한데 어떻게 되돌아가누?"

하고 만류도 해 보았다.

"그것쯤은 아무 것도 아닙니다. 군대생활에 단련된 몸인데요."

검붉은 혈색이며, 떡 벌어진 가슴팍과 차돌같이 단단하게 보이는 골격이 어떠한 장해나 고난이라도 이겨낼 만큼 한 자신에 넘쳐 있었다.

"그러긴 할거야."

난순 여사는 위압된 듯이 찬영의 늠름한 체격을 바라보다가 점심준비를 생각하고 부엌으로 나갔다.

"덕분에 무사하게 출산을 했어."

셋이만 남게 되자 김여사는 더듬더듬 찬영에게 가득한 소회의 윤곽을 폈다.

"아슬아슬한 고비를 무난히 넘기고……. 어쨌던 하느님의 돌보신 은덕이지."

"저도 감개무량한 바가 없는 바도 아닙니다만, 모두가 다 향운의 강인한 의지의 결과라고 할 수밖에 없죠."

향운은 눈을 내리깔고 반듯이 누워 있었으나 가슴께가 볼록하게 솟았다가 가라앉았다.

"이 아가만은 잘 키워야 하겠습니다. 모쪼록 정도(正道)를 밟아서요."

찬영은 정도에다 힘을 주었다. 김여사도 찬영의 뜻을 칠 분쯤은 이해할 듯하였다.

예정대로 찬영은 오후 세 시가 지나서 향운의 곁을 떠났다.

"잘 쉬어요. 어쩌면 어머니가 따라 오실는지 몰라."

그는 향운의 양쪽 뺨을 쓸어 주었다. 그리고 아가의 볼에 손가락을 대며

"이놈, 울지 말고 있어!"

하고 싱긋이 웃었다.

"언제쯤이나?"

"곧 와야지. 모레 아니면 다음날엔 꼭 올게요."

"몸조심하세요, 네?"

"오라잇. 잘 있어요?"

찬영은 재삼 돌아보며 방에서 나갔다. 향운은 어머니들의 인사말을 아스라이 들으며 남편의 건재를 빌었다.

향운은 맛난 미역국을 하루 네 번씩 먹었다. 서울에서 보냈다는 생굴이나 생 전복의 뽀얀 국물이 감미롭고, 부드러운 해초의 감각은 혀끝에서

녹아나는 듯하였다.

그래서인지 유도도 삼 일만에 순조롭게 돌았다. 나흘째 되는 날, 찬영은 어머니를 모시고 오전 열한 시쯤 시흥에 왔다. 최 여사는 손자를 보고 단박에

"천연 제 아범 닮았군!"

하였다.

"이 눈썹 좀 봐! 어린애가 이렇게 새까말 수 있어? 입은 어쩌고?"

최 여사는 손가락으로 하나씩 지적해 가며 설명했다.

"제가 어렸을 때 그랬던가요?"

찬영은 향운을 슬쩍 스치며 웃음 섞어 물었다.

"아암. 꼭 이랬지. 이 발짝 선 콧대를 보란 말야."

"참말 그렇군요. 점점 더 닮아가요."

난순 여사도 최 여사에게 호응하면서 아가를 들여다보았다. 김여사는 향운을 보았다. 눈을 가린 채로 그린 듯이 앉아 있는 향운의 귓바퀴가 발그레하였다.

"어쨌건 잘났어. 어쩜 제 애비보다두 더 준수하겠는걸."

찬영과 김여사의 시선이 잠깐 부딪쳤다.

"어머니. 아가 저 주시고 편히 앉으세요."

찬영은 어머니에게서 아가를 받아 잠시 눈을 주었다가 자리에 뉘었다.

"넌 어서 누워라."

최 여사의 말에 찬영도 얼른 달았다.

"좀 누워 보구료. 어머니도 말씀하시는데. 응?"

찬영은 향운의 요와 그 위에 깔린 하얀 비닐을 매만져주며

"자, 어서 좀 눠요."

하고 향운의 옷자락을 잡아끌었다.

"차차 눕죠."

"애, 염려 말고 어여 눠! 이번에 정말 사부인께서들 수고하셨어요."

최 여사는 다시금 김여사의 자매를 향하여서 치사하였다.

"퍽 순산이어서 다행했어요."

난순 여사의 대답이었다. 김여사는 입에다 재갈이나 물린 듯이 아무런 말도 혀끝에서 돌지 않았다.

"재 아버지께서 뭐란지 아셔요? 워낙이 음전한 애라 보나마나 순산일 것이라나요? 호호."

항운은 조용히 몸을 비기며 이불을 뒤집어썼다.

"어머니 두루마기랑 벗으세요."

찬영은 어머니의 주의를 딴 데로 돌리려 하였으나, 최 여사의 화제는 아가에서만 맴돌고 있었다.

"지금 이름을 지으시느라고 옥편을 뒤집고 야단이시죠. 어마, 저 눈 봐! 또렷하게 눈을 떴네. 원 눈서껀 영락없는 제 애빌세."

본래는 말이 많은 편이 아닌데, 새 손자의 앞에서는 맘껏 수다스러웠다.

"눈은 제 에미 아니에요?"

너무나 잠잠한 것도 비례일 것 같아서 김여사는 겨우 한 마디 하였다.

"어디가요? 에미 눈은 좀 개름한 맛이 있잖아요? 그런데, 이건 마구 둥글둥글한 게 애비 눈 고대루죠."

"그럴까요?"

김여사는 새삼 또록또록 제법 눈알을 굴리고 있는 아가의 까만 눈을 들여다보았다. 눈을 감았을 때는 고연희의 아들과 흡사하여서 무섬증이 들지만, 눈을 뜨면 완연히 항운의 어릴 적의 눈매와 같아서 친밀감이 들었던 것이다.

"이런 귀염둥일 집에서 못 키우다니 원……."

최 여사는 원망을 담은 눈으로 아들을 보았다.

'예끼 녀석아 그 새를 못 참아서…….'

그렇게 꾸짖는 듯한 어머니의 눈초리가 따가워서 찬영은 얼른 담뱃갑을 들고 핑계거리를 찾은 듯이 밖으로 나왔다. 그 뒤를 난순 여사가 따랐다.

"말이 났으니 말이지 세상에 알고두 모를 일은 이번 일이야."

"뭐가 말입니까?"

찬영은 난순 여사와 나란히 서서 모퉁이를 돌았다.

"이 진중한 정 서방이 말야. 그리고 저 새침한 향운이가 말이지."

"……."

"정당한 절차를 밟기 전에 미리 그랬다는 게 진정 모를 일이란 말야."

"아주머니도 참. 우린 무슨 목석이던가요?"

"그럼 사람마다 다 탈선만 하겠네."

난순 여사는 찬영이와 소곤대기 위하여서 일부러 발을 느리고 짧게 옮겼다.

"탈선이라구요?"

"그럼, 그게 뭔고? 당당하게 부모 앞에서 해산을 못하는 향운이라든지, 또 떳떳하게 날짜 행세를 못하는 아가라든지가 다 가엾지 않느냔 말야."

"……."

"여잔 으레이 수동적이게 마련이거든. 지난 일을 되뇌이는 게 어리석지만 정 서방만 꾸욱 참고 견디었드람 만사 오케이었을 거 아니라고?"

"허허 참."

"다행히 순산이었으니 망정이지, 이 두메구석에서 까딱했드람 생명 하나 잃는 게 아냐? 나랑 언니가 얼마나 맘을 태웠다고."

"아주머니 정말 죄송합니다."

찬영은 모르는 결에 머리를 숙이며 진심으로 사과하였다. 벌써 앞뜰에 왔기 때문에 두 사람은 말을 끊었다.

난순 여사는 점심준비에 바쁘고 종진이는 개학이 되어서 오늘 오후에 최 여사와 동행하려는 가방 속을 챙기는지 건넌방에 들어앉아 있었다.

"피곤할 텐데 안방에 가서 좀 누워 있어, 응?"

난순 여사가 부엌에서 머리를 내밀고 조카사위에게 정답게 일렀다.

찬영은 그 분부에 따라서 방으로 들어가 아랫목에 번 듯이 누워 담배를 붙여 물었다.

방금 이모의 조용히 나무라던 속삭임이 귓속에서 사물댔다.

'예끼 녀석아,. 그 새를 못 참아서…….'

무언의 힐책이던 날카로운 어머니의 눈초리가 따끔하게 다시 눈 속에서 까실댔다.

그뿐인가 찬영에게서 득남의 희보를 듣던 그 순간의 아버지의 표정과 그의 호령이 새삼스럽게 되살아났다.

"흐음 그 잘 됐구나."

기쁨이 안면에 퍼져 입이 스르르 열리던 아버지는 갑자기 언성을 높였다.

"에이 무지한 자식 같으니!"

그는 아들을 노렸다. 증오에 타는 눈이었다.

"귀한 손자를 남의 집에서? 제 친가에서도 못 낳고? 그게 다 뉘 탓이냐 말야, 응?"

아버지의 호령이 다시금 왕하고 고막을 울리는 듯하였다. 사면초가라더니 자기야말로 사면에서 무정지책을 감수해야 하지 않는가?

찬영은 담배연기를 후루루 똑바로 뿜어냈다. 연기 속으로 희준의 안방에 걸린 희준의 사진이 아련하게 떠올랐다.

'희준아!'

순간 가운을 입은 청년이 전우를 안은 채 푹 고꾸라지며 선혈이 흰옷을 물들이는 광경이 지나갔다.

"희준아!"

찬영은 담배를 재떨이에 던지고 벌떡 일어나며 가만히 그의 이름을 불렀다.

"오냐, 감수하마. 네 생명을 낳기 위해서다. 네 열매를 거두기 위해서다. 네가 뿌리고 간 싹을 키우기 위해서다. 무슨 수모라도 달게 받으마. 희준아!"

찬영은 그렇게 중얼거리며 눈을 감았다. 구김살 없이 웃는 희준의 해사한 얼굴이 눈 속에 가득히 찼다.

'이 녀석아. 너도 기쁘겠지? 향운인 기어코 네 이 세를 낳았단 말이다.'

찬영은 눈을 떴다. 희준의 웃는 얼굴이 천장에 확대되었다.

'난 말이다. 우리의 아가, 그렇지 우리의 아가란 말야. 너 혼자만의 독점물이 아니거든. 이름을 뭐라겠는지 알겠나?'

어제가 삼 일이라고 아버지 정 목사는 아가의 이름을 항렬에 따라 발표하였다.

"아버지, 이 아이의 이름만은 제게다 맡겨 주십시오."

종교인인 아버지는 잠시 생각하다가 쾌락하였던 것이다.

"그래도 좋겠지. 그럼 네 맘대로 지어보렴."

"아버지, 제 에미랑 의논해서 알려드리겠습니다."

그렇게 말하였던 것이나, 사실은 찬영의 가슴 속에 미리 작정이 되어 있었다. 아들을 낳으면 어떻게 하고 딸이면 무엇이라고 하겠는가를…….

'희준아, 난 아가를 영욱이라고 부르겠다. 길 영, 밝을 욱, 영욱(永旭)이 말이다. 욱자란 아침 돋아나는 해가 밝단 말이야. 즉 새로운 태양이란 뜻이지.'

"영욱!"

찬영은 조용히 입을 열어 영욱이라고 대견스럽게 불러 보았다.

'어떠냐? 넌들 이의는 없겠지. 너도, 나도, 아가도, 향운이도, 또 그 아가의 아가도 길이길이 새롭게 빛나잔 말이거든. 흐음, 자식. 숙제도 언제나 내게 밀던 버릇이라, 네 뒷일까지도 내게로 넘겼지, 자식아!'

찬영의 입모습에는 꼭 집어낼 수 없이 복잡한 웃음이 어렸다.

'정영욱! 아니 아니 김영욱이다. 어느 게 진짜냐? 정? 김? 그야 넌 네가 진짜라고 우기겠지. 나도 우리고 싶단 말이다. 그런데 향운인 어느 편을 들까? 아아, 모르겠다. 그저 우리의 영욱이라고 해두자꾸나.'

그러는데 대청에서 이모와 종진의 숙덕이는 소리가 났다.

"매형 자나 부다."

"떠들지 말어. 아직은 젊은애가 부산으로, 서울루, 시흥으로 쏴다니니 고단하기두 할거야."

"그러니까 로케트도 발사하는 거죠."

"뭐야? 로케트라고?"

"후훗. 건 동운 형의 말인데요. 결혼 이 개월만에 득남은 로케트 발사식이래요."

"호호, 그럴싸하다."

"하하하하"

"쉬, 잠 깰라."

모자의 공론을 들으며 찬영도 빙그레 웃는데

"애, 어서 가서 사부인 모셔와. 점심 다 됐다고."

하고 난순 여사는 아들을 향운의 방으로 보냈다.

찬영은 부시시 일어나 밖으로 나왔다. 웬일인지 가슴이 후련했다.

"아니, 왜 일어나?"

"저 잠 안 잤습니다."

"그래?"

발그레 빰이 붉어지는 이모에게 미소를 보이고, 찬영이 향운에게로 가는데 김여사와 최 여사는 벌써 앞뜰에 왔다.

찬영은 향운에게 아가의 이름을 밝혔다. 향운은 머리를 갸웃거렸다.

"'영'자가 있으니깐 새로운 감각이 적군요. 그냥 욱이라고 합시다요."

"욱? 그래그래 그게 좋아."

# 피는 물보다

경운은 하나만 남은 귤을 만지작거렸다.

'동운에게 줄까? 내가 먹을까?'

아직도 말랑말랑하게 손아귀에 드는 귤을 코에 가져다가 댔다. 향기롭고 새큼한 내음에 군침이 돌았다.

'갠 사괄 먹으래지. 영양가두 높고 말야. 이건 내가 실례한다.'

아무도 없는데 경운은 귤을 들어 뱅뱅 돌려 보이고 껍질을 벗겨 두 알씩 입에 넣었다.

'신비로운 열매야. 고 새파란 예쁜 잎사귀 틈틈이 황옥덩이처럼 매달려서 환하게 불을 켜는 기다림의 과실!'

경운은 배를 깔고 두 다리를 들어 어린애 물장구 치듯이 다릿짓을 하며 입을 오물거리면서 짝짝 단물을 빨았다.

그는 또 두 쪽을 떼어 말끄러미 들여다보았다.

'추수의 계절이 끝나고 황량한 나무 끝에 눈보라 날리는데, 오오, 너 신비로운 열매여! 찬 서리 눈바람이 너의 요람이라니…….'

경운은 맘속으로 그렇게 뇌어보다가 입에다 폭 던졌다.

'우리 정 서방두 멋쟁이야. 이런 걸 다 고루고루 먹일 줄 알거든.'

경운은 다시 몸을 뒤쳐 반듯이 누웠다. 십 칠 일에 어머니가 가신 후로는 안방 차지가 경운의 것인 것이다.

아무리 남달리 당돌하다지만, 생후 처음으로 어머니와 떨어진 날은 종일 맘이 우울했다.

"언니두 가엾어."

바라보면 어디든지가 다 희었다. 지붕도, 철도 둑도, 앞 등성이도 냉랭하게 하얀 세계가 더 쓸쓸하고 외로웠다.

"온순하고 정숙한 언니야말로 평탄하고 순조로운 궤도를 걸을 줄 알았건만……."

경운은 그런 생각을 끊일락 이을락 하면서 몇 번이나 기둥을 안고 돌았는지 몰랐던 것이다.

그날 초저녁에 눈이 펑펑 쏟아지는 속으로 동운이가 뛰어들 때는

"아이고, 내 아우야!"

하고 난생 처음으로 동운을 얼싸안고 볼을 비볐다.

그리고 맘에 찬영이가 귤이며 사과며 과자 등속을 사서 들고 왔을 때도

"어머나! 어디서 오시는 거예요?"

하고 얼마나 반가워했는지 몰랐으나

"저기서 아무 기별 없었어요?"

찬영이 들어서자마자 그 말부터 물을 때는 어쩐지 서운하기까지 하였던 것이다.

찬영은 그 이튿날 시흥에 간다 하였고, 그날 밤에 와서는 향운의 순산을 알렸다. 그리고 오늘 아침에 찬영의 모친은 아가를 보러 떠난 것이다.

'아가가 누굴 닮았을까?'

경운은 알맹이는 다 먹고 껍질마저 앞니로 잘근잘근 물어뜯었다. 씁쓸하면서도 달콤하고 아릿하였다.

'언니나 닮았음 오죽 좋아?'

경운에게는 사랑스러운 첫 조카이건만, 아들이고 딸이고 그저 불안만이 앞섰다.

'이런 땐 이 선생님이나 만났으면 좋으련만…….'

그러나, 그와는 이 주일만에 내일 오후 네 시에 만나기로 되어 있었다.

경운은 한쪽으로 밀어 놓았던 책을 집었다. 『아웃사이더』라는 위성 문고의 두툼한 소책자였다.

삼분의 일쯤의 페이지를 펴고 몇 줄 읽는데 똑똑 대문 두드리는 소리가 났다.

"아줌마!"

경운은 조심성 있게 소리를 뽑아 식모를 불렀다.

대답은 없는데 노크소리는 이어 들려왔다.

"인제 보니깐 영등포 시장에 갔지."

경운은 깜짝 잊었던 자기의 머리를 손가락으로 톡 튕겼다.

"아이, 맹추."

춥다고 향운의 물림 한복을 고스란히 주워 입고 있던 터라, 경운은 신방돌에서 고무신을 꿰어 신고 대문으로 갔다.

"누구시죠?"

경운은 빗장을 벗기면서 일변 물어가며 문짝을 잡아당기다가

"어마!"

하고 입을 동그랗게 열었다. 서리가 돋은 듯 희뿌연 회색 외투를 입은 이진석이가 웃음을 머금고 서 있었다.

"웬일이세요? 어서 들어오세요."

경운은 진정 반가웠다. 그 동안 집 보기에 고적하였고, 더구나 오늘은 참새소리도 정답게 들릴 만큼 호젓하였던 것이다.

"과연 혼자 계시군요."

진석은 마당으로 들어서며 집안을 둘러보았다. 작년 연말에 찬영과 여

기 와서 하루를 지낸 일이 있었기에 두 번째의 방문인 셈이었다.

사실은 향운이가 경운과 진석을 시흥으로 초대하자고 하였으나, 찬영은 향운의 부른 배를 보이지 않으려고 여기로 정하였던 것이다.

"과연요?"

경운은 안방의 미닫이를 열어놓고 진석이 올라오기를 기다리며 반문하였다.

"정군이 부탁하더군요. 혼자 계실 테니까 자주 찾아가서 말동무하라고요."

"그랬어요? 어쨌건 감사합니다."

경운은 노르스름한 커버의 방석을 진석의 발치로 밀었다.

"한복을 입으시니까 더 처녀답군요."

진석은 털퍽 방석에 앉으면서 경운의 자태를 훑었다.

"언니 유물이라 좀 작은 걸요. 치마두 짧고."

"그게 짧아요? 스커트에 대 보세요."

"아이, 양복 치만 말해 뭘 해요? 긴치마로서는 짧다는 말이죠."

"글쎄 어쨌건 내겐 황홀하기만 하니까요."

진석은 시선을 경운에게 부은 채로 얼른 옮기려고 하지 않았다. 경운은 문갑 위의 탁상시계를 바라보며

"아줌마가 웬일일까? 네 시나 됐는데."

하고 딴청을 댔다.

"왜요? 불안하십니까?"

"흐흠, 일 대 일인데요."

"일대 삼이라면?"

"일대 십이래두 끄떡없어요."

"하하, 미스 경운은 족히 그럴 걸요."

진석은 영롱한 경운의 눈을 바라보며 유쾌한 듯이 웃었다. 하얀 이가

쪽 고르게 반짝여서 깨끗한 인상을 준다고 느끼며 경운은 무심코 책을 만졌다.

"이거 콜린 윌슨의 것이군요."

"어떻게 아세요?"

"난 벌써 읽은 걸요."

"공과에 다니시면서두요?"

"하하. 인식 부족이신데?"

"……"

"건축과라면 목수노릇이나 하고, 조항과라면 뱃놈인줄만 알아선 안 됩니다. 우린 최고의 예술가라야 하니까요."

진석은 엄지손가락을 번쩍 올렸다. 흰 뺨에도 홍조가 올랐다.

"정군의 경우, 정군은 훌륭한 예술갑니다. 시 · 그림 · 음악을 어느 정도까지 다 수업하고 있거든요."

"그림이야 물론이겠죠. 전문이니깐요. 언젠가 형부가 집에 놓고 간 '드로잉 북'을 본 일이 있는데 굉장하드군요. 재미있고 수준이 놓은 스케치가 그득해요. 게다가 시랑 적혀 있던데요."

경운은 장난꾼 같은 웃음기를 입술에 보이며 눈살을 지그시 내렸다.

"정군은 고등학교 시절부터 시를 썼답니다."

"뭐랬더라. 하두 괴상해서 내가 외어 뒀는데. 가만 계세요."

경운은 기억을 더듬는 듯이 눈을 치뜨고 잠깐 생각하다가

"옳지, 생각나는군."

하고 청을 가다듬었다.

"제목은 생(生)이라고 했는데 신통하진 않았어요."

"어디 한 번 읊어보세요."

한없이 흐르는 시간의 한 토막 인간(人間),

끝없이 변하는 우주인의 한 점(點) 인생,
시생(時生) 공생(空生) 아(我)!

"건축가다운 글이군요."

"오죽이나 빽빽해요?"

"아닙니다. 부드럽고 낭만적인 서정시를 써둔 노트가 몇 권이나 되는지 모릅니다."

"남의 일에 너무 신나 하지 마시고 자신의 소회나 피력해 보세요."

경운은 열을 올리려는 진석을 가볍게 누르며 상냥스럽게 웃었다.

"허허, 정군의 얘기가 나오면 자연히 그렇게 되는 걸 어쩝니까?"

"정말 좋은 친구들이시군요. 부러워요. 내겐 그런 동무가 없어요."

경운은 금세 시무룩해졌다. 감정의 변화가 풍부한 여성이라고 감탄하며 진석은

"우리 숙부님이 계시지 않아요?"

하고 슬쩍 낚시를 던졌다.

"아이, 그분은 선생님 아니세요?"

"스승이나 벗이나 가슴이 통하는 건 한 길이 아닐까요?"

"대의(大意)에선 그렇겠지만 디테일로 들어가면 더 아기자기하게 재미나는 친구가 필요한 걸요."

"아기자기하게 재미나는?"

진석은 그 대목을 다시 한 번 강조하면서 경운의 눈을 보았다.

"그리고 무시로 그리워할 수 있는……."

"허허, 그렇담 문젠 달라지는데요?"

진석은 면도자리도 신선한 머리통을 갸웃이 들며 진지한 얼굴이 되었다.

"선생도 무시로 그리워할 수는 있지 않아요? 미스 경운과 우리 숙부님

사이처럼요.”

“또 선생님이군요. 숙부님께 관심이 대단하신데요?”

“그렇죠. 아직은 그래야만 하겠으니까요.”

진석은 경운에게 힐문하는 듯한 시선을 보냈다. 경운은 얼른 문께를 보았다. 대문이 흔들리는 까닭이었다.

“문 여세요!”

경운은 식모의 소리를 알아듣고 자리를 떴다. 진석은 경운을 따라 눈길을 옮겼다.

‘귀엽고 총명한 여성이다.’

경운은 쟁반에 사과를 수북히 담아 가지고 들어와서 진석에게 나이프를 내밀었다.

“대구 사과래요. 귤은 다 먹고 이거만 남았어요. 하나 드세요!”

경운의 명쾌한 권유에 끌려서 진석은 칼을 받았다.

“손수 깎는 게 더 맛나요.”

“오케이.”

진석은 두 개나 집었다. 한 개는 깎아서 경운에게 주고 하나는 자기가 들었다.

“자, 우리 우정의 발전을 위하여.”

둘이는 희고 동글동글한 사과덩이를 슬쩍 부딪친 후에 각각 입으로 가져가며 마주보았다.

“하하하.”

“호호호.”

그들은 소리내어 밝게 웃으며 싱그러운 과실을 베어 물었다.

한 개를 거뜬히 먹어치우고 나서 그들은 또다시 얘기에 꽃을 피우기에 시간 가는 줄을 몰랐다.

경운은 진석의 해박한 지식에 혀를 내둘렀다.

'아직은 젊은 학도인데도 확고한 인생관을 가지고 있다.'

많이 알고 있으면서도 결코 난 체하지 않는 것이 더 맘에 들었다.

그리고 진석은 경운의 발랄한 지성과 날카로운 감각과 그러면서도 비교적 흔들리지 않는 주견을 가지고 있는 것에 놀랐다.

'인제야 이십 일세라는 어린 처녀인데도 정신 연령은 훨씬 높지 않은가?'

그들은 서로가 진작 만나지 못하였던 것을 탓하리만큼 가슴이 피차에 잘 통하였다.

"경운 씬 낚시질 안 가보셨죠?"

"네."

"해동(解冬)하거든 제 일착으로 안내하겠어요. 참 진진한 묘미가 솟아나거든요."

진석은 찬영이 낚시질로 말미암아서 향운을 얻게 된 동기를 생각하며

'그 덕분에 나 역시 좋은 이성 친구를 찾게 되었거든.'

하고, 흐뭇한 맘으로 식모가 가져온 차를 후련하게 마셨다.

"앞으로 자주 만나 주시겠어요?"

진석은 경운의 찻물에 젖은 윤택한 입술을 바라보며 조용히 물었다.

"전 삼월까지 방학이니깐 맘껏 놀 수 있어요. 거긴 안 그렇죠?"

"우린 이월 십 일경부터 시험입니다. 지금도 일부러 틈을 냈으니까 시험 끝나거든 내가 모시러 오죠."

"모쪼록 좋은 성적 따세요."

"땡케. 그럼 가보겠습니다."

경운은 합승 정류소까지 진석을 전송하였다. 진석이 손을 들어 고요히 흔들고 떠났을 때 경운의 가슴에 무겁게 남는 것이 있었다.

'형부보다도 분명히 더 멋진 데가 있단 말이지.'

경운은 안방에 돌아와서 뒷설거지를 하면서 그가 앉았던 방석에 향수

처럼 발려있는 진석의 체취를 달갑게 마셨다.

'나 좀 봐! 이게 무슨 짓이람?'

경운은 후딱 빰을 붉혔다. 전에는 결코 없었던 노릇이었다.

전등이 막 켜지면서 종진이가 들이닥쳤다. 경운은 깜짝 반기면서도 왜 갑자기 왔나 싶어 겁이 났다.

"웬일이냐? 응?"

"사부인 모시고 왔지. 개학도 내일 아냐?"

"참 그렇구나. 얘! 아가가 누굴 닮았지?"

경운은 종진을 끌고 안방에 와서 물었다. 제일 궁금하던 소식이었다.

"아버지 편이 많아. 큰누난 안 닮은 모양이야."

"그래? 아버지 닮았음 잘 났겠다."

경운은 가느다란 숨을 호루루 내뿜었다.

'됐어. 우선은 안심이야.'

"그래, 네가 정 목사 부인허고 거치 왔단 말이지?"

"그랬다니까요. 사실은 내일 올 텐데 모시고 오느라고. 바로 이 앞길에서 하직했어요."

"알았어. 어여 저녁이나 먹어."

마침 동운이가 학교에서 돌아왔다. 그들은 상을 가운데 두고 밥보다는 얘기에 바빴다.

"아가 이름이 뭔지 알아요?"

"벌써 지었나?"

"욱이래요. 정욱."

"단자 이름이야?"

동운이가 밥을 우물거리면서 눈을 치뜨고 물었다.

"아침 햇빛 밝을 '욱'자래요."

"복잡허군."

"형부는 언제 온다고?"

경운은 생선 토막을 짜개어 가시를 추려내며

"욱이 아버진 시험이 곧 시작된다는데 어떻게 할 작정인고?"
하고 제법 어른다운 걱정을 하였다.

"책이랑 가져왔나 보던데요."

"언닌 밥이랑 잘 먹나? 엄마랑 아주머니가 고생되시겠다."

"여기 아주머닌 일간 올라오실 모양이야. 근데 아주 이상하데요."

"뭐가?"

"어머니가 그러시는데, 두 할머니가 대조적이라나요?"

"흐흠, 어떻게?"

경운은 호기심을 담은 눈으로 종진을 보고, 동운도 그에게로 머리를 돌렸다.

"친할머닌 그냥 싱글벙글 좋아서 어쩔 줄을 모르면서 아가를 손에서 놓지 않는데, 외할머닌 아가에게 퍽 무관심하다구요."

"엄마 성격이 워낙 그런 걸 뭐."

경운은 웃음기를 거둔 입모습에 약간 긴장의 빛을 띠었다.

"우리 집은 지금 법석이야. 여기 아주머닌 집어치고 어머니가 좋아서 야단인걸."

"제발 그래 주셔야 할 게 아니냐?"

경운은 어쩐지 슬퍼지려는 심사를 누르면서 상을 들고 밖으로 나왔다.

'엄마가 그러시는 것두 무리가 아니지. 무슨 경황에…….'

그 이튿날 경운은 오후 네 시를 맞추어서 T다방으로 갔다. 스스로 이 교수를 단념하겠노라고 다짐하면서도, 그를 만나려 할 때는 그윽한 심장의 동요를 막을 길이 없었는데, 웬일인지 이 날만은 평온한 가슴이 잔잔하였다.

"그 새 잘 있었나? 얼굴이 더 핼쑥하군."

"주부노릇하기 고돼서요."

"응?"

"엄마가 언니에게 가셨어요."

"그래?"

"일 주일간의 대역인데두."

"언니가 어디 아팠던가?"

경운은 아차 하였다. 어머니하고의 관련을 알게 된 후로는 이 교수의 경운에게 대하는 태도가 전보다도 훨씬 더 자유롭고 친숙하였다. 전에는 어디엔지 경계하는 선을 긋고 있었는데, 지금은 아무런 장벽도 없이 맘껏 사랑과 친절을 베풀어주는 것이었다.

"네."

"어느 병원에라도 갔나? 그런들 자기 남편이 있는데 왜 하필이면 분주하신 어머니가 매어 달린담?"

이 교수에게는 진정으로 걱정하는 빛이 어렸다. 향운의 병보다는 사랑하는 여인의 노고를 근심하는 것이라고 경운은 부러운 맘이 들었다. 순간 쪽 고른 하얀 이를 보이면서 유쾌하게 웃는 이진석의 동랑한 얼굴이 떠올랐다.

"형부랑 엄마랑 다 거기 있는 걸요."

"거기가 어디야?"

"시흥 아주머니 댁에요. 언젠가 선생님께 여쭌 것두 같은데요. 언닌 몸이 약해서 시굴에 있기루 하고 결혼한 거예요."

"보긴 퍽 건강하던데?"

경운이 대답에 궁하여서 있을 때 구세주나처럼 진석이 문으로 들어왔다.

"어마!"

경운의 눈이 빛나는 것을 보고 고개를 돌린 이 교수도 조카를 보고는 손가락으로 불렀다.

“오늘 내가 나오라고 한 거야. 저녁이나 함께 할까 하고. 괜찮지?”

언제나 짤막하던 이헌수 씨의 말이 길어지기 시작한 것도 다 그 이후의 일이었다.

“네.”

그 대신 경운의 언어가 짧아진 것이다. 진석은 얼굴 가득히 웃으면서 그들에게로 왔다.

“일루 앉어라.”

이 교수는 일어나 곁의자로 옮기면서 진석을 경운과 마주 앉혔다.

“또 뵙게 됐군요.”

“시험준빈 어떡허고 나오셨나요?”

“놀면서 하는 거죠.”

“자신이 많으시군요.”

“때로는 그렇기도 하죠.”

단도직입으로 주고받는 두 사람의 대화를 들으며 이 교수는 속으로 웃었다.

‘둘이 다 비슷한 데가 있어.’

저녁을 먹으면서도 그들은 이 교수를 꺼려하지 않고 이론전개도 하고 우김 질도 곧잘 하였다. 그러나, 진석은 숙부에게나 경운에게 깎듯이 예의 차리기를 잊지 않았다.

‘가정교육이 있는 청년이야.’

경운은 두 사람의 전송으로 합승을 타고 오면서도 진석과의 담론을 음미하였다.

‘문과계통으로 갈 사람이었어.’

경운은 찬 야기 속에서 번쩍거리는 한강 북안의 휘황한 불바다를 돌아보았다. 그리고 지금도 여전히 태고의 신비에 잠긴 듯한 상류 쪽으로 시선을 보냈다.

언젠가 찬영과 여기를 지내면서, 또한 이 교수와 단둘이 택시로 이 다리를 건너면서

"어느 먼 곳으로 여행이나 하고 싶어요."

하던 자신의 갈구(渴求)가 미구에 이루어질 것 같은 희망으로 가슴이 환해지기도 하였다.

일간 올라온다던 어머니는 엿새가 되어도 소식이 없다가 그날 저녁에야 찬영이 올라왔다. 다 건강하다는 것이다.

"형부가 좀 집에 와서 계세요. 나두 아가 좀 보고 올래요. 시험 준빈 우리 집에서가 제일일 거야."

"그러시구료 언제쯤이나?"

"내일 갈래요."

이리하여서 경운은 이십 칠일인 금요일 열 시 반 차로 떠나려는데, 희준의 어머니 송 여사가 찾아왔다.

"궁금해서 왔더니 어머닌 안 계시네."

"시굴 가셨어요. 저두 지금 아주머니 댁에 가는 길인데요."

"그럼 잘 됐군. 나랑 가두 되지?"

송 여사의 간절한 눈초리는 경운에게 애원하는 듯하였다.

"아주머니. 어젯밤에 또 꿈꾸신 모양이죠?"

경운은 동정의 눈으로 송 부인을 바라보았다.

"정말이우. 그러니깐 또 일찌감치 온 거야."

"그런데 어떻게 하죠? 전 떠나야 하고."

"글쎄, 거치 가자니깐 그러우?"

"어쨌건 함께 나가시죠."

어차피 떠나야 하겠기에 경운은 송 여사를 동독하며 나섰다.

"아줌마, 이따가 형부 오시건 말야, 뜨뜻한 안방에서 맘껏 공부하시라

고 여쭤요. 내 얼른 다녀올게요."

경운은 식모에게 이르고 송 여사와 함께 거리로 나왔다.

"꼭 가시고 싶으세요?"

"두말 말고 날 좀 데려다 줘요. 꿈이 하두 역력해서 그러는 거야."

경운은 송 여사와 동행하리라고 결심하였다. 아무 때라도 알고야말 일이며, 송 여사도 이미 무엇인가를 눈치채고 있는 까닭이었다.

'엄마랑 언닌 펄쩍 뛰겠지만 차라리 나로선 잘된 거야.'

자기가 추진하는 일에 언제나 자신을 갖는 경운은 망설이지 않고 시외 정류소로 가서 버스에 올랐다.

"아주머니, 걸으실 능력 있으세요? 언 땅을 오 리나 걸어가야 해요."

"남들 다 가는 길인데 난들 못 갈라고."

"하기야 그렇긴 하지만요."

"어머니가 가신 지 오랜가?"

"한 열흘 되요."

"원, 저런!"

송 여사는 딱하다는 듯이 혀를 찼다. 그러면서도 결코 상세를 묻지는 않았다.

'가엾은 어머니, 외아들을 잃고, 그래도 일루의 희망을 어디다가 붙이고 사는 것일까?'

그러한 비통을 품고 살면서도 본시 육덕이 좋은 편이라 부연 살결이 제법 토실토실한 송 여사의 곁 모습을 바라보면서 경운은 어떻게 하면 저들에게 기쁨을 줄 수 있을까를 생각하였다.

'저들에게는 풍부한 재산이 있다. 오직 귀한 것은 그들의 생명을 이어갈 또 하나의 생명인 것을…….'

송 여사는 시름없이 시선을 창 밖으로 보냈다. 그의 가슴에서는 일만 가지의 상념이 뒤범벅이 되어 있으련만, 자그마한 입을 꼭 다물린 채로 단정하게 앉아서 흔들리는 그의 틀스러운 몸집에서 경운은 이때까지 느끼지 못하였던 친절감과 위엄을 깨달았다.

"뜻밖에 여행을 하시게 됐군요?"

경운은 차 소리를 이기려고 그의 귀 가까이에서 말하였다.

"댁에서들 기다리시겠네요."

"난 맘을 먹고 왔기 땜에 괜찮아. 어쩜, 좀 늦어질 거라고 했으니깐."

"제가 모시고 오지 않았드람 우실 번하셨죠?"

"나 혼자라두 오고야 말걸. 사실은 경운이만 있을 줄 알고 길이나 물으려고 온 건데."

"운이 좋으셨군요."

"홍, 글쎄."

송 여사는 시쁘장하게 코대답을 하였다. 그러나, 지조(自嘲)일지언정 모멸은 아니라고 경운은 방그레 웃음마저 띠었다.

"어젯밤 꿈 얘기나 들려주세요. 저랑 버스 타는 꿈이었나요?"

"버스가 아니라, 배타는 꿈이었지. 이따가 길 걸을 때 얘기하리다."

"길 걸을 땐 입이 얼어붙을 텐데요."

"하하. 아이구, 경운은 언제나 익살이거든."

송 부인은 얌전스럽게 웃었다. 경운은 그의 미소에 만족하면서

"아주머니, 해몽가루 나서세요. 아주머니처럼 꿈의 영효(靈效)를 보시는 분도 드물 게 아니에요?"

하고 또 능청을 걸었다.

"하하, 나두 그럴 생각이야. 하하. 우숴 죽겠네."

그는 파안대소하였다. 경운도 명랑한 소리를 내면서 웃었다.

이러는 동안에 어색했어야 할 그들의 여행은 화기 속에서 어느 덧 끝났다.

"이제부터 고행이 시작되는 거예요."

경운은 신작로에 내렸다. 기다렸다는 듯이 거센 바람이 휙 몰아치면서 송 부인의 두루마기자락을 거들 쳤다.

"목도리로 머리를 감으세요. 오늘은 별나게 바람이 더 차군요."

경운은 송 여사의 목도리를 올려 주면서 그의 팔을 부축하여 지름길로 내려섰다.

'언뜻 보면 덜렁이 같은데, 어쩌면 이렇게도 알뜰하고 자상한가?'

송 부인은 향운을 생각하였다. 맺고 끊은 듯이 외모나 성격에 빈틈이 없이 아름답고 정숙한 처녀 향운!

그런데, 경운은 허술한 데가 있을 것 같으면서도 매몰차고 다부져서 자신이 손해볼 짓은 아예 하지도 않을 것이다.

그러면서도 관대하고 여유 있고 활발하여서, 제가 할 말은 다 해버리는 데도 상대편에게 불쾌한 감정은 주지 않고, 오히려 웃음으로 끌고 가는 것이 아닌가.

'이런 융통성이 있는 며느리나 얻어 보았으면.'

송 부인은 움칫 놀랐다. 아들이 없는 주제에 욕심만이 생생하여서…….

'향운이처럼 유순하고 덕스러운 며느리를 놓친 신세가 염치두 없지.'

송 부인은 자기의 공상에 잡혀서 발이 시린 것도 감각하지 못하는데

"아주머니, 발을 이렇게 굴러 보세요."

하고 경운이 쎄미힐의 구두를 딱딱 굴러 보였다.

"난 솜버선이라 괜찮아."

좁은 논두렁에서는 앞뒤로 서고, 약간 넓은 데서는 나란히 걸어갔다.

"인제 꿈 얘기 해 보세요."

경운은 잊지도 않고 또 채근하였다. 그렇지도 않고서야 이 을씨년스러운 보행(步行)이 너무나 처량하다고 느꼈던 까닭이었다.

"꿈엔 말야, 내가 갤 데리고 한강에 갔다는데 여름이었어."

"그래서요?"

"보트를 탔단 말야. 저랑 향운이랑 나랑 셋이 타구선 중간만큼 저어갔는데, 별안간에 비가 쏟아지더니만 폭풍이 냅다 갈겨서 배가 발딱 뒤집혔군 그래."

"어쩌나! 그래서요."

"그랬는데두 꿈에나 지금이나 지지리두 모진 목숨이던가 봐. 난 배속에 여전히 가만있고 걔만 퐁당 물에 빠졌어."

"언닌 어떻게 되구요?"

"글쎄, 향운이가 간데 없구먼."

"흐흠, 그래서요."

"걔가 물 속을 갈고 다니면서 향운일 찾는데두 없으니깐 날더러 어머니, 향운이 찾으세요! 허고 악을 쓰는데 그만 펄쩍 꿈을 깼지 뭐야?"

송 부인은 아쉽고 쓰라린 한숨을 후루루 내뿜었다. 경운의 가슴도 싸르르 칼로 베는 듯이 아팠다. 꿈이란들 깨닫고 나서 얼마나 허무하였을까를 추측하는 것이다.

"깨고 나니깐 가슴이 떨리고, 걔의 악쓰는 소리가 너무도 선해서 견딜 수가 있어야지."

송 여사의 목은 잠기고 장갑 낀 손이 눈으로 갔다.

"왜 안 그러시겠어요."

"그래 그냥 미친 듯이 뛰어왔지 뭐유."

"아무튼 잘 오셨어요."

경운은 그의 슬픈 감정에 함께 젖어들면서 고요히 말하였다.

'이분들에게 반드시 영광이 돌아가도록 힘써야겠다.'

경운은 이모 집까지의 마지막 구비인 등성이 모퉁이를 지나가며 다시 한 번 스스로 다짐하였다.

"아주머니, 다리 아프시죠?"

"아냐. 뭐가 어떤지두 잘 모르겠어."

"아주머니."

경운은 향운의 해산을 그에게 미리 알리는 것이 좋을까 싶어서 송 여사를 불렀으나 이내 생각을 돌이켰다.

'그야 어머니들이 하실 노릇. 나는 다리만 놓아드리면 되지 않느냐?'

그들이 난순 여사의 집에 들어섰을 때 마침 김여사는 부엌에 나와 있다가 먼저 경운을 보고 반색하였다.

"어마! 네가 웬일이냐? 그래 동운인 공부 잘 허고?"

"네. 어머니, 자, 여기 귀한 손님……."

경운은 뒤를 따르는 송 부인의 등을 받들어서 어머니에게 내세웠다.

"아유, 어쩐 일이셔?"

김여사는 얼결에 부르짖었다. 기계적으로 송 여사의 두 손을 잡으면서도

'이 소갈머리 없는 기집애가 어쩌자고 데리고 왔을까?'

하는 짜증이 당황한 언동에 배어 나오는 것만 같았다.

"추운데 어떻게 여길 다 오셔요?"

김여사는 자연히 긴장해지려는 심기를 달래면서 또 한 번 그의 손을 흔들었다.

"막 떠나려는데 오셔선, 자꾸 같이만 오시겠다기에 그냥 모시고 온 거예요."

"내가 마구 졸라댔거든요."

송 여사는 불청객이 자래(自來)한 자신과 경운의 입장을 밝혔다.

"어머나, 여길 다 오시고."

두어 번 면식이 있는 난순 여사도 송 부인을 반갑게 맞았다.

"우린 이렇게 너절하게 산답니다. 어서 올라가셔요. 언니가 모시고 안방으로 가시지."

난순 여사만이 진정으로 명랑하게 보였다.

"오 리나 걸으시기에 혼나셨겠네요."

김여사는 송씨를 안방으로 안내하여 들어가고 경운은 부리나케 향운에게로 갔다.

"소문도 없이 오니?"

향운은 오랜만에 만나는 경운의 손을 쥐었으나 경운은 아가에게로만 눈이 갔다.

"어디 보자. 야, 아주 자알 났구나! 욱이랬지? 욱아! 어디 어디?"

경운은 아가를 익숙하게 안아서 어르다가 그제야 향운에게로 머리를 돌렸다.

"언니. 여러 모로 수고 많이 했수. 그런데 말야, 애 할머니가 저기 오셨다우."

경운은 아가를 자리에 눕히면서 대수롭지 않게 말했다.

"희준 씨 어머니가 오셨단 말예요."

"그래?"

향운은 뺨이 왈칵 붉어졌다. 그러나, 다음 순간에 그는 태연하게

"그럼 왜 여긴 안 오시니?"

하였다. 착 가라앉은 목소리였다.

"점심 잡숫고 오셔도 되지 뭐."

경운은 여기 오게 된 경로를 향운에게는 송 여사의 꿈 얘기까지 곁들여서 알렸다.

"정말 가엾은 분들이야."

경운은 아가의 볼을 두 손가락으로 쥐어보면서 녹아나는 듯하게 중얼댔다.

향운은 꺼질 듯한 한숨을 가슴이 불룩하도록 길게 내뿜는데 밖에서 여러 개의 신발소리가 나고 김여사를 따라 송 여사와 난순 이모가 들어섰다.

김여사는 안방에서 조용한 틈을 얻지 못하였을 뿐 아니라, 여러 말로설명을 하느니 차라리 엄숙한 현실을 보여주리라고 용기를 얻어 이리로 온 것이다.

"자, 우리 향운이 아들 보셔요!"

영문모르는 난순 여사는 여기서도 맘껏 떠들었다.

"자, 누굴 닮았나 봐주세요! 그래."

그는 아가를 안아들고 송 여사에게 보이며

"아버질 닮았습니다 그래."

하고 혼자서 자문자답하였다.

아가를 바라보던 송 여사의 얼굴은 점점 핏기를 잃어갔다. 필시에 해산을 하였으리라는 추측으로 꿈을 빙자하여 여기까지 온 것이나, 막상 아가를 보고 있으려니 눈앞이 아물아물하면서 머리가 아찔하였다.

영아(嬰兒)답지 않게 부여스름한 살이 포동포동한 뺨이며, 뚜렷한 윤곽이며, 새까만 머리털이 나풀대는 훤칠한 이마가 그냥 바로 희준의 아가적 그대로이기 때문이었다.

'이럴 수가 있나? 원 아무리 그렇다고 이렇게 같을 수가 있나?'

깜박 핑그르르 돌아가는 정신을 겨우 수습하면서 송 여사는 자기의 새로운 혈육을 주목하였다.

"어때요? 꼭 아버질 닮았죠?"

난순 여사의 강요하는 물음이 귓전에서 아득하였다.

"네, 아무렴요. 천연 제 애빈걸요."

송 여사의 신음처럼 대답하는 말소리와 그의 창백한 안색을 살피던 경운은

"아이, 아주머니두 꽤 수다야. 어느새 어떻게 안다고 야단이실까? 아주머니 거기 차지 않아요? 일루 오세요."

하고 송 부인의 팔을 잡아 향운의 곁으로 끌어당겼다.

"아주머니, 점심 안 주세요? 전 배고파요."

"참, 그렇겠구나."

난순 여사는 그제야 아가를 내려놓고 일어섰다.

"찬이 없어 어쩌나? 그렇지만, 시굴이니 할 수 없지. 그럼 나중에들 건너오세요."

난순 여사가 나간 후에 송 부인은 새삼스럽게 아기를 들여다보았다. 쌕쌕 잠이 들었던 아가는 눈을 뜨고 있었다.

"원 저런! 눈이랑 영락없지. 쯧쯧."

송 여사는 입 속으로 뇌었다. 눈물이 주르르 흘렀다.

"일이 이렇게 공교스럽게 됐군요."

김여사는 죄인인 양 사죄하는 말투로 조용히 말했다.

"말을 다 하자면 억장이 무너지는 걸요. 그저 무사히 애길 건졌다는 게 천행이라 할까요? 다 찬영의 덕이죠."

띄엄띄엄, 그러나 다부지게 김여사는 소회를 폈으나, 송 여사는 잠잠히 눈물만 닦고 있었다.

향운도 콧물을 훌쩍이고 있었다. 송 여사는 방울방울 눈물을 떨어뜨리는 향운을 보자 눈을 스르르 감았다. 그는 그대로 조용히 말했다.

"난 지금 감사하는 맘으로 가득 찼다. 네게, 하느님에게, 그리고 찬영이랑 너의 어머니랑 모두에게 감사를 어떻게 드려야 할는지. 그저 누구라도 붙잡고 내 자식 여기 있노라고 외치고 싶고 자랑하고 싶은 맘으로 터질 듯만 하다. 너는 내 은인이야. 그런데 눈물을 흘려서야 되겠니?"

경건한 뺨에는 눈물이 흘러내렸다. 그는 기도하듯이 말하고 나서 눈을 떴다. 그 눈은 바로 아가에게로 쏠렸다.

"여기 이렇게 생생한 희준의 몸덩이가 누워 있는데……."

그의 얼굴은 아가의 위에 바짝 덮여 갔다. 그리고 두 손으로 아가의 몸을 소중하게 잡았다.

"절망에서 생겨난 새싹이야. 멸망이 던져 준 광명이란 말이다. 아아, 하느님 고맙습니다. 감사합니다."

송 부인의 머리가 탁 꺾이며 참았던 흐느낌이 가늘게 터졌다. 김여사도 경운도 모르는 결에 흐르는 눈물을 닦으려고 하지 않았다.

"어머니 진정하세요."

먼저 향운이가 입을 열었다. 나지막하나 뼈가 있었다.

"어머니 말씀마따나 절망에서 생겨난 새싹이에요. 새싹은 자라기 마련이니깐요. 모두들 축복해 주셔야겠어요."

송 여사는 울음을 멈췄다. 그리고 서서히 머리를 들어서 향운을 보았다. 향운은 아가의 눈을 내려다보고 있었다. 모두의 시선이 그리로 몰렸다.

'난 향운의 눈매인 줄만 알았는데, 희준의 어릴 때 눈이라니. 아냐, 걔들은 서로 비슷한 데가 있었어.'

검다 못하여 새파랗게 보이는 눈동자를 꿈속처럼 고정(固定)하고 있는 아가의 눈을 바라보며 김여사는 그러한 생각을 하고 있었다.

"어서들 건너오시래요."

향운의 밥상을 들고 온 식모의 전갈로 그들은 안방으로 갔다.

점심 후에 송 부인은 난순 여사가 없는 틈을 타서 가슴에 서려 있는 의혹을 하나씩 풀어 갔다.

"어떻게 된 셈인가요? 물론 저 댁에선 모를 테죠."

"그럼요. 내용이 이렇게 됐답니다."

김여사는 자초지종을 다 얘기하였다.

찬영과 향운은 희준으로 인하여 서로 숙면이었으나, 낚시질 가는 길에서 우연히 만났다는 것. 집이 가깝기 때문에 자주 접촉이 있었고, 향운이 희준의 애인이라는 데서 찬영의 관심이 각별했다는 것과 경운이 향운의 일기를 보고 궁리한 끝에 찬영에게 비밀을 설파하는데 이르러서는

"원 저것 봐! 매사에 당돌하기두 하지. 그러면서두 속이 꽉 차서 실수가 없고."

하고 송 여사는 탄복하였다. 그리고 김여사가 향운에게 타태를 권하였으나 희준의 생명을 절종할 수 없다고 한사코 거절하였다고 하자 송 부인은

"아이, 하는 짓마다 음전하기두 하지. 그때 그랬드람 영영 무후(無後)하고 말고요. 그러지 않아두 죄가 들이차서 온갖 형벌을 다 받는 우리 집안에서……."

하며 안색을 변하였다.

"댁에야 무슨 그런?"

"아닙니다. 우린 보복을 받고 있는 걸요. 아이, 아슬아슬해라."

송 부인은 소름이 끼치는 듯 몸서리를 쳤다.

"향운이까지 그 죄를 저질렀더람 어쩔 뻔 했누? 아이구, 향운인 이래저래 내 은인이야. 하느님 맙시사."

"아니 무슨 일이 있어요?"

김여사는 자기의 보고보다는 송 여사의 돌연한 태도에 더 주의가 갔다.

"나중에 차차 얘기해 드리죠. 우선은 하시던 얘기나 마저 들려주세요."

김여사는 말을 계속했다. 찬영이 경운의 호소에 즐거이 응하여서 그 밤으로 정 목사 내외에게 향운과의 교제가 오래되어 임신까지 하였다는 사실을 밝혔고, 부모는 처음에 노발대발했으나, 최 여사의 아들을 사랑하는 맘씨에서 무사히 혼례식을 치렀으며, 해산에 있어서도 시어머니의 정성이 대단하다는 것을 자랑 비슷하게 말했다.

"고맙기두 하지. 모두가 하느님의 은혜죠. 그리고 사랑이 제게서 난다는데 도척인들 향운이야 싫단 사람이 있겠어요? 시부모님두 향운이가 맘에 꼭 들었기에 그만큼이나 된 거예요. 그저 모두가 다 향운의 덕이죠."

송 여사는 말 끝에서마다 혀를 차고 한숨을 쉬어가며 감탄하면서 모든 것을 다 향운에게로 돌렸다.

"목사님두 오시지만 않지 지성은 더 드리고 계시데요. 벌써 몇 번째나 돈이네, 음식이네가 온지 모르는 걸요."

"아이, 감사해라. 그래 언제까지 여기 있을 예정인가요?"

송 부인은 감격의 눈물을 손끝으로 찍어내며 물었다.

"집안에서야 이해하지만 남의 이목이 있으니깐 아가가 웬만큼 자라서 남들이 꼭 달수를 못 알아차릴 때까진 객지에서 키워야 한 대요."

"쯧쯧, 가엾어라! 그 귀한 목숨을 버젓하게 못 내놓고 응달에서 자라나다니! 원 어떻게 딴 도리가 없을까?"

"그래서 정 서방이 부산으로 가려고 해요."

"부산으로요? 애를 데리고요?"

"그럼요. 얼마 안 있음 졸업 아닙니까? 사실은 미리 서울 건축설계사무소에 취직 예약이 돼 있는 걸 멀찌감치 떨어져 가겠다고 부산으로 운동을 했어요."

"그래 꼭 가게 되나요?"

"자세인 못 들었지만 아마 갈 걸요. 그 사람은 사방에서 욕심 낸다나 봐요."

"부산으로요."

송 부인은 다시금 뇌이며 쓸쓸한 빛을 띠었다. 귀중한 손자가 그늘에서 자라는 것도 애절하게 불쌍한데, 그나마 먼 남쪽 항구로 가버리다니 그의 가슴은 어느 덧 바닥이 메어지고 찢기는 듯이 아팠다.

"어떻게 못 가게 할 도리가 없을까요?"

"가는 게 더 낫지 않을까요? 거기서나마 활발허고 당당하게요."

김여사는 오히려 신이 나서 부산에 가는 것을 강조하였다.

"부산에 안 가고두 버젓하게 자라날 수가 없을까?"

송 여사는 혼잣말처럼 중얼거리면서 머리를 내리고 무엇인가를 궁리하고 있는 듯 한동안 잠잠하다가 문득

"서울엔 언제 오실래요?"
하고 얼굴을 들었다.

"오늘이 열흘이니깐 두 이렛날은 갈래요. 이러고 있으니깐 서울 일두 말 아니군요."

"그럼 그때 가서 자세한 얘길 하겠어요."

이들이 대화하는 동안 경운도 향운의 곁에 뒹굴면서 끊임없이 속삭였다.

"언니! 더 예뻐졌구료."

"기집애. 또 장난이 나오는군."

"장난은 무슨? 지금이 어느 때라고."

경운은 발딱 일어났다.

그의 긴장한 표정에 향운도 웃음기를 걷었다.

"아까 언니가 안국동 아주머니에게 말이지."

향운은 누운 채로 경운의 선연한 입술을 쳐다보았다.

"어머니 진정하세요. 새싹은 자라기 마련이니깐요. 모두들 축복해 주셔야겠어요. 그렇게 말할 땐 정말 성스럽고 엄숙했어요. 그리고 숭고하리만큼 아름다웠어요."

경운은 향운의 음성 흉내를 내가면서 자기의 감격을 덧붙였다.

"벌써 언니에겐 모성으로서의 자세가 있어요. 그리고 모성으로서의 용기랄까 그런 각오까지가 늠름하게 서 있는 걸요."

"……."

"물론 언니야 외유내강한 천질이 있긴 하지만, 오늘의 언닌 정말 경건하리만큼 맑았어요. 후광이 서릴 듯이 말야. 그러니, 더 예뻐졌달 수밖에."

"어쨌건 고맙다."

향운은 짤막하게 치사하며 일어났다.

그는 아가의 기저귀를 갈아주면서

"난 행복이야. 너처럼 총명한 동생을 가져서 얼마나 도움이 되는지 몰라." 하고 진실하게 가슴을 털었다.

"어떤 땐 막연하게, 앞일이 어떻게 되려나 걱정해 보다가도 경운이가 있다고 생각하면 그냥 마음이 턱 놓이면서 힘이 생기는 거야."

"호호. 이거 내가 위인이 되는 거 아니우?"

경운은 밝은 웃음소리를 내고 나서 정색이 되었다.

"내가 되려 언니께 감사해야겠네. 이 세상에서 자기를 알아주는 분이 제일 고마운 분이라고 이 선생님이 그러시던데 언니가 날 그만큼 인정해 주니 말야."

해산 후에 더욱 깨끗하여진 살결로, 투명하도록 아름다운 향운을 바라보며 경운은 다시금 어조를 부드럽게 하였다.

"언니, 이왕 만난 김에 물어 볼래요. 언니께 무슨 좋은 복안이라두 있는지 말야."

"복안이라니?"

"그럼 취소하겠어. 아직은 언니가 무감각으로 있는 모양인데."

"아가의 일 말이지?"

"응."

"난들 무감각이야 하겠니?"

"그리게 말유."

"그저 이런 저런 공상만 뒤얽는걸."

"난 오늘 아가를 보면서 감개무량했어요. 이 천사 같은 모습에서 복잡하게 얽히는 뭇 사람의 시선을……. 뭇 사람이래야 다섯 사람뿐이지만 각각 다른 의미에서 아갈 보게 되니깐요. 게다가, 정 목사 내외분이랑 형부까지 합치면 아가가 너무나 무겁게 느낄까봐 가엾어져요."

얘기의 억양이 처량하게 오르고 내렸다. 향운도 처연한 기색이었다.

"네가 그럴 때, 나야 오죽 할까?"

"그렇고 말고요. 그야말로 난 언니의 몇 분의 일밖에 더 될라고. 그런데 말유. 지금은 이 방구석에서 강보유아를 가지고 맴도는 생각뿐이지만, 세월이 흐르고 아가가 커감에 따라서 이런 농도는 더 짙어갈 거만 같아요."

"경운아. 시원스럽게 네가 말해 봐!"

향운은 경운의 손목을 잡아끌며 눈에 빛을 냈다.

"나라고 무슨 시원스런 말을 할 수 있겠어요? 난 제일 중요한 '키'를 쥐고 있는 사람이 송 부인이라고 생각해요."

"나두 막연히 그럴 거라는 생각은 해 봤지만."

"그런데 말야, 종진이 말이 우습지. 엄마가 아가에게 무관심하다고…"

경운은 피식 웃었다. 향운도 방싯이 웃음을 띠었다.

"아냐. 정말 어머닌 아갈 싫어하시는 거 같애. 정면으로 잘 보시지두 않으셔. 하기야 무슨 경황이 있을까마는."

"그러니깐 종진이 말이, 애 할머니랑 엄마가 대조적이래요. 정 목사 부인은 어쩔 줄 모르게 좋아하고 엄만 시들하게 여긴다고. 그러니, 여기다가 그 심각하고 처절한 송 부인의 소회까지 겹치면 어떻게 되죠? 그러니 아가가 무거울 수밖에 요."

향운은 말없이 가느다란 한숨만을 뽑아냈다.

"언니, 이런 얘기 있지 않아요? 좀 진부한 일례 같지만 '솔로몬의 지혜'라고."

뭐냐는 듯이 향운이가 수심에 젖은 눈을 들었다.

"두 여인이 함께 아이 하나씩을 안고 한방에서 잠을 잤는데, 갑자기 한 쪽의 애가 죽었어요. 그러니깐 그 여인이 죽은 애를 산 애하고 가만히 바꿨거든요. 일어나 보니깐 한 쪽의 엄마가 오죽이나 기막히겠어요? 자기 아인 저 쪽에 있고, 저 쪽의 죽은 애가 일루 왔으니 말야……."

"그야……."

"그래 자기 아일 달라니깐 저 쪽 여인이 딱 잡아뗀단 말이죠. 아무리 갖은 증걸 대두 막무가내 한단 말야. 그래서 싸우다 못해 솔로몬 왕에게 가서 호소를 했거든. 부디 진과 부를 가려 달라구요. 그러니깐 왕이 한참 생각하다가 둘이 다 자기 아이라니 낸들 어쩔 도리가 없다. 이 아일 두 쪽으로 짜개서 나눠 가지는 수밖에 없으니, 빨리 칼을 가져와서 이 아가를 쪼개라고 부하에게 명령을 내렸어요."

"쯧쯧, 저걸 어째!"

"그러니까, 한 쪽 여인은 '옳습니다. 그렇게 해 줍시사' 그러고, 한 쪽의 여인은 새파랗게 떨면서 '제발, 제발 아갈 저 여인에게 내 주십사'고 했거든요."

"그럴 거야."

향운도 새파래져서 고개를 까딱거렸다.

"그게 '솔로몬의 지혜'로 진짜 엄말 가려냈다는 얘긴데, 그런다고 우리의 경우와는 관계가 없는 일이죠. 다만, 어머니의 심리랄까, 어머니의 간절한 사랑을 말해보고 싶어서 끌어낸 거예요. 그야말로 피는 물보다 진한 거니깐 송 부인의 심정이 제일 지극할 거라는 거죠."

"그야 말해 뭘 하니?"

향운은 얼굴빛을 고치면서 얼른 대꾸하였다.

"그러니깐 열쇠는 안국동 아주머니에게 있다는 거죠. 어마! 언니! 어디 아파요?"

경운은 점점 창백하여지는 향운의 안색과 흐릿하여지는 향운의 눈청을 바라보면서 그의 무릎을 흔들었다.

"내가 잘못야. 인제야 열흘인데, 그런 심각하고 복잡한 문젤 끌어냈으니 말야. 자, 언니 좀 누워요. 아니, 포도주를 좀 마시고 나서 누워요."

그러는데 밖에서 어머니들의 몰려오는 발소리가 났다.

# 징검다리

하루만 비어도 여자 혼자 벌어먹는 살림에 구멍이 날 텐데, 꼭 반달을 버려 두었으니 아무리 경운이와 식모가 집안닦달을 잘하였다손 치더라도 수입 면에 있어서는 뚜렷하게 적자가 나타났다.

김난숙 여사는 그제와 어제 이틀 동안 밀린 뒤치다꺼리를 하느라고 동서로 분주하게 쏘다녔다.

아가의 두 이레가 되는 삼십 일을 지나고 그 밤으로 서울로 올라왔다. 다음 날이 그믐이기 때문에 꼭 자신이 필요하였던 것이다.

"아이, 아주머니가 오시니깐 살 것 같네요."

식모도 물을 만난 물고기처럼 꼬리를 치며 좋아하였다. 경운이가 어른답게 잘하지만, 웬일인지 불안하기만 하더라는 것이다.

'그러니, 여자라도 주장이 없으면 이 모양인데, 십 년 남짓을 바깥주인 없이 살아오는 집안 꼴이 오죽할까?'

김여사는 피곤한 다리를 따뜻한 처네 속에 묻으며 시계를 보았다. 아홉 시 사십 분이었다.

경운은 오랜만에 해방이 되었다고 일찌감치 외출하였다. 김여사는 지금 희준의 어머니를 기다리고 있는 것이다.

시흥에 왔을 때 김여사는 이 주일만 채우고 갈 것을 말하였고, 송 여사는 초이튿날 오전에 오마고 한 것이다.

김여사는 몸을 비꼈다. 그 동안에 겹친 피로가 노작지근하게 전신에 퍼져서 눈이 스르르 감겼다.

잠깐 눈을 붙였을까 하는데 식모가 손님이 왔다는 것을 알렸다.

"오늘은 이렇게 한가하시네 요."

송 부인은 과자상자를 끼고 대청으로 올라오며 밖에서 조간조간 말소리를 냈다.

"아유 어서 오세요. 깜박했던 모양이야. 입때 기다리던 보람두 없이……."

김여사는 펄쩍 미닫이를 열고 송 부인을 모셔 들어갔다.

"이건 경운이나 주세요."

송씨는 상자를 윗목으로 밀었다. 김여사는 눈을 거기에 주며

"어린앤가요? 저런 건 왜 사오시지?"

하고 치사한 후에

"한가요? 호호, 일부러 기다리고 있는 거예요. 그후 소식에 좀이 쑤셔서요. 어서 일루 앉으세요."

하면서 송 부인의 손을 끌어 아랫목으로 앉혔다.

"경운인 어디 갔어요?"

"제 동무네 집에 갔다가 거치 도서관에 간다나요? 해방이 됐다고 활개를 치면서 나갔답니다."

"하하. 그럴 테죠. 그래 향운인 여전히 산후가 좋구요?"

"그럼요. 나 오던 날 정 서방두 내려갔으니깐 적적하지두 않을 게고."

"애긴요?"

송 부인의 어조가 은근하게 가라앉았다. 표정마저 간절하였다.

"무럭무럭 달라져요."

"이름이 욱이랬죠? 찬영이가 지었다고요."

"네. 손수 지었대요. 항렬두 안 따르구요."

송 부인은 머리를 까닥거리면서 눈을 깔았다. 무겁게 누르는 어떤 감회를 지그시 견디고 있는 듯하였다.

"편히 앉으세요."

김여사는 민망하여서 그의 무릎에 손을 대며 얼버무렸다.

"사실은 희준이 아버지두 애길 보고 싶어서 견딜 수 없지만, 자긴 꾸욱 참겠대요."

"부디 참으셔야만 할 까닭두 없죠."

"왜요? 까닭이야 있죠."

송 부인은 다시 눈을 떨어뜨렸다. 김여사는 이때를 놓치지 않았다.

"참, 접때 시흥에서 미룬 얘기 있죠? 서울에 와서 하시겠다고 하셨지."

단순한 넋두리만이 아니던 송 부인의 탄식에서 김여사는 무엇인가를 느꼈고, 끝내 그것은 김여사의 호기심을 키워왔던 것이다.

"얘기래야 뭐……."

흥분이 가라앉은 지금에는 쉽사리 말문이 열릴 성싶지 않았다.

"아가 보고 싶으시면 시흥에 가셔서 보실 거지, 왜 참으시겠대요? 까닭이 있으시다니 무슨?"

김여사는 다시금 반문하였다. 그 도리밖에 없다는 생각이 들었던 것이다.

"염치가 없나부죠."

빈정대는 듯이, 던지듯이 송 부인은 툭 내뱉었다.

"염치라구요? 호호, 무슨 말씀을……."

"그럴 일이 있긴 한 모양이죠."

송 부인은 남의 말인 양 냉정하게 받아넘겼다.

마침, 분부한 차가 들어왔다. 김여사는 쟁반을 받아 찻잔을 집어서 송 부인에게 놓았다.

"아침인데두 커피가 아니랍니다. 경운이가 작년부터 커피 배척이거든요."

"매사에 철저하군요."

"갠 그런 데가 있긴 해요."

김여사는 경운이가 이 교수와의 교제를 철저하게 딴 방향으로 돌리고 있는 것을 추측하면서 그렇게 대답하였다.

"겪어 볼수록 정이 들던데요. 따님들 다 잘 두셨지."

"동운인 그럼 가엾게? 호호."

"동운이야 어릴 때부터 유명한 아이 아닌가요? 그릇이 크다고들 어른들이 점찍어 놓은 앤 걸요."

"삼 남매가 다 잘났단 말씀이죠? 그렇담 내 팔잔 희한하게 좋은 셈이게?"

"그러시다마다에요? 아마 댁에서들은 적악을 하지 않으셨던가 보죠? 여경(餘慶)이 빛나니 말예요."

"아이, 누군 적선을 했나요 어디?"

김여사는 겸사하였으나 과히 싫지 않은 기색이었다.

"그렇지 않습니다요. 인과란 꼭 있더군요. 첫째, 우리 집을 보세요. 외아들 하나를 눈결에 잃고 만 것 보세요."

"그야 어쩔 수 없는 희생이었죠. 댁에 뿐입니까? 이래저래 근 이 백 명이나 되는 걸요. 다 즐겨서 국가에 몸을 바친 셈이죠."

"어쨌거나 횡사는 횡사죠."

송 부인의 안색이 파랗게 질리면서 입술이 가늘게 떨렸다.

"다른 방법으로도 국가엔 얼마든지 공헌할 수 있지 않아요?"

송 부인은 힐책하는 눈으로 김여사를 쏘았다. 김여사는 대답할 바를 몰라서 부드럽게 마주보기만 하였다.

"다 업보의 탓이에요. 인과란 무서운 거죠."

송 부인은 자문자답에 스스로 말투를 누그러뜨렸다.

"이왕 말이 나왔으니 맺혀 있는 멍어릴 풀어야겠어요."

송 부인은 남아 있는 불그레한 액체를 마저 마셨다. 김여사는 그의 입을 주목하였다.

"우리 영감에게 과거가 있었더랍니다. 나두 이날까지 까맣게 몰랐죠. 그랬는데 작년에 희준의 시체 앞에서 통곡하다가 그 끝에 나를 붙잡고 미친 듯이 토설해 버리더군요."

"저런! 그랬어요?"

김여사는 말꼬리를 길게 빼면서 미간을 살짝 접고 딱하다는 표정을 하였다.

"그땐 자기 정신이 아니던 모양이죠. 환장이 되니깐 서리서리 뭉쳤던 비밀이 터져 버리데요."

김여사는 무엇이라고 말수받이할 엄두가 나지 않아서 눈으로만 다음을 재촉하였다.

"영감이 지금은 그렇게 몸이 비대하지만, 청년시절엔 체격이 늘씬허고."

"희준이도 그랬잖아요?"

"그럼요. 꼭 희준이 같았죠. 호리호리하면서 아주 멋지고, 게다가 야구꺼정 했더래요. 그래서 처녀들 새에 인기가 굉장했다더군요."

"그러시겠죠."

김여사는 어색하지 않게 짤막짤막 응수해 갔다.

"그런데다가 좀 호협하기두 해요. 작년부턴 정말 부처님이 됐지만 전엔 가끔씩 딴 눈을 팔 적두 있었어요."

"호호."

"그러니 총각 때야 오죽했겠어요? 외아들에다가 재산은 있겠다, 맘껏 호사를 했던가 부죠. 그러니깐 이쁜 색시들이 줄줄 따라다녔대요."

"원!"

"그런데 그 중에 기막힌 미인이 있었드래요. 모든 조건을 구비했다나요? 그이 말루 천장배필 감이었대요."

"……."

"둘이선 맘두 꼭 맞았던가 봐요. 잠시두 떠나질 않고 꼭 붙어 다니면서 어디 안 간 데가 없었대요. 그러면서 서로 가슴만 태웠던가 부죠?"

"결혼하심 될 텐데요?"

"그게 조건이 틀리니깐 그렇죠."

송 부인은 잠시 말을 끊고 입을 다물었다.

"무슨 조건인데요?"

거듭 묻는 김여사에게 송 부인은 난처한 기색만 보였다.

"참, 이거나 잡수신 담요."

김여사는 빽빽한 분위기를 깨뜨리려고 그가 가져온 과자상자를 터뜨렸다.

"어쩌나! 뭘 이렇게 많이?"

그득하게 담긴 것은 색채도 곱고 모양도 다채로운 생과자였다.

"아줌마! 차 좀 더 가져와요?"

김여사는 미닫이 밖에 머리를 내밀어서 식모에게 이른 후에 과자 합을 꺼내서 고루고루 담았다.

"그만두세요. 아이들이나 주시지."

"하나만 들어보세요. 그리고 뜨거운 차랑 마시시구선 얘기나 마저 들려주세요. 아주 재미있어요."

"흠."

송 부인은 부정하듯이 코웃음 비슷한 한숨을 짧게 뱉었다.

그는 더운 차로 목을 축인 후에 얘기를 계속하였다.

"두 사람의 사랑을 막는 악조건이 뭐냐 하면 그들이 친척이란 거죠."

"저런."

"친척두 먼 촌이 아니라 가까웠거든요."

김여사는 차마 몇 촌끼리냐고 묻지 못하고 하회만 기다렸다.

"그러니 어떻게 혼인이 돼요? 벙어리 냉가슴만 앓았지, 발설도 못하군 애정만 점점 깊어 갔던가 봐요."

"그렇겠죠."

"그러니 한창 물이 오른 나이에 밤낮 붙어 있으니 어떻게 되겠어요?"

"……."

"아무리 서로 버티긴 했지만 기어코 넘어선 안 될 경계선을 돌파했군요."

"저런!"

김여사는 모르는 결에 안타까운 소리를 넣었다.

"그러니, 그 결과가 좋았으면야 무슨 별일 있었겠어요? 그런데, 불행인지 다행인지 색시가 떠억 임신을."

"어쩌나!"

"그렇게 되니깐 둘이의 정은 더 뗄 수 없게끔 밀접하겠지만, 어디 체면이 서야죠?"

"그야……."

"어떻게 보면 임신이 다행이었는지두 몰라요."

"아무런들 다행이야 될까요?"

"그랬기에 일찌감치 결판이 났지, 안 그랬더람 총각 처녀 평생 시집 장가두 못 가게요?"

"아이, 아무런들……."

"아무런들이 뭡니까? 평생을 장군 멍군하고 바라보고 있을 만큼 정리가 찰떡 같았더래요. 그러다가, 다 늦게야 병통이 나 보세요. 그땐 더 수습할 수 없는 곤경에서 망신하기 마련이죠."

송 부인은 과거를 술회하는 것보다는 남편의 비행을 비평하는 태도로 조목조목에서 해설을 덧붙였다.

"그래서 어떻게 되셨나요?"

"그나마 처음엔 잘 몰랐던가 부죠. 삼사 개월 후에나 알았다니 그 색신 아마 입덧두 안 났던가 봐요."

송 부인은 잠깐 입술을 실쭉하니 한 쪽으로 모으는 듯하다가 다시 계속했다.

"고작해야 이십 세 남짓한 청년인데 오죽이나 겁이 났겠어요? 한땐 둘이 함께 죽어버리자는 비관에까지 빠졌더래요."

"참. 그땐 타태를 함부루 못했으니깐요."

"함부루가 뭡니까? 만일 그랬다간 당자거나 의사거나 모두 철창 신세죠."

음전하기만 하던 송 여사이었건만, 이 보고에 이르러서는 흥분과 증오와 과장의 복잡한 감정이 뒤섞인 표현으로 이어나갔다.

"그러니 어떻게 해요? 뱃속의 핏덩인 날로 자라만 가고, 어디다 하소할 데라군 하늘과 땅 뿐이군요. 하늘이야 감히 두려워서 쳐다들도 못 봤을 거예요."

송 부인의 말소리가 모질게 맺혀 나왔다.

"몸이 점점 불어가니깐 남에게 뜨일까 걱정이 돼서 칠 개월이라나 되면서는 아예 시굴루 도피를 시켰대요."

"시굴루요?"

"네. 아주 집안 사람들이나, 안면 있는 친척들이랑 친구들이 없는 외딴 시굴에다 집을 사 가지고 거기 가서 살았다나요?"

"어느 시굴인데요?"

"그것 까진 묻지 않았어요. 나중에 두고두고 조금씩 의혹된 점을 물어보긴 했지만, 장소까지야 알 필요두 없기에……."

김여사는 그 어여쁜 눈씨를 살짝 위로 치키면서 무엇인가를 회상하는 듯하였다.

"그래서 어떻게 됐어요? 끝내 행복했나요?"

"천만에, 행복이 뭐 뉘 집 애기 이름인 줄 아세요?"

"그럼 어떻게 됐어요?"

김여사는 차차 궁금증이 심해 갔다. 그의 성격에도 어울리지 않게 조바심마저 내고 있었다.

"그러니깐, 아마 해산을 기다렸던 모양이죠? 달이 찰 때를 다소곳이 기다렸는데."

"그래, 무사히 순산했어요?"

김여사는 다급하게 재우쳐 물었다.

"그야 낸들 알 수 있나요?"

"네에?"

김여사는 아연하였다. 그럼 결과도 모르는 서술이 그렇게나 길었더란 말인가.

"그 아이가 살아 있느냐 말예요."

난숙 여사는 궁금증을 풀기 위하여서 자기의 질문을 다시금 해석해 들렸다.

"살아서야 됩니까?"

"그럼 죽었군요."

"죽어야죠. 그런 생명은."

송 부인은 거침없이 총알처럼 내쏘다가 자기라서 움칫 놀랐다.

"아이, 나 좀 봐! 이러니 죄를 안 받을 수가 있나? 이런 저주의 말을 함부루 지껄이니 말예요."

"그야 그럴 수도 있는 거죠 뭐. 그러니깐 커가면서 병이라두 들었던가요?"

"아녜요. 영감의 말은 죽은 앨 낳았다고 하다가, 아니 자기가 죽인 거라고 하다가 갈팡질팡했어요."

"그래요오?"

"죽은 앨 낳았다면 야 그렇게까지 고통스럽게 자백은 하지 않을 거 같아요."

난숙 여사의 머리에 삼십 년 전의 일이 살아났다. 죽은 아이를 낳았다고 쓰러질 듯이 누워 있던 고연희와 고연경과의 야간 작업의 장면이…….

'세상엔 가끔씩 그런 일들이 생기나 부다. 고선생님이 사람들은 누구나 다 비밀을 가지고 있다더니만…….'

"친척끼리의 비행만으로두 얼마든지 고민할 수 있지 않아요?"

"그야 그랬겠지만 영감은 아주 처절한 걸요. 작년에 향운이랑 찬영이가 혼례식 하겠다고 여쭈러 왔을 때, 모쪼록 천리에 순응하라고, 인과란 무서운 거라고 하면서 참회사나 읽는 거처럼 침통하게 말하는 거 보니깐 저러다가 참말이나 튀어나오면 어쩌나 할만큼 절실하던데요."

"그러시겠죠. 그런 관계의 일이란 흔한 일이 아니니깐요."

"그때 영감은 분명코 '내가 죽인 거야. 그래서 이런 무서운 형벌을 받는 거야' 하면서 미친 듯이 울부짖었으니깐요."

"그때야 무슨 소린들 못 하시겠어요? 자기 정신이 아니실 땔 텐데요. 그런데, 그 아인 사내였던가요?"

"그랬어요. 그러니깐 희준이의 형이 아니겠어요?"

"어머나! 정말 그렇군요."

김여사는 언성을 약간 높이며 새삼스럽게 놀랐다.

'희준이의 형이라고?'

물론 형임에는 틀림없으리라. 김여사의 가슴에는 섬광처럼 박히는 것이 있었다.

'향운의 아갈 보고 난 까무러칠 뻔했는데. 고연희의 아들과 너무나도

같아서…….'

저번 날 송 부인은 시흥에 와서 욱을 보고 희준의 아가 적과 꼭 같다고 하였던 것이다.

'아가들이 어릴 땐 흔히 공통점이이기에 마련일 테지.'

"그 이훈 어떻게 됐나요?"

"그 이후론 영 서로 안 만났대요. 그러니깐 불행 중 다행이란 거죠."

송 부인은 얘기가 끝났다는 듯이 다 식어 있는 차로 목을 축였다.

"그 여잔 다른 데루 결혼했나요?"

"그럼요. 그래두 불행했어요. 관리에게 갔죠. 그랬지만, 자기가 차버리고 나와서 혼자 살다가 서양 사람허고 미국에랑 다녀 왔다나 봐요."

"지금두 서양 사람 허구요?"

김여사는 침을 삼키며 송 부인의 입을 지켰다. 웬일인지 꼬치꼬치 캐지 않고는 견딜 수 없는 심정이었다.

"아니죠. 아마 한때 양풍에 놀아났던가 봐요."

"이를테면 타락한 셈이죠?"

"아, 셈이 뭡니까? 아주 버린 여성이 됐죠."

"그래 지금은 뭘 하고 사나요?"

김윤식 씨의 과거가 아니라, 그 여인의 현상에 더 관심을 갖는 자신이 우스꽝스럽다고 김여사는 느꼈다.

"표면만은 혼자 사는 모양인데……."

"직업두 없어요?"

"웬걸요. 명동에 양장점을 굉장하게 차렸죠."

"그래요?"

김여사는 후딱 고연희를 생각하였다. 후딱이 아니라, 언제부터인가 고연희를 가슴에 담고 송 부인의 얘기를 듣고 있었던 것이다.

'고연흴까? 죽은 아일 낳았다는 것이나 양장점을 차렸다는 것은 여합부

절 꼭 맞는 얘긴데…….'

"그 여인을 보신 적이 있으세요?"

"보다마다요? 친척인 걸요. 나중에 알고 나서 볼 땐 과연 더 그럴싸하던데요."

"그러니깐 자주 만나시긴 하는군요?"

"천만에. 우리 집엘 한 번두 와본 일이 없구요. 그저 저이가 누구라는 정도였죠. 사실은 더 친했어야 할 처진데두 일부러 경원했던 모양이에요."

"자연히 그렇게 되겠죠."

"그런데 한 가지 우스운 일이 있어요. 글쎄 좀 냉정해지니깐 내게 말한 게 후회되나 봐요. 그러고 난 또 차츰 두어 마디씩 캐어 묻고 그러니깐 내중엔 나더러 천하에 둘만 아는 사실인데, 당신마저 알게 됐으니 인제부턴 당신이 책임지라는군요. 그런 걸 지금 털어놓은 거예요."

"아이, 저야 어디다가 말합니까? 땅 속에 묻은 거나 마찬가질 걸요."

김여사는 정색하면서 비밀히 할 것을 선언하였으나 맘으로는

'만일 고연희라면 고연경이가 알고 있지 않느냐.'

는 반발을 하고 있었다.

"그러니 보세요. 그게 누굽니까? 이랬거나 저랬거나 희준의 형이 아니에요? 그런 걸 억지루 죽게 했으니 외아들이 횡사한 마당에 그 일이 걸릴 게 아니겠느냔 말예요."

"그렇고말고요. 그만 못 해두 평생을 꺼림칙해서 못 견디는데요."

김여사는 얼른 맞장구를 쳤다. 열네 살 때 시체만 함께 묻었어도 이날까지 양심의 가책을 받고 있지 않는가?

"외아들의 자식이 외아들인데, 그것마저 잃어버린 지금에 와서 땅에서 솟은 듯이, 하늘에서 떨어진 듯이 아가가 생겨난 일을 생각하면 정말 꿈에나마 발광이 날 지경이거든요."

송 부인은 새삼 열을 올렸다. 뺨이 발그레하게 물들어 갔다.

"그러니 영감은 오죽하겠어요? 내가 그 말을 할 땐 눈물을 좍좍 흘리면서, 그래도 하늘이 무심치 않으셨다고, 어쨌거나 아가가 무병하게 장수나 하였으면 좋겠다고, 술 취한 사람처럼 중얼중얼해요."

"쯧쯧, 왜 안 그러시겠어요?"

김여사는 얼굴빛을 고치면서 처량한 소리를 냈다. 가슴이 메어지는 듯이 아팠다.

"그런데요. 그게 또 이상해요."

송 부인은 어조를 변하면서 말꼬리를 돌렸다.

김여사는 어서 말하라는 것이 송 부인을 빤히 바라보며 기다렸다.

"아들을 잃고 나니깐 천하가 무너진 듯 같고, 사는 게 시들해서 어서 하루바삐 죽기들만 바랐거든요. 사실은 사업이란 것두 웬일인지 작년부터는 시세가 우스워졌어요. 게다가 영감이 힘을 쓰느냐 하면, 누굴 위해 사는 거냐고 그저 되는 양 적당히 해버리거든요."

"물론, 그렇게 되실 거예요."

"그러다가 향운이가 집에 다녀간 후로, 내가 영감께 아무래두 향운이의 몸집이 이상하다고 했더니만, 펄쩍 뛰면서 그렇다면 사는 보람이 있겠다고 하면서 바싹 사업에 열을 올리는 눈치거든요."

"쯧쯧, 가엾어라!"

김여사의 눈 속이 화끈 뜨거워지며 더운물이 왈칵 솟았다. 송 부인도 잠깐 감격을 가라앉혔다가 다시 이어갔다.

"그러면서두 걱정이 뭐냐 하면, 찬영네 집에서들 어떻게 알고 있는지 모르겠다는 거죠. 나 역시 제일 궁금한 게 그거였어요. 그러니, 탁 터놓고 물을 수가 있나, 눈치만 보자니 조바심이 나서 미칠 지경이었죠."

"쯧쯧, 왜 진작 물으시지 않고?"

"차마 어디 그렇게 돼요? 그저 하회만 기둘렀죠. 그러다간, 아들을 낳은 걸 내 눈으로 보고, 딸이래두 좋아요, 혈육만 남겼다는 게 기적이거든요."

"그야……."

"난 이제 죽어두 원이 없죠. 영감은 또 어쩌고요? 아무 데서라두 자라기나 잘하면 나중엔 어떤 방법으로든지 절 도울 수 있다고 신바람이 나서 지금 정력을 굉장히 쏟고 있어요. 나 역시 그 가구점 말입니다."

인사동에 있는 가구점은 송 부인이 직접 경영하는 것을 김여사도 잘 알고 있는 것이다.

"그것두 작년부턴 사는 사람이 쭉 줄었어요. 일반 시민들의 경제조건이 아주 말 아닌 모양이죠."

"아유, 말해 뭘 합니까? 우선 나부터라두 이것저것이 다 제대루 안 되는 걸요. 참 무슨 일인지 알 수 없어요."

얘기의 초점이 틀리려는 것을 송 부인이 다시 바로 잡았다.

"그래두 될 대로 되라고 극성을 부리지 않았거든요. 그러다가, 요샌 나두 새 힘이 솟아서요. 어서 부지런히 벌어야겠다는 생각에 늦바지런이 나서 야단이죠. 하하."

비로소 송 부인의 얼굴에 웃음이 퍼졌다. 김여사도 가느다란 미소를 지었다.

"우리야 업보를 받았지만, 우리 희준이야 무슨 죄가 있습니까? 외려 상을 받아야죠. 그 상이 아가란 말이죠. 그러니 욱이만은 자알 키워야지 않겠어요?"

"그렇고 말고요."

김여사도 진실하게 동감하였다. 송 부인의 술회를 들으면서 김여사는 맘으로 울고 있었던 까닭에…….

'내가 못된 년이지. 밤낮 향운일 들볶아서 떼어버리라고 졸라댔건만, 그저 한결같이 '희준의 생명체를' 하면서 차돌처럼 단단하더니만, 기어코 아들을 낳아서 저분들에게 사는 보람을 넣어주었으니……. 향운이야말로

위대한 계집애요. 난 죽일 년이다.'

"난 향운이가 거룩하게까지 보여요. 시속 계집애들 같아보세요. 챙피해서라두 아니, 제 명예나 야심을 위해서라두 반드시 없앴을 텐데, 그 얌전한 애가 치욕을 무릅쓰면서까지……."

송 부인은 목이 메어가면서도 김여사의 맘속을 자기라서 말하고 있었다.

송 부인이 돌아간 후에 김여사는 도깨비에게 홀린 듯이 한참을 멍하니 앉아있었다. 모두가 꿈속에서 들은 얘기 같았던 것이다.

'아무런들 하필이면 그 고연희의 아들이 희준의 형이라니!'

세상에 이런 일이 흔히 있을 수 있는 것일까?

'아니, 아냐. 많고 많은 수효의 여성 중에 나같이 기구한 운명을 도맡은 여인이 있는 것처럼 기묘하게 얽힌 천만 가지의 사실 중에서 상상할 수 없도록 희한한 매듭이 꼭 내게로 떨어진 것뿐이지.'

어릴 적에 우연히도 자기의 손으로 묻게 된 그 아가가 정말로 외손자의 삼촌이었다면 신의 섭리란 이렇게도 두려운 것이란 말인가.

'이건 어쩌면 내 오버센스인지도 모르지. 꼭 그 여인이 고연희라는 증거도 나타나지 않은 이상에 혼자서 미리 쪼들릴 필요는 없다.'

김여사는 겨우 마음을 가라앉혀서 오랜만에 바느질감을 잡았으나, 머리는 여전히 거기에만 예민하였다.

'슬슬 양장점에나 가볼까?'

어쨌거나 거리에 나서니까 집에서보다는 한결 몸이 가벼웠다.

'기어코 알아서 두엇을 어쩌자는 것이냐?'

김여사는 합승에 끼어 가면서도 그 생각에 골몰하였다.

'아이라군 그때 한 번 생산해 보고 그만이었으니깐.'

'우린 그 즉시 서울로 갔지만 난 결혼에 실패했고.'

처음 만났을 때 다방에서 듣던 고연희의 말이 지금도 기억에서 되살아났다. 더구나, 고선생의 죽음을 알릴 때에 심절하게 부르짖던 탄식이 역력하게 들리는 듯했다.

'모두가 다 내 죄야!'

'내 죄로 연경이두 죽은 거야. 그리고, 또또, 아아.'

하면서 괴로운 듯이 이마를 비비고 눈을 감던 그의 모습이 선하게 떠올랐다.

사실은 다른 상점에서 무엇이라도 사 가지고 지나는 길에 들르는 척하려고 했었는데, 김여사의 발길은 쏜살로 양장점으로 직행해 버리고 말았다.

거기 이르러서야 벌써 불이 켜진 황혼인 것을 깨달았다. 하기야 송 부인에게 점심대접을 해서 보내고, 집에서 한참을 꾸물대다가 나오지 않았더냐고 김여사는 자신을 채근했다.

김여사가 육중한 유리도어 밖에서 잠깐 서성거리는데, 저번 날 샛노란 스웨터를 입었던 점원이 쪼르르 나와서 문을 열다가 김여사를 단박에 알아보고

"아이, 어서 오세요!"

하며 반색하였다. 이번에는 새빨간 스웨터를 입은 것으로 보아서 그가 원색을 좋아하는 취미라고 짐작하며 난숙 여사는 조용히 안으로 들어섰다.

난로 가에 서서 재단사에게 무엇인가를 이르고 있던 고연희가

"어머나! 어쩌자고 오늘은 이런 귀빈이 다 오실까?"

하고 팔을 버리며 달려왔다.

"근처 상점에 왔다가 들렀어요."

김여사는 나직이 변명하였으나 마담에게는 고맙기만 하였다.

"그래야지. 과문불입을 하다니 말이 되나. 우리 정리에…… 안 그래요?"

마담은 김여사를 안다시피 하여서 소파에 앉히고 자기도 그 곁에 겹치듯이 다리를 걸치며 앉았다.

"그래 따님 결혼은 어떻게 됐죠?"

"잊지두 않으셨네. 작년에……."

"아이참. 벌써 서너 달이 됐나 부지? 아니, 그래 어쩜 내게두 알리잖아요?"

"뭐가 그리 굉장해서요?"

"이러니깐 섭섭하단 말야. 우리야말로 언젯적 정분이라고 그래. 개혼에 두 시침을 딱 뗐단 말예요?"

"다음엔 꼭 알리죠."

"호호. 지금부터 목을 빼야겠네. 참, 미스 진 오늘 다녀갔어요."

"어쩜. 언제쯤이었나요?"

"오전에. 친구 양복 짓는데 안내역으로 왔더군요?"

김여사는 그제야 숨을 돌렸다. 고 마담의 화술에는 자신마저 다변이 아닐 수 없었던 것이다.

점 내에 있던 삼사 명의 고객들도 능란한 마담의 제스처와 청초한 김여사의 맵시에 눈을 팔리고 있었다.

"참, 잠깐만 앉아 있어요."

고연희는 난숙 여사의 어깨를 누르면서 일어났다. 그는 손님들과 점원들에게 몇 마디씩 이르고 나서 밍크코트를 걸치고 핸드백을 들고나섰다.

"자, 우리 잠깐 나갑시다."

마담은 김여사의 손을 잡아 일으켰다. 손이 싸늘하다고 느꼈다. 그들은 장갑을 끼면서 도어 밖으로 나왔다.

"내 저녁을 낼게요."

"천만에. 난 어서 가야해요."

"그러지 말래두요. 자, 날 따라와요."

고연희는 붉은 가죽장갑의 손가락을 허리 뒤에 붙이고 까딱거리면서 하이힐의 발소리로 앞장섰다.

김여사는 사양하였으나, 그와의 조용한 시간을 갖는 것이 목적인 까닭에 못 이기는 척하고 고연희의 뒤를 따랐다.

김여사의 순응하는 태도를 알아차린 고 마담은 김여사를 기다려서 그의 팔을 끼고 걸었다. 그러고 보면, 자기의 신장도 훨씬 큰 편이라고 김여사는 새삼 놀랐다. 거의 고 마담의 목을 넘고 있었기에…….

고연희는 김여사를 조촐하고 아담한 중국집 2층으로 안내하였다.

"이런 데라야 조용한 방이 있어요."

그는 더운 물수건으로 손을 닦으며 그렇게 말하면서 김여사를 빤히 바라보았다.

"찬찬히 보니깐 어릴 때 모습이 나오는군요."

고즈넉한 음성이었다. 그의 물결치는 듯이 검은 눈에도 회상의 그리움을 담고 있었다.

"난 난숙 씰 연경이 대신으로 생각해요. 꼭 죽은 연경일 만난 것만 같다니깐."

미상불 그럴 것이라고 김여사도 맘으로 동의하고 있었다.

"작년 동짓달에 다녀간 이후엔 언제나 간절하게 가슴에 남아 있구먼. 그러니 미스진두 영 안 들리죠. 어디다가 연락할 데가 있어야 말이지."

"저두 돌연히 뵙게 돼서 그땐 잘 몰랐지만, 두고두고 선생님이랑 생각했어요."

김여사도 상냥스럽게 말을 받았다. 마담은 상대편의 식성도 묻는 일이 없이 혼자 음식을 시켰다.

"참, 고급 포도주랑 가져와요!"

마담은 김여사를 보며 생긋이 웃었다. 한쪽 구석에서 백금의 위 송곳니가 반짝 빛났다.

"나두 오늘은 좀 취해 봐야겠어."

"더러 취하시나요?"

“웬걸? 고작 마티니 두 컵 정도지만, 오늘은 좋은 사람을 만났으니깐 맘을 턱 풀고 싶단 말이지.”

그는 핸드백에서 담뱃갑을 집어내어 한 개를 뽑았다.

“용서해요. 귀부인 앞에서…….”

그는 푸른 연기를 가늘게 뿜어내며 먼일을 더듬는 듯 잠깐 잠잠하였다.

매력은 더 성숙하였을망정 오십은 착실히 되었을 연령이라, 터질 듯한 탄력은 이미 그의 뺨에서 사라졌다.

보숭보숭한 피부가 피곤의 빛을 발산하는 듯, 남편과 혈육이 없다는 선입감에서인지 그렇게 앉아 있는 모습이 고적하고 가련하게 보였다.

그가 말말이 연경을 본 것 같다는 것 못지 않게 김여사도 간절히 고선생의 생각이 났다.

“고선생님 시댁에선 다들…….”

“옳지, 연경이의 남편 애기가 궁금한 모양인데, 그인 삼 년 후에 결혼했어요. 처음엔 평생 속현 안 할 것처럼 죽네 사네 하더니만,……그래두 기특한 여성을 만나서 아들딸이 수두룩하다우.”

“다행이군요.”

“그럼요. 연경이만 가엾었지. 어제두 내외가 애들 데리고 다녀갔어요. 그저 언제나 죽은 사람만 불쌍하게 마련이야.”

“그렇고 말고요.”

김여사는 처연하게 동감을 표시하였다. 십 팔 세의 처녀가 대담하게도 밤길을 걷던 일이며, 어른처럼 당돌하게 일을 처리하던 고선생이 지금 생각하여도 범상한 인물이 아니었던 것이다.

‘망극한 우애가 아니고서야 생명을 걸고 나설 수 없지.’

자기로 말할지라도, 얼마나 지극하게 순정을 바쳤었으면, 그 괴괴한 야밤중에 도깨비에게 홀리듯 마의 굴혈인 양 무서무서 따라가면서도 결단코 후회는 하지 않았던 것이 아닌가.

그런데도 그 기특한 고선생은 오 년 만에야 얻게 된 아이를 낳다가 죽다니.

'희준의 아버지 말마따나 업보란 과연 무서운 것인지도 모른다.'

김여사가 생각에 잠긴 모양을 고 마담은 이윽이 바라보다가

"여자란 너무나 절묘하게 생겨두 박명하단 말야."

하였다. 팔 분의 뜻은 자기 자신을 이르는 것이리라.

"하기야, 우리 연경이처럼 복스럽게 됐어두 박복하긴 했지만……."

그러는데 요리가 들어왔다. 마담의 단골인 듯 과연 양포도주 한 병이 화사한 컵 두 개와 함께 식탁에 놓였다.

그는 검붉은 진한 액체를 김여사에게 권했다.

"내 잔이야. 이거 하난 비워야지."

"난 조금두 못 해요."

"숙녀인 줄 알아요. 오늘만은 안 될 걸."

마담은 한 잔을 먼저 들이켜고 안주를 집은 후에 김여사의 잔이 나기를 기다리고 있었다.

"어서요. 요까짓 컵으루야 뭘?"

김여사는 마지못하여 반쯤 마셨다. 고연희는 거기다 마저 채우고, 자기는 김여사가 따르는 핏빛의 술을 서너 잔이나 연거푸 홀짝거렸다.

"인제야 가슴이 투욱 틔는군. 여봐요! 난숙 씨. 난 난숙 씨가 못 견디게 좋아! 정말야. 내가 남자라면 단박에……."

고연희는 난숙 여사의 손을 덥석 잡았다.

"이만한 애인쯤 끼고 있어야 가위 남자라 할 수 있거든."

순간 김여사는 이헌수 씨를 생각하였다. 언제거나 시간을 내서 저녁이라도 함께 하자는 편지를 보낸 이 교수를 하필이면 왜 이 순간에 상기하였는지.

"난숙 씨! 난숙 씬 연앨 해 봤겠지?"

손에 힘을 더 주면서 그는 김여사를 말끄러미 보았다. 취기 어린 눈매가 요염하게 몽롱했다.

"그래 맛이 어땠어? 달았어? 썼어?"

"어디 제대루 해 봤어야 맛을 알죠. 전 그저 덤덤해요."

"하하하하. 덤덤하다고? 그럴 거야. 여봐요. 술이나 한 잔 더 줘요! 어디 술이 없어졌나? 그럼 더 가져와야지."

"아녜요. 술은 아직 있지만."

김여사는 살그머니 손을 빼내어 그의 잔을 새로 채웠다.

"아이, 달어. 애인이 따르는 술이라 더 기막히군."

그는 또 단숨에 마셨다. 오렌지색의 스웨터가 그의 발그레한 얼굴 색과 잘 어울렸다.

"그래, 말 안 하기야? 연애 맛이 어떻드냐 말야."

"그럼 선생님이 먼저 말씀하세요."

어릴 때의 버릇대로 김여사는 연희를 선생님이라고 불렀다.

"흥, 그럴까? 아하, 참 어떻드라?"

그는 사르르 눈시울을 내리면서 두 손을 깍지끼어 식탁 위에 놓았다.

"나야 뭐 자격이 있어야 말이지. 그렇지만 굳이 말을 하란다면 소태처럼 쓰더라구나 할까? 그래, 써요, 써! 쓰고 말고 지겨울 만치 쓰기만 하지."

그는 반항하듯이 말에 힘을 주면서 실눈이 되었다. 그러나 이내

"아냐. 더러 단 때도 있었어. 꿀 보다두 더 단 찰나가 있긴 했어. 기절할 만큼 행복된 순간두 있기야 했지. 그렇지만 그건 잠깐이고……."

하는 속삭이는 말투로 변해 갔다.

"오색의 무지개가, 아니야 회색의 쇠사슬이……그래, 그래 우리를 꽁꽁 묶어서 절망이라는 구렁에 던져버린 그 저주스러운 윤리가……아니, 아냐, 아무것두 아니란 말야. 난숙 씨! 이거 다 거짓말이야. 호호. 이거 정말

내가 취했나 봐!"

고연희는 스스로 눈을 번쩍 뜨면서 강하게 머리를 흔들어보고 두 손바닥으로 양협을 가볍게 비벼댔다.

김여사는 그의 한 마디나마 놓치지 않았다. 망각에 묻힌 녹이 슨 추억도 술이란 자극제에는 생생하게 새 빛깔을 내는 모양이었다.

"난숙 씨! 난 불행했다우. 내 불행을 정면으로 참관한 사람이 바로 당신이었구료. 흥, 고연희는 그때 죽었지. 그 아이랑 함께 산 속에 묻혔었단 말야. 우리 연경이가 제 손으로 나를 꽁꽁 매장했단 말야. 지금은 뭐냐고? 그래요, 이건 유령이야. 정열도 감정도 이성도 없어진 혼백이란 말야."

고연희는 자기의 어깨며 가슴께를 어루만져가며 넋두리하듯 늘어놓았다.

"아이, 선생님 너무 흥분하지 마세요. 술은 그만 하시고, 이거나 드세요."

김여사는 그에게 새로 들여온 키스맨을 권하였다. 그가 지껄인 자학(自虐)의 독백 중에서 김여사는 어느 정도 그의 의혹점을 풀어갈 수 있었던 것이다.

'가엾은 여인! 박명의 미인!'

김여사는 연민의 정이 가득 담긴 눈으로 고연희의 갸름한 윤곽을 더듬었다. 아직도 낭만이 깃들어 있는 하얀 이맛전에서 젊을 때보다 약간 날카로워진 매끈한 턱에까지 스스로를 모멸하는 자조(自嘲)의 웃음기가 남실대고 있었다.

"좋은 사람이 진정으로 생각해 주는 거니깐 고맙게 먹어야겠어. 자, 우리 함께 들어요."

그는 국수 그릇에 손을 대며 김여사에게 권하였다. 김여사도 그를 먹이기 위하여서 실오라기처럼 가느다란 국수를 젓갈로 듬뿍 집었다.

그릇이 거진 비었을 때 고연희는 손수건으로 입술을 누르며

"주책없이 나 혼자만 떠벌려서 미안해요. 난숙 씬 혼자시라며 생활은 어떻게 하시는지? 실례나 되지 않을까?"

하고 김여사의 맑은 눈을 곰곰이 들여다보았다.

"뭣 좀 남은 게 있어서 그럭저럭 애들 공부시키며 살아 왔는데, 작년부턴 도무지 그나마 뜻대루 안 되는군요."

"무슨 상업을 하시나?"

"좀 그러한 건데, 요샌 도대체 물건이 팔리지가 않아요."

"저것 좀 봐. 누구나가 다 그런가 부지? 우리 양장점 말야. 명동에선 어디에나 떨어지지 않게 돈을 잘 벌었었죠. 그런데 작년부턴 고객이 줄고 따라서 수요(需要)가 푸욱 감소됐구료. 그러니 원가(原價)는 오르지? 세금이니 인건빈 그대루 나가야 하는데 수입은 그 전의 오 분의 일쯤 되니 어떻게 돼요? 그저 망하는 수밖에 없지 뭐유? 요샌 정말 아득해져요."

심각한 표정으로 주기마저 걷혀지는 듯, 고연희의 눈에 사나운 빛이 났다.

"댁엔 저렇게 기반이 든든하셔두 영향을 받으시는데, 우리 같은 소상인은 말해 뭘 합니까?"

"소상이고 대상이고 간에 누구나 다 못 살겠다고만 하니 이놈의 세상이 어떻게 돼먹은 거야? 생떼 같은 자식들의 피는 뭣 때문에 뿌려진 건지 아이구, 맙시사 죽은 녀석들만 가엾지 가엾어!"

마담은 손수 병을 기울여 최후의 한 방울까지의 붉은 액체를 마셔버렸다.

"삼대 독자건 이대 독자건 없어졌음 그래두 피의 대가가 있어야 할 게 아니야? 눈깔이 시퍼런 내 조카녀석만 잃었나 싶을 땐 그만 미쳐날 지경이지."

고연희는 울화가 터지는 듯 스웨터의 앞가슴을 턱 풀어 젖히며 담배를 들었다.

“아니, 조카를 잃으셨나요?”

“그럼요. 남들은 자식을 잃고두 살긴 하니깐, 나야 조카뻘인 애쯤 어떠랴 싶었죠.”

“죽음의 자리야 상후하박이 있겠어요?”

“그랬는데, 두고두고 보니깐 아예 비관만 앞서요. 개가 없어지고 그 집은 완전히 문 닫았어요. 이대 째 독자가 순식간에 없어졌죠. 앤들 오죽 잘났나요? 금년이면 의학사가 될 선풍도골의 미남자였죠. 아이, 가슴 아파!”

그는 게슴츠레한 눈을 가늘게 버티며 가슴을 어루만졌다.

“아이, 정말 안 됐군요.”

김여사는 간신히 말을 입밖에 냈다. 팔 분쯤의 확신이 있었건만 심장이 덜컥 내려앉으며 벌렁벌렁 흔들리는 듯하였다.

‘희준의 형을……아아, 정말로 틀림없구나!’

입 밖에 뛰쳐나오려는 절규를 깨무느라고 김여사의 안면 근육은 굳어갔다.

“아니, 댁에서두 누굴 잃으셨나?”

고연희는 변색해 가는 김여사의 얼굴을 바라보며 눈을 치떴다.

‘아무렴요. 잃다 마다요?’

‘그래서 엉망진창, 기가 막혔죠.’

혀끝에서 맴도는 이런 말들을 삼키면서 난숙 여사는

“아뇨.”

하고 머리를 황망하게 가로 저었다.

“남의 일이라두 오죽이나 처참합니까? 퍽이나 사랑하셨던 모양인데요.”

김여사는 진정이면서도 정신이 건공에 떠서 건성으로 그렇게 물었다.

“사랑이라뇨? 아들처럼, 그럼 꼭 아들이었죠. 그렇게나 사랑했어요. 좀 그런 일이 있어서 제 부모들하군 평생 안 만나고 살았지만, 개만큼은 비밀루다 나하고 늘 만나왔죠.”

"비밀루요?"

"부모들하고 내가 멀게 지나는 걸 눈치채고선 살그머니 저만 날 만난 걸요."

"어쩜."

"나두 처음엔 '얘, 너희 부모에겐 말하지 마. 난 너희 아빠 엄마 다 싫다' 하면서 농담 섞어 부탁했는데, 나중엔 그게 버릇이 돼서 그야말로 비밀로 만났어요. 명동에만 나오면 여기 들르죠. 제가 바빠서 자주 못 오니깐 그렇지 나오기만 하면 으레이 내가 저녁이랑 사주고 했죠. 그러니 걔가 없어진 댐에 내가 어떻게 됐겠어요? 유일의 희망이, 정말 유일의 희망이었죠. 후유!"

그는 아픈 한숨을 후루룩 내뿜었다. 지나친 슬픔으로 표정마저 비통하게 일그러졌다.

"제가 살아 있어야 내가 속죄랑 할 텐데, 인제야 뭐 절망밖에 더 있어? 하늘두 무심하시지, 나를 이렇게 만드시다니!"

그는 혼잣말처럼 나직이 중얼거렸다. 김여사는 더 앉아 있을 수 없었다.

몇 시간 전에 귀가 달아나도록 들은 송 여사의 피가 끓는 듯한 넋두리와, 지금 이 고연희의 간장이 녹는 듯한 탄식이 뒤범벅이 되어서 머리가 아찔하게 혼란하였다.

막 몸을 움직이려던 그는

"걔가 항상 동행하던 여학생이 있었는데……."

하고 무심하게 내뱉는 고연희의 말에서 오싹 어깨를 움츠렸다.

"어쩜 그렇게 차암한지 똑 베어서 따먹게 생겼지. 난숙 씨 비슷한 미인이었어."

김여사는 호흡이 끊어질 듯한 긴장으로 다음 말을 기다렸다.

"그럴 줄 알았더람 이름이나 물어 둘 걸. 언제꺼정이라두 무사할 줄만 알고 가만있었더니만, 이럴 때 그 여학생만이라두 좀 만났으면 오죽 좋아?"

그는 꼬투리만 남은 담배를 재떨이에 휙 던지고, 또 새로운 것에 불을 댔다.

"아깝게스리 그 여학생은 아마 딴 데루 갔을 거야. 작년 삼월인데 그렇지, 내가 최후로 만난 게 삼월인데, 그 여학생두 곧 선생님이 된다는 걸, 아이구 하느님두 무정하시지. 며느리 겸 맘껏 사랑을 쏟을 작정이었는데두……."

고연희는 말과 연기를 섞어서 퍽퍽 내뿜었다. 그러다가 문득 그는

"내 꼴 봐! 시종 나 혼자 푸닥거릴 한 셈이군. 나두 어서 모두의 뒤를 따라가야지. 아암, 그래야 하고 말고."

하고 눈을 스르르 감으며 몸을 펴고 긴 한숨을 내쉬었다. 김여사의 눈에 가득히 이슬이 고여졌다.

잠시 무거운 침묵이 흘렀다. 고연희가 다시 눈을 떴을 때는 그의 눈에서 살기가 가시고 상냥스러운 정이 물결치고 있었다.

"너무 상심 마세요. 앞으론 저라두 자주 뵙겠어요."

"어머! 그렇담 봉을 잃고 황을 찾은 셈이게? 제발, 제발 따님들이랑 이 외로운 신세를 좀 위로해 주셔야겠어."

"염려 마세요. 인제 귀찮다고 하실 만큼 자주 올 테니깐요."

김여사는 맘보다는 더 과장스럽게 말을 하였다. 어디엔지 반항하고 싶고 무엇인가를 저주하고 싶은 그런 심정이었다.

"손님들이랑 기다릴 텐데 인제 그만 일어나시죠. 전 우연히 오늘 폐를 끼치게 됐어요."

"아이그, 또 그런 섭섭한 소릴……."

고연희는 눈을 흘기는 척하면서도 흐뭇하게 웃었다.

"그럼 난 난숙 씰 아우님처럼 생각하고 늘 기다릴 테야."

그는 몸을 일으키며 또 한 번 다짐했다.

"모쪼록 틈을 내겠어요."

김여사도 선선하게 대꾸하면서 둘이는 층계를 내려왔다. 고 마담은 빨리 카운터로 가서 돈을 지불하였다.

"자, 인젠 다방에 가요."

문을 나서며 그는 김여사의 팔을 끌었다.

"아녜요. 오늘은 너무 늦었어요. 벌써 일곱 시가 넘었는걸요. 다음에 오기루 오늘은 이대루 보내주세요."

"그래요? 그럼 그러지."

비교적 담담한 성격의 고연희는 자기의 양장점 앞에서 김여사를 놓아주었다.

난숙 여사는 그와 헤어져서 홀가분한 숨을 내쉬며 동화백화점을 향하여 올라가다가

'이왕 나온 김이니 동운이 먹일 과자나 좀 사 갈까.'

하는 심산에서 미도파 앞 네거리 쪽으로 발길을 돌렸다. 그러나, 걸음은 기계적으로 움직일 뿐이요, 가슴은 여러 가지의 감회로 터질 듯하였다.

아무리 팔 분의 의혹은 가졌다고 하더라도 막상 고연희의 입에서 희준의 사연이 나올 때는 심담이 떨렸다. 비록 희준의 이름은 발음하지 않았지만, 희준이라는 명칭이 수천 개의 바늘이 되어 눈앞에 난무하는 것 같았다.

결과를 보려는 호기심이 두려울 만큼 정확하게 이루어졌으나, 너무나 엄연한 사실은 자신을 머리서부터 내리찍는 듯이 압박하며 위축시켰던 것이다.

더구나 희준이가 최후에까지 고연희와 만났고, 그만이 아니라, 향운이까지 친교가 있었던 사실을 알 때는 웬일인지 낯이 뜨겁고 간이 조여드는 듯이 답답하였다.

'그 점잖고 신중한 김윤식 씨의 과거가 그랬으니 세상에 누구를 믿고 산단 말인가?'

그의 발은 공연히 허둥댔고 마음은 쉴 새 없이 동요하였다. 어디에다가 머리라도 탁 부딪쳐 보고 싶었다. 그리고 누구라도 붙잡고 복잡한 감정의 중량을 나누고 싶었다.

화안하게 불빛을 받으며 김여사가 막 출입구에 손을 대려는데

"뭘 사러 나오셨나요?"

하고, 바로 덜미에서 부드럽고 나직하고 굵다란 음성이 사물댔다. 후딱 돌아보던 김여사는 와락 반겼다.

"어마, 웬일이세요?"

낯선 지역에서 친우를 만난 듯한 그런 외침이었다.

"친구랑 차 마시러 가던 중인데……."

그는 말끝을 맺지 않고 동행인 듯한 사람들의 곁으로 갔다. 늘씬하고 풍요한 이헌수 씨의 뒷모습이 오늘따라 더욱 믿음직스러웠다.

몇 마디 수군대던 이 교수는 다시 이쪽으로 오고 그들은 입구로 사라졌다.

"그냥 가시지 않고……."

김여사는 소르르 그에게로 시선을 부었다. 지나친 참견인 듯도 했다.

"우리도 다방에나 잠깐 들립시다요."

"전 가야 하는데요."

김여사의 눈이 화려하게 쌓인 과실과 과자 등속으로 갔다.

"댁에 가실 때 사면되지 않아요? 자, 어서 오십시오."

전에 없이 반겨하는 친밀감을 느꼈음인지, 이 교수도 숙친한 사이처럼 가볍게 떼를 썼다.

김여사는 지남철에 끌리듯이 솔솔 그의 뒤를 따르다가 나중에는 나란히 걸었다.

"우린 이리로 가죠."

아마 동행들이 간 곳을 피하려 함이리라. 그는 으슥한 T다방으로 들어갔다. 구석진 곳에 자리잡은 그들은 새삼스럽게 서로 마주보았다.

"오늘 우리끼리 회식을 했죠. 웬일인지 이쪽으로 오고 싶어서 왔더니만."

그는 이 넓은 명동의 바다에서 어떻게 하다가 해후하게 된 그리운 여인을 대견스럽다는 듯이 찬찬히 관찰하였다.

"어떻게 밤에 나오셨나요?"

우수가 어린 듯하면서도 바로 전에 중대한 일을 겪은 듯이 보이는 김난숙의 윤택한 빰을 훑으며 그는 물었다.

"누구랑 저녁을 먹었어요."

"네?"

이 교수는 눈을 크게 떴다. 문득 작년에 경운이가 지껄이던 말이 튀어들었다.

"오늘 엄마가요 삼십 년 전의 사람을 만나서 울고불고 야단했거든요."

그때는 경운의 어머니가 누구이건 다만 막연한 호기심이 일었던 것뿐이었다.

"여자들이란 너무나 정에 예민한 모양이죠? 몇 시간이구 붙잡고선 눈물만 짜는군요."

경운이가 그렇게 설명을 덧붙였을 때도

"허허, 비장한 장면이었군!"

하면서 괜스레 빈정댔는데, 지금 심상한 기색이 아닌 옛 애인을 앞에 놓고 새삼 선명하게 기억나는 그러한 말들이 결코 자신을 둔감한 사나이로 던져두지 않았다.

"누구랑 만찬을 하셨게요?"

자세히 보니까 흐련하게 눈언저리에 감도는 주기마저 비위에 거슬리는 것이 아닌가.

"여성이신데요?"

모호한 질투심이 불쑥 어린 말을 입 밖으로 내몰았다. 김여사도 만만치 않는 성격이라 대답 대신 당돌하리만큼 그의 붉어지는 얼굴을 주시하다가

"글쎄요."

하고 살짝 눈을 깔았다. 이것도 역시 전에는 없던 교태로 보였다.

'남성적인 여성? 그렇지. 고연희는 남성적으로 나를 대해 주었으니까.'

"축하합니다."

거듭 이 교수는 신사답지 못한 어귀들을 토설했다.

"난숙 씨에게도 만찬을 함께 할 남성의 친구들이 있다는 것 말입니다."

이 교수는 거칠게 담뱃갑을 잡았다. 진중하기 이를 데 없던 그에게서 색다른 언동을 발견한 김여사의 가슴이 굼틀굼틀 설레기 시작하였다.

'지금의 내 처지로서 딴 남성을 사모하다니 있을 수 없는 일이다.'

술렁대는 가슴을 가라앉히느라고 조용히 앉아있는 김난숙을 건너다보며

"참, 시골에 갔다 오셨다구요?"

하고 이 교수는 화제를 돌렸다.

"네?"

"따님 병세는 웬만한가요?"

"네, 그저 그렇죠."

어느 새 경운이가 까먹은 것이라고 김여사는 평범한 대답으로 얼버무렸다.

'설마 내막이야 알리지 않았겠지.'

"건강해 보이던데요?"

"그렇지도 않아요."

"정군은 거기 있겠군요."

"네."

"정군은 졸업시험도 끝났겠다, 그 쪽에 미루시지 바쁘실 텐데 그렇게 내왕하시면 피곤하시기도 할 테고……."

은연중에 자기를 염려하는 정이 나타나서 김여사는 짜릿한 감사를 느꼈다.

'그래도 넓은 천지에서 나를 생각해 주는 사람이 있구나.'

"저녁은? 참, 누구랑 회식을 하셨다면서."

이 교수는 스스로 자기의 말을 정정하였다. 묻지도 않고 차를 시켰던지 포도주빛깔의 홍차가 앞에 놓였다.

"차나 드시죠. 그리고 언젠가 나도 저녁을 대접하도록 해 주십시오."

차를 마시면서 바라보는 눈치라 다른 때보다도 더 심각해 보였다.

"저 오늘 어떤 부인하고 저녁 먹은 거예요."

결백을 굳이 표명할 이유가 없다고 생각하면서도 김여사는 말해 버렸다.

"삼십 년쯤 됐나 봐요. 소학교 선생님의 언니 되는 분을 만나서 대접을 받은 건데……."

그런데 왜 오해하느냐는 뜻이 포함되는 해명을 하고, 김여사는 찻잔을 들었다.

이 교수는 경운의 지껄이던 말이 다시 생각났다. 결국 그 여성과의 만나는 장면을 과장스럽게 얘기한 것이 아니냐는 자위(自慰)를 얻었다.

'그러면 그렇지, 난숙 씨가 어떤 매서운 여성이라고……'

"반가우셨겠군요."

"그럼요. 오늘이 두 번짼데 정말 형제간처럼 정다웠어요."

"소시적 정이란 맹렬한 힘을 가지고 있는 겁니다."

"참말 그런가 봐요."

"동감이신가요?"

이 교수는 되잡아 물었다. 난숙 여사가 마주볼 때 그는 빙그레 웃었다.

"그러한 정이라면 키워 가는 편이 옳지 않을까요? 이유 없이 잘라버린다는 건 현대인으로서는 무지한 행동이라고 생각하는데요."

"……."

"만나고 싶을 때 만나고, 얘기하고 싶을 땐 서로 찾고, 고민을 나누고 즐김을 함께 하면서 우정을 계속하면, 이 소란한 세상에서도 한결 서로가 믿고 의지하고 얼마나 좋아요? 암담한 현실에서 비교적 밝게 따뜻하게 살아갈 수 있지 않습니까?"

"그야 그렇겠죠."

절절히 옳은 말이라고 김여사는 새삼스럽게 뼛속까지 미치는 것을 깨달았다.

"난숙 씨!"

난숙 여사는 가만히 눈을 들었다. 이 교수의 큼직한 눈이 뜨겁게 부딪쳤다.

"난숙 씨의 어떤 힘이라도 되고 싶습니다. 그리고 좀더 거리를 단축시키고 싶습니다. 이해하시겠죠?"

그의 힘찬 시선이 그것을 강요하고 있었다.

"난숙 씨가 나라는 인간을 싫어하신다면 혹 모르지만, 인간성을 증오하지 않는다면 피차에 자연스럽게 전개되는 정을 막을 필요가 있을까요? 아까도 말했듯이 황량한 인간 행로에서 우연히 알게 된 단둘만의 정리를 말살할 이유가 어디 있습니까?"

그는 남아 있는 차를 후루룩 마셨다. 그로서는 벼르고 벼르던 토설이리라.

"약속해 주십시오. 우리의 우정을 살려 가겠다고요. 피차의 힘이 되겠다고요."

청년처럼 그는 눈을 빛내면서 요구하였다. 다만, 태도가 무겁고 음성이 침착한 것만이 그의 관록을 말하였다.

김여사는 얼른 주위를 둘러보았다. 한편은 벽이니까 염려 없었고, 앞뒤와 옆에도 짝지어 앉은 사람들이 자기네의 얘기를 음악소리에 이겨 가며 열심히 중얼대느라고 이쪽에는 무관심이었다.

"용기가 있으십니까?"

긍정인 양 난순 여사의 입이 미소로 더욱 어여뻤다.

"편지 보내겠습니다. 경운 양도 양해하니까요. 아무 때나 만나고 싶을 때. 하기야, 매일 만나고 싶지만 적당할 때는 미리 알리겠습니다."

김여사는 다소곳이 수긍하였다. 이 교수는 먼저 일어났다.

"그럼 나가 보실까요?"

그는 뚜벅뚜벅 카운터에 가서 찻값을 내고 앞장서 나갔다.

"자, 인제 사실 물건을……."

네거리의 식료품 점에도 그는 두어 걸음 앞서서 들어갔다.

그는 김여사에게 묻는 법이 없이 혼자서 이것저것을 지적하였다.

"아이 뭘 그렇게 많이."

"가만있어요!"

전방 주인은 의가 좋고도 썩 잘 어울리는 중년부부로 알고

"아, 자제들도 많으실 텐데 듬뿍 사다가 주시지 그러세요?"

하고 신이 나서 포장을 하였다. 이 교수는 빙긋이 웃으며 난숙을 보았으나 그는 고의로 이헌수 씨의 시선을 받지 않았다.

오렌지며 과자며 사탕이며 과실 통조림 등을 싼 뭉치가 서너 개나 되었다. 김여사가 핸드백에 손을 대기 전에 이 교수는 얼른 값을 지불하였다.

"아이, 그러심……."

김여사의 말소리가 나오다가 말았다. 차라리 주인들에게도 부부로 알

게 하는 편이 더 정당할 것이다. 외간 남자가 사주는 물건을 받는 여인이 더 우습게 보이지 않겠는가. 이 교수는 물건 꾸러미를 모조리 혼자 안고 나갔다. 김여사도 하는 수없이 그 뒤를 따랐다.

이헌수 씨는 네거리에서 택시를 잡았다. 김여사는 운전수가 열어주는 문으로 들어가서 뒷자리에 앉고 이 교수는 그 곁으로 갔다. 그제야 그는 꾸러미를 난숙 여사에게로 두어 개 넘겼다.

"상도동으로."

이 교수의 명령으로 차는 움직였다. 쾌조로 달리는 차안에서 그들의 중량은 차체가 기울 때마다 자연스럽게 서로 받았다.

우울하고 심란하였던 이 날의 피날레가 이렇듯이 황홀하고 행복스러우리라고 자신이 어찌 짐작을 했을까 부냐고 김여사는 잠깐 모든 시름을 잊고 있었다.

이 교수는 익숙하게 길의 순서를 지시하였다.

"잠깐 집에 들르시겠어요?"

김여사는 차에서 내리며 용기를 내어 그에게 권했다.

이 교수는 차를 보내고 두 개의 종이뭉치를 든 채로 김여사의 뒤를 따랐다.

'경운이가 와 있는지 모르겠네. 집안이랑 깨끗한지.'

세심한 머리를 쓰며 바쁘게 발을 옮기던 김여사가 그의 대문 가까이 이르자

"자, 이것 받으세요."

하고 이 교수가 김여사를 불러 세웠다.

"아니, 좀 들어가셔야지……."

"댁을 알았으니까 다음에 오겠습니다. 그때나 달갑게 맞아 주십시오. 자, 이리 돌아서세요."

이 교수는 김여사의 팔을 잡아 그의 손에서 꾸러미를 들어 두 손아귀

에 올려주고 그 위에 자기의 것을 첩 놓았다.

"그럼 안녕히."

수북하게 안은 하얀 포장지 위에서 아련하게 떠 있는 난숙의 얼굴을 이헌수 씨는 이윽이 내려다보다가

"굿 나이트!"

하고 얼른 두 손으로 그의 얼굴을 감쌌다. 바로 이 찰나였다. 사나이의 억센 빰이 매끈한 여인의 볼에 밀착했다 떨어진 것은…….

이 교수는 빠르게 몸을 돌려 골목을 빠져나갔다. 한창때의 청년인 듯한 정력적인 발길로…….

불씨나 뿌리고 간 듯이 화끈 뜨거워지는 안면에 찬바람을 맞으며 김여사는 그의 늠름한 모습이 사라질 때까지 그렇게 서 있었으나, 갑자기 덜컥거리는 심장의 동요로 팔에 쌓인 물품까지가 가늘게 흔들렸다.

한참이나 그대로 서서 몇 번의 호흡을 계속한 다음 그는 나직이 식모를 불렀다.

"어마! 이게 다 뭐예요?"

대문을 열던 식모가 호들갑스럽게 외치는 바람에 동운의 방문도 요란하게 열렸다.

"웬일이세요? 이 많은 걸 어머니 혼자 어떻게 가지고 오셨어요?"

무심한 아들의 말이건만 몇 분전의 일을 생각하고 김여사의 가슴이 뜨끔하였다.

"경운인 아직 안 왔나?"

"모처럼 나갔으니깐 늦을 건 뻔하지 않아요?"

식모는 꾸러미를 대청에 받아놓으며 대답하였다.

"어머니! 먹을 거면 얼른 주세요!"

동운은 손을 벌리며 재촉했다. 김여사는 큰 이반에 오렌지며 과자 등속을 수북하게 담아서 보냈다.

"어머니, 고맙습니다!"

동운의 의기양양하게 좋아하는 것을 보면서 그는 사오기를 잘 하였다고 이 교수에게 은근히 감사하였다.

"저녁은 어떻게?"

"입때 있을라고."

"어마! 아주머니께서 외식을 다 하시고……."

"왜, 난 못할 사람인가?"

김여사는 웃음 섞어 식모에게 반문하면서도 가슴만은 평온하지 못했다.

김여사는 일찍 자리에 들었다. 너무나 많이 겪은 정신의 혼란으로 몸이 무거웠던 것이다. 그리고 그의 머리에서는 송 여사와 김윤식 씨와 희준과 고연희며, 희준의 형인 아기와 향운의 아가인 욱이까지가 크고 작은 선과 원을 그리며 쉴 새 없이 선회하고 부침하였다.

'삼 대째에 이르러서 끊어지려던 희준의 직계가 겨우 욱으로 하여서 이어가게 되다니 얼마나 아슬아슬하나? 혈통의 흐름이 끊기지 않고 생명이 계승하게 된 것은 향운이가 피눈물로 만들어놓은 그 징검다리 때문이 아니냐?'

김여사의 가슴은 머리와 반대로 환하게 밝아갔다.

# 태양은 언제나 동에서

삼칠일을 치른 향운의 건강은 해산하기 전보다도 더욱 좋았다.

목욕하고 머리를 감아 빗고 가벼운 화장마저 단속하고 난 향운은 그에게서 향내가 풍길 듯이 꽃답고 아름다웠다.

"얘! 너 정말 더 미인 됐구나!"

난순 이모는 침구를 치워버린 방안에 들어서다가 위아래 분홍으로 감고 서 있는 향운을 꽃송이인 듯이 착각하는 양 눈을 빛내면서 칭찬하였다.

"아주머니 덕분이죠. 하루 네 끼씩을 그렇게나 맛나게 먹은 걸요."

"나야 뭐. 다 네 신랑이나 어머니들의 정성이겠지. 참, 정 서방 오늘 온다든?"

"글쎄 잘 모르겠어요. 올 거 같기두 한데요."

"오늘이 세 이렌 줄 알지?"

"그럼요. 그렇지만 제도할 게 바빠서 어쩜 못 올지 모른다고 했어요."

"시험은 아니지?"

"졸업반이니깐 작년에 다 끝났대요."

"꼭 부산으루 가겠대?"

"말은 가야 하겠다고 하는데, 여기 회사하고가 선약이어서 참 난처하다구요."

향운은 아가의 기저귀를 갈아대며 말하였다.

"남들은 취직이 안 돼서 야단들인데 정 서방은 사방에서 데려 갈려고 하니 조음 장해? 그렇지? 욱아! 네 애비가 장하지?"

난순 여사는 욱을 들여다보면서 머릿짓을 해가며 얼렀다.

"언니 형편으루야 네가 가까이 있어야 하겠지만, 이왕 이렇게 떨어져서 살아야만 한다면 부산인들 어때?"

"하기야 그렇죠. 그렇지만……."

향운은 다음 말을 입에 문 채로 무엇인가 깊숙하게 생각하는 듯하였다.

"너 정초엔 시댁에 세밴 가야지 않니?"

난순 여사는 아가의 흰떡 같은 볼을 가볍게 쓸면서 물었다.

"양력과세 하시는 댁인데요 뭘?"

"그래두 못 갔지 않아?"

난순 여사는 향운의 새까만 머리털을 바라보았다. 푸른 기가 나도록 파실파실한 앞 머리칼이었다.

"그때야 네 몸이 무거웠으니깐 하는 수 없었지만, 음력설에야 가 뵈야지. 오늘이 스무 이틀이니깐 네 이레 지나선 넉넉하지 않니?"

"……."

"할머닌 보셨지만 할아버지두 궁금하실 게 아니야? 포옥 싸서 내가 안고 갈 테니 너두 가, 응?"

"아주머닌 다 아시면서두."

"예식 전에 가진 애라고 말이지? 아무리 목사 댁인들 너무하지 않아? 원 지금이 어느 때라고? 남의 아일 낳았든가? 아무 때 낳았건 자기네 씨를 자기 며느리가 낳았는데 이 년이나 오지 말라는 건 어불성설이란 말야."

향운의 목덜미에서부터 홍훈이 대리석 같은 뺨으로 번져갔다.

"누가 아일 광고하면서 안고 다니냐? 자기 손자 자기네가 보는데 뉘 안목을 꺼린단 말야? 사실 말이지 난 이번 처사두 마땅치 않았어. 만일 여기 내 집이 없었더람, 객지에 가서 해산할 뻔 봤지 않아?"

"아주머니 그만두세요."

향운은 신음처럼 가늘게 부르짖었다.

제일 가까운 이모마저 속이고 있다니!

"오늘 정 서방 오건 실컷 퍼붜야지."

그러나, 찬영은 그날도, 그 이튿날도 오지 않았다.

"얘, 정 서방이 웬일이냐? 오늘도 안 오니 말야."

밤늦게까지 기다리던 난순 여사는 향운에게 근심스러운 눈을 보냈다.

"아주머니. 그 사람은 정말 바빠요. 우린 한가하니깐 맘놓고 기다리지만, 자긴 또 얼마나 허둥대겠어요? 인제야 자기두 안심이죠. 삼칠일이랑 지났는데 여기가 어디라고 이웃집처럼 다니겠어요?"

"그야 그렇지. 내일쯤 사부인을 모시고 오려나? 언닌 망종 이레에나 오겠다고 미리 알려왔지만."

"어머닌 더구나 이 추위에 머나먼 십 리 길을 어떻게 걸으시려구요? 저번에 한 번 다녀 가시고두 고뿔 앓으셨다는 데요. 인제 곧 지가 갈 걸요."

"언젠 안 가겠다드니?"

"지가 언제 안 가겠댔어요? 형편이 그렇단 말씀이지. 저야 지금……."

향운은 무심코 나오려는 말을 문득 끊고 아가의 아랫도리를 만지다가

"어서 가 주무세요. 올 때가 되면 어련히 올라구요."

하고 상냥스럽게 웃어 보였다.

난순 여사가 돌아간 후에 향운은 이내 잠에 빠졌다. 요새는 밥도 맛나지만 잠이 더 달았다. 밤중에 두어 번이나 기저귀를 갈아주면서도, 한 번씩 젖을 물리면서도 끄덕끄덕 졸기가 예사였다.

얼마쯤 잤을까, 향운은 습관대로 일어나 아가에게 기저귀를 대준 후에

가물거리는 촛불을 훅 불어 껐다. 새벽이 가까우리라는 심산에서였다.

그런데, 윗목 쪽으로 새파란 빛이 차르르 깔리는 것이 아닌가. 향운은 잠에 취한 눈을 번쩍 떴다. 달빛이었다. 서향한 미닫이가 새벽달을 함뿍 받은 것이다.

향운은 바스스 일어났다. 미닫이를 열었다. 하현의 달이 암청색 하늘에 비스듬히 떠 있고 푸른빛에 싸인 시야는 깨끗하고 차고 맑았다.

향운은 다시 문을 닫고 치마와 저고리로 바꿔 입었다. 외투를 걸치고 목도리로 머리를 싼 후에 밖으로 나왔다.

그는 도둑처럼 발소리를 죽여 앞뜰로 나왔다. 안 대청마루에도 반쯤이나 달빛이 물들어 있고, 이모와 식모의 고무신 두 켤레가 쓸쓸하게 신방돌에 노출되어 있었다.

향운은 지금은 빈터로 있는 화단에 들어서서 담 너머로 마을을 내려다보았다. 고요하게 잠들어 있는 산들, 지붕들이 평화로운 딴 세계나 바라보는 듯이 신기롭고 황홀하였다.

'하기야, 이십여 일을 방구석에서만 살았으니…….'

외계(外界)와 격조하기 근 한 달이었다. 오직 좁은 방안이 하나의 세계였고, 자기와 접촉할 수 있는 가족들의 얼굴들만이 전부의 사회이었다.

밤인지 낮인지 시·분·초를 초월하여서 아가에게만 매달려 있었던 이십여 일이 향운에게는 아득한 꿈결같이 느껴졌다.

어디로선지 닭의 소리가 들려왔다. 저 달이 지기 전에 마을은 깨어나리라. 생명들은 움직이리라.

'나도 오늘부터 움직여야 한다.'

자기의 몸이 자유로울 수 있는 지금에야 어디엔들 가지 못하랴. 무슨 일인들 추진시키지 못하랴 싶었다.

'그이가 오면 오늘이라도 나는 그에게 나의 포부를 설파하리라. 만일 그가 내 제의에 반대할지라도 나는 꺾이지 않고 그대로 결행할 것이다.'

향운은 찬바람을 마시며 다짐하였다. 머릿속이 환하게 밝아지며 생각들이 초롱초롱 맑아갔다.

마침 변소에 가려고 마루로 나왔던 난순 여사가 담에 걸쳐 있는 검은 그림자에 기겁하게 놀랐다.

"아주머니, 저예요."

향운은 뜰로 나서며 미리 알렸다.

"아니, 너 웬일야?"

새파랗게 보이는 향운의 얼굴을 들여다보며 난순 여사는 거듭 놀랐다.

'신랑이 오지 않으니까 번민하는 것일까?'

"몸두 아직 부실한데 야기를 쏘이면 어떡헐려고."

"인제 새벽인 걸요 뭘. 하두 달이 밝기에……그 동안 너무나 갇혀 있었지 않아요?"

"하기야 그렇지만. 나온 지 오래니?"

"얼마 안 됐어요."

"오늘은 그만 들어가라."

향운은 이모의 말 대접으로 방으로 들어왔다. 달빛이 없는 아랫목은 아직도 어두웠다. 희끄무레한 빛 속에서 하얗게 떠오르는 아가의 둥그레한 얼굴을 들여다보며 향운은

"욱아. 너두 광명이 좋지? 그렇고말고. 널 그늘에서 키워서야 말이 돼?"

하고 소곤댔다. 그는 다시 아가의 뺨에 차디찬 자신의 볼을 비볐다.

"욱. 넌, 넌 좋은 아빠들을 가졌건만……."

향운에게서 논물이 흘렀다. 눈물만은 더웠다. 아가는 머리를 들며 호닥거렸다.

향운은 가슴 밑바닥을 훑어내는 듯이 깊고 쓰라린 숨을 소르르 내뿜으며 아가를 안고 그의 곁으로 쓰러졌다.

'욱아. 어쨌거나 탈없이 자라다구.'

향운은 아가를 업고 높은 산을 넘는 꿈을 꾸다가 문소리에 눈을 떴다.

"더 잘걸 괜시리 내가 왔군."

난순 여사는 깨끗한 매무시로 활짝 밝은 방 가운데 서서 웃고 있었다.

"어마, 어느 새……."

향운은 얼결에 발딱 일어났다. 아직도 아가가 등에 업힌 듯하였다.

향운이 화장을 마치고 조반을 끝냈을 때 찬영은 널찍한 상자를 서너 개나 안고 들이닥쳤다.

"오늘은 일찍 오는군."

난순 여사는 기다리던 보람도 없이 상자들을 받으며 담담하게 말했다.

"지금도 겨우 빠져 왔어요. 무척 기다리셨죠."

"다들 안녕하신가?"

찬영이 혼자만 온 것이 서운한 듯이 난순 여사는 오히려 쌀쌀했다.

"어머니가 꼭 오시려고 했는데 감기가 더쳐서요. 이건 다 아가의 선물이야."

찬영은 향운을 보며 상자들을 가리키고 바쁘게 걸어서 향운의 방으로 갔다.

"예끼! 이 녀석이 더 익어졌군!"

찬영은 욱을 안아서 얼렀다. 자세히 보니까 찬영의 눈이 움숙하게 들어갔고 피부가 더 까칠했다.

'일이 고돼서 그런가?'

향운은 아릿하게 아파 오는 가슴을 느끼며 욱을 받아서 자리에 뉘었다.

"이건 말야, 어머니가 주신 거. 이건 경운 씨가. 이건 내가 사온 거지."

찬영이 가리키는 대로 열어보니, 시어머니가 보낸 것은 아가의 털옷이요, 경운은 영아복, 그리고 찬영은 연한 크림색의 영아용 담요를 사온 것이다.

"어마! 참 이쁘네요."

"부산 갈 때 이걸루다 푸욱 싸서 안고 가자고 사왔어. 어때요? 내 예산이……하하."

찬영은 어른처럼 너털웃음 식으로 호방하게 웃었다.

"부산엘 꼭 가야만 될까요?"

향운은 교묘한 디자인으로 붙여 놓은 꽃무늬를 만져보며 무심한 듯이 물었다.

"그럼 안 가고 어쩌나?"

찬영은 의외라는 듯이 향운을 똑바로 보며 반문하였다.

"전 가고 싶지 않은데요."

"응?"

향운은 남편을 그윽이 마주 보았다. 그의 눈이 복잡한 항의를 담고 있었다.

"부득부득 돈만 벌으실려고 맘쓰시지 마세요. 모든 걸 저랑 아가 때문에 분주하게 덤비시는 거 같아서 맘이 괴로워요."

"향운!"

찬영은 향운의 손을 잡았다. 이십여 일을 자리에 누워 있는 산모만 보아오던 눈에 깨끗하게 단장한 얼굴이며 윤이 흐르는 검은 머리털이 청신한 감각을 새로이 자아내게 하였다.

찬영은 그의 팔을 끌어 품으로 안아들였다. 산실에서 나던 야릇한 냄새는 아니었다. 향긋한 그의 체취가 처녀 향운을 회상하게 하였다.

"향운!"

찬영은 아내를 강렬한 포옹과 키스로 애무하였다. 그리고 나서 천천히 말문을 열었다.

"나더러 돈 때문에 허덕인다니 정말 어이가 없소. 사실은 진작 여러 말을 하고 싶었지만, 당신이 늘 건강 상태에 있지 못하기 때문에 심각한 말은 피하여 온 거요. 내가 사랑하는 아내쯤은 나를 이해해 줘야 할 게 아니겠소?"

고즈넉한 어조와 눈길로 찬영은 향운을 내려다보았다.

"무슨 말씀이나 다 들려주세요."

향운은 무마와 압축으로 유액이 지려는 유방을 젖이 흐르지 못하도록 마찰하면서 정다운 눈찌로 그를 아늑하게 감싸주었다.

"사실 내가 돈만을 욕심냈다면 지금쯤도 큰 건물을 두어 개 가지게 됐을 거요. 앞으로도 돈을 벌 목적이라면, 얼마든지 맘껏 치부할 수 있을 것이란 말요."

찬영은 다리며 팔을 단정하게 가누면서 허리도 폈다.

"그렇지만 난 양심을 가진 건축 학도란 말요. 지금 우리 나라의 실정을 보면 해방 후에 선진국의 급작스런 대량문화 보급으로 다른 종합예술들과 같이 건축도 아직 고대의 양식이 정리되지 못한 채로 있소. 여기다가 급기야 기계 문명과 구라파식 방법들이 밀려들어 반만년의 역사를 통하여서 간직해 오던 고전 건축의 미(美)는 여지없이 우리의 시야에서 제외되었소."

향운도 유방에서 손을 떼고 한 무릎을 세워 안고 앉아서 조용히 귀를 기울였다.

"동란 후에 무차별하게 건축되는 각종의 건물들은 자신을 잃고 방황하는 우리 민족의 심리상태를 그대로 반영하고 있는 것이요. 도시의 위관을 자랑하는 현대식 빌딩이 다투어서 모습을 뽐내고 있는 반면에, 산 중턱에나 철도 연변에서 찌그러지는 처마와 지붕을 겨우 버티고 있는 초가들이나 무허가 판잣집들을 얼마든지 볼 수 있는 데, 여기에서 나는 언제나 기형적으로 발전하며 비약해 가는 우리의 건축물들을 바라보면서 일종의 탄식을 하고 있는 것이요."

찬영은 담배에 불을 붙여서 몇 모금을 들이켜고는 이내 꺼 버렸다.

"그런다고 나는 고대의 양식을 그대로 찬미하지는 않소. 건축이란 우리의 생활과 감각을 통하여서 현대인의 요구에 충족되는 생활공간을 창조하는 것이기 때문에 절실히 예술적인 아름다움이 필요한 것이요. 그러기에 건축이란 과학도이면서 예술가이기도 하단 말이요."

향운은 전에도 가끔씩 찬영이가 건축가는 '엔지니어'이면서 '아티스트'라고 자부하는 듯이 말하는 것을 들었던 것이다.

"우리는 끝없이 미를 추구하고 있소. 그 미란 모든 예술가에게 있어서 태양과 같이 귀중한 것이지만, 아름다움 역시 옛사람이 찾던 것과 현대인이, 즉 오늘의 인류가 원하는 아름다움이 같을 수는 없지 않겠소?"

"그야 물론이죠."

향운은 오랜만에 한 마디로 그의 말을 받았다.

"전문적으로 근본적인 이론을 따지고 캐고 한다면 도저히 짧은 시간으로 불가능한 까닭에 난 지금 내가 말하려는 요점만을 스치고 지나가는 것이요."

찬영은 재떨이에 걸치어 있던 담배를 들어 마저 태웠다.

"아까도 말했지만, 난 무조건 고대의 양식을 찬양하지 않아요. 선조 때부터 우리가 자라 나온 우리의 건축은 우리 민족과 뗄 수 없는 인정이 깃들였고, 우리에게 가장 가까운 모든 요소들을 포함하고 있는 만큼 전적으로 무시할 수 없다는 그 말이요."

"그렇고 말고요."

향운은 아가에게 젖을 물렸다. 욱이가 캑캑 보채면서 젖 시간을 찾았기 때문이다.

"그러기에 나는 우리 동료에게 이렇게 말해요. 우리 신진 건축가들은 먼저 우리 자신을 찾아야 한다. 그리하여서 우리의 고전을 근대화시키고, 다시 기초에서부터 현대적인 내용을 포함하여서 받아들여야 한다. 우리가 우리의 자신을 찾는다는 것은 귀중한 일이다. 우리는 우리의 이론을 체계화하고 사회에 보급시켜서 국민에게 직접적인 혜택을 전하며 이를 계승하는 후배들을 육성하는 것이 가장 시급한 우리의 임무다라고 요."

향운은 말을 받는 대신 고개를 가볍게 끄덕여 동감임을 표시하였다.

"그러니까 생각해 보시오. 어떻게 내가 돈 벌기에만 정신을 쏟고 있겠는가를……난 부족하나마 내가 배운 지식과 창작력을 다 기울여서 우리 민족에게 가장 적합하고 편이하고 비교적 영원성이 있는 건축을 고안하는 중에 있어요. 이것이 곧 실현될는지 그렇지 않으면 좀 시일이 걸릴는지 모르겠지만, 난 어디까지나 우리 민족의 독창적인 건축 지향에 선구자가 될 것을 스스로 다짐하고 있어요."

그의 일언일구에는 정열과 힘과 지성이 넘치고 있었다. 향운도 긴장한 안색으로 가만히 그의 입을 주목하고 있었다.

"그러한 각오에서 움직이고 있는 내가 사랑하는 아내에게서 돈에 중점을 있는 듯한 힐책을 받으면 어떻게 되겠소?"

"정말 죄송해요. 제 말 취소하겠어요. 용서해 주세요."

향운은 방그레 웃음을 섞어 머리를 조아리며 사과하였다.

"그렇게까지 심각할 필요야 없지."

찬영은 향운의 등에 손을 얹으며 부드럽게 말하였다.

"당신이 내게 한 말이나, 내가 거기에 대해서 항의한 진의는 다 한가지에 있는 것이니까, 즉 필요 이외의 돈을 요구하고 있지 않느냐는 당신의 힐책에 나는 해명을 해 둔 거니까."

"정말 난 그런 뜻이었어요."

"우리의 생을 유지하기 위하여서, 즉 나나 당신이나 우리의 아가, 나의 생명을 살려 가기 위한 돈벌이야 정당한 생활 수단이겠지만, 축재(蓄財)를 위한 돈벌이에는 반드시 부정이 끼기 마련이니까 난 그것을 말한 것이요. 부정을 감행하면 야, 즉 축재만을 일삼는다면 야 치부(致富) 못할 천치가 어디 있겠소?"

향운은 가볍게 점두하면서 욱을 다시 자리에 뉘었다.

"그러니까 난 지금 우리의 당연한 생의 권리를 요구하면서 일을 하고 있는 것이란 말요. 그리고 난 지금 우리에게 편리를 더 준다는 의미에서 부산에 가기로 작정하고 나선 것이 아니냔 말요."

"그런데 좀 번의를 하심 어때요? 난 부산엔 가지 않기로 한 걸요."

"응? 왜 갑자기?"

찬영은 엇비슷이 앉았던 몸을 홱 돌려서 향운과 정면이 되었다.

"갑자기가 아녜요. 진작부터 맘으로는 혼자 작정하고 있었는 걸요."

"그래요? 어디 이유를 들어봅시다."

찬영은 담배를 찾아 물고 불을 댕겼다.

"저 말예요. 욱의 일인데요. 저……."

"그래 욱의 일인데?"

찬영은 담배를 빨려다가 말고 반문하였다.

"아무래두 부모님께 말씀드려야 할까 봐요."

찬영은 거기까지 듣고는 알았다는 듯이 다시 불을 붙여서 담배연기를 빨아들였다.

"처음에야 당신이나 저나 무사히 결혼식을 지내기 위해서 고의로 부모님을 속였지만 불의를 끝내 숨겨둘 수야 없지 않아요?"

"그걸 어떻게 불의라고야 할 수 있겠소?"

"옳지 않은 게 불의가 아니고 뭘까요? 딴 사내의 아일 낳으려면서 버젓이 당신님의 손자인 척 가장하고 있었던 행동이 불의가 아니라니 말이 되나요?"

찬영은 잠자코 계속하여 연기만 뿜어냈다.

"어쨌건 하나의 생명이 구원을 얻게 된 건 사실이지만, 이런 사실이란 언제까지나 불의의 그늘 밑에서 정당하게 성장할 수 없는 것이니깐요. 전 욱이라는 엄연한 존재에게 일평생 부당한 굴레를 씌워서 살아가게 하긴 싫어졌어요."

찬영의 얼굴에서 색다른 의혹의 빛이 움직이는 것을 보고 향운은 얼른 말을 이었다.

"부당한 굴레라니깐 무슨 정씨의 가문을 탓한다거나, 혈육 아닌 조부모님의 슬하란다거나 이런 종류가 아니라, 어린 생명에게 거짓이라는 낙인을 찍혀서 자라게 한다는 게 잔인하다는 그 말씀이죠."

"그렇다면 당신의 구체적인 방안이 있겠군요. 어디 들어봅시다."

찬영은 담배를 비벼 끄고 정색하면서 물었다.

"제가 말하는 동안에 당신이 오해를 하신다 거나, 혹 너무나 당돌하다거나, 유치하다거나, 여러 가지 비판이 있으시겠지만, 우선 내가 작정하고 있던 생각을 나대루 말하겠어요."

그러는데 밖에서 발소리가 나며 난순 여사가 왔다.

향운은 재빨리 미닫이를 열고 쟁반을 받았다.

'우린 지금 무슨 얘길 하는 중인데요.'

향운은 이모에게 눈짓으로 그렇게 알리고 그는 또 그대로

"인삼차다. 어서들 따끈하게 마시렴."

하며 샐쭉 웃고 돌아갔다.

향운은 주전자에서 김이 서리는 노릿한 차를 따랐다 우묵하고 둥근 사기 합에는 삶은 밤이 가득히 담겨 있었다.

찬영은 긴장을 풀지 않고 찻잔을 들어 두어 모금 마시고 향운도 목을 축이고 나서 말을 계속하였다.

"이건 단순히 일방적인 내 의견뿐이니깐요. 나중에 당신이 잘 조정해서 결론을 지어 주셔야겠어요."

"어서 말해 보구료."

찬영은 천장을 쳐다보며 눈을 한 번 감았다가 떴다.

"당신이야 짐작하시겠지만, 비밀을 감추고 있는 죄인이란 한시나마 맘을 놓을 수 없게 마련이니까요. 특별히 부모님 앞에서의 그 괴로움이란

정말 견딜 수 없었어요.”

“그거야 말해 뭐하겠소.”

“제 몸 하나 땐 어떤 고통이라도 자업자득이거니 하고 감수했어요. 그렇지만, 욱이마저 어미가 받는 형벌 속에 잠겨 두기에는 도무지 제 양심이 허락지 않아요.”

“그게 모성애란 거겠지.”

“임신 중에도 막연하게 느꼈지만, 아가를 앞에 놓으면서는 한시라도 빨리 부모님에게 고백해야 되겠다는 생각뿐이었죠. 그런데다가 저번에 어머니가 오셨을 땐 참말이지 몸둘 바를 몰랐어요.”

“모르시는 분이 부모님만이 아니지. 우선 여기 아주머니도 모르시고, 동운이나 종진이나 다 모르지 않아요?”

“그렇지만, 제가 죄의식을 통절히 느끼기는 부모님 앞에서 뿐이거든요. 남이야 알거나 말거나 난 아버님이나 어머님께만 여쭈면 그만예요. 그래서 쫓아내시면…….”

“쫓아내시면?”

찬영은 향운의 말을 받으며 향운을 똑바로 주목하였다.

“쫓아내시면 욱이만을 안고 쫓겨나가겠단 말이오?”

크고 검은 눈에서 번쩍하는 빛이 일며 그의 너부죽한 입이 모질게 맺혀졌다.

“허는 수 없지 않아요? 주시는 대로 받을 수밖에요.”

향운은 눈을 내리깔며 부드럽고 나직하게 대답했다. 체념인 듯한 애절한 빛이 그의 조각처럼 선명한 콧마루에서 오히려 성스럽게 보였다.

“향운!”

찬영은 향운에게로 다가앉으며 그의 손을 잡았다.

“당신의 고충을 내가 다 알아요. 당신이 말하기 전에 이미 나 혼자서 예상했던 것이오. 그리고 아가의 앞으로의 일도 나는 나 스스로 궁리하고 있었소. 나는 당신의 의견을 존중해요. 향운으로서는 당연히 그렇게 하리라고 예측하고 있었소. 그렇지만, 지금은 때가 아니라고 봐요."

향운은 맑은 눈을 또렷하게 뜨고 남편의 입을 지켰다.

"우선 욱이가 강보유아인데다가 당신이 완전한 체력을 얻지 못하고 있는데 큰 충격이나 받아보시오. 당신의 건강에 해로울 뿐더러 아가에게도 미안하지 않소? 내 생각으로는 아직 그대로 덮어둔 채 우리가 부산에 가면 당신도 부모님들 떠났으니까 고민도 덜할 게고, 아가도 그 동안에 여물어질 테니 눈 딱 감고 일 년만 참는 게 좋을 것 같소."

"당신의 말씀에도 일리는 있어요. 그렇지만, 이왕 고백할 바에야 일 년씩이나 미룰 이유도 없을 것 같은 데요. 매도 미리 맞아야 하더라고. 아무리 큰 충격이 있다더라도 현재의 괴로운 심경보다는 결과를 본 후의 가정이 훨씬 더 개운할 거예요."

"그럼 어떻게 하겠단 말이오?"

찬영은 벽에 기대었던 상반신을 일으키며 다시 담배를 집었다.

"제가 서울로 갈까 해요."

"언제쯤이나 말요?"

"당신 졸업식이 언제죠?"

"그건 왜?"

"글쎄 말예요."

"삼월 이십 팔일 아니오?"

"참, 그렇지. 그럼 삼월 초에 가겠어요. 우선 한 달 동안 지내노라면 저나 욱이나 더 충실해질 거니깐."

"그럼 아직은 시일이 있으니까 그 동안 더 잘 생각해 보구료."

찬영은 집었던 담배를 던지고 손수 차를 따라 마셨다.

"그러니깐 부산가시는 건 미리 중지해 주셔야죠."

"그 일과 부산행과 무슨 긴밀한 일이라도 있단 말요?"

"생각해 보세요. 당신이 부산을 목적하신 건 오로지 도피생활을 맘먹은 거 아녜요? 그런데 백일하에 드러나는 이상 뭘 하러 부모 형제 떨어져서 부산에까지 갈 필요가 있느냔 말씀예요."

"그야 그렇지만."

"그러니깐 말예요. 부모님께서 어떤 상벌을 주시던 간에 전 서울 땅에서 받기루 하겠으니깐 객지엔 가지 말자는 말예요."

평소에는 묻는 말이나 겨우 대답하던 향운의 어디에서 청산유수 같은 이런 언변이 쏟아지는 것이며, 유유히 순종하기만 하던 그가 어쩌면 척척 갈피를 잡아서 얘기를 밀고 나가는 것일까? 기능이 강한 매(鷹)는 발톱을 감추고 있다가 필요할 때면 맹렬한 활약을 한다더니 향운이야말로 외유내강의 여인이 아닌가.

'경운의 언니이거든 어련하랴.'

찬영은 경이의 눈으로 향운을 보았다. 자기의 말에 스스로 흥분하여서 발그레 상기된 뺨이 영롱하게 아름답고 맑고 검은 눈은 흑요석 같은 광채를 내고 있었다.

"그럼 어쩐다? 난처하게 됐군."

찬영은 머리를 긁는 척하며 입맛을 두어 번 다셨다.

"형편이 그런 걸 어떻게 해요? 일 년만 서울에 있다가 가겠노라고 그러시지, 정 딱하신 처지라면 말예요."

"만일 안 된다면 나 혼자라도 갈까 부다. 당신이랑 아가랑 버리고 말야."

"호호, 무섭지 않은 걸요."

향운은 구슬이 구르는 듯한 웃음소리로 간드러지게 웃었다.

"인제는 아가가 있으니깐 난 없어도 두렵지 않다는 말이군."

찬영은 시무룩한 표정을 보이면서 정작 담배를 붙여 물었다.

"당신에게 그런 용기가 있으실까?"

향운은 웃음을 걷고 진실한 얼굴이 되었다.

"무슨 용기가?"

"우릴 버리고 혼자 달아나실 만한 용기가 말예요."

"흐흠, 자신이 대단하시군."

찬영은 향운의 매끈하고 하얀 턱을 쥐어 귀엽다는 듯이 그의 눈을 들여다보았다.

"언제 적부터의 자신이오?"

"태고적부터의……. 호호."

"그만하다면 아내의 자격 만점이야."

"그럼 오늘 까진 의문점이었군요?"

"그렇다고도 할 수 있지. 허허."

둘이는 마주보고 웃었다.

언제나 향운의 미간에 그늘져 있던 우수의 그림자가 비로소 가셔진 듯이 맑고도 밝아진 아내의 화판처럼 싱그럽고 향기로운 용모가 찬영에게 어떠한 힘과 능력을 북돋아 주는 성싶었다.

"향운! 나를 절망시키지 말아요. 당신은 언제나 내 힘이 돼 주어야 해요."

찬영은 향운의 손등을 어루만졌다. 부모의 처단을 예측할 수 없다는 불안이 무겁게 가슴에 가라앉아 있었다.

"앞으로의 큰 일만 끝나면 당신의 일에 협조하겠어요. 난 학교에 있을 때부터 건축물에 퍽 관심이 있었어요. 언제나, 우리의 생리에, 생활에 적합한 주택을 창안해 보겠다는 꿈을 가지고 있었거든요. 아까 당신의 실현하시겠다는 목적, 절대 찬성이에요. 응당 그러셔야죠. 그래야 배우는 보람이 있는 거고, 살아가겠다는 의의(意義)가 있을 게 아니겠어요? 전 그런 건실한 분의 아내라는 게 얼마나 자랑스러운지 몰라요."

"고마워, 향운!"

찬영은 손등을 쓸던 그 손으로 향운의 손을 꼭 잡았다.

"우린 어느 면에서나 성공할 거야."

함축 있는 남편의 말을 들으며 향운도 찬영의 큰 손위에 자기의 한편 손을 놓았다.

향운의 예언대로 삼월 초나흗날 향운은 욱을 데리고 시흥 집을 나섰다. 모든 순국열사들의 원한의 눈물인 듯이 초하룻날 저녁부터 흩뿌리던 비가 그제, 어제 이틀을 계속하더니만 오늘에야 날이 맑았다.

비 온 뒤라 논두렁이 질척거릴 것을 상상하여서 저녁 때 가겠다고 하였으나, 향운의 심산으로는 어두울 때 친정 집에 들어가야 한다는 예산이 더 강하였던 것이다.

마침 종진이도 돌아왔다. 땅도 과히 질지 않더라는 것이며, 서울에서는 미리 알린 대로 오늘 도착할 것을 기다리고 있다는 것이다.

찬영이가 부산 갈 때에 아가를 푸욱 싸안고 가겠다고 사온 크림색의 영아용 담요에 욱을 말아서 난순 여사가 안았다.

"아주머니 무거우시겠어요."

"앤, 무슨 소리야 오 리는커녕 백 리라두 가겠다 얘."

난순 여사는 몸을 우쭐거리며 대문으로 걸어나갔다. 식모는 가방 하나를 이고 향운은 가벼운 것들을 들었다.

"그럼 종진아, 나 올 때까지 집 비우지 말어. 그리고 내일 나 온 댐에 서울 가야 해."

난순 여사는 아들을 돌아보며 당부했다. 향운은 몸이 가벼웠다. 칠칠도 가까운 산모인데다가 여기올 때의 무겁던 그때에 비하면 날아갈 듯이 상쾌했다.

신용산 버스정류소에는 아무도 와 있지 않았다.

"아마 나오다가들 지쳤나 부다."

난순 여사는 아가를 안은 손에 책보의 고를 꿰어 쥐고 땅에 내려서며 말했다. 향운은 한 손에 트렁크며 기저귀를 넣은 백을 들고 있었다.

"언제 올지두 모르는데 어떻게들 지키나요?"

향운은 잠깐 사방을 둘러보다가 저 쪽에서 달려오는 찬영을 발견했다.

"어마! 정 서방이 저기 오네요."

"응? 어디?"

난순 여사가 반색을 하면서 두리번거렸다.

"정말! 영락없이 오는군!"

찬영은 숨이 턱에 찼다. 얼굴마저 벌겋게 달아서 두말 없이 난순 여사에게서 아가를 받으려고 하였다.

"저거나 받게."

난순 여사는 몸을 틀며 턱으로 향운을 가리켰다. 찬영은 얼른 향운에게로 갔다.

"나 지금 학교에서 오는 길이야. 꼭 지금쯤에 닿을 거 같기에 왔더니만 틀림없군. 자, 이리 내요. 택시를 부릅시다."

찬영은 몇 걸음 앞서 가서 택시를 잡았다. 그들이 향운의 집에 이르렀을 때는 더구나 전등이 간 동안에다가 외딴집이라 아무에게도 들키지 않고 조용히 들어갈 수 있었다.

집안은 발칵 뒤집혔다. 우선 식모가 어리둥절했다.

"아니, 웬 아갈까?"

그는 이 사람 저 사람의 눈치며 표정을 살피다가 저 혼자 깨달았다.

'오옳지, 그렇고 그랬군! 어쩜 감쪽같이두 몰랐네. 붕어를 산더미처럼 잡아다 앵길 때부터 수상하더라니. 원 세상에 사람이란 알 수 없는 거야. 그 진중한 양반이며, 그 새침한 큰누나가 저런 짓을 꾸밀 줄 누가 알았더람.'

경운은 화를 발칵 내서 아가를 안아다가 건넌방에 거칠게 놓았다.

"하루종일 남의 고생 지지리두 시키더니만 왜 지금이야? 올빼미든가?

밤에나 오게."

그 서슬에 아가는 눈을 반짝 뜨고 눈동자를 또록또록 굴렸다.

"야! 신기하군! 이 녀석 봐라!"

아가를 처음으로 보는 동운은 허리를 굽히고 희한하다는 듯이 욱의 이목구비를 하나씩 감상하고 있었다.

"이마는 매형, 눈은 큰누나, 턱은 작은누나, 코도 매형, 입은 나, 귀는 어머니."

"하하하하, 동운인 못할 소리가 없구나. 왜 아간 모두 빌려다가만 달았다더냐? 닮기만 했게. 하하, 우숴 죽겠다, 얘."

난순 여사는 무심코 익살을 부렸고, 모두들 한바탕 크게 웃었으나 향운의 모녀만은 가슴에 찔리는 것이 있었다.

"우린 저녁을 다 먹었지만 정 서방은 식전일 텐데, 경운아, 형부 진짓상이나 보렴."

알뜰하고 친절한 난순 여사는 찬영의 저녁밥 걱정을 하였다.

"아뇨. 전 집에 가야죠."

찬영은 향운을 한쪽으로 불러다가 소곤댔다.

"오늘밤은 편히 쉬어요."

"전 밤에 가 뵈올려는데요."

"아냐. 내일이 주일이니까 제일 조용해요. 밤에 말요. 나 오늘은 당신 왔단 말하지 않겠어. 굿 나잇!"

향운은 찬영을 골목까지 보내고 돌아오면서 알심 있는 남편이라고 생각하였다. 오랜만에 만나서 중대한 협의를 할 모녀들에게 여유 있는 시간을 주겠다는 배념(配念)이었으리라. 자신 역시 어머니와 경운에게 사전의 타협을 해야 하지 않겠는가.

'내 결심이야 반석처럼 확고한 것이지만…….'

동운과 식모가 각각 제 방으로 들어가고, 욱이 잠들기를 기다려서 삼

모녀는 건넌방보다도 더 으슥한 안방에 모였다.

"애, 너 어쩌자고 아가랑 데리고 왔니?"

김여사는 의혹이 가득 담긴 눈으로 딸을 보았다.

"제가 오는데 안 올 수 있어요?"

향운은 담담하였다. 초조와 당황의 빛이라고는 찾을래야 없었다.

"난 언니가 조금 일찍 오지 않았나 여겼는데,……아무려면 어때요? 이왕 결행할 바에야. 안 그래요? 언니."

사람의 맘속을 빤히 꿰뚫어 보는 경운의 말이었다. 향운은 어머니와 경운에게 자기의 의사를 표시하고 나서

"정 서방도 때가 좀 이르다고 하긴 했지만 근본적으로 찬성은 했어요."

하고 아직도 석연치 않은 기색으로 있는 어머니의 눈치를 살폈다.

김여사의 눈앞에 희준 어머니의 간절하고 애잔한 얼굴이 떠올랐다. 그의 눈물이 보였다. 그리고 그의 지성이 맺힌 발소리가 암암히 들려왔다.

"사실은 사업이란 것두 작년부턴 시세가 우스워졌어요. 게다가 영감이 누굴 위해 사는 거냐고 힘을 안 쓰군 되는 양 해 버렸거든요. 그러다가 내가 영감께 아무래두 향운이의 몸집이 이상하다고 했더니만, 펄쩍 뛰면서 그렇다면 사는 보람이 있겠다고 바싹 사업에 열을 올리는군요."

그 뿐인가, 희준 어머니는 자기가 직접 경영하는 가구점에도 정성을 들이지 않다가 아가를 얻은 후부터는 새 힘이 솟아서 부지런히 벌고 있다고 하였다.

"난 인제 죽어두 원이 없죠. 영감은 또 어쩌구요? 아무 데서라두 자라기나 잘 하면 나중엔 어떤 방법으로든지 도울 수 있다고 신바람이 나서 지금 정력을 굉장히 쏟고 있어요."

그때 그의 애가 끊는 듯한 술회를 들으면서 자기는 맘으로 울고 있지 않았던가. 하마터면 생명 하나를 죽일 뻔하지 않았더냐고 스스로 꾸짖으면서……

"잘 생각했다. 낙엽귀근(落葉歸根)이라고 아무 때건 제 피는 찾기에 마련인데 일찌감치 밝히는 게 옳지. 어차피 망신은 받아 놓은 거니깐."

김여사는 불쑥 이렇게 내뱉었다. 향운은 도리어 놀랐다. 끝내 반대하리라고 믿었던 어머니가 의외의 용단을 내린 것에 십만의 구원병을 얻은 장수 마냥 새로운 힘이 생겼다.

'우리 어머닌 분명코 다른 여인보다 장하신 점이 있어.'

김여사의 심리의 변화를 모르는 향운은 어머니를 칭찬하면서 총명한 눈알을 굴리고 있는 경운에게로 말을 걸었다.

"그런데 경운아, 너 시흥에 왔을 때 말야. 내가 너더러 시원스럽게 말 좀 해 보라니깐, 네가 제일 중요한 '키'는 송 부인이 쥐고 있다고 했지 않아?"

"응, 그랬어."

"그게 무슨 뜻이지? 난 그게 제일 궁금했어."

"그건 말야."

경운은 앉음새를 고치며 어머니를 거쳐서 향운에게로 시선을 돌렸다.

"난 그때 언니에게 오늘이 있기를 암시한 거예요. '솔로몬의 지혜'라는 예를 든 거나, 언니의 모성애를 찬양한 거나, 또 송 부인의 위치를 클로즈업한 거나, 모두 언니에게 자극이 되기를 원했던 거예요. 그때 언닌 졸도 직전이 될 만큼 심각한 충격을 받았던 모양인데."

"정말 그랬어."

"난 성공했구나 하고 혼자서 좋아했거든. 그래 안국동 아주머니랑 돌아오면서 은근히 아주머니를 격동시켰어요. 부디 집에 오셔서 어머니께."

"오옳지, 그게 다 네 수단이었군."

김여사는 경운의 말 중간에서 즐거운 분노를 보였다.

"호호, 엄만 내가 모사인 줄 몰랐수? 제갈량만큼은 못 하지만 내가 계획하는 일에 실패라고는 없는걸요."

경운은 속으로 '아차' 하였다. 이 교수에게 스승 이상의 정을 품었던 것은 무엇이었느냐고 반문하면서…….

"기집애가 못 할 일이 없으니 장하군 장해!"

김여사는 경운에게 증오가 없는, 아니 차라리 칭찬이 섞인 꾸지람을 하면서 눈을 흘겼다.

"일이란 모쪼록 되도록 꾸며야 하거든요. 성공을 목표로 말이죠. 그러니 저더러 다신 말괄량이니 뭐니 그런 불명예의 표를 찍지 마세요. 내가 공연히 움직이진 않거든요. 반드시 좋은 열매를 맺도록 동분서주하는 그 상태를 가리켜 말괄량이라니 말이 됩니까? 전 엄마에게두 은인이란 걸 모르세요?"

"뭐야?"

김여사는 이 계집애가 또 무슨 소리를 터뜨릴 것인가 하고 얼굴부터 붉혔다.

"제가 맹 활동을 한 결과로 엄만 옛 애인을 만나셨지 않아요?"

"아니, 이 기집애가?"

"호호, 제가 어디 거짓말해요? 고독의 길을 걸어야 할 숙명의 여인 김난숙 씨에게 영원한 우정을 바치실 성스러운 길동무를 택해 드렸으니 은인일 수밖에요. 호호."

경운은 빠른 어조로 하고 싶은 말을 다 지껄였다. 김여사는 어이가 없다는 듯이 오히려 잠잠하였다.

"아무튼 경운인 표창 받을 만하단 말야. 정말야. 거짓 아닌 찬사야."

향운도 방그레 웃으며 어머니를 건너다보았다. 언젠가 시흥에 왔을 때 경운이 실연했노라 하고, 이 교수와 어머니와의 관계를 미묘하게 풀어 가면서 자기를 놀래어 주던 일을 회상하며 더 웃음이 복받쳤으나,

'어머니께 그런 성실하신 분이 힘이 되고 계신다니 얼마나 든든하냐? 남녀간의 친분을 이내 연사(戀事)로만 취급하려고 하는 현재의 남녀관계에

서 새로운 지침을 보이기 위하여서도 부디부디 우정이 영원하시길 바랄 뿐이지.'
하는 일념으로 진지한 표정을 지었다.

다음 날 밤 아홉 시쯤 하여서 찬영은 향운을 데리러 왔다. 부모가 교회에서 돌아왔고, 자기는 또 그들에게 향운이가 초저녁에 시흥에서 올라왔다는 것을 알렸다는 것이다.

향운은 어머니와 경운의 무언의 격려를 받으며 찬영과 나란히 그의 시댁으로 갔다. 향운은 심호흡으로 자신의 가슴을 달래며 정 목사의 서재의 문을 열었다.

정 목사는 눈을 들어 향운을 보고 반가움에서 미간을 폈다가는 이내 엄숙한 얼굴로 돌아갔다.

"늦게야 왔구나."

부인은 안방에서 통통거리는 발소리로 대청을 건너 남편의 서재로 들어섰다.

향운은 최 여사가 앉기를 기다려서 차례대로 두 분께 절하고 일어섰다가 도로 사풋이 쪼그리고 앉았다.

"아가는 왜 안 데리고?"

할머니답게 손자를 찾으면서도 아가라는 발음은 입 속에서 가만히 냈다. 향운은 머리를 잠시 들었을 뿐 아무런 대답도 하지 않았다. 그러나 그의 태도는

'데리고 오지 못하도록 명령하셨는데 어찌 거역할 수 있겠어요?'
하는 뜻을 분명히 나타내고 있었다.

"난들 상면하고 싶은 맘이야 오직이나 간절할까마는 아직은 때가 아냐."

정 목사는 아내의 심리를 예측하는 듯이 그렇게 말하고 향운에게

"갑자기 올라온 이유라도 있느냐?"

하고, 날카로우면서도 자애로운 시선을 던졌다.

그때 미닫이가 조용히 열리고 찬영이가 들어와서 향운의 우측으로 앉았다.

"과세하였는데도 인사가 늦었기에……. 그리고 또 부모님께 사죄도 겸해서 올라왔어요."

어떻게 말문을 열 수 있는가 하는 염려에서 찬영은 불안의 빛으로 향운의 말에 정신을 쏟았다.

"사죄라니 네가 무슨?"

정 목사가 부드럽게 물었다. 최 부인도 향운을 주목하였다. 찬영만이 맞은편 벽을 향하고 있었다.

"다름 아닌 욱이의 일 때문에……."

더듬거리는 며느리의 말을 거들어 주는 듯이 최 여사는

"욱이의 일이라면 공동책임이지 왜 너 혼자만 사죄를 해야 한단 말이냐?"

하고 예민한 감각을 내세웠다.

"죄는 제가 저질렀는걸요."

의외로 향운의 말소리가 확실했다. 그는 숙였던 고개마저 들었다.

"진작 말씀을 올리지 못 하온 데는 구구한 소회가 있었지만, 지금에까지 부모님을 속일 수 없사와서……."

정 목사 내외는 긴장한 얼굴로 향운의 다음 말을 기다리고 있었다.

"전 오래 전부터 친구처럼 가깝게 지내던 학생이 있었어요. 작년 4・19 학생혁명 때 죽었지만요."

정 목사의 미간이 갑자기 주름잡혔다. 벌써 사태를 짐작하는 모양이었다.

"정말 순결한 우정을 계속했었어요. 그랬는데 작년 사월 십이 일에."

향운의 고운 음성이 잠깐 끊기었다. 찬영은 새삼 귀를 쫑그렸다. 차마 묻지 못하였던 사실을 지금 향운이가 자진으로 토설하고 있지 않는가.

"별안간 그 학생이 병이 나서 제가 간호를 했어요. 외아들이기 때문에 주위엔 아무두 없었고 해서……."

최 여사는 아랫입술에 침을 바르며 숨을 죽이고, 정 목사는 여전히 찌푸린 얼굴로 있었다.

"자기가 죽을 것을 알기나 하는 듯이 자꾸만 불길한 말을 하더니만……. 더구나, 저흰 부모가 다 허락하신 결혼의 상대자라고 하면서……."

향운은 또다시 말을 끊고 머리를 숙였다. 정 목사는 스르르 눈을 감았다.

"알겠다. 대관절 그 학생이 뉘 집 자제냐?"

최 여사는 향운의 말이 나오기 전에 먼저 묻고 나섰다.

"어머님께서두 잘 아시는……."

정 목사는 눈을 번쩍 뜨고, 최 여사는 아들의 곁 모습을 스치며

"응?"

하고 재우쳤다.

"김희준이에요."

향운이가 조용히 떨어뜨리는 말이건만 정 목사 내외는 전기나 맞은 듯이 움찔 놀랐다.

"뭐야?"

정 목사는 탄식처럼 내뱉으며 한쪽 무릎을 세웠다가 내렸다.

"찬영아. 인제부터 네가 말할 차례야!"

최 여사는 아들에게 명령했다. 친절이 섞인 엄숙한 어조였다. 정 목사도 긴장한 눈초리로 아들을 보았다.

"그럼 제가 여쭙겠습니다. 전 향운일 희준의 소개로 만난 적이 있었습니다. 그때부터 은근히 사모해 왔지만, 친구의 애인이라는 의리에서 스스

로 억제하고 왔습니다."

찬영의 자유 조작이라는 것을 향운만이 알고 있었다.

"그런데 희준 군은 불행히도 작년에 희생이 되고 향운은 그대로 봉직하고 있었지만, 아까 향운이가 여쭌 대로 단 한 번의 교섭이 임신이 된 줄은 나중에야 알았던 모양입니다."

향운은 머리를 숙인 채 조는 듯이 앉았고, 정 목사는 시선을 방바닥에 꽂고 있었다. 최 여사만이 형형한 눈으로 아들을 지키고 있었다.

"전 아무 일도 모르면서 가끔씩 향운을 방문하고 그의 사랑을 혼자 희망하고 있었습니다. 향운은 가을부터 학교를 쉬고 집에 있었는데, 나중에 안 일이지만 거기 어머니가 맹렬하게 타태를 강요했는데도 희준의 생명을 남기겠다는 일념에서 절대로 반대했던 것입니다."

정 목사는 시선을 미닫이 쪽으로 돌렸다.

"전 영문도 모르고 향운에게 결혼을 요구했지만 번번이 실패했는데, 처제 되는 경운이가 향운의 일기를 읽고 가만히 제게 귀띔을 해 줬어요. 결혼을 반대하는 이유를 안 이상에 전보다도 거의 열광적인 태도로 저는 결혼을 요구했습니다."

찬영은 일단 말을 끊고 목을 틔어 음성을 가다듬었다.

"저는 작년 학생혁명에 참가하지 못한 속죄로라도 희준의 생명을 이어주어야 했고, 또 희준이가 저의 은인이었다는 점에서도 무사히 희준의 후계자를 받았어야 합니다. 만일 향운이가 아이를 둘씩 가지고 있는 미망인일지라도 저는 향운과 결혼하고야 말았을 것입니다. 황송합니다만 저는 향운이가 아니면 평생을 독신으로 지냈어야 하니까요."

정 목사는 눈을 감으며 턱을 숙이고 팔짱을 끼었다. 최 여사는 어이없다는 듯이 한숨을 몰아쉬며 세운 무릎 위에 팔을 걸고 손으로 뺨을 바치고 있었다. 향운만이 그린 듯이 움직이지 않았다.

"그렇게도 반대하는 향운을 끌고 저는 부모님께도 왔었고, 혼례식도 치렀습니다. 저 역시 끝내 부모님을 속일 계획은 아니었습니다. 때가 오면 자연히 알게 되시겠기에 당분간 덮어두려고 했는데, 욱의 존재가 확대하면서 향운은 고집했습니다. 그래서 이번에 올라온 것입니다. 향운은 어떤 상벌이라고 감수할 각오입니다."

찬영은 '상벌'이라는 '상(賞)'에다가 강한 억양을 넣었다.

"첨부해서 말씀드리겠습니다. 이런 사실은 처가에선 처모님과 처제만이 아는 비밀입니다마는, 희준네 부모님은 다 알고 계십니다. 거기 아주머니가 시흥에까지 와서 심각한 눈물을 흘리고 갔다 합니다. 그리고 거기 아저씨도 새로운 힘을 내서 사업에 열중하리만큼 욱이라는 존재는 큰 역할을 하고 있습니다. 절망에 빠진 희준네 가문에 서광이 비친 것이니까요. 다만, 그분들의 희망은 아무 데서라도 자라기만 잘 하면 된다는 가엾은 것입니다."

정 목사 내외의 표정에는 색다른 변동이 있었다. 감격과도 비슷한 격정임에 틀림없었다.

"향운인 용감했습니다. 저로서도 주저하는 일을 솔선해서 고백하려고 했습니다. 그만큼 향운에게는 신념과 각오가 서 있는 것입니다. 아버님 어머님 깊이 사려해 보십시오. 저를 꾸짖으실지언정 향운에게는 죄가 없다고 저는 감히 주장하겠습니다. 죄송합니다만 이것이 솔직한 저의 주견입니다."

절절히 정성이 어린 남편의 서술을 들으며 향운의 가슴은 짜릿하게 아팠다. 말말 구구에서 자기를 감싸고 변호하기에 신경을 쓰는 찬영이 오히려 딱하게 보였으나, 뜨거워지는 눈에서는 하염없는 눈물이 맺혀 흘렀다.

향운의 눈물을 본 정 목사는 새삼 며느리의 단정한 몸매를 훑은 후에

"오늘밤에는 그냥들 돌아가라. 나중에 부르겠다."

하고, 등을 이쪽으로 보이며 돌아앉았으나 최 여사는 잠잠히 먼저 일어나 방문을 열었다.

찬영도 부시시 일어나 향운이가 서기를 기다려서 함께 정 목사에게 인사하고 마루로 나왔다.

"안녕히 주무세요."

향운은 고요히 마루 끝에 서서 향운이 떠나기를 기다리는 최 여사에게 허리를 굽혔다.

최 여사가 안방으로 사라진 후에 찬영은 향운의 팔을 끌었다.

"내 방에 좀 앉았다가 갑시다."

향운은 남편의 부축으로 그의 방에 들어왔다.

"향운! 수고했소."

들어서자마자 찬영은 향운을 품으로 안아들였다.

"당신이야말로……."

향운은 찬영에게 소곤대며 지그시 그의 가슴으로 파고들었다.

"너무나 벅차서 감사두 드리지 못하겠어요."

"무슨 말을."

찬영의 입술이 향운의 입을 막았다. 그들은 새로운 정열에 취하여서 한동안 힘껏 서로를 껴안고 서 있었다.

이윽하여서 그들은 각각 의자에 앉았다. 향운은 아내의 손이 없으나마 정결하고 윤택하게 정돈되어 있는 남편의 방안을 둘러보았다.

"퍽 깨끗하군요."

"다 순애의 덕이지."

향운은 언제나 자기를 유심히 뜯어보던 조카라는 처녀를 연상했다.

"참, 순애 잘 있어요?"

"응, 활짝 피었지."

호랑이도 제 말하면 온다더니 마룻방의 유리문이 열리고 한결같이 머리를 양쪽으로 땋아 늘인 순애가 차를 들고 왔다.

"아주머니 안녕하셨어요?: 이거 할머니께서 보내신 거예요."

순애는 평화스러운 웃음을 보이며 찻잔을 놓고 돌아갔다.

순애에게서 찬영의 부부가 돌아갔다는 말을 듣고 최 여사는 순애가 나간 후에 문갑에 팔을 세우고 두 손위에 이마를 얹으며 쓰라린 숨을 내뿜었다.

'세상에 이렇게도 딱한 일이 있을까? 일부러 꾸민 데도 요처럼 야릇한 얘긴 없을 거야. 아아, 어쩌면 좋은가.'

최 여사는 이마를 비벼댔다. 자연히 머리가 좌우로 흔들리면서 머릿속이 아찔했다.

꼭 집어 무엇을 생각할 수도 없었다. 귀에는 찬영의 열성에 찬 말소리만이 그대로 담겨있었다. 천연하면서도 깔끔하게 앉았던 향운의 맵시가 눈앞에서 아물댔다.

얼마를 그대로 있었을까, 드르륵 열리는 미닫이 소리에 정신을 가다듬었다.

"여보!"

등뒤에서 정 목사의 나직하게 부르는 소리가 났다. 최 여사는 천천히 돌아앉으며 남편을 쳐다보았다. 아들만큼이나 훤칠한 이마에는 우수가 서리어 침침하게 보였다.

"당신은 어떻게 생각하오?"

아랫목 벽에 기대었던 어깨를 들며 정 목사는 아내에게 물었다.

"모두 그게 사실인 것 같소?"

얼른 대답을 못하고 있는 최 여사에게 그는 거듭 물었다.

"어떻게 거짓말이야 하겠어요?"

최 여사는 남편에게로 한 무릎 다가앉으며 조용히 대답했다.

"난 이런 생각이 드는데……희준이로 말하면 여자처럼 단정하고 내성적인 성격이요, 향운이도 보통 여성이 아닌 아주 정숙한 아이란 말요."

최 여사는 잠잠히 고개를 끄덕여서 긍정의 표시를 하였다.

"그런데 찬영인 의협심이나 의리감이 지나치게 강한 아이거든. 희준이가 명예의 희생을 했으나마 그 집은 무후가 되고 만 게 아니오? 게다가 향운인 또 희준이랑 결혼까지 할 처지였지 않소?"

"그래서요?"

"애들이 희준네를 위하는 것에는 꼭 같이 정성이거든. 마침 아들이랑 낳았겠다, 그 집의 후사를 계승하게는 하고 싶은데 내가 허락은 하지 않을 게고 보내긴 해야겠으니까 꾸며 낸 연극이 아닌가 싶구려."

"그런다고 향운에게 불리한 정조문제까지에 거짓을 붙이겠어요?"

"당신도 딱하오. 남에게 공개하는 게 아니고, 집안끼리에 저희 둘만의 합심이면 고만인데 무슨 말인들 못 하겠소? 대사를 성취하는데 소사(小事)를 죽이지 못하겠소?"

"그렇지만 차라리 우릴 설복하는 게 낫지, 향운이가 희준이랑……."

"아니, 여보! 가만히 생각해 보구료. 아무리 찬영이가 새로운 윤리관을 가졌다손 치더라도 남의 아이를 밴 여성을 욕심내서 제 처로 삼겠느냔 말요? 간단히 처단을 말고 좀 깊이……."

"여보세요. 당신이 딱하시군요. 아까 찬영의 그 긴장한 태도며 진실한 그 말을 잊으셨나요? 향운이가 애를 둘씩 가진 미망인이라두 기어코 결혼을 했을 거라지 않아요? 그리고 희준이랑 좋아하는 옆에서 전 항상 향운일 사모했다지 않아요? 사랑엔 맹목이라는데 찬영이가 왜 못 해요? 걔니깐 그렇게 하고 나선 게 아니겠어요?"

"그래도 난 곧이 들리지 않소."

내외가 서로 우기는데 밖에서 순애가 최 여사를 불러서 몇 마디 수군대다가 함께 방으로 들어왔다.

"순애가 우리에게 여쭐 말씀이 있대요."

최 여사는 순애의 등을 밀어 앞으로 내세우며 설명하였다.

"무슨 말인데? 나중에 하라면 되지 않소? 지금은 우리가 담화 중이니까."

"지금 얘기에 참고가 될 거라구요."

"그래? 그럼 이리 앉어라."

정 목사는 순애를 자기 가까이 앉게 하였다. 최 여사도 자기의 자리에 사풋이 내려앉았다.

"무슨 얘기냐? 어디 말해 보려무나."

정 목사는 정중하게 명령하였다. 순애는 치렁거리는 머리채를 둘 다 뒤로 보내며 최 여사를 힐끗 보았다.

"어디 말씀 드려 봐……."

최 여사도 부드럽게 재촉했다. 순애는 자세를 반듯이 하고 두 손을 앞에 모으며 입을 열었다.

"지가 이런 말씀을 드려야 할는지 모르겠어요."

그는 잠시 사이를 두었다가

"꾸중하실지 모르지만 저두 무척 망설였댔어요."

하고 말 시작을 하였다.

"작년에 아저씨가 처음으로 아주머니랑 집에 오셨다고 하시던 날 말예요. 정작은 아주머니가 아니라 아주머니 동생이었어요."

"그래? 넌 어떻게 알았니?"

최 여사는 순애를 내려다보며 고개를 기울이고, 정 목사는 입을 꼭 다문 채로 눈만 치떴다.

"아저씨가 일평생에 처음으루 여성을 데리고 왔으니 얼마나 이상하겠어요? 그나마, 얼른 가는 게 아니라, 차분하게 자릴 잡군 얘기들만 해요. 그래서 지가 가만히 나가서 엿보지 않았겠어요?"

순애는 제풀에 뺨을 붉혔다. 찬영을 신처럼 위하는 순애에게는 있음직한 일이라고 최 여사는 얼마쯤 짐작이 갔으나,

"그런 버릇은 왜 했어?"

하고 정 목사는 나무랐다.

"저두 나쁜 줄은 알았어요. 그렇지만 할머니가 오신 댐에두 너무 오래 있기에 나가서 본 거예요. 그랬는데, 그땐 벌써 그 얘기가 벌어진 후이었던가 봐요."

"그 얘기라니?"

최 여사가 물었다.

"아저씬 자꾸만 아주머닐 무한히 사랑한다고 하면서 결혼하겠다니, 경운 씨가 그 색시 이름이 경운이거든요. 경운 씨가 하는 말이 언닌 큰 병이 있다니깐 병이 있어도 고치겠다고 그래요. 그러니깐 경운 씨가 언니 임신했는데두 괜찮느냐면서 그 얘길 해요. 그래도 아저씬 여전히 그러면 더 좋다고 기어코 결혼해서 아이 아버지가 되겠다고 하지 않아요?"

"알았어. 그만둬!"

정 목사는 언성을 높여서 순애의 말을 막았다.

"그랬는데 넌 왜 입때 말 안 하고 가만히 있었어?"

최 여사가 힐책 조로 날카롭게 말했다. 순애는 양쪽의 꾸지람에도 태연하였다.

"제가 어떻게 그런 말을 여쭙겠어요? 다 된 일에 방해나 부리는 거밖에 더 되겠어요? 전 지금두 아니, 언제꺼정이라두 입밖에 내지 않을려고 했어요. 그런데, 할아버지랑 할머니께서 얘길 가지고 우기시길래 바른 대루 알려드린 거예요."

순애는 침착하고 명확하게 말을 끝냈다.

"알았다. 어서 가 자라!"

정 목사는 거친 말씨로 순애를 내보냈다.

정 목사는 안경을 벗어서 방바닥에 던지다시피 놓았다. 그는 두 손으로 두 눈을 쓸어보고 마찰이나 하는 듯이 뺨도 비비다가 눈을 감은 채 한 손으로 슬슬 이마를 문질렀다. 괴로움을 이길 때나 깊은 사려에 빠질 때면

한 번 씩 오래 계속하는 그의 버릇이었다.

남편이 소리가 나도록 밀어 던진 도수 깊은 안경에 잠시 눈을 주었다가 최 여사는 천장을 쳐다보며 터지려는 한숨을 삼켰다.

'저 양반도 무척 머리 아플 거야. 그 대쪽같은 성미에……. 그렇지만, 별수 있나? 찬영의 말이 다 정당한 것을…….'

최 여사는 안경을 집어서 손에 쥐고 남편의 동작이 멎기를 기다려서

"여보!"

하고 조심스럽게 불렀다.

"너무 심각하게 파고드시지 마세요. 일판은 벌써 올 데까지 오고 만 걸요. 다만, 남은 건 우리가 어떻게 최종 결정을 내리느냐 이거 아녜요?"

언제나 총명하고 추진력이 강한 최 여사는 남편에게 풀어서 이르기 시작했다.

"결혼은 인연이라드니만 향운이 하고 찬영인 삼생의 연분이었던가 부죠? 찬영이가 어떤 사낸데 그렇게나 열광적이었겠어요? 희준인 제 복이 아니니깐. 그래두 종자를 기막히게 남긴 거 보면 박복하진 않았던가 봐요. 향운이 그게 여간내기가 아녜요. 유순하기만 한 거 같지만, 끝내 제 신념대루 한 거 보세요. 만일 찬영이가 없었음 그대루 저 혼자 낳아서 김씨 가문에 바쳤을 거예요. 아이야 그 이상 더 고를 수 없죠."

"그야 그렇지. 사람이야 돼먹었지."

정 목사는 눈을 뜨며 아내의 말을 받았다.

"그 집 삼 남매가 다 출중한 걸요."

최 여사는 안경을 남편에게 내밀며 말했다.

"경운인가 그 색시가 여간 똑똑한 게 아녜요. 이번에두 큰 역할을 했나 부든데."

"그래도 인물은 사내 동생입디다. 아직은 어린데도 아주 비범하더군."

아내가 주는 안경을 받아쓰며 정 목사는 담담하게 대꾸했다.

"어린 게 뭐예요? 인제 곧 대학생이 될 텐데요. 어제까지 시험이 끝났지 않아요?"

"참 어느 대학에 쳤누?"

"법대예요. 그젠 비가 오는 데두 모른 체할 수 없어서 사부인 댁이랑 함께 갔거든요."

"잘했구료."

"찬영이랑 진석이랑 경운이랑 다 와 있던데요."

"호강이로군."

"경운이 색시 선생님이라나, 왜 결혼식 때 보시지 않았어요?"

"이헌수 씨?"

"네. 그분두 나중에 와서 우릴 다 데리고 그 앞의 다방에 가서 차랑 사 주시던데요."

"그래 결과는 어떻겠다고?"

"낙관을 하던데요. 워낙 도령이 공불 썩 잘 한대요."

"거 자알 됐구료. 시원스러운 소식이야."

정 목사는 자기의 심려도 잊은 듯이 미간을 펴고 훤칠한 이마를 또 한 번 쓸었다.

"그러니 당신두 매사를 너무 고깝게만 생각하지 마세요. 지금이 어느 때라고 옛 생각만 잡고 늘어져 돼요?"

최 여사는 때를 놓치지 않고 남편을 꼬드겼다.

정 목사는 서재에 박혀서 밤낮없이 기도하며 생각하며 성경책을 폈다가 덮었다가 하였다.

닷새가 되는 삼월 십일 아침에 그는 비로소 안방으로 건너왔다.

"오늘은 오전에 가정 심방을 끝낼 테니까 당신도 일찍 서둘러요."

그는 아내에게 그렇게 이르고 찬영을 불렀다.

"오늘 바쁘지 않느냐?"

"일이 있으시다면 시간을 자유로 만들 수 있는데요."
"내가 오후에 희준이 아버지를 방문하려고 하는데."
"회사는 알고 계시나요?"
"알고 있어. 그리고 오전에 시간도 연락하겠다. 그러니까 넌 오후 다섯 시쯤 해서 네 처가에 가 있으란 말야."
"얘, 넌 다섯 시전에 가 있으렴."
어젯밤에 남편에게서 그의 방안을 들은 최 여사는 흐뭇한 기색으로 아들을 신칙하였다.
부모의 안색으로 보아 오늘의 결과를 예측하는 찬영은
"감사합니다. 명령대로 하겠습니다."
하고 허리를 깊숙이 굽히고 나갔다.
정 목사가 종로 ××빌딩 앞에 나타난 것은 오후 네 시였다. 현대식의 모든 장치를 다 갖춘 김윤식 씨의 방은 호화롭고도 중후한 멋이 있었다.
"오랜만입니다. 이렇게 찾아주셔서 이런 고마울 데가 없군요."
풍부한 체격과 세련된 모습으로 김 사장은 정 목사와 힘찬 악수를 하였다.
"진작이라도 왔어야 하지만 적당한 기회를 찾노라고 이제야 뵙게 됐습니다."
호릿한 몸매에 신성한 종교가의 풍도가 전신에 흐르는 정 목사와 김 사장은 좋은 대조로서 안락의자에 마주 앉았다.
"어떻게 사업은 잘 되시나요?"
"글쎄요. 그럭저럭 어떻게 연명은 해 나갈 거 같군요. 참 댁에는 경사가 중첩하셔서 축하합니다."
김 사장은 비서와 타이피스트를 내보내고 정 목사에게 차를 권하며 담배를 만지작거리다가 정 목사의 근엄한 자세를 보고 차만을 들었다.
"찬영이가 졸업해서 좋은 자릴 얻었고, 또 손자를……."

"오히려 이쪽에서 할 말입니다."

정 목사는 김씨의 말 중간에 타고 들었다.

"훌륭한 후계자를 얻으셔서 축하합니다."

정 목사는 정중하게 말을 돌렸다. 김윤식 씨는 긴장한 눈으로 상대편을 일별하였다.

"내가 이 사실을 안 것이 닷새 전인데, 그 동안 대단히 신중하게 생각했습니다. 다 알으셨겠지만 난 희준이와는 무관한 줄 알면서도 이 년간은 별거하도록 했었거든요."

김윤식 씨는 두 손을 깍지끼어 테이블 위에 놓고 눈을 감고 있었다.

"그런데 문제는 달라졌습니다. 찬영이나 향운의 소원대로 희준의 생명체는 희준의 집으로 돌려보내야겠습니다. 구체적인 방도는 나중에 의논하기로 하고 오늘은 우선 손자를 상면하기로 합시다. 자, 일어서시죠."

김윤식 씨는 벌떡 일어나 정 목사의 손을 두 손으로 덥석 잡았다. 그의 눈물이 뺨을 흘러내렸다.

그들은 거리로 나왔다.

오늘도 또 하나 새로운 윤리를 빚어낸 태양은 욱이의 두 조부의 그림자를 길게 그리면서 서쪽으로 기울고 있었다.

■ 후기

# 『태양은 날로 새롭다』를 마치고

"태양은 날로 새롭다"라고 말한 헤라클레이토스는 "인간은 두 번 같은 흐름을 밟지 않는다"고 하였다. 이것은 "태양는 날로 새롭다"와 마찬가지로 우리가 시시각각으로 새로운 것을 맞이하며 있다는 사실을 밝히는 말이다.

또한 그는 "아는 미래보다 모르는 미래가 낫다"고도 하였다. 그만큼 그는 인간이란 모르는 미래를 동경하는 희망에서 살고 있다는 것을 강조하고 있는 것이다.

위에 기록한 그의 금언들을 항상 머리에 간직하고 있는 나이기 때문에 이번에 감연히 "태양은 날로 새롭다"라는 주제 하에서 나의 주인공들의 비약적인 생활의 일 단면을 여러분에게 보였던 것이나 그것이 여러분의 공감을 얻었는지는 모르는 채로 다만 7개월 여를 꾸준히 읽어주시고 격려하시고 더러는 칭찬도 하여 주신 여러분에게 감사를 드리며 따라서 자주 물어보시던 집필의 동기에도 대답하려고 한다.

작년 4·19 학생혁명에서 잃어진 백기십(百幾十) 명의 꽃다운 혼들을 위하여 나는 며칠이고 울었다. 국민으로서 울었고 어머니들의 입장에서 울었으며 그 젊은이들의 애인의 처지에서 함께 울었다.

더구나 날이 쌓이고 달이 지나도 이 귀중한 피의 대가가 올바로 갚아질 기맥(氣脈)이 보이지 않는 것에서 분함과 원통함을 이기지 못하고 있는 내게 다행히도 소설을 써야 할 기회가 왔던 것이다.

나는 한 정숙하고 아름다운 향운이라는 여성에게 용감한 의학도인 애인의 생명을 받게 하였다.

향운은 어머니의 강압적인 권고에도 저항하여 처녀로서 아비 없는 사생아를 낳기로 결심하였다. 만일에 외아들인 희준이가 국가에 바친 거룩한 희생물이 아니었더라면 향운은 그처럼 굳게 한 생명체의 계승을 고집하지 않았으리라. 연약하고 유순하게만 보이는 향운에게는 언제나 강력한 정의감이 깃들여 있었던 것이다.

그러나 현대적인 총명과 용기와 지성을 갖춘 경운이가 아니더라면 향운은 어떻게 되었을까? 그러기에 그는 우정과 의리에 깊은 진실한 청년 찬영을 호소의 상대자로 선정하지 않았던가?

찬영이야말로 우리가 요구하는 현대적인 정열과 포부를 가진 건설적인 젊은 사자일 것이다.

작가는 언제나 자신이 동경하는 인물들과 그들이 개척하고 나가는 건설적인 생활을 창조하면서 그러한 이상적인 사실이 곧 현실화할 수 있는 전제를 보여야 하지 않겠는가?

그리하여서 작품 중의 인물들은 그대로 우리의 선구자가 되며 작품이 발산하는 새로운 체취는 이내 우리의 윤리가 되어야 할 것이라고 나는 생각한다.

그러기에 물로 씻은 듯이 차고 맑은 종교가 정목사를 감동시킬 만한 사실 즉 찬영과 향운의 결혼의 동기와 그 결과라거나 희준의 부모의 간절한 염원이라거나 향운의 최후 고백의 절차라거나 이러한 여러 가지 전개에 무리와 불합리성과 수긍하지 못할 점을 느끼시는 분이 계시다면 그것은 오로지 작자의 능력이 모자라는 것으로 머물 수밖에 없을 것이다.

여기에서 다 할 수 없는 나의 가득한 뜻은 당돌하나마 주인공들의 회화에서 충분히 나타내었다고 생각하면서 나머지는 현명하신 독자 여러분의 깊은 이해심을 믿고 그만 쓰기로 한다.

≪동아일보≫ 1960. 11

# 박화성 연보

1903(1904・1세) 전남 목포시 죽동 9번지에서 음력 4월 16일에 아버지 박운서(朴雲瑞)와 어머니 김운선(본명 金雲奉, 후일 운선 雲仙)으로 개명)의 4남매 중 막내딸로 태어나다. 아명 말재(末才), 본명 경순(景順). 문인사전 등 공식 기록에 출생연도가 지금까지 1904년으로 되어 있으나 실제 그의 출생연도는 1903년이다. 아버지 박운서는 소싯적에 서울에서 무슨 구실인가 했다는데 낙향해서 만혼을 하고 1902년에 목포로 와 선창에서 객주를 하여 돈을 잘 벌었다. 아호는 화성(花城), 소영(素影). 정명여학교 학적은 화재로 소실되어 남아 있지 않으나 남아 있는 사진 자료에는 박경순(朴景淳) 11세라고 표기되어 있다. (『정명100년사』)이때부터 어머니, 교회에 나가기 시작함.

1907년(4세) 찬미책과 성경을 줄줄 내리 읽음. 부모님 세례 받음. 이 때 박화성도 젖세례를 받음. (교회는 목포 양동 교회인 듯.) 어머니 김운봉 씨, 목사가 지어준 김운선으로 이름을 바꿈.

1908년(5세) 정월에 천자책을 뗌. 집에서 제사를 치우고 큰오빠 일경(호적명, 起華) 결혼. 언니를 따라 학당에 다님. 시험을 보면 늘 '통'(만점)을 맞음.

1909년 (6세) 교회와 학당에서 말재를 신동이라 함. 교회신문에 말재의 이야기가 크게 보도됨. 가장 따르던 원경 오빠 사망.

1910년(7세) 정명여학교에 3학년으로 입학. 말재에서 경순으로 승격. 언니

경애(敬愛)도 景愛였으나 김합라 선생이 景이 좋지 않다고 敬으로 고쳐주었고 말재도 敬順으로 바꾸어 주었다. 그러나 호적에는 여전히 景順으로 되어 있다. 이때부터 소설에 흥미를 갖고 소설 읽기에 밤을 새움.

1911년(8세) 성적이 좋아 5학년으로 월반함.

1912년(9세) 언니 경애 윤선을 타고 평양으로 가 숭의여학교에 입학하다.

1913년(10세) 신 학제에 따라 고등과 3학년이 되다. 60칸짜리 큰집을 지어 이사함. 한 달 동안 중병을 앓음. 꿈에 이기풍 목사가 나타나 먹여주는 약을 먹고 낫는 체험을 함. 두 달 보름만에 회복.

1914년(11세) 목포 항구에 철도가 개통되다. 고등과 4학년이 되다. 그때까지 읽은 책이 100권은 넘었을 것. 소설을 쓰다. 제목은 「유랑의 소녀」. 자신의 아호를 박화성으로 짓다. 아버지의 축첩으로 상처를 받다.

1915(12세) 목포 정명여학교를 졸업하다. 이때부터 노래를 짓고 시를 습작하기 시작하다. 보습과 입학.

1916년(13세) 보습과 졸업하고 서울 정신여학교 5학년으로 시험을 치르고 들어가다. 김말봉과 한반이었다. 편지를 검열하는 등 자유를 구속하는 정신여학교의 생활이 싫어 가을 학기에 숙명여학교로 가, 시험을 치르고 본과 2학년에 편입함. 풍금실에서 김명순을 만남.

1917년(14세) 숙명여자고등보통학교 3학년이 되다. (김명순 졸업). 소설 쓸 결심을 하고 식물원에 가기도 하면서 모방소설 「식물원」을 쓰다. 시도 쓰다. 왕세자 전하 모신 자리에서 풍금 연주를 하다.

1918년 3월(15세) 숙명여자고등보통학교 제9회 졸업. 음악학교에 진학한다면 교비생으로 해주겠다는 말이 있었으나 전문가로서의 음악가는 원치 않았기에 거절하다. 그렇다고 소설가나 시인이 되겠다는 생각도 없었고 우리나라 독립을 위해 큰 일꾼이 되겠다는 이상을 품음. 아버지와 약속한 내년의 동경유학을 기다리며 일 년만 보통학교의 교원으로 일하기로 하다. 학교에 말해 천안 공립보통학교 교원으로 가다. 본가의 죽동 9번지 집이 팔리고 양동 126번지 작은 집으로 이사하다. 8개월 근무 후 아산 공립보통학교로 가다.

1919년(16세) 3월에 교원 사직하고 귀향하다. 아버지 사업의 재기가 어려워 일본 유학 약속이 지켜지기 어렵게 되다. 언니 경애 나주로 시집을 가다.

1920년(17세) 우울증을 달래러 언니와 형부가 교사로 나가고 있는 광주로 가다. 김필례 씨로부터 영어와 풍금의 개인교수를 받다. 몇 달 후 북문교회 유치원의 보모로 일하고 밤이면 부녀야학에서 가르치다.

1921년(18세) 영광 중학원 교사로 부임하다. 조운이 주도하는 자유예원에 글을 써 번번이 장원이 되다. 조운의 문학지도를 받다. 조운으로부터 덕부노화의 『자연과 인생』을 받아 읽고 처음으로 무한히 넓은 창공과 가슴이 태양처럼 툭 터져나가는 상쾌함과 신비로움을 감각하다. 소설작법 희곡작법의 소책자와 일본 문인들의 작품과 서구 문호들의 방대한 소설을 밤새워 읽다. 자유예원에서 장원한 수필 〈ㅎㅍ형께〉 〈K선생께〉 〈정월초하루〉를 ≪부인≫에 싣다.

1923년(20세) 단편 「팔삭동」을 쓰다. 연희전문에서 내는 ≪학생계≫라는 교지에 시 「백합이 지기 전에」실리다. 김우진 김준연 박순천 등의 동경유학생 하기순회강연에서, 채동선의 바이올린 연주에 풍금으로 반주를 하다.

1924년(21세) 단편 「추석전야」를 쓰다. 조운이 계룡산에서 수양하고 있는 춘원 이광수에게 가지고 가 전하다.

1925년(22세) ≪조선문단≫ 1월호에 단편 「추석전야」가 춘원의 추천으로 실려 문단에 등단하다. 3월에 신학제에 따라 숙명여고보 4학년에 편입하다. 춘원선생을 처음 만나다. 서해 최학송 만나다.

1926년(23세) 숙명여자고등보통학교를 최우등으로 졸업하다. 오빠 박제민, 노동조합 선동의 혐의로 검속되다. 오빠의 친구인 P씨(본명 미확인) 박화성의 일본 유학 학비 도와주다. 4월에 일본으로 건너가 일본여자대학교 영문학부 1학년에 입학하다.

1927년(24세) 여름방학에 오빠로부터 김국진 소개받다. 가을부터 보증인이 되어있는 세이께 부인의 권유로 독서회에 나가다. 근우회 동경지부 위원장이 되다.

1928년(25세) 삼 학년에 진급만 하고 귀국하다. 학비지원을 받던 P씨와 파혼을 한 까닭에 학업을 계속하기 어려워지다. 장편 『백화』 쓰기 시작. 6월 24일 아침 김국진 씨 체부동 하숙으로 찾아오다. 6월 30일 오후 7시 Q라는 은사의 주례로 김국진 씨와 결혼하다. 참석인원은 20명. 어머니도 오빠도 몰래 비밀로 한 결혼. 결혼반지에 Be Faithful L&I(사랑과 이즘에 충실하자)고 새기다.

1929년(26세) 2월 숙명 4학년 때 학비를 지원해 준 이윤영 씨를 찾아가 여비와 학비를 도움받다. 3월 말 동경으로 가 혼고(本鄉)라는 동네에 2층 6첩 방에 들다. 김국진은 와세다대 정치경제과에 적을 두다. 5월 27일 오후 8시 15분 첫딸 승해(勝海) 출산. 음력 9월 아버지 박운서 사망.

1930년(27세) 오빠에게서 여비와 약간의 금액을 얻어 동경에서 하숙을 치다. 일본여자대학교 영문학부 3년을 수료하다. 임신으로 다시 귀국.

1931년(28세) 3월 13일 목포에서 장남 승산(勝山) 출산. 보통학교 근처(북교초등학교)에 사글세 집을 얻어 생활. 28년부터 쓰기 시작했던 『백화』 집필 수정 계속. 춘원이 목포에 와 『백화』 탈고를 알림. 반전데이 삐라 사건으로 김국진 피포. 3년 언도를 받고 복역. 옥바라지 시작.

1932년(29세) 1월 ≪동아일보≫ 신춘문예에 동화 「엿단지」가 박세랑이란 필명으로 당선되다. 5월에 중편 「하수도공사」를 ≪동광≫에 발표. 6~11월 한국여성 최초의 장편소설인 『백화』를 ≪동아일보≫에 연재하다. 10월 「떠나려가는 유서」를 ≪만국부인≫에 발표하다. 『백화』가 창문사에서 간행되다.

1933년(30세) 1월 연작소설 「젊은 어머니」를 ≪신가정≫에, 2월 콩트 「누가 옳은가」 ≪신동아≫에, 11월에 단편 「두 승객과 가방」을 ≪조선문학≫에 발표하다. 8~12월에 중편 「비탈」을 ≪신가정≫에 연재하다. 경주・부여 등 고도 답사, 기행문과 시조를 ≪조선일보≫에 연재.

1934년(31세) 남편 김국진 복역 끝내고 나옴. 팔봉 형제에게 부탁하여 간도 용정의 동흥중학교의 교원으로 가게 함. 성해 이익상이 ≪매일신보≫에 4배의 원고료를 줄 테니 글을 쓰라고 했으나 거절하다. 6월 희곡 「찾은 봄・잃은 봄」을 ≪신가정≫에, 7월 「논 갈 때」를 ≪문예창조≫에, 10월에 「헐어진 청년회관」을 ≪청년조선≫에, 11월 단편 「신혼여행」을 ≪조선일보≫에 발표하다. 「헐어진 청년회관」이 검열에 걸려 발표되지 못하자 팔봉 김기진이 시 〈헐어진 청년회관〉을 써 발표하고 후일 원고를 돌려주어 해방 후 창작집에 실리다.

1935년(32세) 4.1~12.4 장편 『북국의 여명』을 ≪조선중앙일보≫에 연재하다. 1월 단편 「눈 오던 그 밤」을 ≪신가정≫에, 2월 단편 「이발사」를 ≪신동아≫에, 3월 단편 「홍수전후」를 ≪신가정≫에, 11월에 단편 「한귀」를 ≪조광≫에 발표하다. 10월에 모교 동창의 집이자 천독근 씨의 집 방문. 그 후 편지가 오고 부부가 함께 오기도 하고 혼자 오기도 하는 등 왕래.

1936년(33세) 1월 단편 「불가사리」≪신가정≫에 역시 1월에 단편 「고향 없는 사람들」 ≪신동아≫에 발표하다. 4월 연작소설 『파경』 1회분 ≪신가정≫에 발표하다. 4월에 딸 승해 초등학교 입학, 7월에 용정에 있는 남편 찾아가다. 6월에 단편 「춘소」 ≪신동아≫에 발표하고 역시 6월에 단편 「온천장의 봄」을 ≪중앙≫에, 8월에 단편 「시들은 월계화」를 ≪조선문학≫에 발표하다. 가족은 버려도 동지는 버릴 수 없다는 남편과 헤어질 결심을 함. 천독근 씨 청혼. 강경애로부터 김국진에게 돌아오라는 권고의 편지 받음. 9월에 언니 경애 사망.

1937년(34세) 일본 개조(改造)지에 단편 「한귀」 최재서 씨의 일역으로 실림. 9월 단편 「호박」을 ≪여성≫에 발표한 것을 끝으로 해방이 되기까지 일제의 우리말 말살정책에 항거하여 각필하다.

1938년(35세). 3월 2일 승준 출생. 5월 14일 천독근과 혼인신고. 5월 22일에 결혼예식. 8월 하순 김국진이 목포에 와서 승해와 승산 남매 데리고 용정으로 감. 9월에 큰오빠 기화 별세. 장례 후 제주도에 가서 한 달

간 지내다 옴. 아이들 다시 데려오기로 결심. 동기방학에 전진항에서 아이들을 데려온 김국진과 만남. 아이들 목포 연동에서 외할머니와 함께 생활.

1939년(36세) 2월 23일 승세 출생. 여름에 시모, 겨울에 시부 사망.

1940년(37세) 목포에서 후진 지도.

1941년(38세) 6월 14일 승걸 출생, 12월 대동아전쟁 발발.

1942년(39세) 응하지 않으니 원고청탁이 뜸해짐. 승해 중학교 입학. 천독근 씨가 도회의원, 부회의원, 상공회의원, 섬유조합 이사, 전남도 이사장, 회사사장을 겸하여 손님 치르기에 부엌에서 도마와 칼만 쥐고 살다시피 함.

삼 년상, 조석 삭망에 제사 때마다 음식 마련과 손님 치다꺼리에 겨를이 없이 지남. 친정 어머니, 젖세례까지 받은 네가 그렇게도 우상 섬기는 데에 얽매일 줄 몰랐다고 함. 9월 28일에 오빠 제민 사망.

1943년(40세) 3월 승산 목포중학교 입학. 7월 11일 금강산 탐방. 10월 9일에 다시 금강산 추풍악을 여섯 살짜리 승준을 데리고 탐승.

1944년(41세) 5월 시동생 둘 결혼. 함께 친영. 승준 국민학교 입학.

1945년(42세) 8월 15일 목포 자택에서 해방 맞음. 12월엔 강도까지 듦. 목포고녀 교가 작사.(김순애 작곡) 장녀 승해 이화여대 영문과 입학.

1946년(43세) 광복과 함께 다시 붓을 들어 오빠 제민을 추모하는 수필 〈시풍 형께〉를 ≪예술문화≫에 발표. 친일파로 몰려 수난. 단편 「봄안개」를 민성에 발표하다. 천독근 씨 호열자로 와병 후 회복.

1947년(44세) 2월 조선문학가동맹 목포지부장에 뽑힘. 최영수, 백철, 김안서, 김송, 정비석 흑산도 갔다가 목포에 들러 박화성 씨 자택에 들름. 단편 「파라솔」을 ≪호남평론≫에 발표하다.(미확인) 9월 승산 경기중학에 편입. 역시 9월 승걸 국민학교 입학. 11월에 2학년으로 월반. 첫 단편집 『고향 없는 사람들』을 중앙보급소에서 간행하다. 12월 31일 목포에서 『고향 없는 사람들』 출판기념회.

1948년(45세) 1월 정지용 씨 목포에 와 만찬회. 지역문인들 만당하는 성황. 4월 콩트 「검정사포」 ≪새한민보≫ 발표, 7월 단편 「광풍 속에서」를 ≪동아일보≫에 발표하다. 10월 제 2단편집 『홍수전후』를 백양당에서 간행하다. 여순반란사건. 반민특위에서 천독근 씨 조사 결과 수사에서 제외되다. 서울 사간동에 집 마련. 승해, 승산 이대와 경기중학 통학.

1949년(46세) 승산이 서울대 문리대 영문과 진학. 승준, 승세, 승걸 모두 서울 수송국민학교로 전학. 제주 4·3 사태를 다룬 단편 「활화산」을 탈고, 게재 전 소실되다.

1950년(47세) 승준이 경기중학에 입학. 1월 콩트 「거리의 교훈」≪국도신문≫에 발표, 단편 「진달래처럼」을 ≪부인경향≫ 창간호에 발표하다. 6·25 발발. 7월 24일 친구에게 들켜 나간 승산이 끝내 돌아오지 못함. 한성도서에서 출간하기로 되어 있었던 『북국의 여명』신문 스크랩, 회사의 철궤에서 집으로 가져와 다락에 두고 떠나 잃어버림. 9월 3일 목포를 향해서 걸어서 감. 헌병대와 C I C 등에 가서 조사를 받는 등 고역을 치렀으나 무사히 석방. 관상쟁이가 백일 기도를 하면 영험이 있으리라해서 잃어버린 아들 승산을 위해 절에 가서 3·7기도를 함.

1951년(48세) 승세 중학에 입학. 단편 「형과 아우」를 ≪전남일보≫에 게재하다.

1952년(49세) 승걸 국민학교 일등으로 졸업. 4월에 중학 입학. 단편 「외투」를 ≪호남신문≫에 콩트 「파랑새」를 ≪주간시사≫에 게재하다. 여름에 이동주, 서정주 등 문인들 목포 방문.

1953년(50세) 승준 고교 입학. 승해 목포여중 영어교사로 근무. 남편의 회사 운영 어려워짐.

1955(52세) 사간동에서 팔판동 작은 전세 집으로 이사. 아이들 헌 스웨터를 고치면서 눈이 쑤시고 아플 땐 또 뇌빈혈로 쓰러졌을 때는 죽음에 대한 공포를 느끼다. 전에도 이렇게 쓰러질 때 "걸작을 내지 못해서 어쩌나?" "어머니 앞에서 죽어서야…" "내 아들을 못보고 죽어서

야…" 이 세 가지 큰 숙제 때문에 눈을 감지 못하리라 했다. 9월 단편 「부덕」을 ≪새벽≫에 발표. 8월부터 56년 4월까지 장편소설 『고개를 넘으면』을 ≪한국일보≫에 연재하다. 이제서야 서울 문우들과 교우 시작. 11월 5일 모친 김운선 씨 사망.

1956년(53세) 8월 단편 「원두막 풍경」을 ≪여성계≫에 발표하다. 10월 3일 고향에서 『고개를 넘으면』출판기념회. 30일에는 서울 동방살롱에서 출판기념회. 11월~57년 9월 장편 『사랑』을 ≪한국일보≫에 연재하다. 장편 『고개를 넘으면』을 동인문화사에서 간행하다. 딸 승해 손주현 씨와 약혼.

1957년(54세) 대학동창회(일본여대)에서 출판기념회 열어주다. 2월 26일 승세가 맹장 수술을 해 목포에서 병간호를 하며 20일 간 소설을 써 보내다. 4월 27일 딸 결혼. 이 무렵부터 천독근 씨 와병. 5월 8일 권농동으로 이사. 남편의 신경질로 건넌방 구석에 숨어서 소설을 쓰며 눈물. 여자란 아내라거나 어미라거나 그런 책임만이라도 감당하기 어려운데 주제에 소설을 쓴다니 천만 부당하지 않느냐?(『눈보라의 운하』 373면) 11월 장편 『사랑』 전편을 동인문화사에서 간행하다. 단편 「나만이라도」를 ≪숙명≫에 발표하다. 10월 3일 인의동으로 이사. 천독근 씨 해남 대흥사, 삼각산 승가사에서 요양. 10월~58년 5월 『벼랑에 피는 꽃』 ≪연합신문≫에 연재. 섣달 그믐 승세 ≪동아일보≫ 신춘현상문예에 당선작 없는 가작 당선 소식 오다.

1958년(55세) 1월 단편 「하늘이 보는 풍경」을 ≪조선일보≫에 발표. 승걸 서울대 영문과 입학. 승세 ≪현대문학≫에 추천완료 문단 등단. 단편 「어머니와 아들」을 ≪여원≫에, 단편 「딱한 사람들」을 ≪소설계≫ 창간호에 발표하다. 목포시 문화상을 수상하다. 4월~59년 3월 장편 『바람뉘』를 ≪여원≫에 연재하다. 6월~12월 장편 『내일의 태양』을 ≪경향신문≫에 연재하다. 영화화 원작료로 정릉에 20평 집을 사서 이사. 연말에 장편 『사랑』 후편을 동인문화사에서 간행하다.

1959년(56세) 장편 『고개를 넘으면』 『내일의 태양』 등이 영화화되다. 5월에 병석의 남편이 별세하다. 10월에 장편 집필을 위하여 유관순의 고향인 천안 지령리를 답사하다.

1960년(57세) 1~9월 유관순을 주인공으로 한 장편 『타오르는 별』을 ≪세계일보≫에 연재하다. 2~9월 장편 『창공에 그리다』를 ≪한국일보≫에 연재하다. 11월~61년 7월 장편 『태양은 날로 새롭다』를 ≪동아일보≫에 연재하다. 승세 결혼. 유관순 전기 『타오르는 별』 출간하다. 차남 승세가 이철진(연극인)과 결혼.

1961년(58세) 12월 단편 「청계도로」를 ≪여원≫에, 「비 오는 저녁」(소설집 『잔영』에 수록)을 발표하다. 5·16 군사혁명 발발. 이화여자대학교 제정 문학선구공로상을 받다. 한국문인협회 창립과 동시에 이사로 선임되다.

1962년(59세) 단편 「회심록」을 ≪국민저축≫에, 「별의 오각은 제대로 탄다」를 ≪현대문학≫에 발표하다. 장편 『가시밭을 달리다』를 ≪미의 생활≫에 연재하다. 교육제도 심의위원에 피촉되다. 7월~63년 1월 장편 『너와 나의 합창』을 ≪서울신문≫에 연재하다.

1963년(60세) 3~9월 장편 『젊은 가로수』를 ≪부산일보≫에 연재하다. 국제펜클럽 한국본부 중앙위원에 위촉되다. 4월~64년 6월 자전적 장편 『눈보라의 운하』를 ≪여원≫에 연재하다. 6월~64년 2월 장편 『거리에는 바람이』를 ≪전남일보≫에 연재하다.

1964년(61세) 정릉의 진풍사를 떠나 하월곡동으로 이사. 회갑기념으로 『눈보라의 운하』를 여원사에서 간행하고 출판기념회를 열다. 가정법원 조정위원에 위촉되다. 오월문예상 심사위원에 위촉되다. 최정희와 공저로 여인인물전기 『여류한국』을 어문각에서 간행하다. 7월에 한국여류문학인회가 창설되고 초대회장으로 추대되다.

1965년(62세) 장편전기 『열매 익을 때까지』를 청구문화사에서, 장편 『창공에 그리다』를 영창도서에서 간행하다. 5월 단편 「원죄인」을 ≪문예춘추≫에, 7월에 단편 「샌님 마님」을 ≪현대문학≫에, 11월에 단편 「팔전구기」를 ≪사상계≫에 발표하다. 자유중국부인사작협회 초청으로 대만을 방문, 각계를 시찰하고 강연, 좌담회 등을 갖다.

1966년(63세) 1월 단편 「증언」을 ≪현대문학≫에, 「어떤 모자」를 ≪신동아≫에 발표하다. 장편전기 『새벽에 외치다』를 휘문출판사에서 간행하다. 6월에 한국 예술원 회원이 되다. 같은 달에 미국 뉴욕에서 열린 국제 펜클럽 세계연차대회(34차)에 한국대표로 도미, 2개월간 각지 문화계를 시찰하다. 10월에 단편 「증언」으로 제3회 한국문학상을 받다.

1967년(64세) 단편 「애인과 친구」를 ≪국세청≫에 단편 「잔영」을 ≪신동아≫에 발표하다.

1968년(65세) 제3단편집 『잔영』을 휘문출판사에서 간행하다. 단편 「현대적」 ≪여류문학≫을 발표하다. 7월, 한일친화회의 초청으로 도일, 동경 대판 경도 나라 등지를 시찰하고 문학강연, 좌담회 등을 갖다. 장남 승준, 작가 이규희와 결혼.

1969(66세) 수상집 『추억의 파문』을 한국문화사에서 간행하다. 중편 『햇볕 나리는 뜨락』을 ≪소년중앙≫에, 5월 단편 「이대」를 ≪월간문학≫에, 단편 「비취와 밀화」 ≪여성동아≫에 발표하다. 서울대병원에서 위암 수술을 받다. 10월에 제1회 문화공보부 예술문화상 심사위원에 위촉되다. 11월에 〈나와 ≪조선문단≫ 데뷔 시절〉을 대한일보에 연재하다.

1970년(67세) 3월 단편 「성자와 큐피드」를 ≪신동아≫에, 11월에 단편 「평행선」을 ≪월간문학≫에 발표하다. 제15회 예술원 문학상을 수상하다. 서울시 문화상 심사위원에 위촉되다. 3남 승걸 서울대학교 영문과 교수로 부임하다. 10월에 3남 승걸 정혜원(상명여대 국문과 교수)과 결혼하다.

1971년(68세) 11월 단편 「수의」를 ≪월간문학≫에 발표하다.

1972년(69세) 장편 『고개를 넘으면』이 삼성출판사에서 간행되다. 장편 『내일의 태양』이 삼중당에서 간행되다

1973년(70세) 단편 「어머니여 말하라」를 ≪한국문학≫에 발표하다.

1974년(71세) 중편 「햇볕 나리는 뜨락」을 을유문화사에서 간행하다. 10월에 문화훈장을 받다(은관). 12월, 제2수필집 『순간과 영원 사이』를 중앙출판공사에서 간행하다.

1975년(72세) 모처럼 아들, 사위와 더불어 대천에 피서를 다녀와 9월 단편 「해변소묘」를 ≪신동아≫에 발표하다.

1976년(73세) 1월 단편 「신록의 요람」을 ≪한국문학≫에, 8월 단편 「어둠 속에서」를 ≪한국문학≫에 발표하다.

1977년(74세) 제4단편집 『휴화산』을 창작과 비평사에서 간행하다.

1978년(75세) 11월에 단편 「동해와 달맞이꽃」을 ≪한국문학≫에 발표하다.

1979년(76세) 7월에 단편 「삼십 사년 전후」를 ≪한국문학≫에 발표하다.

장편 『이브의 후예』 상하를 미소출판국에서 간행하다.

1980년(77세) 단편 「명암」을 ≪쥬단학≫에, 7월 단편 「여왕의 침실」을 ≪한국문학≫에 발표하다.

1981년(78세) 1월에 단편 「신나게 좋은 일」을 ≪한국문학≫에 11월에 단편 「아가야 너는 구름 속에」를 ≪한국문학≫에 발표하다.

1982년(79세) 8월 단편 「미로」를 ≪한국문학≫에 발표하다.

1983년(80세) 6월 단편 「이 포근한 달밤에」를 ≪한국문학≫에 발표하다.

1984년(81세) 5월 단편 「마지막 편지」를 ≪한국문학≫에 발표하다. 제 24회 삼일문화상을 수상하다.

1985년(82세) 5월 단편 「달리는 아침에」를 ≪소설문학≫에 발표하다.

1988년(85세) 1월 30일 까맣게 잊고 있던 암세포가 19년만에 다시 췌장에 나타나 약 1개월간 와병 후, 새벽 6시에 영면하다.

1990년 8월 우리문학기림회에서 창작의 산실이었던 목포시 용당동 986번지에 '박화성문학의 산실'비를 건립하다.

1991년 1월 30일 우리나라 최초의 문학기념관인 〈소영 박화성 문학기념관〉이 목포에 세워지다. 작가의 문학작품과 생활유품 1,800여 점이 전시되다. 1월 30일 오후 7시 〈박화성 문학기념관〉 개관기념 〈민족문학의 밤〉이 민족문학작가회의 주최로 목포에서 개최되다.

1992년 10월 9일 한국문인협회 목포지부와 소영 박화성 선생 기념사업추진위원회 공동주최로 제1회 소영 박화성 백일장이 목포 KBS홀에서 열림. 이후 매년 개최돼 현재에 이름.

1996년 9월 6일 한국문인협회와 SBS 공동으로 소영 박화성 문학기념관 앞 정원에 문학공로 표징석을 세움.

1996년 9월 6~7일 「박화성 문학 재조명」을 위한 세미나가 한국여성문학인회 주최(회장 추은희)와 한국문화예술진흥원 후원으로 목포에서 열림.

2002년 10월 11일 예총 목포지부와 문인협회 목포지부 공동주최로 「소영 박화성 문학의 발자취를 찾아서」 연구발표회가 목포에서 열림.

2003년 12월 장편 『북국의 여명』 서정자 편저로 푸른사상사에서 출간.

2004년 4월 16일 문학의 집 · 서울(이사장 김후란)에서 박화성 탄생 100주년 기념 〈문학과 음악의 밤〉 개최.

2004년 4월 29, 30일 민족문학작가회의(이사장 염무웅)와 대산문화재단(이사장 신창재) 주최로 박화성 이태준 계용묵 등 탄생 100주년을 기념하는 문학제 '어두운 시대의 빛과 꽃'을 세종문화회관 컨퍼런스 홀 등에서 열렸으며 박화성 작 「한귀」가 연극으로 공연되었다.

2004년 5월 서정자 편저 『박화성문학전집』 푸른사상사에서 출간예정.

2004년 6월 한국소설가협회 주최(이사장 정연희) 박화성 탄생 100주년 기념 세미나, 서울 아카데미하우스에서 열릴 예정. 주제 발표 중앙대 교수 문학평론가 임헌영, 초당대 교수 서정자.

# 박화성 작품연보

| | | | |
|---|---|---|---|
| 1923 | 단편 | 「팔삭동」 | 자유예원 |
| 1925.1 | 단편 | 「추석전야」 | ≪조선문단≫ |
| 1932.1 | 동화 | 「엿단지」 | ≪동아일보≫ 신춘문예 당선작 |
| 1932.5. | 중편 | 「하수도공사」 | ≪동광≫ |
| 1932.6-11 | 장편 | 『백화』 | ≪동아일보≫ |
| 1932.10 | 단편 | 「떠나려가는 유서」 | ≪만국부인≫ |
| 1933.2 | 콩트 | 「누가 옳은가」 | ≪신동아≫ |
| 1933.1 | 연작소설 | 「젊은 어머니」(1회) | ≪신가정≫ |
| 1933.8~12 | 중편 | 「비탈」 | ≪신가정≫ |
| 1933.11 | 단편 | 「두 승객과 가방」 | ≪조선문학≫ |
| 1934.6. | 단편 | 「논 갈 때」 | ≪문예창조≫ |
| 1934.7 | 희곡 | 「찾은 봄 · 잃은 봄」 | ≪신가정≫ |
| 1934 | 단편 | 「헐어진 청년회관」 | ≪청년문학≫ |
| 1934.11.6~21 | 단편 | 「신혼여행」 | ≪조선일보≫ |
| 1935.1 | 단편 | 「눈 오던 그 밤」 | ≪신가정≫ |
| 1935.2 | 단편 | 「이발사」 | ≪신동아≫ |
| 1935.3. | 단편 | 「홍수전후」 | ≪신가정≫ |

| | | | |
|---|---|---|---|
| 1935.4~12 | 장편 | 『북국의 여명』 | ≪조선중앙일보≫ |
| 1935.11 | 단편 | 「한귀」 | ≪조광≫ |
| 1935.11 | 단편 | 「중굿날」 | ≪호남평론≫ |
| 1936.1 | 단편 | 「불가사리」 | ≪신가정≫ |
| 1936.1 | 단편 | 「고향 없는 사람들」 | ≪신동아≫ |
| 1936.4. | 연작소설 | 「파경」(1회) | ≪신가정≫ |
| 1936.6 | 단편 | 「춘소」 | ≪신동아≫ |
| 1936.6 | 단편 | 「온천장의 봄」 | ≪중앙≫ |
| 1936.8 | 단편 | 「시들은 월계화」 | ≪조선문학≫ |
| 1937.9. | 단편 | 「호박」 | ≪여성≫ |
| 1946.6 | 단편 | 「봄안개」 | ≪민성≫ |
| 1947 | 단편 | 「파라솔」 | ≪호남평론≫ (미확인) |
| 1948.4 | 콩트 | 「검정 사포」 | ≪새한민보≫ |
| 1948.7 | 단편 | 「광풍 속에서」 | ≪동아일보≫ |
| 1949 | 단편 | 「활화산」 | 게재 전 소실 |
| 1950 | 단편 | 「진달래처럼」 | ≪부인경향≫ |
| 1950 | 콩트 | 「거리의 교훈」 | ≪국도신문≫ |
| 1951 | 단편 | 「형과 아우」 | ≪전남일보≫ (미확인) |
| 1952 | 단편 | 「외투」 | ≪호남신문≫ (미확인) |
| 1952 | 콩트 | 「파랑새」 | ≪주간시사≫ (미확인) |
| 1955.8~56.4 | 장편 | 『고개를 넘으면』 | ≪한국일보≫ |
| 1955.9. | 단편 | 「부덕」 | ≪새벽≫ |
| 1956 | 단편 | 「원두막 풍경」 | (창작집 『잔영』 수록) |
| 1956.11~57.9 | 장편 | 『사랑』 | ≪한국일보≫ |

| | | | |
|---|---|---|---|
| 1957.10~58.5 | 장편 | 『벼랑에 피는 꽃』 | ≪연합신문≫ |
| 1957 | 단편 | 「나만이라도」 | ≪숙명≫ |
| 1958 | 콩트 | 「하늘이 보는 풍경」 | ≪조선일보≫ 신년호 |
| 1958 | 단편 | 「어머니와 아들」 | ≪여원≫ (미확인) |
| 1958.6~12 | 장편 | 『내일의 태양』 | ≪경향신문≫ |
| 1958 | 단편 | 「딱한 사람들」 | (창작집 『잔영』 수록) |
| 1958.4~59.3 | 장편 | 『바람뉘』 | ≪여원≫ |
| 1960.2~9 | 장편 | 『창공에 그리다』 | ≪한국일보≫ |
| 19601.1~9 | 장편 | 『타오르는 별』 | ≪세계일보≫ |
| 1960.11~61.7 | 장편 | 『태양은 날로 새롭다』 | ≪동아일보≫ |
| 1961.12 | 단편 | 「청계도로」 | ≪여원≫ |
| 1961 | 단편 | 「비 오는 저녁」 | (창작집 『잔영』 수록) |
| 1962 | 단편 | 「버림받은 마을」 | ≪최고회의보≫ |
| 1962 | 단편 | 「회심록」 | ≪국민저축≫ (160매를 6개월간)(미확인) |
| 1962 | 장편 | 『가시밭을 달리다』 | ≪미의 생활≫ (3회 연재 확인, 미완) |
| 1962.11 | 단편 | 「별의 오각은 제대로 탄다」 | ≪현대문학≫ |
| 1962.7~63.1 | 장편 | 『너와 나의 합창』 | ≪서울신문≫ |
| 1963.3~9 | 장편 | 『젊은 가로수』 (『이브의 후예』로 개제 출간) | ≪부산일보≫ |
| 1963.6~64.2 | 장편 | 『거리에는 바람이』 (단행본, 휘문출판사) | ≪전남일보≫ |
| 1963.4~ | 장편 | 『눈보라의 운하』 | ≪여원≫ |
| 1964 | 인물열전 | 『여류한국』 | 어문각(최정희 공저) |
| 1965.5. | 단편 | 「원죄인」 | ≪문예춘추≫ |

| | | | |
|---|---|---|---|
| 1965.7 | 단편 | 「샌님 마님」 | ≪현대문학≫ |
| 1965.11 | 단편 | 「팔전구기」 | ≪사상계≫ |
| 1965 | 장편 | 『열매 익을 때까지』 | 청구문화사 |
| 1966 | 장편 | 『새벽에 외치다』 | 휘문출판사 |
| 1966.1 | 단편 | 「증언(금례)」 | ≪현대문학≫ |
| 1966.7 | 단편 | 「어떤 모자」 | ≪신동아≫ |
| 1967 | 단편 | 「애인과 친구」 | ≪국세≫ |
| 1967.10 | 단편 | 「잔영」 | ≪신동아≫ |
| 1968 | 단편 | 「현대적」 | (창작집 『휴화산』 수록) |
| 1969 | 중편 | 「햇볕 나리는 뜨락」 (국제펜클럽, 한국중편소설전집) | ≪소년중앙≫ |
| 1969.5 | 단편 | 「삼대」 | ≪월간문학≫ |
| 1969 | 단편 | 「비취와 밀화」 | (창작집 『휴화산』 수록) |
| 1970.3 | 단편 | 「성자와 큐피드」 | ≪신동아≫ |
| 1970.11 | 단편 | 「평행선」 | ≪월간문학≫ |
| 1971.11 | 단편 | 「수의」 | ≪월간문학≫ |
| 1971 | 단편 | 「오 공주」 | (창작집 『휴화산』 수록) |
| 1973.12 | 단편 | 「어머니여 말하라」 (휴화산」으로 개제) | ≪한국문학≫ |
| 1975.9 | 단편 | 「해변소묘」 | ≪신동아≫ |
| 1976.1 | 단편 | 「신록의 요람」 | ≪한국문학≫ |
| 1976.8 | 단편 | 「어둠 속에서」 | ≪한국문학≫ |
| 1978.11 | 단편 | 「동해와 달맞이꽃」 | ≪한국문학≫ |
| 1979.7 | 단편 | 「삼십사 년 전후」 | ≪한국문학≫ |
| 1980 | 콩트 | 「명암」 | ≪쥬단학≫ |
| 1980.7 | 단편 | 「여왕의 침실」 | ≪한국문학≫ |
| 1981.1 | 단편 | 「신나게 좋은 일」 | ≪한국문학≫ |
| 1981.11 | 단편 | 「아가야 너는 구름 속에」 | ≪한국문학≫ |

| | | | |
|---|---|---|---|
| 1982.8 | 단편 | 「미로」 | ≪한국문학≫ |
| 1983.6 | 단편 | 「이 포근한 달밤에」 | ≪한국문학≫ |
| 1984.5 | 단편 | 「마지막 편지」 | ≪한국문학≫ |
| 1985.5 | 단편 | 「달리는 아침에」 | ≪소설문학≫ |

장편 17편(미완1편 · 전기소설 4편 포함)
중편 3편
단편 62편
연작소설 2회
여성인물열전 10편
콩트 6편
동화 1편
희곡 1편
총 101편

기타 수필 다수

## ■ 단행본

『백화』 (1932 창문사)
『고향 없는 사람들』(1947 중앙문화보급소)
『홍수전후』(1948 백양당)
『고개를 넘으면』(1956 동인문화사)
『사랑』 상, 하(1957 동인문화사)
『타오르는 별』(1960 문림사)
『태양은 날로 새롭다』(1978 삼성출판사)
『벼랑에 피는 꽃』(1972 삼중당)
『눈보라의 운하』(1964 여원사)

『거리에는 바람이』(1964 휘문출판사)
『여류한국』(1964 어문각)
『열매 익을 때까지』(1965 청구문화사)
『창공에 그리다』(1965 영창도서)
『새벽에 외치다』(1966 휘문출판사)
『잔영』(1968 휘문출판사)
『추억의 파문』(1969 한국문화사)
『내일의 태양』(1972 삼중당)
『햇볕 나리는 뜨락』(1974 을유문화사)
『바람뉘』(1974 을유문화사)
『순간과 영원 사이』(1974 중앙출판공사)
『너와 나의 합창』(1976 삼중당)
『휴화산』(1977 창작과비평사)
『북국의 여명』(2003 푸른사상사)

박화성 문학전집 제11권 태양은 날로 새롭다

서정자 편저／1판 1쇄 인쇄 2004년 5월 20일／1판 1쇄 발행 2004년 6월 3일／발행처 · 푸른사상사／발행인 · 한봉숙／등록번호 제2-2876호／등록일자 1999년 8.7／주소 · 서울특별시 중구 을지로3가 296-10 장양빌딩 202호 우편번호 100-847／전화 · 마케팅부 02) 2268-8706, 편집부 02) 2268-8707, 팩시밀리 02) 2268-8798 ／편저자와의 협의에 의해 인지는 생략합니다.
／이메일 prun21c@yahoo.co.kr／prun21c@hanmail.net／홈페이지 · http : //www.prun21c.com
편집 · 송경란／김윤경／심효정 · 기획 마케팅 · 김두천／한신규／지순이

값 전20권 650,000원

ISBN 89-5640-219-1-04800 / ISBN 89-5640-208-6-(세트)

• 이 전집의 간행에는 대산문화재단의 지원이 있었습니다.

■ 서정자(徐正子)

초당대학교 교수.
숙명여대, 한양대, 한국외국어대강사, 동국대대학원 국어국문학과 석 박사과정 강사 역임. 숙명여대 대학원 문학박사, 문학평론가, 현대소설 전공. 한국여성문학학회 고문, 한국현대소설학회 회원, 한국여성학회 회원. 한국문학평론가협회 회원, 한국 여성문학인회 회원, 국제펜클럽회원.

▪ **저서로는**『한국근대여성소설연구』『한국여성소설과 비평』, 편저로『한국여성소설선』1,『정월 라혜석전집』『지하련전집』박화성의『북국의 여명』『박화성전집』, 수필집으로『여성을 중심에 놓고 보다』, 공저로『한국근대여성연구』『한국문학에 나타난 노인의식』『한국현대소설연구』『한국문학과 기독교』『한국문학과 여성』『한국노년문학연구』II, III, IV. 논문으로「김말봉의 페미니즘문학연구」「가사노동담론을 통해서 본 여성 이미지」「페미니스트성장소설과 자기발견의 체험」「김의정의 모계가족사소설연구」「나혜석의 처녀작 <부부>에 대하여」「이광수 초기소설과 결혼 모티브」「최초의 여성문학평론가 임순득론」「지하련의 페미니즘 소설과 '아내의 서사'」등 50여 편.